STELLA TACK

EVER & AFTER

DER SCHLAFENDE PRINZ

STELLA TACK

Ever & After

DER SCHLAFENDE PRINZ

Band 1

Ravensburger

FSC
www.fsc.org
MIX
Papier | Fördert
gute Waldnutzung
FSC® C111262

3 5 6 4 2

Originalausgabe

Dieses Buch wurde vermittelt von der Literaturagentur
erzähl:perspektive, München
(www.erzaehlperspektive.de).

Umschlaggestaltung: Alexander Kopainski unter Verwendung von Fotos
von Shutterstock: © VladyslaV Travel photo, Ole moda, kaisorn, Media Guru,
Breezy Point, Mischokom, Mr. Rashad, popular.vector, KASUE, Iryna_Shancheva,
Gizele, armo.rs, Turan Ramazanli, Croisy, soponyono und DISTROLOGO.

Lektorat: Tamara Reisinger
www.tamara-reisinger.de

Alle Zitate aus Märchen stammen aus: Brüder Grimm. Kinder- und Hausmärchen.
Gesamtausgabe mit allen Zeichnungen von Otto Ubbelohde in zwei Bänden
[Erster Band Märchen Nr. 1–93, zweiter Band Märchen Nr. 94–200].
Nach der Großen Ausgabe von 1857. München 2005. Der Märchen- und Eigenname
»Sneewittchen« wurde im vorliegenden Werk in »Schneewittchen« umgewandelt.

Printed in Germany

ISBN 978-3-473-58613-4

ravensburger.com

Für meine Schwester,
damit sie aufhört, die falschen Prinzen zu küssen,
und auch mal die Frösche in Betracht zieht.

Prolog

Es war einmal vor sehr langer Zeit, als sich der Anfang in das Ende verliebte. Manche sagen auch, die Sonne habe sich in den Mond verliebt, das Licht in die Dunkelheit, das Gute in das Böse, das Alles in das Nichts.

Die beiden hatten genauso viele Namen wie Gesichter, doch gemeinhin wurden sie der Sonnenkönig und die Königin der Nacht genannt. Sie liebten einander inniglich und regierten als die ersten Götter über eine Welt, die voller Wunder war, mächtig, jedoch auch ungezähmt und voller Chaos. Es dauerte nicht lange, da wurden aus dem Chaos neue Götter und Göttinnen geboren. Die Erste war eine Frau, die aus der Erde selbst zu entsteigen schien, und mit ihr kam Vater Himmel.

Mutter Erde war liebevoll, eine Stimme der Harmonie in all dem Chaos, doch sie konnte auch ungestüm und wild sein und die Welt in ihrer Wut erschüttern. Vater Himmel hingegen war weise, seine Gedanken grenzenlos und sein Wille unbeugsam, doch seine Arroganz und sein Hochmut waren genauso grenzenlos wie der Horizont selbst.

Beide waren auf den ersten Blick vollkommen gegensätzlich, und dennoch existierten sie in perfekter Harmonie miteinander.

Ihnen folgte eine Maid mit Augen voller Unendlichkeit und Haaren gesponnen aus Gold. Wenn sie lachte, ging die

Sonne auf, wenn sie träumte, strich der Mond über ihre Wangen. Der Sonnenkönig und die Königin der Nacht liebten sie inniglich, und die Maid wurde fortan Schwester Zeit genannt. Die Welt wurde ruhiger, gezähmt von den Göttern, das Chaos war beinahe versiegt. Nun, beinahe.

Ein letztes Mal noch bäumte sich das Chaos auf. Die Erde erbebte, die Berge spien Feuer in den Himmel. Und mit dem Sturm und dem Regen kam der letzte der Götter. Das Chaos erlosch zu einem kalten Herzen, das von nun an in der Brust von Bruder Schicksal schlug.

Als das Chaos gebändigt war, konnte sich weiteres Leben auf der Erde entwickeln, und so kam es, dass die ersten Menschen begannen, die Welt zu bevölkern. Die Götter waren fasziniert, denn im Gegensatz zu ihnen selbst waren diese Menschen endlich, ihr Leben dauerte nicht länger als ein Wimpernschlag, und dennoch vermochten sie Dinge zu tun, zu denen die Götter selbst nicht fähig waren: Die Menschen brachten Leben hervor. Kinder wurden zu Frauen und Männern, und aus Frauen wurden Mütter, aus Männern Väter. Das Lachen der Kinder klang wie Musik in den Ohren der Götter.

Voller Neugier mischten sich die Götter unter die Menschen, und es heißt, dass sie jene Kinder, die ihnen am meisten am Herzen lagen, mit Magie beschenkten und ihnen Prüfungen auferlegten. Jene Menschen, die diese Prüfungen bestanden, erhielten die Gunst der Götter – und damit neben Magie, Reichtum und Ländereien auch das Geschenk der Unsterblichkeit. So sammelten sich die Günstlinge als Höflinge unter den Göttern, die ersten adeligen Familien, die später als die ersten Märchenfamilien in die Geschichtsbücher eingingen.

Die Menschen waren glücklich, die Welt selbst voller Magie und Wunder, während die Götter in Harmonie regierten.

Ihre Existenz war unendlich. Keiner von ihnen kannte Kummer oder Leid. Sie waren glücklich. Nun, zumindest die meisten von ihnen.

»Ich weiß es: Die Königin der Nacht war traurig!«, platzte es aus mir heraus.

»Pst, hör auf zu unterbrechen, Rain«, zischte Fiona mir zu, und das schwarze Haar wehte ihr in der leichten Sommerbrise um die Schultern.

Obwohl Fiona mit zwölf fünf Jahre älter war als ich, behauptete sie immer, wir würden wie Zwillinge aussehen. Doch das stimmte nicht. Fionas Haut war viel heller als meine, da sie viel mehr Zeit in der Bibliothek verbrachte, um zu lernen. Dinge für große Mädchen, wie Großmutter zu sagen pflegte. Und ich war kein großes Mädchen. Zumindest wenn es nach unserer Großmutter ging. Fionas Haare waren lang und glatt, meine eigenen immer störrisch, und seit mein Cousin Avery mir einen Kaugummi in die Haare geklebt hatte, waren sie so kurz, dass sie an den Ohren kitzelten.

Meiner Meinung nach waren das Einzige, was sich bei Fiona und mir wirklich glichen, unsere Augen. Sie waren blau. Ebenso wie Mamas und Tante Lillys und Grandmas Augen. Angeblich hatte Tante Pansy auch blaue Augen gehabt. Damals vor … ich war nicht sicher, vor was, denn Mama und die anderen wurden dann immer still. Aber da Avery, mein Cousin und ihr Sohn, seit ich denken konnte, bei uns war, musste sie schon sehr, sehr lange weg sein.

»Kinder, ich bitte um Aufmerksamkeit!« Grandma ließ das Märchenbuch sinken und blickte uns streng an. Sie saß auf der alten Bank unter dem alten Apfelbaum vor unserem Haus. Mit der langen Nase und dem stechenden Blick erinnerte sie mich immer an eine Krähe. Nur Angst einflößender.

»Rain muss immer stören«, fuhr Fiona mich an.

»Das stimmt doch gar nicht«, rief ich zurück, während mir vor Wut die Hitze in die Wangen schoss. »Die Geschichte ist aber doof. Wir haben sie schon eine Million Mal gehört. Mindestens!«

»Du bist so kindisch«, zischte Fiona und warf das lange Haar hinter sich. Ein Schmetterling flatterte um sie herum. Tiere liebten Fiona. Sie war immer von Schmetterlingen umgeben. Wie eine Blume. Allerdings eine giftige Blume. Ich funkelte sie an.

»Das reicht«, sagte Großmutter, und der strenge Ton in ihrer Stimme reichte aus, um uns beide zum Verstummen zu bringen. Sie rückte ihre runden Brillengläser zurecht, und die goldene Fassung blitzte im Sonnenlicht auf. »Fiona. Es schickt sich nicht für eine junge Dame, die Fassung zu verlieren und laut zu werden.«

»Aber Rain hat …«

»Rain«, unterbrach Großmutter sie und sah mich mit solch einem bohrenden Blick an, dass ich in mich zusammensackte. Großmutters Blick war immer unangenehm schwer. »Rain muss lernen, zuzuhören. Du magst diese Geschichte schon kennen, aber du hast sie nicht verstanden.«

»Ich verstehe sie sehr wohl«, sagte ich trotzig, und Fiona kniff mich ungefällig ins Bein. Ziege.

»Nun, wenn das so ist, kannst du gern zurück ins Haus gehen. Ich bin sicher, Avery freut sich, Gesellschaft zu haben.«

»Nein.« Ich blinzelte sie an und nestelte an einem losen Faden an meinem weißen Kleid herum. Das hohe Gras kitzelte zwischen meinen nackten Füßen. Mein linkes Knie war aufgeschürft, seit ich versucht hatte, auf dem Apfelbaum höher zu klettern als Avery. »Warum darf Avery eigentlich nie mit zur Geschichtsstunde? Ich glaube, er würde auch gern dabei sein.«

Großmutter runzelte die Stirn und schnalzte mit der Zunge. »Avery ist ein Hunter.«

»Ist das schlimm?«

»Er kommt nach seinem Vater. Aber wir, wir sind Whites.«

Wie immer wenn Großmutter das sagte, lag etwas in ihrer Miene, was mir den Atem stocken ließ. Es ließ mich mich wichtig fühlen.

»Wir tragen ein mächtiges und uraltes Erbe in uns. Wir stammen von den ersten Märchenfamilien ab, die von den Göttern selbst mit Magie und Unsterblichkeit beschenkt wurden.

»In unseren Adern fließt blaues Blut, altes Blut, mächtiges Blut. Wir und die anderen Märchenfamilien sind die letzten Erben von echter Magie. Fiona?« Ihr Blick bohrte sich in die Augen meiner Schwester, die ihre zarten Schultern straffte. »Wer waren die ersten Märchenfamilien, die von den Göttern beschenkt wurden?«

»Die Götter haben besonders vielversprechenden Menschen magische Gaben geschenkt und ihnen schwere Prüfungen auferlegt. Wer diese Prüfungen erfolgreich bestanden hatte, bekam die Gunst der Götter und wurde neben Unsterblichkeit auch mit Land und Reichtum gesegnet. Wie viele es genau waren, weiß man nicht mehr, da viele Märchen im Laufe der Zeit verloren gegangen sind, aber ein paar der größten adeligen Höflinge waren die Familien aus: Aschenputtel, Rapunzel, Schneewittchen, Froschkönig, Dornröschen, Schneeweißchen und Rosenrot, Allerleirauh, die sechs Schwäne, Drosselbart, die zertanzten Schuhe, die Gänsemagd und die drei Schlangenblätter.«

»Unter anderem … aber sonst ist das korrekt.« Großmutter wandte sich an mich. »Rain? Welches Erbe tragen wir in uns weiter?«

»Wir stammen von der Familie Schneewittchen ab«, sagte ich wie aus der Pistole geschossen.

»Das ist korrekt«, sagte sie, und ein Ausdruck von Stolz huschte dabei durch ihre Augen.

»Unsere Vorfahrin war Schneewittchen. Sie wurde eine der

mächtigsten Höflinge, nachdem sie drei schwere Prüfungen bestanden hatte. Welche Prüfungen waren das, Rain?«

Nervös schielte ich zu Fiona hinüber, die auf dieselbe Weise lächelte, wie es sonst Großmutter tat, wenn sie ihr Gegenüber für dumm hielt, aber zu höflich war, es auszusprechen. Trotzig funkelte ich sie an und sagte: »Sie wurde von einem Kamm vergiftet, einem Korsett stranguliert und erstickte an einem Apfel. Als sie alle Prüfungen bestanden hatte, wurde sie am göttlichen Hof aufgenommen.«

Das ging runter wie Butter. Das Wort stranguliert hatte Avery mir beigebracht.

Fiona presste die Lippen zusammen, ehe sie betont freundlich lächelte und mir den Kopf tätschelte: »Gut gemacht, Rain.«

»Lass das«, sagte ich und wischte ihre Hand von meinem Kopf.

»Was denn? Ich habe dich doch nur gelobt.«

»Nein, du machst dich lustig über mich.«

»Kinder!«, fuhr Großmutter uns an und sah uns scharf an, bis wir wieder voneinander abrückten. Granny seufzte, ehe sie fortfuhr: »Wer kann mir …?«

»Großmutter?«, unterbrach ich sie, und Granny seufzte erneut.

»Was ist, Rain?«

»Welche Gabe hat Schneewittchen von den Göttern bekommen?«, fragte ich leicht atemlos.

Großmutter lächelte, was leichte Fältchen um ihren Mund zauberte, die weicher aussahen als der Rest von ihr. Beinahe verschwörerisch sagte sie: »Sie wurde mit der Gabe eines reinen Herzens beschenkt.«

Die Enttäuschung ließ mich wieder die Lippe nach vorn schieben. »Das ist alles?«

»Wie, das ist alles? Was hast du denn erwartet?«, fragte mich Großmutter irritiert.

»Ich dachte an etwas Magischeres, etwas Cooleres«, sagte ich, und Großmutter sah aus, als hätte ich ihr einen Frosch in die Suppe gelegt.

»Etwas Cooleres«, wiederholte sie das Wort mit so viel Verachtung, wie sie sonst nur für Demokratie übrig hatte.

»Mein liebes Kind, die Gabe eines reinen Herzens ist überaus mächtig. Ihre Seele war so rein und unbefleckt, dass selbst das Gift der Königin keine Wirkung hatte, ihre Freundlichkeit und Güte konnte sie genauso geschickt einsetzen wie ein Schwert und damit selbst den Todesschlaf besiegen. Diese Gabe ist nicht zu unterschätzen. Sie schaffte alle Prüfungen, die ihr auferlegt wurden, was sie zu einer der bekanntesten Märchenfiguren aller Zeiten machte. Dieses Erbe tragen wir White-Frauen in uns. Diese Gabe schlummert noch immer in uns, auch wenn von der Magie in dieser trostlosen Welt kaum noch etwas übrig sein mag. Wir sind das letzte Zeugnis davon. Eine der wenigen Märchenfamilien, die nicht ausgestorben sind. Es liegt an uns, das Erbe weiterzuführen. Zu hoffen, dass uns die Götter erneut Prüfungen auferlegen, damit wir uns beweisen und den alten Ruhm der Märchenfamilien wiederherstellen können.«

Fionas Lippen kräuselten sich vor Stolz, während sie gleichzeitig die Augen niederschlug, sodass ihre Wimpern die Wangen berührten. »Ich werde mir Mühe geben, unserem Erbe gerecht zu werden, Großmutter.«

»Das will ich hoffen«, sagte diese und reichte ihr das Buch. »Möchtest du weiterlesen, Kind?«

Kapitel 1

Elf Jahre später

»Heinrich, der Wagen bricht.«
»Nein, Herr, der Wagen nicht,
Es ist ein Band von meinem Herzen,
Das da lag in großen Schmerzen.«

Aus »Der Froschkönig oder der eiserne Heinrich«
Gebrüder Grimm

Ein Auto zu stehlen, war in der Theorie irgendwie einfacher als in der Praxis. Und vor allem weniger dreckig.

Angewidert wischte ich mir die staubigen Hände an meiner schwarzen Lederjacke ab. Meine Finger waren bereits schwarz. Ich würde sie quasi blutig schrubben müssen, um sie wieder sauber zu kriegen und die Spuren zu verwischen. Meiner Großmutter fiel jedes noch so kleine Detail auf.

»Beeil dich, Rain!« Ein blasses Gesicht mit Sommersprossen tauchte über mir auf. Dichtes braunes Haar fiel unter einem blauen Hoodie hervor. »Wir haben noch etwa zwei Minuten, bevor wir auffliegen«, sagte Holly, meine beste Freundin.

Knurrend biss ich die Zähne zusammen und friemelte an den Kabeln des uralten Bentleys herum. »Ich hab's gleich, ich muss nur noch die Pole von den Kabeln zwischen Relais und Batterie überbrücken.«

Skeptisch steckte sich Holly den Strohhalm des blauen Slushis in den Mund und schlürfte laut. »Sieht eher aus, als würdest du Kabelsalat fabrizieren, anstatt Pole zu verbinden«, stellte sie fest.

Auf der Rückbank polterte es, ehe der blonde Schopf meines Cousins Avery zwischen uns auftauchte. »Wenn du jetzt einen Kurzschluss verursachst, der uns alle umbringt, wird uns Grandma so was von töten. Ich meine, sie wird uns sowieso töten, wenn sie spitzkriegt, dass wir ausgerechnet ihr Auto klauen. Und noch grausamer wird es, wenn sie herausfindet, warum wir das machen.«

Da hatte Avery nicht ganz unrecht. Leider war Granny die Einzige mit einem so alten Auto, dass man es noch kurzschließen konnte. Der Polo meines Dads mochte zwar rostig aussehen, doch ihn kurzzuschließen, würde ich dennoch nicht schaffen. Genauso wenig wie den Audi meiner Mum oder den Mini meiner Tante.

Die Kabel gruben sich in meine Haut, als ich ruckartig aufblickte. »Könnt ihr zwei bitte aufhören zu meckern und mir stattdessen helfen? Wir kommen sonst nie zu unserem Gig ins *Cage*.«

»Wie denn?«, fragten beide gleichzeitig.

»Vielleicht mit etwas Licht?«

»Oh, klar ...« Holly zückte ihr Handy und leuchtete mir, während ich die Kabel zusammendrehte.

»So, das müsste eigentlich ... hier ... und dann ...« Ein Lichtfunken brutzelte zwischen meinen Fingern auf und versengte mir die Kuppen. Mehr vor Schreck als vor Schmerz stieß ich einen leisen Fluch aus. Avery duckte sich, und Holly ging hinter ihrem Slushi in Deckung. Im selben Augenblick sprang knatternd der Motor an. Viel zu laut. Wir zuckten zusammen.

Nervös blickte ich zum Haus. Noch blieb alles dunkel. Allerdings hatte meine Familie zum Glück einen tiefen Schlaf.

Zumindest alle außer Granny …

Aber als auch weiterhin kein Licht anging, richtete ich mich triumphierend auf. »Na also, geht doch!« Ich ignorierte meine pochenden Finger und grinste Holly und Avery an.

»Wir brauchen endlich ein eigenes Auto«, maulte mein Cousin.

»Nächstes Mal kannst du es gern selbst versuchen, während ich auf dem Rücksitz unnütze Kommentare schiebe«, bot ich an und legte den Gang ein, während die trüben Scheinwerfer die bekieste Einfahrt beleuchteten.

Ich warf einen Blick in den Rückspiegel. Hinter uns thronte die altehrwürdige Villa Whitestone. So wuchtig und uralt, dass sie eigentlich nur noch von dem überwuchernden Efeu, etwas Stein und purer Willenskraft zusammengehalten wurde. Es blieb noch immer alles dunkel, und dennoch kam es mir plötzlich so vor, als würden uns die unzähligen zugezogenen Fenster vorwurfsvoll anstarren. Dieses Haus wusste und sah eindeutig zu viel. Beherzt trat ich aufs Gaspedal, und der Motor knallte so ohrenbetäubend laut, dass es klang wie ein Pistolenschuss.

Alle drei zucken wir erneut zusammen, während Holly sich hektisch anschnallte. »Fahr los, fahr los, fahr los!«

Ich drückte auf die Tube. Kies spritzte unter den Reifen, als wir die Einfahrt hinabdonnerten.

»Das war's dann mit unauffällig. Das Licht in Grannys Schlafzimmer ist angegangen«, stellte mein Cousin fest, der sich den schlanken Nacken verrenkte, um das Herrenhaus im Blick zu behalten.

Holly schlürfte hektisch von ihrem Slushi, während ich den Oldtimer um die Ecke jagte und dabei die alte AC/DC-Kassette in den Rekorder schob. Das Auto war so alt, dass selbst das hier schon modern war. Eine Sekunde später blastete *Thunderstruck* durch die Karosserie. Wahrscheinlich heimsten wir uns mit dieser Aktion für die nächsten drei Monate Hausarrest ein, aber in diesem kurzen Augenblick war es das absolut wert. Breit grinsend drehte ich auf volle Lautstärke, dass es nur so in den Ohren vibrierte, trommelte mit den Nägeln, die ich schwarz lackiert hatte, auf das Lenkrad und raste die gewundene Straße entlang. Der Wald, der zum Anwesen gehörte, rauschte an uns vorbei. Ich hörte Avery hinter mir das Fenster herunterkurbeln und laut hinausjohlen. Kalter Oktoberwind peitschte herein und brachte meinen kurzen schwarzen Bob in Unordnung.

Holly klemmte den Slushi zwischen ihre Beine und warf mir einen amüsierten Blick zu. »Wenn wir so weitermachen, landen wir morgen noch in der Dorfpresse von Woodley.«

»Mehr Werbung für unsere Band«, gab ich zurück.

Meine Freundin schnaubte, während sie sich zu Avery umdrehte und ihn an seinem Mantel zurück ins Auto zerrte. »Steck den Kopf rein, Rambo, sonst bekommst du wieder eine Nebenhöhlenentzündung.«

Mit zerzausten Haaren ließ sich mein Cousin zurück auf die Sitzbank fallen und grinste breit. »Ich nehm alles zurück. Wir sollten öfter Autos stehlen.«

Amüsiert starrte ich auf die Straße vor uns. Das schmiedeeiserne Tor zur Einfahrt stand offen. Granny schloss es normalerweise jeden Abend höchstpersönlich ab, damit kein – ich zitiere – »neugieriges Gesindel« auf die Idee kam, sich auf ihrem Privatanwesen herumtreiben zu müssen. Es gab so einige durchgeknallte Touristen, die alles taten, um eine »echte« Märchenfamilie aus der Nähe zu sehen. Einmal hatte mir so ein gruseliger Typ sogar über zweitausend Mäuse angeboten, wenn ich ihn auf unser Anwesen ließ. Großmutter hatte beinahe ein Anfall bekommen, als sie später davon erfuhr. Vor allem weil ich damals zehn gewesen war und ernsthaft darüber nachgedacht hatte, das Angebot anzunehmen. Wir mochten einen Adelstitel haben und von einer sehr toten Märchenfigur abstammen, aber reich waren wir noch lange nicht. Whitestone war nur noch eine Ruine. Es gab natürlich einige Märchenfamilien, die diesen Tourismus nutzten und fetten Profit aus ihrem Stammbaum schlugen, selbst wenn dieser nicht mehr als ein Stück Papier war, aber Großmutter würde sich wahrscheinlich eher selbst und Whitestone in Brand stecken, bevor sie einen Touristen auf unser Anwesen ließ. Egal, wie knapp das Geld war. Fassade war alles, und wenn sich jemand an eine alte Fassade klammerte, dann Granny.

Wir waren Whites.

Wir lebten von Stammbäumen, gerader Sitzhaltung, gepflegten Nagelhäuten und waren auch noch stolz darauf.

Wie sehr ich es hasste, eine White zu sein.

Die Scheinwerfer beleuchteten ein paar Trauerweiden, die sich unter ihrem Alter schwer über das Tor beugten. Ich atmete durch, versuchte, mich zu entspannen, während ich auf das Tor zuraste, als wäre jemand hinter uns her, und dabei immer wieder einen Blick in den Rückspiegel warf.

»Ihr Blaublütigen habt einen echten Verfolgungswahn, wisst ihr das?«, fragte Holly mich spöttisch und pustete sich eine Haarsträhne aus dem Gesicht.

»Und ihr Nichtadeligen seid neidisch, weil sich niemand für eure mickrigen kleinen Märchen interessiert«, gab ich zurück, und meine beste Freundin, die von der Familie aus Frau Holle abstammte, zeigte mir den Mittelfinger.

Tja, so war das, als Nachfahrin einer Märchenfigur aufzuwachsen. Selbst deine besten Freunde waren Nachfahren. Nicht dass es von uns noch so viele gab. Tatsächlich waren die Familien überschaubar und hielten zusammen. Zumindest nach außen hin. Sofern der Stammbaum eindeutig märchenhaft war und man es sich leisten konnte, bedeutete das für uns eigene Kindergärten, eigene Grundschulen und in unserem Fall aktuell das Grimm's-College, auf das bereits unsere Ururgroßeltern gegangen waren, um ihre Exklusivität hochzuhalten. Wir Nachfahren waren für den Rest der Welt wahrscheinlich so etwas wie eine schräge Sekte. Eine sehr berühmte Sekte, über die es hauptsächlich Gerüchte und Fotos in den Klatschzeitschriften gab.

Doch der Punkt war, dass wir kaum Freundschaften mit »normalen« Menschen führten. Großmutter hatte jedes Mal beinahe einen Herzinfarkt bekommen, wenn ich einen Freund anschleppte, dessen Vorfahren nicht zumindest einen sprechenden Staubwedel aufzuweisen hatten. Sie war schon nicht davon begeistert, dass ich mit Holly befreundet war, die zwar von einer Märchenfigur abstammte, aber keinen Furz adeliges Blut in sich hatte.

»Nur zu eurer Information: Wir müssen in vierzig Minuten auf der Bühne stehen, wenn wir unseren Gig noch machen wollen«, warf Avery ein.

Tief atmete ich durch, sah in den Rückspiegel und zuckte so heftig zusammen, dass ich das Lenkrad verriss und Avery und Holly erschrocken aufschrien. Im Rückspiegel war ein junger Mann zu sehen. Dunkle Haare, dunkle Augen und ein amüsiertes Grinsen auf den Lippen. Er winkte fröhlich. Es sah aus, als würde er neben Avery auf der Rückbank sitzen, doch ich wusste, da war niemand. Nur ein Geist. Nur eine Einbildung, nicht mehr.

»Hau ab!«, blaffte ich.

»Was ist los mit dir, Rain?«, kreischte meine Freundin, während ich das Lenkrad wieder zurückriss.

Ich schüttelte den Kopf, um die Gedanken darin zum Stillstand zu bringen, und funkelte die Gestalt im Rückspiegel an. Diese zwinkerte mir frech zu und war im nächsten Augenblick verschwunden. Gott sei Dank. Ich hatte schon immer einen Haufen unsichtbarer Dinge gesehen. Vor allem als Kind. Leider hatte ich auch heute noch den Hang dazu, und das war inzwischen nur noch halb so niedlich.

»Sorry. Eine Fliege«, log ich und straffte die Schultern. »Wir schaffen das!« Ich fuhr schneller, bis der Tacho am Anschlag war.

Fünfzig Minuten später bogen wir auf den Parkplatz des *Cage* ein. Der Club lag mitten in London. Ich parkte so schief, dass ich überall sonst wahrscheinlich einen Strafzettel bekommen hätte. Kaum hatte ich den Motor abgewürgt, schnappte ich mir meine Gitarrentasche, schob den Gurt über die Schulter und schlug die Tür hinter mir zu. London lag vor uns. Glitzernd, bunt und hell wie ein Diamant, den man in winzig kleine Teile zerschlagen hatte. Der süßliche Geruch der Themse wehte mir entgegen und ließ mich in der Lederjacke frösteln. Für Oktober war es wohl doch schon zu kalt für mein Outfit.

Ich zog den Reißverschluss meiner Jacke hoch und nickte Avery und Holly zu. Holly wippte nervös auf den Ballen herum und rückte sich ihre Mütze zurecht. Avery hängte sich den Gurt seines Basses über die Schulter.

»Jetzt oder nie«, sagte ich grimmig, und zusammen setzten wir uns in Bewegung.

Meine Stiefel knallten laut auf dem Asphalt, als wir auf den Eingang des *Cage* zusteuerten. Der Club lag in einer alten Fabrikhalle, und die Warteschlange davor war verdammt lang. Allein bei dem Anblick und dem Gedanken, für so viele Menschen auf einer echten Bühne zu spielen und nicht nur in der versifften Turnhalle unserer Schule vor dem Hausmeister, der darauf achtete, dass keiner einen Volleyball klaute, schlug mein Herz vor Aufregung schneller. Aus dem Inneren des Clubs dröhnte bereits die Musik der Band, die heute Main Act war. Eine Rockband, die sich *The Screwers* nannte.

Avery schien meine Gedanken gelesen zu haben, denn er prustete. »Ein noch beknackterer Name ist ihnen wohl auch nicht mehr eingefallen.«

»Tja, das hat sie aber nicht aufgehalten, rechtzeitig auf der Bühne zu stehen, was wir eindeutig noch üben müssen«, warf Holly ein, die sich die Drumsticks in die Hosentasche gesteckt hatte. Das Schlagzeug stand bereits im Club, sodass wir nur das Auto klauen und nicht auch noch das ganze Equipment mitschleppen mussten.

»Die *Screwers* waren aber auch nicht gezwungen, aus dem Fenster zu klettern und ein Auto zu stehlen, um heute hier zu sein« murrte ich und drängte mich an der Warteschlange vorbei. Die Mittelfinger, die ich dabei kassierte, ignorierte ich einfach, und kurz darauf hielt ich dem Türsteher den Bandausweis, der aus meiner hinteren Hosentasche baumelte, unter die Nase. »Hey. Wir sind die *Poisoned Apples*. Wir haben einen Gig.« Ich nahm meine Gitarre von der Schulter und wollte an ihm vorbeigehen, doch der Kerl bewegte sich nicht.

Er stierte uns nur an. »Ihr seid zu spät.«

Gereizt blieb ich nun doch stehen. »Ist uns aufgefallen. Wir … hatten Probleme mit dem Wagen.« Ich nickte in Richtung des Oldtimers.

Der Security verschränkte die Arme vor der Brust. »Ihr seid zu spät.«

»Genau. Darum müssen wir da jetzt dringend rein, sonst …«

Er ließ mich gar nicht erst ausreden, sondern schüttelte den Kopf. »Sorry, Kiddies. Starallüren erst, wenn man sie sich leisten kann. Wenn ihr zu spät dran seid, kommt ihr nicht auf die Bühne.«

Ich spürte, wie Holly und Avery hinter mir unruhig wurden.

»Aber wir konnten nicht früher …«, begann Holly zögerlich, doch da stellte ich mich bereits vor den Typ und hob das Kinn.

»Hör mal gut zu. Wir haben hier Kopf und Kragen riskiert, um heute hier zu sein. Ich habe monatelang um diesen Termin gekämpft. Das hier ist unsere Chance, und die werden wir uns nicht vermiesen lassen. Nicht von meiner tyrannischen Großmutter und auch nicht von einem mit Steroiden aufgepumpten Arsch wie dir.«

Im Nachhinein betrachtet war es vielleicht keine so gute Idee, den

Kerl, der uns reinlassen sollte, zu beleidigen. Tja, im Nachhinein war man immer schlauer.

Ich starrte den Kerl nieder, weigerte mich auch dann noch, den Blick abzuwenden, als eine Ader an seiner Stirn pochte.

Der Türsteher schnaubte und beugte sich zu mir herab. So langsam, dass die Lederkluft, in die er seine prallen Muskeln gezwängt hatte, laut knarrte. »Ach ja?«

Ich verengte die Augen und stieß meinen Zeigefinger in seine lächerlich breite Brust. »Wollen wir es darauf ankommen lassen?«

Seine Augenbraue schnellte hoch. »Ich denke, das riskiere ich«, brummte er und packte mich wie ein Hündchen am Schlafittchen. »Du wirst dich jetzt umdrehen und … argh!« Er grunzte vor Schmerz auf.

Ich zog unterdessen mein Knie zurück, mit dem ich ihm gerade einen saftigen Tritt in die Kronjuwelen verpasst hatte. Man musste ihm zugutehalten, dass er mich trotz der Schmerzen nicht losließ.

»Du kleines Miststück!«, stieß er keuchend hervor, während ich ihm nur zuzwinkerte, meine Jacke aufzippte und in einer geschmeidigen Bewegung rausschlüpfte, sodass er nur noch einen Fetzen Leder umklammerte. Hinter uns johlte die Warteschlange, als würde sie eine gute Show genießen.

»Los!«, schrie ich nur, zog meine Gitarre wieder an mich und riss die Tür auf.

Holly und Avery folgten mir. Aus dem Augenwinkel konnte ich sehen, wie mein Cousin breit grinste, wohingegen Holly aussah, als würde sie gleich an Ort und Stelle vor Scham sterben. Tja, da musste sie jetzt durch.

»Halt! Bleibt stehen, ihr …«

Das Gebell des Türstehers wurde von der zuschlagenden Tür des Clubs geschluckt. Rockmusik schallte uns entgegen. Mein ohnehin schon schneller Puls legte noch einen Gang zu, als ich in das Gewühl des *Cage* eintauchte.

Der Club war brechend voll, die Bühne hell erleuchtet. Die *Screwers* standen darauf, und der Leadsänger, ein Kerl mit langen blonden Haaren und verschmiertem Eyeliner, brüllte ins Mikrofon. Meiner Meinung nach lag er ein paar Takte daneben, aber der Bassist riss das meiste wieder heraus. Der Beat vibrierte bis in die Knochen, und ein Gitarrenriff ließ die Leute begeistert aufjohlen. Die Musik ging einem ins Blut, das musste man ihnen lassen.

Ich ließ meinen Blick schweifen, bis er an der Bar hängen blieb. Beziehungsweise an Jolanda Nightingale, einer Nachfahrin aus Jorinde und Joringel und die Besitzerin des *Cage*. Sie stand hinter der mit Bandstickern zugeklebten und Unterschriften vollgekritzelten Bar und zapfte soeben ein Pint ab. Ich schob mich durch das Gewühl und bekam ein paar schmerzhafte Tritte gegen die Beine und Rippenstöße ab, ehe ich es schaffte, die Gitarre neben mir abzustellen, mich auf einen Barhocker zu schwingen und mich über den Tresen zu lehnen.

»Jolanda!«, rief ich und winkte.

Die Clubbesitzerin sah auf und musterte mich mit einem abschätzigen Blick. »Na, sieh mal an, wer da doch noch auftaucht.« Sie warf sich einen Putzlappen über die Schulter.

Ich pustete mir eine Haarsträhne aus dem Gesicht. »Wir sind da und können gleich loslegen.«

»Ihr seid zu spät.«

»Es tut mir leid, aber …«

»In diesem Geschäft gibt es kein Aber. Tut mir leid. Ihr seid zu spät. Kein Gig für euch.«

In meiner Brust presste sich etwas zusammen. Ich krallte die Finger in das abgeschliffene Holz und beugte mich noch weiter über die Bar. »Nur drei Lieder«, flehte ich.

»Nein.«

»Nur eins.«

»Nein.«

»Bitte, Jolanda, wir …«

Es knallte, als Jolanda ein Bier so wuchtig vor einem Kunden auf dem Tresen abstellte, dass der Schaum überlief. »Nein, Rain. Du kennst mich. Ich drücke für dich schon ein Auge zu, seit du vierzehn bist und mir einreden wolltest, volljährig zu sein. Ich bin kein Fan davon, Kinder von etwas abzuhalten, von dem sie sich eindeutig nicht abhalten lassen wollen. Zudem waren deine Mutter und ich genauso. Aber es ist etwas anderes, ob du vor oder auf der Bühne stehst. Dort oben bist du kein Kind mehr. Dort oben zu stehen, bedeutet, Verantwortung zu tragen. Wenn du das nicht schaffst, ist dein Platz woanders, aber nicht hier. Sieh es als wertvolle Lektion in deinem Leben an. Wer zu spät kommt, wird vom Leben bestraft.«

»Jolanda, bitte. Wir können nicht einfach so wieder gehen«, presste ich hervor und starrte sie so eindringlich an, wie ich konnte.

Jolanda starrte nur zurück. »Nicht heute. Ich kann euch in drei Monaten wieder einen Auftritt anbieten.«

»In drei was?«

»Tut mir leid.« Damit drehte sie sich um und verschwand ans andere Ende der Bar.

Erschüttert sah ich ihr nach. Mein Atem ging schwer, und mein Herz pochte in einem eindeutig ungesunden Rhythmus.

»Rain? Lass uns einfach gehen.« Holly quetschte sich neben mich.

Ich presste die Lippen zusammen und schüttelte den Kopf. »Nein. Ich werde noch mal mit Jolanda reden. Sie muss uns heute spielen lassen.

»Rain …«, begann meine Freundin, als plötzlich eine schwere Hand auf meine Schulter klatschte. Alarmiert drehte ich mich um und blickte in das angepisste Gesicht des Türstehers.

»Na, sieh mal an, wen wir da haben«, knurrte er.

Ups. »Also …«, begann ich, doch noch bevor ich mehr sagen konnte, hatte mich der Berg von Kerl bereits gepackt und wie einen Sack Kartoffeln über seine Schulter geworfen. Meine Welt kippte, sodass ich die verdutzten Gesichter von Avery und Holly verkehrt herum sah.

»Was soll das? Lass mich runter!«, brüllte ich den Türsteher an, der mit großen Schritten auf die Tür zustapfte, durch die wir gerade erst gekommen waren. Meine Freunde wechselten einen Blick, zuckten mit den Schultern und folgten mir, Holly mit meiner Gitarre über der Schulter. »Das wird noch schlimme Konsequenzen haben! Hast du eine Ahnung, wer ich bin?«, schrie ich den wackelnden Hintern vor meiner Nase an, während ich mich wand wie ein Aal.

»Sollte ich?«, fragte der Türsteher unbeeindruckt.

»Allerdings! Ich bin Rain White. Die Enkeltochter von Esmeralda White. Und wenn sie herausfindet, wie du hier mit mir umgehst, wird der Tod durch die Guillotine schneller wieder eingeführt, als du deinen Job verlierst.«

Gut, ein wenig weit hergeholt. Aber meine Großmutter war durchaus in der Lage, erwachsene Männer zum Heulen zu bringen.

»White? Noch nie gehört«, sagte er ungerührt. Als ob. Er packte so fest zu, dass mir die Luft aus der Lunge wich. Meine Rippen gaben ein deutlich protestierendes Knacken von sich.

Ehe ich es schaffte, nach Luft zu schnappen, schlug mir schon wieder kalte Abendluft entgegen. Ein Konzert aus gehässigen Pfiffen und Johlen begleitete uns, als ich an der Warteschlange vorbei bis auf den Parkplatz getragen wurde. Grimmig hob ich den Mittelfinger, was mir noch ein paar Lacher extra einbrachte.

»Ihr mich auch!«, knurrte ich, als der Türsteher ruckartig stehen blieb, mich an der Taille packte und wie einen Sack Mehl von seiner Schulter warf. Ich krachte mit solcher Wucht auf den Hintern, dass ein stechender Schmerz durch meinen Rücken fuhr. »Mistkerl!«, stieß ich hervor.

Er knallte mir meine Lederjacke ins Gesicht. »Hausverbot«, sagte er nur, drehte sich um und stellte sich wieder vor die dumme Tür.

»Tja, wir werden sehen, wo du dir dein Hausverbot hinstecken kannst, wenn die ganze Welt von den *Poisoned Apples* spricht und ihr uns anflehen werdet, bei euch zu spielen!«, brüllte ich ihm nach.

Der Kerl sah nicht einmal mehr in unsere Richtung.

»Na, das war wohl nix.« Avery ließ sich neben mir auf den Boden fallen, streckte seine langen Beine aus und sah mich träge unter seinen schulterlangen blonden Haaren an. »Du hast da ein wenig Wutsabber, Cousine.« Er deutete auf meine Unterlippe.

Gereizt schlug ich seine Hand zur Seite und ließ mich wie ein Seestern zurückfallen. »So knapp. Wir waren so nahe an unserem Ziel. Ich hab die Bühne quasi schon unter meinen Füßen gespürt.«

Das Geräusch von Schuhen auf Beton erklang neben meinem Ohr, als Holly sich ebenfalls neben mich fallen ließ und die Arme um die angezogenen Knie schlang. »Zumindest haben wir es versucht«, warf sie ein.

»Und sind grandios gescheitert«, vollendete Avery feierlich, der sich die schulterlangen Haare nachlässig im Nacken zusammenband. »Aber ich hab den Moment, als du dem Türsteher eins in seine Kronjuwelen gedonnert hast, auf Video. Daraus mache ich das erfolgreichste GIF aller Zeiten. Zumindest für zehn Minuten. Fünf reichen auch schon, und ich werde Millionär.«

Schief sah ich ihn von unten an. »Verarschst du mich?«

Mein Cousin grinste nur. Seine hellgrünen Augen blitzten auf. »Nun gut. Ich geb dir zwanzig Prozent ab.«

Seufzend starrte ich wieder in den Himmel über mir. Der Smog von London tauchte die Nacht in ein diesiges Grau. Dennoch waren einzelne Sterne zu sehen. Sie blinzelten mich an. Ich blinzelte zurück.

»Was für ein Reinfall. Es tut mir so leid«, murmelte ich und spürte, wie mir die Enttäuschung die Luft abschnürte. Es brannte in den Augen, doch ich hielt die Tränen eisern zurück. Wenn ich jetzt heulte, konnte ich mich im *Cage* nie wieder blicken lassen.

Mein Cousin tätschelte mir das Knie. »Wir schaffen es schon noch, reich und berühmt zu werden und aus Woodley herauszukommen. Und wenn das nicht funktioniert, heirate ich reich und nehm dich einfach mit in mein neues Schloss.«

»Granny hat uns gesehen. Wenn sie uns in die Finger kriegt, sind wir tot, also musst du schnell heiraten«, wandte ich ein.

»Kopf hoch, Rain.«

Ich stieß ein Seufzen aus. »Vielleicht sollten wir einfach abhauen. Wenn wir schnell sind, können wir in Schottland sein, bevor Grandma uns einholt.«

Mein Cousin riss noch weiter die Augen auf und zischte: »Nein, ich meine wirklich Kopf hoch, Rain! Da kommt jemand auf uns zu, und ich glaube, vor diesem gewissen Jemand willst du nicht wie ein verheulter Waschbär aussehen, den man aus der Mülltonne gefischt hat.«

»Hä?«, fragte ich, hob den Kopf und erstarrte im nächsten Augenblick.

Aus dem Club trat eine große Gestalt. Kurzes blondes Haar leuchtete auf. Die vollen Lippen verzogen sich zu einem Lächeln. Ein durchdringend blauer Blick traf meinen. Das sollte auf die Entfernung eigentlich unmöglich sein, aber der Kerl war quasi so was wie ein Märchenprinz. Ich schätze, seine Augen mussten so unnatürlich funkeln. Märchengesetze und so …

»Oh, der hat mir gerade noch gefehlt!« Ich setzte mich so ruckartig auf, dass es in meinem Nacken knackte. »Bitte sag, dass da nicht gerade Edward Cinderbe aus dem *Cage* kommt und Zeuge dieser Blamage gewesen ist.«

»Da kommt nicht nur unser Schulsprecher aus dem *Cage*«, erwiderte mein Cousin und grinste mich fies an. »Es sind außerdem auch noch seine nervtötende Schwester und sein verboten attraktiver, aber aggressiver Cousin dabei. Der heute übrigens mit mir beim Nachsitzen war.«

Tatsächlich entdeckte ich jetzt hinter Edward noch zwei weitere Gestalten. Ich stöhnte innerlich auf.

»Was machen die hochwohlgeborenen Nachfahren von Cinderella hier?«, fragte Holly.

Ich druckste herum. »Was Brianna und Cyress hier machen, weiß ich nicht, aber es kann sein … Ganz möglicherweise habe ich Edward eingeladen.«

»Was?« Die beiden sahen mich entgeistert an.

»Wann hast du ihn eingeladen? Und warum hast du mir nichts davon gesagt?«, fragte Holly.

»Es war heute Mittag. Er hat den Flyer in meiner Hand gesehen und … Ist ja auch egal, ich dachte doch nicht, dass er wirklich kommt.«

Hollys Augenbrauen schnellten nach oben, doch sie sagte nichts.

Musste sie auch nicht. Denn das mit Edward und mir war so eine Sache. Das mit den Whites und den Cinderbes war so eine Sache. Nicht nur, dass unsere Grundstücke aneinandergrenzten, unsere Familien gehörten wohl zu den ältesten und einflussreichsten des Landes. Als Kinder hatten wir praktisch permanent Zeit miteinander verbracht. Ob wir nun wollten oder nicht. Wir waren im selben Kindergarten und auf denselben Schulen, und ich hatte miterlebt, wie sich Edward von einem schüchternen, stotternden Hosenscheißer zu einem attraktiven Überflieger gemausert hatte, der alles konnte, alles wusste und dem sogar die Frisur im richtigen Moment perfekt fiel. Und noch dazu war der Kerl unausstehlich nett. Ich hasste das. Und ich hasste es, dass Großmutter alles daransetzte, dass Edward und ich ein Paar wurden. Ich hasste es, dass er so angepasst und perfekt war. Alles, was ich niemals sein würde. Wenn er wenigstens ein Arschloch wäre wie sein Cousin Cyress, wäre es so viel einfacher, ihn nicht zu mögen, aber nein, seine Nettigkeit brachte mich regelmäßig aus der Fassung.

Aber eines wusste ich genau. Aus Edward Cinderbe und mir würde niemals ein Paar werden. Und das nicht einmal nur wegen mir. Meine Großmutter wollte es nicht sehen, aber die Cinderbes gingen uns schon seit einigen Jahren aus dem Weg, als hätten wir eine ansteckende Krankheit. Ich wusste auch, welche. Sie nannte sich Pleitesein. Denn im Gegensatz zu den Whites waren die Cinderbes nicht nur eine alte Märchenfamilie, die in einem noch älteren Haus wohnte, nein, die Cinderbes waren reich. Stinkreich. Und das strahlten sie nicht nur aus, sie lebten danach und suchten sich sogar ihre Freunde danach aus. Nie im Leben hätte ich damit gerechnet, dass er wirklich zu unserem Gig kam.

»Wir könnten behaupten, du hättest dir eine Grippe eingefangen und könntest deswegen nicht auftreten«, überlegte Holly laut.

»Eine fiese, von der du kotzen musst, sobald dir eine versnobte Cheerleaderin zu nahe kommt«, ergänzte mein Cousin.

Bevor ich in dieser Sache das Für und Wider abwägen konnte, standen die Cinderbes auch schon vor uns. Edward lächelte mich an. »Als du mir eine krasse Show versprochen hast, habe ich mit vielem gerechnet, aber eindeutig nicht damit, mit anzusehen, wie du wie ein Seemann fluchend von einem Hünen aus dem Club geschleppt wirst.«

»Cinderbe«, sagte ich nur gedehnt und neigte den Kopf, »dachte nicht, dass du hier sein würdest.«

Grübchen tauchten in seinen Wangen auf. »Das wollte ich mir auf keinen Fall entgehen lassen. Werden wir die berühmt-berüchtigten *Poisoned Apples* heute noch spielen hören?«

Avery neben mir hüstelte, was ihm einen heftigen Schlag mit meinem Ellenbogen einbrachte.

»Nein, es gab ein paar Probleme, wir werden wohl ein andermal auftreten«, sagte ich lahm.

»Schon beinahe inspirierend, wie armselig das gerade war«, kommentierte Brianna. Im Gegensatz zu ihrem Bruder war ihr Haar von einem Rotblond, das sich bis zu ihren Hüften ergoss. Ihre schlanke Gestalt und ihre eleganten Gesichtszüge glichen sich jedoch, als wären sie nicht nur Halbgeschwister.

Edward runzelte die Stirn. »Sei nicht so krätzig, Brin.«

Die musterte uns abfällig. »Ich bin nur ehrlich. Und dafür haben wir unseren freien Abend geopfert?«

»Ich dachte, wir wären für die Drinks hier«, warf Cyress ein. Es klickte, als er sich einen Joint ansteckte. Die Spitze leuchtete im Dunkeln auf, und als er weitersprach, quoll Rauch aus seinem Mund. »Ich bin nicht annähernd so betrunken, wie ich es eigentlich sein sollte.«

»Wir schreiben morgen eine Mathearbeit«, wandte Edward ein und bedachte seinen Cousin mit einem strengen Blick.

»Eben darum«, kommentierte der nur und schnippte die Asche ab.

Ich rappelte mich auf. »Tja, tut mir leid, dass der Abend ein Reinfall war.«

Edward lächelte, und wieder schoben sich ein paar Grübchen in seine Wangen. »Es war ganz und gar keine Zeitverschwendung. Sollen wir noch mal reingehen? Wir müssen bald zurück sein.«

»Verwandelt sich dein Auto sonst in einen Kürbis?«, scherzte Avery.

Edward blinzelte. »Was?«

Ich riss die Augen auf und sah Avery schief an.

Der zuckte nur mit den Schultern. »Cinderella, ätzende Familie,

Glas, Schuh, Prinz, Mitternacht … Bin ich der Einzige, der das witzig findet? Echt jetzt?«

Edward räusperte sich. »Ja, nein, wir schreiben morgen die Mathearbeit. Darum«, erinnerte er uns. »Also kommt ihr mit rein?«

Avery verdrehte die Augen und murmelte etwas von Menschen, die keinen Humor hatten. Nur Cyress grinste, aber ich nahm an, das lag am Gras und nicht an Avery.

»Danke für das Angebot. Aber wie es aussieht, haben wir Hausverbot.«

»Umso besser«, meinte Cyress, der seine Fluppe austrat und nachlässig winkte. »Ich geh wieder rein.«

»Warte auf uns, Cy!«, rief Brianna ihm hinterher und sah ihren Bruder an. »Kommst du, Eddy?«

Der zögerte. »Gleich. Geht schon mal vor. Aber wir müssen echt bald los. Wenn Cy sich abschießen will, muss er schnell sein.«

»Ich werd's ihm ausrichten.« Brianna warf uns noch einen Blick zu, den man als feindselig betrachten könnte, der dafür aber zu gelangweilt war, ehe sie ihrem Cousin folgte.

Für einen kurzen Augenblick starrten wir ihnen nach, und eine unangenehme Pause entstand. Schließlich brach Holly das Schweigen. »Wir sollten auch die Biege machen. Sofern wir den alten Kasten wieder zum Laufen bringen. Wird sonst ein verdammt langer Fußmarsch zurück nach Woodley.«

Edward runzelte die Stirn, als er das alte Auto hinter uns bemerke. »Ist das dein Auto, Rain?«

Ich verzog das Gesicht. »Nein. Meins steht in der Werkstatt und braucht noch ein paar Teile, bevor es funktioniert.«

»Eigentlich hat sie nur den Sitz und das Lenkrad«, lästerte Avery.

»Noch zwei Spätschichten bei Al, und ich hab den Motor«, hielt ich dagegen.

»Spätschichten? Du arbeitest neben der Schule?«, fragte Edward.

Wir blinzelten ihn an. »Ja. Tun wir alle«, erklärte Holly. »Rain bei meinem Onkel Al in der Werkstatt, Avery im Kaufladen, und ich gebe Nachhilfe.«

Edward starrte uns an, als hätte er noch nie davon gehört, dass man so etwas wie einen Job brauchte, um sein Taschengeld aufzubessern. »Oooh. Es überrascht mich, dass deine Großmutter dir neben der Schule so etwas erlaubt.« Er klang beinahe andächtig, und ich musste zugeben: Wenn jemand noch tyrannischer war als meine Großmutter, dann wahrscheinlich Elstan Cinderbe. Edwards Großvater.

»Erlauben ist so ein großes Wort. Sagen wir, Holly hilft mir dreimal die Woche bei den Hausaufgaben«, murmelte ich.

Seine Mundwinkel zuckten. »Und wem gehört dann das Auto?«

»Das ist ausgeliehen«, sagte ich ausweichend.

»Verstehe«, murmelte er und gab sich alle Mühe, überzeugt auszusehen, ehe er sich die kurzen Haare im Nacken glatt strich. »Hör mal. Da gibt es etwas, was ich dich fragen will …«, begann er und hielt inne. Sein Blick huschte über den Parkplatz.

»Und zwar?« Perplex starrte ich Edward an. Vor allem weil er noch immer hier war und mit uns sprach. Mit mir sprach. So lange und an einem Stück.

»Du sabberst wieder«, raunte mir Avery ins Ohr.

»Verkrümel dich«, zischte ich zurück.

Mein Cousin lachte nur, schlang seinen Arm um Hollys Schulter, die überrascht zu ihm hochlinste, und winkte Edward zu. »Wir gehen schon mal und versuchen, den Slushi von der Scheibe zu kratzen. Bis dann, Schulsprecher.«

»Ja, ist gut. Bis morgen.«

Avery zwinkerte und schleifte Holly zum Wagen, während ich selbst die Lederjacke enger zog, in die ich wieder geschlüpft war.

»Geht es um die Hausaufgaben?«, riet ich ins Blaue hinein.

»Hast du sie denn gemacht?«

»Kommt darauf an.«

»Worauf?«

»Ob das deine Frage ist.«

»Nein.«

»Dann nein.«

»Wenn ich jetzt Ja gesagt hätte?«

»Dann wäre es immer noch Nein, aber ich würde mich mehr dafür schämen.«

Er lachte, und ich musste meinen Puls zwingen, unten zu bleiben. »Rain, ich …« Er biss sich auf die Lippe, ehe er auf einmal herausplatzte: »Du hast in drei Tagen Geburtstag, oder?«

Oh. Das.

Ich atmete tief durch.

»Ja«, sagte ich knapp, und Edward schien darauf zu warten, dass da noch etwas kam. Die meisten Nachfahrinnen konnten es kaum erwarten, achtzehn Jahre alt zu werden und *es* zu tun. Und damit meinte ich nicht Sex. Aber ich war nicht wie die meisten Nachfahrinnen, und wenn ich könnte, würde ich die Zeit anhalten, nur um nicht achtzehn zu werden und *es* tun zu müssen.

»Nun«, fuhr Edward sichtlich verunsichert von meinem frostigen Ton fort. »Bist du schon aufgeregt? Ist ein großer Tag für deine Familie. Es steht in allen Klatschzeitungen. Ist schon eine Weile her, seit eine Nachfahrin der adeligen Märchenfamilien der Prophezeiung folgen durfte. Alle reden darüber. Selbst mein Großvater.«

»Kann sein. Ich war zu sehr von Seite zehn abgelenkt und den Quizfragen, welcher sexy Märchennachfahre zu mir passt. Übrigens, nettes Poster von dir. Wie fühlt es sich an, im Zimmer kreischender Fans zu hängen?«, sagte ich spöttisch.

Edward wurde rot um die Nasenspitze und fuhr sich erneut durch die Haare. »Und?«, fragte er.

»Und was?«

»Wer passt zu dir?«

»Rumpelstilzchen«, gab ich trocken zurück, was ihm ein Lachen entlockte.

»Okay, wie auch immer. Ich werde wohl auf deiner Feier sein.«

»Das dachte ich mir schon.«

Das Grübchen kam wieder. Er musste damit aufhören. Er war damit verstörend sexy, und das Letzte, was ich wollte, war, Edward Cinderbe sexy zu finden. Eine Beziehung mit Edward würde nur meiner Großmutter in die Karten spielen. Daher war alles an ihm – inklusive seiner Grübchen – tabu.

»Alles klar. Dann also bis morgen in der Schule.« Er zwinkerte mir zu.

»Bis morgen«, echote ich und beobachtete, wie er sich umdrehte und wieder im Club verschwand.

Heilige Scheiße, was war das denn gerade gewesen? Ich schluckte und ging zurück zum Bentley.

»Und? Was wollte Cinderbe?«, erkundigte sich Avery, der auf der Motorhaube lag und sich von Holly den Kopf kraulen ließ.

Verwirrt lehnte ich mich gegen die Stoßstange. »Er hat mich auf meinen Geburtstag angesprochen. Er steht wohl auf der Gästeliste.«

Holly seufzte. »Zieh nicht so ein Gesicht, als wäre es das Ende der Welt. Ich hab den ganzen Zirkus auch überlebt. Es wird nichts passieren. Es passiert nie etwas. Es wird nur viel Wirbel um eine blöde Prophezeiung gemacht, von der wir alle wissen, dass sie Bullshit ist. Sie bringt einfach nur viel Prestige, Geld und Sponsorengelder, und irgendetwas Besonderes müssen wir ja tun, sonst könnte man ja glatt glauben, wir wären völlig normal.« Sie zwinkerte mir zu, und ich lehnte meine Stirn gegen die kühle Karosserie.

»Ich will das nicht«, sagte ich.

Holly stupste mich an. »Kopf hoch. An diesem einen Tag kannst du dich mal fühlen wie eine echte Prinzessin. Das ist doch was. Es werden ein paar Paparazzi da sein, die Fotos von dir in einem hübschen Kleid machen. Danach werden salbungsvolle Reden geschwungen, du gehst da runter, bringst es hinter dich und fertig. Nichts passiert.«

Seufzend kniff ich mir in die Nasenwurzel. »Ich würde alles tun, um diesen Tag einfach ausfallen zu lassen.«

»Vielleicht hilft ein bisschen Magie, und es bricht ein Hurrikan aus, oder London wird von einem Erdbeben zerstört, dann müssen sie es absagen«, überlegte Holly laut.

»Es gibt keine Magie mehr«, sagten Avery und ich gleichzeitig.

Holly schnaubte amüsiert. »Sicher? Ich bin mir da manchmal nämlich nicht so sicher.«

»Ich wünschte, es wäre so«, murmelte ich, bevor ich mich vom Bentley abstieß und mich auf den Sitz des Wagens wuchtete. »Hoffentlich sind wir zurück, bevor Granny sich genug Möglichkeiten ausgedacht hat, uns legal um die Ecke zu bringen.«

Kapitel 2

Da blickte er um sich und sah in der Ecke ein großes Bett.
»Das ist mir eben recht«, sprach er und legte sich hinein.
Als er aber die Augen eben zutun wollte, so fing das Bett von
selbst an zu fahren und fuhr im ganzen Schloss herum.

**Aus »Märchen von einem,
der auszog, das Fürchten zu lernen«
Gebrüder Grimm**

Alte Häuser knarrten. Und Whitestone war nicht nur alt. Es war uralt. Es war so in die Jahre gekommen, dass manche Räume nur mit einem Kamin beheizt werden konnten und jeder Schritt auf dem Holzboden so laut war, als würde man dem Haus ein paar Holzrippen brechen. Das machte es beinahe unmöglich, sich unbemerkt rein- oder rauszuschleichen. Daher blieb uns nur eins: klettern.

»Ich bin zu alt für diesen Scheiß.« Avery keuchte, während er sich an dem alten Spalier festklammerte und gereizt ein Büschel Efeu zur Seite schlug. Als wäre die Pflanze ebenfalls genervt, schnalzte sie im selben Augenblick so heftig zurück, dass sie ihm einen ordentlichen Schlag verpasste. »Aua!«

»Hör auf, mit dem Efeu zu streiten, Av«, knurrte ich.

»Er hat angefangen«, verteidigte sich mein Cousin.

Ich packte das knarrende Fensterbrett, spannte die Muskeln an und schwang mich nach oben. In der Hocke sitzend schob ich das Fenster hoch und glitt in mein dunkles Zimmer.

»Hilf mir mal!« Avery streckte die Hand nach oben, und ich griff fest zu, um ihn hochzuziehen, als das Licht anging.

»Rain. Wie schön, dass du doch noch beschlossen hast, schlafen zu gehen«, erklang eine kühle Stimme.

»Bloody hell!« Vor Schreck fuhr ich herum.

Averys Hand flutschte aus meiner, und in der nächsten Sekunde hörte ich ein Fluchen, gefolgt vom Knacken von Ästen und Gestrüpp. Es endete mit einem lauten Rumsen.

Sofort wirbelte ich wieder herum und beugte mich aus dem Fenster. »Avery?«

»Aua!«

»Geht es dir gut?«

»Denke schon. Nichts gebrochen … glaube ich«, drang es aus dem Rosenbusch heraus.

Ich sackte in mich zusammen. Erleichterung machte sich in mir breit, jedoch nicht für lange.

»Schließ das Fenster, Rain, und sag deinem Cousin, dass er wie ein zivilisierter Mensch die Treppe nehmen soll.«

»Avery?«

»Hab's gehört«, drang es nur dumpf herauf.

Zögernd schloss ich das Fenster, ließ es jedoch einen Spalt offen. So als Notlösung. Langsam drehte ich mich um. Das Licht beleuchtete die dunklen Dielenbretter, und ein kühler Windzug ließ die lichten weißen Vorhänge tanzen. Esmeralda White thronte in dem alten Schaukelstuhl wie eine Königin. Immer eine Spur zu gerade und zu steif, um wirklich gemütlich sein zu können. Sie trug einen grünen Morgenmantel, und ihre langen weißen Haare hatte sie wie üblich zu einem strengen Knoten geschlungen. Ihr Gesicht war für ihr Alter von fünfundachtzig beinahe faltenlos. Nichts darin bewegte sich, während sie das Buch in ihrer Hand zur Seite legte. Kurz kam in mir die Frage auf, warum sie im Dunklen ein Buch umklammerte. Hatte sie mich damit erschlagen wollen?

»Sitzt du schon lange hier?«, fragte ich und versuchte, die Nervosität zu unterdrücken, die mir den Magen zusammenschnürte.

»In der Tat«, bestätigte meine Großmutter und richtete sich die Falten ihres langen dunkelgrünen Morgenrocks. Meine Großmutter war wahrscheinlich der letzte Mensch auf Erden, der überhaupt noch so etwas wie einen Morgenmantel benutzte. Ihre blauen Augen waren unverwandt auf mich gerichtet.

»Wieso?«, fragte ich.

»Meine Liebe, es erstaunt mich immer wieder, dass du denkst, etwas in diesem Haus würde mir entgehen.«

»Ach?«, entgegnete ich lahm.

Sie verzog keine Miene, doch sie umklammerte den Gehstock, den sie schon benutzte, seit ich denken konnte. Er war aus dunklem Mahagoni, und der Knauf des Stocks sah aus wie der Kopf eines Wolfs. Grannys lange dürre Finger umfassten den versilberten Schädel so fest, dass ihre Knöchel hervortraten.

»Als Kinder habt ihr euch oft unter dem Bett versteckt. Ich habe so getan, als würde ich euch nicht finden. Nur weil ihr größer geworden seid, hat sich dieses Spiel nicht verändert. Nur dass ich diesmal nicht so tue, als wäre ich überrascht«, gab sie zurück.

Geräuschvoll biss ich die Zähne zusammen. Ihr Blick forderte mich praktisch heraus, mich mit ihr anzulegen, und ich wollte es auch. Ich wollte es so sehr, dass sich ein salziger Geschmack auf meiner Zunge ausbreitete und ich zittrig Luft holte. Im selben Augenblick knarrte es leise im Gang. Um ehrlich zu sein, hätte ich es überhört, aber meine Großmutter ließ den Kopf herumschnellen und nahm die geschlossene Tür ins Visier.

»Avery Hunter, wo willst du hin? Komm rein.«

Ein leises Seufzen war zu hören, und nur wenige Sekunden später stand mein Cousin im Türrahmen. Er war ein wenig derangiert. Ein Büschel Efeu ragte aus seinen Haaren hervor. »Granny?«, fragte er mit einem charmanten Lächeln. »Was machst du denn so spät noch auf?«

»Dasselbe könnte ich euch fragen«, entgegnete sie und nickte mit dem Kinn in meine Richtung.

Avery schlich neben mich und sah dabei aus, als überlegte er, ob sich ein weiterer Hechtsprung aus dem Fenster rentieren würde. Er fuhr sich durch die wirren Haare. »Also, Granny, es ist jetzt nicht so, wie du vielleicht denkst. Rain und ich haben nur …«

Großmutter hob abrupt die Hand und schnitt ihm das Wort ab. »Versuch es gar nicht erst, Avery. Ich weiß alles, was ich wissen muss.«

Avery ließ die Schultern sinken. »Ach ja?«, fragte er mit dünner Stimme.

Granny presste die Lippen zu einem dünnen Strich zusammen, als sie sich mühsam auf die Beine stemmte. »Angesichts der späten Uhrzeit erspare ich uns allen einen Vortrag. Letztendlich muss ich euch nicht sagen, wie maßlos enttäuscht ich von euch beiden bin. Ich erwarte etwas anderes von euch. Ich erwarte mehr von euch als … das.«

Avery hielt die Luft an. Ich selbst reckte das Kinn.

Granny nickte, als müsste sie sich in ihrer eigenen Meinung bestätigen. »Ich wusste es. Als sich meine beiden Töchter eingebildet haben, diese Taugenichtse heiraten zu müssen, wusste ich schon, dass ich ein Leben lang brauchen würde, um ihre Fehler wieder geradezubiegen.«

»Willst du damit sagen, dass wir ein Fehler sind, Grandma?«, fragte ich spöttisch.

Ihr kalter Blick streifte mein Gesicht. »Nein. Ich sage, dass ihr das

Produkt eines Fehlers seid. Es ist meine Aufgabe, diesen Makel auszubügeln.«

So war das eigentlich nicht ganz fair. Meine verstorbene Tante Pansy, Averys Mutter, hatte damals den letzten Nachfahren der Hunter – des Jägers – geheiratet, was trotz nichtadeligem Hintergrund eine ziemlich gute Partie war. Mein eigener Vater stammte von den Lucks ab – der Familie aus Hans im Glück –, und meine Tante Lilly hatte sich einmal quer durch alle männlichen Nachfahren geheiratet, ehe sie mit Onkel Harvey, der aus der Familie der Cutter oder auch der des Schneiderleins entstammte, zusammengekommen war. Alles in allem respektabel und immerhin nicht Inzest gefährdet, was, bei Gott, hier schneller passieren konnte, als einem lieb war, und dennoch war es nicht genug. Zumindest nicht für Grandma. Meiner Mum und meinen Tanten war es nicht erlaubt gewesen, nach der Hochzeit ihren Namen zu ändern. Mir würde es auch nicht erlaubt werden. Die Whites mussten weiter bestehen.

Es tat weh, wenn Grandma so über uns sprach, aber die echte Bestrafung würde noch schlimmer sein. Sie würde sich über Wochen ziehen, und am Ende fühlte man sich leer und war so verzweifelt auf der Suche nach Zuneigung, dass man alles tun würde, um auch nur ein Lächeln von ihr zu erhalten. Es hatte Jahre gebraucht, bis ich verstanden hatte, wie meine Großmutter tickte. Dass sie Dinge wie Liebe und Zuneigung nicht einfach so gab. Man musste sie sich verdienen. Bei ihr gab es immer eine Bedingung, einen Preis, eine Leistung, die erbracht werden musste. Es gab immer jemanden, der ein Stückchen mehr in ihrer Gunst stand. Jemanden, den sie bevorzugte, um die anderen den Stich der Eifersucht spüren zu lassen. Sie warf uns Zuneigung wie kleine Brocken zu, um die wir uns balgten.

Ich wünschte, ich wäre gegen den mentalen Druck, den sie auszuüben versuchte, immun. Doch selbst jetzt noch zuckte ich unter ihrem Blick zusammen. Dennoch zwang ich mich, diesen klar zu erwidern. »Tut mir leid, dich zu enttäuschen, Großmutter«, sagte ich schlicht.

Sie seufzte und klammerte sich fester an ihren Stock. »Setzt euch. Alle beide.« Wie zur Bekräftigung ihrer Worte schlug sie mit dem Stock auf den Boden, und meine Muskeln bewegten sich beinahe ohne mein Zutun, Avery plumpste neben mich. Er sah aus, als wäre er im Augenblick lieber auf einen Ameisenhaufen geklettert. Ich konnte es ihm nicht verdenken.

Papier rieb über Holz, als Grandma das Buch wieder in die Hand nahm, und diesmal erkannte ich es auch. Es war das alte Märchenbuch unserer Familie.

Grandma schlug eine Seite auf und strich mit den Fingern über die vergilbten Seiten. »Ich möchte, dass du mir etwas vorliest, Rain.«

Misstrauisch sah ich sie an. »Warum?«

»Weil ich alt bin und dich um etwas bitte, und man schlägt alten Menschen keine Bitte ab«, sagte sie scharf.

Ich biss die Zähne zusammen und nahm das Buch entgegen. Es roch alt und ein wenig nach Feuchtigkeitscreme. Vorsichtig strich ich über die Seite und überflog den Text, den ich schon so oft gehört hatte, dass ich ihn auswendig aufsagen könnte.

»Lies vor«, forderte Großmutter mich auf.

Tief atmete ich durch und begann vorzulesen:

Die Königin der Nacht wünschte sich seit vielen Jahren sehnlichst ein Kind, doch mit jedem weiteren Jahr, in dem ihr Wunsch unerfüllt blieb, wurde die Nacht dunkler und dunkler.

Der König war betrübt über das Leid seiner geliebten Frau,

doch so mächtig er auch war, diesen einen Wunsch schien er ihr nicht erfüllen zu können. Und so legte sich zum ersten Mal ein Schleier aus tiefer Trauer über das Königreich.

In ihrer Verzweiflung wandte sich die Königin der Nacht schließlich an Bruder Schicksal. In tiefer Demut sank sie auf die Knie und flehte ihn an, ihr zu helfen.

Bruder Schicksal war der Königin sehr zugetan, doch alles, was er in ihrem Schicksal erkannte, war Dunkelheit. Weil er ihr jedoch Hoffnung schenken wollte, sprach er zu ihr: »Der König und Ihr werdet niemals ein Kind empfangen. Licht und Schatten sind dazu geschaffen, Seite an Seite zu stehen, nicht dazu, sich zu vereinen. Die Dunkelheit ist Euer Schicksal.«

Daraufhin brach die Königin in bittere Tränen aus, die wie Eis auf dem Boden zerschellten.

Mit rauer Stimme hielt ich inne.

Großmutter sah mich unbewegt an. Sie nickte bedächtig. »Lies weiter.«

Ich blätterte um und fuhr wütend fort:

Jedoch …«, sagte Bruder Schicksal und schnitt einen roten Faden aus dem Schleier der Königin der Nacht, »… sind unsere Schicksale nicht immer nur mit einer Person verbunden. Ein Band, das einmal geknüpft wurde, kann auch zerschnitten werden. Falls Ihr Euch ein Kind wünscht, müsst Ihr Eure Verbindung zum Sonnenkönig trennen und Euch an einen neuen Mann binden. Er wird in der Lage sein, Euch jenes Wunder zu schenken, das Ihr Euch so sehnlichst wünscht. Doch der Preis für ein Wunder ist hoch. Manche Wünsche sollten lieber unerfüllt bleiben.«

Mit dieser Warnung band er der Königin den Faden des Schicksals um das Handgelenk. Als die Königin in der Nacht zu ihrem Gatten zurückkehrte, konnte sie das andere Ende des Schicksalfadens sehen, das sie mit dem König verband. Ohne zu zögern, zerschnitt sie den Faden, ihre Bindung, ihr Schicksal, für das sie seit Anbeginn der Zeit existiert hatte.

Als der Sonnenkönig aufwachte, war das Bettlaken neben ihm erkaltet und die Königin verschwunden. Voller Verzweiflung ließ der König im gesamten Königreich nach seiner Frau suchen. Doch er sollte sie nicht finden, bis eines Tages Schwester Zeit ein einsames Bündel vor den Palasttoren fand. Darin eingewickelt fand sie einen Säugling.

Es war ein Junge.

Sein Haar war so schwarz wie die Nacht, sein Gesicht so blass wie der Mond, und als er die Augen aufschlug, glichen diese denen der Königin der Nacht.

Schwester Zeit brachte den Jungen zum Sonnenkönig. Der warf nur einen Blick auf das Kind, und sein sonst so helles Herz verdunkelte sich vor Kummer, Zorn und Schmerz. Niemand wusste, wohin die Königin der Nacht verschwunden war, doch sie hatte das Kostbarste in ihrem Leben zurückgelassen.

Der König hasste den Jungen. Er brachte es in Gedenken an seine Frau zwar nicht über sich, ihn töten zu lassen, doch er verheimlichte die Existenz des Jungen vor dem Hofstaat und verbannte ihn zu einem Leben als Stalljunge. So wuchs der Junge auf. Nichts ahnend von seiner Herkunft oder wer er wirklich war.

Statt feinster Seide trug er schmutzige Lumpen, anstatt in

weichen Betten schlief er bei den Pferden im Stall, und wenn man von ihm sprach, nannten ihn wegen der Kohle, mit denen er die Kamine entzündete und die sein Gesicht schwärzte, alle nur Coalblack.

Die Jahre vergingen, und Coalblack wurde mit der Schönheit seiner Mutter beschenkt, die selbst der Kohlestaub in seinem Gesicht nicht verbergen konnte. Dazu war er gütig und freundlich, und die jungen Damen am Hofe begannen schon bald, über den Stallburschen zu tuscheln. Coalblack jedoch verliebte sich in Lillith. Diese galt nicht nur als die Schönste am Hof, sondern besaß ein ebenso sanftes wie mitfühlendes Naturell. Der Umgang miteinander war ihnen allerdings verboten worden. Doch die beiden liebten sich so inniglich, dass sie bei Nacht und Nebel aus dem Palast zu fliehen versuchten.

Als der Sonnenkönig davon erfuhr, ließ er einen Pfeil herstellen, der selbst einen Gott zu töten vermochte, und sandte seine Krieger aus, um die beiden Liebenden aufzuhalten.

Coalblack und Lillith flohen in die Welt der Menschen, tief hinein in die dunklen Wälder. Doch sie waren nicht schnell genug. Ein Hirte verriet die beiden an die Wachen des Königs, und als sie zu entkommen versuchten, sank der Pfeil, der eigentlich für Coalblack bestimmt war, in das Herz von Lillith. Sie starb in den Armen ihres Geliebten, und ein unsagbarer Schmerz zerriss dessen Innerstes.

Das Erbe seiner Mutter erwachte in ihm wie ein wildes Tier, das sich von der Leine riss. In seiner Wut tötete Coalblack die Wachen des Königs und schwor, nicht eher zu ruhen, bis das Blut des Sonnenkönigs den Tod seiner Liebsten gesühnt hatte. Doch allein war Coalblack nicht stark genug. Darum begann er, in der Welt der Menschen nach verlorenen

Seelen Ausschau zu halten, nach gefallenen Nachfahren jener Familien, denen die Götter einst besondere Kräfte und Gaben schenkten. Sieben Seelen, verzehrt und verdorben, verstoßen vom Hof des Königs.

Beim Fest der Sonnenwende überfielen Coalblack und sein Gefolge den Hof. Die Schreie waren laut in jener Nacht. Das Wasser färbte sich rot von Blut, und die Nacht war hell erleuchtet von dem wütenden Feuer, das sie entfachten. Mithilfe seiner Schergen riss Coalblack die Magie der Nachfahren an sich und bannte sie in einen Spiegel. Als er genug Macht gesammelt hatte, stürmte er den Thronsaal und versuchte, den Sonnenkönig zu töten.

Mit klammen Fingern blickte ich auf die Illustration hinab. Sie war verschwommen, in Bewegung und zeigte einen jungen Mann mit dunklem Haar, dessen Gesicht vor Wut und Schmerz zu einer Fratze verzerrt war, während er ein Schwert über dem Kopf schwang.

»Rain? Die Geschichte ist noch nicht vorbei. Warum hast du aufgehört, zu lesen?«, fragte Großmutter.

»Das war Fionas Lieblingsstelle«, hörte ich mich selbst sagen, und zum ersten Mal an diesem Tag schaffte ich es nicht, den Gedanken an meine Schwester zu verdrängen. Daran, dass sie heute vor elf Jahren gestorben war.

Großmutters Rücken versteifte sich unwillkürlich, und ich spürte Averys mitfühlenden Blick auf mir.

»Deine Schwester hatte immer gewusst, wenn etwas wichtig ist«, sagte Granny schließlich.

»Tja, sie hätte bestimmt auch gewusst, warum diese Märchenstunde wichtig ist«, spottete ich hauptsächlich, um den Druck aus meiner Kehle zu vertreiben.

»Das hätte sie«, sagte Granny, und ihr Blick bohrte sich unerbittlich in meinen. »Lies weiter. Bis zum bitteren Ende.«

»Nun gut …«, murmelte ich und blätterte um. Das wutverzerrte Gesicht des jungen Prinzen verschwand, und ich fuhr fort:

Der Kampf der beiden Männer war so brutal, dass selbst das Licht der Sterne erlosch. Eine Dunkelheit, wie sie noch nie da gewesen war, legte sich über sie, und der Hass der beiden drohte die Welt auseinanderzureißen.

Es waren Bruder Schicksal und Schwester Zeit, die versuchten, den König zu retten. Doch in seiner Rage erschlug Coalblack Schwester Zeit mit einem einzigen Schwerthieb. Bevor er sein Schwert erneut gegen den Sonnenkönig wenden konnte, ging Bruder Schicksal dazwischen. Er zerschlug den Spiegel, in dem die Macht der Nachfahren gefangen war, in sieben kleine Teile und verhängte einen Fluch über Coalblack und seine Schergen.

»Prinz aus Rauch und Schatten. Dein Leben wurde geboren aus einem Wunder. Ein Geschenk, das du mit Blut und Sünde besudelt hast. Nun sollst du den doppelten Preis dafür zahlen. Du und deine Schergen haben die Welt ihrer Magie und damit alle ihrer Unendlichkeit beraubt. Das Leben der alten Familien mag enden und ohne Magie weiterbestehen, doch du wirst büßen, indem du keinen Anfang und kein Ende finden wirst. Zum ewigen Schlaf sollst du verdammt sein, bis dein Name in Vergessenheit geraten ist. Nur ein einziger Kuss wird es vermögen, dich zu wecken, Prinz aus Rauch und Schatten. Eine Möglichkeit der Buße. Mit deinem Erwachen bekommen die Nachfahren der alten Familien sieben Chancen, ihre Magie zurückzuerhalten. Doch am Ende wird sich nur eine Familie erheben und der Welt das längst vergangene Gleichgewicht wiederbringen.«

Als die letzten Worte den Mund von Bruder Schicksal verlassen hatten, holte er seine goldene Schere hervor und zerschnitt den Lebensfaden des dunklen Prinzen. Dieser fiel daraufhin in einen unendlichen Schlaf, und mit ihm verschwanden auch seine Schergen – ebenso wie Bruder Schicksal selbst.

Doch obwohl die Gefahr gebannt war, hatte Coalblack die Welt für immer verändert. Das Königreich zerfiel zu Rauch und Asche, und die Götter waren dazu verdammt, unter den Menschen zu leben. Dort gefangen und ohne Schwester Zeit perlte das Leben nicht länger an ihnen ab, sondern sickerte tief in ihre Knochen. Wie nasse Fäulnis zerfraß das Leben sie, und so kam es, dass der Sonnenkönig alterte und schließlich in tiefer Trauer und Verbitterung starb. Die Höflinge – die alten Familien – ereilte dasselbe Schicksal. Sie alle waren ihrer einst glanzvollen Magie beraubt und von der Zeit verlassen worden. Doch ihre Kinder lebten weiter. Generation für Generation. Und so begann es, dass es jedem Mädchen der alten Familien gestattet war, in das Grab des schlafenden Prinzen hinabzusteigen.

Ein einziger Kuss wurde ihnen gewährt, in der Hoffnung, die Prophezeiung des Schicksals erfüllen zu können.

Doch bis heute schläft der Prinz.

Von der Zeit unberührt.

Das letzte Zeugnis von Magie auf dieser Welt.

»So. Das Kapitel ist aus. Können wir jetzt damit aufhören? Wir kennen die Geschichte in- und auswendig, und es ändert nichts daran, dass ich es für absoluten Bullshit halte.« Ich klappte das Buch zu, und meine Kehle wurde eng, als erneut Erinnerungen in mir hochkamen. Erinnerungen an meine Schwester Fiona und mich. Unter dem Apfelbaum. Erinnerungen, die ich nicht zulassen wollte.

»Sag mir, was ihr daraus lernen sollt, Rain«, sagte Granny.

»Gar nichts, weil es letztendlich nur ein Märchen ist!«

»Was lernst du daraus?«, wiederholte sie streng.

»Niemals Kinder zu bekommen?«, schlug ich vor.

Avery sah aus, als wollte er mir mit dem alten Buch eins überbraten, damit ich endlich die Klappe hielt.

»Was hast du mir da gerade vorgelesen, Kind?«, fragte sie.

Ich seufzte. »Das Märchen der Märchen?«, versuchte ich es spöttisch.

Großmutter richtete sich auf. »Nein, Rain. Das hier ist unsere Vergangenheit, unsere Gegenwart und unsere Zukunft. Es ist die Geschichte, von wem wir abstammen, es ist die Geschichte unseres Aufstiegs, und es ist die Geschichte unseres Falls, und es ist eine Prophezeiung, wie wir wieder zu dem werden, was wir einst waren. Wir sind *ihre* Nachfahren. Deine Mutter, deine Tanten, ich, du, deine Schwester genauso wie meine Mutter und deren Mutter. Wir führen Schneewittchens Erbe weiter. Auch wenn unsere Macht längst zerfallen, die Magie verschwunden und der Glanz der alten Zeit nicht mehr als eine Geschichte ist.«

Wir starrten uns an, und schließlich hob ich das Kinn und sagte leise: »Und was, wenn ich dieses Erbe nicht antreten will? Was dann?«

Grandma stieß ein Schnauben aus. »Das steht schlichtweg nicht zur Debatte. Seit jeher versuchen die Frauen in unserer Familie, den Prinzen wach zu küssen, um die Magie in unsere Welt zurückzuholen. Du hast eine Pflicht in dieser Familie, eine Aufgabe, und die ist es, an deinem Geburtstag der Tradition zu folgen. Deine Schwester wusste um ihr Erbe, obwohl sie noch so jung war. Sie war bereit, ihre Pflicht zu erfüllen, doch dann …« Sie stockte.

»Doch dann ist sie in den Brunnen gefallen und ertrunken«, half ich ihr nach.

Meine Großmutter straffte sich. »Ich habe all die Jahre versucht, dich zu unterrichten …«

»Vielleicht wollte ich nie darin unterrichtet werden, wie man einen Prinzen wach küsst!«

Doch Grandma ignorierte meinen Einwurf und fuhr noch schärfer fort: »… dir den Weg zu weisen, wie ich es bei deiner Schwester getan habe, und dich auf diesen einen großen Tag vorzubereiten, und dennoch bist du widerspenstig, benimmst dich wie eine ungezogene Göre. Unsere Familie hat wahrlich schon genug Scham und Demütigung erlitten. Wir stammen von den alten Familien ab. Unsere Vorfahrin war ein Höfling unter den Göttern selbst! Du hast eine Pflicht zu erfüllen. Und du wirst sie erfüllen, Rain White!«

Die Worte brannten mir in der Kehle. Wie sehr wollte ich ihr sagen, dass ich keinerlei Interesse hatte, dieser Tradition zu folgen. Ich war nicht Fiona. Das wussten wir alle. Sie ließen mich niemals vergessen, wie sehr ich eben nicht meine Schwester war. Die Worte steckten in meinem Hals, prickelten auf der Zunge und … Eine Berührung ließ mich innehalten. Avery hatte nach meiner Hand gegriffen und drückte sie. Fest.

»Nicht, du machst es nur schlimmer«, flüsterte er, und ich schluckte die Worte herunter. Es tat körperlich weh.

Granny rührte sich nicht. Sie atmete schwer, und ich wusste, dass sie ganz genau spürte, was in mir vorging. Sie witterte meine Schwäche wie ein Bluthund und überlegte, wie sie mich am besten zur Strecke brachte. Sie wusste, dass ich rebellieren wollte, und ich wusste, dass sie alles tun würde, um mich aufzuhalten.

Schließlich nahm sie das Märchenbuch wieder an sich. »Wir reden morgen weiter. Geht schlafen. Gute Nacht, meine Lieben.« Damit ging sie aus dem Zimmer. Auch wenn sie sich schwer auf ihren Stock stützte, war ihr Gang beinahe lautlos. Die Tür fiel klackend ins Schloss.

Avery sackte wie ein Luftballon in sich zusammen. »Bitte sag mir, dass wir gerade noch mal glimpflich davongekommen sind.«

»Eher nicht. Steck dein Ersatzhandy an, und versteck das Bargeld unter den Dielen. Wir müssen uns auf schlimme Wochen einstellen.«

Avery verzog das Gesicht. »Wuhuu …«, murmelte er nur und schlüpfte aus dem Zimmer.

»Avery?«, hielt ich ihn noch einmal auf.

»Hm?« Er warf mir einen trägen Blick über die Schulter zu.

Ich biss mir auf die Unterlippe, ehe ich leise murmelte: »Danke, dass du heute mitgekommen bist. Heute ist …«

Ein flüchtiges Lächeln kam als Antwort. »Der Todestag von Fiona. Ich weiß. Ich weiß, dass du versuchst, nicht daran zu denken, aber sei nicht zu hart mit dir selbst. Was damals passiert ist, war nicht deine Schuld.«

Ich senkte den Kopf und atmete durch. »Ich hasse es, daran zu denken, und dennoch kommt dieser eine Tag wie Schluckauf in mir hoch.«

»Dann halt die Luft an«, sagte er amüsiert und schloss die Tür.

Müde ließ ich mich auf das alte Himmelbett sinken, in dem schon meine Mutter geschlafen hatte, und kickte die Stiefel von den Füßen. Was für ein Reinfall. Alles hier. Ich knautschte mich in die Kissen und beobachtete, wie der Vorhang im Windspiel tanzte. Meine Wimpern sanken herab. Kitzelten meine Wangen. Ein Käuzchen krächzte. Mondschein fiel in mein Zimmer.

Wie von selbst wanderten meine Gedanken wieder zu Fiona. Ich hatte nicht mehr viele Erinnerungen an meine Schwester. Doch heute jährte sich ihr Todestag, und auch wenn die ganze Familie White versuchte, so zu tun, als wäre alles in bester Ordnung, hatten wir so alle unsere Probleme damit. Ich schloss die Augen und versuchte, meinen Puls zu beruhigen. Doch das Adrenalin hämmerte hartnäckig durch meine Adern, und die nette kleine Lektion von Grandma fraß sich wie eine alte Wunde durch meinen Kopf. Riss an Narben, die nicht heilen wollten, und holte Erinnerungen hervor, die ich nur noch sehr selten herausließ.

Alles war so verschwommen. Außer Fionas Stimme. An ihre Stimme konnte ich mich noch genau erinnern – und an diesen einen Tag. Den letzten Tag. Unruhig wälzte ich mich herum, drückte das Kissen unter meinem Kopf zurecht und versuchte, nicht dran zu denken, aber es kam in mir hoch wie ein Echo.

»Und dann?«, fragte ich und hob das abgefallene Apfelbaumblatt auf. Als ich es in das Sonnenlicht hielt, schien die Sonne hindurch und beleuchtete die feinen Äderchen.

»Was dann, Rain? Sprich in ganzen Sätzen und sitz gerade«, rügte mich Großmutter.

Ich seufzte. »Na, was passiert, wenn der Prinz aufwacht? Müssen wir dann gegen ihn kämpfen?« Ich riss dramatisch die Augen auf.

Fiona schnaubte. »Er wird die Magie zurückholen, du Dummerchen. Du hast es doch gehört. Dann werden den Nachfahren Prüfungen auferlegt wie damals schon unseren Vorfahren. Aber nur eine Familie kann am Ende der Sieger sein, also müssen wir besser sein als die anderen Familien.«

»Und wie?«, fragte ich wenig begeistert und nahm einen Marienkäfer, der auf dem Grashalm neben mir spazieren ging. Seine kleinen Füße kitzelten auf meiner Hand.

»Kleine Kinder müssen so was nicht wissen«, sagte Fiona nur.

»Ich bin kein kleines Kind! Ich bin schon sieben!«

Fiona ignorierte mich einfach und wandte sich stattdessen Granny zu. »Hast du den Prinzen ebenfalls geküsst, Großmutter?«, fragte sie mit vor Aufregung funkelnden Augen.

Ich verzog das Gesicht. Bäh. Küssen. Eddy hatte einmal versucht, mich zu küssen. Ich hatte ihn danach von der Mauer geschubst.

Granny nickte und blickte dabei in die Baumkrone über sich, als versuchte sie, etwas zu finden, was sie verloren hatte. »Das habe ich. Es war der aufregendste und bedeutendste Tag meines Lebens. Genauso wie im Leben eurer Mutter, eurer Tanten und allen anderen Frauen aus den alten Familien vor uns«, stimmte sie zu.

»Und … und wie sieht er aus? Ist er so schön wie in der Geschichte?«, fragte Fiona. Ihre Wangen röteten sich zu einem zarten Rosa.

»Oder sieht er aus wie ein Zombie? Ganz löchrig und voller Maden?«, fragte ich lauter.

»Bäh, Rain!« Fiona schubste mich. Der Marienkäfer flog erschrocken davon.

»Ich will keinen Zombie küssen«, würgte ich hervor.

»Du bist so nervig, bei dir würde er sowieso nicht aufwachen«, zischte Fiona.

»Ach ja? Und bei dir wird er kotzen!«

»Er ist ein mächtiger Prinz! Er kann gar nicht kotzen!«

»Kann er wohl.«

»Grandma! Rain ist vulgär.« Ich glaube, sie wusste nicht einmal, was vulgär hieß, aber Fiona liebte es, Dinge zu sagen wie die Erwachsenen.

Großmutter seufzte und legte den Apfel neben sich auf der Bank ab. »Das reicht jetzt, Kinder. Ich erzähle euch ein anderes Mal mehr. Geht spielen, aber geht nicht so weit in den Wald hinein. In einer Stunde gibt es Abendessen.«

Fiona stand auf, und der Wind strich durch ihr dunkles Haar, während sie verkündete: »Ich werde den Prinzen aufwecken. In sechs Jahren, wenn ich achtzehn bin, werde ich zu ihm gehen und ihn wach küssen. Und dann kehrt die Magie zurück. Wir werden geprüft und anschließend belohnt! Ich weiß es.« Ihre blauen Augen leuchteten wie ein Stück gefallener Himmel, während die Schmetterlinge um sie herum tanzten.

»Woher weißt du das? Niemand hat ihn bisher aufwecken können. Nicht mal Großmutter.« Schnaubend riss ich ein Grasbüschel aus.

Der Wind wehte Fiona eine Haarsträhne ins Gesicht, während sie flüsterte: »Ich weiß es, weil ich von ihm träume. Er ruft nach mir.«

Als ich zu ihr aufblickte, wirkte sie wie das schönste Wesen auf der Welt. Wie eine echte Prinzessin. Sie lächelte, und ich wusste, wenn der Prinz aufwachte, dann nur für Fiona White.

Ruckartig setzte ich mich auf. Schweiß rann mir den Rücken hinab, während ich keuchend meine Gedanken zu beruhigen versuchte.

Fiona. Meine letzte Erinnerung an sie, denn als der Abend dämmerte, war sie bereits tot.

Mein Blick zuckte zum Fenster. Seichtes Morgenlicht schien herein, und das Gezwitscher von Vögeln drang nur gedämpft durch das Pochen in meinen Ohren.

Nur ein Traum.

Nur ein Traum.

Ich ließ mich zurück in die verschwitzten Kissen fallen und zwang mich, tief durchzuatmen. Sobald ich mich etwas beruhigt hatte, tastete ich mit fahrigen Fingern nach dem Handy unter dem Kopfkissen und checkte die Zeit. Viertel vor sechs.

»Shit«, stieß ich hervor.

Ich brauchte beinahe eine Stunde, um mich wieder so weit im Griff zu haben, dass ich mich aufrappeln konnte. Ich schälte mich aus dem noch immer nass geschwitzten Tanktop, schlüpfte in das angrenzende Badezimmer und ließ mich müde auf die Toilette fallen. Seit Fionas Tod hatte ich einen Hang zu Albträumen. Und gerade um ihren Todestag herum waren die Träume noch schlimmer. Wenn das so weiterging, würde die Migräne wiederkommen. Ich blinzelte und zwang mich, zu spülen und in die Puschen zu kommen.

Ich quetschte gerade etwas Zahnpasta auf meine Zahnbürste, als sich jemand räusperte.

»Guten Morgen.«

Seufzend schob ich mir die Zahnbürste in den Mund und sah in den Spiegel. Neben meiner Spieglung blickte mir ein zweites Gesicht entgegen, das mir beinahe genauso vertraut war wie mein eigenes. Es war normal, wenn Kinder imaginäre Freunde hatten, mit denen sie spielten und Teekränzchen abhielten, es war jedoch auch normal, dass diese imaginären Freunde sich ab einem gewissen Alter verdünnisierten. Tja, nur meiner nicht. Nein. Meiner blieb hartnäckig und starrte mich aus spöttisch funkelnden Augen an.

»Hey, Buh«, brummte ich. Ich putzte schneller und starrte meinen persönlichen Hausgeist an.

Buh war groß und schlank mit dunklen Augen und Haaren, die sich in ungebändigten Wellen um sein Gesicht legten. Er sah immer aus, als wäre er gerade aus dem Bett gefallen, obwohl ich ihn noch nie hatte schlafen sehen. Er hatte absurd hohe Wangenknochen, eine lange Nase und Lippen, bei denen die Oberlippe ein wenig voller war als die untere. Buh sah für einen nicht existenten Kerl irritierend heiß aus.

»Weißt du eigentlich, dass ganz England über deinen Geburtstag in zwei Tagen spricht? Dein Gesicht läuft in den Nachrichten rauf und runter.«

»Das Ganze ist doch Bullshit. Langsam glaube ich selbst an den ganzen Mist«, sagte ich unwirsch und spuckte aus. »Und du solltest aufhören, den ganzen Tag fernzusehen. Du wirst dadurch nur noch seltsamer, als du eh schon bist.«

Der Geist in meinem Spiegel schnaubte. »Ich langweile mich! Was soll ich denn sonst den ganzen Tag tun?«

»Du bist ein eingebildetes Spiegelbild, du musst gar nichts tun«, erinnerte ich ihn.

Buhs Blick verfinsterte sich ein wenig, und er verengte die Augen, während sich ein kleiner Riss durch den Spiegel fraß. Ach je, das passierte nur, wenn er eingeschnappt war.

»Weißt du, es ist manchmal ganz schön verletzend, wenn du ständig meine Existenz leugnest.«

Da ich selbst zu gestresst war, um auf seine Launen einzugehen, warf ich ihm einen genauso bösen Blick zu. »Falls es dir entgangen ist, nur ich kann dich sehen!«

»Reicht das denn nicht?«

»Nein, ja, nein! Ach, keine Ahnung. Nerv mich nicht.«

Die Spiegelscheibe wurde matt, als würde es prompt kalt werden, obwohl es das nicht wurde. »Dann such dir gern ein neues Hirngespinst, das dir bei deinen Problemen hilft. Ich bin sicher, davon laufen einige rum«, knurrte er mich an, und seine Umrisse wurden unscharf.

Seufzend stieß ich den Atem aus, spuckte die Zahnpasta aus und presste die Hand gegen den Spiegel. »Buh, warte!«

Der Riss wurde nur größer.

»Hey, es tut mir leid«, beteuerte ich und blickte in den Spiegel. Ich sah mich selbst und seinen Umriss wie einen Schatten. »Gestern war ein wirklich beschissener Tag, und ich lasse das an dir aus. Tut mir leid. Du bist mein bester Freund. Ob eingebildet oder nicht.«

Der Schatten stockte. »Hört, hört«, murmelte er. Doch er erschien wieder. Direkt vor mir. Seine dunklen Augen blickten mir entgegen, und eine Locke ringelte sich auf seiner Stirn. Er sah noch immer angepisst aus. »Hast du ein Glück, dass du ebenfalls meine beste Freundin bist, sonst wäre ich sauer auf dich.«

Meine Lippen zuckten. »Du bist doch ständig sauer auf mich«, erinnerte ich ihn.

»Aber ich bleibe es nie«, erinnerte er mich.

Wohl wahr.

Meine Erinnerungen an Buh begannen zwei Tage nach Fionas Tod. Ich hatte weinend im Bett gelegen und mich gefühlt, als würde die Sonne nie wieder scheinen und ich nie wieder lächeln. Das ganze Haus war in einen Schleier aus Schwarz und Grau getaucht, bis er auf einmal da gewesen war. Er war aus dem Nichts gekommen. Von einem Atemzug zum anderen.

Ich erinnerte mich noch genau an seine ersten Worte: »Buh!« Ich hatte vor Schreck aufgeblickt, und da hatte er mich aus dem Spiegel angegrinst. Der Junge mit den schwarzen Haaren und den ebenso dunklen Augen. Kaum älter als ich.

»Willst du Verstecken spielen?«, hatte er mich gefragt.

Und ich? Ich war schreiend aus dem Zimmer gelaufen, hatte meine Mum geholt und ihr den Jungen im Spiegel gezeigt. Nur dass sie keinen Jungen gesehen hatte.

Es hatte einige Tage gebraucht, bis ich tatsächlich erkannt hatte, dass der Junge im Spiegel nur für mich existierte. Niemand sonst konnte ihn sehen oder hören, auch wenn Avery eine Zeit lang so getan hatte, als könnte er es.

Buhs erstes Wort blieb schließlich als Name hängen, und für ein Jahr, vielleicht auch zwei nach Fionas Tod war Buh mein engster Freund gewesen. Statt meiner Schwester hatte er sich meine Probleme angehört, mit mir gelernt, mit mir ferngesehen. Es war mir so lächerlich normal erschienen. So selbstverständlich, dass ich beinahe vergessen hatte, dass Buh nur meiner Fantasie entsprang.

Bis Großmutter anmerkte, etwas würde mit mir nicht stimmen. Weil ich mit neun Jahren noch immer mit unsichtbaren Freunden sprach. Mum hatte mich in Schutz genommen. Ein Jahr lang, zwei, bis sie dem Drängen von Grandma nachgekommen war, und auch wenn sie es nie ausgesprochen hatte, so wusste ich, dass sie am Ende ebenfalls geglaubt hatte, dass etwas nicht mit mir in Ordnung war. Dass der Verlust von Fiona mich gebrochen hatte. Und so hatte es begonnen. Ein Arztbesuch nach dem anderen. Eine Diagnose nach der anderen, bis ich aufgehört hatte, über Buh zu sprechen.

Und Buh? Ich hatte alles mit einem saloppen Scherz abgetan, aber der Ausdruck in seinen Augen ... Da war immer Einsamkeit gewesen. Eine Zeit lang hatte ich versucht, ihn zu ignorieren. So zu tun, als wäre er gar nicht da. Wo zuvor unser Lachen erklungen war, waren nur noch das Murmeln des Fernsehers und das einsame Rascheln von Buchseiten. Wo vorher gemalte Bilder von uns beiden hingen, klebten seitdem Poster von irgendwelchen Boybands an der Wand, und ich wusste, es hatte ihn verletzt.

Seitdem hatte unsere Beziehung immer wieder so einige Aufs und Abs erlebt. Meistens wenn sich etwas veränderte. Also, wenn ich mich veränderte und er sich mit mir. Mein Körper, mein Verhalten, meine Interessen. Es fiel ihm körperlich nicht schwer, sich daran anzupassen, aber emotional durchaus. Als wäre ihm meine Entwicklung zu schnell. Der Tag, an dem ich begonnen hatte, BHs zu tragen, und Buh verboten hatte, ohne Ankündigung in mein Zimmer zu platzen, war ein dunkler Tag unserer Freundschaft gewesen. Doch es hatte irgendwann Regeln geben müssen und dazu gehörte, dass er mich nicht störte, wenn ich auf der Toilette oder unter der Dusche war oder mich gerade umzog. Eigentlich gehörte dazu auch, dass er mich nicht störte, wenn ich Jungs zu Besuch hatte, aber das fiel bei meiner anstrengenden Familie ohnehin flach. Daher brachte ich meine Dates schlichtweg nicht mit nach Hause. Die Regel galt dennoch, denn meine Beziehungen waren eher kurz und ich wusste meinen Vibrator durchaus zu schätzen. Dabei musste ich mich jedoch entspannen können, ohne ständig das Gefühl zu haben, ein perverser Poltergeist würde mir über die Schulter linsen. Wenn ich schlief, durfte er auch nur mit meiner Zustimmung im Spiegel rumgurken. Dafür ließ ich manchmal Netflix laufen, wenn ich in die Schule ging, damit er sich die Zeit besser vertreiben konnte.

Das Ganze klappte zwar nicht immer, und Buh hatte mich schon öfter in peinlichen Situationen erwischt, als ich zählen konnte, aber im Großen und Ganzen funktionierte unser Zusammenleben so recht gut. Seltsam, aber gut.

Vermutlich hätte ich ihm in all den Jahren einen neuen Namen geben sollen, doch Buh fragte niemals danach und ich scheute davor zurück, ihn noch … menschlicher zu gestalten, als er ohnehin schon war. Der Spitzname, so lächerlich er auch sein mochte, gab mir das Gefühl, ihn nicht ernst nehmen zu müssen. Wie ein Anhängsel aus meiner Kindheit, lästig, aber nicht gefährlich.

»Warum war gestern so schrecklich?«, griff Buh den Grund für meine schlechte Laune wieder auf und beobachtete, wie ich begann, etwas Make-up aufzutragen.

»Frag nicht«, gab ich zurück.

Er hob eine Augenbraue. »Also war euer Gig nicht erfolgreich? Du hast da übrigens am Kinn einen Pickel.« Er deutete spöttisch auf mein Gesicht.

Gereizt fuchtelte ich mit der Wimperntusche herum. »Es war eine Katastrophe! Wir kamen zu spät und wurden aus dem Club geworfen, und zu allem Überfluss war Edward fucking Cinderbe Zeuge davon.«

Jetzt schossen beide Augenbrauen hoch, und in der Spiegelung sah es aus, als würde er sich auf den heruntergeklappten Klodeckel setzen und mich unter dichten Wimpern ansehen. »Cinderbe war da?«

»Ja, und es war erniedrigend«, murrte ich, zog den letzten Kajalstrich und warf alles in meinen Beutel zurück.

»Und was …?«, begann Buh.

»Am Abend, ja? Ich bin spät dran«, unterbrach ich ihn und rannte aus dem Badezimmer.

»Du hast Klopapier am Schuh kleben!«, rief er mir nur noch nach. Trottel.

KAPITEL 3

»Du musst nur alles tun, was ich dir heiße.«
»O Spielmann«, sprach der Wolf,
»ich will dir gehorchen
wie ein Schüler seinem Meister.«

Aus »Der Wunderliche Spielmann«
Gebrüder Grimm

Kurz vor acht stolperte ich die knarrende Treppe herunter ins Esszimmer, wo bereits meine gesamte Familie beim Frühstück saß.

»Guten Morgen«, sagte ich und zog hastig die rote Krawatte des Grimm's-College zu, die um meinen Hals baumelte.

Meine Mutter unterbrach ihr Gespräch mit Tante Lilly und lächelte mich an. Die feinen Fältchen um ihre Augen waren das Einzige, was erkennen ließ, dass sie keine dreißig mehr war. »Guten Morgen, mein Schatz.«

Sie reckte mir ihre Wange entgegen, und als ich sie küsste, roch ich Feuchtigkeitscreme und die Blumen aus ihrem Garten.

»Morgen, Papa, Morgen, Tante Lilly und Onkel Harvey, Morgen, Avery, Morgen, Grandma«, grüßte ich in die Runde der Whites, während ich mich an den Tisch setzte.

Von meinem Vater kam nur ein liebevolles Brummen hinter der Zeitung hervor. Meine Tante reagierte, indem sie die Lippen zu einem dünnen Strich zusammenpresste und dabei wie Grandma aussah, die mich keines Blickes würdigte.

Onkel Harvey hingegen köpfte voller Inbrunst sein hart gekochtes Ei. »Sieh mal an, wer es doch noch aus dem Bett geschafft hat«, brummte er mit seinem schweren Londoner Akzent. Jedes Mal wenn er sprach, wackelte sein Schnauzbart wie der eines Walrosses.

Ich ignorierte ihn. Vorwurfsvolle Missachtung war so ein Ding bei uns. Vor allem mir gegenüber. Granny war ich zu wenig Fiona, Tante Lilly litt unter permanentem Weltschmerz und mochte prinzipiell niemanden, und Onkel Harvey wurde prinzipiell von allen ignoriert.

Tante Lilly war die älteste von Grandmas Töchtern. Harvey war ihr inzwischen vierter Ehemann und die beiden zu Grandmas Leiden kinderlos. Avery saß nur der Form halber neben ihnen, denn die Plätze, an denen seine Mutter, meine Tante Pansy, und sein Dad, Jack Hunter, hätten sitzen müssen, waren beide leer. Der Stuhl neben mir, auf dem Fiona sitzen sollte, war es ebenfalls.

»Morgen«, nuschelte Avery. Er trug mehr Make-up als ich – und das ziemlich sicher, um seine dunklen Augenringe zu kaschieren.

Ich blinzelte ihn an. »Seit wann bist du denn schon auf?«

Mein Cousin warf mir einen geplagten Blick zu. »Ist nicht freiwillig«, murmelte er nur und lugte zu Grandma hinüber, die mit der Präzision eines Chirurgen ihren geräucherten Fisch zerlegte, den es bei uns jeden Morgen gab.

Angespannt nahm ich mir eine Tasse Tee und schüttete einen kräftigen Schuss Milch hinein. Etwas Stärkeres wie etwa Kaffee gab es nicht. Zumindest nicht für alle unter achtzehn und manchmal auch nicht für meine Mum und Tante Lilly, wenn meine Großmutter der Meinung war, dass sie sich kindisch verhielten. Als die helle Milch auf den braunen Tee traf, strömte alles in einem kleinen Wirbel ineinander.

Nervös schielte ich zu meinem Cousin und formte mit den Lippen: »Was ist los?«

Avery zuckte nur mit den Schultern und spielte an einer Stoffserviette herum. Na dann …

Ich stürzte meinen Tee herunter. Diese Stimmung würde ich kein ganzes Frühstück lang durchhalten. Der Tee musste also reichen, daher stand ich laut mit dem Stuhl quietschend auf. »Dann bis später. Wir müssen los. Könnte spät werden, ich schaue nach der Schule noch bei Al in der Werkstatt vorbei«, verkündete ich und wurde prompt von Großmutter unterbrochen.

»Das wirst du nicht, Rain.«

»Warum nicht?«

Sie warf mir einen solch eisigen Blick zu, dass die Gespräche am Frühstückstisch schlagartig verstummten.

»Ist alles in Ordnung, Mum?«, fragte meine Mum Granny, während ich mich zurück auf den Stuhl sinken ließ.

Grandma tupfte sich den Mund an der Serviette fein säuberlich ab, ehe sie sie neben sich auf das blütenweiße Tischtuch legte. »Ganz und gar nicht. Ich halte es für angebracht, euch zu erzählen, dass sich die Kinder gestern Nacht hinausgeschlichen und mein Auto gestohlen haben.«

Nun verstummten auch noch die Kaugeräusche von Onkel Harvey. Mein Vater blickte blinzelnd hinter seiner Zeitung auf. Die Brille auf seiner Nase war so verschmiert, dass ich mich fragte, ob er uns überhaupt sehen konnte.

»Die Kinder haben *was?*«, fragte meine Mutter verdutzt.

»Ich habe es euch doch gleich gesagt«, fügte Tante Lilly spitz hinzu.

»*Was* hast du gesagt?«, fragte meine Mutter scharf.

Tante Lilly schürzte jedoch nur die Lippen und nahm einen gezierten Schluck von ihrem Tee.

»Wir haben nur …«, begann ich, doch Grandma unterbrach mich, indem sie die Hand hob und mir das Wort abschnitt.

»Sie haben den Bentley nicht nur geklaut, sondern ihn auch demoliert. Im Inneren ist alles verschmiert und klebrig.«

»Es ist nur ein Slushi«, verteidigte ich mich und erntete einen schockierten Blick von meiner Mutter.

»Stimmt das?« Ihre Stimme war gefährlich leise geworden.

Ich öffnete den Mund.

»Natürlich stimmt es«, entgegnete meine Großmutter brüsk. »Sie haben sich rausgeschlichen, und ich habe über eine angemessene Strafe nachgedacht.«

»Die Teppiche sind noch von der letzten Strafe ausgeklopft«, warf Avery ein.

»Und der Boden in der Halle ist geschrubbt. Schon zweimal«, fügte ich hinzu.

»Ihr stellt viel zu viel Blödsinn an«, brummte mein Vater und vergrub sich wieder hinter seiner Zeitung. Er war Professor in Oxford für britische Kunstgeschichte des Mittelalters und gab sich alle Mühe, dem Klischee des zerstreuten Professors gerecht zu werden. Inklusive Tweedanzug mit Flicken an den Ellenbogen und bis hin zu seiner brennenden Leidenschaft für hässliche Krawatten.

Liebevoll zog meine Mum eines dieser scheußlichen Exemplare aus der Marmelade.

»Ich halte es für angemessen, Rain und Avery Aufgaben zuzuweisen, die sie ohnehin längst erledigen müssten.«

Alle am Tisch sahen uns mitleidig an, wandten jedoch nichts zu unserer Verteidigung ein.

Granny hob eine geblümte Tasse, und während sie einen Schluck nahm, musterte sie mich über den Rand hinweg. »Der Garten wurde schon viel zu lange vernachlässigt. Ich wünsche, dass ihr ihn komplett auf Vordermann bringt.«

Avery und ich wechselten panische Blicke. »Den ganzen Garten?«, hakte ich nach.

»Alles. Dazu gehört auch das Stutzen der Büsche.«

»Das ist …«, begann Avery, doch Grandma sprach einfach weiter.

»Mir ist auch aufgefallen, dass von irgendwoher ein seltsamer Geruch kommt. Vielleicht ist wieder ein Waschbär verendet. Findet es heraus.«

»Aber …«

»Außerdem haben wir in einigen der Zimmer wieder Motten. Sortiert alles aus, was sie zerfressen haben, und stellt Fallen auf.«

»Großmutter, wann sollen wir das alles machen?«, fragte ich entsetzt, doch ihre Miene blieb hart.

»Die Fenster müssen ebenfalls geputzt werden.«

»Welche?«

»Alle.«

»Mutter«, protestierte jetzt auch meine Mum.

»Das Unkraut muss aus der Einfahrt entfernt werden und die alten Gemälde abgestaubt.«

Mein Atem ging immer flacher. Das waren Unmengen an Aufgaben. Um das alles zu erledigen, müssten wir Wochen durchgehend schuften.

»Grandma! Das ist zu viel«, widersprach ich.

Sie zuckte mit keiner Wimper. »Mir ist die Vielseitigkeit der Aufgaben bewusst. Es ändert jedoch nichts daran, dass sie ohnehin gemacht werden müssen und es freiwillig niemand tun wird. Wir alle müssen unseren Beitrag für Whitestone leisten.«

Niemand und nichts konnte Whitestone noch retten. Es war einfach zu alt. Es faulte praktisch über und unter uns zusammen, und da würden auch alle Mottenkugeln der Welt nicht reichen.

Ich schluckte, löste meine Zunge vom Gaumen und warf meiner

Mum einen flehentlichen Blick zu. Diese erwiderte diesen bekümmert und drückte unter dem Tisch meine Hand.

»Es scheint mir doch sehr viel auf einmal, Mutter«, versuchte sie, Granny zu beruhigen, während sie meine Hand noch fester drückte. »Zudem ist übermorgen Rains großer Tag. Damit sie sich darauf vorbereiten kann, schlage ich vor, wir vertagen die Strafe auf danach.«

Großmutter runzelte die Stirn so stark, dass sich darauf eine steile Falte abzeichnete. »Mir ist der Tag nicht entfallen. Und Rain hoffentlich ebenfalls nicht.« Ihr Blick bohrte sich in meinen, und ich presste die Lippen zusammen.

»Rain muss nichts tun, was sie nicht will«, sagte meine Mutter. Darüber haben wir gesprochen, Mutter.«

»Pflicht hat nichts mit wollen zu tun.«

»Mutter!«

»Rain wird uns nicht blamieren. Falls sie ihrer Pflicht nachkommt, sehe ich natürlich ein, dass die Hausarbeit zusätzlich zu viel ist. Es ist ihre Entscheidung.«

»Ist es das? Fühlt sich nicht so an«, murmelte ich.

Grandma hingegen wirkte unheimlich entspannt. »Natürlich ist es das. Und dennoch. Seit Jahrhunderten folgen die Whites an ihrem achtzehnten Geburtstag der Tradition. Wenn du darauf bestehst, die Tradition mit Füßen zu treten, werde ich dich nicht aufhalten.«

Das klang gestern aber noch ganz anders.

Ich starrte sie an und schluckte die Wut herunter.

Nein, das hier war schlicht und einfach Erpressung. Ihre Art sicherzustellen, dass ich auch genau das tat, was sie wollte, und selbst die kleinste Möglichkeit auszuschließen, dass ich mich an diesem Tag verdrücken konnte.

Ein Schweißtropfen rann mir den Rücken hinunter. »Ich werde darüber nachdenken.«

»Tu das.« Sie stellte die Tasse ab. »Ich war so frei, für diesen besonderen Tag ein Kleid bei meinem Schneider in Auftrag zu geben. Harvey, ich erwarte, dass du es abholst, wenn du wieder in London bist.«

Mein Onkel blinzelte. »Wenn es sein muss.«

»Nun denn ...« Meine Großmutter warf einen Blick auf die alte Taschenuhr neben sich, die sie immer mit sich trug. Das Ticken verfolgte mich manchmal selbst bis in meine Albträume. Wenn man das Ohr an die Wand presste, konnte man dieses Ticken gefühlt von überall hören. Als wäre es der Herzschlag des Hauses. »Ihr solltet los, sonst verpasst ihr den Schulbus.«

Avery und ich standen gleichzeitig auf.

»Vergesst euer Lunchgeld nicht«, murmelte meine Mutter.

»Werden wir nicht«, presste ich hervor und stürmte aus dem Raum. Avery folgte mir.

Die alten Dielen knarrten, als ich mir meinen vollgepinnten Rucksack über die Schulter schwang, das Lunchgeld von der kleinen Kommode schnappte und die Haustür aufstieß. Auch die alte Veranda knarzte, als ich nach draußen lief und den Weg zur Busstation einschlug.

»Tja, wie es aussieht, haben wir ihr gestern perfekt in die Hände gespielt«, brach Avery schließlich das Schweigen, nachdem wir eine ganze Weile die Einfahrt entlang Richtung Busstation gelaufen waren.

»Sieht wohl so aus«, stimmte ich grimmig zu und trat einen Stein zur Seite, der raschelnd in der Böschung verschwand. »Es sollte mich vielleicht verletzen, dass meine eigene Großmutter auf solche Mittel wie Erpressung zurückgreift, nur um ihren Willen zu bekommen, aber um ehrlich zu sein, war nichts anderes zu erwarten.«

»Tja, wer ist schon scharf darauf, in ein altes, ekliges Grab hinabzusteigen, um einen uralten schlafenden Prinzen wach zu küssen?«, fragte Avery spöttisch.

Ich zuckte mit den Schultern. »Wie es aussieht, alle außer mir«, war alles, was ich darauf erwiderte, und Avery war klug genug, nicht weiter zu sticheln.

Schweigend erreichten wir die Busstation. Diese war nicht mehr als eine klapprige Holzbank am Rand der holprigen Straße inmitten von wild wucherndem Grün und hohen Bäumen. Daneben war ein wackliger Bücherleihkasten, in dem, seit ich denken konnte, immer dieselben Bücher standen. Hier draußen gab es nicht viel, bis auf alte, halb verfallene Anwesen.

Der Bus war noch nicht in Sicht. Genervt knallte ich meinen Rucksack auf die Bank und friemelte das Mathebuch heraus, da heute eine Klausur anstand, für die ich natürlich nicht gelernt hatte. Den Rucksack nutzte ich als Kissen.

Mein Cousin hingegen riss den Schrank auf, schnappte sich ein dickes Wörterbuch und zog einen platten Joint heraus. »Frühstück«, murmelte er zufrieden und holte ein altes Feuerzeug aus seiner Hosentasche. Es war ein altmodisches Ding aus Gold, jedoch so angelaufen, dass es beinahe schon schwarz war. Er hatte es von seinem Vater, und auch wenn Avery nicht oft von seinem Dad sprach, trug er das Feuerzeug dennoch ständig mit sich herum.

Genüsslich zog Avery an dem Joint, ehe er tiefer in den Schrank griff. »Hier«, sagte er und warf mir den Energydrink zu.

Ich fing die Dose auf. »Erinnere mich daran, den Vorrat wieder aufzufüllen«, murmelte ich und blätterte in meinem Buch um.

»Skittles sind auch aus«, fügte er hinzu, während er das Buch zurückstopfte. Doch plötzlich stockte er mitten in der Bewegung. »Ey, Rain. Hast du in den Schrank ein neues Buch reingetan?«

»Hä?« Verwirrt sah ich ihn an.

Avery hielt ein unglaublich zerknittertes Taschenbuch hoch. Das Cover war komplett schwarz, Schrift war darauf keine zu entziffern.

Naserümpfend hob Avery das Buch noch höher. »Was ist denn das?«

Ich klappte das Mathebuch zu und schwang mich von der Bank. »Gib mal her.«

Avery warf es mir zu.

Ich griff danach, erwischte jedoch nur den alten Deckel, und das Buch zerriss praktisch in zwei Hälften. Vor Schreck ließ ich auch den Rest fallen. »Mist«, fluchte ich und bückte mich, um alles wieder aufzuheben.

Der Morgentau hatte das Papier bereits angefeuchtet, sodass es sich zwischen meinen Fingern fast auflöste. Hastig sammelte ich die zerfransten Zettel ein, bis ich auf den dunklen Umschlag stieß. Das Cover war tatsächlich komplett schwarz, es gab zwar Einkerbungen darin, die aussahen wie ein verworrenes Muster, aber auch aus der Nähe betrachtet konnte ich keinen Titel erkennen. Im selben Augenblick hörte ich das Ächzen des alten Busses, der um die Kurve kratzte. Einige Meter vor uns blieb er stehen, und die Türen öffneten sich quietschend.

»Beeil dich, Rain. Lass den Mist einfach liegen«, drängte Avery, der den Joint ausdrückte und sich den Stummel hinters Ohr klemmte, während er sich in den Bus schwang.

Hektisch sammelte ich die restlichen Seiten ein, stopfte sie in meinen Rucksack und folgte meinem Cousin.

»Morgen, Lioness«, grüßte ich unseren Busfahrer etwas außer Atem.

»Morgen, Rain«, grüßte er zurück und sah mich mit seinen immer freundlichen Augen an, während ich die Fahrkarte durch den Scanner zog.

Lioness war in Woodley Busfahrer in dritter Generation. Er behauptete, seine Familie hätte bereits die Postkutschen nach London gefahren. So war Woodley. Ein Nest aus Eigenbrötlern, die das taten, was sie schon vor fünfhundert Jahren getan hatten. Und ich würde einen Besen fressen, sollte sich das jemals ändern.

Suchend sah ich mich nach meinem Cousin um und hielt mich überrascht an einem der Sitze fest. Nicht nur weil Lioness ruckartig angefahren war, sondern weil ganz hinten auf den Plätzen, die sonst Avery, Holly und ich gepachtet hatten … die Cinderbes saßen.

Was machten die Cinderbes hier? Die Cinderbes fuhren nicht Bus. Sie hatten einen Chauffeur und ein Auto, das prinzipiell zu teuer, zu lang und zu groß war, mitsamt einem Familienwappen auf der Fahrerseite, damit auch jeder wusste, welche Sprösslinge in die Schule kutschiert wurden. Und trotzdem saßen sie jetzt hier wie ein paar exotische Pfauen im Hühnerstall. Edward in der Mitte, mit etwas Abstand flankiert von Brianna und Cyress, die beide aussahen, als hätten sie einen üblen Geruch in der Nase.

Ich wechselte einen Blick mit meinem Cousin, der sich auf einen freien Zweierplatz geschmissen hatte. Ratlos zuckte er mit den Schultern.

Als hätte Edward meine Gedanken gelesen, hob er den Kopf. Sein blondes Haar fiel ihm um das Gesicht, und das Sonnenlicht ließ seine Augen beinahe absurd blau aussehen. Ein Lächeln trat auf seine Lippen, als er das Mathebuch, in dem er offenbar gelesen hatte, zuklappte, mir zuwinkte und neben sich deutete.

Irritiert wackelte ich einfach mit den Fingern zurück, ließ mich jedoch auf den freien Doppelsitz vor Avery fallen und stellte meinen Rucksack neben mich, um den Platz für Holly zu reservieren. Als der Bus erneut stehen blieb, warf ich einen flüchtigen Blick nach draußen.

Auch hier kennzeichnete nur eine alte klapprige Sitzbank die Haltestelle. Die Bäume standen dicht und ließen nur ein paar Lichtflecken auf den dick bemoosten Boden durch. Hohe Farne schwankten in einer leichten Brise. In meiner Spiegelung im Fenster sah ich eine vertraute, verschwommene Silhouette, die mir fröhlich zuwinkte. Dunkle Haare, freches Grinsen.

Buh.

»Hau ab«, zischte ich ihm zu.

Buh verengte die Augen, als neben ihm eine weitere Gestalt in der Fensterspiegelung auftauchte. Breite Schultern und blondes Haar schoben sich vor das Bild von Buh.

»Rain?«

Überrascht drehte ich mich um. »Edward?«

Er lächelte auf mich herab. Die Uniform des Grimm's-College sah aus, als hätte man sie nur für ihn entworfen. »Hey«, sagte er nur.

»Hey«, erwiderte ich abgelenkt und linste zum Fenster, als der Bus losfuhr. Buh war weg. Ich drehte mich wieder zu Edward und zwang mich zu einem Lächeln. »Was machst du hier? Ich kann mich nicht erinnern, dass ihr jemals mit dem Bus gefahren seid.«

Edward grinste schief und hielt sich an meinem Sitz fest, als der Bus in eine scharfe Kurve ging. Seine Finger streiften meinen Oberarm, doch er tat so, als hätte er es nicht bemerkt. Genauso wie ich. »Unser Auto ist in der Werkstatt«, sagte er, ehe er hinterherschob: »Und natürlich sind wir schon mal Bus gefahren.«

»Ach ja?«

»Nicht oft«, räumte er ein.

Hinter uns hörte ich ein unterdrücktes Lachen. Mein Cousin, der unfassbar schlecht so tat, als würde er nicht lauschen.

»Wie auch immer. Ich wollte fragen, ob du dich zu uns setzen möchtest«, fuhr Edward fort.

»Du willst *was?*«

Seine Grübchen vertieften sich. »Setzen. Du. Dich. Neben mich. Wir haben noch Platz in der letzten Reihe.«

»Setzen …«, wiederholte ich langsam. »Zu euch?«

Ich schaute zu Brianna und Cyress zurück. Erstere bedachte mich mit einem kühlen Blick. Cyress gähnte. »Warum?«

Edward stutzte, als würde ihn allein die Tatsache verwirren, dass ich nicht sofort aufsprang. »Wir würden uns freuen?«

»So? Würdet ihr das?«, fragte ich amüsiert und stützte die Füße an der Rückenlehne des Vordersitzes ab. »Sorry. Um neben den Cinderbes zu sitzen, sind es in etwa drei Stunden zu früh und fünf Liter Kaffee zu wenig.«

Edward fuhr sich verunsichert durch das Haar und schielte auf meinen Rucksack. »Darf ich mich dann neben dich setzen?«

Für eine angespannte Sekunde starrten wir uns nur an. Ich blickte in seine blauen Augen und versuchte, zu verstehen, was hier eigentlich abging. »Tu dir keinen Zwang an«, sagte ich schließlich nur und warf den Rucksack auf den Boden, sodass die aufgesteckten Pins klapperten.

Edward schob sich neben mich und rieb sich wieder über den Nacken. Er hatte dort einen kleinen Leberfleck. Knapp unter dem blinden Haaransatz. Edward war eindeutig zu groß für die engen Bussitze. Anders als Avery war er allerdings zu höflich, seine langen Quadratlatschen einfach in den Gang auszustrecken, weshalb er nun mit abgeknickten Knien neben mir saß. Ein Muskel an seinem Kinn zuckte.

»Also. Hast du dich für den Test heute vorbereitet?«, begann er schließlich.

»So semi.«

»Oh. Nun, falls du Hilfe brauchst, kannst du mich jederzeit fragen.«

Amüsiert hob ich eine Augenbraue. »Sehe ich denn aus wie jemand, der Hilfe braucht?«

»Nun …« Er musterte mich, und zum ersten Mal hatte ich das Gefühl, dass er sich wirklich Zeit dafür nahm. Sein Blick blieb an meinem Gesicht hängen. »Du siehst aus wie jemand, der erst dann nach Hilfe fragt, wenn es bereits zu spät ist.«

»Exakt. Wo bliebe denn sonst der Nervenkitzel?«, frotzelte ich, ehe ich Edward einfach ignorierte und in meinem Rucksack wühlte. Warum hatte ich eigentlich dieses dumme nasse Buch eingesteckt? Die Blätter zerknitterten und rissen nur. Genervt schob ich sie zur Seite, schnappte mir mein Mathebuch und begann, mir kleine Notizen an den Rand zu machen, während wir ins Zentrum von Woodley einfuhren. Wobei Zentrum eine sehr großzügige Bezeichnung war. Im Großen und Ganzen handelte es sich dabei um einen Fish-'n'-Chips-Laden, einen abgeranzten Irish Pub und das Rathaus, das gleich an die Kirche angrenzte.

Kaum blieb der Bus stehen, stolperte Holly herein, und ihre braunroten Haare peitschten ihr ums Gesicht. In der Hand hielt sie wie immer einen Slushi. Hinter ihr trottete ihre Cousine Willow. Trotz der frostigen Temperaturen war ihr Schulrock so kurz, dass sie ihn entweder drei Nummern zu klein trug oder ihn gekürzt haben musste. Dicker Kajal unterstrich ihre geschwungenen grünen Augen, und zusammen mit der blondierten Mähne wirkten sie sogar noch intensiver. Willow war immer einen Tick zu laut, zu grob und zu unangenehm, um wirklich sympathisch zu sein. Dennoch mangelte es ihr weder an Freunden noch an Aufmerksamkeit, wobei ich mir sicher war, dass die meisten nur mit ihr befreundet waren, weil sie nicht kopfüber in der Toilette enden wollten. Selbst Brianna und Cyress rutschten, als sich Willow grob an Holly vorbeidrückte, um sich neben ihnen fallen zu lassen.

Holly indessen blieb irritiert vor uns stehen.

»Guten Morgen, Holly«, grüßte Edward sie freundlich.

»Morgen, Eddy. Seit wann fahrt ihr denn mit dem Bus?«

»Ihr Chauffeur ist kaputt«, erklärte ich.

»Das Auto macht Urlaub«, ergänzte Avery.

»Unser Auto ist in der Werkstatt«, korrigierte uns Edward.

»Verstehe«, sagte Holly und schob dann nach: »Du sitzt übrigens auf meinem Platz.«

»Oh, entschuldige.« Zögerlich stand Edward auf und warf mir ein schiefes Lächeln zu. »Dann bis später, Rain.«

»Später«, echote ich und beobachtete, wie er davondackelte.

»Was war das denn?«, raunte Holly mir zu, nachdem sie sich auf den Sitz hatte fallen lassen, den Edward gerade frei gemacht hatte.

»Ich habe absolut keine Ahnung«, erwiderte ich.

Avery hinter uns steckte den Kopf über den Sitz und bedachte uns mit einem zweideutigen Grinsen. »Meiner Meinung nach ist Cinderbe verknallt.«

»In mich?«

»Nein, in eine Kuh. *Natürlich* in dich!«

»Als ob. Der will doch irgendwas. Kein Cinderbe macht etwas, ohne sich davon etwas zu versprechen«, widersprach ich grimmig und blickte nach hinten. Soeben sagte Brianna etwas, was ihn zum Lachen brachte. Als sich unsere Blicke trafen, wurde das Lachen zu einem Lächeln und dieses Lächeln ein Stück sanfter. »Die Frage ist nur, was«, schob ich leise nach.

KAPITEL 4

Da ging der Priester hervor und sprach:
»Bist du von Gott gekommen oder von der Welt?
Bist du ein Geist oder ein Mensch?«

Aus »Das Mädchen ohne Hände«
Gebrüder Grimm

Das Grimm's-College war eine jener Londoner Privatschulen, die den Ruf hatten, noch dem klassischen Werte- und Erziehungsbild zu folgen, und da gab es eine entscheidende Aufnahmebedingung: den richtigen Stammbaum. Um am Grimm's-College aufgenommen zu werden, musste man nachweisen können, Nachfahre einer Märchenfigur zu sein. Und da es von uns jedoch immer weniger gab, existierten weltweit nur noch vier Grimm's-Colleges. In London, Berlin, Paris und New York, um genau zu sein.

Großmutter zufolge hatten noch vor etwa hundert Jahren über ein Dutzend Colleges existiert. Doch dann waren der Erste und Zweite Weltkrieg ausgebrochen, in den sich damals einige der Märchenfamilien eingemischt hatten. Alle auf unterschiedlichen Seiten. Sie hatten den Konflikt genutzt, um alte Fehden wieder aufflammen zu lassen, sich um Güter und Länder zu streiten, um Status oder einfach nur um alten Märchenplunder wie Schuhe, Spiegel oder Teppiche, die schon längst nicht mehr als Schrott waren. Während manche

Familien den Krieg angeheizt hatten, um Profit draus zu ziehen, waren andere bestrebt, den Krieg zu beenden. All das forderte jedoch einen hohen Preis ... einen sehr hohen: Der Rat der Märchenfiguren war zerschlagen worden, und nur noch der Grundkern war zurückgeblieben. Wenn Grandma von dieser dunklen Zeit erzählte, erschien immer eine Falte um ihren Mund, die Sorge zum Ausdruck brachte. Sie sagte es nicht, aber wir alle wussten es. Die Märchenfamilien waren seitdem am Aussterben. Früher waren wir Tausende, inzwischen nur noch eine Gruppe von kaum mehr als ein paar Hundert. Ein Relikt aus alter Zeit, das niemand mehr benötigte. Aber je kleiner unsere Gruppe wurde, desto mehr schien das öffentliche Interesse an uns zu steigen.

Die Türen des Busses glitten mit einem Zischen auf, und im selben Augenblick sah ich durch das Fenster das Aufblitzen von Kameralicht.

»Nicht schon wieder«, murmelte ich und warf mir meinen Rucksack über die Schulter.

»Sind die noch immer da oder schon wieder?«, fragte Holly fasziniert, während wir uns zusammen mit den anderen Schülern des Grimm's-College nach draußen quetschten.

Der Bus hatte auf dem Schulgelände gehalten, das mit einem hohen schmiedeeisernen Tor verschlossen war, dennoch drückten die Paparazzi sich wie die Aasgeier am Zaun entlang und schossen so viele Fotos wie möglich.

»Miss White, nur ein kurzes Interview für Royal Weekly! Wie wird Ihr Kleid am Tag der Zeremonie aussehen?«

»Rain! Sind Sie aufgeregt? Glauben Sie, Sie werden die Erste sein, die den Prinzen aufweckt?«

»Rain! Wird das dein erster Kuss sein, so wie es die Tradition verlangt?«

Ruckartig blieb ich stehen und wirbelte herum. »Haut ab! Wen oder was ich küsse, geht euch absolut nichts an«, blaffte ich, und das Blitzlichtgewitter wurde so hektisch, dass es wie Sterne vor meinen Augen tanzte.

»Es ist also nicht Ihr erster Kuss?«, brüllten alle.

»Das mit dem ersten Kuss ist absoluter Bullshit, den man im Mittelalter erfunden hat, um junge Frauen besser unter Kontrolle zu halten«, fuhr ich sie an.

»Können Sie damit überhaupt noch die Prophezeiung erfüllen?«, brüllte einer zurück.

»Scheiß auf die Prophezeiung!«, entfuhr es mir so heftig, dass es mich selbst erschreckte.

Die Paparazzi gerieten in Aufruhr, und ich merkte im nächsten Atemzug, dass ich wahrscheinlich gerade für den besten Skandal des Monats gesorgt hatte.

Ich sah die Schlagzeile schon vor mir: Rain White. Das schwarze Schaf der White-Familie scheißt auf die Prophezeiung.

Eine sanfte Berührung an meiner Schulter ließ mich aufblicken. Edward stand neben mir. Zuerst war ich irritiert, doch dann sah ich sein Lächeln, seine Haltung. Neben mir stand Edward Cinderbe in seiner Funktion als Schulsprecher.

»Meine Damen und Herren«, sagte er in einem ruhigen Ton, »soweit ich weiß, wird Miss White Ihnen in drei Tagen wieder ein offizielles Interview geben, bis dahin bitte ich Sie, die Privatsphäre der Schülerinnen und Schüler des Grimm's-College zu respektieren. Die Familie White gehört zu einer der ältesten Märchenfamilien, die immer ein Vorbild für die alten Traditionen und Bräuche waren. Rain bildet darin keine Ausnahme und weiß um ihre Pflicht. Ich bitte um Nachsicht, unter wie viel Druck wir manchmal stehen, dieser gerecht zu werden. Falls Sie um ein weiteres Interview bitten wollen, können Sie dieses beim Rat der Nachfahren anfragen. Danke schön.« Er drückte mich stärker, als es aussehen mochte, in Richtung Schule.

»Was sollte das denn?«, fragte ich gereizt. »Und woher kennst du meine Interviewtermine?«

»Ich habe den Rat darüber sprechen hören, und ich glaube, was du eigentlich sagen wolltest, war Danke schön. Ich habe dir gerade den Arsch gerettet«, gab er zurück und schob mich einfach weiter.

Ich warf noch einen letzten finsteren Blick zu den Paparazzi, ehe ich mich abwandte und mich von Edward wegführen ließ. Holly und Avery flankierten uns, wobei sie so taten, als würden sie uns nicht anstarren.

Schweigend gingen wir auf den alten Bau aus rotem Ziegelstein zu, der sich neben einer Kirche an einen kleinen Park schmiegte. Nur eine schlichte Messingplakette wies das Gebäude, das ein großes Viereck bildete und in dessen Mitte ein großer Innenhof lag, als Schule aus. Hier wurden Schüler und Schülerinnen von sechs bis achtzehn Jahren unterrichtet, und sobald wir das Gebäude betraten, begrüßte uns auch schon ein Meer aus glänzenden Schuhen, dunklen Hosen oder Röcken, streng gezurrten Krawatten und eng anliegenden roten Blazern.

»Du kannst mich loslassen, Schulsprecher«, sagte ich und riss mich von Cinderbe los.

Edward verzog das Gesicht und drückte mich hinter eine Säule des Eingangsbereichs. »Was sollte denn das gerade werden?«, fragte er, und der Vorwurf in seiner Stimme vertrieb den Hauch an schlechtem Gewissen mit einer großen Portion Wut.

»Was das sollte?«, erwiderte ich und zeigte nach draußen. »Hast du das nicht gerade gehört? Sie kreisen wie Aasgeier um mich herum. Schreiben über mich in der Klatschpresse und machen sich über meine Familie lustig …«

»Das machen sie doch mit uns allen …«, begann Cinderbe, doch ich unterbrach ihn mit einem Schnauben.

»Glaubst du, ich weiß nicht, was die Leute über uns tratschen?

Oder warum uns schon seit Jahren alle royalen Nachfahren aus dem Weg gehen? Es ist kein Geheimnis. Schon lange nicht mehr, wir Whites haben eine Krankheit, und die nennt sich Bankrott-sein.«

»Rain, das ist nicht …«, widersprach Edward, doch ich konnte den Ausdruck in seinen Augen sehen. Das Mitleid.

Ich straffte das Kinn. »Das ist es. Alle wissen, dass von der großen Familie White nicht mehr als Schulden und Ruinen übrig geblieben sind. Meiner Familie bleibt nichts außer diesem letzten Hoffnungsschimmer. Dieser unrealistischen Hoffnung, dass ich die Prophezeiung erfülle und Ruhm und Reichtum zurückbringe. Aber weißt du was? Wir wissen alle, dass das nicht passieren wird. Denn wenn eine dazu in der Lage gewesen wäre, dann meine Schwester. Aber die ist tot! Ich bin nicht mehr als ein letzter verzweifelter Versuch, das Gesicht zu wahren. Wenn ich scheitere, war es das für uns. Die Whites werden auch den letzten Rest an Bedeutung verlieren, wir werden untergehen, und meine Großmutter weiß das. Und darum setzt sie alles dran, damit diese Aasgeier bekommen, was sie wollen. Um zumindest etwas Profit aus dieser Sache zu schlagen. Und ich habe es so satt.«

Ich holte tief Luft. Bevor Edward etwas sagen konnte, fuhr ich fort: »Ich habe es satt, von einem Interview zum anderen geschleppt zu werden. Ich habe es satt, von dem hohen Rat belächelt zu werden oder mit meiner toten Schwester verglichen zu werden. Ich habe es satt, dass die ganze Welt darüber spekuliert, ob ich noch ungeküsst bin, um eine Prophezeiung zu erfüllen, von der wir alle wissen, dass sie Bullshit ist! Wie viele Nachfahrinnen haben diesen toten Kerl jetzt schon geküsst? Hunderte? Tausende? Was ist passiert? Nichts! Was wird bei mir passieren? Nichts! Weil es keinen schlafenden Prinzen gibt, der nur darauf wartet, uns Magie und Reichtum zurückzubringen. Das ist ein nettes Märchen, das der Rat aufrechterhält, um zu verbergen, wie wenig besonders wir sind. Um zu verbergen, dass wir genauso sind wie alle anderen, und deswegen klammern sie sich wie meine Großmutter an diese alten überholten Gebräuche und verschrobenen Regeln. Ich könnte im Strahl kotzen, wenn ich an meinen Geburtstag denke und daran, wozu sie mich zwingen wollen, nur um ihren Status nicht zu verlieren.«

Edward blickte mich nachdenklich an. Sein Kiefer arbeitete, als würde er auf seinen nächsten Worten rumkauen.

»Was?«, fragte ich und stieß ihm den Zeigefinger in die Brust. »Bist du anderer Meinung?«

Er neigte den Kopf und hielt meinen Finger fest. »Das bin ich«, sagte er und reckte das Kinn. »Aus vielen Gründen.«

Ich stieß ein Schnauben aus.

»Allerdings«, fuhr er fort, ehe ich wieder ansetzten konnte, »stimme ich dir zu, dass die Presse in letzter Zeit zu weit geht, und ich verstehe den Druck, der auf dir liegt. Wir alle müssen Dinge tun, die wir nicht wollen …« Er stockte leicht, und obwohl ich immer noch sauer war, fühlte ich einen Hauch schlechten Gewissens. Natürlich wusste er, wie es mir ging. Die Cinderbes mochten ein Haufen Snobs sein, doch sie hatten es auch nicht leicht.

Edward fing sich wieder, doch ein leichter Schatten verdunkelte seine Augen. »Vielleicht schaffe ich es, mit ein paar Leuten aus dem Rat zu reden und sie dazu zu bringen, den Rummel bis zu deinem Geburtstag einzudämmen.«

Ich presste die Lippen zusammen und nickte knapp. »Das wäre … nett«, presste ich hervor.

Er wich zurück. »Mehr kann ich im Augenblick nicht tun. Versuch, bis dahin keinen Ärger zu machen, okay?«

Ich nickte wieder. Drehte mich um und ging zurück zu Avery und Holly, die ein Stück abseits auf mich warteten.

»Was war das denn gerade?«, fragte Holly verwundert.

»Cinderbe starrt uns an«, sagte Avery.

»Einfach weitergehen, Eddy ist dabei, sich in Dinge einzumischen, die ihn nichts angehen«, gab ich knapp zurück.

Beide wirkten, als wollten sie weiterbohren, daher beschleunigte ich meine Schritte und betrat den Innenhof des Colleges, in dessen Mitte eine Statue stand: zwei Männer in Anzug und mit Backenbart. Einer von ihnen hielt ein Buch in den Händen, der andere Feder und Tinte. Darunter war zu lesen: *die Gebrüder Grimm*.

Die beiden Kerle waren ein Mysterium. Niemand konnte wirklich sagen, ob sie selbst Angehörige einer Märchenfamilie gewesen waren oder nicht. Manche behaupteten, die Gebrüder Grimm seien von den Göttern mit Gaben beschenkt worden, andere wiederum meinten, sie seien bloß einfache Menschen gewesen, die eine Spur zu neugierig waren. Den Gebrüdern Grimm war es jedenfalls zu verdanken, dass wir Märchenfamilien weltbekannt waren. Vielleicht waren sie auch einfach die ersten lästigen Paparazzi gewesen, die ihre Nase in Angelegenheiten gesteckt hatten, die sie nichts angingen. Ich hatte es schon immer als unangenehm empfunden, wie der starre Blick der beiden Männer einem zu folgen schien.

»Wie lief es eigentlich gestern bei euch? Seid ihr erwischt worden?«, erkundigte sich Holly.

Avery und ich stöhnten gleichzeitig auf. »Frag nicht«, brummte ich.

»Es war die absolute Katastrophe«, bestätigte mein Cousin.

Holly warf den leeren Slushi-Becher in den nächsten Mülleimer. »Habt ihr wieder Hausarrest bekommen?«

»Eher Hausarbeit für die nächsten drei Millionen Jahre.«

Avery band nachlässig die Haare zusammen, während er nölte: »Ich will ja nicht sagen, dass ich den Plan von Anfang an für bescheuert gehalten habe, aber ich habe ihn von Anfang an für bescheuert gehalten.«

»Es war dein Plan«, erinnerte ich ihn.

»Warum hört ihr auch auf mich? Meine Pläne sind immer bescheuert.«

Holly prustete, während ich nur den Kopf schüttelte. Nach einem Blick auf die Uhr legten wir einen Gang zu und eilten in das Jacob-Grimm-Gebäude, wo wir gleich eine Matheklausur schreiben würden. Und wir waren etwas spät dran. Die alten Dielen des Gebäudes knarrten unter unseren Füßen.

»Hast du gelernt?«, raunte mir mein Cousin zu, als wir kurz vor knapp in den Raum stürzten.

»Sehe ich so aus?«, gab ich zurück.

Holly verdrehte nur die Augen, aber sie hatte als Kind zweier Professoren auch einen unfairen Vorteil. Gerade als wir uns auf die noch leeren Stühle fallen ließen, ging die Tür auf, und Professor Arthur betrat den Raum. Mit seinem ergrauenden Haar sah er zwar aus wie ein gutmütiger alter Mann, doch das täuschte. Sein strenger Blick und seine Vorliebe, gnadenlos Strafarbeiten zu verteilen, ließen schlagartig sämtliche Gespräche verstummen.

»Guten Morgen. Ich hoffe, Sie sind alle ausgeruht. An dieser Klausur hängen dreißig Prozent Ihrer Gesamtnote, also geben Sie Ihr Bestes. Sie haben zwei Stunden Zeit. Sollte ich jemanden beim Spicken erwischen, darf ich Ihnen versichern, dass Sie das Klassenzimmer durch das Fenster und nicht durch die Tür verlassen werden.«

Ein kollektives Stöhnen ging durch den Raum, als die Aufgaben verteilt wurden. Sobald Professor Arthur uns mit einem Kopfnicken zu verstehen gegeben hatte, dass wir loslegen konnten, waren nur noch das Ticken der Uhr und das Rascheln der Blätter zu hören.

Ich starrte auf den Zettel vor mir. Flüchtig überflog ich die Aufgaben und blinzelte angestrengt. Die Nacht saß mir immer noch in den Knochen. Mein Kopf war wattig, und die Ziffern tanzten vor meinen Augen. Müde rieb ich mir darüber, doch es half nichts. Auf einmal kam mir das Ticken der Uhr doppelt so laut vor wie sonst.

Ebenso das Schaben der Stifte über das Papier. Ich blickte auf. Verfolgte den Zeiger, der nach vorn zuckte. Eins, zwei, drei, vier … Jedes Ticken klang, als würden zwei sehr schwere Dinge miteinander kollidieren.

Avery hinter mir räusperte sich. Ich sah zu ihm und zuckte zusammen, als schon allein der Klang, wie jemand ein Blatt Papier umdrehte, meine Ohren reizte. Nervös knibbelte ich an meinem Daumen und zwang mich, den Blick wieder zurück auf die Aufgaben zu richten. Frustriert blätterte ich weiter und überwand mich, ein paar Zahlen hinzuschreiben, ohne wirklich sicher zu sein, ob ich die Frage überhaupt richtig verstanden hatte. Ein kalter Luftzug stellte mir die kleinen Härchen an den Armen auf.

Fröstelnd rieb ich mir über die Arme und hob den Kopf. »Professor, können wir das Fenster bitte zumachen?«

Dieser runzelte die Stirn. »Es ist kein Fenster offen, Miss White.«

»Oh …« Mein Blick huschte zu den alten Fenstern. Tatsächlich. Alle waren geschlossen.

»Alles in Ordnung?«, fragte Professor Arthur.

»Ja.«

»Gut, dann setzen Sie bitte den Test fort, möglichst, ohne Ihre Kameraden zu stören.« Sein strenger Tonfall ließ mich sofort zurück aufs Papier sehen.

Meine Nackenmuskeln versteiften sich, während sich mein Bauch weiter zusammenkrampfte. Mist. Bekam ich etwa meine Periode? Ein Schweißtropfen rann mir den Rücken hinab. Das Ticken der Uhr war inzwischen unerträglich laut, das Rascheln der Seiten reizte meine Nerven, und ein unangenehm taubes Gefühl kroch an meiner Wirbelsäule nach oben. Scheiße, war mein Kreislauf so im Keller?

Ich schloss die Augen und atmete gegen den Schwindel an, als mir erneut ein kühler Lufthauch über den Nacken strich.

»*Rain …*«

»Ja?«, verwirrt blickte ich auf.

Professor Arthur sah mich streng an. »Was ist denn, Miss White?«

»Ich … haben sie nicht gerade meine Namen gerufen?«, fragte ich irritiert.

Die Falten zwischen Professor Arthurs Augen wurden tiefer. »Nein, das habe ich nicht. Bitte konzentrieren Sie sich wieder auf Ihren Test.«

»Ich … okay.« Ich sah wieder auf das Papier vor mir und blinzelte. Die Buchstaben schienen vor meinen Augen zu tanzen, sich zu verzerren und sich wie ein dunkler Fleck auszubreiten.

Was zum …?

»*Wir sehen dich, Rain White.*«

Ruckartig riss ich den Kopf hoch und suchte das Klassenzimmer ab. Doch alles schien normal. Die meisten hatten den Kopf über ihre Aufgaben gebeugt. Avery sah aus, als würde er gleich einschlafen, und Holly kaute an ihrem Bleistift herum. Die Uhr tickte wie ein Metronom. Oder ein Herzschlag. Etwas streifte meine Haut, und diesmal war es, als würden Finger über meinen Rücken streichen und ein kalter Atem auf meinen Nacken treffen.

Im nächsten Moment verzerrte sich das Klassenzimmer vor meinen Augen, als hätte ich mich heftig betrunken. Ich blinzelte hektisch, während ein Flüstern erklang: »*Der Ruf des schlafenden Prinzen wird stärker. Die Stunde schlägt, die Tage sind gezählt, und sein Leib dreht sich bereits im Grabe um. Du musst zu ihm gehen, Rain White. Er hat dich gefunden, jetzt musst du ihn finden. Wenn er endlich aus den Schatten steigt, wirst du an seiner Seite sein. Die Welt wird sich wandeln, und du … du bist der Anfang vom Ende. Er das Ende vom Anfang.*«

Etwas packte mich. So fest, dass mir die Luft in der Kehle stecken blieb. Vor Schreck schrie ich auf, doch etwas drückte mir so fest gegen den Mund, dass ich an meinem eigenen Schrei erstickte und meine Nase knackte.

Die Stimme war nun direkt neben meinem Ohr. *»Es hat keinen Zweck, davonzulaufen, Rain White. Wir sehen dich.«*

Der Druck verschwand genauso plötzlich, wie er gekommen war, und endlich entkam der Schrei meinem Hals.

»Was zum Teufel ist das?« Ich sprang so abrupt auf, dass mein Stuhl laut umkippte und die Zettel samt meinen Stiften zu Boden fielen.

Alle hoben irritiert den Kopf, während Professor Arthur mich anbrüllte: »Miss White, was ist bitte in Sie gefahren?«

»Haben Sie das nicht gehört?«, fragte ich und drehte mich im Kreis. Mein Blick irrte durch den Raum, doch ich sah nur die verwirrten Gesichter meiner Klassenkameraden. Holly fiel der Stift aus dem Mund. Der hölzerne Klang war im ganzen Klassenraum zu hören. Edward runzelte die Stirn.

»Was gehört, Miss White?«, fragte Professor Arthur.

»Diese Stimme.«

»Eine Stimme?«

»Ja, sie hat gesagt, dass der Prinz …« Ich kam ins Stocken. Die Worte klangen selbst in meinen Gedanken lächerlich. Als die Stimme sie mir ins Ohr geflüstert hatte, hatten sie eindeutig mehr Sinn ergeben.

»Die Stimme hat gesagt …«, begann ich erneut, als ich plötzlich einen warmen Tropfen auf meiner Oberlippe spürte und Salz auf der Zunge schmeckte.

Was?

Rote Tropfen fielen nach unten auf das Pult, und es dauerte ein paar Sekunden, bis ich begriff, dass ich dafür verantwortlich war.

»Sir. Sie hat Nasenbluten«, stellte Edward im selben Augenblick fest und stand auf.

Schnell presste ich mir die Finger unter die Nase, und wieder trübte ein heftiger Schwindel meinen Blick. Was war denn gerade los?

»Das sehe ich«, sagte Professor Arthur, und der strenge Ausdruck in seinem Gesicht wirkte gleichzeitig missbilligend und besorgt. »Miss White, gehen Sie bitte zur Krankenschwester. Ich spreche nach der Stunde mit Ihnen, wann Sie den Test nachholen können, offensichtlich sind Sie heute nicht mehr dazu in Lage. Mr Cinderbe, würden Sie sie bitte ins Krankenzimmer begleiten? Sie können die verpasste Zeit in der Pause nachholen.«

»Natürlich, Sir.«

Edward kam, ohne zu zögern, auf mich zu. In der nächsten Sekunde spürte in seine Hände auf mir. Warm, fest, solide. Eine an meinem Rücken, die andere an meinem Ellenbogen.

»Alles okay?«, fragte er leise, und sein Atem streifte mein Ohr.

Ich schauderte. »Ja«, log ich und ließ mich aus dem Klassenzimmer bugsieren.

Die Tür schlug hinter uns zu, und ich atmete auf. Es war, als würde ruckartig Druck aus meinen Ohren weichen. Mein Blick zuckte zurück, doch die Tür sah absolut normal aus. Alles war normal … Nur fühlte ich mich, als hätte mir jemand die Ohrfeige des Jahrhunderts verpasst. Mir war noch immer schwindelig.

Unsere Schritte hallten in dem Gang nach, sanftes Morgenlicht schien zu uns herein, und durch einen gekippten Spalt drang das Zwitschern von Vögeln.

Alles normal … alles normal … alles normal …, redete ich mir ein und versuchte, meinen Atem zu beruhigen. Alles normal.

Wenige Minuten später schob Edward mich durch die Tür des Krankenzimmers, was Mrs Sparrow auf den Plan rief.

»Was haben wir denn da?«, fragte sie und musterte uns kritisch. Schon in der nächsten Sekunde drückte sie mich auf die einzige Liege.

»Sie hat auf einmal Nasenbluten bekommen«, teilte Edward ihr mit und sah mich besorgt an.

»So, so. Kommt das öfter vor?«, fragte Mrs Sparrow, während sie mir eine kühle Kompresse in den Nacken klatschte.

»Nein. Eigentlich nicht«, nuschelte ich, begleitet von einem Blutschwall, der mir aus der Nase brach. Der Druck in meinem Kopf pochte rhythmisch.

Mrs Sparrow schnalzte mit der Zunge und drückte mir ein Tuch in die Hand, in das ich bluten konnte. »Hast du Kopfschmerzen und Schwindelgefühle oder Desorientiertheit?«

»Etwas.«

»Etwas was?«

»Etwas von allem«, murmelte ich und fragte zögerlich: »Edward?« Ich spürte ihn neben mir. Warm und irgendwie irritierend vertraut.

»Ja?«

»Hast du im Klassenzimmer wirklich nichts gehört?« Ich schielte zu ihm hoch, weshalb ich sein Stirnrunzeln deutlich sehen konnte.

Er musterte mich aufmerksam. »Was gehört, Rain?«, hakte er nach.

»Diese Stimme«, wiederholte ich, und sein Gesicht verdunkelte sich.

Er ging vor mir in die Hocke. »Nein, Rain. Ich habe nichts gehört, und ich glaube auch sonst niemand, aber wenn du willst, werde ich noch mal fragen.«

Mist.

Doch nicht alles normal.

»Nein, nein, das ist nicht nötig. Vielleicht bin ich nur eingeschlafen«, wiegelte ich ab und überprüfte, ob noch immer Blut aus meiner Nase kam. Jupp. Schnell presste ich das Tuch wieder darauf.

»Was hast du denn gehört?«, fragte Edward. Sein Blick lag unverwandt auf mir.

Sollte ich ihm das wirklich erzählen?

Das Letzte, was ich brauchen konnte, war, für durchgeknallt gehalten zu werden, vor allem da seltsames Verhalten in alten Märchenfamilien nicht selten vorkam. Eine Großtante von mir hielt sich für die Nachfahrin aus dem Märchen *Das singende springende Löweneckerchen* – also die Grimm-Version von *Die Schöne und das Biest* – und hat daher ständig mit Sonne, Mond und Winden gesprochen, und mein Urgroßvater hatte wohl die Angewohnheit gehabt, sich bei Vollmond ans Bett zu fesseln, um nicht von Feen in den Wald gelockt zu werden. Ich war mir sicher, in Edwards Familie gab es ähnliche Geschichten. Auffällig war zumindest: je älter die Familie, desto schlimmer der Knall. Und allem voran: Wenn ich begann, Dinge über einen Prinzen zu erzählen, der mich suchte – und das so knapp vor meinem Geburtstag –, würde der Rat sofort hier einreiten und mich höchstpersönlich in diese Gruft runterzerren. Wenn ich Pech hatte, nannten sie es noch Vorzeichen und Omen, und das Letzte, was ich wollte, war ein Omen über den Prinzen zu haben. Wenn ich aus dieser Sache noch rauswollte, musste ich jetzt die Klappe halten.

»Ich bin mir nicht ganz sicher«, sagte ich daher ausweichend.

Edward sah mich für einen Wimpernschlag sehr intensiv an und griff plötzlich nach oben, um mir eine Haarsträhne aus dem Gesicht zu streifen. Die Geste ließ mich überrascht zurückweichen.

Er erstarrte, zog die Hand zurück und blickte darauf, als wüsste er selbst nicht, warum er das getan hatte. »Entschuldige«, sagte er.

Ich blinzelte ihn an. »Wofür?«

»Für … ich bin mir nicht ganz sicher«, räumte er ein.

»Okay …« Ich räusperte mich. »Danke für deine Hilfe. Du kannst jetzt gehen.«

Sein Auge zuckte unruhig. »Bist du sicher? Ich bleibe gern und …«

»Es ist nur Nasenbluten, Edward. Ich komme klar. Aber kannst du Holly nach der Stunde mit meinen Sachen rüberschicken?«

Edward zögerte. »Natürlich. Gute Besserung.« Er sah aus, als wollte er noch etwas sagen, doch Mrs Sparrow scheuchte ihn raus und drückte mir dann einen Lolli in die Hand.

»Hier, für den Blutzucker«, sagte sie mit ihrer raspelnden Raucherstimme und tätschelte mir das Knie. »Leg dich zurück, sobald die Blutung aufgehört hat, und ruh dich aus, bis dir nicht mehr schwindlig ist.«

»Danke«, murmelte ich und ließ mich auf die raschelnde Unterlage der Krankenliege sinken. Mein Kopf fühlte sich an, als wäre er mit Watte gefüllt.

Kapitel 5

»Kehr um, kehr um, du junge Braut,
du bist in einem Mörderhaus.«

Aus »Der Räuberbräutigam«
Gebrüder Grimm

Das Nasenbluten hatte ziemlich schnell wieder aufgehört, weshalb Mrs Sparrow mich für durchaus schultauglich abstempelte und zurück in den Unterricht schickte. Holly und Avery warteten bereits mit besorgter Miene auf mich, doch ich beantwortete ihre Fragen nur einsilbig. Auch Edward ging ich, so gut es ging, aus dem Weg. Seine plötzliche Fürsorge verwirrte mich, und ich wusste nicht, was ich davon halten sollte. Ich brauchte mindestens eine Nacht, um darüber nachzudenken, ob und wie ich deswegen ausflippen wollte.

Ein Gang auf die Toilette bestätigte zumindest, dass der Schwindel und die Schweißausbrüche keinen unheimlichen, übernatürlichen Ursprung hatten. Meine Periode war da. Seufzend kramte ich eine Binde aus meinem Rucksack, warf zwei krampflösende Schmerzmittel ein und wünschte mir, einfach zurück ins Bett kriechen zu dürfen. Leider hatte ich noch ein paar Stunden vor mir, die sich wie Gummi ins Endlose zogen. Aber zum Glück überstand ich den restlichen Tag ohne weitere Zwischenfälle, die in mir das Bedürfnis weckten, nach einem Exorzisten zu suchen. Mich quatschte auch kein Besen oder Vorhang an. Gott sei Dank!

Trotzdem war ich einfach nur froh, als ich endlich aus dem Bus ausstieg und Whitestone vor mir aufragte.

»Also, was war da heute los?«, fragte mein Cousin schließlich, der sich bisher überraschenderweise tatsächlich zurückgehalten hatte. »Oder hast du dich nur sehr seltsam aus der Testaffäre gezogen?«

Ich seufzte. »Keine Ahnung. Vielleicht setzt mir diese Sache mit meinem Geburtstag doch mehr zu, als ich dachte. Ich sehe und höre schon Geister«, flachste ich, doch wirklich lachen konnte ich nicht darüber.

Avery warf mir einen skeptischen Blick zu, während wir im leichten Nieselregen die lange Auffahrt hochliefen. »Du warst schon immer seltsam, aber nicht sooo seltsam. Nichts für ungut, aber das war schon abgedreht.«

»Danke.«

»Ich sag's nur, wie es ist.« Avery schürzte die Lippen.

»Wir sind eben seltsam«, brummte ich.

Ich definierte seltsam nicht, aber das musste ich auch nicht. Fiona, der Tod von Averys Mum, das Verschwinden seines Vaters, Whitestone, Grandma … Es gab so viel, was in unserer Familie seltsam war und Gesprächsstoff lieferte. Und nicht nur in unserer Familie. Es mochte keine Magie geben, und doch folgte uns etwas Übernatürliches wie ein dunkler Schatten. Die Menschen dort draußen mochten noch so viele Fotos von uns in Klatschblättern abdrucken lassen und uns wie schräge Stars feiern, im realen Leben hielten sie von uns Abstand. Die Leute in Woodley waren nicht gern mit uns zusammen. Sie tuschelten über uns, hielten uns für seltsam und arrogant, was wir wahrscheinlich sogar waren. Immerhin gaben auch wir uns kaum mit ihnen ab. Und ich wusste nur zu gut, dass einige von ihnen glaubten, die Märchenfamilien seien verflucht, was vielleicht ebenfalls stimmte. Manchmal fühlte es sich nämlich so an. Als wären wir nie ganz Teil dieser Welt.

Schweigend trotteten wir weiter, und als wir schließlich die alte Villa erreichten, verschwand Avery wortlos im Inneren. Wenn mein Cousin eines konnte, dann war es, spurlos zu verschwinden. Er war wie eine Katze, die nur dann auftauchte, wenn sie es wollte. Oder wenn der Auftritt dramatisch genug war.

Als ich nach ihm die Tür aufstieß, drang mir der Geruch von Kuchen entgegen. Tante Lilly war wohl in der Küche. Sobald mich die vertraute Umgebung von Whitestone umhüllte, traf mich die Erschöpfung so hart, dass ich es kaum noch schaffte, die Schuhe abzustreifen. Mit letzter Kraft polterte ich nach oben in mein Zimmer. Ich wollte nur noch eins: mich ins Bett legen und schlafen. Nur leider war es bereits besetzt. Mitten auf meinem Bett lag ein Ungetüm von Schachtel. Sie war groß und hatte eine rosarote Schleife darum herumgebunden.

»Deine Grandma hat es mit einem sehr zufriedenen Gesichtsausdruck auf das Bett gelegt. Mach es lieber nicht auf, wer weiß, was da rausgekrochen kommt«, erklang eine Stimme.

Ich blickte auf und sah in dem großen, ovalen Spiegel neben meinem Schreibtisch Buh. Er lehnte im Rahmen, als würde er für ein Gemälde posieren. Das dunkle Haar hing ihm ins Gesicht, und mit dem blassen Gesicht, den hohen Wangenknochen, den vollen Lippen und den dunklen Augen sah er aus wie eine Märchenfigur.

Als Kind hatte ich mit Buh tatsächlich öfter gespielt, er sei der Prinz aus der Prophezeiung, der nur für mich aufgewacht war. Ich hatte meinen Mund auf den Spiegel gedrückt und versucht, ihn zu küssen, während er lachend ausgewichen war. Wir hatten gespielt, ich sei eine Ritterin, die zu seiner Rettung eilte und er zu meiner. Ich hatte so getan, als wäre ich die böse Königin und er mein verzauberter Spiegel, der mir half, Schneewittchen zu töten. Wir hatten viel gespielt … zumindest damals. Doch Buh mochte vieles sein, aber definitiv kein verwunschener Märchenprinz. Das war mir klar geworden, als ich vor einigen Jahren auf den Speicher stieg und eine Galerie aus alten Familiengemälden fand. Gemälde, die zu alt oder brüchig waren, um noch aufgehängt zu werden, oder schlichtweg von Familienmitgliedern stammten, die aus mir unbekannten Gründen in Ungnade gefallen waren.

Dort oben hatte ich es gefunden. Das Porträt eines jungen Mannes. Dunkle, wirre Haare, schattenhafte Augen, helle Haut, ein amüsiertes, beinahe schon zynisches Lächeln auf den Lippen. Es war eindeutig Buh, der mich direkt aus dem Gemälde anlächelte. Nur ein paar Jahre älter. Als ich es nach unten brachte, war meine ganze Familie wie erstarrt.

»Wer ist das?«, fragte ich keuchend und sah verwundert auf, als Grandma einfach aufstand und ohne ein Wort den Raum verließ.

»Was ist los?«, stammelte ich, bis meine Mum mir sanft das Gemälde aus den Händen nahm.

»Wo hast du das her, Süße?«, fragte sie.

»Es war auf dem Speicher … Ich … Warum?«

Ein seltsamer Ausdruck huschte durch ihr Gesicht, ehe sie wehmütig lächelte. »Das war Cole Crawfield. Er war der Sohn des damaligen Verwalters und lebte hier auf Whitestone.«

Ich runzelte verwirrt die Stirn.

»Er war der Verlobte deiner Großmutter«, fügte meine Mutter sanft hinzu.

Ich starrte meine Mum an und versuchte, zu verdauen, was sie mir da gerade sagte. »Das ist mein Großvater?«, fragte ich krächzend.

Kleine amüsierte Fältchen legten sich daraufhin um ihre Augen. »Nein, mein Schatz. Wie gesagt war er der Sohn des damaligen Hausverwalters. Er stammte von einer sehr niedrigen Märchenfamilie ab, und als die beiden damals verkündet hatten, dass sie heiraten wollen, war dein Urgroßvater ganz und gar nicht einverstanden gewesen. Ich weiß nicht viel darüber, aber deine Großmutter hatte wohl geplant, mit ihm durchzubrennen ...«

Mir stockte der Atem. Allein der Gedanke, meine Großmutter könnte so etwas tun, war absurd. »Das hat sie wirklich geplant?«, hauchte ich.

»Ja, das hat sie.«

»Und was ist passiert?«

Meine Mutter runzelte die Stirn. »Er verschwand spurlos. Deine Großmutter war völlig am Boden zerstört, und ich denke, sie gab ihrem Vater damals die Schuld, dass Cole verschwunden ist. Zumindest bis ...«

»Bis was?«

Ihr Blick wurde sanfter. »Bis man seine Leiche fand. Mitten im Wald.«

»Er war tot?«, fragte ich fassungslos, und sie nickte leicht.

»Er hatte sich erhängt. Man fand einen Abschiedsbrief in seiner Hand«, flüsterte sie. »Es war eine schreckliche Sache, und deine Großmutter war danach nie wieder dieselbe. Cole war ihre erste große Liebe, daher bitte ich dich, nicht weiter darüber zu sprechen. Manche Geister gehören vergessen, zum Wohle aller.«

Damit hatte sie das Gemälde zurückgebracht. Auf den Speicher, wo es bis heute stand.

Ich hatte diese Sache Buh gegenüber nie angesprochen, auch wenn ich denke, dass er von dem Gespräch wusste. Buh wusste immer alles, und dennoch hatte ich es nicht über mich gebracht, ihn jemals anders als Buh zu nennen. Und irgendwann hatte ich es aufgegeben, mich zu fragen, warum Buh so aussah wie die große Liebe meiner Großmutter. Doch so war der angebliche Märchenprinz zu einem Freund geworden, und der Freund zu einem Gespenst, das mich nie wirklich in Ruhe ließ.

Buh gähnte, doch als er meinen Gesichtsausdruck sah, hielt er ruckartig inne. »Alles okay?«, fragte er.

»Warum? Sehe ich so scheiße aus?«, gab ich schnaubend zurück.

Er blinzelte mich an. »Gelinde gesagt, ja.«

»Tja, war nicht mein bester Tag«, murrte ich. Ich warf meinen Rucksack zu Boden, ging zum Bett und hob den Deckel der Schachtel hoch. Eine Karte fiel heraus. Ich überflog die geschwungene Handschrift.

E corde mittitur sanguis amantium.
Enttäusche mich nicht.

Großmutter

Ich seufzte und wiederholte leise das Familienmotto, das seit Ewigkeiten unter dem Wappen der Familie White eingraviert war: Aus dem Herzen vergossen wird das Blut Liebender.

Das hatte mir gerade noch gefehlt.

Ich legte die Karte zur Seite und zerriss das feine Einwickelpapier … und zum Vorschein kam schimmernder dunkelblauer und goldener Seidenstoff. Sehr, sehr viel Stoff. Ich zerrte daran, doch er wollte einfach nicht aufhören, aus der Schachtel zu quellen.

»Um Himmels willen, will sie mich wirklich umbringen?«, fragte ich entsetzt und wankte unter dem ganzen Stoff, der einfach überall zu sein schien.

»Wenn du meine fachmännische Einschätzung willst, ist es ein Kleid … oder ein Zelt«, sagte Buh.

Ächzend warf ich das Bündel auf das Bett, wo es sich in schimmernden Bahnen ausbreitete. Ich seufzte tief.

Buh starrte das Ungetüm an und nickte beeindruckt. »Das nenne ich mal opulent.«

»Ich nenn das einen Auffahrunfall!«, sagte ich und starrte das Monstrum von Kleid entsetzt an, bevor ich es doch wieder hochhob und vor mich hielt. »Das zieh ich nicht an. Das ist ja ein Brautkleid!«

Der Rock würde sich bis zu meinen Füßen bauschen. Die Seide schimmerte im schwachen Licht in allen möglichen Goldtönen. Es hatte einen herzförmigen Ausschnitt und eine schmale, klassische Taille. Die Puffärmel waren von einem etwas helleren Blau als das Brustteil und mit roter Spitze umsäumt. Es sah aus wie das Kleid von Schneewittchen aus der Disney-Version … nur bauschiger. Und mit einer verdammten Schleppe!

»Ist das Grannys Ernst? Will sie mich als wandelndes Klischee präsentieren?«, fragte ich leicht fassungslos.

»Vielleicht hat sie auch noch ein paar Zwerge auftreiben können«, witzelte Buh.

»Um Gottes willen …«, brummte ich, stopfte das Kleid zurück in die Schachtel und schob sie unters Bett, ehe ich mich seufzend auf die Matratze fallen ließ. Auf meiner Brust schien ein schwerer Stein zu liegen, und zu meinem Entsetzen spürte ich, wie mir plötzlich Tränen in die Augen stiegen.

»Raini?«, sagte Buh, und der sanfte Ton in seiner Stimme ließ die Tränen überquellen. »Was ist los?«

Mit nassen Augen blickte ich auf und krächzte: »Ich will das nicht.«

Buhs Blick wurde weich. Er ging in die Hocke und drückte die Hand gegen die Scheibe, als wollte er zu mir herauskommen. Doch das war er noch nie. Er blieb immer im Spiegel. Nicht mehr als eine Reflexion von einer Person, die nur in meinem Kopf existierte. Vielleicht war das genauso schlimm, wie mit Winden zu reden.

»Was willst du nicht, Raini?«, fragte Buh.

Ich hatte Buh schon immer Dinge erzählen können, die ich vor Avery oder Holly nicht laut aussprechen konnte. Vielleicht weil ich bei ihm keine Angst haben musste, dass er etwas ausplauderte. Buh war mein kleines Geheimnis, der wiederum all meine Geheimnisse bewahrte wie einen Schatz.

»Ich will nichts davon …« Ich schluckte den Rest des Satzes herunter, bevor es noch jämmerlicher werden konnte als ohnehin schon.

»Rain. Wenn du das alles wirklich nicht tun willst, dann tu es nicht. Letztendlich kann dich niemand zwingen. Auch deine Großmutter nicht«, sagte Buh.

Ich sah zu ihm hoch und zog laut die Nase hoch. »Doch, kann sie!«

Buh blieb ernst. »Das weißt du erst, wenn du es versuchst.«

»Oh Gott, allein der Gedanke macht mir Angst«, murmelte ich und rieb mir wieder über die Augen, was mich jetzt mit Sicherheit wie ein Waschbär aussehen ließ.

Buh tat so, als würde er seine Fingernägel studieren. »Nun, ich kann dir keine Hoffnungen machen. Aber wenn du willst, kann ich dir von dem äußerst interessanten Gespräch erzählen, das ich zwischen deiner Großmutter und Elstan Cinderbe heute belauscht habe.«

Abrupt hörte ich auf, mir über das Gesicht zu wischen, und starrte Buh an. »Elstan Cinderbe? Edwards Großvater war hier?«

Buh lächelte, was seine Augen noch dunkler aussehen ließ. »Der Rat der Märchenfamilien redet wohl sehr viel über dich. Cinderbe hat deiner Großmutter sogar einen Scheck mit einer stattlichen Summe ausgestellt, damit du bei deinem Geburtstag anwesend bist, und sein Enkel Edward soll dich im Auge behalten, damit du keine Dummheiten machst.«

Geräuschvoll knirschte ich mit den Zähnen, und auf einmal hatte ich das Gefühl, endlich aus dem Dunst aufzutauchen, der mich den ganzen Tag im Griff gehabt hatte. Vielleicht wirkte aber auch einfach das Schmerzmittel.

»Deshalb also Edwards plötzliches Interesse an mir«, murrte ich und spürte tatsächlich einen Stich der Enttäuschung, der mich prompt ärgerte. Es sollte mich nicht stören, dass Edward nur mit mir sprach, weil er es tun musste.

»Cinderbe hat Interesse an dir?«, bohrte Buh prompt nach.

»Schon fast lästig viel«, murmelte ich.

»Muss ich eifersüchtig werden?«, fragte Buh und sah mich mit funkelnden Augen an.

»Du spukst in einem Spiegel rum, du hast keinen Grund eifersüchtig zu sein«, erinnerte ich ihn amüsiert.

»Auch der Haus-und-Hof-Poltergeist hat Gefühle«, gab er prompt zurück.

»Tja, wie gut für dich, dass Edward mich nur ausspionieren soll«, sagte ich grimmig und begann, unruhig im Raum auf und ab zu gehen.

»Und sonst?«, fragte Buh mit diesem irritierenden Blick, als wüsste er mal wieder mehr, als er sollte.

»Was meinst du?«, brummte ich.

Er hob nur eine Augenbraue und wartete, und schließlich sackte ich in mich zusammen.

»Ich habe heute seltsame Stimmen gehört, die mir einen Schrecken eingejagt haben«, sagte ich und rieb mir schaudernd über die Arme.

Er verengte die Augen. Er stellte nichts davon infrage, er fragte nur: »Wann?«

»Heute Morgen. Wirklich seltsame Stimmen, und sie haben auch über den Prinzen gesprochen und dass ich ihn aufwecken soll …« Ich stockte und blickte auf.

Buh neigte den Kopf. Seine dunklen Augen verrieten nicht wirklich, was er dachte, aber er wirkte dennoch beunruhigt. Ich erkannte es an der Art, wie er mit den Fingern auf seinem Unterarm trommelte.

»Wenn ich das Großmutter erzähle, wird sie davon ausgehen, dass es sich hier um ein Omen handelt, und dann komme ich nie aus der Sache raus!« Seufzend trat ich nach vorn und lehnte meine Stirn gegen das kühle Glas.

Buh tat dasselbe. Wie schon in Kindertagen.

Auch wenn ich nur das Glas berührte, konnte ich mir so einbilden, wir würden uns berühren. Ich drückte meine Hand auf die eine Seite des Glases und er seine auf der anderen Seite. Wir sahen uns an, und ich folgte den vertrauten Konturen seines Gesichts. Dem stolzen Zug seines Kinns, den leicht spitz zulaufenden Ohren.

»Sorry«, sagte ich, hauchte gegen den Spiegel und malte ein Smiley dazu.

Er lächelte zurück. »Schon gut«, murmelte er, doch im Gegensatz zu mir beschlug sein Atem nicht den Spiegel, also malte er das Smiley einfach nach und ergänzte es durch kleine … ich glaube, es waren Ärsche und keine Herzen.

Ich schloss die Augen und versuchte, den Tag Revue passieren zu lassen, zu verstehen, was ich heute alles gesehen und gehört hatte, inklusive des Gesprächs zwischen meiner Granny und dem alten Cinderbe, doch es blieben einige Fragen offen.

Kapitel 6

Und als sie tot dalag, da erinnerte sich der junge
König, was er hatte versprechen müssen,
und es grauste ihm davor, sich lebendig in das Grab
zu legen, aber es war kein Ausweg.

Aus »Die drei Schlangenblätter«
Gebrüder Grimm

»Du siehst selten beschissen aus.«

»Dir auch einen guten Morgen«, murmelte ich, als sich Avery neben mich an den Frühstückstisch setzte und sich einen Toast butterte.

»Schlecht geschlafen?«, fragte er mich fröhlich.

»Nein, ganz wundervoll«, gab ich mit so viel Sarkasmus zurück, wie ich aufbringen konnte.

Dabei flitzte mein Blick zu Grandma hinüber. Sie saß in aller Seelenruhe auf ihrem Platz und aß Fisch. In meinem Magen rumorte es. Diese Nacht hatte mich rastlos zurückgelassen. Ich schaffte es kaum, die Augen offen zu halten, während ich ständig gegen den paranoiden Gedanken ankämpfte, eine Stimme zu hören.

Ich sehe dich …

Himmel. Ich rieb mir über die Arme.

»Morgen ist der große Tag«, verkündete Grandma plötzlich. Alle am Esstisch wurden still. Großmutter tupfte sich die Mundwinkel ab und faltete die Hände zusammen. »Morgen ist Rains Geburtstag. Ich habe bereits alles vorbereiten lassen. Um sieben werden wir ein leichtes Dinner haben. Um neun holt uns ein Wagen ab und bringt uns nach London. Rain, ich nehme an, das Kleid passt dir? Wenn nicht, haben wir nur noch heute, um Kleinigkeiten anzupassen, bevor wir …«

»Nein«, fiel ich ihr ins Wort und war selbst erschrocken darüber.

Großmutter hielt inne. »Nein, was? Nein, es passt nicht?«

Ich legte meinen Toast ab. »Nein zu allem. Ich habe lange nachgedacht und beschlossen, dass ich der Tradition nicht folgen werde, egal, ob mir das Kleid passt oder nicht.«

Großmutter starrte mich an, als hätte ich in einer fremden Sprache geantwortet. »Das ist ein wirklich schlechter Zeitpunkt, um Scherze zu …«

»Das ist kein Scherz«, unterbrach ich sie.

Meine Eltern setzten sich alarmiert auf. Auch wenn Mum immer so tat, als hätte ich eine Wahl und könnte Nein sagen, so nahm ich an, dass sie nicht damit gerechnet hatte, dass ich es tatsächlich tun würde.

Tante Lilly sah aus, als würde sie gleich heftig niesen müssen, und Onkel Harvey, als wünschte er sich am liebsten weit weg. Er putzte emsig seinen Teelöffel.

»Liebling.« Meine Mum drückte meine Hand. Feine Fältchen lagen um ihre Augen, während sie mich unruhig musterte. »Was ist los?«

»Ich will das nicht tun. Mich belastet die Situation. Ich weiß, das wird gegen alle Konventionen verstoßen, aber ich habe das Gefühl, zu ersticken, und ich werde es nicht tun. Ich bilde mir schon Dinge ein …«

»Dinge? Was für Dinge?«, fragte Großmutter scharf.

Mum funkelte Großmutter an. »Lass sie ausreden, Mutter.«

Grandma wischte den Kommentar mit einer gereizten Handbewegung fort, während sie mich starr anblickte. »Was ist los, Rain? Was hörst du? Was siehst du?« Sie krümmte die Finger um den Gehstock.

Ein kalter Schweißtropfen rann meinen Rücken hinab. »Ist das wichtig?«

»Durchaus.«

»Und warum? Gibt es da etwa Dinge, die du uns verschweigst, Grandma?«, presste ich hervor.

Sie straffte ihre Schultern. »Was sollte ich verschweigen?«

»Das frage ich dich«, gab ich zurück.

»Mäßige deinen Ton, Rain.«

»Ich werde ihn mäßigen, wenn du aufhörst, mich anzulügen.«

»Ich weiß nicht, wovon du sprichst.«

»Du lügst!« Ich bemerkte erst, dass ich lauter geworden war, als meine Mutter mir beschwichtigend die Hand drückte.

Grandma richtete sich auf, als hätte sie einen Besenstiel verschluckt. »Mäßige deine Stimme, Rain. Das ist nicht der richtige Zeitpunkt, um die Fassung zu verlieren«, rügte sie mich.

Ein Prusten, das nicht wirklich ein Lachen war, entwich mir. »Ach nein? Und wann dann? Nachdem du das Geld eingesackt hast, das du von Elstan Cinderbe bekommst, sobald ich nach unten in diese Gruft gehe? Ist es das? Geht es hier nur um Geld?«

Grandmas Hand krampfte sich so fest um ihre Teetasse, dass ihre Fingerknöchel hervortraten.

»Was? Wovon redet sie da? Welches Geld?«, fragte Tante Lilly irritiert.

»Woher weißt du davon?«, entgegnete Grandma jedoch nur. Ihr Blick bohrte sich in meinen.

»Also stimmt es? Du bekommst Geld von den Cinderbes?«

»Ich verbitte mir diesen Ton, junge Dame, du hast keine Ahnung, wovon du da sprichst«, fuhr sie mich an.

»Ganz genau! Ich habe keine Ahnung, was hier vor sich geht. So wie es aussieht, tun das nur du und Elstan Cinderbe.«

Schlagartig wurde es still.

Ich biss die Zähne zusammen. In mir brodelte die Wut. Es fühlte sich an, als würde mir etwas entgleiten, von dem ich nicht gewusst hatte, dass ich mich überhaupt daran festhielt. Ich öffnete gerade den Mund, als mich meine Mum jäh unterbrach.

»Mutter«, sagte sie und starrte Grandma nieder, »wovon genau spricht sie?«

Grandma presste die Lippen zusammen. »Das hat euch nichts anzugehen.«

»Ich denke schon, Mutter. Du weißt, ich respektiere die Geschichte und Traditionen unserer Familie, aber ich werde daran nicht noch eine Tochter verlieren.«

Der scharfe Ton meiner Mum brachte Großmutter so weit zur Räson, dass sie klirrend die Tasse abstellte. Der braune Inhalt schwappte über und breitete sich auf dem blütenweißen Tischtuch aus.

»Es reicht!«, rief meine Großmutter, und meine Mutter erstaunte mich erneut, denn sie richtete sich kerzengerade auf und hob das Kinn.

»Ganz genau. Es reicht«, sagte meine Mum. »Es reicht schon lange. Ich werde nicht zulassen, dass du uns alle mit deinen alten Geschichten weiter so unter Druck setzt.«

»Alte Geschichten? Wie kannst du das nur sagen?«, brauste Granny auf. »Es geht hier um unsere Familie, unser aller Schicksal. Rain hat Verpflichtungen, nicht nur sich selbst, sondern der ganzen Welt gegenüber.«

Mum wurde so weiß wie das Tischtuch. »Verpflichtungen«, wiederholte sie.

»Liebling, vielleicht sollten wir uns erst mal beruhigen«, wandte mein Dad zaghaft ein, doch Mum hörte nicht auf ihn.

»Sieh dich doch um, Mutter«, sagte sie mit harter Stimme. »Selbst wenn wir von einer alten adeligen Märchenfamilie abstammen. Was ist davon übrig geblieben? Nichts als Verfall und Schulden. Wir leben in einem baufälligen Haus, weil du dich weigerst, in der Realität zu leben. Wir alle haben gelitten unter diesen sogenannten Verpflichtungen. Wir haben immer das getan, was du wolltest, und vielleicht hat Rain recht. Es ist jetzt genug. Ich habe bereits ein Kind verloren, und wenn Rain der Tradition nicht folgen will, dann muss sie es nicht tun.«

Ich glaube, mein Mund stand genauso offen wie der von allen anderen. Großmutter sah aus, als hätte sie eine Fischgräte verschluckt. Eine große.

»Prim, bist du von allen guten Geistern verlassen? Du weißt, was auf dem Spiel steht. Du weißt, wie wichtig diese Sache ist. Für uns alle. Wenn es bereits Anzeichen gibt, dass sie ein Omen hört oder sieht, dann müssen wir darauf reagieren.«

»So etwas wie Omen gibt es nicht, Mutter!«

»Nur weil du den Ruf des Prinzen nie gehört hast, heißt das nicht, dass er nicht existiert. Pansy hat ihn gehört und Fiona ebenfalls. Wir haben es beide Male zu spät bemerkt, haben zu spät reagiert und sie daran verloren. Willst du Rain ebenfalls verlieren?«

»Fionas Tod war ein Unfall, und Pansy ist bei der Geburt von Avery gestorben!«

Mein Cousin zuckte zusammen.

»Das ist nicht übernatürlich! Alles davon ist harte Realität, in der du dich weigerst zu leben!«, brüllte meine Mutter. »Du bist diejenige, die Gespenster sieht, und ich werde nicht länger so tun, als wäre alles in Ordnung. Denn das ist es nicht. Seit ich denken kann, geht es um die eine große Sache. Du hast Lilly, Pansy und mich damit als Kinder wahnsinnig gemacht. Und was hatten wir davon? Nichts. Kein Prinz ist aufgewacht. Nicht bei uns, nicht bei dir, nicht bei Uroma und nicht davor. Weil es nicht mehr als eine Geschichte ist. Es gibt keinen echten Prinzen. Es gibt keine Prophezeiung. Wir waren alle dort unten und wissen es!«

»Prim …«, wandte Großmutter schockiert ein, doch meine Mutter brachte sie nur mit einem kalten Blick zum Verstummen, ehe sie uns zunickte. »Rain, Avery, ihr müsst los, sonst verpasst ihr euren Bus.«

Völlig verdattert sahen wir uns an.

Dad räusperte sich.

Ich zögerte. »Großmutter …«, begann ich schließlich, doch sie drehte sich weg, als könnte sie mich nicht hören.

»Geh, Liebling«, sagte meine Mutter sanft. »Großmutter und ich haben einiges zu klären. Wir werden das wieder in den Griff bekommen.«

Ich nickte, noch immer schockiert, mit welcher Vehemenz meine Mum gerade für mich Partei ergriffen hatte, und verschwand mit Avery aus dem Speisezimmer. Als die Tür hinter uns zuschlug, atmeten wir beide auf.

»Wow, das war …«, begann er.

»Heftig?«

»Ich wollte grausam sagen.«

»Hat … hat Mum gerade für mich Partei ergriffen?«, fragte ich fassungslos.

Avery grinste. »Und wie sie das hat. Ich glaube, Tante Lilly hat vor Schreck einen Teelöffel verschluckt.«

Wir grinsten beide, und das taten wir noch immer, als sich Holly im Bus neben uns warf.

»Warum freuen wir uns?«, fragte sie, ehe sie von ihrem Slushi schlürfte.

»Wir feiern Rains neue Freiheit!«, antwortete Avery, bevor ich es tun konnte.

Also grinste ich nur.

Holly sog verwirrt an ihrem Strohhalm. »Warst du denn eingesperrt?«

»So in etwa«, sagte ich und lehnte mich zurück. »Ich habe Grandma vorhin noch mal deutlich gesagt, dass ich diesen ganzen Prophezeiungskram nicht machen werde. Ich hab das Ganze abgeblasen.«

Holly verschluckte sich an ihrem Slushi. »Du hast was?«, brachte sie röchelnd hervor.

»Ich hab es abgesagt.«

»Das ist … Ich kenne keine Nachfahrin, die das getan hat.« Holly runzelte die Stirn. »Beatrice Goose hatte 41 Grad Fieber und ist dennoch dort runter. Du musst praktisch im Sterben liegen, um nicht dort runterzumüssen.«

»Wer ist Beatrice Goose?«, fragte Avery irritiert.

»War die nicht zwei Jahrgänge vor uns? Die Nachfahrin von der Gänsemagd?«

Holly nickte. »Genau die. Niemand hat das bisher geschmissen. Der Rat ist selbst bei den unbedeutenden Märchenfamilien streng, und auf deinen Geburtstag wartet quasi die ganze Welt. Bist du sicher, dass du das Ganze nicht einfach über dich ergehen lassen willst?« Holly sah mich besorgt an und leckte sich über die Lippen. Ihre Zunge war blau.

»Ich bin mir sicher«, erwiderte ich ruhig. »So sicher wie schon lange nicht mehr.«

»Das wird dem Rat nicht gefallen«, murmelte Holly.

»Nein«, sagte ich und schloss lächelnd die Augen. Die Erleichterung, dieser dummen Tradition nicht nachzugehen, fühlte sich an, als würde ein zentnerschwerer Sack von mir fallen.

Als wir in London ausstiegen, sog ich tief die Luft ein. Es war, als würde ich zum ersten Mal seit Wochen wieder frei atmen können. Die Paparazzi standen wieder wie bestellt und nicht abgeholt hinter dem Zaun und brüllten mir lauter unpassende Fragen zu. Ich schenkte ihnen wahrscheinlich zum ersten Mal ein Lächeln und keinen Stinkefinger, was eine Kaskade an Blitzlicht zufolge hatte.

»Rain! Morgen ist der große Tag! Möchtest du uns verraten, wie du dich vorbereitest?«

»Rain! Wie wird dein Kleid aussehen?«

»Wird die Familie White wieder einen Ball veranstalten?«

Nein, würden wir nicht. Weil wir pleite waren. Offiziell hieß es jedoch nur, dass die Familie White sich entschlossen hatte, diesmal in geschlossener Gesellschaft zu feiern.

Im selben Moment sah ich aus dem Augenwinkel, wie sich das breite Tor zum Schulgelände öffnete und eine lange schwarze Limousine langsam einfuhr. Sofort richtete sich die Aufmerksamkeit der Paparazzi auf das protzige Auto, auf dem das Wappen der Cinderbes zu sehen war. Ein blutiger Schuh, über dem eine weiße Taube flog.

Als die Tür aufging und Edward ausstieg, blitzte es heftig auf. Seine schwarzen Schuhe glänzten im Sonnenlicht, genauso wie sein blondes Haar. Brianna und Cyress folgten ihm und flankierten ihn wie in einem schlechten Teeniefilm. Selbst Briannas langes rotes Haar schien in Zeitlupe um ihren Körper zu peitschen.

Ich versuchte, mich unauffällig zu verdrücken, doch Edwards Blick blieb sofort auf mir liegen. Er kam direkt auf mich zu.

Narg!

Hektisches Blitzlichtgewitter umtanzte uns, während Edward mich anlächelte. Seine Nähe ließ mich schaudern, und mir stellten sich die kleinen Härchen im Nacken auf.

»White«, sagte er.

»Cinderbe«, grüßte ich kühl, während mir das Gespräch zwischen meiner Grandma und seinem Großvater wieder in den Sinn kam. Diese kleine, gut aussehende, miese Ratte.

Er runzelte angesichts meines kühlen Tons die Stirn, wurde jedoch von den Paparazzi unterbrochen, die laut drauflos brüllten.

»Mr Cinderbe, werden Sie Miss White an ihrem großen Tag begleiten?«

Edward zauberte ein perfekt einstudiertes Lächeln auf seine Lippen und legte in einer vertraulichen Geste seine Hand an meinen Rücken. »In der Tat. Ich werde morgen zusammen mit dem Rat und Mitgliedern des Hochadels Rains großen Tag miterleben dürfen. Ich freue mich sehr darauf, an diesem Tag an ihrer Seite zu sein. Ich hege große Hoffnungen in sie, genauso wie der Rat.«

Trainierte er das jeden Morgen vor dem Spiegel? Ich stieß ein kleines Prusten aus, was mir wieder einen verwirrten Blick von Edward einbrachte.

»Alles okay?«, fragte er mich leise, und seine Lippen streiften dabei mein Ohr.

»Alles bestens«, gab ich zurück.

Das Blitzlicht stach in meine Netzhaut, während jemand laut brüllte: »Stimmen die Gerüchte? Sind Sie beide ein Paar?«

»Das sind wir nicht«, stellte ich klar und trat einen Schritt zurück, sodass seine Hand von meinem Rücken rutschte. »Und ich werde für morgen keine Begleitung brauchen, denn ich gedenke nicht, an der Zeremonie teilzunehmen.«

Mein Herz pochte vor Aufregung so laut, dass ich die Stille, die sich bei meinen Worten ausbreitete, kaum bemerkte. Alle Anwesenden starren mich an. Selbst Cyress und Brianna.

Edward sah mich erst ungläubig an, ehe er charmant auflachte. »Das ist nur ein Scherz, kein Grund zur …«

»Das ist kein Scherz«, widersprach ich ihm und schenkte ihm mein bestes arrogantes White-Lächeln. »Die Party ist abgesagt, sucht euch eine andere Prinzessin, diese hier scheißt auf die Krone.« Damit drehte ich mich mit wehendem Haar um und musste lächeln, als die Welt hinter mir in absolutes Chaos stürzte. Jupp. Das war mein Tag.

Ich betrat das Grimm's-College in Hochstimmung, und die hielt an, obwohl die ganze Schule über nichts anderes als über meinen Ausbruch sprach. Selbst meine Periodenkrämpfe konnten meine Stimmung nicht dämpfen. Holly und Avery flankierten mich und funkelten jeden warnend an, der mir zu nahe kam, doch die meisten trauten sich ohnehin nicht einmal, mir in die Augen zu sehen. Wahrscheinlich würde ich heute als die mieseste Nachfahrin aller Zeiten in die Geschichte eingehen, und ich war stolz drauf. Warum hatte ich das nicht schon viel früher getan?

Der Tag verging förmlich wie im Flug, bis wir uns am Nachmittag zur wöchentlichen Bandprobe im Keller trafen. Wir hatten uns schon vor Jahren für die Turnhalle beworben, doch die Fußball-AG hatte bisher jedes Mal die Halle bekommen, während uns das Schulkomitee wegen Lärmbelästigung in den Keller abgeschoben hatte.

Die Rohre hingen dort zwar unverkleidet von der Decke, und ab und zu tropfte es aus einer losen Dichtung. Aber insgesamt hatten wir es uns in den letzten Jahren gemütlich eingerichtet. Unter dem Heizboiler stand ein ausrangiertes Sofa aus dem Lehrerzimmer. Ebenso ein vollgekritzelter Schultisch. Und daneben ein Whiteboard, auf dem wir ein paar Ideen für Songtexte und die Französisch-Hausaufgaben hingekritzelt hatten. Hollys Schlagzeug befand sich ebenfalls hier unten. Genauso wie ein, zwei Mikros und zwei Verstärker. Und da wir zu neunzig Prozent hier unten probten, hatten Holly und ich versucht, das alles mit ein paar blinkenden Lichterketten aufzuhellen. Mit Spraydosen hatten wir das Logo der *Poisoned Apples* an die Wand gesprüht: einen roten Apfel, von dem grüner Schleim in Form eines Totenkopfs herabtropfte, während sich dahinter ein paar Rosen rankten.

»Zur Feier des Tages brauchen wir eindeutig einen Big Tom«, verkündete Holly, die aus einer Kühlbox drei Dosen Tomatensaft hervorkramte und uns zuwarf.

»Ich hasse das Zeug«, erinnerte uns Avery mit Inbrunst.

»Prost«, sagte ich und öffnete die Dose.

Wir stießen an, und ich schnappte mir gerade meine zweite Übungsgitarre, als ein zaghaftes Hallo? zu uns hereindrang.

Irritiert hielten wir inne.

»Ist das etwa ...?«, begann Holly.

»Cinderbe«, beendete Avery den Satz, und seine Augenbrauen schnellten nach oben.

»Rain?«

Ich sprang auf die Beine, lehnte mich neben der Tür gegen die klamme Wand, und als Edwards athletischer Körper auftauchte, ließ ich meine Hand nach vorn schnellen, klatschte sie gegen die andere Wand und blockierte den Weg, sodass er stehen bleiben musste. Ich hob eine Augenbraue. »Was machst du hier unten, Prinzlein?«, fragte ich ihn spöttisch.

Edward keuchte, als wäre er gerannt. Das blonde Haar hing ihm wirr in die Stirn. »Ich habe dich gesucht ...«, sagte er nach einer Sekunde.

»Und gefunden. Gratuliere, und jetzt verzieh dich. Wir haben jetzt Bandprobe.«

Sein Blick irrte durch den feuchten, dunklen Keller, der nur von ein paar Lichterketten beleuchtet wurde.

»Ich dachte, es ist ein Scherz, aber ihr probt wirklich hier unten?«

»Tja, dank der Fußball-AG, von der, soweit wir wissen, du der Captain bist«, sagte Holly, die ihre Drumsticks zwischen den Fingern kreisen ließ. »Oh und warte, das Schulkomitee, in dem du als Schulsprecher quasi das Sagen hast, wollte uns – ich zitiere – wegen Lärmbelästigung nicht in der Turnhalle haben.«

Edward griff sich sichtlich peinlich berührt in den Nacken. »Ja, ähm, wir hätten wohl mehr versuchen sollen, für euch einen besseren Platz zu finden.« Er ließ den Blick schweifen und zuckte zusammen, als ein heißer Tropfen aus dem Rohr über ihm auf seinem Kopf landete.

»Edward?«, säuselte ich.

Sein Blick schnellte zu mir zurück. »Ja?«

»Verpiss dich.«

Er straffte sich. »Das kann ich nicht. Ich muss mit dir reden, Rain.«

»Worüber denn?«

»Über heute Morgen. Das, was du gesagt hast, das war ein Scherz, oder?«

Ich lächelte ihn an, nahm meine Hand zurück und baute mich stattdessen vor ihm auf. »Nein, das war es nicht. Ich schmeiße die Sache.«

Er sah mich ehrlich erschüttert an. »Wie kannst du das sagen?«

»Das ist ganz einfach. Ich hole Luft und spreche die Worte aus.«

»Das kannst du nicht tun!«

»Ach? Kann ich nicht?«

»Nein! Weißt du, was los ist, seit du das verkündet hast? Dort draußen ist die Hölle los. Es sind so viele Paparazzi da, dass Direktor Doris die Polizei rufen musste. Mein Handy klingelt pausenlos, weil jedes einzelne Ratsmitglied mich deinetwegen angerufen hat.«

»Oh. Das tut mir aber leid«, sagte ich spöttisch und wies mit dem Kinn nach oben. »Und jetzt verpiss dich, Cinderbe.«

»Rain.« Er sah mich tatsächlich verletzt an. »Was ist mit dir? Warum bist du so …?«

»Beeindruckend mutig, etwas zu tun, was vor mir bestimmt schon viele tun wollten, sich aber offensichtlich nicht getraut haben zu tun?«, riet ich.

»Abweisend zu mir«, wandte er ein und fuhr sich wieder durch die Haare, was ein paar geordnete blonde Strähnen durcheinanderbrachte. »Ich weiß, wir haben uns in den letzten Jahren ein wenig auseinandergelebt, aber ich hatte gehofft oder eher gedacht, dass wir in den letzten Tagen wieder einen guten Draht zueinander gefunden haben. Ich dachte …«

Ich hob spöttisch eine Augenbraue. »Was dachtest du, Eddy?«

Er zögerte, und sein Blick flackerte. »Ich dachte, wir könnten Freunde sein.«

»Freunde«, wiederholte ich langsam. Das Wort schmeckte bitter und süß zugleich.

Er schluckte und sah mir direkt in die Augen. »Freunde«, bestätigte er.

Meine Mundwinkel hoben sich, doch es war kein Lächeln. Das angespannte Summen in mir wurde zu einem wütenden Pochen. »Wir sind keine Freunde, Edward.«

Er schluckte.

»Nenn mich altmodisch«, fuhr ich fort, »aber ich bin mit niemandem befreundet, der nur nett zu mir ist, weil er mich für den Rat im Auge behalten soll. Wir wissen beide, dass der Rat schon immer Angst hatte, dass ich das Handtuch werfen würde. Ich weiß doch, was sie über mich sagen. Rain White, das schwarze Schaf, der Wurm im Apfel, unkontrolliert und impulsiv. Tja, und weißt du was? Sie haben recht. Ich werde es nicht machen, und jetzt kommst du hier angekrochen und säuselst mir etwas von Freundschaft vor, obwohl wir beide wissen, dass du nur Schadensbegrenzung betreibst, weil der Rat dir ans Bein pissen wird, wenn du mich nicht unter Kontrolle bringen kannst.«

Cinderbe starrte mich an. »Rain, so ist das nicht.«

»Lass es, Edward«, sagte ich und verschränkte die Arme vor der Brust. »Dein Großvater war gestern bei uns, und ich habe da ein paar sehr interessante Dinge gehört. Ich hoffe, er hat zumindest dein Taschengeld erhöht, für all deinen Einsatz.«

»Das ist nicht … Ich …« Er straffte die Schultern. »Ich bin der Schulsprecher des Grimm's-College. Ich bin für jeden Schüler und jede Schülerin zuständig. Es ist meine Aufgabe, mich um euch zu kümmern. Ich habe dich nicht im Speziellen …«

»Edward!«, unterbrach ich ihn, stellte mich auf die Zehenspitzen, packte seinen Kragen und zog ihn so ruckartig zu mir herunter, dass sich unsere Nasenspitzen berührten. Ich funkelte ihn wütend an. »Lass es. Ich weiß die Wahrheit.«

Wir starrten uns an, und ich sah eine Vielzahl an Emotionen durch seine Augen huschen. Wut, Ungläubigkeit und noch etwas, was ich nicht genauer benennen konnte. Seine Wangen liefen leicht rot an.

»Rain, was du da tust, ist gefährlich«, flüsterte er so leise, dass es wahrscheinlich nur ich hören konnte. »Der Rat wird das nicht einfach so zulassen.«

»Das lass mal meine Sorge sein, ich kann mich um mich selbst kümmern«, gab ich zurück und ließ ihn los. »Hau ab.«

Edward presste die Lippen zusammen, und er sah kurz zu Avery und Holly, die uns mit offenem Mund anstarrten. »Versucht, sie wieder zur Vernunft zu bringen. Ich werde versuchen, den Rat zu beschwichtigen«, sagte er nur, drehte sich um und verschwand aus dem Proberaum.

Langsam blies ich die angehaltene Luft wieder aus.

Avery stieß indessen einen leisen Pfiff aus. »Was war denn das für ein irres Vorspiel?«

Ich ignorierte ihn und schnappte mir meine Gitarre. »Tut mir einen Gefallen, ja? Tun wir zumindest für die Bandprobe so, als würde es die Welt dort draußen nicht geben.«

Holly und Avery tauschten einen Blick, doch sie erhoben keine Einwände. Holly begann den Takt vorzugeben, und kurz darauf stimmte Avery mit ein. Die Musik vibrierte tief in meinen Knochen, und in meinen Adern rauschte es. Ich schloss die Augen, ließ die Finger über die Saiten tanzen und begann zu singen.

Sinking Memories war ein Lied, das ich selbst geschrieben hatte, und die Worte prickelten auf meiner Zunge wie Champagner. Meine Stimme hallte durch den miefigen Keller, und wie immer wenn ich sang, verschwand die Welt um mich herum. Doch schließlich war das Lied zu Ende, und ich öffnete wieder die Augen. Das Adrenalin rauschte durch meine Adern, und irgendwie kam es mir vor, als würde mich jemand beobachten. Aber im Keller war niemand.

Wir spielten jeden Song, den wir hatten, auch die, die wir schon länger nicht mehr geprobt hatten. Manche waren gut, manche grauenvoll, aber darauf kam es nicht an. Alles, was zählte, war, dass ich mich schon lange nicht mehr so befreit gefühlt hatte. Mein Lachen mischte sich mit dem meiner Freunde. Irgendwann gingen uns die Songs aus, und wir landeten auf dem Sofa und tranken Big Tom aus der Dose, während ich noch etwas an meiner Gitarre rumzupfte. Schließlich streckte sich Avery, und Holly räusperte sich.

»Ähm, Leute«, sagte sie, nachdem sie einen Blick auf die Uhr geworfen hatte. »Es ist spät geworden. Wir sollten los, wenn wir den Bus noch erwischen wollen.«

Seufzend legte ich den Kopf in den Nacken. »Meint ihr, die Presse ist noch dort draußen?«

»Natürlich«, sagte Avery.

»Wir sollten rennen«, schlug Holly vor.

Nachdem wir zusammengepackt hatten, verließen wir den Keller. Erst als wir wieder im Erdgeschoss waren, wurde mir bewusst, wie spät es tatsächlich schon geworden war. Es dämmerte bereits.

»Alles klar, wir gehen dann …«, begann ich und stutzte, als sich ein Schatten aus dem Gang löste und mich am Ellenbogen zurückhielt. Edward.

»Heilige Scheiße, was willst du denn noch hier?«, fuhr ich ihn an.

Er presste die Lippen zusammen. »Ich weiß, du bist wütend, aber ich muss mit dir reden.«

Avery und Holly sahen mich fragend an.

Ich zögerte, doch etwas in Edwards Blick ließ mich schließlich einlenken. »Geht schon mal vor. Ich komme gleich nach«, wandte ich mich an Avery und Holly.

»Wir warten draußen«, sagte Avery mit einem warnenden Blick zu Eddy.

Er nickte knapp, und meine Freunde verschwanden im Gang. Ich blieb allein mit Edward zurück. Es war nichts außer unserem Atem zu hören. Im schwachen Schein der Abendsonne sahen seine Haare aus wie flüssiges Gold. Für eine ganze Weile blickte er mich nur an, und plötzlich spürte ich meinen Herzschlag überdeutlich stark.

»Ich habe ein Problem«, begann er schließlich.

Ich blinzelte. »Tja, ich schätze, so was haben wir alle hin und wieder.«

Edward atmete tief durch, wie um sich selbst Mut zu machen, und trat einen Schritt auf mich zu. Sein Gesicht sah aus, als hätte es jemand gezeichnet. Die Linie seiner Lippen, der Schwung seiner Wimpern. »Ich wusste immer, wo mein Platz war. Ich wusste immer, was ich zu tun hatte und was von mir verlangt wurde. Ich habe mich immer bemüht, den Erwartungen gerecht zu werden.«

Wieder machte er einen Schritt auf mich zu, und diesmal wich ich zurück.

»Ich bin den Erwartungen meiner Familie noch nie gerecht geworden«, warf ich ein.

Edward kam noch näher und blieb so knapp vor mir stehen, dass ich die Sprenkel in seinen blauen Augen sehen konnte. »Ja, weil du die mutigste Person bist, die ich kenne, Rain White. Du warst schon mutig, als du mit sechs Jahren auf den höchsten Baum geklettert bist.

Du bist nicht wie ich. Du gehst nie den Weg des geringsten Widerstands. Du bist so mutig, dein Leben zu leben, und dieses Gefühl, in deiner Nähe zu sein, ist … berauschend.« Seine Pupillen weiteten sich.

»Und was genau ist jetzt dein Problem?«, fragte ich ihn leise und wünschte, meine Stimme würde nicht so gepresst klingen.

Seine Mundwinkel verzogen sich. »Das war so nicht geplant«, flüsterte er.

»Was war nicht geplant?«, fragte ich irritiert.

»Meine Gefühle …«, murmelte er, und ich starrte ihn an, als er sich langsam vorbeugte.

Was zum Teufel …? Wollte er mich etwa küssen? Mein Herz jagte los. Die kleinen Härchen auf meinen Unterarmen stellten sich auf, und ich war mir nicht sicher, ob ich lachen, fluchen, stehen bleiben oder rennen sollte.

»Edward?«

Wir erstarrten.

»Eddy? Wo bleibst du? Hast du alles erledigt? Die anderen warten schon auf dich.«

Edward machte ein paar Schritte zurück und blickte über seine Schulter. »Ich …«, krächzte er. »Ich bin hier, Brianna. Warte kurz.«

Ich atmete aus. »Man sieht sich, Eddy«, sagte ich nur und rauschte an ihm vorbei.

Ich hörte, wie Edward mir leise nachrief: »Warte! Es ist nicht so, wie du gerade denkst …«

Meine Wangen wurden heiß, und bevor ich noch etwas Dummes tun konnte, huschte ich in die nächste Toilette, schmiss die Tür hinter mir zu und schloss mich in die letzte Kabine ein. Ich setzte mich auf den Klodeckel und vergrub stöhnend das Gesicht in den Händen. Was war denn hier los? Hatte Edward Cinderbe gerade wirklich versucht, mich zu küssen? Oder war das nur ein letzter Versuch, mich doch noch unter Kontrolle zu bringen?

Allein der Gedanke, dass er zu solchen Mitteln greifen würde, ließ in mir die Galle hochkommen. Und … warum zur Hölle war ich stehen geblieben und hatte wie eine dumme Kuh auf seine Lippen gestarrt und mich gefragt, wie es sich wohl anfühlen würde, Edward Cinderbe zu küssen?

Wütend zog ich etwas Toilettenpapier ab, um mir damit die Nase zu putzen, und wechselte meine sanitären Bedürfnisse. Als ich damit fertig war, hörte ich das Quietschen einer sich öffnenden Tür. Wer war denn so spät noch hier?

Das Licht über meinem Kopf flackerte. Schritte näherten sich. Sie klangen langsam, schleppend, beinahe schleifend.

»Hallo? Wer ist da?«, fragte ich irritiert, als sich ein Schatten vor den Spalt unter der Tür schob. Die Spitzen zweier schwarzer Stiefel waren zu sehen. Gereizt knüllte ich etwas Klopapier zusammen und sagte erneut: »Hallo?«

Ich wollte gerade aufstehen, die Tür aufreißen und wen auch immer zum Teufel jagen, als ein seltsames Geräusch mich innehalten ließ. Es klang beinahe wie das Tropfen von Wasser. Im nächsten Augenblick landete etwas mit einem leisen Platschen neben den Füßen auf die Fliesen und rann zäh zu mir in die Kabine. Verwirrt zog ich die Füße an und blickte nach unten. Es sah schwarz aus und wurde zu einem Rinnsal, das immer schneller zu mir nach drinnen floss.

»Was ist das? Wer ist da?«, fragte ich, als die Lampe über mir blinzelte und es schlagartig stockdunkel wurde.

Ach. Du. Scheiße.

Ich unterdrückte einen Schrei, während mein Herzschlag lospochte.

»Was ist hier …?«, begann ich, wurde jedoch von einem Schlag gegen die Klotür unterbrochen.

Ich zuckte zurück und knallte gegen den Spülkasten, während das Klopfen an der Tür so laut nachhallte, dass die ganze Tür vibrierte.

»*Wir sehen dich, Rain White.*«

Ich kreischte erschrocken auf, während das Licht wieder zu flackern begann. An, aus. An, aus. Ich sah die Tür vor mir, die wegen der Schläge heftig wackelte. Die Flüssigkeit hatte sich in einer dichten Lache zu meinen Füßen gesammelt und sickerte ein. Es war eiskalt.

»Der Ruf des schlafenden Prinzen wird lauter. Du kannst ihn nicht länger ignorieren. Sein Leib dreht sich bereits im Grabe um. Wenn er endlich aus den Schatten steigt, werden wir an seiner Seite sein. Die Welt wird sich wandeln und du … du bist der Anfang vom Ende. Er das Ende vom Anfang.«

Etwas schlug so hart gegen die Tür, dass es krachte. Ich sprang auf, hob abwehrend die Hände und kniff die Augen zu. Ein Luftzug zerrte an meinen Haaren, und dann kam … nichts. Kein Aufschlag, nichts, was zu mir hereinkam. Keine Stimme, kein Gebrüll, kein gar nichts. Was?

Ich linste durch meine Finger. Die Tür stand offen, aber davor war … niemand. Nichts.

Heftig atmend starrte ich nach draußen. Das Licht flackerte, ging aus und sprang wieder an. Einer der Wasserhähne lief. Ein stetiges Rinnsal ergoss sich in das Waschbecken, quoll über und floss bis zu mir in die Kabine. Alles in mir zuckte nervös, als ich mich nach vorn lehnte und aus der Kabine lugte. Jeder meiner Muskeln schien gegen die Bewegung zu rebellieren. Das Wasser plätscherte, doch außer mir war niemand hier.

Mit zitternden Fingern schnappte ich mir meinen Rucksack und trat aus der Kabine. Meine Schuhe schmatzten im Wasser, als ich zum Wasserhahn ging und ihn zudrehte. Er quietschte.

Ich atmete tief durch und blickte in den großen Spiegel – und stieß vor Schreck einen kleinen Schrei aus. Ich stolperte zurück, wobei mein Rucksack abrutschte und in die nasse Pfütze am Boden platschte. Dunkle Augen starrten mir entgegen. Buh!

Er presste seine Finger so fest gegen die Glasfläche, dass sie kalkweiß wirkten, als versuchte er, sich mit bloßen Händen einen Weg durch den Spiegel zu graben. Sein dunkles Haar war völlig zerzaust, als wäre er schnell gerannt oder mehrmals mit den Händen hindurchgefahren. Sorge lag in seinem Gesicht, während er zur Tür hinter mir blickte.

»Buh. Was machst du hier?«, fragte ich und presste eine Hand auf meine Brust. Buh verließ so gut wie nie die Spiegel in Whitestone. Hier und da mal ein Zwinkern in der Spiegelung eines Fensters, aber ehrlicherweise hatte ich ihn nie so weit außerhalb gesehen.

»Rain! Du musst von hier verschwinden. Schnell.«

Seine Stimme hallte wie ein Echo durch den Vorraum. Ich wusste nicht, ob ich weglaufen oder vor Panik erstarren sollte, während mir das Herz heftig in der Brust klopfte.

»Was ist passiert?«, fragte ich und spürte, wie mir jede Farbe aus den Wangen wich.

Buh presste die Lippen zusammen. »Ich kann nicht lange bleiben. Ich brauche gerade alle Konzentration, die ich habe, um zu dir durchzukommen. Sie holen dich«, zischte er.

»Was? Wer holt mich?«, fragte ich alarmiert.

»Der Rat! Du musst abbauen. Sofort.«

Gänsehaut überzog meinen Körper. »Warum? Was ist los?«

»Der Rat ist hier. Sie wollen dich zwingen, der Prophezeiung zu folgen. Wenn nötig, mit Gewalt. Versteck dich am besten, bis dein Geburtstag vorbei ist.«

»Sie wollen was?«

»Beeil dich, Rain.

Ich blinzelte, und plötzlich war er weg. Nur noch der Wasserhahn tropfte leicht.

»Buh?«, fragte ich und klopfte an den Spiegel, doch nichts rührte sich. Ein Zittern erfasste mich, als die Bedeutung seiner Worte zu mir durchsickerte. Der Rat war hier. Scheiße.

Ich warf mir den Rucksack wieder über die Schulter und stürmte nach draußen. Die Schule war komplett verlassen. Ich unterdrückte das Bedürfnis, nach Edward zu suchen, und verließ stattdessen fluchtartig das Gebäude. Kies knirschte unter meinen Schuhen. Ein kalter Wind fegte durch den Innenhof und wirbelte mir ein paar graue Blätter um die Beine. Die Statue der Gebrüder Grimm sah aus wie zwei in Schatten gehüllte Riesen. Ich friemelte mein Handy aus der Tasche und wählte Averys Nummer. Wahrscheinlich hatte ich den Bus schon verpasst. Waren er und Holly ohne mich gefahren?

Während ich weiterlief, lauschte ich angespannt dem Tuten, als klickend die Mailbox ansprang. »Hey. Bin nicht da.« Mein fünfzehnjähriges Ich quatschte dazwischen: »Was machst du da?« – »Ich versuche, hier eine Mailbox einzurichten. Nerv nicht, Rain.« – »Wer soll dich denn anrufen? Außer Mum und dein zukünftiger Psychologe?« – »Agenten! Talentscouts! Mein zukünftiger Traummann oder meine Traumfrau. Die Liste ist endlos. Jetzt nerv nicht.« – »Ja klar. Also, wenn hier jetzt ein Agent, Talentscout oder Traummann oder Traumfrau anruft: Ihr habt euch sicher verwählt, denn das hier ist der Anschluss von Avery Hunter. Er weint immer noch bei *Bambi*.« Avery knurrte. »Lach nur. Wenn ich einmal berühmt bin, lasse ich dich höchstens meine Koffer schleppen und … *Piiiiiiep.*«

Arg! Warum hatte er das nie geändert?

»Avery! Ruf mich an, wenn du das hörst. Hier geht ein Haufen schräger Scheiße …«

Ruckartig blieb ich stehen und starrte auf die lange schwarze Limousine, die vor dem Schultor parkte. Sie trug das Wappen der Cinderbes. Oh, oh. Und um das Ganze noch schlimmer zu machen, standen davor zwei bullige Typen in schwarzen Anzügen. Sie sahen aus, als hätte sie jemand einfach aus einem Felsen herausgebrochen.

»Rain White?«, fragte mich einer von ihnen.

Ich wich zurück und musterte ihn skeptisch, während ich das Handy noch immer an mein Ohr gepresst hielt. »Wer will das wissen?«

Der andere bullige Kerl trat nach vorn und öffnete die Tür zur Limousine. Darin saß ein chic gekleideter Mann, vielleicht Ende siebzig, die silbernen Haare zurückgekämmt, und lächelte mich an. Elstan Cinderbe.

»Rain, meine Liebe. Ich hatte gehofft, dass wir uns über den Weg laufen. Würdest du mir die Freude machen, dich mitnehmen zu dürfen?« Er sagte es freundlich, und kleine Fältchen legten sich um seine Augen. Doch ich traute dem Ganzen kein bisschen.

»Ruf mich an, Avery, ich glaube, der Rat versucht gerade, mich zu entführen«, flüsterte ich ins Telefon und legte auf. »Mr …« Ich räusperte mich und zwang mich zu einem ebenso freundlichen Lächeln. »Mr Cinderbe. Ist eine Weile her, seit wir uns gesehen haben.«

Der Alte schmunzelte und neigte den Kopf. »Es ist in der Tat eine Weile her, dass wir uns gesehen haben. Ich meine, es war damals bei der Beerdigung deiner Schwester.«

»Ja, nun. Das Angebot ist sehr nett, aber ich möchte wirklich keine Umstände bereiten. Ich nehme einfach den …« Ich schrak zusammen, als ich gegen etwas stieß, was sich als einer der Bodyguards herausstellte, der sich unbemerkt wie eine Mauer hinter mir aufgebaut hatte. »… Bus«, endete ich lahm.

Cinderbe lächelte gutmütig. »Kein Grund, so besorgt auszusehen. Das sind nur Marco und Polo. Sie arbeiten bereits seit vielen Jahren für mich und sind Nachfahren der zwei Brüder.«

Die zwei Brüder.

Ein eher unbekanntes Märchen um zwei Brüder – der eine ein Goldschmied, der andere ein Besenbinder – und einen goldenen Vogel.

»Hast du Gold oder Besen?«, fragte ich Marco … oder Polo, wer von den beiden auch immer hinter mir stand.

Er blinzelte irritiert und deutete auf ein Waffenholster unter seinem T-Shirt. »Ich habe eine Smith & Wesson.«

»Wie beruhigend …«, murmelte ich.

Er blickte mich nur stumm an.

»Also, ich geh dann m…«, begann ich, doch er ließ seine Hand nach vorn schnellen und hielt mich fest, während Cinderbe schmal lächelte.

»Ich fürchte, du hast den letzten Bus verpasst. Bitte nimm Platz.«

Bevor ich auch nur blinzeln konnte, packte mich der Bodyguard am Arm und schleifte mich zur Limousine. »Hey … lassen Sie mich los«, fuhr ich ihn an.

Der Steinkerl ignorierte mich einfach und stieß mich in die Limousine. Ich stolperte und landete auf Ledersitzen, die unter mir protestierend knarrten.

»Was soll das?«, fragte ich scharf, als die Tür auch schon zugeschlagen wurde und die Sicherung einrastete.

Cinderbe wies mit einer Handbewegung auf den Sitz ihm gegenüber. »Beruhige dich, meine Liebe. Ich versichere dir, es ist alles in bester Ordnung. Möchtest du etwas trinken?«

»Ich möchte gern aussteigen«, presste ich hervor, knallte jedoch mit dem Po tiefer in den Sitz, als die Limousine anfuhr.

»Wir hätten Eistee«, schlug der alte Cinderbe vor, öffnete einen schicken kleinen Kühlschrank und holte eine Flasche hervor. »Nun sieh mich nicht so an, junge Dame«, rügte er mich, während er Eiswürfel in ein Glas fallen ließ und den Eistee einschenkte, als wäre es teurer Whisky.

»Wie sehe ich Sie denn an?«, fragte ich und bekam das Glas unter die Nase gehalten.

»Als würde ich dich gerade entführen. Ich versichere dir, dem ist nicht so.« Sein Blick bohrte sich in meinen. Kühl, durchdringend und absolut unbeugsam.

Schaudernd nahm ich ihm das Glas ab, einfach, um etwas zu haben, woran ich mich festhalten konnte. »Fühlt sich aber so an.«

Er schmunzelte und beugte sich ein wenig zu mir vor, sodass das Leder knarrte. Misstrauisch wich ich zurück, während ich seine Musterung über mich ergehen ließ. »Man sieht sie in dir«, stellte er schließlich fest.

»Wen?«

»Fiona. Ihr habt den gleichen Blick. Stolz und tollkühn. Alle Whites, die ich kenne, besitzen diesen Blick. Das ist gut. Sehr gut sogar. Aber sag mir, Kind: Warum weigerst du dich so vehement, das Erbe deiner Familie anzutreten?«

Ich verengte die Augen zu Schlitzen. »Bei allem Respekt, Mr Cinderbe …«

»Du kannst mich Elstan nennen«, unterbrach er mich milde.

»Bei allem Respekt, *Mr Cinderbe*«, wiederholte ich stoisch, »was ich tue oder nicht, geht Sie eigentlich nichts an.«

Cinderbe stieß ein Glucksen aus, das wie ein Lachen klang und dann auch wieder gar nicht. »Prinzipiell mische ich mich nicht oft und schon gar nicht gern in die Angelegenheiten der White-Frauen ein. Ihr seid, bei aller Liebe deiner Großmutter gegenüber, alle ein wenig zu unverschämt und impulsiv. Starrköpfig und verbissen noch dazu. Eigenschaften, von denen ich mich fernhalte. Ich bevorzuge Ordnung und Disziplin, und die Whites haben nichts davon. Dennoch ist es meine Pflicht als Ratsmitglied, alles in seinem Rahmen zu halten.« Cinderbe war ein Fan von ausschweifenden Gesten beim Reden. Was es unmöglich machte, woanders hinzusehen. »Und du bist gerade dabei, dich nicht im Rahmen zu halten, Rain. Die Räder drehen sich, aber sie tun es nur, solange sie alle perfekt ineinandergreifen. Springt auch nur eines aus der Reihe, bringt es damit die gesamte Uhr zum Stillstand.« Fältchen legten sich um seine Augen. »So leid es mir tut, Rain, ich kann nicht zulassen, dass diese gut gepflegte Uhr ins Stocken gerät. Ich muss die Zahnräder an Ort und Stelle halten. Selbst wenn es manchmal nur mit liebevollem Zwang geht.«

Mir blieb die Luft weg, als mir klar wurde, was er vorhatte. »Sie bringen mich zum Prinzen«, stellte ich fest.

Cinderbe neigte den Kopf. »Warum setzt du dich so sehr dagegen zur Wehr? Du würdest einem alten Kauz wie mir eine große Freude machen. Ab Mitternacht ist dein Geburtstag, und wir dachten, wir verlegen angesichts deines Lampenfiebers die Feier einfach etwas vor. Wenn alles glattläuft, wirst du bald wohlbehütet zu Hause im Bett liegen. Das versichere ich dir.«

»Meine Großmutter hat Sie angerufen«, stellte ich fest.

Cinderbe legte die Fingerspitzen zusammen.

»Das hat sie, aber ganz England spricht über dein kleines Statement von heute Morgen. Wir pflegen uns normalerweise im Hintergrund zu halten und uns so wenig wie möglich in die Belange der anderen Familien einzumischen, aber wir sind in diesem Fall einstimmig der Meinung, dass die Familie White Unterstützung gebrauchen könnte.«

Ich starrte ihn an und presste wütend die Lippen zusammen. »Sie sind es zu sehr gewohnt, zu bekommen, was Sie wollen, Mr Cinderbe«

Cinderbe schmunzelte. »Das bin ich wohl, und zudem habe ich Pflichten, die weit über dein Verständnis und Wissen hinausgehen, mein liebes Kind. De cineribus lacrimisque«, zitierte er.

»Aus Asche und Tränen«, übersetzte ich das Motto der Cinderbes, was seine Mundwinkel nach oben wandern ließ.

»Absolut korrekt. Wie ich sehe, hat die Erziehung deiner Großmutter ihr Ziel doch nicht gänzlich verfehlt. Wir Märchenfamilien haben Verpflichtungen, und wenn noch dazu adeliges Blut in unseren Adern fließt, schulden wir es nicht nur der Menschheit, sondern auch den Göttern, eine gewisse Ordnung aufrechtzuerhalten. Weißt du, von welchem Gott meine Familie begünstigt wurde, mein Kind?«

Der Puls rauschte mir in den Ohren, während die Erinnerungen in mir hochkamen. Erinnerungen an lang zurückliegende Tage. An Großmutter, die in dem quietschenden Lehnstuhl saß und Fiona und mir vorlas. Die Geschichte von …

»Cinderella wurde damals von der Göttin der Zeit beschenkt«, sagte ich, und zum ersten Mal schenkte mir Cinderbe ein echtes Lächeln.

»Ebenfalls korrekt. Schwester Zeit prüfte sie und nahm sie danach nicht nur am Hof auf und beschenkte uns mit Reichtümern, nein, sie beschenkte unsere Vorfahrin mit der Gabe der Willensstärke. Es ist eine Ehre wie eine Bürde, dieses Erbe weiterzuführen.«

»Und jetzt? Wollen Sie mich wirklich zwingen, das hier zu tun?«, fragte ich ungläubig.

»Glaubst du denn nicht an unser Vermächtnis, Rain?«, entgegnete er stattdessen.

»Wollen Sie mir etwa einreden, das alles ist mehr als eine alte Geschichte, die eigentlich niemand wirklich beweisen kann?«, fragte ich so ruhig wie möglich.

»Ich will dir gar nichts einreden. Letztendlich ist es belanglos, ob du daran glaubst oder nicht, solange du deiner Verpflichtung nachkommst.«

»Und mit Verpflichtung meinen Sie, einen schlafenden Prinzen wach zu küssen«, sagte ich spöttisch.

Er neigte den Kopf und zitierte: *»Das Leben der alten Familien mag enden und ohne Magie weiterbestehen. Nur ein einziger Kuss* *wird es vermögen, dich zu wecken, Prinz aus Rauch und Schatten. Eine Möglichkeit der Buße. Mit deinem Erwachen bekommen die Nachfahren der alten Familien sieben Chancen, ihre Magie zurückzuerhalten. Doch am Ende wird sich nur eine Familie erheben und der Welt das längst vergangene Gleichgewicht wiederbringen.«* Er schloss die Augen. Die Worte klangen aus seinem Mund wie ein Gebet.

Ich schauderte. »Es gibt keine Magie.« Und noch während ich es sagte, war es mir selbst unangenehm, wie sehr ich darauf beharrte.

Mr Cinderbe schnipste sich einen Fussel von der Jacke und antwortete nonchalant: »Natürlich gibt es keine Magie. Sieh dich nur mal um.« Er deutete nach draußen auf London, das an uns vorbeizog. Die Sonne stand so tief, dass sie die Straßen in ein dunkles Rot tauchte. »Diese Welt ist nur noch ein Schatten ihrer selbst. Die Königreiche von damals sind längst zerfallen. Alte Familien, die einst ganze Länder regierten, teilen sich eine 70-Quadratmeter-Wohnung und arbeiten im Supermarkt oder im Büro als gewöhnliche Angestellte. Wir sind nur noch alte Relikte. Das, was uns einst zu den leuchtenden Ikonen und Anführern dieser Welt gemacht hat, ist längst nicht mehr als ein Staubkorn in der Geschichte. Diese Welt hat keine Magie mehr. Aber ohne Magie liegt die Welt im Sterben. Nicht mehr lange, und es gibt nichts mehr, was wir noch retten könnten. Diese Welt geht ohne Magie zugrunde. Sie stirbt ohne Seele. Es liegt an uns, den alten Familien, die Magie zurückzuholen. Bevor es zu spät ist. Der schlafende Prinz ist das letzte Überbleibsel aus einer sehr alten Zeit. Der letzte Funken Seele. Wenn er erlischt, wenn wir es nicht schaffen, ihn aufzuwecken, wird das weitreichende Konsequenzen haben. Für uns alle.«

Ich war mir nicht sicher, aber versuchte mir der alte Zausel gerade einzureden, dass es die globale Erwärmung, die schmelzenden Polkappen und die löchrige Ozonschicht nur deshalb gab, weil keine Magie mehr in der Welt existierte? »Sie lassen es so klingen, als wäre der schlafende Prinz unsere Rettung. Aber soweit ich mich erinnere, hatte der Prinz in der Geschichte nicht gerade die Rolle des braven Vorzeigejungen. Warum, glauben Sie, sollte er die Welt retten, wenn er doch schuld ist an deren Zerfall?«, fragte ich leise.

Cinderbe winkte nur ab. »Das ist nebensächlich. Wichtig ist nur, dass er aufwacht. Was danach passiert, wird sich zeigen.«

»Erzählen Sie mir dann als Nächstes, dass die Tiere des Walds uns zu Hilfe eilen und gläserne Schuhe wieder in Mode kommen?«, fragte ich bissig.

Cinderbe presste die Lippen zusammen und erdolchte mich mit seinem Blick. »Ich schätze Zynismus, Rain. Aber tu uns beiden den Gefallen und verwechsle Wissen nicht mit Unehrlichkeit. Es liegt an dir, ob du den alten Geschichten glauben willst, aber der Rat kann nicht zulassen, dass eine über viele Hundert Jahre gepflegte Tradition unterbrochen wird.«

»Sie können mir nicht erzählen, dass in all den Jahren nie auch nur eine Nachfahrin dieses Ritual *nicht* gemacht hat«, gab ich zurück.

»Keine, die wichtig ist, und du wirst nicht die Erste sein«, erwiderte Cinderbe brüsk.

Ich biss die Zähne zusammen. »Sie können mich nicht zwingen.«

Im selben Augenblick blieb die Limousine stehen, und kurz darauf wurde die Tür geöffnet. Wir standen vor dem Tower. Das alte Gefängnis wurde von Scheinwerfern beleuchtet und erhob sich in den Himmel wie dunkle, abgebrochene Zähne.

»Wir können und wir werden. Und wenn ich dich fesseln, knebeln und höchstpersönlich nach unten schleppen muss, um deine Lippen auf die des Prinzen zu drücken. Du wirst dort hinuntergehen. Es liegt an dir, ob diese Erfahrung positiv oder negativ in Erinnerung bleibt.«

Er sagte es immer noch freundlich, doch die Drohung war so schneidend, dass ich mich am ganzen Körper versteifte.

»Ist alles vorbereitet?«, fragte Cinderbe.

Erst dachte ich, die Frage richtete sich an mich, ehe eine vertraute Stimme erklang: »Das ist es, Großvater. Es ist noch keine Presse hier, das könnte sich jedoch ändern. Wir sollten uns beeilen.«

Ach. Du. Scheiße.

Eddy stand vor der Tür. Er trug einen blauen Anzug, der ihn selbst aussehen ließ wie einen Prinzen. Als sich unsere Blicke kreuzten, vermied er es, mir in die Augen zu sehen. Ein Muskel an seinem Kinn zuckte.

»Du kleine miese Ratte«, zischte ich ihm zu.

»Ich habe versucht, dich zu warnen!«

»Du hast nur versucht, mich zu überreden!«

»Tja, aus Gründen«, gab er zurück.

Mir wurde schlecht.

Edward seufzte leise, ehe er mir die Hand entgegenhielt. »Bitte, Rain, es wird nicht lange dauern«, versprach er mir.

Wütend schlug ich seine Hand zur Seite und stieg aus der Limousine. Die Bodyguards standen am Gehsteig, und die wenigen Passanten wichen uns hastig aus. »Ich kann nicht fassen, dass du bei dieser Sache mitmachst«, fuhr ich ihn an.

Edward schenkte mir einen müden Blick. Seine blauen Augen wirkten traurig. »Es tut mir leid«, war alles, was er sagte.

Mit einem Kloß im Hals drehte ich mich zum alten Cinderbe um, der äußerst zufrieden mit sich selbst aussah. »Ich könnte weglaufen und die Polizei verständigen. Das wissen Sie, oder?«

Der alte Zausel musterte mich ungerührt. »Das wirst du nicht«, sagte er, schlug die Autotür zu und verschwand – mit einem Bodyguard im Schlepptau.

Ich zitterte vor Wut am ganzen Körper, während Edward mit einer eleganten Handbewegung vor uns deutete. »Hier lang.«

Ich fluchte und ging los. Wohin der alte Cinderbe verschwunden war, wusste ich nicht, aber einer der Bodyguards trabte uns wie ein Hund nach. Unsere Schritte hallten unangenehm laut auf dem Pflasterstein. Der Tower war zu dieser Tageszeit eigentlich geschlossen, doch der Bodyguard, der uns begleitete, hatte einen Schlüssel. Die schweren Holztüren ächzten, als er sie aufdrückte, und ein Windzug wirbelte mir die Haare aus dem Gesicht. Ich zögerte. Vor uns lag der Innenhof. Mauern und Türme, die sich wie Eingeweide hindurchzogen. Die Beleuchtung war angeschaltet worden und tauchte alles in einen leicht goldenen Schimmer. Es war nichts zu hören.

»Danke, Marco«, sagte Edward freundlich zu dem Bodyguard.

»Gern geschehen, Sir«, gab er zurück.

Ohne zu zögern, wandte sich Edward in Richtung des White Towers, der wie eine kleine Burg im Zentrum des Towers stand. Ich seufzte leise und folgte ihm. Hinter mir fiel das Tor ächzend zu, und ich wusste, dass Marco nur wenige Schritte hinter uns war.

Keiner von uns sprach ein Wort. Ich schaffte es kaum, Edward anzusehen, während ich mit gestrafften Schultern neben ihm ging. Mein Blick flitzte umher. Wenn ich jetzt nach rechts abbog, könnte ich vielleicht über einen der Seitenausgänge verschwinden.

Als hätte Edward meine Gedanken gelesen, sagte er leise: »So gern ich dir jetzt eine Räuberleiter anbieten würde, muss ich dich leider warnen, dass Marco schneller ist, als er aussieht. Wir kommen hier nicht mehr raus. Sie sind alle da.«

»Wir? Es gibt kein Wir«, zischte ich genauso leise zurück.

Er warf mir nur einen undurchdringlichen Blick zu.

Ich biss die Zähne zusammen. »Okay. Du hast gesagt, sie sind alle da. Präzisiere alle«, bat ich leise.

»Alle aus dem Rat und die Oberhäupter der adeligen Familien. Alle, die Großvater auf die Schnelle zusammentrommeln konnte.«

»Hilf mir auf die Sprünge, wer das alles ist.«

Er antwortete, ohne zu zögern. »Schneewittchen, Cinderella, Schneeweißchen und Rosenrot, Rapunzel, Froschkönig, Dornröschen, Allerleirauh, Gänsemagd, vielleicht noch andere, doch das sind die Wichtigsten, die ich bisher gesehen habe.«

»Super«, presste ich hervor, während ich hinter ihm den White Tower betrat. Augenblicklich stellten sich mir die kleinen Härchen an den Armen auf. Ich blickte hinter mich, als Marco die alten Türen schloss.

Zähneknirschend folgte ich Edward. Hinauf in den Tower, vorbei an den auf Hochglanz polierten Rüstungen, alten Kanonen, scharfen Speeren, Schwertern und Gemälden, bis wir schließlich den Museumsbereich verließen und Edward ein Gitter zur Seite schob, das Menschen eindeutig davon abhalten sollte, weiterzugehen.

»Nach dir«, bot er an.

»Ich könnte dir ans Schienbein treten und weglaufen«, sagte ich.

Er lächelte. »Daran zweifle ich nicht.«

»Ich werde dir das hier niemals verzeihen«, sagte ich.

Sein Lächeln erstarb. »Daran zweifle ich auch nicht.«

Ich drängte mich an ihm vorbei und stieg die gewundene Steintreppe nach oben. Sie war so schmal, dass wir im Entenmarsch gehen mussten.

Ich hörte das leise Stimmengewirr bereits, noch bevor ich irgendjemanden sah. Eine Tür stand offen und zeigte einen weit geöffneten Raum in der Spitze des Towers. Der Saal war gefüllt mit Menschen, die aussahen, als hätten sie sich für eine Krönung in Schale geworfen. Raschelnde Kleider und funkelnder Schmuck. Kristallflöten, in denen Champagner blubberte. Im Hintergrund wurde klassische Musik gespielt, und die Luft war erfüllt von Gesprächen und höflichem Lachen. Als ich nur in meiner Schuluniform und wahrscheinlich noch mit zerlaufener Mascara den Raum betrat, richteten sich Dutzende Augen auf mich. Keines der Gesichter kam mir bekannt vor, und dennoch überkam mich ein seltsames Gefühl von Vertrautheit.

»Rain. Da bist du ja.«

Eine hoch aufgerichtete Gestalt schob sich zu mir nach vorn. Grandma. Ihr weißes Haar hatte sie zu einem aufwendigen Knoten gebunden, und ihr Kleid schimmerte in dunklem Grün, Blau und Lila, was sie wie einen Pfau aussehen ließ.

Ich starrte sie wütend an, wehrte mich aber nicht, als sie mich in eine unangenehm feste Umarmung zog. Ich glaube, sie lächelte, während sie mir gleichzeitig ins Ohr zischte: »Lächle, und keine Mätzchen mehr.«

»Weiß Mum, dass du seit Neuestem hobbymäßig Kidnapping betreibst?«, zischte ich zurück.

Eine Sekunde funkelten wir uns an, ehe Großmutter sich von mir löste und mit einer weit ausholenden Geste in den Raum deutete. »Mitglieder des Rats. Darf ich vorstellen: meine jüngste Enkelin und Erbin der Whites. Rain White.«

Die Leute klatschten höflich. Ich merkte erst, wie angespannt ich war, als Edward neben mich trat und sanft eine Hand an meinen Rücken legte.

»Du musst nur bis Mitternacht durchhalten«, murmelte er nahe an meinem Ohr. »Dann werden sie dich in die Gruft schicken. Ein Kuss – und du hast es hinter dir und musst nie wieder ein Wort mit diesen Leuten reden … oder mit mir.« Am Ende stockte er leicht.

Es tat mir ganz und gar nicht leid.

Ich atmete tief durch. Sein Duft stieg mir in die Nase. Warm und frisch zugleich. Wie Wäsche, die in der Sonne getrocknet war. »Gut«, sagte ich nur und machte einen Schritt nach vorn, sodass seine Hand abrutschte.

»Rain.« Ich blickte auf, als Großmutter mich kritisch musterte. »Du solltest lächeln«, wies sie mich an.

»Und du solltest Angst haben, wenn Mum hiervon erfährt«, gab ich lächelnd zurück.

Großmutter lächelte genauso *nett* zurück, während sie mir die Schulter tätschelte. »Soll sie nur«, erwiderte sie, ehe sie den Kopf hob und den Männern zunickte, die auf uns zukamen. »Rain, du erinnerst dich hoffentlich an Lucien Twinset. Er stammt aus der Familie von Schneeweißchen und Rosenrot.«

Lucien Twinset war ein groß gewachsener Mann von vielleicht Mitte vierzig. Sein schwarzes Haar glänzte ölig, die Schläfen hingegen waren schneeweiß.

»Das ist also die schöne Frau der Stunde.« Sein Lächeln zeigte ein paar weiße Zähne, als er meine Hand nahm und einen Kuss darauf drückte.

Ich blinzelte leicht angeekelt. »Ähm … ja«, sagte ich nur und wischte mir unauffällig die Hand an meiner Schuluniform ab.

Lucien lächelte nur noch breiter, während er mich unangenehm intensiv musterte. »Es freut mich, dich wiederzusehen. Ich nehme an, du kennst meine Neffen Harbor und Quinn?«

Er deutete neben sich auf zwei junge Männer, die aussahen wie Brüder, auch wenn sie eigentlich nur Cousins waren. Harbors Haare waren von einem warmen Braunrot, seine Augen von einem stechenden Grün, wohingegen Quinns Augen eher der Farbe von dunklem, altem Holz glichen. Seine weißblonden Haare hatte er locker zurückgebunden.

»Ja«, sagte ich schlicht. Jeder kannte die Twinset-Jungen. Nach Edward gab es wohl kaum beliebtere Nachfahren, und sie gingen mir jedes Mal auf die Nerven, wenn wir uns sahen, was zum Glück selten war.

»Hey«, sagten beide gleichzeitig und grinsten mich an, ehe Harbor hinzufügte: »Eine Braut in Schuluniform. Wie rebellisch.«

»Und tragisch zugleich«, ergänzte Quinn.

»Braut?«, fragte ich irritiert.

Harbors Augenbrauen schnellten nach oben, während er das Glas Champagner in seiner Hand schwenkte. »Jede Anwärterin ist eine potenzielle Braut. Sollte der Prinz bei dir aufwachen, wird das hier ...«, er deutete um sich herum, »... gleichzeitig deine Geburtstags- und Verlobungsfeier.«

»Könnt ihr euch einfach verpis...?«, begann ich, doch meine Großmutter kniff mich.

Ich knirschte mit den Zähnen und lächelte stattdessen süßlich: »Ist immer nett, mit euch zu plaudern. Hab gehört, ihr seid vom Grimm's-College in Deutschland geflogen?«

Wieder kniff mich meine Großmutter. Quinn grinste jedoch nur. »Sie nehmen Brände in Turnhallen leider sehr ernst in Deutschland.«

Lucien lachte gutmütig. »Nicht mehr als ein Missverständnis. Leider müssen wir uns eine neue Schule suchen. Wir waren gerade dabei, Harbor und Quinn hier in England einzuschreiben. Darum waren wir etwas früher hier. Aber was für ein Glück, sonst hätten wir die Show beinahe verpasst.« Er wandte sich zu Edward, den ich beinahe völlig vergessen hatte. »Ich hoffe, diesmal wird es nicht wieder so eine Enttäuschung wie mit deiner Schwester, Edward.«

Edward neigte zustimmend den Kopf. »Wir hatten große Hoffnungen in Brianna gesetzt. Die Enttäuschung war für sie selbst jedoch am Größten.«

Ich blickte durch den Raum. Brianna war vor drei Monaten achtzehn geworden. Der Rummel um sie war beinahe so groß gewesen wie um mich, allerdings war die Zeremonie bei ihr auch weitaus pompöser, denn die Cinderbes hatten tatsächlich einen Ball gegeben, auf dem ich mich etwa fünf Sekunden aufgehalten hatte, bevor ich geflüchtet war, um mit Avery im Garten einen Joint zu rauchen. Granny hatte uns allerdings erwischt und war so sauer gewesen, dass sie uns nicht zur eigentlichen Zeremonie mitgenommen hatte. Gott sei Dank. Avery und ich waren wirklich ziemlich bekifft gewesen. Brianna hatte damals ebenfalls ausgesehen wie eine Braut. Die Erwartungen an sie waren wirklich hoch gewesen und die Enttäuschung umso herber, als nichts passiert war.

Ich suchte den Raum nach ihr ab und fand die rothaarige Cinderbe schließlich am Ende des Raums. Sie unterhielt sich mit einem mir unbekannten Jungen. Als sie lächelte, blitzten ihre Zähne weiß auf. Selbst jetzt sah sie aus, als wäre sie für diese Rolle viel besser geeignet als ich: Sie trug ein hautenges blaues Seidenkleid, das bis zum Boden fiel. Ihr Schlüsselbein stach im perfekten Winkel hervor, während tropfenförmige Ohrringe bis zu ihren blassen Schultern fielen. In ihren hohen Schuhen hätte ich mir höchstens den Hals gebrochen.

»Nun …«, fuhr Lucien fort, »enttäuschend, wenn auch nicht überraschend. Verwässertes Blut sage ich nur. Es überrascht mich, dass der gute alte Cinderbe es sie überhaupt hat versuchen lassen. Aber ich nehme an, inzwischen können wir nicht mehr wählerisch sein. Es gibt kaum noch reines Blut.«

Edward rang sich zu einem Lächeln durch, und ich versteifte mich. Niemand sprach so offen darüber, dass Brianna das Kind einer Affäre gewesen war. Meine Mum hatte mir einmal verraten, dass es damals ein großer Skandal gewesen sei. Vor allem weil Briannas Mutter keine Nachfahrin gewesen war. Damit war Brianna nie ganz akzeptiert worden. Sie galt als *verwässert.*

»Rain ist in dieser Hinsicht eine perfekte Kandidatin«, warf meine Großmutter ein. »Ihre Abstammung ist absolut lupenrein. Die Frauen stammen von Schneewittchen ab, und der Vater ist ein Mitglied der Familie Luck.«

»Nun …« Lucien musterte mich. »Wir werden sehen.«

Er wandte sich von mir ab. Quinn und Harbor hatten sich längst in die nächste Ecke verkrümelt.

Leise murmelte ich Edward zu: »Tut mir leid wegen dem Mist mit Brianna.«

Edward sah mich ernst an. »Spar dir das Mitleid. Für die meisten ist das hier eine Ehre, keine Pflicht. Brianna musste ihr ganzes Leben lang um Anerkennung kämpfen. Du magst vielleicht keine White sein wollen, aber es hat dir nie jemand abgesprochen, eine zu sein, oder?«

»Nein«, gab ich zu, doch noch ehe ich etwas sagen konnte, unterbrach Grandma mich.

»Rain«, sagte sie und zog mich zu einem älteren Paar. »Das sind die Braidtowers. Ich glaube, du kennst sie noch nicht. Sie stammen von Rapunzel ab. Ihre Tochter war vor einigen Jahren auf dem Grimm's-College, kann heute aber leider nicht dabei sein. Eine kränkliche Konstitution, das arme Ding. Ich hoffe, sie ist bald wieder auf den Beinen.«

Das Ehepaar nickte eifrig. Ich kannte sie tatsächlich von den Elternabenden des Colleges und Ratsversammlungen. Mrs Braidtower war eine hagere Frau, mit schmutzig blonden Haaren und leckte sich nervös über die Lippen. Mr Braidtower hingegen wirkte etwas bullig, hatte jedoch freundliche braune Augen. Sie starteten sofort belanglosen Small Talk. Ich antwortete knapp, ehe ich bereits zu der nächsten Gruppe geschoben wurde.

»Das ist Dorothy Pieces. Ihre Tochter Dotty folgte der Tradition vor zwei Jahren. Falls du dich nicht erinnerst, sie sind Nachfahren aus …«

»Den zertanzten Schuhen«, sagte ich. Sie besaßen eine sehr vermögende Modefirma. Jeder kannte sie.

Dorothy war eine rundliche Frau mit roten Wangen und einem freundlichen Lächeln. »So ist es«, stimmte sie zu und reichte mir die Hand. »Es freut mich, dich zu sehen, Rain. Deine Mutter und ich haben am selben Tag Geburtstag und haben das Ritual zusammen durchgeführt. Ist sie heute gar nicht da? Und deine Familie?« Sie blickte sich suchend um.

»Nein, ich nehme an, sie haben nicht mit meiner Entführung gerechnet …«, gab ich spitz zurück.

Granny fuhr sofort dazwischen: »Leider haben meine Töchter die Grippe. Sie werden es heute nicht schaffen und sind untröstlich. Ich soll dir jedoch von Prim liebe Grüße ausrichten, Dorothy.«

Ich wollte gar nicht wissen, was Grandma veranstaltet hatte, damit Mum nicht hier war oder mich suchte. Vermutlich hatten sie aber einfach wirklich nicht damit gerechnet, dass mich Grandma von der Schule aus entführen würde. Nicht mal ich hatte damit gerechnet. Wenn Mum misstrauisch wurde, war es ohnehin schon zu spät.

»Oh nein, und das ausgerechnet an einem so wichtigen Tag. Sie müssen untröstlich sein. Die Ärmsten …«, sagte Dorothy.

»Sie tragen es mit Fassung«, sagte Granny.

»Natürlich tun sie das«, stimmte Dorothy zu und schenkte mir ein Lächeln. »Es ist verblüffend, wie sehr du deiner Mutter ähnelst. Wir verstanden uns als Jugendliche wirklich gut. Ich habe sie immer wieder zu uns nach Frankreich eingeladen, aber sie ist ja immer so schrecklich beschäftigt und nie bei den Ratsversammlungen. Meinst du, sie kommt zur nächsten?«

Mum liebte es mindestens genauso sehr wie ich, sich vor den Versammlungen zu drücken.

Ich wollte gerade antworten, als sich jemand räusperte. Ich drehte mich um. Vor mir kniete der wahrscheinlich hübscheste Kerl, der jemals auf diesem Erdboden gewandelt ist. Ich kannte auch ihn, wenn auch nur aus der Klatschpresse. Vor mir kniete der berühmt-berüchtigte Nachfahre von Dornröschen. Hellbraunes Haar fiel um ein schmales Gesicht mit hohen Wangenknochen, er hatte geschwungene braune Augen und ein träges Lächeln auf den Lippen, als er zu mir aufblickte. Seine asiatischen Züge gaben ihm einen faszinierenden androgynen Look.

»Pardon, die Runde zu stören, aber ich befürchte, Miss White steht auf meinem Einstecktuch.«

Verdutzt hob ich den Fuß, und ein rotes Tuch glitt unter meinem Fuß hervor. »Entschuldigung«, sagte ich irritiert.

»Kein Problem. Was muss ich auch immer alles verlieren?«, gab er zurück und strich sich die Krawatte zurecht. »Wenn ich mich vorstellen darf: Remy Beauviex. Es freut mich, die berühmt-berüchtigte jüngere White persönlich kennenzulernen.« Er lächelte, und ich wusste nicht, ob er sich über mich lustig machte, mit mir flirtete oder beides gleichzeitig tat. Er grüßte in die Runde, bekam jedoch nur einen genuschelten Gruß als Antwort, ehe sich die meisten betont unauffällig ihrem Champagner widmeten oder sich verkrümelten. Ich konnte es ihnen nicht verdenken. Selbst Großmutter war damit beschäftigt, sich einen Sherry zu genehmigen.

Remy seufzte und wandte sich an Edward. »Cinderbe«, sagte er kühl.

»Remy«, grüßte der genauso kühl zurück.

»Wie kommt es, dass du mir die guten Mädchen immer vor der Nase wegschnappst?«, fragte Remy spöttisch.

Edward verschränkte die Arme. »Wie kommt es, dass du in Las Vegas wegen Betrugs eingebuchtet worden bist? Schon wieder.«

Remy strich mit einem Daumen über den Rand seines Champagnerglases. »Nur drei Tage. Sie konnten nichts beweisen. Ich muss deinem Großvater noch danken, dass er mir seinen Anwalt geschickt hat.«

»Nun denn«, unterbrach Grandma die beiden brüsk. »Wir müssen weiter.« Sie zog mich an sich und zischte: »Finger weg von Remy Beauviex. Der Junge bringt nichts als Ärger mit sich. Man hätte ihm nie gestatten sollen, den Platz seiner Eltern im Rat so früh einzunehmen. Gott hab die beiden selig, sie würden sich im Grab umdrehen, wenn sie sehen könnten, wie ihr Sohn das Erbe verprasst und wie ein Taugenichts in den Tag hineinlebt.«

»Da muss ich ihr ausnahmsweise zustimmen«, raunte mir Edward leise zu.

»Ich bin mir sicher, Remy ebenfalls«, gab ich amüsiert zurück und blickte über die Schulter. Dieser zwinkerte mir zu und schlenderte davon.

Kapitel 7

Da fielen noch mehr Männer herab, einer nach
dem andern, die holten neun Totenbeine und zwei
Totenköpfe, setzten auf und spielten Kegel.

Aus »Von einem, der auszog, das Fürchten zu lernen.
Gebrüder Grimm

Die nächsten Stunden zogen sich ins Unendliche, und ich wurde von einer alten Familie zur nächsten weitergereicht. Wie etwas Funkelndes, Hübsches, *über* das man redete, ohne unbedingt direkt *mit* ihm zu sprechen. Die meiste Zeit stand ich nur daneben und überlegte, wie ich hier am besten wieder rauskam. Dem Anschein nach wohl leider gar nicht. Grandma ließ mich nicht mehr aus den Augen, ich würde es also vermutlich nicht mal bis zur Tür schaffen.

Einmal mehr wurde mir bewusst, warum ich mich all die Jahre so verkrampft aus dieser Welt herauszuhalten versucht hatte. Ich war hier in einem Raum mit Menschen eingesperrt, nein, mit Nachfahren von Märchenfiguren, die von der Welt sprachen, als würde sie ihnen gehören.

Lucien Twinset war dabei kaum zu überhören. »So ist es. Er wollte mir nicht glauben, doch ich habe ihm die Karte meines Urgroßvaters gezeigt. Die Grenzen wurden eindeutig bis zum Langobardischen Königreich gezogen. Es ist und bleibt Familienbesitz.«

Remy Beauviex prustete in sein Glas hinein, während die Braidtowers ihre Lippen schürzten.

Grandma widersprach ihm: »Mein lieber Lucien, muss ich dich an das Abkommen von 1940 erinnern? Die Grenzen wurden neu gezogen, und ich bezweifle nun doch, dass wir die alten Landesgrenzen innerhalb des Fränkischen Reichs neu definieren können.«

Lucien musterte meine Großmutter, als hätte sie ihm ins Glas gespuckt. »Dieses Abkommen wurde damals von der Frau meines Großvaters unterzeichnet. Seit der Scheidung ist sie aber nichtig, und ich werde dem Rat den Fall im Frühling wieder vorlegen. Dieser Vertrag ist nicht rechtens, und ich bin nicht gewillt, auch nur einen Quadratmeter Land von dem abzutreten, was uns zusteht.«

Obwohl ich Edward immer noch nicht verziehen hatte, dass er mir etwas vorgespielt hatte, lehnte ich mich zu ihm hinüber und fragte leise: »Wovon genau sprechen die da?«

Edward warf mir einen Blick zu, als wäre er sich nicht sicher, wie oder wo er anfangen sollte. Er öffnete den Mund, doch Remy Beauviex, der sich soeben eine rot schimmernde Traube in den Mund gesteckt hatte, kam ihm zuvor. Er gab sich nicht einmal die Mühe, so zu tun, als hätte er nicht gelauscht.

»Diesen Streit mit den Twinsets gibt es schon seit dem Zweiten Weltkrieg«, erklärte er. »Welche Familie über welches Land verfügen wird, sollte der Prinz wieder aufwachen.«

»Als ob es keine anderen Probleme gäbe«, murmelte ich und nahm ihm eine Traube ab und biss hinein. Sie knackte zwischen den Zähnen.

»Die Familie Twinset ist speziell. Du solltest dich vor ihnen in Acht nehmen«, ergänzte er leise. »Die Familie besteht seit jeher aus zwei Familienzweigen. Unter ihnen gibt es immer viel Streit. Vor allem was das Erbe betrifft. Sollten sie wieder Land erhalten, müssten sie es sich teilen. Quinn und Harbor mögen wie Brüder wirken, doch sie stammen jeweils aus einem anderen Stamm der Familie, haben jeweils andere Väter und wurden darauf getrimmt, sich gegenseitig auszustechen. Und dabei sind sie keine fairen Spieler.«

Mein Herz flatterte nervös auf, als ich zu den Cousins sah, die gelangweilt an uns vorbeigingen. Über Quinns Fingerknöchel tänzelte eine silberne Münze, die er nach oben schnellen ließ. Nachdenklich musterte ich die Münze.

»Fall nicht auf Quinn und Harbor herein. Alles, was sie tun, ist nur zu ihrem Vorteil«, murmelte mir Remy zu.

»Mir scheint, das ist bei jedem hier so«, erwiderte ich.

»Am besten, du glaubst nichts, was du hier siehst oder hörst«, riet mir Remy. »Jede dieser Familien hatte jahrhundertelang nichts weiter zu tun, als auf ein Wunder zu hoffen und über Land zu streiten, das ihnen nicht mehr gehört. Sie spielen ein Spiel, dessen Regeln nur sie kennen.«

»Und du bist sehr gut in diesem Spiel, oder nicht?«, fragte ich nonchalant.

Remy lächelte träge. »Ich habe nie behauptet, dass du mir vertrauen sollst, oder?«

»Nein …«, stimmte ich zu und blickte auf seine Lippen, die meinen auf einmal viel zu nahe waren. Im selben Augenblick erschien ein Glas prickelnder Champagner vor meinem Gesicht. Edward. Wo hatte er den denn auf einmal her?

»Hier bitte«, sagte er, und ich nahm ihm den Champagner mit einem gemurmelten Danke ab.

»Und? Hast du genug Klatsch, Tratsch und Gerüchte verbreitet, Remy?«, fragte er amüsiert.

»In der Tat, aber wir wollten gerade zu den Cinderbes kommen, du kannst also wieder verschwinden«, antwortete Remy.

Bevor Edward etwas erwidern konnte, erklang das Geräusch einer Gabel, die an ein Glas geschlagen wurde. Der helle Ton erfüllte den ganzen Raum und ließ die Gespräche verstummen.

Elstan Cinderbe hatte den Raum betreten und hob sein Glas, ein charmantes Lächeln lag auf seinen Lippen. »Freunde und Ratsmitglieder. Es freut mich, euch alle so gesund und fröhlich wiederzusehen. Nach alter Tradition feiern wir erneut den achtzehnten Geburtstag einer Anwärterin, und es freut mich außerordentlich, Rain White in unseren Reihen willkommen heißen zu dürfen.«

Höflicher Applaus kam auf. Er war mir so unangenehm, dass ich am liebsten aus meiner Haut gekrochen wäre.

»Die Whites waren und sind seit jeher eine große Stütze und ein unerschütterlicher Pfeiler unserer Gemeinschaft. Eine weitere starke Frau in unseren Reihen zu wissen, ist eine wahre Wohltat. Auf den schlafenden Prinzen! Möge er aufwachen und uns die alten Zeiten zurückbringen!«

Cinderbe hob sein Glas, während die Gäste wiederholten: »Möge er aufwachen und uns die alten Zeiten zurückbringen!« Gelächter kam auf, ehe Gläser klirrten und Champagner geschluckt wurde.

»Es ist kurz vor Mitternacht«, fuhr der alte Cinderbe fort. »Liebe Rain, auf dein Ständchen wirst du hoffentlich noch etwas warten können. Erst muss ich dich bitten, der Tradition zu folgen. Der Prinz erwartet dich. Mein Enkel wird deine Begleitung sein, deine Großmutter Zeugin. Wer geht noch hinab als Bürge?«

Er legte eine dramatische Pause ein, in der Edward mir zuflüsterte: »Traditionell begleiten das Familienoberhaupt und ein Zeuge das Mädchen zum Prinzen. Doch es braucht auch einen neutralen Bürgen, der die Ausführung bestätigt.«

»Meinst du mit *Ausführung* den Kuss mit einer Leiche?«, presste ich hervor.

Sein Blick sagte alles.

»Ich melde mich als Bürge.« Lucien Twinset trat nach vorn.

»Kann ich Einspruch einlegen?«, fragte ich.

»Rain!«, rügte mich meine Großmutter.

Cinderbe lächelte gutmütig. »Lucien, was für eine Freude. Wahrlich eine Freude. Dann sind wir nun komplett. Rain, bist du bereit?«

»Wofür?«, fragte ich – und sah mich erneut verzweifelt nach einem Ausweg herum. Leider blieb mir nur der dramatische Hechtsprung aus dem Fenster, und das war selbst für den passioniertesten Ausbruchsversuch zu hoch. Ich seufzte ergeben. All die Jahre der Rebellion rieselten wie Sand durch meine Finger. Dann hieß es jetzt wohl: Augen zu und durch.

Ein Lachen ging durch den Raum. Der alte Cinderbe lachte ebenfalls. Nur leider raffte ich den Witz nicht.

»Deinem Schicksal zu folgen«, erklärte er mir, und ich wich zurück, als Edward aus seinem Jackett eine Augenbinde hervorzog.

»Was soll das?«, fragte ich scharf und wurde in der nächsten Sekunde von meiner Großmutter zurückgehalten.

»Bleib stehen«, zischte sie. »Es passiert nichts. Dir werden nur auf dem Weg zur Krypta die Augen verbunden.«

»Ist das euer Ernst? Warum?«

Doch Großmutter ignorierte meine Frage und hielt mich fest, während mir Edward behutsam die Augenbinde umlegte und sie am Hinterkopf zuband. Die Welt verschwamm. Erst blau. Danach völlig schwarz. Das mit Augen zu und durch hatte ich definitiv anders gemeint.

Edwards Stimme drang leise an mein Ohr: »Das wird getan, damit du den Weg nicht kennst. Es ist nur ein Kuss gestattet. Genau an deinem achtzehnten Geburtstag. Nicht mehr und nicht weniger. Es ist eine Absicherung, damit die Anwärterinnen untereinander nicht bereits vor ihrem Geburtstag wissen, wo genau der Prinz liegt. Damit sie nicht schon vorab versuchen, ihn wach zu küssen, oder gar in die Krypta einbrechen.«

»Das ist Tradition, Rain«, fügte meine Grandma hinzu.

»Hier gibt es ein paar Traditionen zu viel, von denen ich nichts weiß«, murmelte ich und spürte, wie Edward seine Hand in meine gleiten ließ.

Er drückte meine Finger. »Keine Sorge. Ich halte dich.«

Ich wusste nicht, ob mich das wirklich beruhigte. Schlecht wurde mir allemal, während ich Edward folgte. Eine Tür wurde zugeschlagen. Das Gelächter drang nur noch gedämpft zu uns durch. Ich erwartete, dass wir die Treppen hinabgingen, doch stattdessen war ein Schaben zu hören, und ein kühler Luftzug wehte mir um die Wangen.

»Vorsicht, der Durchgang ist schmal«, ermahnte mich Edward.

Waren wir auf einer Mauer? Auf den Zinnen? Ich hatte keine Ahnung, wie man das nannte, aber wir bewegten uns eindeutig draußen weiter. Weder Großmutter noch Lucien sagten ein Wort. Ich spürte, wie Edward mir mit dem Daumen über den pochenden Puls strich. Ich tat so, als würde ich es nicht bemerken, als auch schon eine weitere Tür quietschend aufgezogen wurde. Ein muffiger, abgestandener Geruch drang mir entgegen.

»Vorsichtig. Da sind Stufen.«

Edward stützte mich, als wir langsam nach unten gingen. Stufe um Stufe. Unser Atem hallte laut in dem Gang nach, dann endete die Treppe, und wir bogen scharf nach links ab. Schließlich blieb Edward stehen, und wieder war das Reiben von Stein auf Stein zu hören.

»Wir sind da«, sagte er sichtlich angespannt.

Ich machte noch einen Schritt, und auf einmal klang es nicht mehr, als wären wir in einem engen Gang, es klang, als würden wir eine Höhle betreten. Die Augenbinde wurde mir abgenommen. Nur ein schwaches Licht, das ich als Mondlicht identifizierte, erhellte den Raum. Es dauerte ein paar Sekunden, bis ich genug sehen konnte, doch als ich es tat, stockte mir der Atem. Wir waren tatsächlich in einer Höhle, deren graue Wände sich um uns herum wölbten. Scharfe Kanten und Keile ragten daraus hervor wie bizarre Klauen.

Wir standen auf einer steinernen Brücke ohne Geländer. Links und rechts ging es tief hinab. Ich linste über den Rand, konnte jedoch nicht viel erkennen. Ein Steinchen löste sich unter meinem Schuh und fiel hinab. Es dauerte lange, bis ich ein Platschen hörte. Da unten war also Wasser. Das Licht des Monds, das durch eine Öffnung in der Decke schien, fiel direkt auf das Ende des steinernen Stegs. Dort war auf einer Art rundem Plateau ein Steinkreis zu sehen – und in dessen Mitte befand sich ein gläserner Sarg.

Leise stieß ich die Luft aus. Das war doch verrückt. Ich versuchte, so etwas wie Schicksal oder eine göttliche Bestimmung zu fühlen, die mich genau zu diesem Punkt in meinem Leben geführt hatte. Doch um ehrlich zu sein, war mir nur scheißkalt. Mein Atem schwebte vor meinem Gesicht, und der Sarg war scheißgruselig.

Ich blickte zu meiner Großmutter. »Was soll ich tun?«, fragte ich verunsichert.

»Nicht runterfallen«, wies sie mich an.

»Wundervoll«, murmelte ich und tat den ersten Schritt. Mit jedem Schritt fielen weitere Steinchen hinab und versanken im Wasser, das unter uns leise rauschte. Der Steg war breit, aber dennoch war mir mulmig zumute, als ich weiter auf den Sarg zuging und die anderen am Eingang der Höhle zurückließ.

Als ich den Steinkreis betrat, fröstelte ich am ganzen Körper. Der Sarg war verstaubt und das Glas angelaufen. Es war unmöglich, genaue Details zu erkennen. Ich beugte mich über den Sarg, nahm den Zipfel meines Pulloverärmels und wischte über den verstaubten Deckel. Und darunter … kam ein Totenschädel zum Vorschein?

»Scheiße!« Ich wich entsetzt und angewidert zurück und hielt nur inne, weil ich wieder das Fallen von Steinchen ins Wasser hörte. »Ich soll einen Totenschädel küssen?« Wieso zum Teufel hatte nie jemand erwähnt, dass dieser Prinz ein verstaubter, modriger Totenkopf war?

»Tu es, Rain. Jetzt. Es ist gleich Mitternacht«, hallte die Stimme meiner Großmutter zu mir herüber.

»Soll das ein Witz sein? Nein! Ich mach das nicht.« Ich wich instinktiv noch weiter zurück und kämpfte gegen das Engegefühl an, das mir den Magen umdrehte. Die hatten sie doch nicht mehr alle. Wie konnten sie so was Bizarres verlangen?

»Was hast du denn erwartet? Einen hübschen Jungen mit rosigen Lippen?«, sagte Großmutter spöttisch.

»Tja, zumindest nicht das!«, brüllte ich zurück und fuhr herum. »Ich mach das nicht!«

Selbst über die Distanz hinweg sah ich deutlich ihre autoritäre Haltung. »Du wirst es tun.«

»Oder was? Schubst du mich sonst runter?« Ich machte eine volle Kehrtwende und stapfte zurück. Der Geschmack von Galle breitete sich in meinem Mund aus.

»Rain, was tust du da? Geh sofort zurück«, befahl Großmutter mit einem Blick, der mir, um ehrlich zu sein, einen kalten Schauer über den Rücken jagte.

Dennoch reckte ich das Kinn und sagte: »Nein.«

Großmutter straffte sich. »Wie du willst. Lucien.« Sie nickte ihm zu, und als hätten sie sich abgesprochen, packte mich der Mann so unvermittelt und stark, dass ich erschrocken aufschrie.

»Was soll das?«

»Wenn du es nicht freiwillig tust, werden wir dich zwingen müssen, Kind«, sagte Großmutter beinahe sanft.

»Ihr könnte doch nicht … Edward!«, brüllte ich, doch er sah mich nur gequält an.

»Es tut mir leid, Rain«, flüsterte er, und im nächsten Augenblick schleifte Lucien mich zurück.

Ich stemmte die Füße in den Boden, fluchte, brüllte, doch er zerrte mich einfach weiter. So grob, dass ich wahrscheinlich blaue Flecke bekommen würde.

Plötzlich schlang Lucien den Arm von hinten so fest um meinen Hals, dass ich aufkeuchte, während er mir ins Ohr flüsterte: »Cinderbe öffnet jetzt diesen Deckel, und du wirst deine Lippen freiwillig auf diesen Schädel legen, sonst habe ich absolut keine Hemmungen, dein Gesicht mit Gewalt daraufzudrücken, ehe ich dich von der Plattform werfe. So wie bei allen anderen nutzlosen Dingern vor dir, die sich geweigert haben, ihre einzige Pflicht im Leben zu erfüllen. Haben wir uns verstanden?« Er schüttelte mich, und die nackte Angst vertrieb die bisherige Wut.

Edward warf mir noch mal einen schuldbewussten Blick zu, ehe er den Rest des Sargdeckels wegschob. Im Inneren lag tatsächlich ein Skelett. Die Knochen waren braun und vergilbt. Der Schädel starrte zu mir auf, und die blanken Zähne schimmerten im Mondlicht. Mein Magen rumorte, als ich die Augen zusammenkniff und leise fluchte. Ein Schweißtropfen lief mir den Rücken hinab.

Das war ja wie in einem Albtraum. Ich linste durch die Wimpern, doch er lag noch immer da. Ich starrte in die dunklen Augenhöhlen, und sie starrten zurück.

»Ob du mich verstanden hast, hab ich gefragt«, zischte Lucien und drückte mir so fest die Luft ab, dass mir kurz schwarz vor Augen wurde.

»Ja …«, krächzte ich.

»Sehr gut.« Er tätschelte mir die Wange, wobei ich seinen Siegelring an meiner Haut spürte, ehe er mich ruckartig losließ.

Keuchend stützte ich mich am Sarg ab und rang nach Luft, während ich mir den gequetschten Hals rieb. Mit Tränen in den Augen sah ich auf. Passierte das hier gerade wirklich? Edward wandte sich ab, als könnte er den Anblick nicht ertragen. Seine Hände waren zu

Fäusten geballt. Helfen tat er mir dennoch nicht, dieser miese Verräter.

»Tu es, Rain«, sagte meine Großmutter, während Lucien und Edward über den Steg zurückwichen, als hätten sie Angst dem Sarg zu lange zu nahe zu sein.

Ich unterdrückte ein Schluchzen und zwang mich, meinen pochenden Hals zu ignorieren, während ich mich wieder dem Sarg zuwandte.

Nicht darüber nachdenken. Einfach tun.

»Nimm es mir nicht übel, aber ich dachte, du würdest besser aussehen«, sagte ich sarkastisch zu dem Schädel.

»Hör auf zu trödeln!«, rief meine Großmutter.

»Ich tu es ja schon!«, brüllte ich zurück, und Spucke flog von meinen Lippen. Angewidert beugte ich mich über den Toten. »Und sie lebten glücklich bis an ihr Lebensende.«

Flach atmend spitzte ich die Lippen, kniff die Augen zusammen und küsste den blanken, kalten Knochen. Ich war mir nicht sicher, was ich erwartet hatte. Der ganze Abend war so nervenaufreibend gewesen, dass ich kurz davor war, selbst daran zu glauben, plötzlich einen quicklebendigen Märchenprinzen vor mir zu haben. Halb erwartete ich tatsächlich, Lippen auf meinen zu spüren. Warme, volle Lippen. Dazu der Geruch von Schnee und Asche in der Nase und das Kitzeln von Haaren auf meinen Wangen. Meine Lippen trafen, doch alles, was ich schmeckte, war Staub. Es schauderte mich am ganzen Körper. Meine Lippen wurden eiskalt, und im nächsten Augenblick knackte es – und der Schädel gab nach. Was zum …?

Ich riss die Augen auf, und voller Entsetzen musste ich zusehen, wie sich ein großer Riss durch den Schädel zog und er entzweibrach.

Oh. Mein. Gott.

Ich hatte den schlafenden Prinzen zerbrochen. Wer hätte auch ahnen können, dass er so bröselig war?

»Und?«, drang die Stimme von Lucien zu mir herüber.

»Alles in Ordnung?« Edward.

Scheiße, scheiße, scheiße. Hektisch drückte ich die Teile zusammen und überlegte, ob ich sie mit Spucke wieder kleben konnte. Durch mein hektisches Gefuchtel stieg eine Staubwolke auf. Ich nieste und wich zurück.

»Er schläft noch!«, rief ich und nieste erneut. Es brannte in meiner lädierten Kehle.

Der Staub tanzte in der Luft und wogte im Mondlicht aus dem Sarg hervor. Schnell schlug ich den Deckel zu und eilte über die Brücke zurück zu den anderen.

»Alles … *hatschi* … okay.«

Granny gab sich alle Mühe, nicht enttäuscht auszusehen. »Nun denn …«, versuchte sie, würdevoll zu bleiben, »… der Tradition wurde Genüge getan. Der Prinz wurde geküsst. Er ist nicht aufgewacht. Kannst du das bezeugen, Lucien?«

»Ich bezeuge es«, sagte er sichtlich gelangweilt und schnipste sich etwas Staub von der Schulter.

»Ich bezeuge es ebenfalls«, stimmte Edward zu.

»Ich bezeuge es ebenfalls«, wiederholte auch Großmutter noch mal und raffte ihr Kleid. »Dann lasst uns zurückgehen. Rain, alles Gute zum Geburtstag.« Damit rauschte sie ab.

War das ihr fucking Ernst? Ich starrte ihr fassungslos nach und hatte das Gefühl, als würde sich mein gesamtes Inneres zusammenkrampfen. Ich war ihre Enkeltochter. Ich wusste, sie war ein kühler Mensch, der das, was er wollte, mit allen Mitteln durchsetzte, aber das hier?

»Wie enttäuschend vorhersehbar«, kommentierte Lucien, ehe er meiner Großmutter folgte.

»Also …«, begann Edward, doch ich ließ ihn gar nicht aussprechen.

Stattdessen schnappte ich mir seine Hand und zischte: »Wir haben ein Problem.«

Er sah mich traurig an. »Es tut mir ehrlich leid, was Lucien gesagt hat. Er übertreibt und wollte dir nur Angst einjagen, wir werfen keine Anwärterinnen …«

»Ich habe den Prinzen kaputt gemacht«, unterbrach ich ihn und lauschte auf die sich entfernenden Schritte.

Edward erstarrte. »Was?«

»Ich habe ihn geküsst, und er ist kaputtgegangen«, ergänzte ich. Mein Puls raste, und mir lief der Schweiß den Rücken hinab. Ich stank förmlich nach Angst, ich spürte, wie die Flecken sich unter meinen Achseln ausbreiteten. Wenn der Rat das herausfand …

Edward blinzelte einmal. Im nächsten Augenblick rannte er zum Sarg. »Das kann nicht sein.« Er öffnete die Totenkiste und starrte hinein. »Ach, du Scheiße! Was hast du gemacht, Rain? Vor allem: Wie?«

Ich schnaubte. »Ich habe gar nichts getan, außer ihn zu küssen, wie ihr es wolltet. Was sollen wir jetzt machen? Soll ich Superkleber holen? Sie töten mich, wenn sie das rausfinden.«

Ungläubig blickte er auf. »Du willst ihn wieder kleben?«

»Mit Heißkleber vielleicht?«

»Nein!«

»Was sollen wir denn dann tun?«, brüllte ich ihn an.

Edward fuhr sich durch das blonde Haar, bis es in alle Richtungen abstand. »Ich weiß auch nicht. Das … ist bisher noch nie passiert.«

»Ach was«, äffte ich, und zusammen lugten wir wieder in den Sarg. Der zersprungene Schädel schaukelte traurig von einer Seite zur anderen.

»Wir könnten ihn austauschen«, schlug ich schließlich nach einer gefühlten Ewigkeit vor.

Edward sah mich an, als hätte ich vorgeschlagen, die Mona Lisa durch ein Poster zu ersetzen.

»Als ob das jemandem auffallen würde«, verteidigte ich mich.

Er atmete tief ein und aus. »Okay, wir dürfen jetzt einfach keine Panik bekommen. Ein Freund von mir arbeitet als Tierpräparator. Vielleicht kann er das wieder in Ordnung bringen, bevor es auffällt.«

Behutsam nahm ich einen Teil des Schädels hoch und drehte mich um. »Wir könnten …«, begann ich und stolperte plötzlich über den Sockel, auf dem der Sarg stand.

Die nächsten furchtbaren Sekunden fühlten sich an wie in Zeitlupe. Ich knickte ein. Edward riss die Augen auf und schnellte nach vorn. Seine Hände schlossen sich um meine Taille, doch durch den Schwung rutschte mir der Schädel aus der Hand.

»Neeein!«, hörte ich Edward verzerrt rufen, während der Schädel über das Plateau kullerte. Ich starrte ihm entsetzt hinterher.

Für einen einzigen Atemzug eierte der Schädelrest an der Kante rum, ehe er nach unten fiel.

Ein Platschen war zu hören.

Ich blinzelte.

Der Atem schoss zurück in meine Lunge. Die Zeit setzte wieder ein wie ein Gummiband, das zurückschnalzte.

»Heilige Scheiße!«, entfuhr es mir, und sofort hasteten wir zur Kante und blickten hinab auf die Wasseroberfläche, die an der Stelle kreisrunde Wellen schlug, an der der Schädel aufgetroffen war.

»Wir haben den Prinzen versenkt«, stellte ich fest.

»Wir?«, echote Edward. »Du!«

Im selben Moment gab das Steinplateau um uns herum ein lautes Knacken von sich. Wir schreckten zusammen. Mein Blick irrte nach oben und … Scheiße, ein großer Riss zog sich über die Höhlenwand. Ich fing an zu zittern, doch erst mit Verspätung bemerkte ich, dass es nicht meine Beine waren, die bebten, sondern der Boden. Steinchen fielen herab, gefolgt von größeren Brocken, die platschend im Wasser verschwanden.

»Pass auf!« Edward zerrte mich von der Kante weg, als ein Stein herabstürzte und haarscharf an mir vorbei im Wasser aufschlug. »Lauf! Die Höhle ist instabil.«

Das musste er mir nicht zweimal sagen. Zusammen rannten wir über die Brücke, während das Grollen immer lauter wurde. Weitere Gesteinsbrocken fielen herab, und einer traf mich schmerzhaft an der Schulter. Ich schrie auf, und schon krachte es so laut, dass die ganze Höhle erbebte.

Edward zog mich an sich, barg mich in seinen Armen und riss eine Tür auf. Gerade noch rechtzeitig schob er mich aus der Höhle, als hinter uns auch schon ein gigantischer Gesteinsbrocken von der Decke abbrach und nach unten krachte. Er traf mit voller Wucht auf die Brücke. Geröll kam ins Rutschen, und mit einem lauten Klatschen versank ein Teil der Brücke im Wasser.

Keuchend starrten wir auf die Wassermassen, die aufgepeitscht gegen die Wände schlugen. Das Plateau in der Mitte war noch unversehrt, doch der Sarg … lag in Trümmern.

Kapitel 8

Aber der Wolf fand sie alle und machte nicht langes Federlesen; eins nach dem andern schluckte er in seinen Rachen; nur das Jüngste in dem Uhrkasten, das fand er nicht.

Aus »Der Wolf und die sieben jungen Geißlein«
Gebrüder Grimm

»Oh nein«, stieß ich hervor und starrte auf den zerschmetterten Sarg. Ein Gesteinsbrocken hatte ihn zerschlagen. Wenn von den Knochen noch etwas übrig war, sah man es zumindest nicht mehr.

»Das ist …«, begann Edward, doch auch er schien nicht so recht zu wissen, was er sagen sollte. Ich spürte seinen Herzschlag an meinem Ohr. Er pochte unnatürlich schnell. Genauso wie meiner.

»Es ist einfach eingestürzt«, flüsterte ich und sah zu Edward hoch. »Meinst du, da hilft immer noch Superkleber?«

Er presste nur die Lippen zusammen.

»Zu früh für Scherze?«, fragte ich.

Er seufzte.

»Wie konnte das passieren?«, fragte ich nun doch ernster.

Er fuhr sich durch das Haar. »Ich habe keine Ahnung.«

Wieder verstummte er, und ich erkannte, dass sich meine Panik in seinen Augen widerspiegelte.

»Das fühlt sich an wie damals, als ich die Vase von Urgroßmutter Violet kaputt gemacht habe«, sagte ich.

Er zögerte. »Du hast die Höhle nicht kaputt gemacht.«

»Sicher? Es fühlt sich aber so an.«

»Okay. Wir müssen hoch und es den anderen sagen. Das wird nicht schön.« Er musterte mich eindringlich. »Bist du verletzt?«

»Nein. Nicht wirklich.« Ich griff mir an die Schulter und zuckte zusammen. »Nur etwas angeschlagen.«

Er nickte. »Das lassen wir am besten gleich ansehen. Wir müssen wieder hoch.«

Er bemerkte mein Zögern und interpretierte es richtig: »Sie werden dir nichts tun. Das lasse ich nicht zu.« Etwas leiser fügte er hinzu: »Diesmal nicht. Ich habe gesehen, was passiert ist, und dich trifft keine Schuld.«

»Und der zerbrochene Schädel?«

Er seufzte. »Das wird jetzt auch nicht mehr auffallen.«

Zittrig atmete ich ein und nickte, ehe ich hinter ihm in einen engen Gang schlüpfte.

»Willst du mir nicht wieder die Augen verbinden?«, konnte ich es mir nicht verkneifen zu fragen.

»Wir tun einfach so, als hätte ich es, ja?«, erwiderte er.

Ich folgte ihm schweigend. Edward nahm jede Abzweigung, ohne zu zögern. Die Gänge schienen keinem ersichtlichen Plan zu folgen, sondern waren einfach kreuz und quer in den Stein geschlagen worden. Zumindest, bis wir zu einer Treppe kamen. Als wir nach oben liefen, spürte ich ein unangenehmes Pochen in meiner Schulter. Vielleicht war sie doch geprellt. Ich winkelte den Arm etwas an und blinzelte, als wir auf einem der Tower herauskamen. Etwas traf meine Nase. Ich hob den Kopf und sah dicke weiße Flocken, die vom Himmel fielen.

»Es schneit?«, fragte ich. »Wir haben erst Oktober.«

Edward runzelte die Stirn, erwiderte jedoch nichts und lief schneller. Ich folgte ihm über die Mauer, bis wir wieder die Spitze des White Towers erreichten. Dieser war noch immer hell erleuchtet. Die Feier war also noch in vollem Gange. Lautes Gelächter war zu hören, und ich blinzelte gegen die plötzliche Helligkeit an.

Edward sah sich suchend im Raum um. »Großvater?«, rief er, sobald er den alten Cinderbe entdeckt hatte, und steuerte auf ihn zu. Er stand neben meiner Großmutter, die etwas blass um die Nase war. Die Enttäuschung des heutigen Abends musste ihr den Rest gegeben haben. »Großvater«, keuchte Eddy erneut, als wir die beiden erreicht hatten.

»Mein Junge. Gute Arbeit«, sagte er prompt und klopfte seinem Enkel auf die Schulter, ehe er mir zunickte. »Rain. Wie schön. Alles gut überstanden, wie ich hörte. So schlimm war es auch wieder nicht, oder?«

»Nun ja, wie man es nimmt«, sagte ich vage. Ich wollte weder daran denken, dass Lucien mich praktisch mit Gewalt gezwungen hatte, während Grandma und Edward zugesehen hatten, noch was danach passiert war.

Er runzelte die Stirn, während Edward sichtlich nach Worten rang. »Großvater. Ich weiß nicht, wie ich das sagen oder gar erklären soll, aber die Höhle ist eingestürzt.« Seine Stimme hallte durch den Raum und brachte schlagartig alle Gäste zum Verstummen.

Der alte Cinderbe richtete seine kalten blauen Augen direkt auf seinen Enkel. »Die Krypta ist was?«, fragte er.

Edward zuckte sichtlich zusammen, und ich musste den Drang unterdrücken, nach seiner Hand zu greifen. »Sie ist eingestürzt. Ein Felsen ist herausgebrochen und auf die Brücke herabgestürzt. Ein anderer hat den Sarg getroffen.«

Es wurde so still, dass man ein Streichholz hätte fallen hören können. Cinderbe stierte uns ungläubig an, während meine Großmutter noch eine Spur blasser wurde. Sie griff sich an die Schläfe und wankte.

»Seht nach. Sofort«, bellte Cinderbe, und der halbe Raum stob davon. Dann wandte er sich an seinen Enkel. »Komm mit. Wir sehen ebenfalls nach, und du erzählst mir noch mal ganz genau, was passiert ist. Esmeralda? Möchtest du uns begleiten? Sonst schlage ich vor, du bringst deine Enkeltochter nach Hause.«

Granny öffnete den Mund, doch kein Ton kam heraus, und sie schwankte erneut und hielt sich an ihrem Stock fest. »Schon gut, mein Lieber. Geh nur. Ich …« Sie wankte noch mehr.

»Granny?« Obwohl meine Wut auf sie sich wie eine hässliche Wunde anfühlte, fing ich sie instinktiv auf und runzelte die Stirn. »Was ist mit dir?«

»Nichts, nur … ein wenig Kopfschmerzen. Wenn du nichts dagegen hast, würde ich tatsächlich gern mit Rain nach Hause fahren, Elstan. Die Aufregung bekommt mir nicht gut.«

»Natürlich nicht. Ruh dich aus. Es war ein langer Tag. Ich rufe dich morgen an.« Er rauschte davon.

Edward zögerte. »Sehen wir uns in der Schule?«, fragte er.

Ich nickte nur knapp, und Eddy lächelte gequält, ehe er seinem Großvater folgte.

Granny klammerte sich an mir fest. »Wir sollten gehen«, sagte sie bestimmt.

Ich murmelte etwas Zustimmendes und führte sie aus dem Raum. Edward war bereits nicht mehr zu sehen. Ich half Granny die Treppen hinunter und zuckte zusammen, als sich ihre Nägel dabei in meine Haut gruben.

»Der Bentley parkt etwas abseits«, murmelte sie, als wir den Tower endlich verließen. Der Schnee fiel weiter unablässig auf uns herab. Großmutter blinzelte irritiert, sagte jedoch nichts.

»Hast du den Schlüssel?«, fragte ich.

Granny reichte ihn mir kommentarlos, und ich schloss das Auto auf, sodass wir einsteigen konnten. Der Motor hustete, als ich ihn anwarf und die Scheibenwischer quietschend den Schnee wegwischten. Angespannt fuhr ich vom Parkplatz und sah im Rückspiegel noch einmal zurück zum Tower. Die kleinen Härchen in meinem Nacken stellten sich auf, als ich daran zurückdachte, was sich darunter befand und was dort unten passiert war.

»Ich werde alt«, riss mich Granny aus den Gedanken. Sie saß zusammengesunken im Sitz und starrte nach draußen. »Ich spüre es in den Knochen. Sie ächzen, als wollten sie jederzeit durchbrechen«, murmelte sie und krallte die Finger um ihren Gehstock.

Ich sah kurz zu ihr und sagte ruhig: »Was du heute getan hast, das werde ich dir nie verzeihen.«

Sie seufzte tief, und als sie mich anblickte, wirkten ihre Augen schwarz wie glänzende Murmeln. »Das war es also«, sagte sie, als hätte sie mich gar nicht gehört. »All die Jahre umsonst. Und dann … Als du dort gestanden hast, dachte ich kurz, deine Schwester zu sehen.«

Ich verkrampfte mich und versuchte, durch das aufkommende Schneegestöber etwas zu sehen. »Sie hätte den Prinzen bestimmt aufgeweckt«, sagte ich sarkastisch.

»Ja. Bestimmt hätte sie das.« Großmutter schaute wieder nach draußen und ächzte leise. »Mir ist kalt«, murrte sie.

Ich drehte die Heizung auf. Das Gebläse war lange Zeit das Einzige, was zu hören war. Die Scheinwerfer schnitten eine Schneise durch die Dunkelheit, und die Flocken tanzten wild um uns herum. Irgendwann gab Großmutter ein leises Schnarchen von sich. Ihre Finger zuckten genauso wie die Augen unter ihren Lidern. Als würde sie im Traum etwas nachjagen.

Mein Magen war ein angespanntes Knäuel, meine Schulter pochte leicht, mein Hals schmerzte bei jedem Schlucken, und ich schmeckte noch immer Knochenstaub zwischen den Zähnen. Schaudernd bog ich nach Woodley ein und jagte das alte Auto die Einfahrt zu Whitestone hoch. Hinter den meisten Fenstern war es dunkel, doch im Damensalon, den wir als Wohnzimmer nutzten, brannte noch Licht.

»Granny?«, flüsterte ich, als wir da waren.

Sie schnarchte laut.

»Großmutter«, wiederholte ich und schüttelte sie.

Granny verschluckte sich röchelnd an ihrem Schnarchen. Desorientiert fuhr sie herum und knurrte mich an.

»Granny?« Erschrocken blinzelte ich sie an.

»Rain?« Sie sah sich verwirrt um. »Wo sind wir?«

»Zu Hause.«

»Zu Hause?«

»Ja, in Whitestone.«

Sie stierte aus dem Fenster, und ihre Augen verengten sich. »Ja natürlich. Zu Hause.« Zitternd öffnete sie die Autotür und humpelte nach draußen.

Ich beeilte mich, ihr zu folgen, doch dafür, dass sie eben noch im Tiefschlaf gewesen war, hinkte sie erstaunlich schnell über den Kiesweg und drückte die Haustür auf. Sie quietschte laut. Wir brachten Schneegestöber mit hinein, doch Granny schien das gar nicht mitzubekommen. Sie humpelte einfach weiter.

»Wo willst du hin?«, fragte ich.

»Hunger«, murmelte sie nur.

»Was?«

Ich folgte ihr, als die Tür zum Salon aufging und meine Mutter in ihrem seidenen Morgenmantel zu uns herauskam. Sie war stinkwütend.

»Mutter. Was. Hast. Du. Getan? Wie konntest du uns nur so hintergehen?«, fragte sie barsch, ehe sie zu mir herumfuhr und mich fest in den Arm nahm. »Schätzchen. Es tut mir so leid. Ich habe erst herausgefunden, was passiert ist, als sie dich bereits in den Tower gebracht haben. Ich wollte dir nach, aber der Rat hat uns ein paar Bodyguards geschickt, die uns im Haus festgehalten haben …«

»Schon gut, Mum«, log ich und ließ die Küsse über mich ergehen, und im selben Augenblick spürte ich, wie ich erleichtert in mich zusammensackte.

»Du bist nicht wütend?«, hakte sie nach.

Ich schnaubte und rückte ab. »Nur um das klarzustellen: Sobald ich mein Zeugnis habe, ziehe ich aus diesem Irrenhaus aus und komme nie wieder zurück. Wo ist Avery? Ist er nach Hause gekommen?«

»Ja. Er wurde von den Bodyguards hier reingeschleppt und hat gebrüllt wie ein Irrer.« Der Schock darüber war ihr immer noch deutlich anzuhören. Dennoch war ich erleichtert, dass Avery hier war.

Ich rückte noch weiter ab. »Aber das ist jetzt nicht so wichtig. Ich glaube, für Grandma war die ganze Sache zu viel. Sie wirkt seit der Feier ziemlich neben sich.«

Mum runzelte die Stirn und drehte sich um, doch Grandma war bereits verschwunden. »Ich rede mit ihr. Ich verspreche dir, das wird Konsequenzen haben, meine Süße. Auch sie kann sich nicht alles erlauben. Vielleicht ist es tatsächlich an der Zeit, sie in ein Heim zu geben und Whitestone zu verkaufen.«

Überrascht starrte ich sie an. »Was?«

Mum seufzte nur, als uns ein Geräusch aufschreckte. »War das Grandma?«, fragte Mum und ging los. »Mutter?«, rief sie lauter.

»Granny?«, schob ich nach und folgte ihr.

Wir liefen die knarrende Treppe nach unten in die alte Küche. Sie war kaum beleuchtet, der Kühlschrank war jedoch offen. Grandma stand davor und stopfte sich mit bloßen Händen alles in den Mund, was sie zu fassen bekam. Sie riss den Mund so weit auf, dass es beinahe unnatürlich aussah, und umklammerte das Essen, als würde es ihr sonst jemand wegnehmen wollen. Zerquetschte Reste von Pastete quollen zwischen ihren Fingern hervor und klatschten zu Boden. Sie schraubte eine Glas Marmelade auf, fuhr mit den Fingern hinein und schaufelte sich die Masse in den Mund.

Mum und ich starrten sie an. »Was ist nur in dich gefahren?«, fragte meine Mum schockiert.

»Hunger«, murmelte Grandma, ließ das Glas einfach fallen, sodass es am Boden in Dutzende Scherben zersprang, und packte in der nächsten Sekunde ein Steak und riss die Plastikverpackung ab.

Entsetzt sah ich zu, wie sie ihre Zähne darin vergrub und dabei laut schmatzte. Blut tropfte ihr über das Kinn, und sie stieß ein Grunzen aus, während sie mit ihren stumpfen Zähnen das rohe Fleisch bearbeitete. Ihr Kauen klang doppelt so laut wie üblich. Ihr Kleid war inzwischen übersät von Blut und Essensresten, und Fleischsoße spritzte zu Boden.

»Hör auf!« Mum rauschte nach vorn und riss ihr das Steak aus den Fingern.

Grandma knurrte nur, griff in den Kühlschrank und schaufelte sich den Wackelpudding in den Mund. Die grüne Masse lief ihr über das Kinn und landete ebenfalls auf ihrem Kleid.

»Mutter!« Meine Mum packte Grandma und schüttelte sie.

Der Wackelpudding fiel ihr aus den Händen, und die grüne Schlotze spritzte über den ganzen Boden. Der Lärm der zerbrechenden Schüssel ließ meine Großmutter zum ersten Mal seit einer gefühlten Ewigkeit blinzeln.

»Was … was ist denn hier los?«, fragte sie und blickte sich verwirrt um. »Warum bin ich in der Küche.«

»Ich habe keine Ahnung. Du warst völlig weggetreten«, sagte Mum sichtlich beunruhigt. »Es geht dir eindeutig nicht gut. Sollen wir Dr. Omniscient anrufen?«

»Ja, ich … Nein … ich habe nur etwas Kopfschmerzen«, murmelte Granny und schwankte. »Sei so lieb und bring mich ins Bett, mein Kind.«

»Natürlich. Rain …«

»Ich mach das sauber. Bring sie ins Bett. Wir reden morgen weiter«, beschwichtigte ich sie.

Mum lächelte. Sie sah müde aus. Und älter als ihre zweiundvierzig. »Danke, mein Schatz. Ich bin froh, dass du zurück bist. Gute Nacht.«

»Nacht«, murmelte ich und sah den beiden nach. Grandma schlurfte nur noch.

Seufzend betrachtete ich den Dreck am Boden, holte Tücher und machte mich daran, den Boden zu wischen. Ich war so sehr darauf konzentriert, dass ich sämtliche Gedanken an die letzten Stunden verdrängte. Als ich die letzte Lage in den Müll geworfen hatte, war es im Haus still geworden. Nur ein paar Bodendielen knackten, ansonsten war nichts mehr zu hören.

Mit der Stille kehrten allerdings auch die Erinnerungen zurück, und ruckartig wurde mir schlecht. Ich stürmte nach oben, betrat mein Bad und stützte mich zitternd an der Keramik ab. Ich starrte in den Spiegel.

»Buh?«, krächzte ich.

Doch der Spiegel blieb leer.

»Buh?«, fragte ich lauter, doch er kam nicht. Ich blinzelte heftig und wusch mir dir Hände, spülte mir wieder und wieder den Mund aus, um den Geschmack von Staub und Tod darin zu vertreiben, rieb mir übers Gesicht und über die Haare. Bis ich etwas Hartes zwischen meinen Fingern spürte. Ich griff nach hinten und zog einen vergilben Knochensplitter hervor. Mein Magen ballte sich zusammen, angewidert warf ich den Splitter weg und steckte kurzerhand den Kopf unter den Wasserhahn. Ich ließ das Wasser durch meine Haare rinnen, über meine Wangen laufen und meine Lippen benetzen. Oh Gott. Ein Zittern setzte ein.

Ich konnte nicht fassen, was heute passiert war. Wozu Großmutter mich mit Gewalt gezwungen hatte und wie furchtbar der Tag dann noch geendet war. Ich versuchte, mich zusammenzureißen, drehte das Wasser ab und kümmerte mich nicht darum, dass die Haare meine Uniform durchnässten.

Ich zog mich aus und duschte, bis meine Haut schrumpelig war und ich zumindest halbwegs das Gefühl hatte, den ganzen Staub und Tod losgeworden zu sein. Ich wechselte meine Binde und schlüpfte in die erstbesten sauberen Klamotten, die am Boden lagen, weil ich es nie schaffte, sie in den Wäschekorb zu werfen: was zufällig auch ein Schulrock und ein Pullover waren.

Buh ließ sich auch weiterhin nicht blicken, was mich zusehends beunruhigte. Buh kam immer, wenn ich ihn rief. Buh war prinzipiell da, bevor ich ihn rief.

Wo steckte der Kerl nur?

Wie betäubt und immer noch tropfend ging ich in mein Zimmer. Jeder Schritt tat weh. Jede Stufe knarrte. Die Dunkelheit pochte in meinem Gesichtsfeld und schien näher zu rücken.

»Da bist du ja … Gott, du siehst echt scheiße aus. Alles okay?«

»Himmel, Avery!« Keuchend klammerte ich mich am Türgriff meines Zimmers fest. Mein Cousin hing kopfüber von meinem Bett und grinste mich an. Seine Haare waren in einem nachlässigen Zopf zusammengebunden. »Was machst du hier?«

»Ich hab gehört, wie du hier reingepoltert bist.« Er schwang sich hoch, richtete sich auf und kreuzte die Beine zum Schneidersitz. »Als du nicht zum Bus gekommen bist, habe ich mir Sorgen gemacht und wollte zurück. Zumindest, bis mich so ein bulliger Jason-Momoa-Typ praktisch in den Bus geworfen hat und meinte, du wärst mit Granny auf einer *exklusiven Party*.« Er zeichnete Gänsefüßchen in die Luft.

»Tante Prim hat getobt, als sie das gehört hat. In diesem Haus sind noch nie so viele Vasen geflogen.«

»Oh Gott«. Ich sackte auf meinem Bett zusammen, und Avery legte sein Kinn auf meiner Schulter ab. Meine nassen Haare schienen ihn nicht zu stören.

»Hey. Du siehst übrigens echt beschissen aus.«

Meine Mundwinkel zuckten. »Danke. Der Tag war auch unfassbar beschissen.«

Mein Cousin grinste. »Erzähl mir alles.«

Ich kletterte mit Avery unter die Bettdecke und erzählte ihm von den anderen Familien, von der Krypta und dem Kuss bis hin zu Grandmas Ausraster in der Küche.

Avery blinzelte mich an. »Ich kann nicht fassen, dass ich das alles verpasst habe.«

Ich gab ihm einen Schlag auf den Oberarm.

Er jaulte übertrieben schmerzerfüllt auf, doch dann blieb sein Blick auf meinem Hals hängen. Es pochte noch immer dort, wo Lucien mich gewürgt hatte.

»Wir müssen aufpassen«, sagte er plötzlich mit ungewöhnlich ernster Miene.

»Was meinst du?«

»Wenn es so weitergeht, kommen wir aus der Sache vielleicht nicht mehr heraus. Pass auf dich auf.«

Eine Gänsehaut kroch mir den Rücken hinauf, während ich mich an seine Brust lehnte und den vertrauten Geruch einatmete. »Bitte lass mich nicht allein«, sagte ich nur und wusste selbst nicht, ob ich heute oder im Allgemeinen meinte.

Mein Cousin strich mir über den Rücken. »Ich lass dich nicht allein«, versprach er.

Ich rückte noch näher an ihn heran, und versuchte, mein wild pochendes Herz zu beruhigen. Averys Atem wurde leiser und schließlich regelmäßiger. Ich schloss die Augen und versuchte, mir einzureden, dass das alles hier bald vorbei sein würde. Dieser Abend war mein erster und letzter Ausflug in die verrückte Welt der Märchenfiguren gewesen. Avery hatte recht. Ich war bereits dabei, mich darin zu verfangen.

Kapitel 9

»Rucke di guck, rucke di guck,
Blut ist im Schuh.«

Aus »Aschenputtel«
Gebrüder Grimm

Ein seltsames Geräusch weckte mich aus einem unruhigen Schlaf.

»Buh?«, murmelte ich und blinzelte gegen das dämmrige Licht an, das durch meine Vorhänge schien und mein Zimmer in alle möglichen Schattierungen von Grau tauchte. Die Schatten der Nacht waren noch nicht ganz gewichen. Noch nicht einmal die Vögel sangen. Die Stille war beinahe erdrückend, dennoch erinnerte ich mich vage an ein Schaben, das mich geweckt hatte.

»Buh?«, wiederholte ich, doch niemand antwortete.

Er war also noch immer nicht da.

Wo war er nur?

Gähnend streckte ich mich in dem warmen Bett aus und stieß gegen Avery. Sein Atem ging tief, und er müffelte aus dem Mund. Mit einem leisen Seufzen drehte ich mich um und war bereits wieder dabei wegzudösen, als ich das Geräusch erneut hörte.

Schhhtkrrrr…

Es klang, als würde etwas Schweres über den Boden geschleift werden.

Schhhtkrrrr…

Schhhtkrrrr…

Verwirrt setzte ich mich auf und schwang die Beine aus dem Bett. Ich trug noch immer meine Schuluniform, in die ich gestern geschlüpft war. Nur meine Füße waren nackt. Der Boden fühlte sich kalt an, als ich aus dem Bett glitt und mir gähnend die Haare aus dem Gesicht strich.

Schhhtkrrrr…

Da war es wieder.

Das Gähnen blieb mir im Hals stecken, und ich blickte hastig zur Tür, hinter der das Geräusch erklungen war.

»Buh? Bist du das?«, fragte ich noch mal und schaute in den Spiegel. Doch von der vertrauten Gestalt war nichts zu sehen.

Avery gab hinter mir ein leises Seufzen von sich und drehte sich unruhig herum. Ein Blick auf die Uhr verriet mir, dass es halb sechs war. Um diese Uhrzeit war höchstens Grandma wach. Sie liebte es, uns jeden Tag davon zu erzählen, wie früh sie aufgewacht war und wie viel sie schon geschafft hatte, während wir anderen alle noch faul und platt auf der Matratze lagen. Nach dem Schock von gestern hoffte ich jedoch, dass sie zumindest bis sechs Uhr schlief. Ein wenig Erholung tat selbst ihr gut.

Ich wollte mich gerade noch mal frisch umziehen, als mich ein Poltern an der Tür erschrocken herumfahren ließ. Ein Arm hing bereits aus dem Pulloverärmel, der andere noch darin.

»Hallo?«, fragte ich und schlüpfte zurück in den Pullover. »Grandma?«

Ich öffnete die Tür, doch vor mir lag nur der leere Flur, der schwach vom grauen Morgenlicht erhellt wurde. Stirnrunzelnd wollte ich die Tür schon wieder zuziehen, als ich es sah. Die Tapete im Flur. Sie hing in Streifen herab, und darin klafften drei lang gezogene Kerben. Von einem scharfen Messer oder einer Schere vielleicht? Merkwürdig. Die Tür knarrte, als ich sie losließ und vor der Tapete in die Hocke ging. Ich fuhr die Risse mit den Fingern nach. Vorsichtig berührte ich die Dreckspur, die sich darunter auf dem Boden ausbreitete, und rieb die Finger aneinander. Was auch immer das war, es war nicht braun, sondern rot und schmierig – und es erinnerte mich irgendwie an …

Schhhtkrrrr…

Das Geräusch kam vom anderen Ende des Flurs, gefolgt von einem Poltern. Ich riss den Kopf hoch. Erst jetzt fiel mir auf, dass die Tür zu Tante Lillys und Onkel Harveys Zimmer einen Spalt offen stand. Die rotbraunen Abdrücke führten von dort heraus.

»Tante Lilly? Onkel Harvey?«

Ich sprang auf und riss ihre Zimmertür ganz auf. Tante Lillys Einrichtungsgeschmack war immer schon exzentrisch gewesen. Alte Möbel in grellen Farben und bunten Mustern. Die Chaiselongue, die normalerweise unter dem hohen Dachfenster stand, war umgeworfen. Der verzierte Schrank war sperrangelweit aufgerissen. Eine Vase war zu Bruch gegangen, und das Bett … Das Bett sah aus, als hätte es jemand zerfetzt. Die Füllung der Matratze quoll hervor. Die Kissen waren nur noch Fetzen aus Stoff, und die Federn waren quer durch das Zimmer verstreut. Und überall, wirklich überall war Blut. Das meiste war in die zerstörte Matratze gesickert. Und mittendrin Abdrücke, die aussahen wie die eines Hunds und zur Tür hinausführten, ehe sie sich im Flur verloren. Von Tante Lilly und Onkel Harvey war nirgendwo eine Spur zu sehen. Alles wirkte wie ausgestorben. Leer. Ausgehöhlt.

Mir wich das Blut aus dem Gesicht, als mich jemand von hinten packte und eine schwere Hand auf meinen Mund drückte. Mein Schrei wurde zu einem erstickten Röcheln, während ich instinktiv um mich trat und schlug.

»Pst. Ich bin's. Hör auf … aua … hör auf zu treten, ich bin's.«

Mit pochendem Herzen hielt ich inne. »Apfery?«

»Pst«, zischte er und drückte uns gegen die Wand im Flur. So nahe an der Tür, dass er hineinblicken konnte. Seine Hand lag immer noch so schwer auf meinem Mund, dass ich keine Luft mehr bekam. Ich schlug dagegen, woraufhin er etwas locker ließ. Er hielt mich jedoch weiter fest, während ich nach Luft japste.

»Avery, da ist …«

»Ich hab es gesehen«, würgte er mich ab und sah mit einem grimmigen Blick in Tante Lillys Zimmer.

»Was ist passiert?«

»Ich weiß es nicht. Aber hier stinkt es nach Tod«, flüsterte er.

Ich linste zu ihm hoch. Das Gesicht meines Cousins lag halb im Schatten. Das sonst immer sorgenlose Lächeln war einem ernsten Ausdruck gewichen, den ich bisher nicht an ihm kannte. Eine Ader an seinem Kinn pochte, und seine Ohren zuckten, als hätte er ein Geräusch gehört. Nur weil ich direkt unter ihm stand, konnte ich sehen, wie sich seine Pupillen schlagartig weiteten. Seine Nasenflügel bebten.

»Da kommt was. Schnell!«

Er packte meine Hand, und zusammen rannten wir zurück in mein Zimmer. Es dauerte kaum mehr als ein paar Sekunden, aber die Zeit dehnte sich ins Unendliche aus, ehe Avery die Tür zuknallte. Es gab keinen Schlüssel. Mit klopfendem Herzen drückte ich mich mit dem Rücken fest gegen die Tür, und als ich das Geräusch abermals hörte, hatte ich das Gefühl, aus der Haut zu fahren. Es kam näher.

Schhhtkrrrr…

»Avery. Was ist da los? Wo kommt das ganze Blut her?«, fragte ich panisch.

Avery drückte sich neben mir an die Tür. Sein Brustkorb hob und senkte sich mindestens so schnell wie meiner. »Ich weiß es nicht. Ich hatte einen komischen Traum, und dann …« Er brach ab und sah mich an. Dem harten, konzentrierten Ausdruck war Verunsicherung gewichen. Sein Haar fiel ihm wirr ins Gesicht, und erneut zuckten seine Ohren.

Angespannt lehnte er den Kopf an die Tür und lauschte. Eine Falte bildete sich zwischen seinen Augenbrauen. »Was ist …?«, murmelte er verwirrt.

Im selben Augenblick krachte etwas gegen die Tür. Ich schrie auf, und Avery drückte fester gegen die Tür. Und in dem Moment hörte ich es: ein Knurren, das plötzlich abbrach. Als hätte es jemand abgewürgt. Mir rann ein Schweißtropfen von der Stirn.

»Wa…?«, begann ich, wurde aber von einem Klopfen unterbrochen. Einem äußerst menschlichen Klopfen.

»Kinder? Seid ihr wach?« Die Stimme klang krächzend, aber so vertraut, dass ich nur einen Atemzug brauchte, um sie zuzuordnen.

»Großmutter?«, fragte ich keuchend.

»Wer denn sonst?«

Erleichtert sackte ich in mich zusammen. »Du hast uns einen Mordsschrecken eingejagt!«, rief ich und wollte von der Tür wegtreten, doch Avery hielt mich zurück.

Überrascht blickte ich auf seine Hand, dann in sein Gesicht. Er schüttelte den Kopf und deutete auf die Tür. Erneut erklang das Klopfen.

»Kinder? Was ist los mit euch? Macht auf«, sagte Großmutter.

Ich zögerte, und auf einmal stellte mir irgendetwas die Nackenhaare auf. Da war ein Geräusch. Wie von Krallen, die über das Holz strichen. Avery schielte zu dem Schlüsselloch. Ich ging in die Knie, die mit einem leisen Knacken protestierten, und linste hinaus. Ich blickte direkt in ein blaues Auge. Großmutter starrte mich an.

Ich zuckte zurück. »Großmutter, hast du Tante Lilly gesehen?«, fragte ich. »Ihr Zimmer ist verwüstet, wie von einem wilden Tier.«

Das Kratzen an der Tür verstummte, wurde von einem Schnauben abgelöst. »Ein wildes Tier? Was für einen Unsinn du wieder redest.«

Mein Herz pochte so heftig, dass ich es auf der Zunge spüren konnte. »Granny, kannst du bitte Mum holen? Oder Dad?«, fragte ich.

»Die sind beim Frühstück. Alle sind schon unten, nur ihr fehlt noch, meine Kleinen. Kommt jetzt raus«, knurrte sie und schlug plötzlich mit solcher Wucht gegen das Holz, dass die Tür beinahe aufsprang.

Avery drückte sich mit aller Kraft dagegen.

Großmutters Stimme wurde immer mehr zu einem lauten und tiefen Knurren, während sie weiter gegen die Tür hämmerte und unablässig wiederholte: »Kommt raus! Sofort. Kommt raus! Kommt raus! Kommt raus!«

Avery und ich drückten uns so fest gegen die Tür, dass die alte Maserung kleine Splitter in meine Hände rammte. Ich biss die Zähne zusammen und versuchte, das Brennen in den Handflächen zu ignorieren, während ich mit der Schulter zusätzliches Gewicht dagegenstemmte.

»Kommt raus! Ich verhuuuuungereeeee!«

»Scheiße. Was geht hier ab?«, brüllte Avery. Er sah genauso panisch aus, wie ich mich fühlte.

»Ich hab keine …«, begann ich. Es knallte, als die alten Scharniere plötzlich nachgaben. Die Tür wurde so fest aufgeschlagen, dass wir zurückgeworfen wurden und sie aus den Angeln flog.

»Zurück!«, brüllte Avery und zerrte mich gerade noch rechtzeitig weg, bevor die Tür zu Boden krachte.

Vor uns stand nicht Granny.

Vor uns stand ein riesiger grauer Wolf. Ich kannte mich mit Wildtieren nicht genau aus, doch ich war mir sicher, dass kein Wolf so groß war wie das Exemplar, das gerade mit gefletschten Lefzen und blutigen Tatzen vor uns aufragte. Nur die Augen, die Augen waren von einem durchdringenden Blau.

»G… Großmutter?«, fragte ich fassungslos, während Avery und ich noch weiter zurückwichen.

Der Wolf zeigte seine Zähne, sodass es beinahe wie ein irres Lachen aussah. »Meine Kleinen. Die letzten Kleinen. Ich habe Hunger …«, knurrte der Wolf und schlich näher.

»Was ist hier los?«, presste Avery hervor.

»Was ist mit dir passiert, Großmutter?«, fragte ich zitternd.

Der Wolf starrte uns an. Immer mehr Geifer tropfte in langen schmierigen Bahnen aus seinem Maul. Entweder konnte oder wollte er uns nicht antworten. Ein Muskel an seiner Schulter zuckte. Die einzige Warnung, ehe er sprang. Direkt auf mich zu. Die Tatzen des Wolfs trafen mich an der Brust. Mein Brustbein knackte, und mir wich sämtliche Luft aus der Lunge, als ich auf dem Boden aufprallte.

»Hungeeeeer …«, knurrte der Wolf, riss sein Maul auf und schnappte zu.

Im selben Augenblick krachte etwas gegen seinen Schädel. Der Wolf fiepte. Ich nutzte die Ablenkung, um meine Beine anzuziehen und gegen seinen Unterbauch zu treten. Der Wolf jaulte auf, schnappte erneut nach mir, doch Avery zerrte mich schmerzhaft auf die Beine und außer Reichweite.

»Lauf!«, brüllte er und holte mit etwas aus. Mein Kricketschläger! Der hatte schon seit Ewigkeiten unter dem Bett gelegen.

Keuchend rannte ich über die Tür am Boden und durch die klaffende Öffnung, die sie hinterlassen hatte. Der Wolf brüllte, dass die Speichelfäden nur so von seinen Zähnen spritzten, und Avery schlug zu. Der Schläger traf auf den Schädel des Wolfs, der zur Seite geschleudert wurde. Ich hatte meinen Cousin noch nie so viel Kraft in etwas stecken sehen.

Avery wirbelte herum, packte meine Hand und zog mich durch

den schmalen Flur. Unsere nackten Füße klatschten laut auf dem Boden. Der Flur sah fürchterlich aus. Die alte Tapete war in Streifen gerissen, und überall klebte Blut, als hätte der Wolf etwas durch das ganze Haus geschleppt und stellenweise zerfetzt.

Hinter uns erklang ein ohrenbetäubendes Heulen, gefolgt von einem lauten Aufprall. Ich riskierte einen Blick über die Schulter. Der Wolf war gegen die Wand geknallt, was ihn jedoch nicht aufhielt.

»Lauft nur!«, brüllte er uns mit verzerrter, gurgelnder Stimme nach. »Ich krieg euch. Ich kriiiiieg euch!«

Wir legten einen Zahn zu und polterten die Stufen nach unten.

»Da lang«, rief Avery und zerrte mich ins Esszimmer.

Mit vereinten Kräften schoben wir die großen Flügeltüren zu, doch der Wolf preschte vor, schlug eine Klaue durch den Spalt der Tür und zog sie über Averys Gesicht. Mein Cousin schrie gellend auf.

»Avery«, kreischte ich, während der Wolf sich mit seiner gesamten Masse, die immer weiter anzuschwellen schien, gegen die Tür warf.

Avery rammte den Kricketschläger durch die Türgriffe und blockierte sie so weit, dass nicht mehr als die Klaue des Wolfs hindurchpasste. Keuchend wichen wir zurück. Averys Gesicht war voller Blut. Drei lange Risse zogen sich auf der linken Seite von der Stirn über das Auge bis hinab zu seinem Kinn.

Der Wolf brüllte, presste die Schnauze durch die schmale Öffnung und grinste, sodass Speichel auf den Boden tropfte. »Ich rieche euch«, säuselte er und lachte gackernd. »Ich höre euer kleines Herz schlagen. Ich schmecke euch auf der Zunge. Zart und saftig. Nicht zäh und verbittert wie die Beute vor euch.«

»Avery, was meint …?«, begann ich.

Die Frage erstarb auf meinen Lippen. Der Küchentisch war verwüstet. Das weiße Tischtuch zerfetzt und rot durchtränkt. Die Teller verschmiert, die Kristallgläser zersprungen. Messer und Gabeln lagen wild verstreut herum, und auf Großmutters Platz lag eine Hand. Die Finger waren gekrümmt, und am Ringfinger glänzte ein Hochzeitsring … der meiner Mutter.

In meinen Ohren schwoll ein seltsames Rauschen an. Eine Taubheit fraß sich von meinen Fingerspitzen aus durch meinen ganzen Körper. Ich stand wie angewurzelt da, starrte auf die Überreste meiner Mutter, und mein Magen hob sich. Ich beugte mich vornüber und erbrach mich. Galle klatschte auf den Boden und vermischte sich mit einer Lache aus Blut, die unter dem Tisch hervorkam. Dort lag ein Schuh. Ein brauner Lederschuh, wie ihn Onkel Harvey immer trug. Das Pochen in meinen Ohren wurde lauter. Was musste ich tun, um ohnmächtig zu werden und dieses grauenhafte Bild nicht länger sehen zu müssen?

Ein lautes Klirren riss mich in die Realität zurück. Ich blinzelte. Avery stand vor der alten Fensterfront und schlug mit einem Kerzenständer die Fensterscheibe ein, während der Wolf knurrend gegen die Blockade an der Tür sprang.

»Raus, Rain!«, sagte Avery mit einer Stimme, die keinen Widerspruch duldete.

Wie in Trance stolperte ich auf ihn zu. Avery zerschlug die letzten kleinen Scherben am Fensterbrett und drückte mich praktisch durch das Loch. Splitter bohrten sich durch meinen Rock hindurch in meine Haut, und im nächsten Augenblick krachte ich nach draußen. Der Fall war nicht tief, doch ich fühlte mich dabei wie eine Puppe, der man die Fäden durchgeschnitten hatte.

Ich schaffte es gerade noch zurückzukrabbeln, als der Wolf aufbrüllte. Es krachte laut, und plötzlich war mir, als würde ich alles in Zeitlupe sehen. Avery sprang durch das Fenster, und die gewaltigen Kiefer schnappten so knapp neben seinem Kopf zu, dass ein paar seiner Haare abrissen. Mit mehr Geschick, als ich es meinem Cousin jemals zugetraut hätte, rollte er sich im Gras neben mir ab, drehte sich um und stieß dem Wolf in einer einzigen geschmeidigen Bewegung ein Buttermesser ins Auge. Für einen Wimpernschlag starrten sich die beiden an. Mein Cousin und der große böse Wolf.

Auge um Auge.

Zahn um Zahn.

Das Vieh zuckte zurück und riss den Rest des Fensters ein, ehe es mit einem schmerzerfüllten Jaulen aus meinem Sichtfeld verschwand. Meine Welt bestand nur noch aus Rauschen und Pochen.

Averys Lippen bewegten sich. Ich starrte zu ihm auf und sah nur noch sein ehemals so hübsches Gesicht in Fetzen. Blut und Spucke tropften von seinen Lippen. Er sprach mit mir. Ich verstand kein Wort. Die Bilder in meinem Kopf waren durcheinander. Wie kleine Eindrücke, die sich nicht aneinanderreihen wollten.

Ich blinzelte, und plötzlich stand ich. Avery zerrte mich mit sich. Ich blinzelte erneut, und da war Kies unter meinen Füßen. Ich stellte mir vor, dass es knirschte, während wir darüberliefen. Da waren so viele Steine. Kleine Steine. Ministeine. So viele. Ein Meer davon. Ich blinzelte abermals, und da war Großmutters Auto. Avery rief mir etwas zu, doch es drang wie durch Wasserrauschen nur verzerrt zu mir durch.

»Du mus… … …schließen. Schnell.«

Ich blinzelte nur.

Avery packte mich und schüttelte mich grob. »Du musst das Auto kurzschließen, Rain. Hast du mich verstanden?«

Ich schaffte es nur, zu nicken, ehe ich mich auf den Sitz sinken ließ und mit zitternden Fingern die Klappe unter dem Lenkrad öffnete. Kabel fielen heraus. Welche Kabel musste ich noch mal zusammenschließen? Was …?

Oh Gott, mir war so schlecht. Meine Finger zitterten so sehr, dass ich die Kabel kaum halten konnte. Avery saß neben mir und sagte etwas. Doch ich hörte es nicht. Vermutlich versuchte er, mich zu beruhigen. Und dann war es wieder da. Das Geräusch von großen Tatzen auf Kies. Es drang zielgenau zu mir durch, und ein Rausch aus Adrenalin und nackter Angst ging durch meinen Körper.

In einer einzigen Bewegung schlug ich die Kabel aneinander, und der Motor sprang an. Ich riss die Autotür zu, und im selben Augenblick sprang der Wolf dagegen. Seine Klauen hinterließen blutige Abdrücke auf dem Autofenster, während die gesamte Karosserie schwankte.

»Fahr! Fahr! Fahr!«, brüllte mich Avery an.

»Ich mach ja schon«, herrschte ich ihn an, und meine eigene Stimme brachte mich so weit zur Besinnung, dass ich auf das Gaspedal trat.

Die Räder drehten durch, und Kies spritzte zur Seite. Wieder warf sich der Wolf gegen die Tür, und Risse zogen sich über das Fenster. Ich scherte aus, rammte den Wolf und hörte sein Jaulen, als wir die Einfahrt hinunterrasten. Tief hängende Äste und Zweige peitschen gegen die Scheibe, und im Rückspiegel sah ich, dass der Wolf uns folgte. Seine Tatzen flogen praktisch über den Boden.

»Rain! Pass auf, das Tor«, sagte Avery.

Mein Blick zuckte zurück. Das schmiedeeiserne Tor war direkt vor uns. Und es war geschlossen. Kalter Schweiß brach mir am Rücken aus.

»Was sollen wir tun?«, fragte ich Avery, der sich seine Kapuzenjacke aufs Gesicht drückte, um die Blutung zu stoppen.

»Wenn wir stehen bleiben, sind wir tot«, sagte er erstaunlich ruhig.

Meine Finger krampften sich um das Lenkrad. »Dann breche ich durch«, hörte ich mich selbst sagen und trat das Pedal durch.

Avery klammerte sich fest, während ich mit der Schnauze des Bentleys genau auf das Tor zuhielt. Es knallte scheußlich. Avery und ich wurden in unseren Gurt geschleudert. Der alte Motor dröhnte.

Das Tor gab kreischend nach, und kurz darauf donnerten wir auf den Waldweg hinaus. Als ich in den Rückspiegel blickte, sah ich die Gestalt des Wolfs, der uns mit einem leuchtenden und einem blutigen Auge nachstarrte. Er legte den großen Kopf in den Nacken und stieß ein Heulen aus, bei dem mir die eisige Kälte in die Knochen kroch. Die kleinen Härchen auf meinen Unterarmen stellten sich auf, als wie ein Echo weiteres Heulen antwortete. Aus Dutzenden Kehlen. Es schien von überallher zu kommen. Aus dem Wald, von der Straße und aus der weiter entfernten Stadt.

Mir perlte der Schweiß über den Rücken, und für ein paar Minuten schaffte ich nicht mehr, als den Wagen stur auf der Straße zu halten. Die Lichter des alten Bentleys schnitten durch die Morgendämmerung und beleuchteten die Bäume, deren Rinde mir wie runzelige Gesichter vorkamen. Sie schienen uns zu beobachten. Die Äste griffen wie Krallen nach unten und zogen quietschende Spuren über das Autodach.

»Okay«, brachte ich nach einer gefühlten Ewigkeit hervor.

»Scheiße!«, keuchte Avery.

»Okay«, wiederholte ich und versuchte, die Bilder aus der Küche nicht an mich heranzulassen.

»Scheiße«, wimmerte Avery und sank in seinen Sitz zurück.

»Okay.« Nicht daran denken.

»Scheiße.«

»Okay.«

»Was passiert hier?«

»Keine Ahnung.«

»Das war …« Avery fuhr sich durch das Haar und erstarrte, als er all das Blut an seinen Fingern sah. Ich hoffte nur, er war noch so unter Strom, dass er kaum Schmerzen hatte. Wir mussten auf alle Fälle zu einem Arzt oder ins Krankenhaus. Die Kratzer und Schnitte mussten versorgt und genäht werden.

Avery stieß einen seltsamen Ton aus. »Sehe ich so scheiße aus, wie ich mich fühle?«

»Ja«, sagte ich, zu fertig, um zu lügen.

Avery drehte sich zitternd zu mir um. All das Blut in seinem Gesicht und in den Haaren ließ ihn anders aussehen. Anders als den Jungen, den ich mein ganzes Leben lang gekannt hatte.

»Hat sich Großmutter gerade in einen Wolf verwandelt und unsere Familie gefressen?«, fragte er. Es hallte wie ein Echo in meinen Ohren nach.

Wieder sah ich das Blut auf dem Küchentisch vor mir. Die Hand meiner Mutter. »Ich glaube, ja«, antwortete ich, und es fühlte sich seltsam an. Als wäre Watte in mir. Ich fühlte die Worte gar nicht wirklich.

»Wie?«, sagte er nur.

»Ich weiß es nicht. Außer …« Ich zögerte.

»Außer …«, wiederholte Avery, und der Rest des Satzes hing zwischen uns wie eine dichte Wolke.

Außer, Großmutter hatte all die Jahre keinen Unsinn erzählt.

Außer, die Geschichten waren wahr.

Außer, ich hatte gestern den schlafenden Prinzen geweckt und …

»Nein«, schnitt ich meine eigenen Gedanken ab. »Nein. Das war nur ein Totenschädel. Da war nichts Magisches. Ich habe niemanden aufgeweckt, da gab es nichts zum Aufwecken, weil er ultratot war. Herrgott noch mal, er hat nicht einmal mehr gemüffelt, so krass tot war er!«

Wir starrten uns an, und Avery sah immer mehr aus, als würde er gleich ohnmächtig werden. Er war kalkweiß im Gesicht, und … seine Augen wurden schlagartig groß.

»Rain! Pass auf!«

»Was?«

Aus dem Augenwinkel sah ich etwas auf die Straße stolpern.

Direkt vor das Auto. Ich fuhr herum und trat so fest auf die Bremse, wie ich konnte. Die Reifen quietschten, der Geruch von Gummi füllte meine Nase. Avery und ich wurden in den Gurt geschleudert. Das Tier kollidierte mit der Motorhaube, und es knallte laut. Ich riss das Lenkrad herum, und das Auto kam etwa zwei Millimeter vor dem nächsten Baum zum Stehen. Die Scheinwerfer beleuchteten die runzlige Rinde. Keuchend starrte ich durch die Windschutzscheibe und traute mich nicht, die Hände vom Lenkrad zu lösen.

»Hab … hab ich da gerade ein Reh angefahren?«, fragte ich entsetzt.

Avery stöhnte und rieb sich den Nacken. »Könnte das Schleudertrauma sein, aber ich glaube, Rehe gehen nicht auf zwei Beinen.«

Mir wich das Blut aus dem Gesicht. Mit zittrigen Fingern schnallte ich mich ab und öffnete die Tür. Den Motor ließ ich laufen.

Avery sah mich entgeistert an. »Rain! Was machst du? Komm zurück, da ist ein verschissener Wolf da draußen …«

»Wir haben gerade jemanden angefahren, Avery. Ich kann doch nicht einfach weiterfahren«, brüllte ich ihn an, knallte die Tür zu und trat auf die Straße. Erst jetzt bemerkte ich wieder, dass ich keine Schuhe trug, denn meine Zehen wurden augenblicklich taub. Der Schulrock wehte mir um die Knie.

Die Scheinwerfer spendeten gerade genug Licht, um die Straße zu erkennen, und ließen es gleichzeitig so aussehen, als würden die Äste der Bäume nach uns greifen.

Und da lag jemand. Mitten auf der Straße. Wie eine Puppe, der man die Fäden durchgeschnitten hatte. Eine zusammengesunkene Gestalt.

»Oh nein, nein, nein …« Mein Atem zeichnete Wolken vor mein Gesicht, als ich auf die Person zulief und trotz der Abschürfungen auf die Knie sank.

Ich hatte einen jungen Mann angefahren. Mit steifen Fingern

berührte ich ihn an der Schulter. Er rollte auf den Rücken und gab ein leises Stöhnen von sich. Für einen kurzen Augenblick starrte ich schockiert auf ihn hinab.

Vielleicht wirkte es nur durch das fahle Licht so, doch sein Haar war weiß wie der Schnee, der auf sein blasses Gesicht herabfiel. Er war dreckverschmiert und sah aus, als wäre er einmal durch alle Dornenbüsche gekrochen, die es im Wald gab. Seine vollen Lippen waren eingerissen. Er war so blass und weiß, dass er beinahe wie ein Geist wirkte. Zerbrechlich wie Glas. Der einzige Farbklecks war ein Rinnsal aus rotem Blut, das aus einer Platzwunde an seiner Stirn über sein Gesicht lief und in den hellen Schnee tropfte.

Ich wusste sofort, wer da lag. Weil ich ihn schon fast mein ganzes Leben lang kannte, nur dass die Version vor mir jede Farbe verloren zu haben schien. Das sonst schwarze Haar war weiß, die Haut so blass wie der Schnee selbst.

»Buh?«, fragte ich ungläubig.

All die Jahre. Nie hatte ihn jemand gesehen, außer mir. Er war wie ein Schatten gewesen. Der Junge im Spiegel, der mich begleitet hatte.

So lange hatte ich mir eingeredet, Buh sei nicht mehr als ein Geist. Aber das hier war keine Einbildung. Das hier war reale Haut unter meinen Fingern.

Er rührte sich nicht. Er sah aus, als wäre er dem Tod nahe, und das versetzte mich in Panik.

»Buh? Bist das wirklich du? Kannst du mich hören?«

Ich gab ihm einen kleinen Klaps auf die Wange. Im selben Moment riss er die Augen auf, ein rasselnder Atemzug durchbrach die Stille, und er griff nach meiner Hand. Ich erstarrte. Wir sahen uns an. Sein Blick fraß sich praktisch in meinen, und es war, als würde ich in ein Stück Finsternis blicken. Seine Augen waren so dunkel, dass sie schwarz wirkten. Endlos, tief und so vertraut. Er war es. Eindeutig.

»Buh«, flüsterte ich fassungslos. Aber wie war das möglich? Andererseits, dieser Wolf, der wahrscheinlich meine ganze Familie getötet hatte, hatte die Augen meiner Großmutter gehabt. *War* allem Anschein nach meine Großmutter. Es war also nicht ganz abwegig, dass der Junge im Spiegel plötzlich nicht mehr im Spiegel war, oder?

Er blinzelte, und in der Dunkelheit in seinem Blick flackerte es auf. Ein Kranz aus Silber, der sich um seine Iris zog. Wie der Einfall von Mondlicht.

»Wo bin ich?«, fragte er. Seine Stimme klang kratzig, als hätte er seit Ewigkeiten nicht gesprochen.

»In Woodley. Du bist mir vors Auto gelaufen«, erinnerte ich ihn.

Eine Furche breitete sich zwischen seinen Augen aus, die unruhig hin und her zuckten. »Wer bist du?«

»Rain. Rain White. Kennst du mich denn nicht?«, fragte ich. Zweifel kamen in mir hoch. Vielleicht sah er Buh doch nur sehr ähnlich?

Er blinzelte. »Rain«, wiederholte er, und mein Name entwich seinen Lippen in einer Dunstwolke. Er schluckte und blinzelte den Schnee von seinen Wimpern. »Und wer … wer bin ich?«

Kapitel 10

Der Wolf ging nun auf den Menschen los,
der Jäger, als er ihn erblickte, sprach:
»Es ist schade, dass ich keine Kugel geladen habe«,
legte an und schoss dem Wolf das Schrot ins Gesicht.

Aus »Der Wolf und der Mensch«
Gebrüder Grimm

Ich wollte gerade etwas sagen, als mir ein lautes Wolfsheulen die Gänsehaut über den Rücken jagte. Nervös starrte ich in die Dunkelheit, doch es war nur der Wald zu sehen und ein paar vereinzelte Sonnenstrahlen, die sich durch das Geäst kämpften.

Eine Tür knallte, und Avery trat heraus. »Rain!«, brüllte er. »Wir müssen weiter!« Er wankte und klammerte sich am Türgriff fest, während er die Kapuzenjacke weiterhin fest aufs Gesicht drückte, um die Blutung zu stoppen.

»Warte kurz. Wir nehmen ihn mit!«, rief ich zurück.

»Nein!«

»Ich lasse ihn hier nicht zurück«, fuhr ich ihn an. Egal, wie verwirrend diese Situation war. Und ob der Kerl nun Buh war oder nicht, ich würde ihn hier nicht liegen lassen.

Avery presste die Lippen zusammen. Ein gehetzter Ausdruck lag in seinem Gesicht. Vielleicht waren es aber auch nur die Schmerzen.

»Okay, dann schnell. Ich hab so ein mieses Gefühl, dass uns das Vieh gleich einholt.«

Der Junge – Buh – starrte meinen Cousin mit großen Augen an. »Wer bist du?«, fragte er.

Avery hob eine Augenbraue. »Was ist mit ihm?«

»Keine Ahnung, so viel Zeit hatten wir noch nicht.« Ich wandte mich Buh zu. »Kannst du aufstehen? Wir müssen weiter. Ein Wolf verfolgt uns.« Ich legte seinen Arm um meine Schulter, und zusammen mit Avery – bei dem offenbar noch das Adrenalin kickte – zog ich ihn auf die Füße.

»Wo gehen wir hin?«, fragte er, als Avery und ich ihn auf das Auto zuschleiften.

»Ins Dorf zu einem Arzt«, ächzte ich, während mein Cousin die Autotür aufriss.

Buh blieb wie angewurzelt stehen und begann zu zittern. »Was ist das?«

»Alter, dich hat es aber heftig erwischt«, murmelte Avery.

»Keine Sorge. Setz dich einfach hin«, beruhigte ich den Kerl, der wie Buh aussah, und bugsierte ihn auf den Rücksitz. Vermutlich hatte er eine Gehirnerschütterung oder einen Schock oder so was, denn er ließ es einfach mit sich machen.

Hinter uns erklang erneut ein Jaulen. So nah. Zu nah. Avery und ich stiegen ein, und ich legte hektisch den Rückwärtsgang ein und trat aufs Gas.

Als das Auto einen Satz nach hinten machte, schrie Buh vor Schreck auf. »Aaaaaah!«, brüllte er und klammerte sich panisch von hinten an meinem Sitz fest.

»Lass das!«, rief ich und sah in den Rückspiegel: Ein schlanker Körper schälte sich aus dem Wald, und glänzende gelbe Augen starrten uns an. Es war jedoch nicht bloß ein Wolf. Es war ein ganzes Rudel.

»Fahr!«, brüllte mich Avery an.

»Anhalten!«, schrie der Kerl vom Rücksitz.

»Klappe!«, gab ich zurück, wechselte ruckartig den Gang und schoss nach vorn. Im selben Moment sprang uns ein Wolf in den Weg. Ich biss die Zähne zusammen und rammte ihn einfach, sodass er fiepend zur Seite flog.

Der Rest des Rudels fletschte die Zähne und hetzte von allen Seiten auf uns zu. Ich trat aufs Gas und hupte, in der Hoffnung, dass es irgendetwas brachte. Doch die Wölfe jaulten nur noch lauter und folgten uns. Sie waren knapp hinter uns, jagten uns wie einen sehr großen Hirsch. Uns ging zwar nicht die Puste aus, doch ziemlich bald der Sprit, wenn die Anzeige richtig war.

Ich unterdrückte einen Fluch und rammte einen weiteren Wolf, während Buh hinter mir keuchte. »Bin ich in der Hölle?«

»Nein, in Großbritannien«, antwortete Avery.

»Hat einer von euch ein Handy?«, unterbrach ich die beiden.

»Nein«, sagte mein Cousin.

»Scheiße. Wir haben nämlich nicht mehr viel Saft. Haltet euch fest. Ich nehme die Abkürzung durch den Wald«, warnte ich sie vor, ehe ich auch schon ausscherte.

Avery wurde weiß im Gesicht. Buh schnappte nach Luft und würgte. Es rumpelte heftig, und einer der Wölfe sprang direkt auf die Motorhaube. Ein weiterer Riss zog sich durch die Scheibe. Laut hupend trat ich das Gaspedal durch, und der Wolf rutschte schlitternd ab.

»Rain, ich will dich nicht stressen, aber um nach Woodley reinzukommen, müssen wir über die Woodbridge – und die ist nicht ohne Grund gesperrt.«

»Wir schaffen es sonst nicht bis ins Dorf«, brüllte ich. Mir rann der Schweiß den Rücken hinab. Meine Hände waren so glitschig, dass ich mich am Lenkrad festkrallen musste.

»Wir werden abstürzen!«

»Oder von Wölfen gefressen. Such's dir aus.«

Avery schwieg und ließ sich in den Sitz zurücksinken. »Wir werden sterben«, stellte er schließlich fest.

Ich presste die Lippen zusammen und blickte in den Rückspiegel. Buh hielt sich immer noch an meinem Sitz fest, aber zumindest hatte er aufgehört zu schreien. Vermutlich begriff er gar nicht wirklich, was vor sich ging – was mich nicht wundern würde, wenn er tatsächlich mein Buh war und bisher nur in einem Spiegel gelebt hatte –, doch als sich unsere Blicke kreuzten, nickte er. Nur einmal. Aber entschlossen. Mehr brauchte ich nicht. Es gab ohnehin keine andere Möglichkeit.

Ich trat das Gaspedal erneut durch. Ein Ast peitschte gegen die Scheibe, und schließlich tauchte sie vor uns auf: die Woodbridge. Die alte Holzbrücke. Früher der einzige Weg nach Woodley und wieder heraus. Vor etwa zehn Jahren war sie wegen Einsturzgefahr gesperrt worden. Doch anstatt sie neu zu bauen, hatte Woodley den Anschluss zur Autobahn bekommen. Die Brücke selbst wurde nie wieder zugänglich gemacht und war inzwischen nur noch ein altes Gerippe. Darunter rauschte der Loddon River.

»Wir werden sterben, wir werden sterben, wir werden sterben«, murmelte Avery, während ich auf die Brücke zuraste und die Absperrung einfach mitriss.

Sobald der erste Reifen auf der Brücke war, wusste ich, dass Avery recht hatte. Wir würden sterben. Das Holz gab sofort nach. Es krachte. Holz splitterte, und das Auto kam ins Schlingern.

»Aaaaah!«, kreischte Avery und hielt sich die Augen zu.

»Aaaaah!«, brüllte Buh und klammerte sich am Rücksitz fest.

»Aaaaah!«, rief ich trotzig.

Das Holz ächzte, bog sich und brach hinter uns ein. Im Rückspiegel sah ich einen der Wölfe in den Abgrund fallen. Das Auto machte einen Satz, als vor uns ein Holzbalken einbrach. Mein Magen hob sich. Fielen wir? Mein Kopf wurde heftig nach vorn geschleudert, und im nächsten Augenblick starb der Motor ab, und wir standen. Wir standen!

Keuchend öffnete ich die Augen. Wir waren auf der anderen Seite angekommen. Ein Hinterreifen hing zwar in der Luft, aber wir standen auf festem Boden. Ich wirbelte herum, als etwas hinter mir krachte. Der Rest der Brücke fiel direkt vor meinen Augen in den Fluss. Die Wölfe befanden sich auf der anderen Seite des Abgrunds und starrten uns mit glühenden Augen an.

»Das … das war … knapp«, stieß ich hervor.

»Leben wir noch?«, fragte Avery und linste zwischen seinen Fingern hindurch.

»Ich glaube, ja«, sagte ich.

Auf einmal knackte etwas ohrenbetäubend laut, und das Auto neigte sich nach hinten.

»Raus!«, brüllte ich und riss die Tür auf.

Avery sprang. Ich machte es ihm nach und stolperte aus dem langsam abrutschenden Auto.

»Hilfe!«

Ich wirbelte herum.

Buh klopfte panisch gegen das Fenster. »Wie komme ich hier raus?«

Alarmiert lief ich auf ihn zu. Das Auto sackte weiter ab, und die Karosserie gab ein ekliges Quietschen von sich, als ich die Tür aufzog. »Nimm meine Hand!«, rief ich ihm zu.

Er packte sie, und im selben Augenblick stürzte das Auto endgültig weg. Ein Ruck ging durch meinen Arm, doch irgendwie schaffte ich es, ihn zu mir nach draußen zu zerren, bevor er mit in die Tiefe gerissen wurde. Steine und Holzbrocken rieselten ins Wasser, während wir von den Resten der Brücke wegstolperten.

Keuchend sank er neben mir zusammen. »Danke«, japste er und blickte auf.

Wir starrten uns an. Ich nickte schwach, ehe ich mich auf den Boden fallen ließ, mich auf den Rücken rollte und nach Luft schnappte. Alles an mir und in mir tat weh. Mein Kopf, mein Rücken, meine Arme, meine Füße. Einfach alles. Ich starrte in den Himmel. Eigentlich hätte längst die Sonne scheinen müssen, doch der Himmel war verhangen von tiefgrauen Wolken, die alles in diesiges Licht tauchten. Es fiel leichter Schnee.

Avery setzte sich neben mich. Er sah aus, als würde er gleich umkippen und nie wieder aufstehen. Unser aller Atem schwebte in der Kälte vor uns.

»Unser Auto ist weg. Was machen wir jetzt?« Seine Frage hing zwischen uns wie das Geheul der Wölfe auf der anderen Seite der ehemaligen Brücke.

Zitternd stemmte ich mich wieder hoch und betrachtete meine nackten Füße, die inzwischen schon ziemlich taub waren. »Wir gehen zu Fuß weiter. Zu Dr. Omniscient, wir müssen euch verarzten lassen.«

Die beiden widersprachen nicht. Als ich mich aufrappelte, sah ich grimmig zu den Wölfen hinüber. Sie hatten sich nicht bewegt, beobachteten uns. Und ganz vorn stand ein Wolf, der größer war als alle anderen. Dunkelgraues Fell und stahlblaue Augen.

Großmutter.

Mum.

Dad.

Tante Lilly.

Onkel Harvey.

Das viele Blut …

Tränen stiegen mir in die Augen, doch ich drängte sie mit absoluter Gewalt zurück. Wenn ich jetzt zusammenbrach, würde ich so schnell nicht mehr aufstehen. Ich fing an zu zittern. Aber nicht wegen der Kälte.

»Beeilen wir uns«, murmelte ich, während mir der Wind den kurzen Schulrock um die Knie peitschte.

Der Wolf legte den Kopf in den Nacken und heulte. Das Rudel stimmte mit ein, ehe sie zurück in den Wald verschwanden. Ich war mir nicht wirklich sicher, ob wir gewonnen hatten, aber zumindest hatten wir eine Verschnaufpause.

Ich drehte mich um und reichte Buh meine Hand, um ihm aufzuhelfen. Er starrte darauf wie auf etwas, was er zum ersten Mal sah. »Kommst du mit uns?«, fragte ich ihn.

Er blickte zu mir auf. Sein fremdartiges weißes Haar wehte ihm um das dreckige Gesicht. Kein Erkennen lag in seinem Blick. Er wusste nicht, wer ich war.

Wie konnte das sein?

»Ich komme mit«, sagte er schließlich mit heiserer Stimme und ließ sich von mir auf die Füße ziehen. Er schwankte leicht, weshalb ich ihn stützte.

Ich nickte Avery zu. »Gehen wir.«

Zu dritt schleppten wir uns weiter. Die Brücke war nicht weit von Woodley entfernt, vielleicht einen halben Kilometer, doch jeder Schritt kam mir wie eine Unendlichkeit vor. Dabei wurde es weder heller noch dunkler. Es blieb bei einem deprimierenden Grau, das nur von weißen Flocken durchbrochen wurde. Es lag nicht viel Schnee, unsere Schritte hinterließen dennoch Abdrücke.

»Sind deine Füße nicht eiskalt?«, fragte mich Buh leise.

Ich blickte auf meine Zehen hinab. Er selbst trug feste Schnürstiefel. Seine Klamotten waren stellenweise zerrissen, wirkten ansonsten aber beinahe wie neu. Eine schwarze Hose und ein gleichfarbiges langärmeliges Shirt. Vermutlich machte ihn diese Kombination noch blasser, als er ohnehin schon war.

»Bis Woodley halte ich durch«, versicherte ich ihm, obwohl ich mir da nicht so sicher war.

Er blieb stehen, und ich strauchelte.

»Alles gut? Was machst du da?«, fragte ich, als er in die Hocke ging. »Oh, nein, lass das«, sagte ich, sobald ich bemerkte, was er vorhatte.

Er schnürte jedoch stur seine Schuhe auf und hielt sie mir kurz darauf entgegen. »Bitte zieh sie an«, sagte er ernst. Eine seiner hellen Haarsträhnen fiel ihm ins Gesicht, und mein Herz zog sich schmerzhaft zusammen.

Er sah ihm so unfassbar ähnlich – der Klang seiner Stimme, die Art wie ihm die Haare um das Gesicht fielen, das Grübchen in seiner linken Wange, der stolze Schwung seines Kinns, selbst die Art, wie er sich bewegte. Das konnte einfach kein Zufall sein. Vielleicht lag es nur am Schock, dass er keine Ahnung hatte, wer ich war. Oder er hatte doch eine Gehirnerschütterung? Ich verdrängte den Gedanken, darum konnten wir uns später noch kümmern. Sobald wir in Sicherheit waren.

Ich schüttelte den Kopf. »Ich kann doch nicht deine Schuhe nehmen. Zieh sie wieder an, wir sind gleich da.«

Er hielt mir unbeirrt die Schuhe hin, und Avery lehnte sich gegen einen Baum.

»Jetzt zieh die Schuhe einfach an, Rain«, blaffte er mich an.

Ich warf ihm einen wütenden Blick zu. »Na schön. Aber nur bis Woodley«, sagte ich und schob meine Füße in die Schuhe. Sie waren zu groß, doch nachdem ich die Schnüre so fest zugezogen hatte wie möglich, saßen sie recht gut.

Buh nickte zufrieden, und obwohl er nun in Socken im Schnee stand, zuckte er mit keiner Wimper. Ich hielt ihm wieder meine Hand hin, doch er wies sie ab. »Es geht mir schon besser, danke. Ich kann allein gehen«, versicherte er mir.

Das bezweifelte ich. Aber es gab Wichtigeres, als darüber zu streiten.

Wir gingen weiter, und erst als meine Füße langsam auftauten, merkte ich, wie kalt mir tatsächlich war. Ich schlang die Arme um mich und atmete erleichtert auf, als wir den Trauerweidenhügel erreichten und die Lichter von Woodley in Sicht kamen. Das kleine Dorf lag direkt unter uns. Unwillkürlich ging ich etwas schneller. Die Trauerweiden, an denen wir vorbeigingen, hingen tief, und aus dem Augenwinkel sah ich, wie Buh ein seltsames Zeichen mit den Fingern machte und sich an die Stirn tippte.

»Was machst du da?«, fragte ich, um mich selbst von der Kälte abzulenken.

»Hörst du es nicht?«, fragte er.

Ich runzelte die Stirn. »Nein, was denn?«

»Das Klagelied der Gehenkten«, murmelte er und ging weiter.

Verwundert starrte ich ihm nach.

»Also wenn du mich fragst, stimmt mit unserem Freund hier etwas nicht«, raunte Avery mir zu. »Er verhält sich echt seltsam.«

»Ja, du hast recht. Und er sieht aus wie …« Als ich zögerte, hob Avery eine Augenbraue, und ich gab mir einen Ruck. »Weißt du noch? Mein unsichtbarer Freund damals? Den ich als Kind nach Fionas Tod im Spiegel gesehen habe?« Selbst Avery wusste nicht, dass ich ihn auch jetzt noch sah.

»Du meinst den, wegen dem dich deine Mum ständig zum Kinderpsychologen geschleppt hat? Mit dem komischen Namen, Hedu oder so?«

»Buh. Sein Name war Buh«, murmelte ich, während wir den Hügel hinabliefen. Ich holte tief Luft und sah Avery an. »Es gibt da etwas, was ich dir eventuell verschwiegen habe.«

Avery runzelte die Stirn. »Was hast du verschwiegen?«

Ich leckte mir über die Lippen. Sie schmeckten nach Salz und Kupfer und Galle. »Ich habe nie aufgehört, ihn zu sehen.«

»Du hast was?« Ruckartig blieb Avery stehen und starrte mich an.

Ich seufzte. »Ich habe nie aufgehört, ihn zu sehen. Er war immer da, all die Jahre, und hat mit mir das ein oder andere Schwätzchen gehalten.«

Avery starrte mich an. Eine Schneeflocke verfing sich in seinen Wimpern. »Das ist … krass.«

»Ich weiß! Darum habe ich nichts gesagt.«

»Niemandem?«

»Nein.«

Avery schüttelte den Kopf. »Und ich dachte immer, du redest im Schlaf. Dabei hast du die ganze Zeit mit diesem Buh gesprochen?

»Ja.«

»Und du bist sicher, dieser Kerl da vorn ist derselbe wie der Kerl im Spiegel?«

»Er sieht genauso aus wie Buh.«

Avery warf mir einen ungläubigen Blick zu. »Bist du sicher?«

Ich zuckte mit den Schultern und sah erneut zu Buh. »Seine Haare sind weiß statt schwarz, und er sieht etwas mitgenommen aus, aber alles andere ist genau wie im Spiegel. Nur dass er keine Ahnung hat, wer ich bin.«

Avery fuhr sich durch die Haare. »Großmütter, die sich in Wölfe verwandeln, und Kerle, die aus Spiegeln auftauchen … Warum gefällt mir das nicht?«

Ich schnaubte bitter. »Weil es wie aus einem Märchen klingt.«

Avery presste die Lippen zusammen. »Das ist wirklich verrückt.«

»Ich weiß.«

»Wir müssen den Rat anrufen. Wenn hier etwas Märchenhaftes

vor sich geht, müssten sie es doch wissen, oder? Und wir müssen ihnen das von Großmutter erzählen. Sie müssen Hilfe schicken.«

»Ich kenne die Nummer vom Rat nicht«, warf ich ein.

»Aber die von Edward Cinderbe, oder?«

Ich nickte. Avery hatte recht. Edward konnte uns helfen. Ich musste ihn so schnell wie möglich anrufen.

Ich beschleunigte meine Schritte, und kurz darauf erreichten wir endlich Woodley. Es war schon immer ein verschlafenes Nest gewesen, aber selbst für Woodleys Verhältnisse war heute wenig los. Das ganze Dorf war wie ausgestorben. Die Straßenlaternen brannten nicht, die engen Straßen waren dunkel. Kein einziges Auto fuhr vorbei, als wir durch die leeren Gassen liefen. Unsere Schritte hallten laut nach.

»Wo sind alle?«, sprach Avery meine Gedanken laut aus, während Buh sich nervös umsah.

»Egal. Wir müssen zu Dr. Omniscient«, sagte ich mit einem besorgten Blick zu Avery, der sich mittlerweile an einer Hauswand abstützte.

Im nächsten Augenblick schepperte etwas. Es klang metallisch. Wie der Deckel einer Mülltonne. Wir hielten inne. Buh spannte sämtliche Muskeln an. In der Gasse vor uns wühlte etwas im Müll. Und es war groß.

»Oh nein, sind diese Viecher denn überall?«, fragte Avery erstickt, als der Wolf aufhörte, im Müll zu wühlen, und sich zu uns umdrehte.

Sofort knurrte er los.

Wir wichen zurück.

»Wir sollten …«, begann Avery.

»… abhauen«, beendete ich seinen Satz, während Buh gleichzeitig sagte: »… verschwinden.«

Ohne Vorwarnung sprang der Wolf auf uns zu, und wir sprinteten davon. Die Arztpraxis war nur noch eine Straße entfernt. Das schmale Backsteingebäude mit den roten Fensterläden war bereits zu sehen, als mich ein harter Stoß von hinten stolpern ließ. Ich schaffte es, mich mit den Händen abzufangen, knallte aber mit den Knien auf die Straße. Ich ignorierte den Schmerz und fuhr herum – als der Wolf sich auch schon auf mich stürzte.

»Rain!«, rief Avery.

»Nein!«, brüllte Buh, als die Zähne des Wolfs nur Zentimeter vor meinem Gesicht zuschnappten.

Ich keuchte so heftig, dass ich das Gefühl hatte, gleichzeitig zu viel und zu wenig Luft zu bekommen. Der Wolf knurrte und hob irritiert den Kopf, als ein lauter Schuss erklang. Der Wolf fiepte und wich zurück. Erneut knallte ein Schuss.

»Hau ab, du Töle, oder ich baller dir den hässlichen Schädel von den Schultern.«

Der Wolf knurrte, während sich eine Gestalt aus dem Schatten eines Hausvorsprungs herausschälte und mit gezücktem Jagdgewehr das Raubtier anvisierte.

»P… Professor Marygold?«, fragte ich.

Hollys Vater war ein großer Mann mit kräftigen Schultern und roten Haaren, den man eher mit einem Kilt draußen in den Highlands vermutet hätte als in einer Schule. Ich kannte ihn als jemanden, der leidenschaftlich für den Pazifismus einstand und sich ehrenamtlich um die Adoption von Straßentieren kümmerte. Weder hatte ich gewusst, dass Professor Marygold eine Waffe besaß noch dass er wusste, wie man damit umging.

Der Wolf hinkte. Blut lief aus einem Vorderlauf.

»Hau ab!«, brüllte Professor Marygold und schoss erneut.

Der Wolf drehte sich um und verschwand zurück in die Gasse.

Keuchend ließ Hollys Vater die Waffe sinken und blickte uns an. »Seid ihr verletzt, Kinder?«

»J… ja«, stammelte ich und ließ mir von ihm hochhelfen. Sein fester Griff hatte etwas Beruhigendes an sich, und am liebsten hätte ich mich gegen ihn gelehnt. Doch er wich bereits zurück und deutete mit dem Kopf über seine Schulter.

»Zum Doc. Los. Die Viecher sind überall.«

Das musste er uns nicht zweimal sagen. Wir rannten das letzte Stück die Straße hinunter, und als Professor Marygold an die Tür klopfte, schwang sie sofort auf. Dr. Omniscient war ein Mann Mitte dreißig mit blonden Haaren und runder Brille. Tatsächlich waren die Omniscients Nachfahren von Doktor Allwissend, einem eher unbekannten Märchen, zu unbedeutend und nicht adelig genug, um Mitglied im Rat zu sein, aber durchaus weitreichend, um als Nachfahren anerkannt zu werden. Sie galten jedoch als eigenbrötlerisch und hielten sich wenn möglich aus allem heraus.

»Wir haben hier noch ein paar«, sagte Professor Marygold grimmig.

»Kommt rein«, entgegnete der Doktor und knallte die Tür sofort wieder hinter uns zu.

Entsetzt sah ich mich in der kleinen Praxis um. Überall waren Verletzte. Sie saßen oder lagen sogar im Gang. Wunden, die nach Tierbissen und Kratzern aussahen. Bandagierte Arme, Beine, Gesichter. Es war alles dabei. Ein Stöhnen und dumpfes Stimmengewirr füllten den Raum. Es roch nach Blut und Desinfektionsmittel.

»Wer wurde am Schlimmsten verletzt?«, fragte der Doktor ohne Umschweife.

Avery hob die Hand und schwankte, weshalb ich schnell zugriff, damit er nicht umkippte. Das Adrenalin schien jetzt rapide nachzulassen.

»Auf die Liege«, kommandierte der Doc und scheuchte uns in einen Behandlungsraum. Mein Cousin kollabierte quasi sofort auf der Liege, während der Doc uns scharf musterte. »Und was ist mit euch?«

»Nur ein paar Kratzer. Aber ich glaube, er hat eine Gehirnerschütterung.« Ich deutete auf Buh, der mich mit einem seltsamen Blick musterte.

»Wo sind wir?«, fragte er und sah sich um.

Dr. Omniscient brummte. »Okay, das seh ich mir gleich an. Setz dich«, kommandierte er, ehe er sich Avery zuwandte.

»Werde ich sterben, Doc?«, jammerte Avery.

»Nein, aber danach nicht mehr so hübsch sein. Ich versuche, so sauber zu arbeiten, wie ich kann, doch es werden Narben bleiben.«

Avery ächzte. Ich selbst blinzelte auf ein Glas hinab, das mir Professor Marygold in die Hand drückte. Er reichte auch Buh eins, der mir offenbar nicht von der Seite weichen wollte, denn er machte keine Anstalten, sich hinzusetzen.

»Wo ist Holly? Geht es ihr gut?«, fragte ich erschöpft.

»Holly und Willow wollten für den Doc neuen Wundverband und Desinfektionsmittel aus dem Laden holen und sind seitdem nicht zurückgekommen. Ich war gerade dabei, sie zu suchen, als ich euch über den Weg gelaufen bin.« Er hielt inne, und die Sorge um meine Freundin ließ meinen Mund trocken werden. »Was ist passiert?«, fuhr er fort. »Wo ist der Rest deiner Familie? Noch in Whitestone?«

Ruckartig schnürte es mir die Kehle zu. Ich schaffte nicht mehr, als den Kopf zu schütteln.

»Brauchen sie noch Hilfe?«, bohrte Marygold weiter.

Tränen verschleierten mir die Sicht, und plötzlich sah ich die Küche glasklar vor mir. Ich schüttelte wieder den Kopf. »Ich glaube nicht …«

»Verstehe …«, murmelte er und zog mich an sich. Zitternd vergrub ich mein Gesicht an seiner Brust, ließ mich von seinen starken Armen halten. Er roch vertraut. »Es tut mir leid«, sagte er. Mehr nicht.

Eine Träne quoll über und rann mir über die Wange, doch ich zwang mich, den Rest zurückzuhalten.

»Die Wölfe sind bei Morgengrauen aufgetaucht«, brummte Marygold, rückte von mir ab und tippte an den Becher. »Trink, Kind.«

Ich nippte an dem Wasser. Es schmeckte abgestanden.

»Sie haben sofort alles angefallen, was ihnen in die Quere kam. So ein Verhalten habe ich noch nie bei einem Tier gesehen. Die meisten aus Woodley haben sich in ihren Häusern verschanzt. Die Verletzten sind hier. Aktuell warten wir auf Verstärkung aus London. Aber …« Er zögerte.

»Aber?«, bohrte ich nach, als im selben Augenblick Avery kreischte: »Auauauauau!«

»Alles okay. Das war nur das Desinfektionsmittel«, übertönte der Doktor das Geschrei.

Ein lautes Klopfen an der Tür zur Praxis ertönte, und Professor Marygold stapfte sofort los und ließ dabei die Tür offen stehen, sodass ich einen kurzen Blick in den Flur und auf das verletzte Pärchen erhaschte, das hereinstolperte. Professor Marygold murmelte ihnen etwas zu, und die beiden sanken erschöpft in sich zusammen.

»Dort draußen ist die Hölle los«, japste die Frau. Ich kannte sie flüchtig aus der Kirche.

Ihr Freund zitterte am ganzen Körper. »Sie sind überall. Wir kommen nicht aus dem Dorf raus, und wann immer wir versuchen, die Polizei anzurufen, kommen wir nicht durch.«

»Wir müssen einfach abwarten. Es wird sicher bald Hilfe eintreffen«, sagte Professor Marygold ruhig und reichte den beiden ebenfalls einen Becher Wasser. Er schulterte sein Gewehr, und als er meinen Blick bemerkte, lächelte er schwach. »Ruh dich aus, Rain. Ich hole Holly. Bleib hier und mach ja keine Dummheiten.« Er wartete noch mein Nicken ab, dann verschwand er durch die Tür nach draußen.

Avery stöhnte. »Auaaa!«

»Jetzt hab dich nicht so«, brummte der Doc.

Ich ließ mich gegen die Wand sinken und glitt mit dem Rücken daran hinab. Meine Hand zitterte, als ich das Wasser abstellte. Ich zog die Knie an und schlang die Arme um mich selbst. Wiegte mich vor und zurück. Nicht zusammenbrechen. Nicht jetzt, nicht jetzt, nicht jetzt … Erneut tauchte das Bild der blutigen Hand vor meinem inneren Auge auf. Mein Magen ballte sich zusammen. Ich würgte. Nicht jetzt …

Verblüfft sah ich auf, als mir plötzlich eine Decke um die Schultern gelegt wurde. Buh ließ sich neben mich fallen und lächelte mich zaghaft an. Dunkle Schatten lagen unter seinen Augen. Er sah viel zu blass aus. Mehr wie ein Geist als ein Mensch.

»Wie geht es deinen Füßen?«, fragte er.

Erleichterung machte sich in mir breit. Erleichterung darüber, dass mich jemand von dem Horror, der in mir lauerte, ablenkte. Ich wackelte mit den Zehen. »Noch dran. Danke«, sagte ich mit rauer Stimme.

»Das freut mich«, murmelte er und senkte den Blick. Es wirkte, als wollte er noch etwas sagen, aber er schwieg.

Wir schwiegen beide. Nur Averys Jammern war zu hören. Aber wenn er jammerte, war er zumindest am Leben. Ich ballte die Finger um die Decke.

»Darf ich dich was fragen?«, brach ich die Stille.

Buh hob den Kopf.

»Weißt du wirklich nicht, wer du bist?«, fragte ich ernst.

Er musterte seine blassen Hände, als wüsste er nicht wirklich, was er da vor sich hatte. »Ich habe keine Ahnung …«, begann er stockend.

»Weißt du, wo du hergekommen bist?«

»Nein. Aber …« Er sah mir in die Augen. »Du weißt, wer ich bin, oder?«

Ich zögerte.

»Du hast mich Buh genannt«, fuhr er fort. »Auf der Straße. Ist das mein Name? Woher kennen wir uns?«

Ich leckte mir über die Lippen. Wusste nicht, was ich darauf antworten sollte.

»Was ist das Letzte, woran du dich erinnerst?«, fragte ich stattdessen.

Er sah mich wieder an, und die Dunkelheit in seinem Blick schien sich auszudehnen. »Ich bin mir nicht sicher. Es fühlt sich an, als wäre ich eine Ewigkeit durch diesen Wald geirrt, und dann war ich plötzlich auf dieser Straße.«

Eine Gänsehaut breitete sich auf meinem Rücken aus. »Hast du einen Geldbeutel dabei? Oder sonst etwas, was uns helfen könnte, herauszufinden, wer du bist und woher du kommst?«

Er schüttelte den Kopf. »Nein. Ich habe nichts außer meinen Klamotten am Leib.«

»Weißt du, woher du die hast?«

»Nein.«

Ich schürzte die Lippen. »Wie sollen wir dich denn nennen?«, fragte ich.

Er blinzelte. »Ich weiß nicht. Du kannst mich weiterhin Buh nennen, wenn du willst.«

Wie sehr ich das wollte, aber es kam mir plötzlich albern vor, einen Mann aus Fleisch und Blut Buh zu nennen. »Ich glaube, da finden wir noch was Besseres. Such dir einfach einen schönen Namen aus, okay?«

»Okay«, murmelte er und blickte ratlos zu Boden. Er wirkte unfassbar verwirrt. Wie jemand, der gerade aus einem schlimmen Albtraum aufgewacht war.

»Der Nächste.« Der Doc stand auf einmal vor uns und ließ ein neues Paar Latexhandschuhe über seine Knöchel schnalzen.

Buh blinzelte ihn an. »Mir geht es gut«, versicherte er ihm.

»So siehst du aber nicht aus. Was ist passiert?« Er besah sich die Kopfwunde und leuchtete ihm in die Augen.

»Ich habe ihn mit dem Auto angefahren. Er war kurz ohnmächtig und wirkte desorientiert«, erklärte ich.

»Hat er sich übergeben?«, fragte der Doc.

»Nicht dass ich wüsste.«

»Hast du Kopfschmerzen oder ist dir schwindelig?«, fragte der Doc.

»Nein«, sagte Buh ruhig.

Der Doc schnalzte mit der Zunge und klebte ihm ohne viel Federlesens ein Pflaster auf die Stirn. »Okay, dann hast du Glück gehabt. Mehr kann ich im Augenblick nicht tun.«

Buh schielte perplex nach oben. Ich unterdrückte ein Lachen.

»Und bei dir, Rain?« Der Doc blickte mich an.

»Ich bin okay, nur ein paar Kratzer. Aber ich brauche bitte ein Handy.«

Der Doc fragte nicht nach. Er zückte nur ein schwarzes iPhone und legte es mir entsperrt in den Schoß. Dankbar nickte ich ihm zu, doch der Doc rauschte bereits davon. Vermutlich, um das eben eingetroffene Pärchen zu versorgen.

Avery ließ sich im selben Augenblick neben uns fallen. »Ich weiß nicht, wie es euch geht, aber ich brauche dringend einen Joint.« Sein Gesicht steckte in einem weißen Verband.

»Netter Mumienlook«, murmelte ich.

Er hob den Mittelfinger.

Ich ignorierte es, nahm das Handy und tippte Edwards Nummer ein. Es gab nicht viele Nummern, die ich mir gemerkt hatte … für … nun, ich war mir nicht sicher warum. Ich lauschte dem Tuten, ehe es klickte und eine weiche Stimme erklang: »Hey, hier ist Edward Cinderbe. Ich bin leider nicht da. Hinterlass mir eine Nachricht, und ich rufe zurück.«

Mein Herz presste sich vor Angst zusammen. Was sollte ich tun, wenn auch den Cinderbes etwas zugestoßen war? Wenn sich der alte Elstan ebenfalls in einen Wolf verwandelt hatte? Ich merkte erst, wie sehr ich mich an den Gedanken geklammert hatte, dass Edward uns helfen konnte, als mich die Vorstellung, er könnte ebenfalls tot sein, beinahe die Fassung verlieren ließ. Es musste ihm gut gehen. Wenn jemand wusste, was hier passierte, dann er.

Ich biss die Zähne zusammen und sprach auf die Mailbox: »Eddy? Hier ist Rain. Ich hoffe, es geht dir gut. Wenn du da bist, ruf mich bitte sofort auf dieser Nummer zurück. Ich bin gerade in Woodley bei Dr. Omniscient. Es ist … Meine Familie …« Ich stockte, weil meine Kehle erneut anschwoll. Ich konnte es nicht aussprechen. Meine Hand begann zu zittern, als ich flüsterte: »Da war so viel Blut …« Das Handy rutschte mir aus den Fingern, doch bevor es zu Boden fallen konnte, fing Buh es auf.

»Alles in Ordnung?«, fragte er mich.

»Nein«, presste ich hervor. Ich spürte es am Rand meines Bewusstseins. Der Zusammenbruch näherte sich, und diesmal würde ich ihn nicht unterdrücken können. Mein Atem pfiff durch die Lunge, mir wurde schwarz vor Augen, und ich bekam kaum noch Luft.

»Rain?« Wie durch Watte hörte ich meinen Cousin.

Ich begann, am ganzen Körper zu zittern. Da war zu wenig Luft in mir. Ich keuchte. Tränen stiegen mir in die Augen, tropften über meine Wangen und landeten auf dem Boden. Ein Schluchzen zerriss meine Kehle. »Das ganze Blut«, stammelte ich, und im nächsten Augenblick legten sich zwei starke Arme um mich. Ein vertrauter Geruch stieg mir in die Nase. Avery.

»Scht, es wird alles wieder gut«, murmelte er. Er war noch nie gut darin gewesen, die passenden Worte zu finden.

Ein weiteres Schluchzen schüttelte mich, ehe ein Schrei, der wie von einem verwundeten Tier klang, tief aus meiner Brust kam. »Mums

Hand. Onkel Harveys Fuß. Das ganze Blut … Der Wolf hat sie wahrscheinlich einfach gefressen. Und wir haben nichts gehört. Wie konnten wir nicht mitbekommen, wie unsere Familie ein Stockwerk unter uns zerfleischt wird?«

»Nicht, Rain. Selbst wenn wir es mitbekommen hätten, wir hätten vermutlich nichts tun können. Wir sind selbst beinahe gefressen worden, und vielleicht sind sie ja auch abgehauen wie wir, nur mit ein paar Körperteilen weniger «, sagte Avery, doch seine Stimme zitterte ebenfalls. Wir wussten beide, dass er Bullshit redete. Unsere Familie hätte uns nie im Stich gelassen. Uns nicht einfach dort zurückgelassen. Allein.

Ich schluchzte auf. »Wie konnte das nur passieren?«

Avery antwortete nicht, drückte mich nur fester an sich. Er roch nach Blut. Ich würgte.

»Rain …«, begann er, doch ich schüttelte nur den Kopf, kam taumelnd auf die Füße und wankte durch den Flur. Alles schien sich zu drehen. Ich schaffte es gerade noch rechtzeitig aufs Klo, ehe ich mich über die Schüssel beugte und würgte. Galle und Wasser klatschten hinein.

Das ganze Blut.

Ich würgte.

Die Vorstellung, wie meine Mutter gelitten haben musste, als die Zähne des Wolfs ihr das Fleisch von den Knochen rissen. Wie hatte ich das nicht hören können? Sie musste wie am Spieß geschrien haben. Warum hatte ich nichts mitbekommen?

Mein Dad. Mein zerstreuter Dad mit den schütteren grauen Haaren, den Lachfältchen um die Augen und den Flicken am Ellenbogen.

Wie konnte er tot sein?

Einfach so?

Ich würgte so heftig, dass sich mein ganzer Körper verkrampfte.

Großmutter, die sich in der Nacht davor das rohe Steak in den

Mund gestopft hatte. Da musste es bereits begonnen haben. Die Veränderung. Und Mum hatte sie allein ins Bett gebracht. Ich hätte sie nicht allein lassen sollen, wo es doch eindeutig gewesen war, dass etwas nicht stimmte.

Hatte sich Großmutter als Erstes auf Mum gestürzt? Sie in die Küche gejagt und dort gefressen, sie sich in den Rachen gestopft wie das Steak? Nur um dann zu meinem Vater zu gehen, der friedlich geschlafen hatte? Dann zu Tante Lilly und Onkel Harvey? Avery und ich wären vermutlich die Nächsten gewesen.

Mein Magen stülpte sich beinahe um, und mir wurde schwarz vor Augen. Ich kippte zur Seite. Nur am Rande bekam ich mit, wie mein Kopf auf den Fliesenboden aufschlug.

»Rain!« Ich spürte Hände an meinem Gesicht.

»Was ist mir ihr?«

»Ich weiß nicht, sie ist …«

Dunkelheit verschluckte mich. Ich musste ohnmächtig geworden sein, denn das Nächste, was ich mitbekam, war, dass mir etwas Kaltes ins Gesicht klatschte. Keuchend schlug ich die Augen auf und blickte in das besorgte Gesicht des Doktors. Ich leckte mir über die Lippen, sie schmeckten nach Salz und Galle.

»Was … was ist passiert?«, fragte ich und hörte das Knistern einer Krankenunterlage.

»Du hattest eine Panikattacke«, sagte der Doktor ernst. »Ich habe dir ein Beruhigungsmittel gegeben. Du wirst dich etwas schwammig fühlen.«

»Hm …«, murmelte ich und versuchte, in dem Nebel in meinem Kopf einen klaren Gedanken zu fassen. Meine Muskeln fühlten sich steif an, und in mir war etwas nicht in Ordnung. Wie ein Riss, eine Wunde, etwas, was vorher noch ganz gewesen war. Das letzte Mal hatte ich mich so nach Fionas Tod gefühlt.

Tod.

Trotz des Mittels begann mein Puls wieder zu flattern.

Nicht nur Fiona war jetzt tot.

Sie waren es alle.

Meine ganze Familie.

Wieder drehte ich mich um und würgte trocken, während erneut Schluchzer aus mir hervorbrachen. Ich konnte mich nicht erinnern, jemals so geweint zu haben. Rotz schoss mir aus der Nase, und meine Augen schwollen von all den Tränen zu. Der Doc hielt mich an der Schulter fest. Seine Stimme war wie ein Rauschen in meinem Hinterkopf. Ich hörte nicht wirklich, was er sagte. Ich war mir auch nicht sicher, wie lange ich weinte, bis mich eine solch tiefe Erschöpfung übermannte, dass ich nur noch zitternd auf der Liege liegen konnte. Meine Wangen spannten von dem getrockneten Salz der Tränen. Meine Lippen waren rissig, ich fühlte mich hohl und seltsam losgelöst von meinem Körper und meinen Gedanken.

»Wie geht es ihr?«, hörte ich Avery leise fragen.

Ich schaffte es nicht, den Kopf zu heben. Mein Nacken war völlig steif.

»Sie steht unter Schock. Was sie jetzt braucht, ist Schlaf. Dringend. Ich muss euch nur leider bitten, euch woanders einen Platz zu suchen, falls ein Notfall reinkommt.«

»Okay. Danke, Doc.« Averys Gesicht tauchte in meinem Blickfeld auf. Der Verband darin sah schrecklich deplatziert aus. »Rain?«, fragte er sanft.

Ich schluckte und versuchte, in meinem trockenen Mund genug Feuchtigkeit zu sammeln, um zu sprechen. »Was sollen wir nur tun?«, brachte ich schließlich krächzend hervor.

Mein Cousin sah mich mit einer Ernsthaftigkeit an, die mich überraschte. »Wir überleben«, sagte er knapp.

Ich stieß einen Ton aus, der wie eine Mischung aus Schnauben und verwundetes Tier klang.

»Ich mein es ernst, Rain.« Er packte mein Kinn und zwang mich, ihn anzusehen. »Heul dich aus, und dann reißt du dich zusammen. Das klingt jetzt vielleicht unsensibel, aber wir müssen das hier überleben. Das sind wir ihnen schuldig.«

»Und wie? Was, wenn das alles erst der Anfang war?«

Avery hob den Kopf. »Wir finden einen Weg. Aber das können wir nur tun, wenn wir einen kühlen Kopf bewahren.«

»Wie kannst du das sagen? Sie sind alle tot! Du hast gesehen, was von ihnen übrig geblieben ist. Wie kannst du so gleichgültig sein?«, fuhr ich ihn an.

»Gleichgültig?«, presste Avery zwischen den Zähnen hervor und ließ mich ruckartig los. »Es ist mir nicht gleichgültig. Wir haben alle verloren. Alle! Und jetzt werde ich alles dafür tun, dich nicht auch noch zu verlieren. Hass mich, wenn du willst, aber du wirst dich jetzt zusammenreißen, deinen Hintern von der Liege wuchten und weitermachen! Wir werden überleben. Hast. Du. Mich. Verstanden?«

Da war etwas in Averys Blick, was ich nicht kannte. Eine Entschlossenheit und Härte, die mir Angst einjagten. Ich wusste nicht, was ich sagen sollte, was ich tun sollte. Darum starrten wir uns nur an, bis plötzlich die Tür zum Behandlungszimmer aufging und der Doc wieder reinkam.

»Es tut mir leid, ich brauche die Liege.«

Avery nickte, packte mich unter den Armen und half mir auf die Füße. Schwindel ließ mich einknicken, doch Avery fing mich auf. Zusammen wankten wir durch den Flur und zu Buh, der unruhig auf dem Boden hockte und mich mit besorgten dunklen Augen ansah.

Zitternd ließ ich mich neben ihn fallen. »Haben wir das Handy noch?«

»Ja. Hier«, sagte Buh und reichte es mir.

»Danke.« Ich starrte ein paar Sekunden darauf, ehe mir wieder einfiel, warum ich es hatte haben wollen. Ich musste Edward anrufen.

Er durfte nicht tot sein. Er würde wissen, was zu tun war, und ich musste seine Stimme hören.

Ich wählte seine Nummer.

»Hey, hier ist Edward …«, tönte mir die Mailbox entgegen.

Ich unterdrückte einen Fluch. Für ein paar Atemzüge suchte ich nach Worten, dann sagte ich krächzend: »Meine Großmutter hat sich in einen fucking Wolf verwandelt und meine Familie gefressen. Wie kann das sein? Edward, bitte sag mir, ob nach der Zeremonie noch etwas passiert ist. Kann es sein, dass …« Tief holte ich Luft und sprach einen Gedanken aus, der durch den Nebel in meinem Kopf schwirrte: »Kann es sein, dass ich den Prinzen aufgeweckt habe? Ruf mich an. Bitte.« Als ich auflegte, spürte ich deutlich die Blicke der beiden Jungs auf mir. »Was denn?«, fuhr ich sie an.

»Nichts«, sagte Avery schnell.

Buh neben mir blickte auf das Handy in meiner Hand. Er runzelte die Stirn.

»Du weißt, was ein Handy ist, oder?«, fragte ich vorsichtig nach, da ich wieder an seine Panik beim Autofahren denken musste.

Er nickte, ehe er zögerlich sagte: »Ja, aber ich glaube nicht, dass ich schon mal eines benutzt habe.«

»Langsam wird es traurig, Dude«, erwiderte Avery, und ich musste ihm ausnahmsweise zustimmen.

Erneut war es Dr. Omniscient, der uns von unserem Platz aufscheuchte. »Holt euch aus der Küche bei meiner Assistentin etwas zu essen und legt euch schlafen. Wir haben das Wartezimmer umfunktioniert. Von so einem Schock erholt man sich am besten mit viel Schlaf.«

Ich schnaubte leise. All der Schlaf dieser Welt würde mir nicht helfen, das zu vergessen. Dennoch räumten wir den Platz, und Dr. Omniscients Assistentin drückte uns prompt einen Packen Sandwiches in die Hand.

»Setzt euch erst mal und esst. Ich hole in der Zwischenzeit eine Decke, und vielleicht finden wir noch etwas Warmes zum Anziehen. Und geht euch waschen. Wir haben keine Dusche, aber ein Badezimmer. Waschlappen liegen bereit.«

Ich sah zu Buh. »Willst du zuerst?«

Er schüttelte den Kopf, ebenso wie Avery.

»Ladys first«, murmelte er und ließ den Kopf hängen. Die Energie von vorhin schien aus ihm gewichen zu sein wie aus einem Luftballon.

»Okay«, sagte ich nur und wankte in Richtung des Badezimmers. Es war klein. Das war mir vorhin gar nicht aufgefallen. Nur eine Toilette und ein Waschbecken mit Spiegel. Was ich darin sah, ließ mich zusammenzucken. Ich sah furchtbar aus. Ein blauer Fleck bildete sich unter meinem Wangenknochen. Ich war zerkratzt, die Haare waren völlig durcheinander. Dunkle Ringe lagen unter meinen Augen, und meine Lippen waren rissig.

Mit steifen Fingern zog ich mich aus und begann mit der Katzenwäsche. Ich stank schrecklich. Die Angst hatte einen säuerlichen Geruch auf meiner Haut hinterlassen, den ich auch nicht mit Schrubben wegbekam. Obwohl ich mir mehrmals den Mund mit Wasser ausspülte, wurde ich den Geschmack von Blut und Galle nicht ganz los, und ich wünschte, ich hätte mir noch die Zähne putzen können. Leider gab es hier nirgendwo eine Zahnbürste. Aber immerhin fand ich unter dem Waschbecken neue Binden. So musste ich mir wenigstens um dieses Problem keine Sorgen mehr machen. Und bald würde ich den Spaß auch hinter mir haben. Gerade als ich dabei war, mir die Haare zu waschen, klopfte es an der Tür.

»Rain?«, drang Buhs Stimme durch das Fließen des Wassers.

»Ja?«, rief ich zurück und sah auf. Ein paar Tropfen rannen mir über das Dekolleté. Die Tropfen waren kupferfarben von all dem Blut.

»Ich habe neue Klamotten für dich bekommen. Soll ich sie vor die Tür legen?«

Ich war zu müde für Scham, daher sagte ich nur leise: »Schon gut. Reich sie mir einfach rein.«

Ich drückte mir ein kleines Handtuch vor die Brust und öffnete die Tür. Buh wandte sofort den Blick ab und hielt mir ein Bündel frische Klamotten entgegen. Es war ein blauer Jogginganzug.

»Danke.«

Ich schnappte mir die Klamotten, wandte mich von Buh ab und schlüpfte hinein. Alles war ein wenig zu weit und zu lang, daher krempelte ich die Hosenbeine hoch. Es fühlte sich besser an. Nicht gut, ich würde mich wahrscheinlich nie wieder gut fühlen. Aber besser.

»Deine Schuhe …«, begann ich, als ich bemerkte, dass Buh immer noch in der halb offenen Tür stand und überall hinsah, nur nicht zu mir.

»Behalt sie«, unterbrach er mich leise, aber bestimmt. »Ich hole mir neue.«

Ich klemmte mir meine zerrissene und schmutzige Schuluniform unter den Arm und öffnete die Tür ganz. »Danke.«

Er lächelte mich an. Er sah mindestens so müde aus, wie ich mich fühlte.

»Du kannst rein, wenn du willst«, sagte ich, und er nickte und schob sich an mir vorbei. Leise fiel die Tür hinter ihm zu.

Ich ging zurück zu Avery, ließ mich neben ihn sinken und begann, an einem der Brote herumzuknabbern. Das Brot war matschig, und es war mit Eiersalat. Ich mochte Eiersalat nicht, aber der Hunger ließ mich einen pampigen Bissen nach dem anderen schlucken.

»Was machen wir jetzt?«, fragte ich, weil ich wirklich keine Ahnung hatte, was wir jetzt tun sollten.

Mein Cousin sah mich finster an. »Einen Schönheitschirurgen finden, um mein Gesicht zu retten.«

»Und danach?«

Er zuckte mit den Schultern. »Überleben. Hierbleiben und warten, bis alles wieder gut wird.«

»Tolle Helden sind wir«, murmelte ich und aß den letzten Bissen des Sandwiches.

Avery stieß ein trockenes Lachen aus. »Ich habe keine Lust, ein Held zu sein. Die sterben nur jung und tragisch.«

»Hat Edward zurückgerufen?«, fragte ich leise.

Avery seufzte. »Keine Ahnung. Du hast das Handy mitgenommen.«

Verwirrt sah ich mich um. »Oh«, sagte ich, als es mir wieder einfiel. »Ich habe das Handy im Badezimmer vergessen. Warte kurz.«

Ächzend rappelte ich mich auf und trottete zur Badezimmertür. Dahinter war das Rauschen von Wasser zu hören.

Ich klopfte. »Hey. Ich will nicht stören, ich brauch nur das Handy.«

Nichts passierte.

Ich klopfte wieder gegen die Tür, doch Buh reagierte nicht.

Stirnrunzelnd klopfte ich lauter. »Hallo? Alles okay da drinnen?«

Nichts.

Oh Gott. War er ohnmächtig geworden?

»Hey!« Ich hämmerte an die Tür und wäre fast vornübergekippt, als sie plötzlich aufging.

»Ja? Was ist los? Ist was passiert?«

Buh stand im Türrahmen. Wasser tropfte aus seinen schneeweißen Haaren. Der Hahn hinter ihm war aufgedreht, und Dampf füllte den kleinen Raum. Er hatte das Shirt ausgezogen.

Ich wollte nicht starren, doch … Mit den hellen Haaren, der blassen Haut, dem offenen, sanften Blick und dem weichen Mund wirkte er beinahe schon zerbrechlich. Zumindest hatte er das bisher getan, doch was ich jetzt sah, war nicht zerbrechlich. Fein definierte Muskelstränge zogen sich über seinen Körper. Er besaß kaum ein Gramm

Fett, was ihn durch seine Größe etwas hager aussehen ließ. Er hatte weder an der Brust noch über dem tief liegenden Hosenbund Härchen. Dafür jedoch Narben. Dutzende davon. Manche klein und fein, andere dick und wulstig. Sie zogen sich überallhin. Über die Schultern, über seinen Bauch, und an seinem Brustkorb saß eine kreisrunde Narbe, als hätte ihn dort etwas durchbohrt. Ein Wassertropfen löste sich aus seinen Haaren und rann über seine Brust, zwischen seinen Bauchmuskeln hinab und verschwand in dem tiefen Bund seiner Hose.

Zum ersten Mal zweifelte ich daran, ob er wirklich Buh war. Mein Buh. Er wirkte nicht wie das Produkt einer Siebenjährigen. Natürlich war er dann mit mir gealtert und hatte sich dementsprechend verändert, aber ich hatte ihn mir nie … *so* vorgestellt. Durchaus real, das schon … aber nicht so … Er war dann doch nie mehr als mein imaginärer Freund gewesen. Ein Geist. Daran hatte ich mich geklammert. An das Wissen, dass die unerklärlichen Dinge nie einen Fuß in die Wirklichkeit setzten. Es gab eine Grenze zwischen Realität und Fiktion. Und diese wurde nicht überschritten.

Jetzt allerdings stand sein atmendes Ebenbild vor mir, mit Bauchmuskeln, die ich mir definitiv nie in solchen Details vorgestellt hatte.

Ich schluckte.

»Rain?«, fragte er.

Ich blinzelte und sah ihm wieder in die Augen. »Sorry. Was war noch mal?«

Er runzelte die Stirn. »Keine Ahnung. Du hast die Tür fast eingeschlagen.«

»Habe ich das?«

Er nickte. »Noch zwei Sekunden mehr, und deine Faust wäre durch gewesen.«

»Oh. Ja. Ich wollte nur was holen.« Ich räusperte mich. In diesem Augenblick war ich unglaublich froh, dass ich mich nur selten schämte. Wobei, nein, doch, ich schämte mich. Meine Wangen glühten wahrscheinlich knallrot. Ich blinzelte erneut und deutete mit dem Kinn auf seine Narben. »Das sieht schmerzhaft aus. Wo hast du die her?«

Er blickte an sich herab und fuhr eine Narbe über seinem Bauchnabel nach. Sie war lang und zackig. »Ich weiß es nicht«, sagte er seufzend.

»Sollen wir sie vom Doktor ansehen lassen?«

Er lächelte breiter. Es veränderte sein Gesicht völlig. Ließ es beinahe malerisch aussehen und den silbernen Ring um seine Pupillen noch heller leuchten. »Nein. Alles gut. Danke.«

Dieser Junge war ein einziges Rätsel.

»Ich habe keinen gefunden«, sagte er plötzlich leise und neigte den Kopf, sodass ihm noch mehr Wasser über den Körper rann.

»Was?«, fragte ich abgelenkt.

Er lehnte sich an den Türrahmen und verschränkte die Arme vor der nackten Brust.

»Ich habe keinen Namen für mich gefunden. Wenn ich in den Spiegel schaue, sehe ich einfach nichts. An mir hat nichts Farbe.« Er starrte auf seine Hände, öffnete und schloss sie, ehe er noch leiser hinzufügte: »Ich fühle mich wie ein leeres Blatt Papier. Wer bin ich bloß?« Er hob den Kopf, und der verlorene Ausdruck in seinem Gesicht schnürte mir die Luft ab.

Behutsam nahm ich seine Hand in meine. »Wir finden noch heraus, wer du bist«, versprach ich und betrachtete unsere Hände. Ich knickte die Finger, verflocht sie mit seinen. »Und wenn nicht, schaffen wir dich neu. Das Gute daran, ein leeres Blatt Papier zu sein, ist, dass du sein kannst, wer oder was du willst.«

Unsere Blicke trafen sich über unseren verschränkten Fingern. Der silberne Ring um seine Augen wurde so hell, dass es mir den

Atem verschlug. Als würde er einen Teil des Nachthimmels mit sich tragen.

»Sein, wer ich will …«, murmelte er.

Ich nickte. »Und übrigens bist du nicht farblos«, wandte ich ein und ließ seine Hand los.

»Nicht?«

»Nein. Deine Augen sehen aus wie ein Stück Nachthimmel, der vom Mond erhellt wird.«

Ein Muskel an seinem Kinn zuckte. »Sie sind kohlrabenschwarz«, wandte er ein.

»Mehr siehst du nicht?«

»Nein.«

Ich lächelte, während der bittere Nachgeschmack von Ironie in mir aufstieg, als mir das Gemälde wieder einfiel. Das Gemälde auf dem Speicher mit Buhs Gesicht darauf. In diesem Moment bereute ich es, auf Mum gehört und Großmutter nie darauf angesprochen zu haben. Oder Buh. Vielleicht hätten sie etwas Licht ins Dunkel bringen können, was den Jungen auf dem Gemälde betraf … Jetzt konnten sie das eindeutig nicht mehr.

Wie war noch mal sein Name gewesen?

»Was hältst du von Cole?«, hörte ich mich selbst sagen.

Seine Mundwinkel hoben sich. »Cole?«

»Besser als Buh, oder?«

»Aber nur etwas.«

Ich tätschelte ihm die Schulter. »Dann erinnere dich mal schnell daran, wer du bist, sonst bleiben wir bei dem Namen.«

Seine Mundwinkel zuckten wieder, und sein Lächeln kehrte zurück. »Rain?«

»Ja, Cole?« Sein Name fühlte sich ungewohnt an. Vor allem wenn man bedachte, dass ich ihn nach der großen Liebe meiner Großmutter benannte, die zufällig genauso aussah wie Buh.

»Was wolltest du eigentlich von mir?«, fragte er.

»Oh.« Ich blinzelte. »Ich habe das Handy vergessen. Sorry.« Ich schob mich an ihm vorbei und nahm das Handy vom Badezimmerschränkchen. »Entschuldige. Lass dir Zeit«, sagte ich, drehte mich um und zwang mich, nicht zurückzublicken.

Kapitel 11

Und als er die fünfte hinaufgestiegen war,
so kam er vor eine Stube und guckte durch das Schlüsselloch,
da sah er den Gevatter, der ein paar lange Hörner hatte.

Aus »Der Herr Gevatter«
Gebrüder Grimm

Avery schlief auf einer Isomatte in einer Ecke der Küche. Ich ließ mich neben ihn fallen und rutschte an ihn heran. Drückte mich an ihn, bis er brummend aufwachte.

»Was los?«, murmelte er und gähnte.

»Du solltest dich noch waschen«, sagte ich und strich ihm eine wirre Strähne aus dem Gesicht. Blut klebte daran. Es wirkte so surreal, und für eine Sekunde kam mir der Gedanke, dass das alles hier vielleicht nur ein absurder Albtraum war. Wenn ich die Augen schloss, wachte ich vielleicht wieder auf, und alles würde so sein wie zuvor. Oder …

Meine Gedanken wanderten erneut zu Cole.

Dieser seltsame Junge. Dieses sanfte Lächeln, dieses vertraute Gefühl, das er in mir hervorrief … die Ähnlichkeit mit meinem Buh … Aber irgendetwas stimmte nicht mit ihm. Diese Narben. All diese Narben. Wo hatte er die nur her? In meinem Bauch rumorte das Essen, und ich drehte mich unruhig herum.

»Rain?« Mein Cousin öffnete sein gesundes Auge. Es war rot, die Äderchen darin geplatzt. »Was ist los?«

»Ich versuche gerade, Antworten zu finden. Für all das hier …«, murmelte ich und zögerte. »Avery?«

»Hm?« Müde schloss er das Auge, während er mir weiterhin über den Rücken strich.

Ich leckte mir über die Lippen und flüsterte: »Glaubst du, ich bin für all das verantwortlich?«

»Was meinst du?« Das Auge öffnete sich wieder.

Ich biss die Zähne zusammen und spürte, wie mir eine Träne über die Wange lief. »Vielleicht passiert das hier ja, weil ich den Prinzen aufgeweckt habe, und jetzt kommt die Magie zurück. Davon haben doch immer alle gesprochen, oder? Grandma. Der Rat. Sie alle haben von der Prophezeiung gesprochen, dass der Prinz aufwachen wird und die Magie zurückkommt.«

Avery seufzte, und das Seufzen verriet mir alles, was ich wissen musste. Er war zu demselben Ergebnis gekommen. »Aber warum ausgerechnet Wölfe? Warum hat *Grandma* sich in einen Wolf verwandelt?«, murmelte Avery, und ich pustete mir eine Haarsträhne aus dem Gesicht.

»Vielleicht kommen jetzt einfach sehr alte Gene oder sonst was durch.«

Avery schnaubte. »Ihr seid Whites. Ihr stammt von Schneewittchen ab, nicht vom bösen Wolf! Hätte Grandma dann nicht eher umherspringen und mit Vögeln singen sollen?«

»Ich weiß«, zischte ich. »Aber hast du eine andere Erklärung?«

»Nein, im Augenblick habe ich hauptsächlich Schmerzen. Und du hast mir doch erzählt, der Prinz war nicht mehr als ein Schädel – und hast du den nicht zerbrochen?«

»Ja.«

»Und versenkt?«

»Ja!«

»Da hast du es. Wie soll ein versenkter Schädel ins Leben zurückkehren? Außer, er ist ein Zombie.«

Ich zögerte. »Ich weiß es nicht.«

»Rain. Hör bitte auf, dich verrückt zu machen. Hier passiert grad viel merkwürdiges Zeug, und wir werden hoffentlich rausfinden, was los ist, aber nicht jetzt!«

»Okay«, murmelte ich, auch wenn das unruhige Gefühl zurückblieb, dass ich etwas übersah oder gar nicht sah.

Kurz darauf drang leises Schnarchen an mein Ohr. Avery war offenbar wieder eingeschlafen.

Seufzend ließ ich mich zurücksinken und versuchte, nicht daran zu denken, was seit dem Kuss alles passiert war. Irgendwann kam Cole zurück. Wasser tropfte ihm aus dem Haar. Er lächelte und ließ sich wortlos neben mich fallen.

Er sah zwar nicht mehr ganz so mitgenommen aus wie vorhin, aber doch immer noch ziemlich blass. Vermutlich sollte er dringend etwas essen, also reichte ich ihm ein Sandwich. »Iss«, sagte ich leise.

Er nahm es dankbar entgegen, als mich ein Summen zusammenzucken ließ. Das Handy! Ich riss die Augen auf und starrte einen Moment auf die Nummer, ehe ich hektisch auf die grüne Taste drückte. Es knackte in der Leitung.

»Rain?«

Ich hielt die Luft an. »Edward?«

Für einen Herzschlag war es still zwischen uns. Ich lauschte nur seinem Atem und er meinem, ehe er leise fragte: »Wie geht es dir?«

»Beschissen«, sagte ich knapp.

»Ich habe schon tausendmal versucht, dich auf deinem Handy zu erreichen«, sagte er und klang so gestresst, wie ich mich fühlte.

»Es gab da ein paar Probleme …«, murmelte ich.

Er seufzte. »Die Wölfe.«

»Ja. Bei euch sind sie also auch?«

»Sie sind überall.« Er sog die Luft ein. Es knackte wieder in der Leitung. »Bist du verletzt?«

»Innerlich oder äußerlich?«

»Ich meine, ob du verblutest?«

»Nein.«

»Gut. Den Rest bekommen wir hin. Wo bist du? Noch beim Doc?«

»Ja.«

»Bleib dort. Ich hole dich.«

»Und dann?« Er schwieg, und ich wiederholte lauter: »Und dann, Edward? Was ist hier los? Warum hat sich meine Großmutter in einen verfickten Wolf verwandelt und meine Familie gefressen? Was geht hier vor sich, und warum habe ich das Gefühl, dass ich daran schuld bin?«

Edward seufzte. »Es hat begonnen, Rain.«

»*Was* hat begonnen?«, hakte ich ungeduldig nach.

»Er ist wach, Rain.«

Mein Herzschlag stockte.

»Der Prinz. Ich weiß nicht, wie, aber du hast ihn aufgeweckt.«

In meinen Ohren summte es. »Er war doch nur ein Totenschädel«, wisperte ich.

»Er muss wach sein«, beharrte er.

Ich schluckte. »Hast du ihn denn gesehen?«

»Nein«, räumte er ein. »Die Höhle war vollkommen zerstört. Aber etwas ist passiert. Du spürst es doch auch, oder? Etwas hat sich verändert. Seit dem Kuss gehen in ganz Großbritannien seltsame Dinge vor sich. Darauf haben die alten Familien gewartet. Alle machen sich bereit.«

»Bereit wofür?«

»Der Kuss war nur der Anfang, Rain. Er war der Startschuss, und jetzt machen sich gerade alle daran, die sieben Prüfungen zu bestreiten. Und es werden alle gewinnen wollen.«

Die Prüfungen. Niemand wusste, was genau diese Prüfungen waren. Auch Granny hatte es nicht gewusst. Es hatte natürlich viele Spekulationen gegeben, aber letztendlich … Wer bereitete sich schon auf Prüfungen vor, die niemand kannte und von denen niemand wusste, ob sie überhaupt jemals stattfinden würden?

»Weißt du mehr über diese Prüfungen?«, fragte ich leise.

»Nein. Aber wir glauben, das in Woodley ist kein Zufall. Bald wird es hier von Nachfahren nur so wimmeln.«

»Meinst du, die Wölfe sind eine der Prüfungen?«

»Entweder das, oder sie dienen dazu, uns von der eigentlichen Prüfung fernzuhalten.«

Meine Finger waren eiskalt, gleichzeitig schwitzte ich aber so sehr, dass mir das Handy beinahe aus der Hand rutschte.

»Rain?«, kam es aus dem Hörer.

»Ja?«

»Hör zu: Ich weiß, die ganze Sache ist beängstigend, aber bleib beim Doc. Ich hole dich, so schnell ich kann, und dann reden wir weiter, okay?«

»Okay«, sagte ich nur, und Edward legte auf.

»Alles in Ordnung?«, fragte Cole und sah mich unter dichten Wimpern an.

»Ja«, sagte ich müde.

»Wer war das?«

»Ein Freund«, erwiderte ich ausweichend und nickte auf das Brot in seiner Hand, das noch immer unberührt war. »Iss was, Cole.«

Er hob zögerlich das Brot und biss hinein. Seine Zähne versanken in dem weichen Toast, und in der nächsten Sekunde wurden seine Augen groß. »Was ist das?«, fragte er, während er langsam kaute.

»Ich glaube, Erdnussbutter mit Marmelade. Kennst du das nicht?«

Cole schüttelte den Kopf und schlang das gesamte Brot in einem Bissen hinunter. »Daf ift fooo gut«, sagte er mit dicken Wangen und sah sich beim Kauen um. »Gib ef mehr?«

Amüsiert gab ich ihm noch ein Brot. »Klar, aber schluck erst mal runter, sonst erstickst du noch.«

Cole hörte nicht auf mich, sondern schob es sich direkt in den Mund, bis er aussah wie ein Hamster. »Mehr?«, fragte er hoffnungsvoll.

Ich lachte los und stand mit müden Knochen auf. »Mal sehen, ob ich noch was finde.«

Die Küche beim Doc war eindeutig nur darauf ausgerichtet, Snacks zuzubereiten. Die Toastpackung war leer, genauso wie die Marmelade. Ich öffnete eine Schublade und fand darin eingepackte Lollis.

»Was ist das?«

Ich zuckte zusammen. Cole stand direkt hinter mir. Sein Atem strich leicht über meinen Nacken, und er roch nach Erdnussbutter und Seife.

»Ein Lolli. Kennst du das auch nicht?«

Er runzelte die Stirn, als er den Stiel entgegennahm. »Nein. Also ich habe es schon mal gesehen, aber ich glaube nicht, dass ich es probiert habe. Es sieht hart aus.«

»Du musst daran lecken«, wies ich ihn an.

Ohne zu zögern, steckte sich Cole den Lolli in den Mund und verzog dann das Gesicht. »Das schmeckt … seltsam.«

»Cole?«

»Ja?«

»Ohne das Plastik.«

»Oh.« Seine Wangen wurden leicht rosa.

Er war wohl doch noch etwas verwirrt von dem Unfall. Seufzend zog ich ihm den Stiel aus dem Mund und wickelte das Plastik ab. »Hier.«

Cole neigte langsam den Kopf und sah mich durchdringend an, während er mir den Lolli aus der Hand nahm und einmal über den süßen Lutscherkopf leckte. Seine Pupillen weiteten sich ruckartig. Sein Blick lag weiterhin unverwandt auf mir, weshalb ich mich deutlich in seinen Augen sah.

»Und? Gut?«, fragte ich amüsiert.

»Das Beste, was ich jemals gegessen habe«, hauchte er und steckte sich den Lolli in den Mund. Ein genüsslicher Ton entwich ihm, der tief aus seiner Brust zu kommen schien.

Nachdenklich sah ich ihn an. Wer war Cole wirklich? War er tatsächlich mein Buh? Und wenn ja, war er dann ein Nachfahre, vielleicht sogar in irgendeiner Weise mit Grannys Cole verwandt? Aber wie war er dann in meinem Spiegel gelandet? Und jetzt aus dem Spiegel herausgekommen?

»Also …« Ich wich zurück, schob die Lollischublade zu und lehnte mich gegen die Küchenzeile. »Wir sollten versuchen, deine Erinnerungen zurückzubringen. Was ist das Letzte, woran du dich erinnern kannst?«

»Blau«, murmelte er.

»Blau?«

»Deine Augen.« Er sah zu mir rüber. »Ich erinnere mich an deine Augen, die mich angesehen haben. Sie sind blau.«

Ich presste die Lippen zusammen. »Und sonst nichts?«

»Nein, sonst ist da gar nichts. Nur ein Gefühl von Enge und Dunkelheit.«

»Wie eingesperrt zu sein?«, hakte ich nach.

Er runzelte die Stirn und nickte zögerlich. »So in etwa.«

»Deine Narben. Jemand muss dir wehgetan haben«, sagte ich vorsichtig. »Irgendjemand hat dir diese Verletzungen zugefügt. Vielleicht bist du entführt worden und entkommen. Ich habe gehört, nach traumatischen Erlebnissen kann man einen Gedächtnisverlust erleiden. Der Verstand versucht, sich selbst zu schützen.«

Er fuhr sich über die Stelle an seiner Brust. »Wer sollte das getan haben? Und warum?«

»Ich weiß es nicht. Aber Menschen tun grausame Dinge.«

Wir schwiegen, ehe Cole hinter mich deutete. »Kann ich noch so einen Lolli haben?«

»Klar.« Zerstreut griff ich in die Schublade und reichte ihm einen Lolli aus der Schachtel. »Wir sollten vermutlich schlafen. Wer weiß, was noch alles auf uns zukommt«, sagte ich. »Und vielleicht brauchst du einfach nur Zeit, um dich wieder zu erinnern.«

Cole nickte, und wir machten es uns zusammen auf einer der Isomatten bequem. Mehr als eine Handbreit lag nicht zwischen uns. Doch er wahrte den Abstand, auch wenn wir uns dabei ansahen.

»Schlaf gut, Rain«, flüsterte er.

»Schlaf gut, Cole«, erwiderte ich.

Er lächelte mich an und schloss die Augen. Während ich den Geräuschen in der Arztpraxis lauschte, kamen die wirren Gedanken wieder in mir hoch.

Mum, Dad … selbst Grandma.

Ich presste die Lider zusammen, doch ich konnte die Tränen nicht zurückhalten. Stumm liefen sie mir über die Wangen.

Und in diesem Moment fiel mir ein, dass heute mein Geburtstag war. Es war wie eine schlechte Pointe, die zum falschen Zeitpunkt kam. Ich hatte meine gesamte Familie an meinem 18. Geburtstag verloren.

»Happy Birthday to me«, flüsterte ich erstickt, ehe ich endlich wegdämmerte.

KAPITEL 12

»Kikeriki,
Unsere schmutzige Jungfrau ist wieder hie.«

Aus »Frau Holle«
Gebrüder Grimm

Ich schreckte aus einem unruhigen Schlaf auf und zuckte zusammen, als ich Cole sah, der im Schneidersitz neben mir saß.

»Hast du nicht geschlafen?«, fragte ich und rieb mir die verquollenen Augen.

»Doch. Aber ich konnte nicht länger schlafen«, sagte er und fixierte die Tür. »Außerdem sollte jemand Wache halten. Falls etwas passiert.«

»Ja, sollten wir wohl. Wie spät ist es eigentlich?«, fragte ich und blickte durch das kleine Küchenfenster nach draußen. Es war noch immer dasselbe düstere Grau wie vorhin.

»Du hast die ganze Nacht und den halben Tag geschlafen. Es ist schon später Nachmittag«, sagte er.

»Was? Es fühlt sich nur wie ein paar Minuten an«, murmelte ich.

»Du hast geschlafen wie eine Tote, genau wie Avery. Der Arzt meinte, das liegt an diesen Mitteln, die er euch gegeben hat. Ich sollte euch schlafen lassen.«

Ich setzte gerade an, etwas zu sagen, als ein Poltern erklang, gefolgt von einem lauten Schmerzensschrei. Ich war so schnell auf den Beinen, dass ich ins Stolpern kam. Cole fing mich auf.

»Was?«, fragte auch Avery verschlafen, während das Gebrüll lauter wurde.

Alarmiert stürmte ich aus der Küche. Cole und Avery folgten mir. Die Tür zu einem der Behandlungszimmer am Ende des Flurs stand halb offen, und dahinter war die große Gestalt von Professor Marygold zu sehen. Er lag auf der Liege. Da war Blut … verdammt viel Blut. Vor Schock blieb ich ruckartig stehen.

Ich nahm an, das Blut kam von Marygolds Bein, das aussah, als hätte ein Rudel Wölfe es zerfetzt. Der Professor brüllte, während ihn der Doc und seine Assistentin niederdrückten.

»Beruhig dich, Marygold. Wir müssen dein Bein behandeln, sonst verblutest du uns noch an Ort und Stelle.«

»Lass mich los! Ich muss zu meiner Tochter. Sie und Willow sind noch dort. Diese Biester zerfetzen sie in Stücke, wenn niemand etwas unternimmt.«

»Und du bist bereits in Stücken. Mit dem Bein kannst du nicht mehr laufen. Ich rufe jemand anders an, der sich um deine Familie kümmert«, sagte der Doc entschieden und jagte ihm eine Spritze in den Arm.

»Lass mich los!«, schrie Marygold.

Ich drückte die Tür ganz auf. »Was ist mit Holly?«

»Raus hier«, kommandierte der Doc.

»Raïn«, presste Professor Marygold hervor, als er mich sah. »Ruf im *Shouting Cup* an. Sie haben dort Waffen und Munition. Sag ihnen, Holly und Willow sitzen im Supermarkt fest. Sie sollen Verstärkung schicken. Die Wölfe haben sie eingekreist. Es sind so viele, dass ich allein nicht durchgekommen bin. Diese Wolfsviecher haben mich stundenlang gejagt. Ich musste mich verstecken, und am Ende hat mich dennoch so ein Mistding erwischt! Aber die Mädchen sind noch immer da … argh!«

»Schluss jetzt. Mach der Kleinen keine Angst. Wir kümmern uns darum«, sagte der Doc, und was auch immer er Professor Marygold gegeben hatte, es begann zu wirken. Der große Kerl verdrehte die Augen und sackte in sich zusammen.

Dr. Omniscient seufzte und wischte sich den Schweiß von der Stirn. Er sah nicht aus, als hätte er bisher auch nur eine Minute geschlafen.

»Scheiße, Holly …«, stieß ich hervor.

Der Doc schnalzte mit der Zunge. »Alles gut. Ruf im Pub an, die sollen sich drum kümmern, und jetzt raus! Ich muss operieren, oder dieser Sturkopf verliert noch sein Bein.«

»Aber ich …«

»Raus!« Die Tür schlug mir vor der Nase zu.

»Rain?« Cole berührte mich an der Schulter. »Alles in Ordnung?«

»Nein, Holly ist meine beste Freundin, und wie es aussieht, steckt sie in Schwierigkeiten«, sagte ich.

Cole nickte knapp. »Was sollen wir tun?«

»Ich weiß nicht. Du hast gesehen, was die Wölfe anrichten, und ich habe keine Ahnung, wie lange Holly schon in der Klemme steckt. Auf jeden Fall schon seit gestern. Vielleicht ist es schon …« Ich konnte den Satz nicht zu Ende sprechen. Erneut tauchten die Bilder vor meinem inneren Auge auf.

Das blutige Tischtuch.

Das zerfetzte Zimmer meiner Tante.

Die halb zerkaute Hand meiner Mutter.

Ich fing an, zu zittern. »Ich kann Holly nicht auch noch verlieren«, stammelte ich.

»Dann helfen wir«, sagte Cole schlicht.

Dankbar sah ich zu ihm hoch, und dann riefen wir im Pub an.

Einmal, zweimal, dreimal.

Niemand antworte. Ich zwang mich, nicht die Geduld zu verlieren, obwohl ich das Gefühl hatte, aus der Haut zu fahren. Ich rief Edward an, aber auch er ging nicht ran. Also hinterließ ich ihm eine knappe Nachricht, was mit Holly los war, und legte auf. Als wir nach zwei Stunden immer noch niemanden erreicht hatten, war ich mir sicher, dass etwas Schlimmes passiert sein musste.

»Was machen wir?«, fragte ich.

»Jemanden in den Pub schicken«, schlug Avery vor.

»Und wen?« Ich wedelte mit der Hand. Die Praxis war voller Menschen, die meisten von ihnen so schwer verwundet, dass sie nur noch stöhnen konnten.

Avery sah mich streng an. »Nein, Rain.«

»Was, nein?«

»Du willst allein los, und das ist scheißgefährlich.«

»Und was sollen wir sonst tun? Gar nichts?«, fuhr ich ihn an.

Avery zögerte, ehe er sich unsicher durch die Haare fuhr. »Scheiße. Keine Ahnung.«

»Wir können ja erst mal nur nachsehen, warum wir niemanden im Pub erreichen«, schlug Cole vor, der mit verschränkten Armen an der Wand lehnte. »Falls die Sache zu gefährlich wird, können wir immer noch umdrehen.«

»Falls wir nicht vorher gefressen werden«, warf Avery mit einem Schnauben ein.

»Aber wir brauchen so oder so Waffen«, widersprach Cole.

Avery seufzte. »Das gefällt mir nicht. Helden sterben!«

Mein Geduldsfaden riss. »Du kannst gern hierbleiben, wenn du willst.«

»Einen Scheiß werd ich«, knurrte mein Cousin. Wir funkelten uns an, und seine Abwehr bröckelte.

Ich war selbst überrascht, wie schwer entschlossen ich war, mich der Gefahr da draußen auszusetzen. Doch die Angst um Holly war größer als meine Angst vor den Wölfen, zumindest vorerst, und das musste ich nutzen, bevor ich es mir anders überlegen konnte.

Avery seufzte schließlich resigniert. »Aber nur kurz.«

Es dauerte keine fünf Minuten, bis wir alles zusammengesammelt hatten, was wir gebrauchen konnten. Was nicht viel war. Ich stibitzte mir ein Küchenmesser und ein paar Rollen Verbandsmull für den Notfall. Cole kam ohne Waffe, dafür aber mit einem Paar grober Holzfällerstiefel zurück. Avery schnappte sich aus der Küche den Feuerlöscher.

»Was machst du da?«, fragte ich irritiert.

»Mich bewaffnen. Ohne mich seid ihr aufgeschmissen.«

»Du bist halb blind, Avery, vielleicht solltest du doch hierbleiben.«

»Nein.« Er rauschte einfach an mir vorbei.

Ich tauschte einen Blick mit Cole, doch er zuckte nur mit den Schultern, und wir folgten meinem Cousin. Niemand hielt uns auf. Ich nahm an, der Doc und Professor Marygold hätten es versucht, aber ich hatte nicht vor, ihnen zu erzählen, was wir vorhatten. Stattdessen hatte ich eine kurze Notiz auf unserem Schlafplatz hinterlassen. Eine für den Doc und eine für Edward, falls er auftauchte und uns suchte.

Ein kühler Wind fegte uns ins Gesicht, als wir die Praxis verließen, doch zumindest hatte es aufgehört zu schneien. Angespannt lauschten wir in die Gasse hinein, die vor uns lag. Bis auf unseren Atem, der langsam kondensierte, war nichts zu sehen oder zu hören.

Ich nickte stumm in Richtung des Pubs, und geschlossen setzten wir uns in Bewegung. Ich in der Mitte, Avery und Cole links und rechts neben mir. Meine, oder eher Coles, Stiefel versanken knirschend im Schnee. Diesmal waren die Lampen angeschaltet und spendeten etwas Licht, als wir durch die Gassen huschten. Bis zum Pub war es nicht weit. Das Gebäude war unschwer an den ungleichen grauen Steinen und dem schiefen Dach zu erkennen. Das Pub-Schild quietschte im Windzug. Doch bereits als wir näher kamen, wurde klar, warum niemand den Anruf entgegengenommen hatte: Die Fenster waren eingeschlagen, und die Tür hing nur noch in den Angeln.

»Stopp!« Avery hielt mich zurück und starrte den Pub an. Ich war ihm so nahe, dass ich sehen konnte, wie sich seine Pupillen weiteten. Seine Nasenflügel blähten sich. »Da sind Wölfe drinnen. Mindestens sechs ... nein, sieben.«

Irritiert blickte ich ihn an. »Woher weißt du das?«

Avery zögerte. »Intuition.«

»Intuition?«

»Oder ich hab Blähungen. Keine Ahnung. Ist doch auch egal. Ich weiß, dass sie dort drinnen sind. Wir kommen da nicht rein. Das wäre reiner Selbstmord.«

»Was sollen wir dann tun?« Verzweifelt sah ich Avery an, und er ließ endlich meinen Arm los.

Er seufzte. »Wo ist Holly noch mal?«, fragte er.

»Professor Marygold meinte, sie und Willow sind in Supermarkt.«

»Okay. Wenn ein Teil des Rudels hier ist, haben sie vielleicht von ihnen abgelassen. So oder so sollten wir uns einen Überblick verschaffen, bevor wir brüllend die Keule schwingen.«

Ich sah zu Cole, der zustimmend nickte.

Also liefen wir wieder los. Der Supermarkt war am Ortseingang von Woodley. Was nicht sonderlich weit war, doch alle fünf Meter mussten wir stehen bleiben oder uns wegen der Wölfe verstecken. Diesmal ging Avery vor mir, Cole hinter mir.

»Avery, was machst du da?«, fragte ich irritiert, als sich mein Cousin ein Büschel Gras vor das Gesicht hielt.

»Das nennt man Tarnung, Cousinchen.«

»Ganz im Ernst: Bist du noch high von den Medikamenten?«

»Ganz im Gegenteil, ich war noch nie so klar im Kopf. Aber du hast recht, wir brauchen eine bessere Tarnung.« Er warf das Büschel weg, duckte sich, machte einen Purzelbaum über die Straße und knallte prompt gegen eine Mülltonne. Es schepperte.

Cole und ich zuckten zusammen. Eine Bananenschale klatschte auf den Boden, und der Deckel der Tonne rotierte laut um sich selbst, ehe Cole ihn mit dem Fuß stoppte.

»Avery? Alles okay?«, fragte ich.

»Cole sollte vielleicht doch vorgehen«, krächzte er.

Guter Plan.

Zehn Minuten später hetzten wir durch einen Vorgarten, sprangen über einen Zaun und duckten uns hinter einer Bushaltestelle, die in unmittelbarer Nähe des Supermarkts lag.

»Heilige Scheiße, was ist hier passiert?«, fragte ich Avery.

Es brannte kein Licht, nur die Notfallbeleuchtung war an. Aber mitten in das altmodische Schaufenster war ein Auto hineingekracht. Nur noch der Po eines alten Mustangs ragte heraus. Etwa ein halbes Dutzend Wölfe schlich darum herum und versuchte, einen Weg hinein zu finden, während noch mehr von ihnen den Hinterausgang blockierten.

»Das ist das Auto der Marygolds«, sagte ich gepresst und glaubte, hinter einem Regal das Aufblitzen eines roten Haarschopfs zu sehen. »Sie sitzen wirklich fest, und da drinnen muss es ziemlich gut riechen. So schnell werden die Viecher nicht von dem Laden ablassen. Spontaner Plan?«

»Eine sehr lange Würstchenspur?«, überlegte Avery laut.

»Danke, und jetzt den guten Plan bitte.«

»Wir müssen sie weglocken, durch den Hintereingang rein und danach versuchen, mit dem Auto wegzufahren«, sagte Cole.

Ich seufzte. »Okay, und wie locken wir sie weg?«

»Nun …« Avery richtete sich auf und ließ seine Nackenwirbel knacken. »Einer muss das Würstchen spielen.«

»Du bist wirklich high …«, begann ich, als mein Cousin auch schon losstürmte. »Avery, stopp!«

Doch er hörte nicht auf mich. Stattdessen brüllte er aus voller Kehle: »Hey, ihr Bettvorleger, hier rüber!«

Die Wölfe fuhren herum. Einheitlich begannen sie zu knurren, ehe sie auf Avery losgingen.

»Ja, so ist es gut! Mir nach, hier gibt es Running-Würstchen!«, brüllte der Idiot.

»Avery!« Ich wollte ihm nachrennen, doch Cole erwischte mich an der Hand und deutete zum Hintereingang.

»Er ist frei. Lauf rein. Ich helfe Avery und komme nach.«

»Aber …«

»Schnell!« Er stieß mich nach vorn, und wenn sich Averys Aktion auszahlen sollte, blieb mir ohnehin nichts anderes übrig.

»Pass auf dich auf«, wies ich Cole an.

Er nickte ernst. »Du auf dich auch.« Und damit war er weg. So schnell und flink wie einer der Wölfe selbst.

Ich ignorierte das unruhige Ziehen in meinem Bauch und lief los. Mein Atem pfiff in meiner Lunge. Ich war seit gestern eindeutig zu viel um mein Leben gerannt. So viel Adrenalin konnte nicht gesund sein. Irgendwo hinter mir hörte ich ein Knurren und etwas, was wie ein irres Lachen und das Spritzen eines Feuerlöschers klang. Ich hoffte, Avery wusste, was er da tat. Immerhin schien sein Plan zu funktionieren. Ich erreichte die Tür ohne Zwischenfälle, zerrte sie auf und knallte sie hinter mir wieder zu.

Das grün flackernde Licht der Notfallbeleuchtung ergoss sich über die engen Flure und ließ alles verzerrt aussehen. Keuchend blickte ich mich um und packte das kleine Küchenmesser fester.

»Holly?«, fragte ich leise. Ich traute mich nicht zu rufen.

Mit gespitzten Ohren schlich ich in einen Gang. Unzählige Packungen Käsecracker waren herausgefallen und knirschten unter meinen Füßen. Ein Licht blinzelte über mir, und ich trat in etwas Nasses, was mich fast zu Fall brachte.

»Hol…«, setzte ich an, als mich jemand an den Haaren packte und nach hinten zerrte.

Ich wirbelte herum und stieß instinktiv mit dem Messer zu. Die Klinge bohrte sich in eine Packung Erdnussflips, die zu Boden prasselten, ehe mir jemand den Mund zuhielt.

»Rain. Ich bin's.« Der süße Geruch von Slushi stieg mir in die Nase.

»Folly?«, nuschelte ich, als ich meine Freundin erkannte. Sie sah fürchterlich mitgenommen aus. Ein Schnitt an der Wange blutete leicht.

»Pst.« Sie zerrte mich hinter ein Regal und drückte mich nach unten, ehe sie mir ins Ohr wisperte: »Was machst du hier?«

Ich schob ihre Hand von meinem Mund. »Was wohl? Dich retten. Die Wölfe sind überall.«

Holly schluckte und linste hinter uns. »Um ehrlich zu sein, sind die Wölfe unser kleinstes Problem.«

»Was? Wie meinst du das?«

Ich folgte ihrem Blick, doch es war nichts zu sehen. Nur der leere Flur und … Etwas tropfte auf meine Schulter. Irritiert betrachtete ich die schmierige schwarze Spur, die sich über meinen Arm nach unten zog. »Was ist das?«, fragte ich angewidert.

Holly riss den Kopf hoch. »Weg da!«, schrie sie und stieß mich hart zur Seite.

Im selben Augenblick klatschte ein Haufen zähflüssiger Masse genau auf die Stelle, an der ich eben noch gehockt hatte. Es roch nach verbrannten Autoreifen. Und auch wenn ich es bisher selbst nicht gesehen hatte, nahm ich an, dass es sich dabei um Pech handelte. Über uns lachte jemand. Kein nettes Lachen, sondern die Art von Lachen, die einem die kleinen Haare in die Höhe trieb. Auf dem Regal über uns saß jemand.

»Was zum Teufel …?«, stieß ich hervor und wich zurück.

Die Gestalt grinste mich so breit an, dass die schwarz verschmierten Zähne deutlich zu sehen waren. »Na, sieh mal einer an, wen wir da haben«, sagte die Person, und erst da begriff ich, wer da saß und aussah, als wäre sie in ein Pechfass gefallen.

»Willow?«, fragte ich ungläubig.

Sie lachte. Ihre Augen waren schwarz. Nicht wie die von Cole. Denn anders als bei ihm gab es bei Willow kein Weiß mehr, keine Farbe, kein gar nichts. Ihr Augen waren pechschwarz. Genauso wie die Haare, aus denen ständig Flüssigkeit tropfte.

»Was ist mit dir?«, fragte ich und wich so weit zurück, dass ich gegen Holly prallte.

»Sie ist schon so, seit …«, begann Holly, wurde jedoch von ihrer Cousine übertönt, die lachend vom Regal sprang und leichtfüßig landete.

Zähe schwarze Flüssigkeit tropfte an ihr herab und hinterließ verschlungene Linien auf ihrer Haut. Sie grinste breit, was ihre Zähne grau schimmern ließ. »Der Ruf des Prinzen hat uns erreicht. Er ist erwacht. Sein Leib ist aus dem Grab gestiegen. Der Schatten fällt von ihm ab, und wir sind an seiner Seite. Die Welt ist im Wandel, und du … du bist der Anfang vom Ende. Er das Ende vom Anfang. Der Prinz ist auf der Suche nach seiner Braut. Die Krönung steht bevor.«

Der Prinz ist auf der Suche nach seiner Braut.

Gänsehaut kroch mir über den Rücken. Oh, Shit, ich hatte also tatsächlich den Prinzen aufgeweckt. Und er suchte nach mir? Double Shit.

Ich wich einen weiteren Schritt zurück.

»Wo willst du hin?«, fragte mich Willow und neigte den Kopf. Schwarze Masse tropfte dabei auf den Boden. »Es bringt nichts, wegzulaufen. Alle suchen dich. Der Prinz will seine Braut.«

»Ich habe keine Ahnung, wovon du redest«, sagte ich.

Willow lachte, stürzte auf mich zu und schlug mir mit solcher Wucht in den Magen, dass ich würgen musste. Ich krümmte mich zusammen. Nur am Rande hörte ich Holly meinen Namen schreien, als Willow auch schon meine Haare packte und meinen Kopf zurückriss.

»Hör auf, Willow!«, rief Holly und bewarf sie mit Dosen. »Was ist nur mit dir los?«

Willows Blick richtete sich auf Holly. »Habe ich dir jemals gesagt, wie sehr ich deine Naivität hasse?«

Holly starrte sie an, während ich die Gelegenheit nutzte und meinen Kopf auf ihre Nase knallte. Das tat mir verflucht weh, aber ihr hoffentlich noch mehr. Willow schrie auf, und ich nutzte die Ablenkung und zog das Erstbeste aus dem Regal, was ich erwischte. Puder. Ich knallte ihn ihr um die Ohren, und eine Wolke hüllte sie ein.

»Komm, wir müssen raus!« Ich schnappte mir Hollys Hand und zerrte sie zum Hinterausgang.

Als ich die Tür aufriss, stürzte sich sofort ein Wolf auf uns. Holly kreischte auf, während ich die Tür wieder zuknallte und meine Freundin in die andere Richtung des Ladens zerrte.

»Funktioniert das Auto noch?«

»Keine Ahnung, ich bin noch nicht so weit gekommen, es zu probieren«, rief Holly keuchend, und wir warfen uns im selben Augenblick hinein, als der Wolf dagegensprang.

Der Schlüssel steckte zum Glück! Ich fummelte daran herum und gab Zunder. Der Motor hustete. »Komm schon«, murmelte ich und drehte den Zündschlüssel nochmals herum.

Der Wolf sprang auf die Schnauze des Autos, das endlich brummend ansprang. Ich schaltete den Scheibenwischer an und gab dem Wolf ein paar saftige Hiebe links und rechts.

»Was ist hier nur los?«, brüllte mich Holly an. »Hast du etwa wirklich den Prinzen geweckt?«

»Später«, erwiderte ich und trat aufs Gas.

Die Räder drehten durch, und das Auto setzte ruckartig zurück. Dabei rissen wir ein noch größeres Loch in die Scheibe. Hinter uns jaulten ein paar Tiere auf, und es rumpelte heftig. Holly hielt sich kreischend am Armaturenbrett fest, während ich kuppelte. Die Scheinwerfer fielen auf eine stinkwütende Willow, die aus dem Schutt trat. Pech klatschte ihr aus den Haaren. Die Wölfe wichen vor ihr zurück.

»Wo wollt ihr denn hin?«, fragte sie und ließ ihre Nackenwirbel knacken. Die Lache unter ihr wurde immer größer und größer.

Ich kurbelte am Lenkrad, sodass wir eine komplette 180-Grad-Wende hinlegten, während Willow hinter uns in ihre eigene Pechlache stieg und darin versank.

»Scheiße. Wo ist sie hin?«, fragte Holly.

»Gute Frage.«

Ich trat aufs Gas, als sich vor uns plötzlich eine schwarze Lache auf dem Parkplatz ausbreitete und Willow wie ein dunkler Schatten daraus auftauchte. Pech bedeckte sie am ganzen Körper, und als die Reifen die schmierige Masse berührten, platzten sie laut, und der Wagen kam ins Schlingern. Der Motor erstarb, und im nächsten Augenblick sprang Willow auf das Auto und stieß ihre Faust durch die Scheibe. Hollys Schrei gellte in meinen Ohren nach, als Willow begann, die Scheibe mit bloßen Händen herauszureißen. Splitter regneten dabei auf uns herab.

»Buh!«, sagte sie und packte mich an den Haaren. Mit mehr Kraft, als ein Mensch haben sollte, zog sie mich nach draußen.

Ich brüllte.

Holly riss ebenfalls an mir. »Nein! Willow, hör auf!«

Doch Willow verstärkte ihren Griff und zerrte mich durch das zerbrochene Fenster. Kleine Splitter schnitten mir in die Haut. »Genug getrödelt. Der Prinz wartet auf dich«, sagte sie und stieß mich vom Auto.

Ich stolperte und fiel hin. Direkt in die Pechlache. Willow sprang neben mich und riss mich wieder hoch.

»Luft anhalten«, raunte sie mir zu, als plötzlich etwas durch die Luft sirrte und genau durch die Hand fuhr, mit der sie mich festhielt.

Willow schrie gellend auf und ließ mich los. Ich taumelte keuchend zurück, während Willow den Stumpf hob, an dem eben noch ihre Hand gewesen war. Dunkle Flüssigkeit tropfte zäh daraus hervor.

»Lass sie in Ruhe!«

Willow wirbelte herum, während sich hinter uns eine Gestalt aus der Dunkelheit schälte. Edward Cinderbe. Über seiner Schulter lag ein länglicher Gegenstand, den ich erst mit etwas Verspätung als Axt identifizierte. Eine zweite lag neben Willows abgetrennter Hand am Boden.

Ich sah wieder zu Edward. Er trug ein schwarzes Langarm-Shirt und eine Armeehose. Waffengurte waren quer über seine Schultern, Hüften und Beine geschnallt. Sein sonst so weiches Haar war streng nach hinten gekämmt. Sein Blick war kalt wie Eis, als er mit der Axt auf Willow zeigte.

»Weg von ihr«, sagte er mit frostiger Stimme.

Mein Herz setzte bei seinem Anblick einen Takt aus. Er hatte uns gefunden. Erleichtert sackte ich in mich zusammen.

»Misch dich in nichts ein, was dich nichts angeht, kleiner Cinderella-Nachfahre«, sagte sie und schüttelte ihren abgeschnittenen Armstumpf aus. Das heraustropfende Pech verhärtete sich und wuchs nach. Stück für Stück, bis ihre Hand aussah wie zuvor. Sie grinste und wackelte mit den Fingern. »Jetzt wird es interessant.« Damit sprang sie in die Pechlache und verschwand.

»Eddy, Achtung! Sie kann überall sein«, rief ich ihm zu.

Er wirbelte herum, zog eine Handfeuerwaffe und feuerte einem Wolf, der sich von hinten an ihn herangeschlichen hatte, direkt in den Kopf. Das Tier stürzte zu Boden und rührte sich nicht mehr. Noch mehr Wölfe näherten sich von allen Seiten. Von irgendwoher war ein geisterhaftes Lachen zu hören. Im nächsten Augenblick glitt Willow hinter Edward aus einer Pfütze heraus.

»Hinter ...«, begann ich, doch er drehte sich in einer einzigen grazilen Bewegung herum und köpfte sie mit einem gezielten Schlag.

Willow sackte zusammen. Schwarzes Blut sprudelte hervor und landete in Edwards Gesicht. Mir blieb die Luft weg, während ich irgendwo hinter mir Holly kreischen hörte.

»Du hast sie getötet!«, stieß ich hervor, als Edward auf mich zurannte.

Er schwang die Axt, und das Pech spritzte von der Klinge zu Boden. »Hoffen wir es«, sagte er grimmig und feuerte auf einen der Wölfe, der nach uns schnappte.

»Steig aus!«, rief er Holly zu, die mit großen Augen auf ihre Cousine starrte.

»Was hast du getan?«, schrie sie ihn an, sobald sie aus dem Wagen gestiegen war. Sie war blass um die Nase und sah aus, als würde sie sich gleich übergeben oder in Ohnmacht fallen. Leider hatten wir für beides keine Zeit, obwohl sich mir bei dem Anblick selbst der Magen umdrehte. Das hier war so falsch und widerlich – und das auf so vielen verschiedenen Ebenen.

Edward schnaubte nur. »Ich habe getan, was getan werden musste. Und jetzt kommt, wir müssen hier weg, bevor die Wölfe ...«

»Eddy«, unterbrach ich ihn, als er einen weiteren Schuss abgab.

»Avery und Cole sind noch irgendwo da draußen. Wir müssen sie suchen.«

»Wir suchen sie, aber erst mal müssen wir verschwinden. Hier.« Er reichte Holly und mir je ein langes Messer aus seinem Waffengurt.

Holly hielt den Griff fest umklammert, während wir, so schnell wir konnten, zurück in Richtung Dorfzentrum liefen. Der Gestank von Teer mischte sich mit dem Geruch von Blut. Die Luft war erfüllt davon, ebenso wie von Gebrüll. Mir blieb die Puste weg, als ich verzweifelt nach allem stach, was mir zu nahe kam. Holly neben mir tat es mir gleich. Pistolenschüsse hallten in meinen Ohren nach. Edward bewegte sich, als hätte er nie etwas anderes getan, als Wölfe zu jagen. Als wäre der nette Schulsprecher nur ein Abziehbild gewesen, das er abgelegt hatte und das nun einer Person Platz machte, die völlig anders war. Edward ballerte einen Wolf nach dem anderen ab, und seine Muskeln spannten sich bei jedem Rückstoß der Waffe an. Es war laut. Und beängstigend. Jeder Schuss dröhnte wie ein Donnerschlag in meinem Kopf. Aber es war zu wenig.

Wir waren hoffnungslos unterlegen. Egal, was wir taten. Es kamen mehr und mehr Wölfe nach, und als die Viecher immer schneller nach uns schnappten, konnten Holly und ich nichts weiter tun, als auszuweichen. Selbst Edward wurde unter der heftigen Wucht der Angriffe langsamer. Schweiß tropfte an ihm herab. Die Wölfe schienen weder weniger noch lahm zu werden. Wenn einer fiel, kamen zwei neue nach. Wir waren umzingelt.

Ich kniff die Augen zusammen, als einer der Wölfe auf mich zusprang, und spürte im nächsten Augenblick ein Paar Arme, das sich um mich schlang.

»Nein!«, brüllte jemand.

Überrascht sah ich auf. Cole?

Er drückte mich an sich, während er in einer fließenden Bewegung auch Holly hinter sich schob. Wie war er zu uns durchgekommen?

Da fiel mir der Wolf wieder ein, der auf mich losgegangen war. Ich wollte Cole gerade warnen, doch sein Name blieb mir in der Kehle stecken.

Cole starrte schwer atmend auf den Wolf, der seinen Angriff abrupt abgebrochen hatte und nun den Schwanz einzog und winselte. Ebenso wie die anderen Wölfe.

Mir klappte der Mund auf.

»Wer zum Teufel bist du? Wo kommst du auf einmal her?«, fragte Edward.

Cole ignorierte ihn und starrte weiter die Wölfe an. Sie zögerten. Aus seiner Kehle drang etwas, was ebenfalls wie ein Knurren klang, nur tiefer und bedrohlicher. Die Wölfe wichen winselnd weiter zurück, drehten sich um und trollten sich, bis selbst der letzte Wolf in der Dunkelheit verschwunden war.

Für einen kurzen Augenblick war nur unser Keuchen zu hören, Holly tastete nach meiner Hand. Ich drückte sie fest. Unter meinen Fingern spürte ich Blut. Sie hatte ein paar heftige Kratzer abbekommen. Die Anspannung blieb, bis Edward seine Schusswaffe mit einem Klicken sicherte und wieder einsteckte.

»Ich habe keine Ahnung, wer du bist oder was du da gerade getan hast, aber mach weiter«, sagte er dann.

Cole ließ mich los. »Geht es dir gut?«, fragte er mich.

Ich starrte zu ihm auf und sah mich selbst in seinen dunklen Augen. »Ich bin mir nicht sicher. Wie …? Was … hast du da gerade gemacht? Mit dem Wolf?«

Er zögerte. »Ich habe keine Ahnung, ich wusste nur, dass ich etwas tun musste. Sie hätten dich sonst erwischt. Ich habe … instinktiv gehandelt.« Er sah so verwirrt aus, wie ich mich fühlte, und machte noch einen Schritt zurück. »Tut mir leid, dass es so lange gedauert hat. Das Rudel hat uns in die Ecke getrieben, und wir mussten einen Umweg gehen.«

»Avery?«

»Er sollte gleich da sein. Ich war etwas schneller.«

»Gut.« Erleichtert atmete ich auf. Ich konnte Edwards bohrenden Blick deutlich auf mir spüren, doch er hielt sich zurück.

»Ähm, Leute. Willow …«, presste Holly hervor. Ihre Augen waren schreckgeweitet, ihr Gesicht kalkweiß. Schweiß rann ihr über die Stirn.

»Wa…?«, setzte ich an, doch da beugte sie sich schon vornüber und erbrach sich keuchend am Boden.

»Holly, was ist mit dir?« Ich war in der nächsten Sekunde bei ihr und packte sie am Arm.

»H… hinter euch«, krächzte sie und richtete sich zitternd auf.

Wir wirbelten herum, und ich erstarrte. Willow. Ihr Körper zuckte wie der eines Wurms. Pech sammelte sich um den Stumpf an ihrem Hals und formte eine Kugel, die sich langsam verhärtete. Im nächsten Augenblick bildeten sich Augen, Nase und Mund. Eine Sekunde später hörten wir einen rasselnden Atemzug, und Willow stand schwankend auf.

Sie starrte uns an. »Das war nicht nett.«

Edwards Hand war bereits wieder an seiner Axt. »Du solltest tot sein«, knurrte er erstaunlich ruhig dafür, dass gerade jemand von den Toten auferstanden war.

Ihr Blick blieb an mir und Cole haften, der sich schützend vor mich stellte.

»Interessant«, murmelte Willow, trat zurück und verschwand ohne ein weiteres Wort in einer Lache aus Teer.

Sie war weg.

Holly beugte sich wieder vornüber und kotzte.

Kapitel 13

»Du hast mit ihm gegessen,
Du hast mit ihm getrunken,
Du hast an uns gar nicht gedacht,
Nun sieh auch, wo du bleibst die Nacht.«

Aus »Das Waldhaus«
Gebrüder Grimm

»Das war …«, begann Edward.

»… Wahnsinn!«, schallte es über den Parkplatz hinweg, und ich sah den blonden Haarschopf meines Cousins auf uns zukommen. »Wahnsinn, wie Cole rennen kann. Bist du Marathonläufer oder so?« Avery hielt sich keuchend die Seite.

»Avery!«, rief ich und stürzte auf meinen Cousin zu, um ihn an mich zu drücken. Vor Erleichterung, seinen vertrauten Körper zu fühlen, sackte ich in mich zusammen.

Überrascht blickte er auf mich herab. »Wofür ist das denn?«, murmelte er.

»Dafür, dass du so mutig warst.« Ich holte aus und knallte ihm eine auf den Hinterkopf.

»Aua!«

»Und das war für deine Dummheit, einfach wegzulaufen«, knurrte ich.

Avery rieb sich den Kopf und funkelte mich an, doch sein Blick zuckte besorgt zu Holly hinter mir. »Hey, Holl. Alles gut bei dir?«

»Nein«, sagte diese, drehte sich um und erbrach sich erneut auf den Boden.

Wir verzogen mitleidig das Gesicht.

»Sind alle Wölfe weg?«, fragte Avery und trat zu den anderen, wobei er der Kotzelache auswich.

»Vorerst …«, sagte Cole, doch in seinen Augen lag ein seltsamer Ausdruck.

»Vorerst genügt, zumindest hat die Rettungsmission funktioniert.«

»Hat sie das?«, fragte Holly verstört.

Avery breitete dic Arme aus. »Du lebst, Süße!«

»Tue ich das?«

»Gern geschehen. Aber du siehst etwas blass aus. Wo ist Willow?«

»Willow … ist ein Monster«, murmelte Holly, wobei sie aussah, als würde sie sich gleich noch mal übergeben wollen.

Mir ging es nicht anders. Allein die Erinnerung an die pechdurchtränke Willow jagte mir einen Schauer über den Rücken. Diese ganze Szene war wie aus einem Albtraum gewesen. Auch wenn dieses Etwas Willows Gesicht getragen, aus ihrem Mund gesprochen und aus ihren Augen geblickt hatte, war ich mir nicht sicher, ob sie dahinter noch … menschlich war.

Diese ganze Sache fühlte sich sogar noch verstörender an als das mit den Wölfen. Wölfe waren echt. Sie waren schrecklich, aber durchaus real.

Aber das gerade eben? Das war etwas völlig anderes …

Magisch.

Warum hatte nie jemand erzählt, wie schrecklich die Auswirkungen von echter Magie waren?

»Was ist denn passiert?!«, fragte Avery irritiert.

Ich blinzelte. Erst jetzt merkte ich, dass ich ein paar Sekunden ins Leere gestarrt hatte. Als Cole meine Hand nahm und vorsichtig drückte, schreckte ich zusammen.

»Alles in Ordnung?«, fragte er leise, und in seinen dunklen Augen wirbelten die Emotionen wie Sterne.

»Gib mir einen Moment …«, ächzte ich.

Er nickte nur und zog seine Hand wieder zurück. Aus dem Augenwinkel sah ich, wie Edward uns mit gerunzelter Stirn beobachtete.

Averys entsetztes Keuchen riss mich zurück in die Gegenwart. Seine Augen waren geweitet, als er Hollys Worte laut wiederholte: »Sie wurde zu Schleim?«

»Eher zu Pech«, sagte ich.

»Pech … wie in …« Er starrte Holly an.

»Wie in Pechmarie«, beendete Holly den Satz.

Avery hob die Augenbrauen. »Ihr wollt also sagen, dass sie tatsächlich zur Pechmarie geworden ist?«

»Keine Ahnung, wir hatten leider nicht genug Zeit, um ein Schwätzchen zu halten und sie zu fragen, warum ihr das Pech aus allen Körperöffnungen fließt«, murrte Holly.

»Na ja. Ganz überraschend ist es nicht, oder?«, warf ich ein. »Ich meine, ihr seid beide Nachfahren aus dem Märchen von Frau Holle. Wenn in Willow das Erbe von Pechmarie ausgebrochen ist, nimmst du eventuell den Platz von Goldmarie ein.«

Holly presste die Lippen zusammen. Sie sah aus, als hätte sie Kopfschmerzen. »Aber … aber *wie?*« Ihr Blick sagte deutlich, dass sie die Antwort bereits wusste, aber hoffte, dass sie sich irrte. »Warum passiert das? Und warum bin ich gerade die Einzige, die darüber ausflippt, dass Wölfe die Stadt angreifen, meine Cousine zur Pechmarie wird und Edward zu einem James-Bond-Verschnitt?«

»Also das …«, begann Edward, doch Holly unterbrach ihn.

»Und wer zum Teufel ist das?« Sie zeigte auf Cole. Rote Flecken zeichneten sich auf ihren Wangen ab und vertrieben die Blässe. Sehr gut. Wut hielt uns länger auf den Füßen als Panik.

»Jaa … Das habe ich mich auch schon gefragt«, fügte Edward hinzu und bedachte Cole mit einem harten Blick, den dieser gelassen erwiderte.

»Das ist Cole«, stellte ich ihn vor.

Hollys Augenbrauen schossen nach oben. »Und woher kommt Cole?«

»Das wissen wir nicht so genau«, gab ich zu.

»Er lag auf der Straße, und Rain meinte, die Fünfsekundenregel würde bei Menschen nicht gelten«, fügte Avery hinzu.

»Wir konnten ihn nicht einfach auf der Straße liegen lassen, Avery«, widersprach ich.

»Das ist Ansichtssache!«

Holly starrte uns an, als wären wir irre. Aber zugegeben, wir waren alle etwas neben der Spur, und die Sache mit Buh ließ ich lieber mal weg.

Cole ging schließlich auf sie zu, und sein sanftes Lächeln ließ die ganze Situation beinahe weniger grauenhaft wirken. »Hallo. Ich bin ein Freund von Rain. Und ihre Freunde sind auch meine Freunde«, sagte er, beugte sich herab und …

»Rain? Gibt Cole Holly gerade einen Handkuss?«, wisperte Avery irritiert.

Ich starrte die beiden an. »Jupp.«

Edward hob nur eine Augenbraue, sagte jedoch nichts.

Holly blinzelte und vergaß dabei, uns weiter anzubrüllen. Stattdessen streckte sie die andere Hand aus und pikte ihn in die Wange. »Bist du echt? Oder träume ich das hier? Schleimst du auch?«

Cole lächelte sie unter dichten Wimpern an. »Ich befürchte, das hier ist leider wirklich echt«, sagte er sanft und drückte ihre Hand. »Und ich bin sicher, Rain hat eine gute Erklärung für deine ganzen

Fragen, aber ich denke, wir sollten erst von hier verschwinden.« Er ließ den Blick durch die Dunkelheit schweifen.

Ich schüttelte den Kopf und verdrängte das Bild von Coles Hand auf Hollys. »Cole hat recht. Wir sollten zurück nach Woodley.«

»Nein.« Das Wort kam hart, harsch und völlig unerwartet von Edward. Für seine Verhältnisse hatte er erstaunlich lange die Klappe gehalten.

»Hast du eine bessere Idee? Wo sollen wir sonst hin?«, fragte ich ihn scharf.

Edward neigte den Kopf und atmete tief durch. Schweiß glänzte auf seiner Stirn. »Ich habe einen Unterschlupf. Woodley ist nicht sicher.«

»Ach, und was ist das für ein *Unterschlupf?*«, hakte Avery nach, der beim letzten Wort Gänsefüßchen in die Luft zeichnete.

»Ein sicherer«, war alles, was Edward erwiderte.

»Wir können die Leute in Woodley doch nicht im Stich lassen«, widersprach ich und dachte an den Doc, an Professor Marygold und an all die anderen Bewohner von Woodley …

»Wir können im Augenblick nichts für sie tun«, sagte Edward milde. Er trat vor mich, sodass ich zu ihm aufblicken musste, und seine breite Brust schirmte unsere Umgebung beinahe vollkommen ab. »Woodley ist überrannt. Mit jedem Wolf, den ich töte, kommt ein neuer nach. Wir helfen niemanden, wenn wir wegen falschen Heldenmuts sterben.«

»Wir können uns aber auch nicht einfach verkriechen und nichts tun. Wir können zumindest Zivilschutz leisten oder Verwundete pflegen.« Ich wich einen Schritt zurück. »Dort draußen sind Frauen, Kinder, Babys! Jemand muss ihnen helfen oder sie aus der Stadt evakuieren, bevor alles zu spät ist und die Wölfe auch den Letzten gefressen haben.«

Ein überraschend finsterer Ausdruck huschte durch Edwards

Gesicht. »Wir sind die wenigen Nachfahren der Märchenfiguren. Unsere erste Priorität ist es, zu überleben. Wenn das alles hier etwas mit der Prophezeiung des Prinzen zu tun hat – und es sieht ganz danach aus –, dann können wir den Menschen am besten helfen, indem wir die Prüfungen bestehen und all das aufhalten. Du lässt niemanden im Stich, indem du deine Pflicht tust.«

Wütend hob ich das Kinn. »Ich scheiß auf Verpflichtungen. Wir haben keine Ahnung, was hier los ist, aber wir wissen, dass hier Leute bei lebendigem Leib gefressen werden. Unschuldige Menschen, die keine Ahnung haben, was hier passiert.« Meine Stimme brach, als ich die Fäuste ballte. »Wir müssen ihnen helfen. Ich werde mich nicht verstecken und Unschuldige leiden lassen wegen etwas, was ich …« Die Worte blieben mir im Hals stecken, und Edwards harter Blick wurde eine Spur weicher.

»Weil du den Prinzen aufweckt hast?«, beendete er meinen Satz leise.

Ich spürte heiße Tränen in mir aufsteigen.

Edward nahm mein Kinn zwischen Daumen und Zeigefinger. »Rain, du hast es selbst gesagt. Wir wissen nicht, was passiert ist. Ob der Prinz wirklich für all das verantwortlich ist oder nicht. In Woodley gibt es viele fähige Männer und Frauen, die sich und andere zu verteidigen wissen. Die meisten haben die Stadt längst verlassen. Die Häuser sind leer. Wenn du willst, reden wir erst noch mit dem Doc oder mit der Wache und schlagen vor, auch den Rest der Stadt zu evakuieren. Aber bitte kommt danach mit mir mit. Ihr seid erschöpft. Holly kann sich kaum auf den Beinen halten, und Avery sieht aus, als hätte man ihn durch den Fleischwolf gedreht, und du … Wer bist du noch mal?« Er warf Cole einen Blick zu, obwohl er durchaus gehört hatte, wer er war.

Cole erwiderte den Blick ruhig, beinahe kühl. »Ich bin Cole«, sagte er nur stoisch.

Edward hob eine Augenbraue und verzog spöttisch die Lippen. »Für mich gibt es keinen Handkuss?«

»Willst du denn einen?«

»Danke, ich verzichte.«

»Wie du willst, aber ich stimme Rain zu. Wir sollten die Menschen hier nicht allein lassen.«

Edward schüttelte den Kopf. »Bei mir könnt ihr etwas essen und euch ausruhen. Danach können wir zusammen immer noch eine Lösung für all das hier suchen.« Edwards Finger an meinem Kinn zuckten. »Folgender Vorschlag, Rain: Wir gehen zu mir und machen einen Plan, und wenn du dann immer noch zurück nach Woodley möchtest, bringe ich dich persönlich zurück. In Ordnung?«

Wir starrten uns an, und sein intensiver Blick jagte mir einen Schauder über den Rücken.

»In Ordnung«, brachte ich schließlich hervor, drehte den Kopf zur Seite, sodass seine Finger von meinem Kinn rutschten.

Cole beobachtete uns mit leicht gerunzelter Stirn, seine Augen waren so dunkel, dass es beinahe unheimlich wirkte, als er jedoch meinen Blick bemerkte, lächelte er sanft, und das Licht kehrte in die Iriden zurück. »Ich bleibe bei dir, wenn ich darf«, sagte er nur.

Ich nickte und holte tief Luft. »Okay. Wir ziehen uns erst mal zurück und verschaffen uns einen Überblick über die Lage«, sagte ich und wandte mich wieder Edward zu: »Ist der Unterschlupf weit weg?«

Er schüttelte den Kopf. »Etwa eine halbe Stunde in den Wald hinein. Ich bin mit dem Geländebuggy gekommen. Es dürfte knapp werden, aber wenn wir uns zusammenquetschen, passen wir alle rein.« Er klang wieder ganz wie der Schulsprecher des Grimm's-College. Überlegt, freundlich und bestimmt.

Ich nickte. »Okay. Wir gehen zuerst zum Doc und sagen ihm, dass er veranlassen soll, dass alle Woodley verlassen, und Holly …«

Ich wandte mich an meine Freundin und hoffte, sie würde jetzt nicht vollends umkippen. »Da gibt es etwas, was ich dir sagen muss.«

Sie wurde noch blasser. »Was?«, krächzte sie.

»Es geht um deinen Dad. Er wurde auf der Suche nach dir und Willow von Wölfen erwischt.«

»Er wurde was?«, schrie Holly, und zum ersten Mal kehrte Farbe in ihre Wangen zurück. »Warum sagst du das erst jetzt? Was ist mit meiner Mum?« Am Ende überschlug sich ihre Stimme.

»Ich weiß es nicht«, gab ich leise zu, und schämte mich, Professor Marygold nicht nach seiner Frau gefragt zu haben. »Aber das letzte Mal, als ich deinen Vater gesehen habe, ging es ihm den Umständen entsprechend gut.«

Holly presste die Lippen zusammen, und ihre Nasenflügel bebten. »Wir müssen sofort zu ihnen.« Ihr vorwurfsvoller Blick tat weh, doch ich akzeptierte ihre Wut. Wut war besser als Apathie.

Ohne ein weiteres Wort machte Holly auf dem Absatz kehrt und eilte in Richtung Innenstadt zurück, sodass uns nichts anderes übrig blieb, als ihr zu folgen. Edward warf mir noch einen kurzen Blick zu, dann setzte er sich ebenfalls in Bewegung und überholte Holly. Das Gewehr im Anschlag. Avery und Cole waren vermutlich ebenso angespannt wie ich, denn wir sahen uns immer wieder nervös um, während wir Eddy wie Schatten nachhuschten. Über den Parkplatz, weg von dem zerstörten Laden. Kein einziges Wolfsheulen war mehr zu hören. Die Stille war beinahe noch unheimlicher als der Lärm von vorhin.

Nachdenklich betrachtete ich Edwards Rückenmuskeln, die sich bei jedem Schritt wölbten. Wieso hatte ich das Gefühl, als hätte diese ganze Situation Edward nicht ganz so unvorbereitet getroffen wie uns? War es möglich, dass sich einige Nachfahren mehr im Klaren darüber waren, was hier passierte, als andere? Edward wusste definitiv mehr, als er mir sagen wollte, und das verursachte mir Magenschmerzen. Ich dachte an die Ratsversammlung zurück. An die anderen Nachfahren. An ihr Lächeln, die Tricks. War das ein Versuch gewesen herauszufinden, wie viel ich wusste? Mehr oder weniger als sie? Mich zum Reden zu bringen? Mir vielleicht Informationen zu entlocken? Und waren dann Edwards Bemühungen, mich von ihnen abzuschirmen, vielleicht gar keine Hilfe gewesen, sondern ein Mittel zum Zweck, um zu verhindern, dass ich selbst etwas herausfand?

Hatte er wissen können, dass ich den Prinzen aufwecken würde?

Nein. Das war unmöglich, oder?

Ich verengte die Augen zu Schlitzen. Was ging hier vor sich?

Edward blieb vor einem Geländebuggy stehen, der an einer Kreuzung parkte. Ein schnittiges Teil in Schwarz. Er schwang sich auf den Fahrersitz. Avery setzte sich stöhnend neben ihn, während Holly sich ungeduldig auf den Rücksitz drückte. Mit Cole und mir würde es verdammt eng werden.

Cole schien denselben Gedanken zu haben, denn er neigte den Kopf. »Ich kann hinterherlaufen«, schlug er vor.

Ich schnalzte mit der Zunge und schwang mich an dem Gestänge ins Innere. »Nichts da. Wenn es sein muss, setze ich mich auf deinen Schoß.« Ich war zu erschöpft, um mehr als pragmatisch zu sein.

»Auf meinen Schoß?«, wiederholte Cole beinahe schon entsetzt.

»Willst du lieber auf meinem sitzen?«, bot ich leicht spöttisch an, obwohl mir bei der Vorstellung, mich so eng an ihn zu pressen, die Hitze in die Wangen schoss.

Coles Augen weiteten sich.

»Beeilt euch!«, rief Edward ungeduldig nach hinten.

Cole gab sich einen Ruck und kletterte ins Innere. Er sah betont weg, als ich mich auf seinen Schoß gleiten ließ. Seine Oberschenkel waren fest und solide, und das Ganze war mir nur halb peinlich. Ich versuchte, mich zu entspannen. Doch es gelang mir nicht wirklich. Erst recht nicht, als der Buggy mit einem Ruck anfuhr und ich den

Halt verlor. Blitzschnell schlang Cole seine Arme um meine Taille und drückte mich fest an sich. So nah, dass ich seinen Herzschlag unter dem Shirt fühlen konnte. Kräftig. Ein wenig schnell.

Augenblicklich pochte meines ebenfalls ein wenig schneller. »Danke«, murmelte ich und blickte auf ihn hinab. Eine Haarsträhne fiel ihm ins Gesicht und ließ seine Haut beinahe wie Porzellan aussehen. Zerbrechlich, aber schön. Hastig wandte ich mich ab, um ihn nicht noch länger anzustarren.

»Schon gut«, erwiderte er und hielt mich auch weiterhin fest, während uns der Wind um die Ohren strich und den Schweiß trocknete. Schließlich entspannte sich Cole etwas und rückte mich behutsam zurecht.

Holly schwieg die ganze Fahrt über und starrte aus dem Fenster. Ob sie nach Wölfen Ausschau hielt oder an ihre Eltern dachte, konnte ich nicht sagen. Die Straßen blieben jedoch leer, und uns begegnete keine Menschenseele. Nur ab und zu hörten wir ein Heulen. Avery hatte von wer weiß woher eine Zigarette hervorgezaubert und spielte an dem Feuerzeug seines Vaters herum.

Gerade als wir zur Praxis einbogen, hörte ich ein Geräusch. Einen Schrei. Hoch und durchdringend, durchschnitten von einem Weinen und … einem Knurren. Cole schien es auch gehört zu haben, denn er verkrampfte sich, sodass die Sehnen an seinem Hals hervortraten.

»Halt an!«, rief ich Edward zu, der mit quietschenden Reifen stehen blieb. Mein Blick irrte zurück. Hinüber in eine Seitenstraße. Eine Laterne brannte, und da! Da war ein Schatten.

»Was ist?«, fragte Avery alarmiert, doch ich sprang bereits mit klopfenden Herzen vom Buggy. Ein Schweißtropfen rann mir den Rücken hinab.

Cole folgte mir, geschmeidig und lautlos wie ein Schatten.

»Rain, was tust du?«, brüllte Edward mir nach.

»Da hat jemand geschrien!«, rief ich und rannte weiter. Ich hörte ein Fluchen, dann eine Autotür und Schritte, die Cole und mir folgten.

Ich bog in die Gasse ein und sah mich um. Rote Ziegelsteinhäuser standen dicht an dicht, ein paar wenige Blumen schmückten die Fensterbänke. Der Schnee hatte sich in Pfützen verwandelt, und die herabfallenden Flocken zeichneten sich im Licht der Laternen ab. Mein Atem kam hektisch über meine Lippen, während ich mich umblickte. In der Gasse war nichts.

»Rain, du kannst doch nicht einfach so loslaufen!«, herrschte Edward mich an und riss mich zurück.

»Pst«, zischte ich und wand mich aus seinem Griff.

»Warum?«

»Da ist was«, flüsterte ich, denn ich hörte es wieder. Nur leise.

Ein Weinen. Wie von einem kleinen Kind.

Angespannt schlich ich weiter. Die Straße war leer, doch eine Tür stand offen. Tiefe Kratzspuren waren in das Holz gerissen, die Klinke war einfach abgebrochen. Mir wurde heiß und kalt zugleich bei dem Gedanken, was hier passiert sein musste. Zögerlich trat ich auf die Tür zu, als ich eine sanfte Berührung an der Schulter spürte. Cole.

»Hier riecht es nach Blut«, sagte er leise.

»Bleibt hinter mir«, murmelte Edward, zückte sein Gewehr und stieß die Tür auf, die knarrend nach innen schwang.

Der schmale Flur war dunkel, eine umgefallene Vase hatte Wasserflecken am Teppichboden hinterlassen. Jacken und Schuhe lagen wild verstreut herum. Edward ging mit angespannten Muskeln vor. Cole und ich folgten ihm. So vorsichtig wie möglich traten wir über die Scherben, dennoch knirschte es leise unter meinen Schuhen. Mein Blick huschte zu den zwei Türen vor uns. Beide standen offen. Dahinter war alles dunkel.

Edward nahm die rechte Tür, weshalb ich mich nach links wandte.

»Sei vorsichtig, Rain. Ich habe kein gutes Gefühl«, sagte Cole leise.

Ich betrat die Küche. Die Kücheninsel und Stühle waren in dem schwachen Licht nur undeutlich zu erkennen, ebenso der dunkle Umriss, der mitten auf der Arbeitsfläche kauerte. Ich blinzelte, und in der nächsten Sekunde starrte ich in zwei große gelbe Augen.

»Co…«, setzte ich an, als der Wolf brüllte und mit einem gewaltigen Satz auf mich zusprang.

Ich stolperte zurück, wollte noch ausweichen, doch da erwischten mich bereits zwei große Tatzen an der Brust und stießen mich hart zu Boden. Ich schrie vor Schmerzen auf und spürte heißen Geifer in mein Gesicht klatschten, als der Wolf mich anbrüllte. Instinktiv rollte ich mich herum, weshalb die Zähne des Wolfs nur haarscharf an mir vorbeisausten.

»Rain!«, schrie Cole, doch anders als zuvor reagierte der Wolf nicht auf seine Stimme.

Hektisch versuchte ich, den Zähnen des Wolfs auszuweichen, während ich blind nach irgendetwas tastete, was ich als Waffe einsetzen konnte. Ich erwischte eine Scherbe von der zerbrochenen Vase, packte sie, bis sich die Kante in meine Hand grub, holte aus und stach auf die Schnauze des Wolfes ein. Der Wolf jaulte und zuckte zurück. Im nächsten Augenblick knallten laute Schüsse.

Ich schrie auf, als das Vieh auf mir zusammenbrach und mich mit seinem schieren Gewicht zu erdrücken drohte. Schwer atmend lag ich da und konnte mich nicht rühren.

»Rain? Rain! Geht es dir gut?« Cole?

Die Schulter des Wolfs wurde von mir weggezogen, und Edward und Cole tauchten über mir auf. Keuchend holte ich Luft. In meinen Ohren pfiff es, und meine Sicht war von dem harten Aufprall verschwommen.

»Bist du verletzt?«

Keine Ahnung, wer das sagte, aber ich schüttelte den Kopf. »Nein, macht das Vieh weg.«

Die beiden jungen Männer sahen sich an. »Auf drei?«, fragte Edward, und Cole nickte. »Ein, zwei, drei!«

Ich biss die Zähne zusammen, während die beiden ächzend das große Tier von mir runterzogen. Ich schob mich darunter hervor und wischte mir angewidert den Geifer und das Blut aus dem Gesicht.

»Rain ...«, begann Edward, doch ich richtete mich bereits auf und lief erneut in die Küche.

»Hallo? Ist da wer?«, rief ich erstickt und drückte den Lichtschalter an der Wand, doch es blieb dunkel. War der Strom ausgefallen? Vorsichtig schlich ich weiter, während Edward an der Tür stehen blieb und mit seiner Waffe die Dunkelheit anvisierte.

Und dann hörte ich es wieder. Ein Weinen. Sehr leise, gefolgt von einem Schh... Der Schrei wurde erstickt.

»Hallo! Wo seid ihr? Ihr müsst keine Angst haben, wir sind hier, um euch zu helfen«, rief ich und begann, die Kästen unter der Spüle zu öffnen, doch nichts als Reinigungsmittel kamen mir entgegen.

»Rain. Hier!«, sagte Cole plötzlich.

Ich fuhr herum. Die Tür zu einem Küchenschrank stand offen. Cole hockte davor. Mondlicht fiel auf sein Haar und ließ ihn beinahe wie einen Geist aussehen. Er hob die Hände und flüsterte: »Schh... alles gut. Der Wolf ist nicht mehr hier.«

Ich stürzte zu ihm und sah in den Schrank, in dem zusammengekauert zwei kleine Gestalten hockten. Zwei Mädchen, wenn ich es richtig erkannte. Das größere konnte nicht älter als fünf sein und hielt ein Kleinkind umklammert, dessen Augen rot und verquollen waren. Es war praktisch noch ein Baby. Beide starrten uns voller Angst an, während das panische Weinen des Babys durch die Küche hallte, und dieser Anblick zerriss etwas in mir.

Ein Schluchzen stieg in mir auf, und ich streckte vorsichtig eine

Hand aus. »Ihr müsste keine Angst mehr haben. Wir bringen euch hier raus. Wie heißt du?«

Das Mädchen, dessen Haare einen leichten Rotschimmer aufwiesen, drückte das Baby fester an sich. Es roch streng. Der Kleinen musste dringend die Windel gewechselt werden. »Ich bin Margo, und das ist Dawn.«

»Hey, Margo«, sagte ich und lächelte beruhigend. »Du warst sehr tapfer. Ich bin Rain, das ist Cole, und dort hinten, das ist Edward. Wir bringen euch jetzt hier raus, okay?«

Sie hickste. Vor unterdrückten Schluchzern hatte sie Schluckauf bekommen. »Mama hat gesagt, wir sollen uns hier verstecken, bis sie zurück ist«, sagte sie zitternd.

»Weißt du, wie lange das schon her ist? Oder wo deine Mama ist?«, fragte ich, doch das Mädchen reagierte nicht.

»Wo ist Mami?«, fragte es nur und klang so verloren, dass sich in mir alles zusammenzog.

Ich zwang mich, meine Stimme ruhig zu halten, während ich antwortete: »Wir suchen sie, versprochen. Aber ihr müsst mit uns kommen. Wir bringen euch zum Arzt.«

Das Mädchen starrte mich aus großen Augen. »Ist meine Mami da?«

»Vielleicht, aber wir müssen euch in Sicherheit bringen«, sagte ich. Und als das Mädchen zögerte, fügte ich hinzu: »Bitte.«

Etwas in meiner Stimme musste zu ihr durchgedrungen sein, denn sie kroch tatsächlich aus dem Schrank heraus. Ich sah Schürfwunden an ihren Knien, als sie sich aufrichtete. Das Baby weinte jämmerlich, und Margo zitterte so sehr, dass ihr das Baby beinahe aus den Händen fiel.

Schnell fing ich den kleinen Wurm auf, und drückte ihn an mich, während Cole Margo hochhob und beruhigend auf sie einredete. Dawn weinte, und ich strich ihr über das Gesicht.

»Wir müssen los, bevor noch mehr Wölfe kommen«, sagte Edward ernst.

Ich stand auf, und zusammen verließen wir die Küche. Als Margo den toten Wolf sah, stieß sie einen spitzen Schrei aus. Cole flüsterte ihr etwas zu und hielt ihr die Augen zu, bis wir draußen waren. Der Schneefall hatte zugenommen, und es war noch kälter geworden, sodass unser Atem vor dem Gesicht schwebte. Ich zog den Reißverschluss meiner Jacke auf und drückte das Baby fest an mich, während wir zurück zum Jeep liefen.

Avery und Holly sahen alarmiert auf, als wir mit den Mädchen zurückkamen.

»Was ist passiert?«, fragte mein Cousin.

»Wölfe«, sagte Edward grimmig, und wir quetschten uns zurück in den Geländebuggy, in dem es jetzt noch enger war als zuvor. Margo hatte sich so fest an Cole geklammert, dass sie wie festgefroren aussah. Das Baby schrie immer noch. Zu laut. Besorgt blickte ich auf die Straße.

»Schh…« beruhigend strich ich der kleinen Dawn über den Rücken und klopfte einen Rhythmus auf den kleinen Po. Cole erzählte indessen Holly und Avery, was in dem Haus passiert war, während Edward in einem Affenzahn losfuhr. Wir brauchten keine fünf Minuten, bis wir an der Arztpraxis ankamen.

»Doc!«, rief ich, während ich die Tür aufstieß.

Sofort steckte er den Kopf aus dem Behandlungszimmer. »Ihr seid zurück«, sagte er erleichtert und guckte verdutzt, als ich ihm die Kinder zeigte. »Was ist passiert?«

Cole atmete nicht so schwer wie ich, aber eine Haarsträhne hing ihm ins Gesicht, und seine dunklen Augen glänzten vor Sorge. »Wölfe. Wir haben die beiden in einem Haus gefunden. Wir wissen nicht, wie lange sie dort allein waren.«

Der Doc murmelte etwas, was wie ein Fluch klang, und blickte auf das absolut erschöpfte Baby in meinem Arm. »Ich sehe mal, ob wir noch etwas Babymilch dahaben. Ist jemand von euch verletzt?«

Ich deutete auf Margo, die sich immer noch an Cole klammerte. »Sie vielleicht.«

Der Doc nickte. »Dann mal rein«, sagte er, wurde jedoch von Holly aufgehalten, die zusammen mit Avery und Edward hinter mir aufgetaucht war.

»Wo ist mein Vater?«, sagte sie.

»Holly!« Der Doc atmete erleichtert auf. »Gott sei Dank geht es dir gut. Wir haben uns Sorgen um dich gemacht. Wo ist deine Cousine?«

Meine Freundin wurde blass. Avery warf ihr einen mitfühlenden Blick zu und sagte leise: »Sie konnte nicht mitkommen.«

Der Doc sah uns eine Sekunde viel zu wissend an. »Ich verstehe«, sagte er schließlich.

Holly atmete tief durch und drückte Averys Hand. »Wo ist mein Vater?«

»Nebenan auf einem Feldbett«, sagte er, und Holly stürmte ohne ein weiteres Wort an uns vorbei. Ich konnte es ihr nicht mal verdenken.

In den nächsten Minuten brach Chaos aus, während der Doc versuchte, herauszufinden, wer von uns verwundet war. Am Ende saß ich mit einem Pflaster auf der Stirn, wo mich der Wolf gekratzt hatte, auf einem Stuhl, hielt eine Babyflasche in der Hand und fütterte die kleine Dawn, während der Doc Margo untersuchte.

»Bis auf ein paar Schrammen geht es ihr gut«, sagte er schließlich. Margo hatte einen Lolli in der Hand und wirkte, als würde sie gleich vor Müdigkeit umkippen. Der Arzt sah uns ernst an. »Wisst ihr, wo ihre Eltern sind?«

Ich setzte zu einem Kopfschütteln an, doch Edward räusperte sich leise. »Sie lagen im Wohnzimmer.«

Er musste nicht mehr sagen. Sein Blick genügte.

Mein Magen hob sich, und hätte ich zu diesem Zeitpunkt mehr als Galle in mir gehabt, hätte Avery diesmal um meine Kotze herumtänzeln können.

In mir fühlte sich alles taub an. Ich schluckte das Gefühl herunter und klammerte mich an die Gewissheit, dass wir zumindest die Mädchen noch rechtzeitig gefunden hatten. Nicht daran denken, was der Wolf … Nicht daran denken, nicht daran denken …

Eine sanfte Berührung an meinem Handrücken ließ mich aufsehen. Cole. Er stand neben mir und versuchte, mich durch seine Anwesenheit und Nähe zu trösten. Sein Gesicht war ernst, während er den Gesprächen um uns herum lauschte. Mir war bereits aufgefallen, dass er das oft tat. Neben einem stehen, still und leise wie ein Geist, und zuhören, beobachten. Er nahm jedes Detail wahr, auch meine angespannte Haltung. Er ließ sich nichts anmerken, doch er strich weiter über meinen Handrücken. Die freundliche Geste senkte meinen rasenden Puls, und die Bilder von den zerfetzten Körpern meiner Familie traten in den Hintergrund. Sie verschwanden nicht, aber sie waren auch nicht mehr so überwältigend.

Zittrig atmete ich durch und drückte das Baby fester an mich. Die kleine Margo schlief inzwischen auf der Arztliege. »Doc. Sie müssen alle Menschen, die noch in Woodley sind, evakuieren«, sagte ich leise.

Dieser klemmte sich einen Kugelschreiber hinter das Ohr. »So einfach ist das leider nicht.«

Ich zeigte zum Fenster. »Wissen Sie, was da draußen los ist?! Hierzubleiben, ist der reinste Wahnsinn.«

Der Doc musterte mich streng. »Das ist mir durchaus bewusst, genauso wie allen anderen, die noch hier sind. Sheriff Dix hat bereits eine Stunde nach dem ersten Wolfsangriff die Polizeizentrale in London alarmiert.«

»Also warten sie auf Verstärkung der Polizei oder des Militärs«, sprach Edward meine Vermutung aus.

Der Doc sah müde aus, als er antwortete: »Zumindest war das der Plan. Es kam jedoch keine Antwort.«

Cole versteifte sich. In diesem Moment hätte ich nicht sagen können, was ihm durch den Kopf schoss.

»Ich hab keine Ahnung vom Militär«, gab ich zu, »Aber vielleicht dauert es nur eine Weile, bis sie reagieren können?«

»Bei einer Katastrophe solchen Ausmaßes? Eher nicht«, sagte der Doc.

»Aber wieso …?«, begann ich.

»Vielleicht ist in London ebenfalls etwas passiert«, sagte Cole, und seine Stimme klang wie dunkle Seide. Gänsehaut kroch mir über den Rücken.

Ich drehte mich zu Edward. »Weißt du irgendetwas?«

Er zögerte. »Nichts Konkretes. Aber mein Großvater und der Rat sind noch in London. Ich habe seit gestern nichts mehr gehört und …« Ein unruhiger Ausdruck huschte durch seine Augen. Nur weil ich ihm so nahe war, konnte ich das Zucken an seinem Kinn sehen. Ruckartig wandte er sich an den Doc. »Was ist mit Bürgermeister Dandylion? Soweit ich weiß, hat jeder Bürgermeister ein Notfallprotokoll für Vorfälle wie … diesen.«

Unwillkürlich fragte ich mich, woher er das wusste und was er mit »Vorfälle wie diesen« genau meinte.

Als hätte er meinen bohrenden Blick gespürt, fügte er leise hinzu: »Die Regierung hat Instruktionen vom Rat erhalten, was im Falle einer Rückkehr des Prinzen zu tun ist. Wie diese genau aussehen, weiß ich nicht, aber mein Großvater meinte, Bürgermeister Dandylion wüsste Bescheid.«

Der Doc presste die Lippen zusammen. »Das ist leider nicht mehr möglich. Er wurde gefressen«, sagte er schlicht.

Wir alle wurden blass.

Cole fing sich als Erster wieder. »Wenn keine Nachricht von London kam, müssen Sie Woodley erst recht evakuieren. Notfalls ohne Militär«, warf er ein.

Der Doc verzog das Gesicht, als hätte er Kopfschmerzen. Konnte ich ihm nicht verübeln. Letztendlich musste er sich gerade von ein paar halbwüchsigen Märchennachfahren sagen lassen, was er tun sollte – und das hauptsächlich, weil er aktuell der einzige Erwachsene in Woodley zu sein schien, der noch funktionierende Gliedmaßen hatte. Und der einzige erwachsene Nachfahre abgesehen von Professor Marygold.

»Ich werde mit Sheriff Dix und Professor Marygold darüber reden.« Der Doc bedachte mich mit einem langen Blick, der mich wie ein Messerstich zu durchbohren schien. »Aber eine Sache würde mich doch interessieren. Diese Sache mit dem Prinzen … Ist er tatsächlich aufgewacht?«

Ich versteifte mich, und es entging dem Doc nicht, denn sein Starren wurde unangenehmer.

Edward wandte ein: »Es ist möglich. Im Augenblick können wir jedoch nur spekulieren und auf die Rückmeldung des Rats warten.«

Der Doc runzelte die Stirn, wirkte jedoch nicht unbedingt überzeugt.

Edward fuhr fort: »Ich versuche, so schnell es geht, meinen Großvater zu erreichen. Sheriff Dix und seine Leute sollen dennoch so viele Menschen wie möglich in Sicherheit bringen und aus Woodley flüchten.«

Der Doc presste die Lippen zusammen. »Wenn das so weitergeht, wird uns ohnehin nichts anderes übrig bleiben.«

Edward nickte. »Meine Familie wird in Woodley bleiben. Wir haben eine Lodge etwas außerhalb. Ich werde Rain, Avery und Holly zu ihrer eigenen Sicherheit mitnehmen. Ich notiere Ihnen den Standort.

Sollten weitere Nachfahren in Woodley auftauchen, schicken Sie sie bitte umgehend zu mir.«

Der Doc hob eine Augenbraue. »Ich werde sehen, was sich machen lässt. Und ich nehme an, das alles ist auch in deinem Sinne, Rain?«, fragte er erschreckend ernst. Etwas in seinem Blick verwirrte mich. Als würde er sich Sorgen machen. Um mich? Wegen mir?

»Wenn Sie Hilfe brauchen, dann bleibe ich hier«, bot ich an.

Edward wirkte nicht gerade begeistert. »Rain …«, wandte er ein, doch der Doc schüttelte bereits den Kopf.

»Ich werde dieses Angebot dankend ablehnen. Es mag in Woodley eine Katastrophe ausgebrochen sein, doch wir werden dieses Problem nicht auf den Schultern von Teenagern austragen.«

»Aber ich kann helfen«, widersprach ich.

»Zweifellos. Aber wenn du möchtest, kannst du mit uns kommen, wenn wir Woodley verlassen, genauso wie Avery und Holly.« Er blickte lächelnd auf das Baby in meinem Arm, ehe er mich wieder ansah.

Ich drückte es an mich und versuchte, nicht daran zu denken, dass die Kleine und ihre Schwester wahrscheinlich keine Familie mehr hatten. Weil ihre Eltern von Wölfen zerfetzt worden waren. Wie so viele andere Menschen auch. Und in diesem Moment wurde mir klar: Ich konnte nicht einfach weglaufen. Selbst wenn ich nie eine White hatte sein wollen, nie eine Nachfahrin, so konnte ich dennoch keine Unschuldigen leiden lassen wegen etwas, was ich ausgelöst hatte.

»Danke, aber ich werde nicht weglaufen«, hörte ich mich selbst sagen, und mir kroch die Angst vor der Reichweite dieser Entscheidung in die Knochen.

Der Doc nickte und nahm mir sanft das Baby aus dem Arm. »Ich kümmere mich um die Mädchen«, versprach er mit sanfter Stimme.

»Gut, dann sollten wir aufbrechen«, sagte Edward, ehe er an den

Doc gewandt hinzufügte: »Ich werde anrufen, sobald ich etwas über die Lage in London weiß.«

Der Doc blickte uns sichtlich beunruhigt nach, als wir das Behandlungszimmer verließen. Dabei versuchte ich, meine Gedanken zu sortieren: Wir gingen also zu Edward. Ohne jeden Zweifel wusste ich, dass Cole und Avery mich begleiten würden, doch Holly? Allein bei der Vorstellung, ohne sie wegzugehen, drehte sich mir der Magen um. Aber ich konnte und würde sie nicht zwingen, ihre Familie zurückzulassen. Auch sie hatte eine Wahl.

Ich fand meine Freundin in einer kleinen Nische, in der ein Feldbett stand, auf dem Professor Marygold lag. Holly kniete davor und hielt die Hand ihres Vaters umklammert. Das braunrote Haar fiel ihr wie ein Wasserfall über den Rücken, und ich konnte sie leise sprechen hören: »Sie war so anders. Ich hatte so furchtbare Angst, und ich konnte es nicht aufhalten. Es tut mir leid.«

»Schh, mein Schatz«, murmelte der Professor und strich ihr über den Kopf, als wäre sie noch ein kleines Kind.

Bei dem Anblick schnürte sich mir die Kehle zu. Mein Vater würde mir nie wieder so über den Kopf streichen. Mich nie wieder mit seinem zerstreuten Lächeln ansehen und mir Toast mit Marmite schmieren. Ich musste den Blick abwenden.

»Ich muss mich entschuldigen, dass ich für euch nicht da gewesen bin, als ihr mich gebraucht habt«, sagte Marygold leise »Wenn … wenn es stimmt und die Prophezeiung sich erfüllt, ist das jedoch erst der Anfang vom Ende, und keiner von uns weiß genau, was das bedeutet. Du musst stark sein, mein Mädchen.«

Der Anfang vom Ende. Das hatte ich inzwischen schon mehrmals gehört.

Cole blieb neben mir stehen und sah mich fragend an, als ich nicht weiterging. Ich hielt den Finger an die Lippen. Ich wollte ihnen noch ein wenig Zeit allein geben.

Marygold räusperte sich. »Ich bin kein Mitglied des Rats, das waren die Nachfahren aus Frau Holle noch nie, aber wir sind dennoch Nachfahren einer sehr alten und mächtigen Familie. Es tut mir leid, dass ich dich nicht mehr darauf habe vorbereiten können, mein Mädchen, aber ich weiß, dass du grandios sein wirst, sobald du über deinen eigenen Schatten springst. Du hast ein Herz aus Gold, du musst es nur der Welt zeigen.«

»Dad, was, wenn ich das alles gar nicht will?«, sagte Holly schluchzend, doch ihr Vater unterbrach sie.

»Ich will das auch nicht, aber du und deine Cousine tragt ein Erbe in euch, und wenn es stimmt, was du sagst, ist das in deiner Cousine bereits zum Vorschein gekommen.«

Es dauerte ein paar Sekunden, bevor Holly flüsterte: »Sie ist zur Pechmarie geworden.«

»Ihr wart schon immer zwei Seiten einer Münze. So dunkel dieses Erbe auch sein mag, Willow hat ihre Bestimmung gefunden. Jetzt musst du deine suchen«, sagte Marygold. Er klang, als hätte er große Schmerzen.

»Ich kann euch doch nicht einfach im Stich lassen«, widersprach Holly heftig.

»Das wirst du auch nicht. Du erfüllst nur dein Schicksal, mein Mädchen.«

»Scheiß auf das Schicksal!«, fauchte Holly und stand ruckartig auf. »Scheiß auf das alles hier!«

»Holly«, sagte ihr Vater, doch sie stürmte bereits an mir vorbei. Sie war so aufgewühlt, dass sie weder mich noch Cole zu bemerken schien. Der Professor tat das jedoch schon. Sein schmerzerfüllter Blick richtete sich auf mich. »Rain?«, sagte er schließlich.

»Ja, Professor?« Ich ging auf ihn zu.

Er legte seine große Hand auf meine Schulter. »Danke, dass du meine Tochter gefunden hast«, sagte er ernst.

»Natürlich«, brachte ich hervor.

Er nickte und befeuchtete sich die Lippen. »Du musst mir eine Frage beantworten, und ich bitte dich, die Wahrheit zu sagen.«

Ich runzelte die Stirn. »Ja. Natürlich.«

»Hast du den Prinzen aufgeweckt?«, fragte er mich leise.

Ich schluckte und zwang mich, mich nicht vor Scham abzuwenden. Schweigen breitete sich zwischen uns aus, während ich nach Worten suchte. Marygold wartete geduldig, sein Blick war jedoch so scharf und aufmerksam, dass ihm keine Regung in meiner Mimik entgehen konnte.

»Ich weiß es nicht«, sagte ich schließlich ehrlich.

Er seufzte, dunkle Ringe lagen unter seinen Augen. »Das alles ist jedenfalls kein Zufall«, stellte er fest.

»Wahrscheinlich nicht«, gab ich zu.

Er drückte meine Schulter. »Im Augenblick kann ich Holly nicht helfen.« Er deutete auf seine Verletzung. »Wenn die Prophezeiung sich wirklich erfüllt, wird Holly starke Verbündete brauchen. Ich weiß, der Rat hat immer darauf plädiert, dass das Erwachen des Prinzen die guten alten Zeiten zurückbringt, in der unsere Familien über ganze Königreiche verfügt haben. Doch glaub mir … diese Zeiten waren alles andere als angenehm. Märchen – und damit unsere Vergangenheit – sind voller Blut, Dunkelheit und Gewalt. Der Prinz könnte gefährlich sein und unsere Welt ins Chaos stürzen, wenn er Magie zurückbringt, die längst in Vergessenheit geraten ist. Allein wird Holly wahrscheinlich nicht überleben. Sie braucht Freunde, die ihr helfen. Bitte versprich mir, dass du weiterhin diese Freundin sein wirst, Rain.«

Ich sah ihn an und nickte. Erleichtert, dass ich zumindest ein Versprechen geben konnte. »Ich verspreche es«, sagte ich ernst.

Er lächelte schwach. »Gut. Holly hat mir von Edwards Angebot erzählt. Geht mit ihm, bringt euch in Sicherheit, bis wir mehr wissen.«

»Das machen wir. Und wir bleiben in Kontakt«, sagte ich und drückte seine Hand.

Marygold ächzte leise. »Ich werde selbst versuchen, den Rat zu kontaktieren. Haltet euch am besten versteckt, und sagt so wenig Leuten wie möglich, wo ihr seid. Niemand mag die Prüfungen kennen, die auf uns zukommen, aber es gibt verdammt viele, die nur auf diesen Moment gewartet haben. Niemand kann noch sagen, was gefährlicher sein wird: die Prüfungen oder die anderen Nachfahren, die versuchen werden, euch aus dem Weg zu räumen.«

Mein Magen verkrampfte sich, während es mir kalt über den Rücken lief. Daran hatte ich bisher noch gar nicht gedacht. Und Edward hatte dem Doc die Adresse aufgeschrieben und ihn gebeten, die anderen Nachfahren dorthin zu schicken. Was, wenn die echte Gefahr nicht nur die offensichtlichen Monster waren, sondern tatsächlich die anderen Nachfahren?

Ich nickte steif und stand auf.

»Viel Glück«, sagte Marygold ernst.

»Euch auch«, erwiderte ich mit erstickter Stimme und drehte mich um.

Cole hatte die ganze Zeit hinter mir gestanden. Leise wie ein Geist. Jetzt neigte er den Kopf und sagte: »Viel Glück, Sir.«

Schweigend und mit Marygolds Blick im Rücken gingen wir zurück zum Eingang, wo Holly unschlüssig vor der Tür stand. Sie schien sich nicht entscheiden zu können, ob sie hindurchgehen sollte oder nicht.

»Holly?«, sagte ich vorsichtig.

Der Kiefer meiner besten Freundin arbeitete, als würde sie auf Worten herumkauen, doch sie reagierte nicht. Sagte nichts.

»Holly?« Ich legte ihr eine Hand auf die Schulter.

Meine Freundin sah mit verquollenen Augen auf und sagte: »Meine Mum ist tot.«

Mein Herz zog sich zusammen. »Holly, es tut mir …« Ich konnte den Satz nicht beenden, denn unwillkürlich tauchte der Armstumpf meiner Mutter wieder vor meinem Auge auf.

Nein.

Nein.

Nein.

Ich drückte das Bild mit Gewalt weg. Nicht jetzt. Nicht hier.

Holly zog die Nase hoch und sagte brüsk: »Dad meint, ich soll mit euch gehen.«

»Und willst du das auch?«, fragte ich, und Holly presste die Lippen zusammen.

»Ich will im Augenblick gar nichts«, brachte sie hervor, und damit war die Sache wohl beschlossen.

Eine halbe Stunde und eine Katzenwäsche später, in der wir uns Pech und sonstige Rückstände grob abgeschrubbt hatten, saßen Cole, Avery, Holly, Edward und ich mit einem Vorrat an Medikamenten und Verbandszeug wieder im Jeep und fuhren durch die ausgestorbenen Straßen von Woodley.

Kapitel 14

»Ich wollte, du wärst eine Rabe und flögst fort,
so hätt ich Ruhe.«

Aus »Die Rabe«
Gebrüder Grimm

Wir fuhren in den Wald, der Woodley von allen Seiten einkreiste, als wäre das Dorf nicht mehr als eine Lichtung. Bald schon verließen wir die normale Landstraße, und der Geländebuggy polterte über Wurzeln und Steine. Zum ersten Mal kam ein wenig Mondlicht hinter den dichten Wolken hervor. Cole hatte mich diesmal, ohne zu zögern, auf seinen Schoß gezogen, und ich hatte nicht widersprochen. In diesem Augenblick war ich einfach nur froh, gehalten zu werden. Ich lehnte mich an Coles Schulter und spürte den fremden Herzschlag. Seinen Atem in meinem Nacken. Ich drehte den Kopf etwas und betrachtete die Linie seines Kinns. Seine hohen Wangenknochen, die schmale Nase und die großen Augen, die beinahe schon sehnsüchtig zum Mond sahen. Es war so seltsam, Buh zu berühren. So fremd und vertraut zugleich.

»Einen Penny für deine Gedanken«, sagte ich.

Er blickte auf mich herab. Erst dachte ich, er wüsste nicht, was ich meinte, doch schließlich antwortete er: »Ich werde traurig, wenn ich den Mond ansehe.«

»Warum?«

»Ich weiß es nicht.« Er wandte den Blick ab, und ich sah es als seinen Versuch, Abstand zwischen uns zu bringen.

Im selben Augenblick bog Edward in eine Auffahrt mitten im Wald, und kurz darauf erreichten wir eine Jagdhütte. Wobei Hütte ein dehnbarer Begriff war. Villa traf es wohl besser. Aus dunklem Holz und Stein tat sie sich vor uns auf. Ein Stacheldrahtzaun spannte sich wie bei einem Gefängnis drum herum. Edward lehnte sich aus dem Fenster und gab einen Code ein, woraufhin sich ein Tor summend öffnete.

Avery pfiff leise. »Das nenne ich mal einen Unterschlupf.«

»Es ist mit allem ausgestattet, was wir brauchen, um ein paar harte Jahre zu überstehen«, klärte Edward uns auf.

»Jahre?«, echote Avery.

Edward hob nur die Schultern und parkte den Buggy in einer Garage. Wir beließen es dabei, und als Edward ausstieg, folgten wir ihm. Ich direkt hinter ihm, Cole daneben, und Avery und Holly bildeten das Schlusslicht. Ich blickte nach hinten und runzelte die Stirn. Holly war blass, sie hatte kein einziges Wort gesprochen, seit wir Woodley verlassen hatten, doch jetzt gerade war ich einfach nur froh, dass sie mit uns gekommen war.

Neben der offenen Garage, in der zwei weitere Autos ohne Kennzeichen standen, gab es noch einen Stall und eine verwaiste Hundehütte. Zumindest dachte ich das, bis ein tiefes Knurren, gefolgt von einem Rasseln, ertönte und ein riesiger schwarzer Hund auf uns zuschoss. Ein dickes Halsband schloss sich um seine Kehle. Auch wenn er an der Hundehütte angekettet war, wich ich instinktiv ein Stück zurück und wäre beinahe gegen Holly geprallt, wenn Cole mich nicht schützend hinter sich geschoben hätte. Holly selbst stolperte ebenfalls und krallte sich an Avery fest, der sich wiederum an ihr festhielt.

»Was ist denn das für eine Töle?«, sagte Holly mit rauer Stimme.

Edward stieß einen scharfen Pfiff aus. »Zurück mit dir, Remus. Das sind Freunde.«

Der Hund grollte einfach weiter, was ihm einen nicht weniger scharfen Blick einbrachte.

»Zurück!«, wiederholte Edward, und diesmal zog sich der Hund langsam in seine Hütte zurück, ließ uns jedoch keine Sekunde aus den Augen.

»Ich wusste gar nicht, dass du so ein Hundefan bist«, sagte ich skeptisch.

»Ich bin es jedenfalls nicht«, sagte Avery. Holly wirkte ebenfalls nicht überzeugt.

»Remus gehört meinem Großvater«, antwortete Edward nur. »Kommt ihm am besten nicht zu nahe. Er ist kein Schmusetier.«

»Ach, sag bloß«, murmelte Avery, während wir weitergingen und dabei einen großen Bogen um Remus schlugen.

»Dein Großvater ist in London geblieben? Wegen der eingestürzten Höhle?«, erkundigte ich mich.

Edward nickte. »Das hat für ganz schönes Chaos gesorgt. Der Rat wollte herausfinden, wie das passieren konnte und welche Auswirkungen es hat. Immerhin war der kostbare Prinz plötzlich kaputt.«

Ich zuckte zusammen. »Das war suboptimal«, gab ich zu.

»Großvater hat mich schließlich zurückgeschickt, um …« Er zögerte.

»Um mich im Auge zu behalten?«, beendete ich den Satz.

Er seufzte. »Wenn du so willst. Er wollte sich melden, aber dann sind plötzlich die Wölfe aufgetaucht. Und jetzt sind wir hier.«

»Und warten auf die Prüfungen, die uns allmächtige Götter auferlegt haben«, sagte ich spöttisch.

Er hob eine Augenbraue. »Vielleicht. Wir sollten uns zumindest darauf vorbereiten. Je früher wir sie bestehen, desto schneller ist das hier vorbei.«

»Da bin ich mir nicht so sicher«, murmelte Holly.

Edward runzelte die Stirn. »Und warum glaubst du das?«

Sie presste die Lippen zusammen. »Willow – oder was auch immer dieses Ding war, zu dem sie geworden ist – hat von einer Krönung des Prinzen gesprochen.«

Edward stockte. »Krönung?«

»Mehr weiß ich nicht.«

»Hm …«, machte Edward. Er wirkte beunruhigt. Wie wir alle.

Ich legte den Kopf in den Nacken und betrachtete die Fassade des Anwesens. Es musste zwei Stockwerke haben. Das spitz zulaufende Dach war mit dunklen Schindeln gedeckt, ein steinerner Schornstein ragte daraus hervor. Für so ein großes Haus hatte es unangenehm wenige Fenster. Eine Seite der Lodge war so mit Efeu zugewachsen, dass man kaum noch die Steinmauer dahinter sehen konnte, während sich an eine andere Seite ein kleiner Steinturm schmiegte, der wiederum von wilden Rosen überwuchert war.

Edward steuerte auf eine Tür zu und bediente den alten Türklopfer, der wie ein Löwenkopf geformt war. Das Krachen des Metalls hallte laut nach, und schon kurz darauf waren Schritte zu hören, ehe die Tür wenige Zentimeter geöffnet wurde.

»Sie wünschen?«, erklang eine misstrauische Stimme.

»Corwin, ich bin's«, sagte Edward.

»Ah, der junge Mister Cinderbe.« Die Tür schwang knarrend auf, und ein gedrungener alter Mann mit langen strähnigen Haaren und einer Nase, die beinahe an einen Schnabel erinnerte, erschien im Türrahmen. Er trug einen zerknitterten Smoking und musterte uns skeptisch, ehe er fortfuhr: »Miss Brianna und Mister Cyress sind seit Stunden zurück. Wir haben uns schon Sorgen gemacht. Doch wie es aussieht, war Ihr Ausflug erfolgreich.«

»In der Tat. Ich habe Gäste mitgebracht«, sagte Edward knapp.

»Gäste, so, so«, murmelte der Alte, und etwas in seinem Blick jagte mir einen unangenehmen Schauer über den Rücken. Er sagte jedoch nichts weiter, sondern trat einen Schritt zur Seite, um uns in die Lodge der Familie Cinderbe zu lassen.

Drinnen erwartete uns eine riesige Eingangshalle. Links und rechts führte jeweils eine Treppe nach oben in den nächsten Stock, wo ich ein Stück der Balustrade mitsamt einem geschnitzten Geländer erkennen konnte. Die alten Holzdielen knarzten bei jedem Schritt und wurden von einem großen roten Teppich bedeckt. Über unseren Köpfen hing ein bizarrer Kronleuchter aus Hirschgeweih. Genau vor uns tat sich eine wuchtige zweiflüglige Tür auf, hinter der Gelächter zu uns herausdrang.

»Corwin, mach bitte die Gästezimmer fertig, und bring uns etwas zu essen aus der Küche. Wir gehen in den Salon«, sagte Edward an den Angestellten gewandt.

Der Bedienstete verbeugte sich. »Wie Ihr wünscht. Soll ich das Essen im Speisesaal servieren?«

»Nein, der Salon wird reichen.« Edward öffnete die große Doppeltür, und das Gelächter wurde lauter.

»Du hättest seinen Gesichtsausdruck sehen sollen, als ich dem Vieh den Kopf abgehackt habe. Auf jeder Party den großen Macker raushängen lassen und mit der Waffe von Daddy rumfuchteln, aber sich anpissen, wenn ein Wolf auf ihn zukommt.«

Edward räusperte sich, und Brianna blickte ruckartig auf. Ihr langes rotes Haar war zu einem dicken Zopf geflochten, der ihr über die Schulter baumelte. Sie trug ein enges Tanktop und einen offenen schwarzen Overall, dessen Ärmel sie um die Hüften geschlungen hatte. An ihrem Oberarm war die Schneide eines Jagdmessers befestigt.

»Eddy!«, rief Brianna erleichtert. »Da bist du ja endlich. Wir haben uns schon Sorgen gemacht!«

Cyress, der neben ihr in einem großen Ledersessel lungerte,

schwenkte eine Flasche Schnaps und nickte knapp, sagte aber nichts weiter.

Vor ihm auf dem wuchtigen, großen Tisch lag ein abgehackter Wolfskopf. Gestern noch wäre ich bei diesem Anblick schockiert gewesen, jetzt allerdings war ich nur erleichtert, dass das Vieh tot war. Daneben befanden sich mehr Schuss- und Stichwaffen, als ich jemals auf einem Haufen gesehen hatte. Auch in diesem Raum baumelte ein morbider Kronleuchter von der Decke. In einer großen, steinernen Feuerstelle brannte ein Feuer und vertrieb die eisige Kälte von draußen. Direkt davor standen ein Sofa und ein paar gemütlich aussehende Sessel.

Brianna verengte die Augen zu Schlitzen und sagte weit weniger enthusiastisch: »Und wie ich sehe, bringst du die Losertruppe mit. Hatte gedacht, sie wären längst Hundefutter.«

»Witzig. Dasselbe dachten wir uns gerade auch«, gab ich zurück.

»Hört auf«, sagte Edward nur, während Cyress einen großen Schluck direkt aus der Flasche nahm.

»Wer ist das?« Er nickte in Richtung Cole, der sich aufmerksam umsah. Als würde er versuchen, sich die Aufteilung des Raums einzuprägen.

»Ich bin Cole. Rain hat mich überfahren«, sagte dieser abgelenkt.

Brianna und Cyress hoben beide gleichzeitig die Augenbrauen.

»Er ist jetzt Teil unserer Losertruppe«, ergänzte ich spöttisch.

»Brianna, Cyress, kann ich mit euch reden?«, unterbrach mich Edward, ehe er uns zunickte. »Macht es euch bequem. Corwin bringt etwas zu essen und zu trinken. Ich bin gleich wieder da.«

»Danke«, murmelte ich.

Holly griff nach Edwards Hand. »Hast du ein Handy? Ich will meinen Dad anrufen und ihm sagen, dass wir gut angekommen sind.«

»Sicher.« Edward holte ein schwarzes iPhone aus seiner Hosentasche und reichte es Holly, ehe er den abgehackten Kopf des Wolfs packte. »Und Herrgott noch mal, Cyress, hör auf, ständig Körperteile ins Haus zu schleppen wie eine Katze.« Der Wolfskopf löste sich mit einem nassen Schmatzen vom Holz und hinterließ eine ziemliche Sauerei. Edward verzog das Gesicht.

Cyress zuckte nur mit den Schultern. »Mach ich später sauber.«

Edward warf uns einen entschuldigenden Blick zu und verschwand dann mit seiner durchgeknallten Familie aus dem Salon.

»Und wenn man denkt, sie können nicht seltsamer werden, rennen sie mit Köpfen rum«, sagte mein Cousin.

Ich schnaubte nur zustimmend. Während wir es uns gemütlich machten, hielt sich Holly das Handy ans Ohr. Ich merkte erst, dass etwas nicht stimmte, als Holly begann, unruhig auf- und abzulaufen.

»Es geht nur die Mailbox ran«, sagte sie schließlich frustriert.

»Vielleicht ist er eingeschlafen«, versuchte ich, sie zu beruhigen.

Sie schien mich gar nicht zu hören, wählte erneut, wartete. Die Anspannung ließ ihr Gesicht kantig aussehen. Wieder und wieder wählte sie. Wartete. Und jedes Mal wenn sie auflegte, wirkte sie noch panischer.

Irgendwann gab sie auf und sah mich direkt an. »Er geht nicht ran. Es tut mir leid, Rain, aber ich kann das nicht. Ich muss zurück.« Ruckartig drehte sie sich um und ging schnurstracks zur Eingangstür zurück.

»Holly, warte!« Mit großen Schritten holte ich sie ein und versperrte ihr den Weg. »Wir sind gerade erst angekommen. Dein Vater war erschöpft. Er wird also vermutlich schlafen. Warte noch eine Weile, und wenn er nach einer halben Stunde bis Stunde noch immer nicht rangeht, bitte ich Edward, nach ihm zu sehen, okay?«

»Okay?«, echote sie und sah mich fassungslos an. »Rain, es ist gar nichts okay. In einer Stunde könnte alles Mögliche passieren und mein Vater gefressen werden! Oder sich in ein grusliges Monster verwandeln! Wer weiß das schon, ich kann hier nicht rumsitzen.«

Ihre Stimme überschlug sich, und ihre Pupillen weiteten sich. Da war etwas … Ich sah den Bruch in ihren Augen. Den entgleisten Ausdruck. Sie stand völlig neben sich, kein Wunder. Sie musste seit Stunden wach sein, nichts getrunken oder gegessen haben. Holly hatte einen Nervenzusammenbruch.

Bevor sie an mir vorbeistürmen konnte, hielt ich sie fest und sagte: »Ich lasse dich nicht allein, Holly. Ich habe deinem Dad versprochen, auf dich aufzupassen, und das tue ich. Egal wie.«

Hollys Blick verdunkelte sich, und sie presste erstickt hervor: »Ich. Will. Deine. Hilfe. Nicht. Das alles ist nur passiert, weil du den Prinzen aufgeweckt hast. Sie sterben alle wegen dir, und das wirst du mit nichts in der Welt wiedergutmachen können.«

Die Worte waren wie ein Faustschlag in den Magen. Zitternd presste ich die Lippen zusammen. »Das ist nicht fair. Ich habe nichts von alldem gewollt! Und du bist nicht die Einzige, die jemanden verloren hat. Ich habe ebenfalls meine Familie verloren!«

Ich sah den Schmerz in ihren Augen und wusste, ihr tat das hier genauso weh wie mir, aber ein Damm war gebrochen, und der floss nun über. Holly brauchte jemanden, dem sie die Schuld an dem Schmerz in sich geben konnte, und ich konnte ihr nicht einmal verübeln, dass sie *mir* diese Schuld gab. Ich tat es auf gewisse Weise ja selbst.

»Es ist völlig egal, ob du es wolltest oder nicht. Es ist passiert. Meine Mum ist gestorben, aber ich werde den Rest meiner Familie nicht im Stich lassen«, fuhr sie mich an, riss sich von mir los und stürmte davon.

»Holly!«, brüllte ich, doch meine Freundin hörte gar nicht zu. Sie riss nur mit Schwung die Tür auf und erstarrte, als unvermittelt ein lautes Knurren erklang. Der große schwarze Hund – Remus? – stand vor ihr und starrte sie drohend an.

»Holly«, sagte ich leise, um den Hund nicht noch mehr zu reizen. »Mach die Tür zu. Bitte.«

Meine Freundin zitterte, rammte aber zum Glück die Tür wieder zu. Leider war der Hund schneller. Kläffend preschte er los, prallte gegen die Tür, die mit lautem Krachen aufflog. Holly schrie auf und sprang hastig zurück, was Remus nur noch lauter knurren ließ. Seine Kette schleifte lose am Boden. Hatte er sich losgemacht? Oder hatte ihn jemand freigelassen? Instinktiv wichen Holly und ich weiter zurück. Nur leider folgte uns die Töle. Sie hatte die Ohren angelegt und das Fell gesträubt.

Holly hob die Hände. »Schon gut. Ich gehe zurück.«

Mit angehaltenem Atem schlichen wir rückwärts. Doch der Hund folgte uns gnadenlos. Als Holly auf eine knarrende Diele trat, zuckten seine Ohren. Es war die einzige Vorwarnung, die wir bekamen. Er bellte und sprang mit einem Satz auf sie zu. Holly ging kreischend zu Boden.

»Holly!«, rief ich, schlug einen Haken, warf mich auf die Knie und riss an der losen Kette des Hunds. Remus röchelte, ehe er knurrend zu mir herumfuhr. »Scheiße!« Ich ließ die Kette fallen und nahm die Beine in die Hand. Ich polterte die Treppe hoch, während ich, so laut ich konnte, brüllte: »Edward!«

Der Hund setzte mir nach und sprang mich von hinten an. Sein Gewicht ließ mich nach vorn stolpern und hart auf den Stufen aufkommen. Autsch.

Im nächsten Augenblick erklang ein scharfer Befehl: »Stopp!«

Anstatt des erwarteten Bisses hörte ich ein Winseln. Keuchend riss ich die Augen auf.

»Runter!« Das Gewicht verschwand, und ich drehte mich um. Cole stand in der Eingangshalle und starrte den Hund an. Seine

Augen waren kohlrabenschwarz, während er scharf mit der Zunge schnalze. »Zurück!«, befahl er.

Der Hund winselte, wich jedoch zurück, ließ sich auf den Bauch fallen und … wedelte zögerlich mit dem Schwanz.

»Was zum Teufel …?«, murmelte ich fassungslos und versuchte, den Schock zu überwinden, beinahe wirklich Hundefutter geworden zu sein. Moment, Hundefutter? Ich verengte die Augen und knirschte mit den Zähnen. Brianna. Das kleine Miststück.

Cole war in wenigen Schritten bei mir und half mir auf. »Geht es dir gut? Bist du verletzt?«

»Nein, nur etwas angeschlagen«, gab ich zu. Im selben Augenblick näherten sich schwere Stiefelschritte, und als ich den Kopf hob, entdeckte ich Edward und Brianna. Beide hatten Schusswaffen im Anschlag. Als Edward Cole und mich zusammen sah, zuckte ein Muskel an seinem Kinn. Sein Blick blieb jedoch an dem Hund hängen.

»Remus! Was machst du hier?«, fragte er.

Der Hund richtete sich etwas auf und knurrte prompt wieder los.

»Aus!«, befahl Cole.

Der Hund wurde still und begann, wieder mit dem Schwanz zu wedeln.

»Was macht Remus da?«, fragte Brianna verblüfft.

»Wer hat ihn losgebunden?«, ergänzte Edward.

Ich biss mir auf die Lippe, warf Brianna jedoch einen finsteren Blick zu, den sie stoisch erwiderte.

Edward wandte sich Cole zu, der leise pfiff. Remus sprang schwanzwedelnd auf und ließ sich von Cole hinter den Ohren kraulen. Uns allen fiel die Kinnlade runter.

»Wie machst du das? Das hast du schon bei den Wölfen getan. Remus hört auf niemanden außer auf meinen Großvater. Seiner Erziehung nach hätte er euch beißen müssen«, sagte Eddy.

Prompt wich ich einen Schritt zurück. Remus sah mich täuschend brav an.

Cole zuckte mit den Schultern und fuhr weiter durch das Fell. »Hunde sind intelligent, genauso wie Wölfe. Sie wissen, wann es klug ist, nachzugeben.«

Der Hund stupste ihn treuherzig an.

»Nicht beißen«, sagte Cole mit fester Stimme. Der Hund winselte, und Cole belohnte ihn mit noch mehr Kraulen.

Ein Knallen ließ uns alle erschrocken aufsehen.

Verwundert sah ich mich um, bis ich bemerkte, dass Holly verschwunden war und die Tür sperrangelweit offen stand.

»Scheiße!«, stieß ich hervor, drückte mich an Cole vorbei und lief ebenfalls nach draußen.

»Holly!«, rief ich in die Dunkelheit. Nichts und niemand war zu sehen. Nur leichter Schnee peitschte mir ins Gesicht. Ich lief los.

»Was ist los?« Edward. Er war genau neben mir.

»Ich denke, Holly will zurück nach Woodley.«

Der Schnee knirschte unter unseren Füßen, als wir uns von der Lodge entfernten. Ein eiskalter Windzug riss an Edwards Haaren und ließ mich frösteln. Verzweifelt blickte ich zu ihm auf und schnappte nach Luft. Ich konnte nicht mehr rennen, weigerte mich aber, stehen zu bleiben.

Edward sah mich entgeistert an. »Warum?«

»Ihr Vater ging nicht ans Handy, und ich glaube, sie hat einen kleinen Zusammenbruch«, stieß ich hervor und hielt mir die Seite. Der Tag war einfach zu viel. Ich schmeckte bereits Kupfer auf der Zunge.

»Sie rastet so aus wegen eines Anrufs?«

»Nicht nur, ich denke, ihr werden gerade ein paar Sachen klar.«

»Das musst du mir genauer erklären. Was ist passiert, Rain?!«

Ich wurde langsamer. Vor uns lag nur noch der Zaun, und das

Tor darin war geschlossen. Entweder war Holly also noch auf dem Grundstück, oder sie war über den Zaun geklettert. Ich schluckte schwer. »Du hast doch Willow gesehen«, sagte ich, und Edward sah mich ernst an.

»Das Pech«, sagte er nur, und ich nickte.

»Professor Marygold geht davon aus, dass sie das Erbe von Pechmarie angetreten hat. Wenn das stimmt, ist Holly wahrscheinlich Goldmarie. Edward ...« Ich schnappte nach Luft. »Wenn die Magie wirklich zurückkommt, kann es durchaus sein, dass wir als Nachfahren der Märchenfiguren uns ebenfalls verändern. Das bedeutet, wir sind alle in Gefahr, solange wir nicht wissen, in welcher Form wir uns verändern. Oder ob wir ebenfalls in Gut oder Böse eingeteilt werden. Im schlimmsten Fall wird Willow versuchen, Holly zu töten.« Ich schauderte.

Edward strich sich durch die Haare und biss die Zähne zusammen. »Das ist durchaus möglich«, stimmte er mir schließlich zu.

»Wir müssen sie zurückholen, bevor ihr etwas passiert«, sagte ich und rüttelte am Zaun.

Edward hielt mich zurück. »Ich gehe. Du wartest.«

»Was? Nein!«

»Ich kenne die Gegend hier besser als du, und Remus wird sie aufspüren. Wir finden und bringen sie zurück. Du würdest mir nicht helfen können. Bitte zwing mich nicht, dich hier anzuketten, damit du nicht Hals über Kopf jemanden retten willst, der von dir gar nicht gerettet werden will.«

Ich presste die Lippen aufeinander. »Bist du sicher?«

Edward nickte und stieß einen durchdringenden Pfiff aus. Ein Bellen war zu hören, und im nächsten Augenblick kam Remus angelaufen. Edward schnappte sich die Kette und tippte den Code für das Tor im Zaun ein, das summend aufschwang. »Wir sind gleich wieder da«, versprach er und verschwand hinaus in die Dunkelheit.

Ich starrte ihm nach, bis mir jemand eine Decke über die Schultern legte.

»Keine Sorge. Er wird Holly finden.« Coles weiche Stimme und die Fürsorglichkeit und Wärme, die von ihm ausgingen, brachten etwas in mir zum Bröckeln, und ich ließ mich gegen ihn sinken.

»Ich kann nicht noch jemanden verlieren«, sagte ich völlig erschöpft. In mir war alles leer. Es war zermürbend.

»Sollen wir wieder hineingehen?«

Ich nickte nur, und wir gingen zurück in die Lodge.

Avery war auf dem Sofa eingeschlafen. Behutsam legte ich eine Decke über ihn und strich ihm eine Haarsträhne aus dem Gesicht. Sein Verband musste dringend gewechselt werden, und so wie er das Gesicht verzog, musste er Schmerzen oder einen Albtraum haben. Wahrscheinlich beides. Müde ließ ich mich in einen der Sessel fallen, zog die Knie an und blickte in die Flammen. Cole setzte sich neben mich auf den Boden und ließ erschöpft den Kopf sinken.

»Danke für deine Hilfe mit dem Hund«, sagte ich leise.

Ein Lächeln stahl sich auf seine Lippen. »Gern geschehen.«

»Woher …?«, begann ich, wurde aber von Brianna unterbrochen, die plötzlich den Salon betrat.

»Hier. Trink das.« Sie kam auf uns zu und hielt mir eine Tasse entgegen.

»Was ist das?«, fragte ich prompt misstrauisch.

»Tee mit einem Schuss Rum. Oder Rum mit einem Schuss Tee. Cyress hat ihn eingeschenkt.«

»Danke.« Ich nahm ihr die Tasse aus der Hand und pustete gegen die aufsteigenden Schwaden. »Auch dass wir hier sein dürfen«, ergänzte ich schließlich steif. Ich konnte den Verdacht noch immer nicht abschütteln, dass sie Remus auf uns losgelassen hatte.

Brianna musterte mich abschätzend und sagte trocken: »Da

kannst du dich bei Edward bedanken. Wenn es nach mir ginge, hätte ich eure Ärsche auf der Straße gelassen. Die Whites haben noch nie etwas anderes als Ärger gebracht.«

Ich prostete ihr spöttisch zu. »Da kann ich dir nicht mal widersprechen.«

»Edward meinte, deine Familie ist tot?«, wechselte sie abrupt das Thema.

Ich erstarrte. Die Tasse an meinen Lippen. Cole neben mir sah Brianna finster an. Meine Finger zitterten, doch ich schaffte es, zu antworten. Auch wenn es nur ein Wort war, das meine Lippen verließ: »Gefressen.«

»Das tut mir leid«, sagte sie eine Spur weicher.

Ich nickte nur, und für einen kurzen Augenblick breitete sich unbehagliches Schweigen aus.

»Was ist mit eurer Familie? Deinem Vater? Stiefmutter? Onkel? Tante?«, fragte ich schließlich.

»Sie sind mit Großvater in London«, sagte sie schlicht.

»Das ist gut«, sagte ich genauso knapp.

Sie nickte, ehe sie in Richtung Cole deutete, der gerade einen der Lollis aus der Praxis des Docs aus seiner Hosentasche holte. Offenbar hatte er ein paar eingesteckt. »Und was ist mit ihm?«

»Was soll mit mir sein?«, entgegnete er und blickte mit dunklen Augen auf.

Sie sah ihn spöttisch an, als wäre sie überrascht, dass er sprechen konnte. »Bist du Rains neues Haustier?«

Cole verengte die Augen, und etwas sehr Dunkles blitzte darin auf. Er schob sich den Stiel des Lutschers in einen Mundwinkel und richtete sich auf. Langsam. Geschmeidig, während sich jeder seiner Muskeln anspannte, und erst als er sich gänzlich aufgerichtet hatte und sich vor Brianna aufbaute, fiel mir auf, wie große Cole eigentlich war. Wieso war mir das bisher nicht aufgefallen? Sein Kiefer verkrampfte sich, wurde kantig und hart, seine Augen so dunkel, dass sie wie schwarze Löcher wirkten. Ich konnte sehen, wie sich Brianna versteifte, als er ihr zuraunte: »Das bin ich. Und ich beiße, wenn es sein muss.« Es knackte, als er den Lolli in seinem Mund zerbiss.

Briannas Nasenflügel blähten sich, während sich die beiden anstarrten, als würden sie einen Kampf führen. Die Spannung im Raum wurde immer unangenehmer, zumindest bis Brianna den Mund verzog und einen Schritt zurückwich. Cole schenkte ihr ein träges, beinahe schon böses Lächeln, das meinen Magen aus ganz anderen Gründen zum Kribbeln brachte. Was war das denn gewesen?

Dasselbe schien sich auch Brianna zu fragen, denn sie brauchte ein paar Sekunden, um sich wieder in den Griff zu bekommen. Währenddessen schlüpfte Cole wieder neben mich und zwinkerte mir zu. Jede Anspannung war aus seinen Muskeln verschwunden, und er wirkte sanft wie eh und je.

Brianna räusperte sich. »Nur damit das klar ist, White«, sagte sie. »Ihr könnt ein paar Tage hier pennen und euch erholen. Danach schmeißen wir euch wieder raus. Es gibt ein Spiel zu gewinnen, und wir können keine Konkurrenz durchfüttern.« Sie warf Cole einen Blick zu, und ich sah tatsächlich einen nervösen Ausdruck in ihren Augen, als sie hinzufügte: »Kommt uns also am besten nicht in die Quere.« Damit drehte sie sich um und verschwand aus dem Raum.

Ich klammerte mich an den Tee und fragte mich erneut, wer gefährlicher war: die Monster oder die Monsterjäger, aber vielleicht war die Antwort auch Cole.

Kapitel 15

»Frau Königin, Ihr seid die Schönste hier,
Aber Schneewittchen über den Bergen
Bei den sieben Zwergen
Ist noch tausendmal schöner als Ihr.«

Aus »Schneewittchen«
Gebrüder Grimm

Ein rhythmisches Geräusch weckte mich aus einem unruhigen Dämmerschlaf. Ruckartig setzte ich mich auf. Eine Decke rutschte von meinen Schultern, und für ein paar Sekunden war ich desorientiert. Wo war ich? Ein saurer Geschmack lag in meinem Mund, und es brauchte ein paar Atemzüge, bis die Erinnerung zurückkam und ich Avery und Cole erkannte. Beide schliefen tief und fest. Avery auf dem Sofa, Cole im Sessel neben mir. Ihre gleichmäßigen Atemzüge füllten den Raum. Cole und ich mussten beim Warten auf Holly und Edward vor Erschöpfung eingenickt sein. Wie lange war ich weg gewesen? Nur langsam beruhigte sich mein Puls wieder.

Zitternd atmete ich durch, als ich es erneut hörte.

Poch.

Poch.

Poch.

Was war das?

Ich spitzte die Ohren. Es klang beinahe wie ein Klopfen. Mit steifen Gliedern wollte ich von dem Sessel aufstehen und zuckte zusammen. Mein ganzer Körper brannte vom Muskelkater und den ganzen Prellungen. Vielleicht sollte ich mich doch noch mal hinlegen. In ein weiches Bett. Für so circa hundert Jahre. Aber erst aufs Klo. Wo war hier das Klo?

Poch.

Poch.

Ich erstarrte in der verrenkten Pose, in der ich mich gerade befand, weil ich nicht auf einem meiner blauen Flecke landen wollte. Das Hallen kam von unten. Ich richtete den Blick auf den Teppich.

Poch.

Langsam ging ich in die Knie und presste das Ohr gegen den Boden und lauschte. Einen Atemzug lang. Doch da war nichts. Nur der Teppich kitzelte an meiner Wange. Zögerlich hob ich die Hand und klopfte gegen den Boden. Es quietschte plötzlich und …

»Rain? Was machst du da?«

Ich blinzelte auf Füße, die in straffe Waden übergingen. Ich hob den Kopf und sah über mir ein hübsches Gesicht. Ach, Mist.

»Edward. Ich … ähm … hab nur euren Teppich bewundert«, murmelte ich.

»Mit deiner Wange?« Er runzelte die Stirn. Erst jetzt bemerkte ich, dass Holly in seinen Armen lag.

»Nicht so wichtig.« Schnell rappelte ich mich auf. »Wie geht es Holly? Was ist passiert?«

»Den Umständen entsprechend«, sagte Edward und legte Holly behutsam in dem Sessel ab, den ich gerade frei gemacht hatte.

»Welche Umstände?«

»Sie wurde von ein paar Wölfen gejagt und hat sich auf einen Baum gerettet. Dabei hat sie sich den Kopf angestoßen. Morgen wird sie eine Beule haben, aber sie wird schon wieder.«

»Danke«, stieß ich erleichtert hervor und lehnte mich gegen den Sessel.

Das Feuer in der Feuerstelle knackte. Edwards Kinn wirkte in dem Licht markanter. Seine Lippen voller. Ich ertappte mich dabei, wie ich daraufstarrte, und wandte schnell den Blick ab.

»Danke, dass du uns geholt hast«, flüsterte ich mit rauer Stimme.

Seine Mundwinkel hoben sich. »Gern geschehen. Ihr seid hier in Sicherheit. Es wird euch nichts passieren. Das verspreche ich.«

»Du musst aber nicht für uns den Prinzen spielen«, warf ich ein.

Er blickte ernst zurück. »Das tue ich nicht. Ihr werdet euch selbst retten müssen. Aber ich kann zumindest dabei helfen.«

Ich musterte die Waffen, die an Gurten um seinen Körper geschnallt waren, und deutete mit dem Kinn darauf. »Zeigst du mir, wie man die benutzt?«

Ein Muskel an seinem Kinn zuckte. »Welche genau?«

»Alle.«

»Willst du das wirklich?«

»Ja.«

Sein Blick schweifte über Cole und Avery. »Dann weck sie auf. Ich zeig euch was.«

»Und Holly?«

Er lächelte mich schief an. »Lass sie schlafen. Wenn sie will, zeige ich ihr später noch mal alles. Also? Sollen wir los?«

Ich biss mir auf die Unterlippe. »Ich muss davor noch dringend duschen und mir etwas anziehen, was nicht voller Teer und Blut ist.«

Edward lachte. »Das lässt sich sicher einrichten.«

Eine Stunde später verließen wir zusammen den Salon.

»Was genau tun wir noch mal?« Avery gähnte, Cole hingegen wirkte hellwach, er hatte in der Sekunde die Augen aufgeschlagen, in der ich ihn geweckt hatte.

Ich zuckte mit den Schultern. »Irgendwas mit Waffen. Lassen wir uns überraschen.«

»Ich hasse Überraschungen.«

»Nein, du hasst es nur, aufzustehen. Und Montage.«

»Das Schlimmste sind Montagmorgenüberraschungen. Haben wir Montag? Es fühlt sich an wie Montag.«

Cole lauschte schweigend unserem Geplänkel, während wir Edward folgten, der nun an einer Tür stehen blieb, die mir bisher entgangen war. Sie knarrte, als er sie aufdrückte.

Mein Cousin zog einen Flunsch. »Bitte sag nicht, dass diese Überraschung dort unten ist. Prinzipiell kann ich auf Überraschungen in grusligen Kellern verzichten.«

»Dort unten sind nur die Trainingsräume«, wandte Edward ein. »Aber wenn du hierbleiben willst, halte ich dich nicht auf.«

Avery öffnete bereits den Mund, als ich ihm einen Schubs gab. »Runter, Avery!«

»Aber …«

»Runter!«

Als er sich weiterhin nicht rührte, schob ich mich an ihm vorbei. Die Treppe war aus Stein und verdammt schmal. Eine Glühbirne baumelte von der Decke und spendete ein wenig Licht, während wir nach unten gingen.

»Oh, toll. Ich liebe enge Treppen, die nach Tod und Verderben müffeln«, brummte mein Cousin.

»Wir sind gleich da«, wandte Edward ein, und tatsächlich: Die Stufen endeten kurz darauf in einem Rundbogen, und dahinter tat sich ein unfassbar großer Raum auf.

Verblüfft sah ich mich um. Der Keller musste mindestens zehn Meter hoch sein und hatte eine Decke mit runden Bögen, die von Steinsäulen gestützt wurde. Ein paar grelle Deckenlichter sprangen an, als wir weiter in den Raum hineingingen.

»Was ist das hier?« Meine Stimme hallte als Echo nach.

»Ein altes Kellergewölbe«, klärte uns Edward auf. »Als mein Urgroßvater das Grundstück kaufte, war hier die Ruine einer alten Abtei. Er riss alles nieder, aber das Gewölbe blieb übrig. Wir nutzen es jetzt als Trainingsraum.«

Beeindruckt musterte ich die Boxsäcke, die etwas weiter hinten von der Decke baumelten. Trainingsmatten stapelten sich aufeinander. An den Wänden standen gläserne Schränke, in denen, abgesehen von Pistolen, Dolchen und Säbeln, noch alle möglichen anderen Waffen fein säuberlich aufgereiht lagen. Daneben befanden sich mehrere Trainingsgeräte, von Laufbändern bis zu Hantelbänken war alles da, um Muskeln aufzubauen.

Avery stieß einen leisen Pfiff aus. »Ihr habt euch auf diese Sache wirklich vorbereitet, was?«

Edwards Nackenmuskeln zuckten, er antwortete jedoch nicht darauf, sondern verteilte weiter ein paar Matten am Boden. Seine Armmuskeln spannten sich bei jeder Bewegung an.

Mein Cousin tippte indessen gegen einen Speer, der an der Wand lehnte und prompt umkippte. Avery fing ihn schnell auf und murmelte: »Nope, keine Deko.«

»Natürlich ist das keine Deko«, sagte Edward amüsiert.

»Tja, Speerkampf wird schwer unterschätzt«, stimmte mein Cousin zu.

Edward verschränkte die Arme vor der Brust. »Dort draußen sind noch viel mehr Nachfahren, mit Sicherheit auch welche, die wir gar nicht kennen. Wie deinen Freund hier.« Sein Blick huschte kurz zu Cole, ehe er fortfuhr: »Nicht alle Nachfahren gehen auf das Grimm's-College. Aber viele haben über Jahrhunderte auf den Moment hin trainiert, in dem sich die Prophezeiung erfüllt. Das Problem ist, wir wissen nicht, was uns erwartet. Diese ganze Situation ist schwer einschätzbar, und genau deshalb hat uns Großvater mit allem, was er finden konnte, trainieren lassen. Andere Nachfahren zu unterschätzen, wäre ein Fehler.«

Eine Gänsehaut breitete sich auf meinen Unterarmen aus.

Edward stellte sich indessen mitten auf eine Matte und winkte mir zu. »Los, zeig mir, was du kannst.«

Ich starrte ihn an. »Was können?«

Edward lächelte, was endlich die Schatten in seinen Augen vertrieb. »Egal wie, greif mich einfach an.«

Ich sah etwas ratlos zu Avery und Cole, die sich am Boden niedergelassen hatten. Cole nickte mir aufmunternd zu. Avery grinste.

»Ja, zeig ihm, was du kannst«, sagte er spöttisch.

Ich drehte mich wieder zu Edward. »Bekomme ich keine Waffe?«

Edward lächelte. »Wenn du es schaffst, mich umzuwerfen, bekommst du eine.«

»Dich umwerfen?«

»Ja. Egal wie.«

Mit klopfendem Herzen ging ich auf ihn zu. »Ganz sicher? Was, wenn ich dir wehtue?«

»Dann hast du das gut gemacht.«

Ich blieb immer noch skeptisch. »Sicher?«

»Sicher.«

»Buh!«, schrie Avery.

»Was?«, fragte ich irritiert und sah zu Cole, ehe ich begriff, dass mein Cousin mit *Buh* nicht den weißhaarigen Kerl meinte, sondern mich ausbuhte. Ich funkelte ihn an. »Die letzte Reihe hält die Klappe.«

»Ich will mein Geld zurück!«

Cole beobachtete uns indessen weiterhin aufmerksam. Sein Blick zuckte zwischen Edward und mir hin und her, und ein seltsamer Ausdruck trat in seine Augen. Er war jedoch so schnell wieder verschwunden, dass ich es mir auch nur eingebildet haben konnte.

»Okay, okay, okay …« Ich atmete tief durch, visierte Edward an, ballte meine Hand zur Faust und schlug zu.

Edward wich geschickt aus und nickte mir aufmunternd zu. »Härter.«

»Sicher?«

»Schlag härter zu.«

Ich schlug wieder zu. Er wich so geschmeidig zurück, dass sich seine Muskeln wie Wasser bewegten. Mit zusammengebissenen Zähnen täuschte ich an, und als er erneut zurückwich, rammte ich ihm meinen Ellenbogen in den Magen. Weh tat das aber wahrscheinlich nur meinem Ellenbogen. Scheiße, waren seine Bauchmuskeln hart!

Überrascht blinzelte Edward mich an.

Meine Wangen wurden warm. »So?«

»Fast«, sagte er, und das Nächste, was ich mitbekam, war, dass ich auf der Matte aufschlug und mir sämtliche Luft aus der Lunge gepresst wurde. Edward pinnte mich am Boden fest. Dabei war er mir so nah, dass ich seine Körperwärme spüren konnte. Unser Atem traf aufeinander, während er mich aus warmen Augen musterte. »Noch mal. Ziele auf alles, was schwach ist. Kehle, Nase, Auge, Solarplexus, selbst Weichteile, wenn es sein muss.«

Wütend schlug ich aus und streifte seine Nase. Edward sprang auf und tänzelte zurück. Ich rappelte mich auf und folgte ihm mit den Blicken.

»Es gibt keine Regeln«, fuhr er fort. »Du kannst ein ganzes Leben lang Training nicht in wenigen Tagen aufholen. Darum tu alles, was dir einfällt, um mich zu Fall zu bringen. Handle schmutzig, sei gemein und vor allem skrupellos.«

»Na schön, wie du willst.« Ich pustete mir eine Haarsträhne aus dem Gesicht und trat nach ihm.

Doch Edward packte bloß meinen Fuß, sobald er in der Luft

war, drehte ihn um und brachte mich aus dem Gleichwicht. Wieder knallte ich auf den Boden. Avery lachte.

»Das ist doch Bullshit. Wie soll ich mich so gegen Wölfe zur Wehr setzen?«, fragte ich und rappelte mich wieder auf.

»Gar nicht«, entgegnete Edward ruhig. »Aber gegen Menschen. Komm schon, schlag zu.«

Frustriert strich ich mir die widerspenstige Haarsträhne zurück und rannte auf ihn zu. Ich spannte mich an und sprang wie ein Äffchen in seine Arme, die er überrascht um mich schlang. Ich machte mich schwer, ließ mich fallen und zog ihn mit mir. Zusammen knallten wir zu Boden. Ich schlüpfte aus seinem Griff, setzte mich rittlings auf ihn, ballte die Faust und holte aus.

Edward blickte mich an. Ich sah mich selbst in seinen Augen. Keuchend und verschwitzt. »Tu es. Schlag zu«, sagte er.

Ich zögerte.

»Du musst mir wehtun wollen. Es ist egal, wie gut du kämpfen kannst oder nicht. Du darfst nur keine Hemmungen haben, zuzuschlagen.«

»Aber …«

»Schlag zu!«, brüllte er mich an.

Ich ballte die Faust fester und schlug Edward ins Gesicht. Meine Faust traf auf sein Kinn. Der Aufprall schmerzte durch die feinen Knochen in meiner Hand bis hoch in den Ellenbogen. Edwards Kopf wurde zur Seite geschleudert, und rotes Blut spritzte von seinen Lippen.

»Oh Gott, das tut mir leid«, rief ich entsetzt und hob die Hände.

Edward blickte mich wieder an und lächelte. Etwas Blut klebte an seinem Mundwinkel. Er sah beinahe … erleichtert aus?

»Gut gemacht.«

Ich starrte ihn an, und erst als sich Avery räusperte, wurde mir klar, dass wir ja Zuschauer hatten.

»Sollen wir euch in Ruhe lassen oder so?« Mein Cousin grinste.

Ich funkelte ihn an und löste mich von Edward. Cole blickte auf den Boden unter sich, als würde er dort unsichtbaren Spuren folgen. Ein Muskel an seinem Kinn zuckte.

»Du bist dran, Avery«, sagte Edward nur. Im Gegensatz zu mir klang er weder außer Atem noch aufgewühlt.

»Darf ich auch auf dir sitzen?«, fragte mein Cousin.

»Du kannst es gern versuchen«, bot Edward an.

Mein Cousin lachte, und wir tauschten die Plätze. Ich setzte mich neben Cole und atmete tief durch.

»Hey«, sagte ich.

»Hey.« Endlich blickte er auf. »Das war gut.«

Ich verzog das Gesicht. »Es war seltsam.«

Eine Weile beobachteten wir, wie Edward Avery über die Matte jagte, bis er schließlich frustriert fragte: »Was machst du da, Avery?«

»Deinen Fäusten aus dem Weg gehen. Mein Gesicht ist schon verunstaltet genug.«

Ich prustete leise und senkte den Kopf auf meine zerschlagenen Knie. »Warum habe ich das Gefühl, dass wir das alles hier nicht überleben werden?«, murmelte ich.

Cole stupste mich zart mit der Schulter an, sagte jedoch nichts dazu. Stattdessen stand er auf und sah sich die Waffen in der Vitrine an.

Ich folgte ihm. Der Schrank war nicht verschlossen, also nahm ich vorsichtig einen langen schmalen Dolch heraus und wiegte ihn in der Hand. Er war schwer und kalt. »Ich kann mir nicht vorstellen, jemanden damit zu verletzen. Zumindest keinen Menschen«, sagte ich.

»So wirst du auch niemanden verletzen. Halt den Dolch so«, wies mich Cole plötzlich an und korrigierte meinen Griff um den Schaft.

Überrascht hob ich den Kopf. »Woher weißt du das?«

Cole runzelte die Stirn, und eine Strähne fiel ihm ins Gesicht. »Ich bin mir nicht sicher.« Behutsam nahm er meine Hand mit dem Messer und führte sie an seinen Hals. Genau an die Stelle, an der sein Puls pochte. Ich zuckte zurück, doch er verstärkte seinen Griff und sah mich aus dunklen Augen an. »Es ehrt dich, wenn du niemanden verletzen willst, aber falls es doch dazu kommt, stich hier zu.« Er drückte die Klinge fester an seinen Hals.

»Cole …«

Er nahm die Klinge weg und führte meine Hand weiter hinunter bis unter seinen Rippenbogen. »Um das Herz zu treffen, stich hier zu, dann nach oben. Nicht genau auf den Brustkorb zielen, sonst triffst du nur eine Rippe.« Mit einer Hand hob er sein Hemd an.

Ich blickte nach unten und versuchte, nicht zu starren. Heilige Scheiße. Cole sah wirklich aus, als hätte ihn jemand aus Marmor geschaffen. Die Bauchmuskeln zeichneten sich deutlich unter der hellen Haut ab, und die Narben darauf sahen auf verquere Art wie ein Kunstwerk aus. Sein Bauchnabel eine kleine Kuhle darin. Meine Hand zitterte, und ich sog die Luft ein, als er die Klinge auf seine blanke Haut legte.

»Was machst du da?«, fragte ich und schämte mich dafür, wie rau meine Stimme auf einmal klang.

Ein Funkeln lag in seinen Augen, das ihn nicht ganz so unschuldig aussehen ließ, wie er sich immer gab. Seine Stimme war ebenfalls rauer, als er antwortete: »Ich zeige dir eine Lektion.«

Ohne den Blick von mir zu lösen, umfasste er meine Finger fester und führte die Klinge beinahe träge noch tiefer und deutete auf eine Stelle an seinem Bauch. »Die Bauchschlagader sitzt tief. Sie zu durchtrennen, ist sehr effektiv. Ansonsten ziele auf die Nieren.«

Seine Stimme jagte mir einen Schauder über den Rücken, und ich war mir sicher, dass er meinen schnellen Puls fühlen musste. Hitze kroch mir in die Wangen. Seine Haut hingegen war immer noch so kalt wie der frische Schnee draußen.

»Und dann noch hier.« Er führte meine Hand weiter hinab.

»Wohin willst du?« Schockiert starrte ich auf seinen Schritt.

Er lachte, und der unerwartete Ton ließ ihn jünger aussehen. Irgendwie weicher und lebendiger …

Nun schoss ihm doch eine leichte Röte in die Wangen. »Nicht dahin. Dahin!« Er deutete auf die Innenseite seines Oberschenkels.

»Oh«, murmelte ich perplex.

Er grinste und drückte zu. »Die Hauptschlagader am Oberschenkel. Das sind die Ziele, die du treffen musst.«

»Und dann?«, fragte ich, und seine Augen wurden dunkler, als er sich vorbeugte.

»Stich zu und lauf einfach weg. Verstanden?«

Unsere Blicke verhakten sich. Wir waren uns so nahe, dass kein Blatt Papier mehr zwischen uns gepasst hätte. Sein Atem strich über mein Gesicht, und ihn zu berühren, war so … vertraut. Wie alles an ihm. Ich könnte die Augen schließen und sein Kinn nachfahren. Die geschwungene Linie seiner Augenbrauen … seine Lippen.

»Okay, Buh«, flüsterte ich.

Seine Lippen hoben sich und brachten die Grübchen an seinen Wangen zum Vorschein.

»Okay, du kennst dich aus. Möchtest du trainieren, Cole?«, unterbrach uns Edward, der so plötzlich neben uns aufgetaucht war, dass wir zusammenzuckten.

Cole wich zurück. Seine Hand fiel von meiner. Er lächelte höflich, doch es erreichte nicht seine Augen. »Wenn es euch nicht stört, werde ich mich noch ein wenig hinlegen.« Der Dolch fühlte sich ohne ihn wieder zu schwer an.

»Alles okay?«, fragte ich besorgt.

»Ja. Ich habe nur Kopfschmerzen. Das wird schon wieder. Viel

Erfolg beim Üben.« Er lächelte sanft, ging an mir vorbei und hinterließ den Geruch von frisch gefallenem Schnee.

Ich sah ihm stirnrunzelnd nach. Warum hatte ich das Gefühl, er ergriff gerade die Flucht? Geistesabwesend rieb ich mir über die Gänsehaut an meinen Armen. Es war, als würde ich seinen kühlen Atem und seine Finger immer noch auf meiner Haut spüren.

»Hey, Cole. Warte auf mich. Ein Nickerchen klingt toll!«, rief Avery, lief Cole nach und ließ Edward und mich einfach allein.

»Avery! Komm zurück, du Sack!«, brüllte ich ihm nach, bekam jedoch nur eine undeutliche Antwort zurück.

Für ein paar Atemzüge war es still im Raum. Ich legte den Dolch weg und hoffte, nie wieder Haut darunter spüren zu müssen.

»Willst du auch aufhören?«, fragte mich Edward.

Ich löste die Zunge von meinem Gaumen. »Nein.«

»Dann komm«, sagte er und drehte sich um. »Vielleicht sind Schusswaffen besser. Sie richten mehr Schaden an, und die Hemmungen sind geringer.«

Ich beeilte mich, ihm zu folgen. Am anderen Ende der Trainingshalle war ein Schießstand mit einer Zielscheibe. Edward nahm ein Paar Kopfhörer von einem Haken an der Wand und legte es mir um den Hals, ehe er eine Pistole hervorholte.

»Das hier …« Er hielt mir das Ding unter die Nase, und sein Blick schien jede meiner Regungen zu erfassen. »… ist eine Sig Sauer. 40er-Kaliber, zehn Schuss. Das Magazin kommt unten rein.« Es klickte, als er das Magazin einmal heraus- und wieder hineingleiten ließ. »Der Verschluss der Pistole lässt sich nach hinten schieben. Dort kannst du sehen, ob sich noch eine Kugel im Lauf befindet. Mit der rechten Hand nimmst du die Pistole, mit links schiebst du das Magazin nach. Dein Zeigefinger ist dabei nicht auf dem Abzug.«

Er gab mir die Pistole. Sie fühlte sich schwer an. Aber anders als der Dolch. Nicht gut, nicht richtig. Skeptisch sah ich zu Edward, doch er nickte nur und gab mir das Magazin. Ich schob es hinein, und ein Klicken war zu hören. Edward stellte sich hinter mich, griff um mich herum, und seine Hände schlossen sich um meine. Wie die von Cole zuvor. Als versuchte Edward, die Nähe zwischen Cole und mir zu übertünchen. So vertraut und sanft Cole gewesen war, so bestimmt und selbstsicher wirkte nun Edward. Dieser Kerl war wie ein Adrenalinrausch, und er stürzte mich in absolutes Chaos.

»Siehst du die Kugel im Lauf?« Sein Atem traf mein Ohr. Ich bekam eine Gänsehaut, von der ich nicht wusste, ob sie gut war oder nicht. Aber ich nickte. Edward bewegte meine Hand, und die Kugel rastete ein. »Hier ist der Sicherungsbügel. Leg ihn um.« Er deutete auf ein kleines Häkchen. Ich schob es hoch, und wieder war ein Klicken zu hören. »Sie ist jetzt entsichert. Jetzt legst du den Finger auf den Abzug. Und eine Regel gilt immer: Der Finger ist nur am Abzug, wenn du auch wirklich schießen willst. Wenn du siehst, was du treffen willst. Die schlimmsten Unfälle passieren, wenn du aus Angst oder Schreck einfach drauflos schießt.«

»Verstanden«, sagte ich und spürte, wie er näher rückte. Seine Brust gegen meinen Rücken drückte.

»Wenn du schießen willst, gibt es vier Dinge zu beachten: wie du die Waffe hältst, wie du zielst, deine Körperhaltung und wie du schießt.« Er nahm meine linke Hand und platzierte sie unter meiner rechten. »Deine linke Hand stützt die rechte. Halte fest, aber nicht verkrampft. Jetzt visiere an, indem du durch diesen Punkt schaust.« Er deutete auf eine Einkerbung. »Atmen, Rain«, flüsterte Edward, und seine Lippen streiften meinen Nacken. Ein Schauder lief mir über den Rücken. »Jetzt drück die Kuppe deines Fingers gegen den Abzug, bis du einen Widerstand spürst.«

Ich drückte und fühlte … etwas.

»Drück fest, und dann schieß.«

Ich leckte mir über die Lippen. »Soll ich?«

»Moment.« Er setzte mir die Kopfhörer auf. Die Welt wurde dumpf, dennoch hörte ich noch ganz leise seine Stimme. »Jetzt.«

Ich drückte ab, und meine Hand wurde so heftig zurückgerissen, dass mein Handgelenk knirschte. »Aua!« Fluchend ließ ich die Waffe los und schüttelte mein Gelenk aus.

»Alles okay?«

»Habe ich getroffen?«, fragte ich, und zog mir die Kopfhörer vom Kopf.

Seine Mundwinkel hoben sich. »Nein.« Er nahm meine Hand und massierte sanft das Gelenk. Ich zuckte zusammen, doch der dumpfe Schmerz ließ bereits nach. »Du musst auf den Rückstoß achten.«

»Danke für die Warnung«, brummte ich.

»Du musst es ein paarmal vermasseln, um es richtig zu machen. Du kannst in den nächsten Tagen so oft schießen, wie du willst. Die Waffe gehört dir.«

»Danke. Ich werde versuchen, zu üben.«

»Das hoffe ich.« Seine Finger blieben auf meinem Handgelenk liegen, und ich war mir ziemlich sicher, dass er den schnellen Puls darunter fühlen konnte. »Rain?«, fragte er mich.

»Ja?«

»Dieser Cole. Was weißt du über ihn?«

Überrascht von diesem abrupten Themenwechsel neigte ich den Kopf. »Nicht viel. Er ist uns vors Auto gelaufen. Ich glaube …« Ich zögerte, das mit Buh konnte und wollte ich ihm nicht sagen.

»Was glaubst du?«

Ich schluckte. »Ich glaube, er ist ebenfalls ein Nachfahre, auch wenn ich nicht weiß, von wem. Warum?«

»Ich mag ihn nicht«, sagte Edward schlicht.

»Ich dachte, du magst jeden«, gab ich spöttisch zurück.

Seine Mundwinkel zuckten. »Wirke ich so?«

»Nein, du tust aber so. Mr perfekter Schulsprecher.« Ich konnte mir den Seitenhieb nicht verkneifen.

Edward runzelte die Stirn und fuhr sich durch die Haare. »Wir alle haben unsere Rolle zu spielen. Ob wir wollen oder nicht.«

»Das sehe ich anders. Ich habe mein Leben lang gegen diese Rolle rebelliert«, hielt ich dagegen.

»Das hast du«, stimmte er zu, doch seine nächsten Worte brachten mich aus dem Konzept. »Also, wer bist du?«

»Was?«

Er beugte sich zu mir herab und murmelte: »Wer bist du? Rollen haben den Vorteil, dass man weiß, wer man ist, was man will und was man dafür tun muss, um es zu bekommen. Mein Weg wurde immer stark von meiner Familie geprägt, und ich würde lügen, wenn ich behauptete, es wäre leicht gewesen oder ich mit allem einverstanden. Aber ich habe mich nicht verloren gefühlt, und diese Stärke hilft mir jetzt. Was ist mit dir? Du hast dein Leben lang so sehr versucht, etwas nicht zu sein, dass ich mich frage, wer du denn sein wolltest?«

Ich starrte zu ihm auf, und seine Stimme hallte wie ein Echo in mir nach. In meiner Brust zog sich etwas sehr unangenehm zusammen.

»Ich weiß nicht«, gab ich schließlich zu. »Meine Ziele waren bisher nur darauf gerichtet, nicht meine Schwester zu sein.« Diese Antwort war kläglich, aber sie war ehrlich. Sie tat weh, aber es tat auch gut, sie auszusprechen.

Edward neigte zustimmend den Kopf. »Und das ist deine größte Schwäche. Finde heraus, wer du bist und was du sein willst in dieser Welt, und es wird nicht mehr viel geben, was dich aufhalten kann. Dann brauchst du deinen blassen Bodyguard auch nicht mehr.«

Meine Lippen zuckten. »Was stört dich denn genau an Cole?«

Edwards Augen wurden dunkler. »Etwas an ihm gefällt mir einfach nicht.«

»Was denn?«

»Die Art, wie er dich ansieht.«

»Wie sieht er mich denn an?« Ich wollte die Frage locker stellen, doch irgendwie blieb sie seltsam zwischen uns hängen.

Edward kam mir so nahe, dass ich die Luft anhielt. Sein Blick hielt meinen fest. »So wie ich dich ansehe.« Seine Worte waren nicht mehr als ein Wispern.

»Und wie siehst du mich an?«, flüsterte ich, und Edwards Blick kam auf meinen Lippen zu liegen.

»Schmerzhaft«, murmelte er. »Gefährlich hungrig«, ergänzte er. »Schrecklich verliebt.« Das Letzte war kaum zu hören. Seine Lippen waren inzwischen so nah, dass ich seinen Atem spürte.

Ich sah unter meinen Wimpern zu ihm auf. »Ich glaube, es gibt aktuell Wichtigeres, als verliebt zu sein«, wisperte ich. Mein Mund war staubtrocken. Oh Himmel, was taten wir da gerade?

»Vielleicht«, stimmte er zu. »Aber ich scheiß drauf.«

»Edward …«, begann ich, doch er war schneller.

Er überbrückte die letzten Zentimeter Distanz und küsste mich. Heiß und hungrig. Der Kuss war weder zurückhaltend noch schüchtern.

Erschrocken sog ich die Luft ein und wich zurück. »Was sollte das denn?«, brachte ich krächzend hervor.

Ein sehnsüchtiger Ausdruck lag in seinen Augen, während er mit rauer Stimme antwortete: »Etwas, was ich schon sehr lange tun wollte.« Seine Schultern strafften sich. »Vielleicht auch etwas Dummes. Etwas, was mir zeigt, dass ich doch mehr bin als meine Rolle. Die Frage ist nur, willst du das auch?«

Ich richtete meinen Blick zurück auf seine vollen Lippen. Eigentlich sollte es mich stören, dass er einen Kuss zwischen uns als einen Akt der Rebellion sah. Als etwas Dummes. Und gleichzeitig hatte er damit absolut recht. Meine Lippen prickelten, und ich spürte den

Kick, den der kurze Adrenalinrausch in mir ausgelöst hatte. Ich fühlte mich lebendiger als seit Tagen. Fühlte das Pumpen meines Herzens und die Luft in meiner Lunge und einen leicht salzigen Geschmack, der von Eddy kommen musste. Das hier war dumm, und dennoch hörte ich mich selbst sagen: »Ja.«

Innerhalb eines Atemzugs war er wieder bei mir. Zog mich an sich, vergrub seine Finger in meinen Haaren und küsste mich. Er küsste mich, als hätte er nie etwas anderes getan, während er seine Hände über meinen Körper wandern ließ. An meiner Seite hinab, über meinen Po, ehe er mich an der Hüfte fasste und mich in einer geschmeidigen Bewegung auf den Schießstand setzte. Ich schlang die Beine um seine Hüften und zog ihn an mich, erwiderte seinen Kuss. Biss in seine Unterlippe und entlockte ihm ein unterdrücktes Stöhnen. Er griff in mein Haar, bog meinen Nacken zurück und küsste mich, bis ich nicht mehr anders konnte, als nach Luft zu schnappen.

»Rain«, flüsterte Edward und ließ seine Finger unter die Jacke meines Jogginganzugs gleiten, wo er eine unsichtbare Spur auf meiner Haut nachzeichnete. Mein Unterleib spannte sich an, als er meinen Hals küsste. Träge und zart. »Hasst du mich noch?«

»Scheiße, ja«, sagte ich keuchend.

Er lächelte schief und küsste mich erneut. Tief und eindringlich. Seine Zunge fand meine. Seine Lippen glitten über meine. Seine Finger über meine Haut. Sein Geruch drang in meine Nase. Bis uns ein Räuspern ruckartig auseinanderfahren ließ.

»Entschuldigt, dass ich dieses schweißtreibende Training stören muss.«

»Cyress.« Edwards Armmuskeln spannten sich um mich herum an.

Cyress lehnte an der Tür und musterte uns gelangweilt. Seine dunklen Haare standen in alle Richtungen ab. »Sorry, Eddy. Grandpa ist in der Leitung. Er will mit dir sprechen.«

»Jetzt?«

»Sofort.«

Edward schloss seufzend die Augen.

»Ist schon gut.« Ich drückte Eddy von mir und rutschte vom Schießstand. »Geh nur.«

»Bist du sicher?«

»Wir sehen uns später.«

Edward nickte, und ich beeilte mich, aus diesem Trainingsraum rauszukommen. Cyress lächelte. Als ich an ihm vorbeikam, trafen sich unsere Blicke, und sein Grinsen wurde breiter. Ich zeigte ihm den Mittelfinger.

Als ich wieder im Wohnzimmer war, schlug mir das Herz bis zum Hals. Holly schlief immer noch, und Avery schien wirklich Schlaf nachholen zu müssen, denn sein Schnarchen war laut und deutlich zu hören. Er hatte sich vorhin nichts anmerken lassen, aber er sah ziemlich blass aus. Der Verband um seinen Kopf war zwar neu, aber verrutscht, und zeigte nun deutlich die Narben in seinem Gesicht. Es tat weh, ihn so zu sehen.

»Seid ihr fertig?«

Ich zuckte zusammen. Cole kniete vor dem Sofa und schürte das Feuer im Kamin. Ein paar Funken flogen um ihn herum. Remus saß neben ihm und wedelte glücklich mit dem Schwanz. Verrücktes Vieh. Seufzend ließ ich mich neben ihm auf das Sofa fallen und zog die Knie an. Erst dann löste sich meine Zunge vom Gaumen.

»Wir haben ein wenig Schießen geübt«, sagte ich vage, doch selbst ich merkte, wie kratzig meine Stimme klang.

Cole bedachte mich mit einem undeutbaren Blick, in dem sich der Schein der Flammen spiegelte. Er legte den Schürhaken ab und lehnte sich mit dem Rücken neben mich an das Sofa. »Seid ihr zusammen? Du und er?«, fragte er plötzlich.

Schlagartig schoss mir das Blut ins Gesicht. »Was? Nein! Wie kommst du darauf?«

Cole lächelte, doch es erreichte nicht seine Augen. »Leidenschaft ist wie Hass. Man kann sie nicht verstecken. Er kann es nicht verstecken. Man sieht es, wenn er dich ansieht.«

Die Ironie, dass Edward gerade etwas sehr Ähnliches über Cole behauptet hatte, war mir gleichzeitig peinlich und ließ mich dennoch amüsiert schnauben. Ich tätschelte sein Bein. »So viel würde ich in diese Sache nicht hineininterpretieren, Cole.«

Er sah nicht sehr glücklich darüber aus. »Bitte pass auf dich auf. Etwas an diesen Cinderbes gefällt mir nicht.«

Noch mal.

Ironie!

Als Cole den Kopf an meinem Bein anlehnte, blinzelte ich auf ihn herab.

»Ich kenne Edward schon sehr lange«, sagte ich. »Er ist eigentlich ein guter Kerl, aber ich stimme dir zu: Wir sollten vorsichtig sein. Sie sind für diese Sache viel zu gut vorbereitet.« Die Erinnerung an seinen Kuss ließ meine Wangen heiß werden. Ich hätte nicht so im Affekt handeln sollen, wenn ich es doch besser wissen sollte. Und das tat ich.

Cole sah unter seinen Wimpern zu mir hoch. Der Schein des Feuers erhellte sein Haar. »Auch gute Menschen können aus den richtigen Gründen schreckliche Dinge tun. Vor allem wenn es aus Liebe ist.«

Es brannte mir auf der Zunge, ihm zu versichern, dass zwischen Edward und mir viel stand, aber ganz sicher keine Liebe. Doch die Erinnerung an die Knutscherei ließ mich zögern. Ich war doch nicht verliebt ... oder? Ich biss mir auf die Lippe.

»Ich glaube, er traut mir nicht«, sagte Cole.

Ich hob eine Augenbraue. »Ich glaube, Edward traut außer seiner

Familie niemandem. Das hat es so an sich, Teil einer Märchenfamilie zu sein, und für ihn bist du ein Fremder, den ich mitgeschleppt habe und den er nicht einschätzen oder kontrollieren kann. Glaub mir, niemand liebt es so sehr, Dinge zu kontrollieren, wie die Cinderbes.«

Cole senkte den Blick. »Und du? Traust du mir?«, fragte er leise.

Mein Herz zog sich bei dem verunsicherten Klang seiner Stimme zusammen. »Ich sollte es wahrscheinlich nicht. So wie aktuell überall das Chaos ausbricht, könntest du ein böses magisches Wesen sein, das versucht, uns zu töten. Du könntest sogar der Prinz selbst sein.«

Cole wich zurück. »Denkst du das wirklich?«

Ich schürzte die Lippen. »Es wäre naiv, mir nicht darüber Gedanken zu machen, wer du bist, warum du dich an nichts erinnern kannst und warum du hier bist. Aber wenn ich dich ansehe, sehe ich keinen Fremden, sondern meinen engsten Freund, der für mich da gewesen ist, als es sonst niemand war. Ich habe seit meiner Kindheit regelmäßig einen Jungen im Spiegel gesehen. Er sah aus wie du. Nur mit dunklen Haaren. Deswegen fühlt es sich an, als würde ich dich mein Leben lang kennen. Alles an dir ist mir so vertraut, dass ich dir instinktiv vertraue, und das ist gefährlich, oder?«

»Ich kann mich wirklich an nichts erinnern«, erwiderte Cole ernst. »Weder an meine Vergangenheit noch an meinen Namen. Noch an einen Spiegel. Aber wenn ich die Augen schließe, dann sehe ich nur dich. Ich teile dieses Gefühl der Vertrautheit mit dir, und das … macht mir ebenfalls Angst. Denn momentan fühlt es sich an, als wärst du der einzige Grund, warum ich existiere.«

Wir sahen uns an, und da war es wieder – das Gefühl von Vertrautheit. Ich fühlte mich in seiner Gegenwart so sicher, dass ich mich zwingen musste, von ihm wegzurücken. Cole seufzte und ließ es zu.

»Nun«, sagte ich und zeigte um uns herum. »Du fühlst dich hier nicht wohl, oder?«

Cole zögerte, ehe er den Kopf schüttelte.

»Was sollen wir deiner Meinung nach tun?«, fragte ich.

Cole setzte sich auf. »Wir sollten überlegen, woanders Unterschlupf zu finden. Vielleicht in ein anderes Dorf gehen und dort Hilfe suchen. Denn hier stimmt etwas nicht.«

»Mit Edward?«

»Eher mit diesem Ort.« Er schauderte. »Der Wald stöhnt und ächzt wie ein Sterbender. Ein dunkler Atem zieht durch ihn hindurch, und es stinkt nach Tod.« Er ließ den Blick schweifen und machte eine Bewegung, die er bereits schon einmal gemacht hatte. Eine Geste gegen Böses? Gegen Unheil?

Ich sah mich ebenfalls um. Das Feuer war warm. Alles blieb ruhig.

Er hatte recht, und dennoch warf ich ein: »Dort draußen wimmelt es von Wölfen und wer weiß was noch. Wir sind verletzt und zerschlagen. Es wäre reiner Selbstmord, jetzt wegzugehen.«

Cole wirkte nicht glücklich darüber. Er vertiefte das Thema jedoch nicht. In stiller Eintracht saßen wir zusammen, und irgendwann mussten wohl auch wir eingenickt sein, denn ich wurde von dem Schließen einer Tür und einem würzigen Geruch geweckt. Müde blinzelte ich in das schwache Sonnenlicht, das inzwischen durch die Fenster schien. Cole saß immer noch neben mir, und Remus hatte sich, so eng es möglich war, an Cole gequetscht und hob ebenfalls die Ohren. Cole selbst sah aus wie ein schlaftrunkener Kater, so wie er sich gerade genüsslich streckte. Er warf mir einen verschmitzten Grinser zu, der mich so sehr an meinen Buh aus alten Tagen erinnerte, dass ich mitten im Gähnen innehielt.

»Morgen …«, nuschelte ich.

Cole nickte in Richtung Tisch. »Ein griesgrämiger Geist hat uns Frühstück gebracht.«

Tatsächlich stand auf dem wuchtigen Holztisch ein Tablett mit Eiern, Toast, Speck und Bohnen. Prompt grummelte es. Aber es war nicht mein Magen.

»Hunger?«, fragte ich erheitert, und Cole wurde tatsächlich rot.

»Immer«, gab er zu.

Amüsiert stand ich auf, und zusammen setzten wir uns an den Tisch. Remus nahm wie ein Schoßhündchen unter dem Tisch Platz. Wir beluden unsere Teller, und ich schenkte uns beiden Kaffee ein. Hungrig machten wir uns über das Frühstück her, wobei Cole sich immer wieder die Haare aus dem Gesicht strich und kleine Häppchen an Remus weitergab. Bevor ich wusste, was ich da tat, hielt ich eine seiner Haarsträhnen in der Hand. Cole blickte mich fragend an.

»Als ich dich zum ersten Mal gesehen habe, hätte ich schwören können, dein Haar ist weiß. Aber jetzt sieht es eher grau aus, als würde es immer dunkler werden.«

Cole schielte nach oben und leckte sich etwas Marmelade aus dem Mundwinkel. »Sie sind viel zu lang«, murmelte er.

»Soll ich sie dir schneiden?«

Überrascht blinzelte er mich an. »Würdest du das tun?«

»Meine Mutter hat uns immer die Haare geschnitten und ich später auch Avery und meinem Vater.« Bei der Erinnerung daran schnürte es mir die Kehle zu. Ich ließ seine Haarsträhne los.

Cole verzog mitfühlend das Gesicht. »Wie geht es dir?«

»Ich weiß nicht so recht …«, krächzte ich und blickte weg. Ich grub die Finger in den Tisch. »Ich werde den Wolf töten, der meine Familie gefressen hat. Und wenn es das Letzte ist, was ich tue.«

Cole sah mich nur traurig an. »Du willst Rache.«

Ich schnaubte leise. »Ist das verwerflich?«

»Nein, nur gefährlich, und danach fühlst du dich nicht besser. Nur leer.«

Unsere Blicke trafen sich, und in seinen Augen blitzte etwas auf. Schmerz. Er runzelte die Stirn und rieb sich die Schläfen.

»Erinnerst du dich an etwas?«

»Nein, nur … nur Kopfschmerzen«, murmelte er.

»Komm.« Ich räusperte mich und stand auf. »Schneiden wir dir diese Zotteln ab«, sagte ich und suchte nach einer Schere. Ich fand keine, dafür aber ein scharfes Jagdmesser. »Wie kurz möchtest du sie denn haben?«

»Ganz egal, Hauptsache, sie stören nicht mehr«, entgegnete er.

»Hm …« Brummend ließ ich meine Hand durch seine Mähne wandern, ehe ich sie zu einem Zopf zusammenfasste und einmal durchsäbelte. Dicke Strähnen fielen zu Boden.

Ich grinste. »Jetzt habe ich dir mehr abgeschnitten, als ich insgesamt am Kopf habe.«

»Dein Haar ist wunderschön. Es ist schwarz wie Ebenholz«, sagte Cole sanft.

»Komm mir jetzt bloß nicht mit weiß wie Schnee und rot wie Blut.«

»Wie bitte?«

»Ach, nichts …« Ich winkte ab und schnitt weiter an seinen Haaren herum. »Aber du hättest meine Schwester sehen sollen. Sie war schön. Das Haar ging ihr bis zur Hüfte.«

»Du hast eine Schwester?«

»Hatte. Sie ist gestoben, als ich noch jung war«, antwortete ich ruhig.

Seine Schultern spannten sich an. »Das tut mir leid.«

Ich seufzte und schnitt weiter. »Sie ist vor elf Jahren in einem Brunnen ertrunken. Ich habe bis heute Albträume deswegen.«

»Albträume habe ich auch«, gab er zu.

»Wovon träumst du? Außer von der Dunkelheit, aus der du anscheinend kommst?«

»Ich bin mir nicht sicher. Sobald ich aufwache, ist alles weg. Doch in meinem Mund liegt der Geschmack von Asche und Blut, und manchmal glaube ich, Schreie zu hören. Unfassbar viele Schreie.«

Er schien seinen eigenen Gedanken nachzuhängen, weshalb ich

stumm weitersäbelte. Cole war mir ein Rätsel – eines, das ich lösen wollte.

»So. Lass mal sehen«, sagte ich schließlich und fuhr ihm mit den Fingern durch die Haare. Sie wellten sich leicht und legten sich malerisch um sein Gesicht, nur eine Locke fiel ihm nach wie vor in die Stirn. Der neue Haarschnitt ließ ihn älter aussehen und hob die scharfen Wangenknochen hervor. Seine Lippen wirkten voller, seine Augen größer. Mir stockte der Atem. Cole war wirklich der schönste Mann, den ich jemals gesehen hatte, und ich glaube, es war ihm nicht einmal bewusst.

»Und?«, fragte er verunsichert und fuhr sich durch die kurzen Haare.

»Du siehst aus wie ein Märchenprinz.« Ich wollte scherzen, doch es kam viel zu ernst heraus.

Cole schmunzelte, und das Silber in seinen Augen tanzte. »Gefalle ich dir?«, neckte er mich.

»Viel zu gut«, gab ich zu.

Jemand räusperte sich. »Störe ich?«

Ich drehte mich zu Edward um, der – gefolgt von Brianna und Cyress – den Raum betrat. Alle drei waren mit voller Kampfmontur ausgestattet. Von ihren schweren Schritten wurden auch Holly und Avery wach.

Holly blinzelte und setzte sich ruckartig auf. »Wo bin ich?«, stammelte sie und blickte sich wild um.

»Geh es ruhig an, du wirst eine kleine Gehirnerschütterung haben«, sagte Edward.

Sie griff sich an die Stirn, ehe sie die Augen aufriss. »Mein Dad …!«

»Keine Sorge, wir gehen in die Stadt, und ich sehe nach ihm«, beruhigte Edward sie.

»Ich muss …«

»Dich ausruhen«, fiel er ihr ins Wort.

Sie presste die Lippen zusammen und funkelte ihn an.

Avery gähnte laut und blinzelte Cole an. »Was ist denn mit dir passiert? Wer hat deine Haare zerstört?«

Cole fuhr sich lächelnd durch die kurzen Haare. »Rain hat sie geschnitten.«

»War sie dabei betrunken?«, fragte mein Cousin.

Ich warf ihm einen finsteren Blick zu, ehe ich das Messer weglegte und mich an Edward wandte. »Ihr wollt in die Stadt?«

»Wollt ihr auf die Jagd?«, fragte Avery gleichzeitig.

Edward nickte. »Wir gehen nach Woodley und suchen nach der Prüfung. Wir sind am Abend wieder da. Corwin bringt euch alles, was ihr braucht. Falls es einen Notfall gibt, könnt ihr uns damit erreichen.« Er legte ein schwarzes Walkie-Talkie auf den Tisch. »Und wir haben leider schlechte Nachrichten.«

»Was ist los?«

»Die Handys haben keinen Empfang mehr. Auch das Internet ist tot. Falls es sich nicht nur um ein kurzes Problem handelt, sind wir bis auf Weiteres von der Außenwelt und weiteren Informationen aus London abgeschnitten. Und wie es aussieht, werden wir tatsächlich keine Hilfe vom Militär bekommen.«

»Warum?«, fragte ich alarmiert.

»Wir wissen es nicht genau. Der Empfang ist von einem Moment auf den anderen ausgefallen. Ich konnte gerade noch ein paar Worte mit Großvater sprechen. Aber offenbar gab es in London so etwas wie ein Erdbeben. Die halbe Stadt liegt in Trümmern.«

Holly sog scharf die Luft ein. Avery wurde blass, und auch mir wurde unangenehm kalt.

»In London gab es ein Erdbeben?«, echote Avery fassungslos. »Wie kann es sein, dass wir davon rein gar nichts gespürt haben?«

Edward seufzte. »Ich habe keine Ahnung. Aber London scheint

wohl im Katastrophenzustand zu sein. Es sind aber nicht nur Woodley und London betroffen. Das Letzte, was Großvater mir durchgeben konnte, war, dass in Guildford ohne jede Vorwarnung eine Seuche ausgebrochen ist.«

»Eine Seuche?«, wiederholte ich.

»Es sind die Anzeichen der Pest«, sagte er.

Eine schockierte Stille breitete sich zwischen uns aus, während wir zu verdauen versuchten, was er uns da gerade erzählt hatte.

»Wenn die Leitungen unterbrochen sind, dann können wir keinen Kontakt mehr zu den Leuten in Woodley aufnehmen, oder?«, fragte Holly schließlich ernst.

Edward schüttelte den Kopf. »Es tut mir leid. Aber wie gesagt, ich werde beim Doc vorbeischauen und mit deinem Vater sprechen.«

»Ich komme mit«, sagte sie sofort.

»Nein«, wandte Brianna ein.

»Aber ich muss …«

»Nein. Es ist Selbstmord da draußen«, fuhr sie Holly harsch an.

»Wenn ihr geht, gehe ich auch!«, fauchte Holly.

Brianna verzog genervt das Gesicht. Edward unterbrach sie, indem er Holly eine Hand auf die Schulter legte und sie drückte. »Hast du vergessen, was gestern passiert ist?«

Meine Freundin wurde so blass wie Avery.

Edward fuhr entschlossen fort und klang dabei ganz wie der Schulsprecher, den ich kannte: »Wir zwingen dich zu nichts, Holly, aber du musst dich entscheiden. Wenn du willst, bringen wir dich nach Woodley, aber dann wirst du dort bleiben müssen. Die Situation ist einfach zu brenzlig, und wir können es nicht riskieren, ständig in die Stadt zu fahren. Wenn du jedoch hierbleibst, kannst du gern einen Brief schreiben, den ich mitnehme.«

Ich hielt die Luft an. Das war er. Der Moment, in dem Holly sich entscheiden musste, was sie tun wollte. Und sosehr ich mir wünschte, dass sie blieb, musste sie doch selbst entscheiden, wie diese Geschichte für sie weiterging.

Holly warf mir einen unsicheren Blick zu. Zögerte. Das braunrote Haar fiel ihr ins Gesicht, doch dann schloss sie die Augen. »Ich bleibe bei euch. Ich schreibe meinem Dad einen Brief.«

Erleichtert atmete ich auf. Gott sei Dank.

Edward nickte und suchte nach etwas zum Schreiben. Für einige Sekunden war danach nur das Kratzen von ihrem Stift auf dem Papier zu hören. Mit zitternden Fingern reichte Holly Edward schließlich den Brief. Er steckte ihn ein, und kurz sah er aus, als wollte er noch etwas sagen, doch er nickte nur und drehte sich um. »Bis später.«

Brianna warf sich eine lange Schusswaffe über die Schulter, und sie und Cyress folgten ihm. Die Tür fiel hinter den Cinderbes mit einem Knall ins Schloss.

Holly blinzelte mich an. »Ich hatte wirklich gehofft, das alles – die Wölfe in Woodley, Willow – das alles wäre nur ein Albtraum«, flüsterte sie.

»Leider nicht.«

Ihre Augen füllten sich mit Tränen. »Als ich über den Zaun geklettert bin, haben die Wölfe mich sofort erwischt«, sagte sie. »Ich habe ihren nach Tod stinkenden Atem im Nacken gefühlt, und ich … ich dachte, es wäre aus.« Sie schluchzte auf.

Ich machte einen Schritt auf sie zu, wollte sie in den Arm nehmen, doch Holly zuckte zurück.

»Ich bin auf diesen Baum geklettert, und dann war da plötzlich Cinderbe und hat die Wölfe niedergeschossen, als hätte er nie etwas anderes gemacht. Es war ein Gemetzel. Da war überall Blut. Als das Ganze vorbei war, bin ich so ungeschickt vom Baum runter, dass ich mich dabei selbst ausgeknockt hab. Ich wäre beinahe an meiner eigenen Unfähigkeit, einen Baum zu besteigen, gestorben.« Sie seufzte und blickte mich ernst an. »Wie sollen wir das nur überleben, Rain?«

Ich zögerte.

»Rain, was sollen wir tun?«, fragte Holly.

Müde fuhr ich mir durch das Haar. »Ich habe keine Ahnung«, sagte ich ehrlich.

Kapitel 16

»Lieber Herr König, Ihr habt mir befohlen,
ich sollte das Liebste und Beste aus dem Schloss
mitnehmen, nun hab ich nichts Besseres und
Lieberes als dich, da hab ich dich mitgenommen.«

Aus »Die kluge Bauerntochter«
Gebrüder Grimm

»Habt ihr eigentlich das hier schon gesehen? Die Cinderbes haben hier wahrscheinlich jedes Märchenbuch, das jemals verlegt wurde«, sagte Holly, die gerade das Bücherregal am anderen Ende des Raums durchforstete, während wir auf die Rückkehr der Cinderbes warteten und versuchten, Cole Monopoly beizubringen. Immer wieder kam es mir so vor, als würde ich Geräusche hören. Ein rhythmisches Pochen, beinahe wie ein Klopfen, doch sobald ich genauer hinhörte, war es weg. Ich beschloss, Edward später zu fragen, ob es hier Waschbären oder Frettchen gab. Hoffentlich waren es nur Waschbären und Frettchen, denn um ehrlich zu sein, erwartete ich, jederzeit von einem Besen angequatscht zu werden.

Cole blickte noch immer verwirrt auf das Spielbrett vor sich, als Holly laut aufzuzählen begann: »Volksmärchen, europäische Märchen, altägyptische, indische, persische, arabische, japanische ... Sie haben hier wirklich alles. Vielleicht finden wir ja in einem darin ein paar Antworten. Vielleicht ist das, was gerade passiert, schon einmal vorgekommen.« Sie zog einen dicken Wälzer heraus. Eine Sammlung von Grimms Sagen und Märchen. Unsere Vorfahren.

»Hm …«, murmelte ich und stellte mich neben Holly. Mit den Fingern fuhr ich über die Buchrücken und stockte, als ich ein Buch mit einem abgegriffenen dunklen Umschlag entdeckte. Langsam zog ich es heraus. Es war schwarz und eingerissen. Und so abgegriffen, dass kaum noch die Prägungen zu erkennen waren, die sich über den Einband zogen. Es gab keinen Titel. Lose Blätter lagen darin. Das Ganze kam mir so seltsam bekannt vor.

»Avery. Sieht das nicht exakt aus wie das Buch, das wir vor ein paar Tagen aus dem Bücherschrank geholt haben?«, fragte ich verblüfft und hielt es hoch.

»Was weiß ich?«, murmelte dieser. Er war wirklich sehr mies drauf.

Ich blätterte durch die Seiten. Wie seltsam. Es sah tatsächlich exakt so aus wie das Buch, das ich in meinen Rucksack gesteckt hatte. Was war damit eigentlich passiert? Irritiert hielt ich inne. Es war definitiv in meinem Schulrucksack gewesen. Aber wo hatte ich den das letzte Mal? Auf der Ratsversammlung hatte ich ihn nicht mehr, das heißt, ich musste ihn in der Limousine der Cinderbes vergessen haben.

Cole blickte auf. »Alles in Ordnung?«, fragte er, eine Spielfigur in der Hand.

»Ja, ich bin nur etwas verwirrt«, gab ich zu.

»Lass mal sehen«, sagte Holly und nahm mir das Buch aus der Hand. Sie blätterte es durch und runzelte die Stirn. »Die meisten Seiten sind leer. Hier sind nur ein paar Seiten beschrieben, und das ist nicht mehr als Gekritzel. Wenn das eine echte Sprache ist, kenne ich sie nicht.«

»Wie?« Ich nahm ihr das Buch wieder ab und schlug die erste

Seite auf. Sofort prangte mir eine große Illustration entgegen. Das Bild sah aus, als wäre es mit Tusche gezeichnet worden. Ein großer Leib hob sich von dem vergilbten Papier ab. Die Augen schienen mich direkt anzustarren. Die Schrift darunter wirkte ein wenig schief und krumm, war jedoch eindeutig lesbar. »Der Erste. Gula der Wolf. Völlerei, Gefräßigkeit, Maßlosigkeit, Unmäßigkeit, Selbstsucht.« Ich blickte überrascht auf. »Hier steht ein Märchen, das ich nicht kenne.«

»Rain, da steht nichts. Nur Kauderwelsch«, widersprach Holly.

»Lass mal sehen.« Avery nahm mir nun ebenfalls das Buch aus der Hand und blätterte es durch. »Ich sehe auch nur Gekritzel. Was soll das sein?«

»Doch, da steht etwas«, beteuerte ich und begann vorzulesen:

Es war einmal vor sehr langer Zeit ein Prinz. Seine Augen und sein Haar waren so schwarz wie Ebenholz und sein Gesicht so blass wie frisch gefallener Schnee. Weil der König ihm jedoch zürnte, war ihm der Zugang zum Schloss verwehrt worden, und weil niemand am Hof die Gunst des Königs einbüßen wollte, so gab man dem Jüngling nur ein paar Lumpen, mit denen er sich bedecken konnte, und ließ ihn in den Ställen im schmutzigen Stroh schlafen. Trotz seiner misslichen Lage und des Hungers, der den Jungen quälte, kümmerte er sich gut um die Tiere im Stall, die ihm zumindest ein wenig Wärme und Freundlichkeit zukommen ließen.

Das liebste Tier des Jungen war ein großer Wolf. Der letzte seiner Art, nachdem der König das gesamte Rudel im Wilden Wald hatte ausrotten lassen. Sein Fell war genauso dunkel wie das Haar des Prinzen und sein Gemüt von so unbändigem Temperament, dass es selbst der König nicht schaffte, ihn abzurichten. Jeden Morgen und jeden Abend streichelte der Junge über das Fell des Wolfs und sprach: »Ach, mein guter Freund, wenn ich nur einen Tag so stolz, mutig und frei sein könnte wie du. Doch gib nur acht. Der König ist hungrig nach Macht und findet Gefallen daran, stolze Dinge zu brechen. Wenn du dich nicht bald abrichten lässt, wird er dich schlachten lassen wie deine Artgenossen.«

Der Wolf indessen antworte jedes Mal dasselbe: »Der König mag hungrig sein, doch ich bin Gula. Der Wald steht unter meiner Herrschaft. Und ich bin hungriger.«

Der Wolf ließ sich trotz der Warnung des Jungen nicht bändigen, egal, wie sehr ihm der König die Peitsche gab. Der prügelte das Tier so lange, bis es halb tot daniederlag. Als der König zum letzten Schlag ausholte, ging der Junge dazwischen, warf sich auf den kalten Boden und flehte um Gnade für das Tier.

Der König erzürnte über die Unterbrechung und sprach: »Deine Treue sollte deinem König und nicht diesem Vieh gelten. Geh zur Seite, oder du wirst seine Strafe entgegennehmen.«

Der Junge zitterte vor Angst, doch er wich nicht von der Seite des Wolfs. Daraufhin ließ ihn der König auspeitschen, bis er das Bewusstsein verlor und erst bei Wasser und Brot im Kerker wieder erwachte.

Schließlich begab es sich, dass der König Besuch von einem Fürsten bekam, der ihn in seiner Eitelkeit herausforderte und mit seinen Fähigkeiten in der Jagd prahlte. Alsbald rief der König zu einer Jagd auf, und weil er seine Macht demonstrieren wollte, ließ er seinen Kerker leeren, mit dem Versprechen, jedem, der bis zum Morgengrauen überlebte, die Freiheit zu schenken.

Zusammen mit ihrer Jagdgesellschaft erlegten der König und der Fürst die Flüchtenden, bis der frisch gefallene Schnee rot von Blut war und die Nacht erfüllt von den Schreien der Sterbenden. Unter ihnen war auch der junge Prinz. Bis auf die Knochen geschlagen und halb verhungert dauerte es nicht lange, bis ihn die Jagdhunde aufspürten. Er wähnte sich dem Tod nahe, als er den Pfeil des Fürsten auf sich gerichtet sah. Doch im selben Augenblick sprang Gula der Wolf hervor und verschlang den Fürsten und seine Jagdgesellschaft mit Haut und Haaren.

Den König überkam eine Angst, wie er sie bisher noch nie verspürt hatte, als der Wolf ihn zu Boden stieß und sprach: »Mein Leben für das Leben des Prinzen. Ich stehe in seiner Schuld. Solltest du es mit deinem Gefolge jedoch jemals wieder wagen, diesen Wald zu betreten, werde ich euch mit Haut und Haaren verschlingen. Denn du, mein König, magst hungrig sein. Doch ich bin Gula, der Wald gehört mir. Und ich bin hungriger.« Mit dieser Warnung ließ der Wolf vom König ab und verschwand im tiefen Wald.

Als darauf der Tag anbrach, waren nur noch der König und der Prinz am Leben. Sie irrten drei Tage und drei Nächte durch den Wald, ehe sie ihren Weg zurück ins Schloss fanden. Der König war erzürnt über seine Niederlage, die ihn zum Gespött des ganzen Hofstaats machte. Doch die Warnung des Wolfs ließ ihn sein Versprechen einlösen. Der junge Prinz wurde begnadigt und kehrte in den Stall zurück. Wann immer jedoch seitdem ein Mensch versuchte, den Wald zu betreten, ward er nie wieder gesehen.

Ich blickte auf. Das Märchen hatte einen unangenehmen Geschmack auf meiner Zunge hinterlassen. »Kennt jemand das Märchen?«

Inzwischen standen alle um mich herum. Sowohl Avery als auch Holly verneinten. Cole runzelte die Stirn, als versuchte er, sich an irgendetwas zu erinnern, schüttelte schließlich jedoch ebenfalls den Kopf.

»Ich nämlich auch nicht«, sagte ich, ehe ich zögernd hinzufügte: »Obwohl vor allem der erste Teil an die Geschichte über den schlafenden Prinzen erinnert, findest du nicht, Avery?«

»Hm …«, brummte mein Cousin skeptisch. »Ich weiß nichts von einer Erweiterung der Geschichte. Das könnte sonst wer dazuerfunden haben.«

»Ja, wahrscheinlich«, lenkte ich ein und wollte schon das Buch entmutigt zurücklegen, als Holly sich räusperte.

»Oder«, warf sie ein, »das Märchen der Schöpfung ist nicht vollständig. Vielleicht haben Nachfahren oder Ratsmitglieder absichtlich Teile aus dem Märchen entfernt.«

»Lass uns mal die Stelle im Original raussuchen«, schlug Avery vor.

Gute Idee. Gezielt zog ich ein weiteres Märchenbuch aus dem Regal. Das Märchenbuch der Gebrüder Grimm. Ich blätterte vor und deutete auf eine Stelle. »Hier steht es: *Schwester Zeit brachte den Jungen zum Sonnenkönig. Der warf nur einen Blick auf das Kind, und sein sonst so helles Herz verdunkelte sich vor Kummer, Zorn und Schmerz. Niemand wusste, wohin die Königin der Nacht verschwunden war, doch sie hatte das Kostbarste in ihrem Leben zurückgelassen. Der König hasste den Jungen. Er brachte es in Gedenken an seine Frau zwar nicht über sich, ihn töten zu lassen, doch er verheimlichte die Existenz des Jungen vor dem Hofstaat und verbannte ihn zu einem Leben als Stalljunge. So wuchs der Junge auf. Nichts ahnend von seiner Herkunft oder wer er wirklich war. Statt feinster Seide trug er schmutzige Lumpen, anstatt in weichen Betten schlief er bei den Pferden im Stall.*«

»Der Prinz im Stall«, stellte Avery fest.

»Hilft uns das weiter? Oder beweist es etwas?«, fragte ich und tippte nachdenklich auf die Stelle im Buch.

»Nicht wirklich«, räumte mein Cousin ein.

»Aber es kann auch kein Zufall sein, dass die Geschichte von Wölfen handelt, während wir hier eine Wolfsplage haben«, warf Cole leise ein.

»Das ist wirklich seltsam«, stimmte Holly zu.

Ich brummte und las erneut die ersten Zeilen aus dem zerfledderten Buch. »Der Erste. Gula der Wolf. Analysieren wir mal das Ganze: Gula ist in dieser Geschichte was? Das Böse oder das Opfer?«

»Beides«, sagte Holly.

Avery indessen wandte ein: »Gula klingt für mich wie eine der verstoßenen Seelen, die damals dem Prinzen geholfen haben.«

»Der Prinz stand also in enger Verbindung mit einem Wolf, und jetzt, wo der Prinz und damit auch die Magie zurückkommen, kommen auch die Wölfe«, versuchte ich, das Gewirr an Gedanken zusammenzufassen. Frustriert schnalzte ich mit der Zunge. »Ergibt das Sinn, oder spinnen wir uns hier nur was zusammen?«

»Spinnen ist besser, als gar nichts zu haben«, wandte Holly ein.

»Und wir verlieren dabei nichts«, fügte Avery hinzu.

Ich seufzte. »Okay. Wenn unsere Theorie stimmt, könnte es Teil der Prüfung sein, den richtigen Wolf zu finden und ihn zur Strecke zu bringen?«

Avery runzelte die Stirn. »Kann sein. Oder ihn zu retten, wenn man nach dieser Geschichte geht.« Er nahm erneut das schwarze Buch zur Hand und pustete sich eine Strähne aus dem Gesicht. »Ich verstehe nur nicht, wie du da etwas lesen kannst. Es sieht aus, als hätte jemand einfach irgendetwas hingekritzelt.«

Ein scharfer Atemzug hinter mir ließ mich aufsehen und mich umdrehen. Cole war blass geworden.

»Alles okay?« Als er nickte, fügte ich hinzu: »Dir sagt die Geschichte wirklich nichts?«

Er zögerte. »Nein, aber ich erkenne die Schrift. Das ist Mi'ihen.«

»Mi...was?«, fragte ich erstaunt.

Cole musterte das Buch mit einem seltsamen Gesichtsausdruck. »Mi'ihen. Man nennt es auch die Sprache der Götter. Die Sprache ist uralt. Sie wurde am Cúirt Althriochna gesprochen.« Die fremden Worte verließen seinen Mund, rollten über seine Lippen und hinterließen das Gefühl von etwas Neuartigem.

»Cúirt Althriochna?«, wiederholte ich holprig. »Wenn das stimmt, wieso kann ich das dann lesen? Ich kenne weder diese Sprache noch diesen Cúirt Althriochna.«

Cole legte den Kopf schief. »Ich weiß es nicht. Übersetzt heißt das so viel wie Hof der Unendlichkeit.«

Wir blinzelten ihn an, und es war Avery, der es schließlich aussprach: »Ey, du weißt nicht, wie ein Snickers schmeckt, kennst aber dafür solchen Kram? Was ist nur los mit dir?«

Cole zuckte zusammen und griff sich an den Kopf.

»Cole, was ist mit dir?«, fragte ich erschrocken, als ich das rote Rinnsal Blut bemerkte, das ihm aus der Nase lief.

»Nichts. Nur die Kopfschmerzen lassen nicht nach.« Er schwankte.

Schnell legte ich das Buch ab und bugsierte ihn auf das Sofa. »Ist dir schwindelig? Avery, hol etwas Wasser«, ordnete ich an.

Mein Cousin murmelte etwas, lief jedoch los, während Coles Augen so dunkel wurden, dass jedes Licht darin verschwand.

»Cole?« Vorsichtig berührte ich ihn an der Schulter. Das Feuer knackte. Ein eisiger Windzug fuhr durch den Kamin, und das Feuer flackerte unruhig.

»Hier.« Avery kam mit einer Flasche Wasser zurück.

Cole nahm sie und hielt sich daran fest. »Danke. Es geht schon wieder.«

»Sicher? Hast du Fieber?« Ich berührte seine Stirn und war überrascht, wie kalt sie stattdessen war. Beinahe ausgekühlt. Schnell legte ich ihm eine Decke um die Schultern, und für einige Minuten beobachteten wir Cole nur und hofften, dass er nicht umkippte. Doch nach einer gefühlten Ewigkeit kehrte etwas Farbe in seine Wangen zurück, und das Feuer brannte wieder stark und stetig.

»Entschuldigt bitte, worüber haben wir gesprochen?«, fragte er plötzlich und sah verwirrt zu uns auf.

Avery, Holly und ich wechselten einen überraschten Blick. »Vom Cúirt Althriochna und dieser Sprache, Mi'ihen. Du wolltest uns mehr darüber erzählen«, erinnerte ich ihn.

Cole blinzelte mich an. »Cúirt Althriochna? Was soll das sein?«

»Der Hof der Unendlichkeit. Du hast uns gerade davon erzählt, Cole.«

Kurz flackerte etwas in seinen Augen auf, doch dann war es wieder verschwunden. »Habe ich das?«, fragte er verunsichert. »Ich kann mich nicht erinnern.«

Avery, Holly und ich sahen uns besorgt an, wobei Avery andeutete, dass Cole eindeutig einen Vogel hatte. Ich warf ihm einen mahnenden Blick zu, als plötzlich die Tür aufging. Wir zuckten zusammen.

Die Cinderbes, die nun nacheinander den Raum betraten, sahen aus, als kämen sie geradewegs von einem Schlachtfeld. Ihr Gesicht war dreck- und blutverschmiert, dunkle Ringe lagen unter ihren Augen, und Cyress humpelte.

Averys Blick blieb an Cyress hängen, der wiederum sein Bestes tat, ihn zu ignorieren. Holly sah erschrocken zwischen den Cinderbes hin und her.

»Was ist passiert?«, fragte ich, als Edward seine Waffen auf den Tisch knallte.

»Wölfe. Wir haben Dutzende getötet. Die Stadt ist eine Geisterstadt. Die wenigen, die noch nicht geflohen sind oder gefressen wurden, haben sich in den Häusern verschanzt. Darunter auch der Doc und Professor Marygold – ihm geht es übrigens gut. Aber sonst? Nichts. Wenn es in Woodley eine Prüfung gibt, haben wir sie entweder noch nicht gefunden oder nicht verstanden.«

»Außerdem scheint es unmöglich, die Wölfe auszurotten. Für jeden, den man tötet, kommen drei neue nach, praktisch aus dem Nichts. Wir übersehen irgendetwas«, fügte Brianna hinzu, die sich mit zusammengebissenen Zähnen Wodka auf einen Schnitt in ihrem Arm schüttete.

Cyress entwendete ihr die Flasche und nahm einen tiefen Schluck. »Vielleicht ist es eine Prüfung, die unser Durchhaltevermögen testet«, warf Edward ein. Er sah aus, als würde er gleich im Stehen einschlafen.

»Oder es kommen deswegen so viele Wölfe nach, weil sich die Gebissenen oder Gekratzten in welche verwandeln«, sprach ich meinen Verdacht leise aus. Das Bild meiner Großmutter blitzte vor meinen Augen auf. War es das? War sie gebissen und danach selbst zu einem Wolf geworden?

Edward nickte. »Daran haben wir auch schon gedacht.« Er sah zu Avery, der angestrengt versuchte, unbeeindruckt auszusehen. »Wir werden merken, ob es so ist. Du wurdest gekratzt, oder?«

Avery hob eine Augenbraue. »Und wenn? Knallt ihr mich dann ab?«, fragte er spöttisch.

»Natürlich«, sagte Cyress und nahm einen weiteren Schluck aus der Flasche.

»Darüber lässt sich streiten«, wandte ich ein und blickte zu Avery hinüber. »Wie fühlst du dich?«

Avery warf sich in Pose. »Wie Iron Man, nur einäugiger.«

Ich seufzte und wandte mich stattdessen wieder Edward zu. »Bist du verletzt?«

»Nichts, was eine heiße Dusche nicht kurieren könnte«, winkte er ab und musterte mich eingehend. »Sollen wir noch trainieren?«

Ich schüttelte den Kopf. »Leg dich hin, bevor du im Stehen wegpennst. Morgen ist auch noch ein Tag.« *Hoffentlich.*

Edward nickte, und ehe ich noch etwas sagen konnte, verschwand er aus dem Wohnzimmer.

Brianna kniff sich in die Nasenwurzel. »Ich kann nicht fassen, dass er das wirklich durchziehen will«, murmelte sie.

»Was?«, fragte ich.

Sie warf mir einen kühlen Blick zu. »Euch«, sagte sie nur und folgte ihrem Bruder. Cyress winkte uns spöttisch und verschwand dann ebenfalls.

Mit einem unguten Gefühl im Bauch sah ich den beiden nach. Schließlich seufzte ich. »Vermutlich sollte ich ihnen von dem Buch erzählen, das wir gefunden haben.«

»Und unseren einzigen Trumpf ausspielen, mit dem wir ihnen möglicherweise voraus sind?« Avery schüttelte den Kopf. »Lass sie erst mal duschen und eine Runde schlafen.«

Ich ließ mich neben Cole aufs Sofa sinken. Er hatte die Augen geschlossen, und seine Wimpern zeichneten zuckende Schatten auf seine Wangenknochen. Er atmete tief. War er etwa eingeschlafen?

»Das war … verrückt«, murmelte Holly.

»Ist es«, stimmte ich zu.

»Etwas stimmt nicht«, sagte Avery ernst.

»Mit wem?«

»Mit allem hier. Den Cinderbes, dieser Geschichte von Gula und allen voran mit Cole und dir. Das gerade war echt schräg!«

»Ich weiß.« Coles Hand zuckte um meine, als wollte er sich festhalten.

»Glaubst du, Cole ist gefährlich?«, fragte Holly und leckte sich über die Lippen. »Ich meine, er ist euch doch einfach so vors Auto gelaufen. Wer weiß, woher er kam und was er jetzt vorhat.«

»Wir behalten ihn im Auge«, sagte ich. »Aber ich lasse ihn nicht im Stich.«

»Du bist nicht für ihn verantwortlich, Rain.«

Doch.

Er war Buh.

Mein Buh.

Doch das sagte ich nicht.

Kapitel 17

Der Apfel war aber so künstlich gemacht,
dass der rote Backen allein vergiftet war.
Schneewittchen lusterte den schönen Apfel an,
und als es sah, dass die Bäurin davon aß,
so konnte es nicht länger widerstehen, streckte
die Hand hinaus und nahm die giftige Hälfte.

Aus »Schneewittchen«
Gebrüder Grimm

Irgendwann nickte ich ein. Ich war mir nicht sicher, wann, doch als ich aufwachte, schneite es schon wieder. Das Feuer war niedergebrannt, und die Waffen, die die Cinderbes am Tisch hinterlassen hatten, waren verschwunden. Stattdessen lag darauf ein Zettel. Eine kurze Notiz von Edward, dass sie bereits wieder auf Streife waren.

Ich runzelte die Stirn. Eigentlich hatte ich gehofft, mit Eddy reden zu können. Zum einen über dieses seltsame Klopfen, das ich ab und zu hörte und das jedes Mal, sobald ich versuchte, es zu orten, verstummte. Aber vor allem darüber, wie es weiterging. Denn so wie jetzt konnten wir nicht ewig weitermachen. Auch wenn wir die Erholung dringend nötig hatten, fühlte es sich langsam so an, als wären wir in einem Käfig eingesperrt.

Cole schlief immer noch tief und fest auf dem Sofa, und ich steckte die Decke fester um ihn, bevor ich in eines der Gästezimmer huschte, duschte, aufs Klo ging und in die Klamotten schlüpfte, die uns der gruselige Butler hingelegt hatte. Die schwarze Jeans war mir etwas zu eng, doch wenn ich wenig atmete, würde sie schon passen. Das blaue Hemd hingegen war mir zu groß, also machte ich einen Knoten hinein. Ich war gerade dabei, meine Stiefel zu schnüren, als es an der Tür klopfte.

Ich blickte auf. »Ja?«

Die Tür schwang auf, und Cole tauchte im Türrahmen auf. Seine Haare waren zerzaust, und er hatte einen ernsten Ausdruck im Gesicht. »Störe ich?«

»Nein. Was ist los?«

Ich richtete mich auf, und Cole schloss die Tür hinter sich.

»Ich muss mit dir sprechen. Hast du in den letzten zwei Tagen auch …« Er zögerte und sah schließlich auf den Boden hinunter. »… seltsame Geräusche gehört?«

»Geräusche?«

»So etwas wie ein Klopfen. Aber es scheint nur im Salon zu hören zu sein. Und es kommt von unten.«

Obwohl ich gerade heiß geduscht hatte, fröstelte es mich. »Ja, ich habe es auch gehört«, stimmte ich zu. »Ich wollte Edward noch danach fragen, aber er war gestern und heute zu schnell weg.«

Cole wechselte unruhig von einem Bein auf das andere. »Ich würde es nicht ansprechen, wenn es nicht wirklich seltsam wäre. Und das Klopfen wird lauter.«

»Dann lass uns nachsehen«, beschloss ich.

Cole nickte nur, und als ich an ihm vorbeiging, streiften sich unsere Finger. Nur einen Augenblick, doch es brachte mich aus dem Konzept, ohne dass ich genau hätte sagen können warum.

»Wie fühlst du dich?«, erkundigte ich mich.

»Besser.«

Ich schielte zu ihm hoch, und er sah tatsächlich besser aus als gestern. Nicht mehr ganz so blass. Wacher. Der Schlaf hatte ihm gut getan.

Als wir im Wohnzimmer ankamen, waren Holly und Avery dabei, den großen Teppich zur Seite zu schieben. Das Klopfen war tatsächlich laut und deutlich zu hören. Es klang beinahe so, als würde etwas Metallisches gegen Stein schlagen.

»Seit wann geht das schon so?«, fragte ich und half beim Anheben des Teppichs. Wir legten jedoch nur abgekratzten Parkettboden frei.

»Seit ein paar Minuten.« Holly ächzte. »Wir sind davon aufgewacht.«

Remus trat neben Cole und legte die Ohren an. Er bellte. Das Poltern hörte schlagartig auf. Im selben Augenblick ließ uns eine harsche Stimme herumfahren.

»Was genau gedenken die Herrschaften da zu tun?« Der alte Corwin stand in der Tür und wirkte alles andere als glücklich darüber, dass wir den Salon umdekorierten.

»Mr … Mr Corwin«, stotterte Holly los.

»Da war ein Klopfen«, half Avery aus. »Wir haben uns gefragt, ob es hier Waschbären gibt.«

Corwin sah uns an, als wären wir die Spitze der Dummheit. »Oh ja, Waschbären. Wir haben in letzter Zeit immer wieder Probleme mit diesem Getier. Keine Sorge, ich habe bereits Fallen aufgestellt. Das Problem mit den ungebetenen Gästen dürfte sich bald von selbst gelöst haben. Ich bitte um Entschuldigung für die Störung, dennoch muss ich Sie bitten, den Teppich wieder an Ort und Stelle zu rücken.«

Uns blieb nichts anderes übrig. Unter Corwins stechendem Blick legten wir also den Teppich zurück an seinen alten Platz.

»Nun denn, darf ich Ihnen das Frühstück bringen?«, erkundigte er sich würdevoll.

»Gern«, sagte ich, doch anstatt wie erhofft zu verschwinden, holte er nur aus dem Flur einen kleinen Servierwagen, der mit mehr Essen beladen war, als wir zusammen essen konnten.

»Die Cinderbes pflegen einen gesunden Appetit zu haben. Leider sind sie heute äußerst frühzeitig aufgebrochen, sodass mehr als genug für alle da sein sollte«, sagte der Alte und begann aufzudecken.

Seufzend ließ ich mich auf einen der Stühle fallen, und die anderen taten es mir gleich. Ich glaube, keiner von uns schaffte es, sich zu entspannen, während Corwin jedem von uns einen Teller mit Ei und Speck hinstellte und eine Tasse Tee einschenkte.

»Essen Sie nur, bevor es kalt wird«, forderte er uns auf.

Zögerlich nahm ich eine Gabel und stocherte in meinem Ei herum. »Wissen Sie zufällig, wann Edward zurückkommt?«, erkundigte ich mich, legte die Gabel wieder weg und nahm stattdessen einen Schluck von dem Tee. Er war warm, mild, hinterließ jedoch einen leicht bitteren, prickelnden Geschmack auf der Zunge.

»Bedaure. Sie folgen wohl einer Spur, doch welcher, weiß ich leider nicht.«

»Wie lange arbeiten Sie eigentlich schon für die Familie Cinderbe?«, erkundigte sich Avery, bevor er sich eine Gabel voll Speck in den Mund schob.

Ich nahm nun doch etwas Ei und runzelte die Stirn. Vielleicht lag es am Tee davor, aber auch das hinterließ einen leicht bitteren Geschmack auf meiner Zunge.

»Meine gesamte Familie dient den Cinderbes schon seit Lord Edward dem Zweiten. Das war der Vater von Lord Elstan. Meine Söhne Marco und Polo arbeiten als Geleitschutz für seine Lordschaft. Sie sind derzeit mit ihm in London. Meine Frau ist die gute Seele des Hauses und kümmert sich um das leibliche Wohl der Familie.«

»Das heißt, Sie wissen von all dem hier?«, fragte ich und deutete um uns herum. Cole gähnte und blinzelte träge, und Holly sah mich verwirrt an, während Avery munter Essen in sich reinschaufelte.

»In der Tat«, bestätigte Corwin. »Ich kenne Sie alle. Ich kannte auch Ihre Großmutter sehr gut und war damals indirekt involviert, als sie dachte, mit diesem jungen Burschen durchbrennen zu müssen.«

Avery sah weg. Mir blieb das Essen im Hals stecken, und ich musste ein paarmal heftig husten, ehe ich zu Cole blickte. »Sie wissen davon?«

Corwin nickte träge. »Sie bildete sich damals ein, verliebt zu sein. Doch ich habe der Familie schon damals lange gedient, und ich sah viel und hörte noch mehr. Das ist der Vorteil daran, unsichtbar zu sein. Niemand achtet auf einen. Als sie und der Junge bei Nacht und Nebel verschwinden wollten, kamen sie über unsere Ländereien, und ich hielt sie auf. Sie waren beide nicht sehr angetan von meinen Methoden, doch hinterher haben sie es mir gedankt. Sie hätten mit einer falschen Entscheidung nicht nur sich selbst, sondern auch die anderen Familien in Gefahr gebracht, und das konnte ich auf keinen Fall zulassen. Auch nicht in ihrem jugendlichen Leichtsinn.«

Avery gähnte und kaute langsamer. »Das wussten wir gar nicht, oder, Rain?«

Ich schwieg nur und dachte daran, dass man den jungen Mann erhängt im Wald aufgefunden hatte. Hatte Corwin ihn umgebracht und es wie Selbstmord aussehen lassen?

Corwin lächelte nur dünn. »Sie müssen verstehen, dass für mich das Wohl der alten Familien an erster Stelle steht. Vor allem das der Cinderbes. Sie haben hart dafür gekämpft, heute dort zu stehen, wo sie sind, und ich habe Lord Elstan versprochen, alles in meiner Macht Stehende zu tun, um seinem Enkel unter die Arme zu greifen, gleichgültig mit welchen Mitteln. Ich hoffe also, Sie nehmen es mir nicht übel, was ich tue.«

Die Alarmglocken, die bereits die ganze Zeit geschrillt hatten, wurden lauter. Mein Magen knurrte, und auf einen Schlag wurde mir übel. Meine Sicht verschwamm, und mein Magen zog sich so schmerzhaft zusammen, dass ich mich ächzend krümmte. Meine Gabel fiel scheppernd auf den Teller. »Was haben Sie getan?«, fragte ich scharf, während ich die Arme um meinen Bauch schlang.

»Keine Sorge. Es wird nicht mehr lange dauern«, sagte Corwin nur.

Weiteres Gabelklirren war zu hören. Ich fuhr herum und sah voller Entsetzen, wie Avery, Holly und Cole in ihren Stühlen zusammensackten. Avery landete mit dem Gesicht voran in den Frühstückseiern. Holly stieß den Teller vom Tisch, als sie nach vorn rutschte. Und Remus winselte und stupste Cole an, der mit schweißnassem Gesicht drohte, vom Stuhl zu kippen. Ich versuchte noch, ihn zu stützen, doch da erfasste mich so ein heftiger Schwindel, dass ich Cole doppelt sah. Remus bellte erneut aufgeregt.

»Sei still, du treuloses Vieh«, schnarrte Corwin und gab Remus einen Tritt, was diesen knurrend das Fell sträuben ließ.

»Was … was haben Sie mit uns gemacht?«, japste ich. Meine Zunge fühlte sich schwer an und ließ sich kaum bewegen. Ich versuchte aufzustehen, krallte mich an dem Tisch fest und stolperte über meine eigenen Füße, die sich taub anfühlten. Eingeschlafen.

»Keine Sorge, es war nur ein starkes Schlafmittel. Sie erholen sich in ein paar Stunden wieder davon.« Corwin blickte mich mit zusammengekniffenen Augen an. »Sie hätten mehr von dem Tee trinken sollen, mein Kind. Jetzt dauert es länger.«

Meine Augenlider sackten herab, sie fühlten sich an wie Klumpen. Ich schaffte es kaum noch, sie offen zu halten. Mein Magen krampfte erneut. Verzweifelt versuchte ich, mich zu konzentrieren, und tastete nach etwas, auch wenn ich nicht wusste, wonach. Teller und Tassen fielen zu Boden, gingen mit einem lauten Scheppern zu Bruch, ehe ich ein Buttermesser erwischte. Zitternd hielt ich es hoch und lallte: »Bleiben Sie mir vom Leib. Ich will Ihnen nicht wehtun, aber ich werde es, wenn es sein muss.«

»Kein Grund zur Aufregung, junge Dame. Ich führe nur zu Ende, wozu der junge Mister Edward offensichtlich nicht imstande ist.«

Seine Gesichtszüge zogen sich vor meinen Augen in die Länge wie Knete, seine Stimme klang dumpf und weit entfernt. Meine Zunge war bleischwer. »Was ... was meinen Sie damit?«

Corwin schnaubte. »Sie glauben doch nicht, dass Sie die ersten Nachfahren sind, die hierhergebracht wurden, oder? Sie rotten sich seit Tagen wie Hyänen zusammen und machen es den jungen Cinderbes noch schwerer als ohnehin schon. Bitte verstehen Sie mich nicht falsch. Ich habe Achtung vor Ihrer Familie und Ihrer Geschichte und möchte nur ungern einem Mitglied einer adeligen Familie schädigen, Sie verwirren jedoch den jungen Lord und das auf eine Weise, die ich weder zulassen noch dulden kann, da es ihn bei der Bewältigung seiner Aufgaben hindert.«

»Das ist ...«, begann ich, hielt jedoch irritiert inne, als sich Corwins Gesicht noch weiter vor meinen Augen verzerrte. »Bitte ...«, brachte ich mühsam hervor, und im selben Augenblick versagten mir die Beine endgültig den Dienst. Ich spürte kaum, wie meine Finger von der Tischkante rutschten. Etwas klirrte, und als Nächstes knallte ich zu Boden. Die Welt drehte sich um mich herum. Angestrengt versuchte ich, genug Sauerstoff in meine Lunge zu bekommen und nicht das Bewusstsein zu verlieren.

Schritte erklangen. Sie klangen wie ein endlos langes Echo. »Keine Sorge. Eines Tages werden Sie es mir danken, genauso wie einst Ihre Großmutter«, war das Letzte, was ich hörte, bevor die Dunkelheit mich verschlang.

KAPITEL 18

»O du Königsjungfer, da du gangest,
Wenn das deine Mutter wusste,
Das Herz tät ihr zerspringen!«

Aus »Die Gänsemagd«
Gebrüder Grimm

Ich wachte mit dem Geschmack von eingeschlafenen Füßen in meinem Mund auf. Ich blinzelte. Es war dunkel. Nur eine kleine Lampe spendete genug Licht, damit ich mehr als gar nichts sehen konnte. Es brauchte eine ganze Weile, bis ich die Geräusche um mich herum zuordnen konnte. Jemand schluchzte. Die Augen drohten mir immer wieder zuzufallen, doch ich zwang mich, sie offen zu halten und mich umzusehen. Ich war in so etwas wie einem großen Kellerloch. Der Boden und die Wände waren aus Stein, und um mich herum waren andere Menschen. Meine Hände schmerzten, und als ich versuchte, sie zu bewegen, merkte ich, dass sie mit einem Kabelbinder zusammengezurrt waren.

Oh nein, das war nicht gut.

»Na, aufgewacht?«, erklang eine Stimme mit einem leicht französischen Akzent, und ich hörte auf, sinnlos an dem Kabel zu reißen.

Ich schaute in die Richtung, aus der die Stimme gekommen war. Meine Augen brauchten ein paar Sekunden, um sich an die schlechten Lichtverhältnisse anzupassen. Zu Anfang sah ich nur eine Silhouette, doch nach und nach schälte sich die Gestalt eines muskulösen Manns daraus hervor. Er lehnte neben mir an der Wand. Grellrotes Haar stand ihm in alle Richtungen ab, bis auf einen schwarzen Sidecut auf der linken Seite, die mir zugewandt war. Piercings blinkten an seiner Lippe und der Augenbraue auf. Auf seiner Haut waren zudem Tattoos zu sehen. Es war zu dunkel, um die kleineren zu erkennen, doch auf seinem trainierten Unterarm prangte ein Wolf mit gefletschten Zähnen. Strahlend grüne Augen blickten mir entgegen. Wäre ich ihm auf offener Straße begegnet, hätte ich wahrscheinlich die Straßenseite gewechselt. Er wirkte wie ein wildes Raubtier. Schön und gefährlich, mit einer Aura kaum unterdrückter Kraft und Aggression.

Ich zwang meine Zunge, sich zu lockern. »Wer zum Teufel bist du?«, fragte ich mit krächzender Stimme.

Seine Mundwinkel verzogen sich zu einem schiefen Grinsen. »Bisher war das unser Gefängnis. Du bist die Neue hier. Wer also zum Teufel bist du?«

»Uns? Wer ist uns?«, fragte ich noch zu wirr im Kopf, um auf alles zu reagieren.

»Die da.« Mit dem Kinn deutete er ein Stück weiter in den Raum hinein.

Mühsam hob ich den Kopf und kniff die Augen zusammen, bis ich weitere Gestalten erkennen konnte. Einen weißen und einen rotbraunen Haarschopf. Coles und Hollys Haarschöpfe. Erleichtert sackte ich in mich zusammen. Beide schienen immer noch völlig weggetreten zu sein. Ein Stück weiter entdeckte ich Avery. Er lag am gänzlich anderen Ende des Raums, und neben ihm hockten ein mir unbekanntes Mädchen und ein Junge. Ich zuckte zusammen, als ich ihrem Blick begegnete. Sie waren wach und starrten mich an. Es brauchte nicht viel Licht, um festzustellen, wie furchtbar sie aussahen. Dunkle Ringe lagen unter ihren Augen, und ihr Gesicht war dreckig. Die Klamotten waren vollkommen zerknittert, und ein säuerlicher Geruch hing schwer in der Luft. Vermutlich von dem Eimer in der Ecke. Neben ihnen standen Schüsseln mit Essen.

»Also?«, hakte der junge Mann nach. »Wer bist du? Oder soll ich dich einfach Schnarchnase nennen?«

Fassungslos starrte ich ihn an. »Ich bin Rain. Rain White. Und das da drüben sind Cole, Holly und mein Cousin Avery.« In meinem Kopf fügten sich endlich die Puzzleteile zusammen. »Und ich nehme an, wir haben euch klopfen gehört.«

»Jaaaa, habt ihr wohl«, sagte er gedehnt und hob seine Hände, die wie meine mit Kabelbinder festgezurrt waren. So wie unser aller Hände. »Willkommen in unserem Dreckloch. Rain White, sagtest du? Jetzt musst du mir doch glatt verraten, wie es die Cinderbes geschafft haben, sich eine so berühmte Blaublütige zu krallen. Dachte eigentlich, sie buchten hier nur uns kleine Fische ein.«

»Kleine Fische?«, echote ich, während das Mädchen am anderen Ende warnend Adrien! zischte. Ich nahm an, das war sein Name.

Adrien verzog das Gesicht und spuckte aus. »Was denn? White ist doch einer der adeligen Namen, oder irre ich mich? Stammst du nicht von Schneewittchen ab?«

»Doch, das tue ich«, stimmte ich zu, ehe ich hinzufügte: »Ihr seid ebenfalls Nachfahren.«

Es war eine Feststellung. Keine Frage. Er nickte, hob erneut die gefesselten Hände und winkte mir ulkig mit den Fingern zu. »Adrien Hood. Ein Nachfahre aus Rotkäppchen. Und das dort drüben sind Tayo und Tsuki Thatch, die Nachfahren aus Hänsel und Gretel.«

Scharf sog ich die Luft ein. Rotkäppchen und Hänsel und Gretel. Keine adeligen Familien. Jedoch alt und traditionsreich. Beide Familien waren nicht Teil des Rats und hatten sich in den letzten Jahrzehnten stark zurückgezogen. Sie galten als eigenbrötlerisch, allerdings befand der Rat jede Familie als stur und eigenbrötlerisch, die versuchte, sich dessen Einfluss zu entziehen.

Vor allem Adrien Hood war nicht ganz unbekannt. Genau genommen war er auf dem Grimm's-College eine Legende. Jedoch keine gute.

»Schon von uns gehört?«, fragte er, und ich schluckte den Kloß in meinem Hals herunter.

»Gerüchte«, gab ich zu. »Du wurdest vor einigen Jahren vom Grimm's-College geschmissen, weil du die Köpfe der Gebrüder-Grimm-Statuen gestohlen hast. Es spricht noch immer jeder darüber.«

Sein Grinsen wurde breiter, und da war sie wieder: diese gefährliche Ausstrahlung. »Ich fühle mich geschmeichelt. Hängt mein Bild auch auf dieser Wand für berühmte Schüler?«

»Leider nein. Aber es gibt viel Gekritzel über dich in der Schultoilette«, sagte ich trocken.

Er lachte. Es klang rau und tief.

Ich musterte Adrien noch kurz, ehe ich meinen Blick zu Tsuki und Tayo wandern ließ. Ich kannte sie nicht persönlich. Ich wusste jedoch, dass die Nachfahren aus Hänsel und Gretel immer Zwillinge hervorbrachten und dass es über die Familie meist böse Witze wegen Inzest auf Social Media gab. Sie beobachteten mich eindeutig ebenso misstrauisch wie ich sie.

»Was macht ihr hier unten?«, fragte ich schließlich in die angespannte Stille hinein.

Alle drei prusteten gleichzeitig los, ehe Adrien sagte: »Sightseeing. Nein, Spaß beiseite. Ich nehme an, dasselbe wie ihr. Wir waren in Woodley wegen der Prüfung und hatten Probleme mit den Wölfen. Die Cinderbes kamen uns zu Hilfe. Sie boten uns an, zu ihnen zu kommen, damit wir die Lodge als sicheren Unterschlupf nutzen konnten. Keiner von uns hat es über das Dessert hinausgeschafft.

Wir wurden betäubt, und plötzlich waren wir hier unten.« Er deutete um sich herum, und sein Grinsen nahm einen zynischen Ausdruck an. »Es hat ein paar Stunden gebraucht, bis ich begriffen habe, dass sie ihre Kontrahenten nach und nach aus dem Weg räumen.«

Mir stellten sich die kleinen Härchen auf den Unterarmen auf. »Willst du damit sagen, Edward Cinderbe hält euch hier unten fest?«

Adrien verzog spöttisch die Lippen. »Falls es dir nicht aufgefallen ist: dich auch, Schätzchen.«

Ich verengte die Augen und riss erneut an den Kabelbindern. »Ich kenne die Cinderbes schon mein ganzes Leben lang. Sie sind ein versnobter Haufen, aber so was würden sie nicht tun. Zumindest nicht freiwillig«, stieß ich hervor und war selbst überrascht davon, wie scharf meine Worte klangen.

Adrien hob nur eine Augenbraue. »Lass mich raten: Sie haben euch gerettet. Euch eine Dusche angeboten, frische Klamotten, etwas zu essen und einen Schlafplatz? Es floss ein wenig Alkohol, und ihr habt ihnen alles erzählt, was euch passiert ist und was ihr über die Prüfungen zu wissen glaubt? Nur dass ihr danach hier unten anstatt in einem weichen Bett aufgewacht seid?«

Meine Gedanken überschlugen sich, während ich versuchte, die letzten Tage Revue passieren zu lassen. »Fast«, sagte ich. »Es war der Butler Corwin.«

Adrien zuckte mit den Schultern. »Dann lassen sie die Drecksarbeit jetzt wohl jemand anders machen.«

»Nein.« Ich schüttelte den Kopf, was prompt wieder ein Schwindelgefühl in mir auslöste. Ich unterdrückte ein Würgen. »Ich kenne Edward.«

Adrien seufzte mitleidig. »Nehme ich da gerade Verratene-Lover-Vibes wahr?«

»Was?«

Er beugte sich zu mir herunter, und seine grünen Augen huschten unangenehm präzise über mein Gesicht. »Na, ist er mit dir in die Kiste gesprungen und hat dir Gefühle vorgesäuselt, um dich besser zu kontrollieren? Und als er das nicht konnte, hat er dich von seinem Butler hier unten einbuchten lassen.«

Seine Worte brachten mich so aus der Fassung, dass ich gar nichts mehr sagen konnte.

Adrien pfiff durch die Zähne und lehnte sich wieder zurück. »Das eine Jahr Psychologiestudium hat sich zumindest für etwas bezahlt gemacht … Vielleicht hätte ich doch nicht hinschmeißen sollen. Ich bin gut.«

Mein Puls schnellte nach oben. Das konnte nicht sein, oder?

Scheiße noch mal, es konnte sein. Wem wollte ich etwas vormachen? Edward hatte sich schon einmal an mich herangemacht, um mich für den Rat zu kontrollieren. Wie hatte ich so naiv sein und denken können, dass es plötzlich nicht mehr so war, nur weil die Welt unterging? Mir lief es heiß und kalt den Rücken hinab, vor allem als ich an diesen dummen, dummen Kuss zurückdachte, und ich stieß einen solch inbrünstigen Fluch aus, dass selbst Adrien beeindruckt wirkte.

In mir ballte sich alles zusammen, und die Wut kochte hoch, bis ich am ganzen Körper zitterte. »Wenn das wirklich stimmt, drehe ich ihm den Hals um«, knurrte ich, was Adrien lachen ließ.

»Hört, hört. Ob Cindy weiß, was er sich da gerade eingebrockt hat?«

Geräuschvoll biss ich die Zähne zusammen. »Aber wie kann der Rat nur so etwas zulassen? Sind die völlig übergeschnappt?«

»Du meinst, die Cindys handeln gar nicht eigenmächtig? Wer weiß. Es ist kein Geheimnis, dass der Rat einen Vogel hat. Liegt wahrscheinlich an ihren passionierten Versuchen, die Blutlinien möglichst märchenhaft zu halten. Ich hätte es besser wissen sollen, als jemandem aus einer so blaublütigen Familie zu trauen. Vielleicht lag die geistige Umnachtung aber auch am Blutverlust.«

»Was?«, fragte ich irritiert.

Er hob seine Schulter. Die Ärmel an seinem Shirt waren bis zum Ellenbogen hochgekrempelt, und auf dem Arm ohne Tattoo lugte das Ende eines weißen Verbands hervor. »Einer der Wölfe hat ein ganzes Stück aus meiner Schulter gerissen.«

»Scheiße.«

»Aber so was von«, stimmte er mir zu.

»Seid ihr auch verletzt?«, fragte ich die Nachfahren aus Hänsel und Gretel.

Das Mädchen starrte mich nur finster an, und auch der Junge schwieg weiterhin.

»Nein, aber die beiden wollten eigentlich gar nicht nach Woodley. Sie waren nur auf der Durchreise, als die Cinderbes sie erwischt haben«, klärte Adrien mich auf.

»Halt die Klappe, Adrien«, fuhr ihn das Mädchen – Tsuki? – wieder an.

»Was denn? Etwas anderes als Tratsch austauschen, können wir hier unten ohnehin nicht tun.«

»Ihr wart auf der Durchreise?«, hakte ich nach und schaute zu den Geschwistern.

»Wir kommen aus Guildford«, antwortete plötzlich ihr Bruder trotz des finsteren Blicks, den ihm seine Schwester dabei zuwarf. Oh, er konnte also doch reden.

»Guildford«, wiederholte ich. Warum kam mir der Name nur so bekannt vor? Ich riss die Augen auf. »Ist Guildford nicht der Ort, an dem die Seuche ausgebrochen ist?«

Die Zwillinge wechselten einen Blick. Tsuki schüttelte vehement den Kopf, doch ihr Bruder antwortete mir: »Ja. Wir waren dort, als es passierte.«

Angespannt lehnte ich mich nach vorn. »Was genau ist passiert? Ich nehme an, es waren keine Wölfe?«

»Nein«, sagte er ernst. »Es war ein Straßenmusiker.«

»Ein Straßenmusiker?«, echote ich. Wie absurd klang das denn bitte? In London gab es ein Erdbeben, in Woodley eine Wolfsplage und in Guildford … einen Musiker?

»Tayo, wir wissen nicht, ob wir ihr trauen können«, sagte Tsuki.

Ihr Bruder sah sie müde an. »Hier unten sitzen wir alle in einem Boot. Das Einzige, was uns jetzt noch helfen kann, ist Erfahrungen auszutauschen, die uns vielleicht hier raushelfen.«

»Aber …«

Tayo ließ sich nicht aus der Ruhe bringen. »Ich will hier nicht verrotten. Wir haben Besseres zu tun.«

Seine Schwester funkelte ihn an. »Na schön, auf deine Verantwortung.«

Ich versuchte gar nicht erst, ihr zu versichern, dass sie mir trauen konnten. Zum einen weil ich ihr kein Versprechen geben wollte, das ich vielleicht gar nicht halten konnte, und zum anderen wirkte sie nicht, als wollte sie mir glauben. »Was ist passiert?«, fragte ich daher nur.

»Guildford ist klein«, begann Tayo, »es fällt auf, wenn jemand Neues in die Stadt kommt. Wir wissen nicht, woher er kam. Er war plötzlich einfach da. Am Anfang beachtete ihn jedoch niemand wirklich. Er spielte am Straßenrand auf seiner Geige. Harmlose, nichtssagende Melodien, die beinahe klangen wie Kinderlieder, aber dann …«

Beide Geschwister schauderten sichtlich.

»Aber dann was?«, hakte ich nach. Adrien wirkte nicht sonderlich überrascht. Er kannte die Geschichte wohl schon.

»Er hörte nicht auf, zu spielen. Kein einziges Mal. Nicht, um zu schlafen oder zu trinken oder was zu essen. Er spielte vom Marktplatz aus. Vor der Kirche. Man konnte ihn überall in Guildford hören, als würde die Musik sich einen Weg durch die Straßen suchen. Sie wurde seltsam, unangenehm, unheimlich. Die Hunde rasteten aus und hörten nicht mehr auf zu bellen, die Kinder weinten, und die Katzen saßen alle fauchend auf den Bäumen. Man bekam Albträume davon. Es gab etliche Beschwerden. Der Sheriff forderte den Musiker schließlich auf, Guildford wegen Ruhestörung zu verlassen, doch der Kerl spielte einfach weiter. Bis er festgenommen wurde. Kurz dachten wir, es wäre vorbei, doch in dieser Nacht kamen dann plötzlich die Ratten.« Seine Worte klangen dumpf und ließen die Dunkelheit um uns herum kälter wirken.

Ich schauderte. »Ratten?«, wiederholte ich. »Ich dachte, es gäbe eine Seuche?«

»Die gibt es auch«, stimmte Tayo zu und zog die Nase hoch. »Aber erst kamen die Ratten. Es waren Tausende. Millionen. Sie schienen aus jeder Ecke zu kriechen. Es war das Unheimlichste, was wir jemals gesehen haben. Wir haben so viele Ratten wie möglich getötet, doch es kamen einfach immer mehr nach. Es dauerte nicht lange, bis die Ersten gebissen wurden.«

Eine ungute Ahnung stieg in mir auf, die bestätigt wurde, als Tayo fortfuhr: »So brach die Seuche aus. Alle, die gebissen wurden, wurden innerhalb weniger Stunden krank. Die Stadt wurde regelrecht überrannt von Ratten. Sie waren überall. Auf den Straßen, in den Häusern, in den Betten. Sie quetschten sich durch die kleinsten Ritzen, durch die Toiletten. Bald gab es kaum noch jemanden, der nicht gebissen worden war, und am nächsten Morgen waren alle krank, am Sterben oder tot. Guildford war eine Geisterstadt, die nur noch von Ungeziefer bevölkert wurde. Meine Schwester und ich waren zwei der wenigen, die nicht gebissen wurden. Wir haben es gerade noch so aus der Stadt geschafft und waren auf der Suche nach jemandem oder nach etwas, was uns wegen der Seuche helfen kann. Zumindest war das der Plan, bis uns die Cinderbes erwischt haben.«

Für einen kurzen Augenblick kehrte Stille ein. Das hier musste ich erst mal verdauen. Ich wusste nicht, was schrecklicher war: die Wölfe oder das hier.

Schließlich fragte ich: »Wisst ihr noch, wann dieser Musiker zu euch kam?«

Tayo zuckte mit den Schultern. »Vor etwa vier Tagen? Ich bin mir nicht sicher. Adrien kam gestern dazu.«

Also kam der Musiker ungefähr zur selben Zeit wie die Wölfe.

Adrien seufzte. »Das bisschen Kidnapping stand noch auf meiner Bucket List.«

Ich ignorierte ihn und wandte mich wieder an die Geschwister. »Es tut mir sehr leid, was in Guildford passiert ist und dass ihr hier jetzt feststeckt.«

Tayo lächelte mich zaghaft an. »Könnte schlimmer sein.«

»Schlimmer ist nur der Tod«, sagte seine Schwester grimmig.

»Eben«, gab Tayo zurück.

»Gab es in Guildford Theorien, warum diese Seuche ausgebrochen ist?«, fragte ich vorsichtig nach.

Tayo nickte. »In der Nacht, als der Musiker auftauchte, kam ein Anruf vom Rat, dass der Prinz womöglich aufgewacht sei, und alle Nachfahren, die an den Prüfungen teilnehmen wollen, sollten sich bereit machen. Danach kam allerdings keine Nachricht mehr, und uns war bald klar, was los ist.«

»Korrigiere mich«, warf seine Schwester ein, und ihr Blick bohrte sich in meinen. »Aber ich bilde mir ein, gelesen zu haben, dass die Letzte, die dran war, den Prinzen zu küssen, die Nachfahrin von Schneewittchen war.«

Nun richteten sich alle Augen auf mich. Ich wand mich innerlich,

»Neeeein«, sagte Adrien gedehnt und sah mich abschätzig an. »Du hast ihn aufgeweckt?«

Ich schnalzte mit der Zunge und versuchte, nicht beleidigt zu sein. »Warum so überrascht?«

»Nun, versteh mich nicht falsch … Du bist ja ganz süß und so, aber wieso wacht der Prinz nach all den Jahrtausenden ausgerechnet bei dir auf?«

Ich reckte das Kinn und versuchte, ruhig zu antworten und die unterdrückte Wut, die mir entgegenschwappte, nicht an mich heranzulassen. Sie alle saßen hier. Wegen mir. Alle diese schrecklichen Dinge geschahen wegen mir.

»Ich weiß es nicht.«

»Was weißt du nicht?«, bohrte Adrien nach.

»Ich weiß nicht, ob der Prinz tatsächlich aufgewacht ist, ich kann es nur vermuten, bei allem, was hier gerade passiert.«

»Du wirst ja wohl wissen, ob du einen fucking Märchenprinzen wach geküsst hast!«, rief Tsuki aufgebracht.

»Nein. Weil ich ihn kaputt gemacht habe.«

»Du hast was?«, fragten alle.

Ich seufzte. »Hast du das Ritual bereits gemacht, Tsuki?«

»Ja.«

»Dann weißt du ja, in welchen Zustand der Prinz war. Dass da nur ein staubiger Totenkopf in dem Sarg lag. Als ich ihn geküsst habe, ist er praktisch in seine Einzelteile zersprungen.« Dass ich ihn danach auch noch versenkt und die Höhle zum Einstürzen gebracht hatte, ließ ich mal weg. Unwichtiges Nebenzeug. »Er ging kaputt und ist ganz sicher nicht aufgewacht. Ich bin nach Woodley zurück, und dann waren auf einmal die Wölfe da. Wenn ich den Prinzen wirklich aufgeweckt hab, weiß ich nicht, wann, wie oder warum. Ich bin genauso ahnungslos wie ihr.«

Daraufhin kehrte wieder Stille ein.

Die passive Aggression flaute jedoch so weit ab, dass ich wieder etwas freier atmen konnte.

Schließlich wandte ich mich Adrien zu. »Und du? Warum bist du ausgerechnet in Woodley gelandet?«

Adrien hob eine Augenbraue. »Sagen wir mal so: Die Wolfsjagd liegt in meiner Familie. Tatsächlich war es aber eher Zufall. Ich kam aus einem ähnlichen Grund nach Woodley wie die beiden. Ich habe jemanden gesucht.«

»Wen sucht ihr denn?«, fragte ich.

»Wir haben gehört, in Woodley soll noch ein Jäger leben«, antwortete Tsuki.

Ruckartig versteifte ich mich und zwang mich, nicht sofort zu Avery hinüberzusehen. Stattdessen blinzelte ich sie an. »Ihr sucht einen Hunter? Warum?«

»Unsere Großmutter ist eine Uranaishi«, fuhr Tsuki fort. »Eine Seherin.« Sie sagte das, als würde das alles erklären.

Vielleicht lag es an den Rückständen des Betäubungsmittels, aber ich verstand nur Bahnhof. »Eine was?«

»Eine Weissagende«, klärte ihr Bruder mich auf. »Sie liest den Leuten aus unserem Dorf aus den Händen, legt ihnen Karten, solche Dinge.«

»Moment, eure Großmutter ist eine Hexe? Ausgerechnet eure?«, fragte ich perplex.

Tsuki warf mir einen finsteren Blick zu. »Sie ist eine weise Frau. Alle im Dorf suchen ihren Rat. Sie ist keine …«

»Lass gut sein, Tsuki«, unterbrach ihr Bruder sie müde.

»Aber sie …«

»Es ist unwichtig, was sie denkt«, presste ihr Bruder hervor.

Tsukis Nasenflügel blähten sich, sie sagte jedoch nichts mehr, weshalb ihr Bruder wieder übernahm.

»Als die Ratten nach Guildford kamen, sagte unsere Großmutter, sie hätte eine Weissagung bekommen. Sie sagte, die Prüfungen seien gar nicht dafür ausgelegt, von nur einem einzelnen Nachfahren bestanden zu werden. Für jede Prüfung benötigt es einen Schlüssel. Es braucht die richtigen Nachfahren für die richtigen Prüfungen. Das Problem ist also nicht nur, die Prüfungen selbst zu bestehen, sondern auch …«

»… den richtigen Nachfahren zur richtigen Prüfung zu finden«, beendete ich den Satz.

Tayo nickte. »Großmutter sagte, wir müssten den Nachfahren finden, der die Jagd im Blut hat, und in all den alten Geschichten gibt es nur eine Figur, die immer und immer wieder erscheint, um die Monster zu jagen. Darum sind wir auf der Suche nach …«

»… einem Jäger«, sagte ich und zwang mich erneut, nicht zu meinem Cousin hinüberzusehen. Stattdessen blickte ich zu Adrien. Das konnte kein Zufall mehr sein.

»Warum seid ihr euch sicher, dass eure Großmutter einen Hunter gemeint hat? Adrien meinte doch, seiner Familie liegt die Jagd auch im Blut. Er könnte also ebenfalls gemeint sein«, wandte ich ein.

»Ja … das dachten wir auch, als er hier zu uns runterkam«, stimmte Tayo zu.

»Was für Zufälle es doch gibt«, witzelte Adrien.

»Und du bist nur wegen der Jagd hier? Hast nach den Wölfen gesucht?«, bohrte ich weiter.

Er neigte den Kopf. »Nicht ganz. Tatsächlich war ich auch auf der Suche nach einem Hunter.«

»Warum?«

»Meine Familie bekam ebenfalls einen Anruf vom Rat. Wir wohnen in einem Kaff etwa dreißig Kilometer von hier. Bei uns passiert nichts, aber wir haben von den Wölfen gehört. Mein Vater hat früher in Woodley gelebt, und dort lebte auch ein alter Freund von ihm. Jack Hunter.«

Jack Hunter. Averys Vater.

»Ich wollte bei den Prüfungen mitmachen, und die Jagd nach

den Wölfen schien wie für mich gemacht zu sein.« Er grinste schief. »Mein Dad meinte, ich sollte mir Verbündete holen. Sein Freund Jack Hunter hätte wohl einen Sohn, der vielleicht bereit wäre, mir zu helfen. Er meinte, es gäbe niemanden, der besser ausgebildet war als Jack Hunter, und ich denke mal, sein Sohn wird da nicht anders sein.«

Ich unterdrückte ein Lachen, was mir jedoch nicht wirklich gelang, sodass es zu einem erstickten Schnauben wurde.

»Was?«, fragte Adrien irritiert.

»Nichts«, hüstelte ich. Avery und ausgebildet! Mein Cousin hatte sogar Angst vor Schmetterlingen.

Aber das mit Jack Hunter war schon eine krasse Sache. Er war vor siebzehn Jahren plötzlich verschwunden, gleich nach dem Tod seiner Frau, meiner Tante Pansy und Averys Mum. Jack Hunter wurde daraufhin schon vor Langem für tot erklärt. Avery war sein einziger Nachfahre. Der letzte Hunter.

Ich blickte zwischen Adrien und den Thatch-Geschwistern hin und her. Sollte ich es ihnen sagen?

»Du weißt nicht ganz zufällig, wo wir den Sohn von Jack Hunter finden können, oder?«, hakte Adrien prompt nach. Sein Blick bohrte sich in meinen, und ich zwang mich, ihn ungerührt zu erwidern.

»Nein«, log ich.

Adrien verengte die Augen, und das Wolfstattoo an seinem Unterarm spannte sich an. »Wie schade«, sagte er jedoch nur.

KAPITEL 19

Der arme Soldat fiel ohne Schaden zu nehmen
auf den feuchten Boden, und das blaue Licht
brannte fort, aber was konnte ihm das helfen?
Er sah wohl, dass er dem Tod nicht entgehen würde.

Aus »Das blaue Licht«
Gebrüder Grimm

Einen kurzen Augenblick waren nur unsere Atemzüge zu hören, ehe sich Cole endlich zu bewegen begann. Er stöhnte leise. Ich eilte zu ihm und ging neben ihm auf die Knie. Er lag mit der Wange im Staub, der auch in seinen Haaren und Wimpern klebte.

»Cole, Cole, wach auf«, krächzte ich und schüttelte ihn umständlich mit meinen zusammengebundenen Händen.

Cole stöhnte lauter. Seine Wimpern zitterten. »Nicht finden …« Die Worte kamen leise aus seinem Mund, wie ein Hauch.

»Cole?«

Ich beugte mich zu ihm runter, und er murmelte: »Ich verstecke sie vor dir …«

Die kleinen Härchen an meinen Armen stellten sich auf. »Cole, du träumst.«

Er nahm einen rasselnden Atemzug. Dann schlug er die Augen auf. Sein Blick irrte umher, bis er schließlich mich fixierte. »Rain?«

»Buh!«

Er lächelte kurz, ehe er sich mühsam aufsetzte. »Wo sind wir?«

»Im Keller.«

»Im Keller?«

»In einer Gefängniszelle«, stellte Adrien richtig und nickte mit dem Kinn in eine Ecke, auf der ein altes Tablett stand. »Da ist eine Flasche Wasser. Etwas abgestanden, aber hilft vielleicht.«

Sofort krabbelte ich nach vorn, schnappte mir die Wasserflasche, nahm einen großen Schluck und gab sie an Cole weiter, der Adrien anstarrte. »Und wer bist du?«

»Der Kerl mit dir in der Gefängniszelle. Adrien, sehr erfreut.«

»Freut mich, dich kennenzulernen. Ich bin Cole.« Man musste Cole zugutehalten, dass er trotz der Verwirrung seine Manieren nicht vergaß und sich erst vorstellte, ehe er einen so großen Schluck Wasser nahm, dass ihm etwas davon an den Mundwinkeln runterlief.

Adriens Augenbrauen hoben sich amüsiert. »Das da drüben sind Tayo und Tsuki.«

Die beiden murmelten ein leises Hallo, während sich Cole endgültig aufrichtete und dann zu mir sah. »Geht es dir gut, Rain?«

»Den Umständen entsprechend. Wie sich herausgestellt hat, hattest du mit deinem Bauchgefühl recht.«

»Inwiefern?«

»Die Cinderbes räumen offenbar andere Nachfahren aus dem Weg.«

Cole runzelte die Stirn. »Warum sollten sie das tun?«

»Das würde ich Edward gern selbst fragen«, murmelte ich, während in mir unzählige Gefühle gegeneinander ankämpften. War da Wut? Enttäuschung? Hoffnung, dass das alles am Ende doch nur ein Missverständnis war? Immerhin waren wir wegen Corwin hier unten.

Hinter all dem musste mehr stecken, als im Augenblick ersichtlich war.

Ich kannte Edward.

Es gab eine Erklärung für das hier.

Oder?

Er hatte mich vor den Nachfahren und ihren Motiven gewarnt, doch wie hatte ich ahnen können, dass er mich damit vor sich selbst und seiner Familien warnen wollte?!

Ein Stöhnen riss mich aus meinen Grübeleien. Damit waren dann jetzt auch Avery und Holly wach.

»Haben wir gesoffen?«, fragte mein Cousin.

»Leider nicht«, gab ich dumpf zurück.

»Warum sind wir dann in einem BDSM-Keller?«

»Streich das BDSM, wir sind nur in einem Keller«, korrigierte ich ihn.

»Warum?«

»Weil die Cinderbes durchgeknallt sind.«

»Scheiße.« Ich war mir nicht sicher, ob das von Holly oder Avery kam.

»Mein Schädel brummt«, murrte Holly. Ihr Blick irrte durch den Raum und blieb an Adrien hängen.

Der musterte sie aufmerksam, und ein sehr spezielles Lächeln huschte über seine Lippen. »Hallo«, schnurrte er.

»Lass es«, sagte ich zu ihm.

»Wer bist du?«, fragte Holly, ehe sie die Zwillinge bemerkte und zusammenzuckte. »Und wer seid ihr?«

»Nachfahren aus Rotkäppchen und Hänsel und Gretel«, half ich aus.

»Oh.« Holly blinzelte, und ihr Blick huschte erneut zu Adrien, der so breit grinste, dass seine Grübchen hervortraten.

»Und du bist?«, fragte er und legte den Kopf schief. Dabei blitzte das Piercing in seiner Augenbraue auf.

»Offensichtlich in einem Albtraum gelandet«, sagte sie trocken.

Adrien lachte auf.

Ich brachte ihn mit einem Blick zum Schweigen und machte mich daran, Holly, Avery und Cole aufzuklären. Am Ende waren alle drei blass und sahen aus, als bräuchten sie dringend Urlaub.

»Gut«, ächzte Avery. »Nachdem wir jetzt gelernt haben, nicht den netten Leuten mit den Süßigkeiten und den Waffen zu folgen, sollten wir uns vielleicht überlegen, wie wir hier in einem Stück wieder rauskommen.«

»Es gibt zwei Türen. Einmal die mit Gitterstäben und dann noch eine Extratür aus Stahl. Die Cinderbes versorgen uns einmal am Tag mit Essen und Wasser, dabei lassen sie uns jedoch gefesselt«, erklärte uns Adrien.

»Super. Da krieg ich ja gleich viel bessere Laune«, gab Avery zurück.

»Ich will mir das selbst mal ansehen.« Ich kämpfte mich auf die Füße. Mit weichen Knien stützte ich mich an der Wand ab. In der nächsten Sekunde war jemand neben mir. Cole.

»Ich begleite dich«, sagte er sanft.

Ich nickte nur, und zusammen gingen wir die wenigen Meter zur Tür hinüber. Adrien hatte recht. Erst Gitterstäbe und dahinter eine weitere Tür, die sehr massiv wirkte. Ich ging das Kellergewölbe ab. Doch außer einem schmalen Gitter, durch das wir wahrscheinlich den notwendigen Sauerstoff bekamen, gab es nichts, wodurch wir hätten verschwinden können.

»Verdammt«, fluchte ich und blickte zu Cole hoch. »Was sollen wir tun?«

»Die Ruhe bewahren. Wenn die Cinderbes uns Essen bringen, wissen wir danach vielleicht mehr.«

Seufzend ließ ich mich wieder gegen die Wand sinken. Cole blieb bei mir. Er setzte sich so dicht neben mich, dass seine langen Beine meine streiften. Die anderen hatten inzwischen begonnen, sich leise zu unterhalten, doch ihre Stimmen verschwammen immer mehr zu einem Hintergrundrauschen. Mir brummte der Schädel. Müde lehnte ich mich an Cole.

»Alles wird gut. Wir finden einen Weg hier raus«, versicherte er mir.

Ich brachte ein Lächeln hervor, das aber wahrscheinlich mehr wie eine Grimasse aussah. »Ich weiß nicht, was schlimmer ist: dass ich vielleicht schuld daran bin, dass die Welt untergeht, oder dass ich so blöd war, mich von einem Paar hübschen blauen Augen und einem warmen Bett übers Ohr hauen zu lassen. Ich hätte es wissen müssen.« Ich zog die Knie an.

»Du bist nicht schuld daran, dass die Welt untergeht, Rain«, widersprach Cole.

»Ach nein? Ich habe den Prinzen wach geküsst.«

»Mag sein, aber dann hat *er* all das hier verursacht. Nicht du. Und es ist nicht dumm, einem Freund zu vertrauen. Es macht dich ehrbar.«

»Ehrbar?«, wiederholte ich.

»Es braucht sehr viel mehr Mut, jemandem zu trauen, als ihm zu misstrauen«, präzisierte er.

Ich schluckte schwer. »Das ist es ja. Ich glaube, ich habe ihm nicht wirklich getraut, und dennoch bin ich jetzt hier.« Dennoch habe ich ihn geküsst.

Coles Blick war wie eine Berührung, als er mit sanfter Stimme fortfuhr: »Jemand sagte mir mal: Wenn ich einen Kampf gewinnen will, muss ich meinem Feind genauso nahe sein wie mir selbst. Gefühle sind eine mächtige Waffe, allerdings zweischneidig. Man kann sich selbst genauso daran verletzen wie jemand anders.«

Ich sah zu Cole auf. »Weißt du denn noch, wer dir das gesagt hat?«

Cole lehnte den Kopf an der Felswand an. »Vielleicht«, erwiderte er. Das war alles.

Ich starrte ihn an, doch weder machte er Anstalten, mir zu sagen, wer, noch blickte er mir danach wieder in die Augen. Ich lehnte mich ebenfalls zurück und wartete. Auch wenn ich nicht sicher war worauf. Vielleicht einfach darauf, dass endlich etwas passierte. Doch es passierte verdammt lange nichts.

Ich hockte so lange auf dem Boden, dass mir irgendwann die Füße einschliefen. Dann nickte ich weg, bevor mich ein Geräusch wieder aufschreckte. Die Tür wurde geöffnet, und ich musste gegen die plötzliche Helligkeit anblinzeln, bis ich eine Silhouette ausmachte, die in der Tür lehnte.

»Kusch, kusch, Mäuschen, ab in die Ecke, die Katze ist da«, sagte jemand.

Ruckartig war ich auf den Beinen. »Cyress. Was soll das? Wir warten hier unten schon seit Stunden«, fuhr ich ihn an.

Der junge Cinderbe verzog die Mundwinkel zu einem Lächeln. Auf einer Hand balancierte er ein Tablett mit Essen und mehreren Flaschen Wasser. »Rain. Wie schön, dass du hier bist. Vergiss nicht, uns bei Yelp eine Bewertung zu geben.«

Ich stieß einen Ton aus, der mich selbst überraschte, während ich auf die Gittertür zustürmte und die Stäbe mit den Händen umklammerte. »Lass uns hier raus. Sofort!«

Cyress blinzelte mich an. »Ja, nein, das geht leider nicht. Anweisung von ganz oben. Ich bin sicher, du verstehst das.«

»Nein. Tue ich nicht. Hol zumindest Edward.«

»Bedaure, Eddy ist leider anderweitig beschäftigt«, sagte er nur und öffnete eine Klappe, um das Essen durchzuschieben.

Im selben Moment griff ich hindurch, packte seine Hand und riss ihn so fest an das Gitter, dass sein Kopf laut dagegenknallte. Das Essen klatschte zu Boden. Spaghetti spritzen in alle Richtungen. Mit mehr Kraft, als ich mir selbst zugetraut hätte, zerrte ich ihn zu mir und fauchte ihn an. »Du holst jetzt Edward. Oder ich breche dir den Arm.«

Cyress verzog die Lippen zu etwas, was aussah wie ein irres Grinsen. »Tu das«, sagte er nur.

Ich riss an seinem Arm, bis ich den Knochen spürte. »Lass uns raus!«, brüllte ich. Sein Gesicht war meinem so nahe, dass ich mich selbst in seinen aufgerissenen Augen sah.

Er bleckte die Zähne, und etwas in seinen Augen bewegte sich. Jegliche Farbe darin verschwand. Die Schwärze dehnte sich aus und wurde zu etwas Unmenschlichem. Das Grinsen wurde zu einem Zähnefletschen, und in der nächsten Sekunde umklammerte ich nicht länger Cyress, sondern er mich.

Ich schrie auf.

»Rain!«, rief Cole. Er war sofort bei mir und versuchte, mich zurückzuzerren, doch Cyress packte mich nur noch fester. Hinter mir hörte ich hektische Bewegungen.

»Scheiße.«

»Was soll das?«

»Rain!«

Ich schrie auf, als sich Cyress' Finger in meine Haut gruben und er mich abrupt zu sich ans Gitter zog. Diesmal knallte mein Kopf dagegen. Einen Moment blieb mir die Luft weg, während ich keuchend in seine dunklen Augen blickte.

»Bleibt zurück, oder ich breche ihr jeden Finger einzeln«, sagte Cyress mit kalter Stimme.

Cole hielt sofort inne und wich etwas zurück. Doch er starrte Cyress weiterhin finster an. In diesem Licht sahen ihre Augen identisch aus, beide waren unheimlich schwarz.

»Cyress? Was ist los mit dir? Was soll das!«, stieß ich hervor.

Seine Lippen verzogen sich zu einem Grinsen. Zu breit. Zu weit. Scharfe Zähne rissen die Mundwinkel ein, und als er sprach, klatschten Blut und Speichel zu Boden: »Der Prinz ist auf der Suche nach seiner Braut. Du kannst dich nicht länger verstecken. Wir haben dich gewittert. Das Rudel ist unterwegs, um dich zu holen. Die Zeit läuft. Die Krönung steht bevor.«

Was zum Teufel …?

Ich starrte Cyress an und hatte das Gefühl, nicht ganz wach zu sein. Ich konnte nicht wach sein, oder?

»Der Prinz sucht mich?«, wiederholte ich so ruhig wie möglich.

Cyress' Augen wirkten tot. Nichts Menschliches war mehr darin zu sehen. Er riss das Maul auf und …

»Rain?«

»Scheiße!« Keuchend setzte ich mich auf und blinzelte. Der Schweiß rann mir den Rücken hinab.

»Rain? Was ist mit dir?«

Ich spürte eine kühle Hand an meiner Stirn.

Cole. Neben mir war nur Cole. Kein Wolf.

»Wo ist Cyress? Er war eben noch hier«, krächzte ich und blickte mich hektisch um, doch wir waren noch immer in dem stickigen Keller. Und Cyress war nirgendwo zu sehen.

Cole runzelte die Stirn. »Hier war niemand, Rain«, versicherte er mir, und ich versuchte, den Nebel in meinem Hirn zu vertreiben.

Wie konnte das sein? War das nur ein Traum gewesen? »Bin ich … bin ich eingeschlafen?«

»Ja, vor wenigen Minuten«, sagte er und strich mir das nasse Haar aus der Stirn. »Schlecht geschlafen?«

Ich leckte mir über die trockenen Lippen. Nickte. »Das war der realistischste Traum, den ich jemals hatte.«

Ein Schauder rann mir über den Rücken, und das miese Gefühl verging nicht, selbst als ich einen Schluck aus der Wasserflasche nahm, die mir Cole umständlich reichte. Es schmeckte noch schaler und abgestandener als zuvor.

»War wirklich keiner da?«, erkundigte ich mich noch mal.

Cole schüttelte den Kopf. »Wenn sie nicht bald kommen, geht uns das Wasser aus.«

Mein Blick zuckte zu den anderen. »Vielleicht ist was …?«, begann ich, als mich ein Geräusch abwürgte. Es war nur dumpf, doch der Klang war eindeutig. Ein Schuss. Direkt über uns. Alarmiert sahen wir nach oben.

»Was ist da los?«, fragte Holly und zuckte zusammen, als erneut ein Knall zu hören war. Gefolgt von einem Schrei. Und einem …

»Das klang wie ein Heulen«, sprach Avery aus, was wir vermutlich alle dachten.

»Wölfe«, wisperte ich.

Adrien verengte die Augen. »Wie sollen Wölfe hier reingekommen sein? Das hier ist praktisch eine Festung«, sagte er, als plötzlich das Gebrüll so laut wurde, dass es mir eiskalt den Rücken runterlief.

Der Lärm über uns wurde noch lauter. Es folgte ein Poltern wie von umgeworfenen Möbeln und das Knallen von Schüssen. Ein Schrei, der jäh abbrach. Mir wurde abwechselnd heiß und kalt, und ein ungutes Gefühl erfasste mich. Das hier konnte kein Zufall mehr sein. Wir waren über das Stadium hinaus, um noch länger so zu tun, als würden hier nicht unmögliche Dinge geschehen.

Mit schweißkalten Fingern tastete ich neben mich und erwischte Coles Hand.

»Cole?«, wisperte ich.

Er blickte auf unsere Hände.

Ich krallte mich an ihm fest, während ich so leise sagte, dass die anderen es nicht mitbekamen: »Ich glaube, die Wölfe suchen mich.«

»Dein Traum?«, fragte er überraschend scharfsinnig.

Ich sog die Luft ein und nickte. Die Angst drehte mir den Magen um. »Sie suchen mich«, murmelte ich und blickte ihn panisch an. »Cole, was, wenn die Wölfe wegen mir in Woodley sind? Was, wenn sie mich suchen, um mich zu dem Prinzen zu bringen.«

Cole zögerte, und sein Blick verriet ihn.

»Du hast dir das bereits gedacht, oder?«, fragte ich leise.

»Ich habe es in Betracht gezogen«, gab er schließlich zu. »Du magst vielleicht diesen Prinzen geküsst haben, doch du warst nicht bei ihm, als er wirklich ins Leben zurückgekehrt ist. Er hat dich nie gesehen, oder?«

Ich schüttelte den Kopf.

»Dann weiß er wahrscheinlich nur, dass er aufgeweckt wurde, aber nicht, von wem. Du weißt nicht, wo der Prinz ist, also weiß er vielleicht auch nicht, wo du bist, und seitdem lässt er dich suchen.«

Seine Worte jagten mir einen Schauder über den ganzen Körper. Und als es laut krachte, stellten sich mir die Nackenhaare auf.

»Rain?«, sagte Cole ernst.

Ich zwang mich, nicht auszuflippen, und erwiderte seinen Blick.

»Was auch immer passiert, bleib bei mir. Wir dürfen nicht getrennt werden, okay?«

Ich nickte, und er schob sich vor mich. Schirmte mich mit seinen Schultern ab.

Auch die anderen rappelten sich auf, während der Lärm über uns anhielt. Das Knallen der Schüsse ging mir durch Mark und Bein, bis plötzlich eine Stille einsetzte, die beinahe noch schlimmer war. Ich klammerte mich, so gut es mit den gefesselten Händen möglich war, in Coles Hemd fest, während die Wut mit meiner Angst kämpfte. Edward war wahrscheinlich da oben. Trotz allem, was er gemacht hatte, wollte ich mir nicht vorstellen, wie er von Wölfen zerfleischt wurde. Allein bei dem Gedanken kroch mir die Galle nach oben.

»Meint ihr, die Wölfe sind weg?«, flüsterte Holly.

Adrien, der neben ihr stand, visierte die Decke an. »Oder die Cinderbes«, sagte er nur.

Holly wurde blass, und im nächsten Augenblick prallte etwas gegen die Stahltür. Und zwar so heftig, dass sich das Metall durchdellte und dabei einen kreischenden Ton von sich gab. Unsere erschrockenen Schreie hallten durch den Raum, während wir ruckartig zurückwichen. Hinter der Tür war ein lautes Grollen zu hören, ehe erneut etwas dagegenschlug. Mit voller Wucht. Irgendetwas fiel mit lautem Krachen zu Boden, und der ganze Keller bebte. Staub bröckelte herab. Was auch immer es war, es musste riesig sein.

Krach.

Erneut prallte etwas gegen die Tür, diesmal gegen die mit den Gitterstäben. Die Scharniere quietschten. Genauso wie die Gitterstäbe. Sie bogen sich unter der schieren Wucht, von was auch immer dahinter war …

»Fuck …«, murmelte ich, und das Metall zerriss. Im nächsten Augenblick flog die zerbeulte Tür zu Boden. Staub wirbelte auf und brachte uns alle zum Husten.

Cole wich zurück und drückte mich mit dem Rücken an die Wand.

»Oh mein Gott, wir werden sterben«, hörte ich Avery sagen.

Ich riskierte einen Blick an Coles Schulter vorbei und sah den wahrscheinlich größten Wolf, den ich jemals gesehen hatte. Das mussten mindestens zwei Meter sein, denn er passte kaum durch den Türrahmen. Seine Muskeln wölbten sich wie Taue unter dem Fell. Allein sein Gebiss war so groß, dass er mir wahrscheinlich mit einem einzigen Biss den Kopf von den Schultern reißen konnte.

Das hier war nicht nur ein Wolf.

Das hier war ein Monster.

Und es schien direkt meinem schlimmsten Albtraum entsprungen zu sein.

Auf einmal war es mucksmäuschenstill im Keller, als hätten alle Angst, einen falschen Atemzug zu tun. Die Augen des Wolfs blitzten gefährlich auf. Oder nein, es war nur ein Auge. Das andere war krustig und verklebt. Eine Wunde klaffte mitten im Schädel des Monsters. Das verbliebene Auge bewegte sich, als würde der Wolf den

Raum absuchen. Schließlich kam sein Blick auf mir zum Liegen, und beinahe zeitgleich verzogen sich die Lefzen zu einem Grinsen, das viele scharfe Zähne zeigte.

Ein beinahe surreales Gefühl erfasste mich, als ich den Wolf anstarrte. Das Auge, das unnatürlich blau aussah. Ein Blau, das ich kannte, weil es mir jeden Tag im Spiegel entgegenblickte.

Mir rutschte das Herz in die Hose. »Großmutter?«, krächzte ich.

Kapitel 20

»Aber, Großmutter, was hast du für ein entsetzlich
großes Maul!«
»Dass ich dich besser fressen kann!«
Kaum hatte der Wolf das gesagt, so tat er einen Satz
aus dem Bette und verschlang das arme Rotkäppchen.

Aus »Rotkäppchen«
Gebrüder Grimm

»Ach, du Scheiße«, hörte ich Adrien murmeln.

Der Blick des Wolfs zuckte zu ihm hinüber, und das Grollen, das aus seiner Kehle drang, wurde lauter. Geifer tropfte zu Boden.

»Cole, kannst du nicht etwas tun?«, fragte ich heiser.

»Ich bin mir nicht sicher, das ist nicht irgendein Wolf. Das ist der Alphawolf«, wisperte er zurück. Jeder seiner Muskeln war angespannt.

Beim Klang seiner Stimme zuckte der Kopf des Wolfs wieder zu uns, und sein Auge leuchtete auf.

Cole starrte ihn an und sagte fest: »Geh zurück.«

Der Wolf knurrte ihn bloß an.

Cole brüllte: »Zurück!«

Der Wolf riss das Auge weit auf und duckte sich. Unwillkürlich hielt ich die Luft an, als Cole das Tier niederstarrte. Dessen Fell sträubte sich, seine Muskeln zuckten, als kämpften sie gegen unsichtbare Fesseln an.

»Adrien, nein!«, rief Holly plötzlich.

Ein Wirbel aus roten Haaren blitzte auf, und schon stürzte sich der Junge schreiend auf den Wolf. Der Blickkontakt mit Cole brach ab, und der Wolf preschte brüllend in den Keller herein.

»Ich halte ihn auf. Lauft!«, brüllte Adrien.

»Dieser Vollidiot!«, fluchte ich im selben Augenblick, in dem der Wolf Adrien wie eine lästige Fliege zur Seite wischte und gegen die Wand schleuderte.

»Adrien!«, schrie Holly und stürzte zu ihm.

Der Rest von uns suchte hektisch nach einer Fluchtmöglichkeit. Eines der Thatch-Geschwister rammte Cole in dem verzweifelten Versuch wegzulaufen. Dieser stolperte und knallte zu Boden.

»Cole!«, rief ich.

Leider zog ich damit die Aufmerksamkeit des Wolfs auf mich. Das Vieh wirbelte herum, riss mit seiner Klaue tiefe Kerben in den Boden – und dann war es über mir.

»Rain!«, schrie Cole und warf sich auf den großen Kopf des Wolfs.

Das Tier jaulte und schüttelte sich, während Cole versuchte, sich trotz der gefesselten Hände an dessen Fell festzuklammern.

»Col...« Sein Name blieb mir im Hals stecken, als der Wolf gegen die Höhlenwand prallte und Coles Kopf gegen die Mauer schlug. Ein Knirschen war zu hören, und Cole sackte leblos in sich zusammen.

Ohne nachzudenken, rannte ich auf ihn zu, stolperte und fühlte im nächsten Augenblick heißen Atem in meinem Nacken. Ich schrie auf, als sich die Zähne des Wolfs in den Stoff meines Hemds gruben und dabei auch etwas Haut und Muskeln erwischten. Schmerz explodierte in meiner Schulter, und mir wurde schwarz vor Augen. Ich hörte ein Reißen, doch der Stoff hielt, auch wenn ich das nicht für möglich gehalten hätte, und in der nächsten Sekunde nahm mich der

Wolf wie einen störrischen Welpen hoch, wirbelte herum und preschte aus dem Keller.

Instinktiv krallte ich mich in dem kurzen Fell des Wolfs fest. Dadurch fühlte es sich zumindest nicht mehr ganz so an, als würde mein eigenes Körpergewicht mich nach unten ziehen und die Haut an meinen Schultern, die der Wolf erwischt hatte, reißen. Meine Füße baumelten in der Luft, während ich hilflos in seinem Maul hing. Ich hörte jemanden meinen Namen rufen. Es klang wie Holly.

Ich konnte kaum noch reagieren. Alles ging unter in einem Wirbel aus Fell, Schweiß und Schmerz. Der Wolf schleppte mich mit sich, und plötzlich war da frische Luft.

Mein keuchender Atem schwebte mir vor dem Gesicht, während ich mich umsah und versuchte, durch die Schwärze vor meinen Augen etwas zu erkennen. Die Hunting Lodge stand in Flammen. Heißes Feuer prasselte und peitschte in die kühle Nachtluft. Überall lagen tote Wölfe. Ihr Blut mischte sich mit dem hellen Schnee, und der Gestank von Tod und Asche hing schwer in der Luft.

»Hilfe!« Mein Schrei gellte durch die Nacht, doch der Wolf lief einfach weiter. Ohne zu zögern, sprang er über den eingerissenen Zaun, der aussah, als hätte ihn ein Panzer zerdrückt.

»Großmutter, wenn du das bist, dann lass mich bitte los«, flehte ich schluchzend und krallte mich noch fester in das Fell.

Doch es half nichts. Die Hunting Lodge verschwand hinter uns, wurde zu nicht mehr als einem brennenden, hellen Fleck in der Dunkelheit. Und schon bald tauchten wir in den tiefen schwarzen Wald ein. Schnee knirschte unter den Tatzen des Wolfs. Zweige peitschten mir gegen den Körper. Das Adrenalin schoss durch meine Adern, und vermutlich war das der Grund, warum ich überhaupt noch bei Bewusstsein war. Und warum ich jetzt etwas tat, was ich unter normalen Umständen wahrscheinlich niemals geschafft hätte. Ich konnte nur hoffen, dass die Zähne tatsächlich nicht so tief in meine Haut gingen, wie ich vermutete.

Ich brüllte und griff nach oben, ertastete das Maul des Wolfs und drückte mich ab. Die Haut an meiner Schulter, in die sich die Zähne des Wolfs gegraben hatten, riss. Der Schmerz ließ mich beinahe sofort ohnmächtig werden. Es pfiff in meinen Ohren. Mein Magen hob sich, und ich würgte. Doch es funktionierte. Meine Klamotten rissen ebenfalls endgültig durch, und ich stürzte in den Schnee. Ungebremst knallte ich auf etwas Hartes und krümmte mich zusammen. Japste nach Luft, während ich mich vornüberbeugte und ausspuckte. Blut, Speichel, Erbrochenes? Alles zusammen?

Der Wolf blieb abrupt stehen und wirbelte herum. Das Adrenalin und ein Fluchtinstinkt, den ich so noch nie empfunden hatte, ließen mich sofort wieder auf die Füße kommen. Zitternd hielt ich mich an einem Baum fest. Der Schwindel und die pochenden Schmerzen in meiner Schulter raubten mir erneut fast das Bewusstsein. Hitze breitete sich in mir aus, und ich spürte Nässe meinen Rücken herunterlaufen. Der Geruch von Kupfer füllte meine Nase. Ich musste bluten wie ein Schwein.

»Bitte, Großmutter. Nicht. Ich bin es doch. Rain.« Die Worte kondensierten sofort in der Kälte und hingen schwebend vor mir in der Luft.

Der Wolf starrte mich stumm an. Seine Flanken bewegten sich heftig. Mit jedem Atemzug stieß er den Gestank von Tod aus. Was hatte Cole gesagt? Er hätte diesen Gestank überall gerochen? Der Schatten des Wolfs kroch über die Erde. Zu groß und zu dunkel. Er mischte sich mit dem der Bäume, in deren Zentrum ich stand wie ein Vogel im Käfig.

Ich stolperte schwankend zurück. Ich konnte mich kaum noch auf den Beinen halten. Mein Blut tropfte rhythmisch in den Schnee.

Tiefes Rot auf hellem Weiß. Weiß wie Schnee und rot wie Blut. Das Bild verschwamm vor meinen Augen.

»Bitte. Tu das nicht«, flüsterte ich.

Der Wolf duckte sich.

»Bitte …«

Der Wolf stürmte auf mich zu.

Mein Herz setzte einen Schlag aus, und eine alles umfassende Angst flutete jede meiner Zellen. Es fühlte sich an, als würde ich versuchen, aus meiner eigenen Haut zu kriechen, nur um nicht das miterleben zu müssen, was gerade geschah. Ich öffnete den Mund. Vielleicht schrie ich. Vielleicht auch nicht. Ich kniff panisch die Augen zu und wartete auf den Biss, stattdessen ertönte jedoch ein ohrenbetäubender Knall. Vor Schreck riss ich die Augen wieder auf und sah gerade noch, wie der Wolf hart zur Seite geschleudert wurde. Noch mehr Rot spritzte in den weißen Schnee. Der Wolf schüttelte den Kopf. Eines seiner Ohren war in Fetzen gerissen.

»Weg von ihr!« Die Stimme durchschnitt das Dröhnen in meinem Kopf wie Eis.

Der Wolf fletschte die Zähne und fuhr grollend herum. Hektische Wolken schwebten vor seinem Maul.

Für eine surreale Sekunde war nichts zu hören oder zu sehen. Da waren nur der Wald und die dunklen Bäume, deren Äste wie Finger am Himmel kratzen. Für eine surreale Sekunde dachte ich, den Verstand verloren zu haben.

Dann hallte ein Klicken durch die Stille, ehe eine Silhouette sich aus dem Dunkel schälte. Hochgewachsen, gerade Schultern, schimmernd goldenes Haar.

»Edward?«, stammelte ich. Meine eigene Stimme klang dumpf in meinen Ohren, und ich schmeckte bei jedem Atemzug Blut.

Unsere Blicke trafen sich. Nur kurz. Ich sah die Erleichterung darin und danach … etwas anderes.

Er sah furchtbar aus. Voller Blut. Eine lange Wunde klaffte an seinem Arm, und er humpelte. Doch die Schusswaffe, die er langsam anhob, lag ruhig in seinen Händen. Er löste den Blick von mir, visierte den Wolf an und brüllte: »Weg von ihr, Wolf!«

Das Tier legte die Ohren an, spannte sich an und sprang auf Eddy zu.

Blitzschnell drückte Edward ab. Es knallte, und die Kugel traf den Wolf direkt in die Schulter. Doch der Wolf rannte einfach weiter. Er war schnell. Unfassbar schnell. Edward schoss wieder und wieder.

Die Schüsse explodierten wie Feuerwerkskörper in meinem Kopf. Orientierungslos fiel ich in den Schnee und krabbelte weg, versuchte, nicht in die Schussbahn zu geraten, doch das Vieh war bereits bei Edward, traf ihn hart an der Brust und riss ihn zu Boden.

»Edward!«, kreischte ich, und meine eigene Stimme hallte wie ein Echo in meinen Ohren nach.

Edward ächzte, und in dem Wirbel aus Fell, Blut und Schnee sah ich, wie unglaublich blass sein Gesicht war. »Rain. Es tut mir so leid …« Er blickte mich an, schlug aus und traf den Wolf mit dem Waffenlauf an der Schnauze.

Das Monster knurrte, und Edward robbte auf dem Rücken zurück, doch der Wolf setzte bereits zum Biss an.

»Nein! Nein! Neeeeeein!«

Ich hatte keine Ahnung, wo die Kraftreserve herkam, doch es war wie ein Stromstoß, der mich auf Edward zurennen ließ. Schnee stob auf. Kälte stach in meine Haut, und bei jedem Schritt hatte ich das Gefühl, Blut zu schlucken. Meine Füße brannten, und meine Muskeln ächzten, als ich mich im letzten Augenblick zwischen Edward und den Wolf warf. Ich blickte nach oben und sah nur noch das weite aufklaffende Maul mit den scharfen Zähnen, ehe mich der Wolf mit einem einzigen Bissen verschlang.

Kapitel 21

»Der Wolf ist tot! Der Wolf ist tot!«

Aus »Der Wolf und die sieben jungen Geißlein«
Gebrüder Grimm

Seit Fionas Tod hatte ich immer das Gefühl gehabt, dass ich es hätte sein sollen, die im Brunnen ertrank. Als wäre sie meinen Tod gestorben, damit ich ihr Leben leben konnte. Diejenige zu sein, die atmete, war mir immer auf eine seltsame Art falsch vorgekommen, auch wenn ich nie wirklich den Wunsch verspürt hatte, zu sterben. Das wollte ich nicht. Ich wollte leben. Nur hatte ich immer das Gefühl gehabt, nicht das Recht dazu zu haben. Nicht ich. Sondern sie. Aber meine Schwester war tot, und eine kleine Stimme in mir hatte mir eingeredet, es gäbe einen Grund dafür. Als ob ich noch eine Aufgabe zu erfüllen hätte. War es das also? War das meine Aufgabe? Den Prinzen aufzuwecken. Die Welt ins Chaos zu stürzen. Nur um jetzt zu sterben? Für Edward?

Wenn dem so war, hatte ich zumindest noch die Chance gehabt, einen Menschen zu retten. Edward zu retten. Egal, was er getan hatte oder noch vorgehabt hatte.

Ich bereute es nicht, ihn gerettet zu haben. Ich hoffte nur, mein Tod war nicht gänzlich sinnlos.

Allerdings hatte ich mir den Tod anders vorgestellt. Schmerzhafter. Und danach Dunkelheit. Ein Licht am Ende des Tunnels. Ein Wiedersehen mit meiner Familie. Doch nichts davon war da.

Ich spürte keinen Schmerz, obwohl ich am ganzen Körper Prellungen haben musste. Ich spürte auch keine Fesseln mehr. Vorsichtig tastete ich nach meiner Schulter. Die Bisswunde war noch da. Meine Finger waren nass vom Blut, aber es tat nicht weh.

Ich fröstelte. Es fühlte sich so an, als würden Schneeflocken auf mir landen. Moment ... Das *waren* Schneeflocken. Verwirrt sah ich mich um. Ich stand im Wald. Allein. Umgeben von dunklen Bäumen. Leichter Schnee fiel auf meinen Kopf herab, und ein runder heller Mond schob sich hinter der Wolkenwand hervor. Sein Schein glitzerte über den Schnee.

Was war hier los?

Ich drehte mich im Kreis, suchte mit den Augen die Umgebung ab, um mich zu orientieren. War das hier der Tod? Durfte man vom Tod enttäuscht sein?

»H... hallo?« Mein Ruf hallte durch den verlassenen Wald. Niemand antwortete. Nur der Wind fuhr pfeifend durch die Äste. »Ist da wer?«

»Rain White.«

Ich zuckte so heftig zusammen, dass es wehtat. Ich wirbelte herum, und da stand sie. Wie aus dem Nichts erschienen. Das graue Haar war straff nach hinten gebunden. Ihr grüner Bademantel bauschte sich im Windzug zu ihren nackten Füßen. Den Gehstock hatte sie in der Hand.

»Großmutter.« Das Wort schwebte zwischen uns. Voller Angst und Wut, Erleichterung und Vorwurf zugleich.

Sie lächelte, und Fältchen zeichneten sich rund um ihre Augen ab. »Ich bin nicht Eure Großmutter, Majestät. Sie ist längst tot. Ich leihe mir nur ihr Erscheinungsbild aus«, sagte die alte Frau mit einer tiefen Stimme, was mich von der seltsamen Anrede ablenkte.

Ich blickte auf. Ihr ins Gesicht. In die Augen. Doch der Blick, der meinen erwiderte, war nicht menschlich. Es war derselbe Blick wie der des Wolfs, der mich getötet hatte. Meine Muskeln spannten sich an.

»Wer bist du?«, fragte ich misstrauisch. »Und was willst du von mir?«

Das Monster in der Gestalt meiner Großmutter kam auf mich zu. Es bewegte sich völlig lautlos. Ich zwang mich, nicht zurückzuweichen, denn zumindest im Moment schien es eher reden als mich angreifen zu wollen. War das überhaupt noch möglich, jetzt, wo ich tot war? Oder war ich das gar nicht?

Das Monster blieb vor mir stehen und blickte auf mich herab. »Ich bin Gula. Der erste Vasall des dunklen Prinzen. Und dieser Wald gehört mir.«

Ich schluckte, als mir die Geschichte wieder einfiel, die ich gelesen hatte. Die Geschichte über den jungen Prinzen und den bösen Wolf. Eine Geschichte, die keine Geschichte zu sein schien. Ich hätte es wahrscheinlich für unmöglich abgetan, wenn das Unmögliche nicht schon vor einer ganzen Weile begonnen hatte, doch möglich zu sein. Was brachte es mir also noch, nicht an Monster zu glauben? Gar nichts … Es brachte mir gar nichts, außer einem frühen Tod.

Ich zwang mich, das Kinn anzuheben und dem Monster direkt ins Gesicht zu blicken. »Warum siehst du aus wie meine Großmutter? Was hast du mit ihr gemacht?«, presste ich hervor, und hätte ich jetzt einen Dolch in den Händen gehabt, ich hätte nicht gezögert, Gula damit zu töten.

Das Wesen neigte den Kopf. »Der Prinz ist erwacht genauso wie wir. Doch unser Geist allein kann nicht existieren. Ich brauchte eine passende Hülle in Eurer Nähe. Der Prinz hat mich geschickt, um Euch zu ihm zu bringen, Hoheit. Eure Großmutter schien mir eine passende Wahl.«

»Der Prinz …« Die Worte kamen mir wie ein Fluch über die Lippen, Atemwölkchen sammelten sich vor meinem Mund, und zum ersten Mal, seit ich aufgewacht war, zitterte ich.

Es stimmte also. Ich hatte ihn aufgeweckt. All das hier … passierte wegen mir. Natürlich hatte ich gewusst, dass es so sein musste, aber es tatsächlich bestätigt zu bekommen, war etwas ganz anderes.

Gula nickte, als wären meine Gedanken ein offenes Buch. »Der Prinz erwartete Euch, Majestät.«

Ich starrte das Monster an. Meine Lippen fingen an zu beben. »Du hast meine Familie getötet. Meine Mutter, meinen Vater. Meine Tante, meinen Onkel. Und … und meine Großmutter. Und das alles nur, um mich zu *ihm* zu bringen?« Ich sprach seinen Namen nicht aus. Ihn beim Namen zu nennen, würde das Ganze real machen, ihn vermenschlichen, und – da war ich mir ganz sicher – wenn der Prinz eines nicht sein konnte, dann menschlich.

Gula hob den Kopf. »Wir folgen nur unserem Befehl. Wir können nicht zulassen, dass uns jemand im Weg steht. Dies ist und war schon immer unser Revier. Unser Wald. Nicht der der Menschen.«

»Du und deine Wölfe, ihr habt all diese Menschen getötet!«, brüllte ich Gula an. »Ihr habt auch mich angegriffen!«

»Wir haben Menschen getötet, sie haben uns getötet. Doch am Ende ist all das belanglos. Das Leben ist ein Kreislauf. Wo ein Leben endet, beginnt ein neues. Der Schmerz ist ein kurzer Atemzug im Fluss der Unendlichkeit. Ihr seid der dunkle Anfang, der Prinz das strahlende Ende. Wir müssen Euch zu ihm bringen. Wenn nötig mit Gewalt und schwer verletzt oder sogar tot. Denn es gibt nichts, was Magie nicht zu heilen vermag.«

Den letzten Teil hörte ich kaum, denn da war es wieder: Ich war der Anfang, der Prinz das Ende.

Der Prinz war erwacht.

Wegen mir.

All diese Menschen, meine Familie, das Blut, ihr Schmerz, ihr grausamer Tod … All das passierte wegen mir.

Heiße Tränen stiegen mir in die Augen, und der geballte Schmerz, den ich die letzten Tage tief in mir vergraben hatte, kam in mir hoch wie Eiter aus einer schlecht verheilten Wunde.

Ich brach zusammen. An Ort und Stelle, als hätte mich alles, was mich aufrecht gehalten hatte, mit einem Schlag verlassen. Ich schluchzte auf und krümmte mich zusammen, grub die Fäuste in den Schnee und heulte, schrie aus tiefster Seele. Der Ton war beängstigend, beinahe unmenschlich. Doch ich konnte nicht mehr damit aufhören, während all der Schmerz, die Verwirrung und Wut aus mir herausquollen.

Gula beobachtete mich aus wölfischen Augen. Weder konnte ich Genugtuung noch ein schlechtes Gewissen darin erkennen. Als würde ich einen Teil von etwas sehr Altem sehen. Etwas Unendliches. Unergründliches.

Die Tränen liefen mir in stummen, heißen Bahnen über die Wangen, während der Wolf in der Gestalt meiner Großmutter den Kopf neigte und meine Wut und Trauer akzeptierte, ohne etwas daran ändern zu wollen. Ich war mir nicht sicher, wie lange ich weinte. Es fühlte sich an wie eine Ewigkeit. Irgendwann lag ich nur noch im Schnee und starrte in den grauen Himmel hinauf. Ich fühlte weder Kälte noch sonst etwas. In mir war es leer.

Ich wischte mir über das feuchte Gesicht und setzte mich auf. Gula schien tatsächlich reden zu wollen. Auch wenn ich nicht verstand warum. Aber ich hatte Fragen, und die stellte ich nun auch. »Dein Prinz sucht mich. Warum genau?«

Gula nickte. »Die Krönung des Prinzen steht bevor. An Gelach fola, wenn der Mond beginnt, sich rot zu färben. Die Sichel wird sich mit dem Blut der Götter füllen, und bis er voll am Himmel steht, muss die Krönung vollzogen sein.«

Gelach fola? Noch nie gehört.

»Was passiert bei dieser Krönung?«, fragte ich.

»Der Prinz nimmt den Platz ein, der ihm so lange verwehrt worden ist. Doch eine Seite ist nichts ohne die andere. Wie einst der Sonnenkönig die Königin der Nacht an seiner Seite benötigte, braucht der Prinz ebenfalls ein Gleichgewicht. Der Prinz besteigt den Thron, um eine neue Zeit einzuläuten, doch das kann er nur mit seiner Königin.«

»Seiner Königin?«, echote ich. »Und das soll ich werden? Warum? Warum sollte ich das tun?«

»Um das Ende dieser Zeit einzuleiten. Die Welt liegt bereits im Sterben. Sie ist ein altes Relikt. Um neues Leben hervorzubringen, muss altes vergehen.«

Um das Ende einzuleiten. Die Worte hallten wie ein Echo in mir nach.

Ich leckte mir über die trockenen Lippen. »Ich dachte, der Prinz soll die Magie zurückzubringen und nicht die Welt untergehen lassen.«

Gula sah mich eindringlich an. »Das eine ergibt das andere. Er ist die Dunkelheit. Das ist seine Bestimmung. Sein Schicksal. Wenn die Nachfahren etwas anderes geglaubt haben, waren sie falsch informiert. Geschichten, die über lange Zeit erzählt werden, können sich verändern.«

»Das Märchen über den Prinzen ist also falsch«, brachte ich hervor und schauderte.

Der Wolf nickte. »Es wurde wohl nicht komplett überliefert.«

Ich schluckte und zeigte um uns herum. »Der Prinz bringt also die Magie zurück, um die Welt untergehen zu lassen?«

»Er bringt das Ende«, stimmte Gula kryptisch zu.

Ein ungläubiger Ton entwich mir. »Um dann was zu sein? Der König der Asche?«

»Der Prinz hat seit jeher eine schwere Bürde zu tragen. Er braucht Euch an seiner Seite. Ihr seid der Anfang, er das Ende. Er der Schatten. Ihr das Licht. Er braucht Euch, und Ihr braucht ihn.«

»Er hat eine schwere Bürde zu tragen?«, fuhr ich Gula an. »Sag deinem Prinzen, der Thron an seiner Seite wird leer bleiben. Selbst wenn ihr mich irgendwie von den Toten zurückholt, werde ich weglaufen. Ich werde mich weiter vor ihm verstecken und jedes Monster töten, das er nach mir schickt. Ich werde ihm nicht helfen, diese Welt untergehen zu lassen.«

»Noch seid Ihr nicht tot. Aber Ihr seid die Königin. Es ist Euer Schicksal, an seiner Seite zu sein. Solange Euer Band geknüpft ist, wird es geschehen, und alles, was Ihr dagegen tut, wird die Welt nur noch mehr ins Chaos stürzen.«

Die Tatsache, dass ich nicht tot war, hätte mich erleichtern sollen. Doch der Rest von Gulas Worten pochte in mir wie eine Wunde, und ich ballte die Hände zu Fäusten, bis sich meine Nägel in die Handfläche gruben.

»Dann töte ich den Prinzen. Wenn er wieder in seinem Sarg liegt, kann er die Welt nicht untergehen lassen.«

Meine Worte hingen wie ein Damoklesschwert über uns, und ich erwartete eigentlich, dass Gula wütend wurde, doch nichts. Gula blieb weiterhin absolut ruhig.

»Es steht Euch natürlich frei, das zu versuchen.«

Ich presste die Zähne zusammen. »Wirst du mich nicht aufhalten?«

Gula stieß ein Lachen aus, das rau und kehlig klang. »Natürlich werden wir das, aber das Schicksal wäre nicht das Schicksal, wenn Ihr nicht versuchen würdet, es herauszufordern. Wenn Ihr Euer Schicksal ändern wollt, gibt es nur zwei Möglichkeiten.«

Ich hob die Augenbrauen. »Du sagst es mir? Einfach so?«

Gula lächelte mich spöttisch an. »Wenn Ihr es wünscht.«

»Warum solltest du das tun?«

»Ich habe keinen Grund, es nicht zu tun. Ihr seid die zukünftige Königin, es ist Euer Recht, alle Informationen zu erhalten«, sagte Gula schlicht.

Ich verengte die Augen. »Okay. Wenn ich mein Schicksal ändern will, was muss ich tun?«

»Ihr könnt den Lauf Eures Schicksals nur mit dem Gott des Schicksals selbst aushandeln. Er hält die Bänder in der Hand, die unser Leben leiten. Nur er kann es auch neu knüpfen.«

»Und wo finde ich diesen Gott des Schicksals?«

»Bruder Schicksal lässt sich nur von denen finden, von denen er auch gefunden werden will. Findet etwas, was seine Aufmerksamkeit weckt. Vielleicht gewährt er Euch dann eine Audienz.« Gula sah mich eindringlich an, sagte jedoch nichts mehr.

Wundervoll, das half mir jetzt weiter. Nicht. Wie sollte ich einen Gott finden, der nicht gefunden werden wollte? Ganz zu schweigen davon, dass ich bisher nie wirklich in Betracht gezogen hatte, dass die Götter aus dem Märchen der Schöpfung tatsächlich existierten. Ich hatte sie für eine Metapher gehalten.

»Und die zweite Möglichkeit?«, fragte ich mit rauer Stimme.

Gula neigte den Kopf, was beinahe wie eine Verbeugung aussah. »Der Prinz ist mächtig. Seit jeher gab es nur einen, der ihn besiegen konnte, und das war der Sonnenkönig selbst. Nur das Licht selbst kommt gegen die Dunkelheit an, und nur die Dunkelheit kann über das Licht siegen. Ein Gleichgewicht.«

Ich ließ Gulas Worte sacken. »Wenn es stimmt, was du erzählst«, sagte ich langsam, »dann bin ich Teil dieses Gleichgewichts.«

»Das ist korrekt.«

»Aber ich bin nicht mächtig.«

»Nein. Zumindest noch nicht.«

»Das bedeutet, ich muss so mächtig werden wie der Sonnenkönig, um den Prinzen aufhalten zu können?«

Gula nickte.

»Und wie soll ich das machen?«, fragte ich mit einem leicht hysterischen Lachen.

»Der Prinz kommt zurück«, antwortete Gula bedächtig, »zusammen mit sieben Vasallen. Wir sind nicht nur hier, um Euch zu suchen, Hoheit. Wir sind auch die Prüfungen.«

Meine Augenbrauen schnellten nach oben, und es brauchte ein paar Sekunden, bis ich begriff. »Die sieben Prüfungen aus dem Märchen«, sagte ich. »Ich muss also die Prüfungen bestehen, um stärker zu werden? Aber wie?«

»Als der Prinz versuchte, den Sonnenkönig zu töten, scharte er sieben Vasallen um sich. Als wir den Palast überfielen, töteten wir viele, aber ihre Magie ging auf einen Spiegel über. Auf einen Spiegel, den das Schicksal in sieben Teile zerbrach. Die alten Könige und Höflinge mögen nicht mehr existieren, doch die Insignien – und die Magie in ihnen – tun es. Nach dem Fall des Prinzen wurden nicht nur wir Vasallen in die Verbannung geschickt, sondern auch die Insignien. Mit uns kamen daher auch die Spiegelscherben zurück. Wem es gelingt, alle Teile zu einem Ganzen zusammenzusetzen, der erhält Macht, die dem Prinzen ebenbürtig ist.«

In meinem Kopf rastete etwas ein. Ein Puzzleteil, das ich bisher nie verstanden hatte und das nun an seinen Platz rückte. »Die sieben Vasallen sind also die Prüfungen, und die Belohnung ist jeweils eines der Insignien. Darum heißt es auch in der Geschichte: *Mit dem Erwachen des Prinzen bekommen die Nachfahren sieben Chancen, ihre Magie zurückzuerhalten. Doch am Ende wird sich nur eine Familie erheben …* Wir dachten, wir erhalten danach unsere Königreiche zurück, aber dem ist nicht so, oder?«

»Am Ende wird dadurch nur eine Familie mächtig genug sein, den Untergang zu überleben«, stimmte Gula mir zu.

Ich blickte dem Wolf in die endlosen Augen. »Also entweder

bringe ich das Schicksal dazu, mein Schicksal zu ändern, oder ich sammle alle sieben Insignien, um mächtig genug zu sein, den Prinzen aufzuhalten.«

»Oder ihr folgt Eurem Schicksal und bringt dem Ende den Anfang.«

Ich hob das Kinn. »Das werde ich nicht. Ich werde versuchen, stärker zu werden.«

»Wie Ihr wünscht«, sagte Gula, griff in die Falten des grünen Bademantels und holte etwas hervor. Es war handgroß, glänzend und scharfkantig. Eine Spiegelscherbe. »Das ist ein Insigne.«

Ich begann, am ganzen Körper zu zittern. Das war also ein Insigne? Es sah so klein aus. So normal. Und es war direkt in meiner Reichweite.

»Was willst du dafür?«, fragte ich mit rauer Stimme.

Gula neigte den Kopf. »Es gehört bereits Euch.«

Überrascht riss ich die Augen auf. »Warum? Ich dachte, du willst mich zum Prinzen bringen!«

»Das war auch meine Aufgabe, und dennoch habt Ihr die Prüfung bestanden.« Gula lächelte ironisch. »Ihr habt Euch dem bösen Wolf gestellt. Bei dieser Prüfung ging es nicht um das Töten, sondern um das Opfer. Ihr habt Euch selbst für einen anderen geopfert. Das erste Insigne und seine Macht gehören also Euch. Ich gratuliere und wünsche viel Glück auf Eurem weiteren Weg, Hoheit. Mich habt Ihr damit besiegt, doch die restlichen Vasallen werden Euch dennoch weiterjagen.«

»Und ich jage die Vasallen«, gab ich zurück.

Gula lächelte nur und streckte die Hand aus. Mit zitternden Fingern fasste ich nach der Insigne, und im selben Augenblick, als ich es berührte, verschwamm alles. Ich öffnete den Mund, doch ich hatte nicht einmal mehr die Chance, etwas zu sagen, ehe es schlagartig dunkel wurde. Als hätte jemand das Licht ausgeknipst.

»Rain?«

Es kam mir vor, als würde ich meinen Namen hören. Doch er drang nur sehr gedämpft zu mir hindurch. Ich versuchte, etwas zu sehen, doch es war stockdunkel und … eng? Anstatt der kühlen Luft und dem kalten Schnee von gerade eben spürte ich nun etwas Weiches, Glitschiges, was mich einengte wie in einem Kokon. Ich schnappte nach Luft und bekam prompt Flüssigkeit und Schleim in die Nase, was mich heftig husten ließ.

»Rain!«

Panik kam in mir hoch. Ich schluckte Blut herunter. Wo war ich? Ich öffnete den Mund, um zu schreien, als auf einmal Licht zu mir durchschien. Ein einzelner Strahl.

»Um Gottes willen, sie ist da drin! Rain! Rain, geht es dir gut?« Die Stimme klang vertraut.

»Avery?«, brachte ich hervor und hob die gefesselten Hände durch den Schlitz, der sich vor mir aufgetan hatte.

»Da ist sie«, brüllte jemand. »Schneid das Vieh auf!«

Vieh? Was? Der Schlitz vergrößerte sich, und endlich kam frische Luft in meine Lunge. Ich keuchte auf, als mich jemand mit einem kräftigen Ruck nach draußen zog. Glitschig und feucht landete ich im kalten Schnee. Jemand machte sich an meinen Handgelenken zu schaffen, und dann fielen die Fesseln von mir ab. Die plötzliche Blutzirkulation stach bis in die Fingerspitzen.

»Scheiße, Rain!«, schrie mir mein Cousin entgegen und presste mich an sich. Im selben Augenblick drückte mich noch jemand an sich. Braunrotes Haar kitzelte mich im Gesicht.

Holly?

Ein Schluchzen drang aus ihrer Kehle. »Wir dachten, du wärst tot. Wir haben nur noch gesehen, wie dieses Vieh dich verschluckt hat, und du …« Jedes weitere Wort war absolut unverständlich, und auch Avery stammelte nur noch etwas vor sich hin.

Zitternd sah ich hinter mich. Der Wolf war eindeutig tot. Sein Schädel lag abgetrennt am Boden, und die Augen blickten matt in den Himmel. Ein langer Schnitt zog sich von der Kehle bis zu den Hinterläufen. Brutal und ausgeschlachtet. Gedärme dampften im Schnee und gaben ein groteskes Bild ab. Blut sammelte sich in einer Pfütze unter der Leiche des großen Wolfs … und erst jetzt wurde mir klar, wo ich gerade gewesen war: im Magen des Wolfs. Der Wolf hatte mich mit Haut und Haar verschluckt. Mir wurde schlagartig übel.

Ein ersticktes Keuchen ließ mich aufsehen, und da stand er. Cole. Direkt neben dem toten Wolf. In einer Hand hielt er ein glänzendes Messer, das so lang war wie sein Unterarm. Sein helles Haar war blutverschmiert, sodass es rot aussah, genauso wie seine Hände. Sie zitterten. Doch sein Blick war auf mich gerichtet, seine Augen waren vor Angst pechschwarz.

»Scheiße, Scheiße, Scheiße, ich dachte schon, wir kommen zu spät«, sagte mein Cousin schluchzend und zog damit meine Aufmerksamkeit wieder auf ihn und Holly.

»Alles gut, alles gut«, besänftigte ich ihn und drückte die beiden an mich, obwohl ich völlig mit Blut bedeckt war. Wahrscheinlich sah ich aus, als käme ich direkt aus einem Albtraum. Und so fühlte ich mich auch. Alles tat weh und allem voran die Wunde an meiner Schulter. Diese machte sich mit einem Schlag bemerkbar und pochte so stark, dass ich die Zähne zusammenbeißen musste. Ich versuchte, die Schmerzen zu ignorieren, doch mir war auf einmal so schwindelig, dass ich es kaum schaffte, bei Bewusstsein zu bleiben.

»Was ist? Scheiße …«, hörte ich Avery sagen, der mich nach Verletzungen untersucht hatte und dabei unweigerlich auf die Bisswunden gestoßen war.

»Wie schlimm ist es?«, keuchte ich.

Ich spürte eine leichte Berührung, die von einem stechenden

Schmerz begleitet wurde. Ich presste Lippen zusammen, um den Schrei zu ersticken.

»Okay, es muss, glaube ich, nicht genäht werden«, sagte Avery.

»Er hat recht. Es ist nicht tief, nur eklig«, bestätigte Holly.

Dennoch brach mir der Schweiß aus, als ich an Dinge wie Tollwut dachte.

»Du wirst auf jeden Fall ein paar coole Narben haben«, sagte Avery.

»Falls du nicht an einer Blutvergiftung stirbst«, ergänzte Holly.

»Super«, ächzte ich, während Avery etwas aus seiner Hosentasche holte. Verbandsmull, den er wahrscheinlich für sein Gesicht aufgehoben hatte.

»Halt still, mehr haben wir leider nicht«, wies er mich an, zog das zerrissene Hemd ein Stück weiter hinab, nahm eine Handvoll Schnee und begann, die Wunde zu säubern, was mich aufschreien ließ.

Mir wurde schwindelig, doch Avery und Holly arbeiteten erstaunlich präzise und verarzteten meine Schultern. Um nicht das Bewusstsein zu verlieren, presste ich die Hände zusammen. Und spürte auf einmal etwas Spitzes, Scharfes. Verwirrt öffnete ich die Faust.

»Was ist das?«, fragte Holly schniefend, die meinem Blick folgte. Meine Finger waren rot von Blut.

Ich öffnete die Hand weiter, und da glänzte sie.

Eine Spiegelscherbe.

Mir stockte der Atem, und ich vergaß sogar für kurze Zeit die pochenden Schmerzen in meiner Schulter.

»Es ist kein Traum gewesen«, flüsterte ich.

»Was?«, fragte Holly verwirrt, und ich sah sie mit großen Augen an.

»Ich glaube, ich habe gerade eine der Prüfungen bestanden.«

»Was?«, fragten Avery und Holly gleichzeitig.

»Das ist jetzt schwer zu erklären«, sagte ich und atmete gepresst ein. Erst jetzt bemerkte ich, wie flach ich geatmet hatte. »Ich brauche etwas Luft«, murmelte ich, obwohl wir bereits draußen waren, und drückte meine Freunde sanft von mir weg. Schwankend kam ich auf die Füße und machte ein paar Schritte auf Cole zu, der noch immer stocksteif im Schnee stand. Seine Augen waren groß und dunkel, alles war voller Blut, und er zitterte am ganzen Körper. Remus hockte neben ihm und sah besorgt zu ihm auf.

»Alles okay bei dir?«, fragte ich.

Nur langsam schien er aus seiner Starre zu erwachen. »Ja«, sagte er dumpf.

»Er hat dem Vieh mit einem einzigen Schlag den Bauch aufgeschlitzt, um dich da rauszuholen«, sagte mein Cousin leise.

Ich wollte mich bedanken, doch stattdessen umarmte ich ihn und hielt mich an ihm fest. Es klirrte, als Cole das Messer fallen ließ und seinerseits die Arme um mich schlang, mit einer solchen Verzweiflung, dass er mir die Luft aus der Lunge presste.

»Es tut mir leid ... es tut mir leid«, presste er hervor, und es klang beinahe, als würde er aufschluchzen.

Ich drückte mich fester an ihn, klammerte mich an ihn wie an einen Rettungsanker. »Du kannst nichts dafür«, gab ich erstickt zurück.

Cole versteifte sich und sagte leise, so leise, dass ich es kaum hörte: »Wir müssen dich verstecken, bevor er uns beide findet.«

Ich runzelte die Stirn und blickte auf. »Cole? Wovon sprichst du?«

Ein gepeinigter Ausdruck huschte über sein Gesicht. »Ich dachte, mir bleibt das Herz stehen, als ich gesehen habe, wie dich der Wolf verschlungen hat. Tu das nie wieder. Egal für wen«, presste er hervor und vergrub sein Gesicht an meinem Hals.

»Cole?«, fragte ich, doch er antwortete nicht. Er zitterte nur am ganzen Körper wie Espenlaub, und ich spürte seinen rasenden Herzschlag an mir.

Ich legte meine Wange an seine Brust, schloss die Augen und hielt mich an ihm fest. Ich mochte die Prüfung bestanden haben, indem ich mich geopfert hatte, aber es war Cole gewesen, der mich am Ende gerettet hatte. Obwohl … Meine Gedanken kamen ins Stottern, und mir wurde heiß und kalt zugleich.

Edward! Ich riss die Augen auf.

»Wo ist Edward?«, fragte ich panisch und löste mich aus Coles Umarmung. Remus legte die Ohren an.

»Der Pisser ist bewusstlos. Als der Wolf dich gefressen hat, hat er ihm eine Kugel in den Schädel geschossen, das hat Cole ausgenutzt und dem Vieh den Kopf abgeschlagen«, sagte Adrien grimmig, der sich neben den Wolf gekniet hatte und etwas abschnitt. Eine Kralle? »Da hinten«, sagte er nur und deutete auf Holly, die inzwischen neben den Thatch-Geschwistern im Schnee hockte. Zwischen ihnen sah ich einen blonden Haarschopf.

Mit wackeligen Knien umrundete ich die große Leiche des Monsters und ging auf sie zu. Ich fröstelte. Die Kälte stach in meine Glieder.

»Hey«, sagte ich erneut und ließ mich neben sie fallen. »Wie geht es ihm?«

Die Thatch-Geschwister ignorierten mich, meine Freundin sah mich jedoch ernst an. »Er atmet. Mehr kann ich nicht sagen. Aber er ist nicht wach zu kriegen. Nicht mal mit einer Ohrfeige. Hab ich schon versucht.«

»Wie habt ihr uns überhaupt gefunden?«, fragte ich. Ein Teil von mir war immer noch fassungslos darüber, am Leben zu sein.

Holly biss sich auf die Unterlippe. »Als dich der Wolf mitgenommen hat, sind wir erst mal heftig in Panik ausgebrochen, und plötzlich war Cinderbe da. Er schnitt unsere Fesseln durch, ehe er dem Wolf gefolgt ist. Cole ist schließlich aufgewacht und war völlig außer sich darüber, dass du weg warst. Wir haben ein Auto gestohlen und versucht, den Spuren zu folgen …« Sie schluckte, und ihr Blick huschte zu Edward. »Am Ende hat dich Cinderbe früher gefunden.«

»Ja, das hat er«, stimmte ich zu.

Holly beugte sich zu mir herüber und flüsterte mir ins Ohr: »Rain, auch wenn er dir geholfen hat, müssen wir hier verschwinden. Die Cinderbes sind absolut durchgeknallt.«

Da konnte ich ihr nicht widersprechen. Ich blickte auf Edward hinab, und es tat so weh, ihn anzusehen. Die verwirrenden Gefühle, die ich für ihn hatte, kämpften mit der Wut, die ich absolut hatte. Wie hatte er uns nur so hintergehen können? Irgendwie wollte ein Teil von mir glauben, dass es doch ganz anders war, als wir dachten. Oder wenn doch, dass er es bereute. Er hätte nicht versucht, mich zu retten, wenn es nicht so gewesen wäre, oder?

Ich strich ihm eine verirrte blonde Haarsträhne aus dem Gesicht und hinterließ dabei eine Spur aus Blut auf seiner Wange. So, wie er da lag, sah er selbst aus wie ein schlafender Prinz. Meine Brust wurde eng.

»Es tut mir leid, Edward«, flüsterte ich, und auch wenn ich mir der aufmerksamen Blicke aller bewusst war, beugte ich mich hinab und gab Edward einen Kuss auf die Wange. Ein Danke. Er hatte mich gerettet. Trotz allem, was passiert war. Tränen sammelten sich in meinem Augenwinkel und fielen auf sein Gesicht. Auf seine trockenen Lippen. Seine Augenlider zuckten, und sein Atem ging schwerer.

»Rain? Es tut mir leid, aber wir müssen wirklich weiter. Hier ist es nicht sicher.«

Ich blickte zu Avery auf. Ein gehetzter Ausdruck lag auf seinem Gesicht. Adrien stand neben ihm, während Tsuki und Tayo noch immer schweigsam zusahen und wirkten, als wollten sie am liebsten abhauen. Cole hatte den Blick abgewandt und starrte in den Wald, als hätte er Angst, jemand würde uns beobachten.

»Was machen wir mit Edward?«, fragte ich.

Avery presste die Lippen zusammen. »Wir lassen ihn hier.«

Ich stand ruckartig auf, was meine Schultern schmerzen ließ. »Was? Nein.«

»Doch.«

Cole sah alarmiert zu uns. Doch er entspannte sich etwas, als er erkannte, dass keine Gefahr drohte, und wandte sich dann wieder dem Wald zu.

Avery schnaubte. »Wir können ihn nicht mitnehmen, Rain. Wir können ihm nicht vertrauen.«

»Aber ihn einfach hier liegen zu lassen, ist nicht okay! Er könnte erfrieren, oder die Wölfe erwischen ihn. Das machen wir nicht. So sind wir nicht.«

»Wir lassen ihn hier, Rain«, brüllte mich Avery plötzlich so heftig an, dass seine Stimme durch den Wald hallte. In seinen Augen stand ein wilder Ausdruck, den ich so nicht kannte. »Wir lassen ihn hier, weil wir ihm nicht trauen können. Wir lassen ihn hier, weil wir *dir* nicht trauen können, wenn er in deiner Nähe ist.«

»Was willst du damit sagen?«, fauchte ich meinen Cousin an.

»Das fragst du noch? Du hast dich von einem Wolf fressen lassen, um diesen Bastard zu beschützen.«

»Aber das war …«

»Nein«, schnitt er mir das Wort ab.

Ich ballte meine Hände so fest zu Fäusten, dass die Scherbe in meine Hand schnitt und dort brannte.

»Das lasse ich nicht zu, Rain«, fuhr Avery mit harter Stimme fort. »Ich beschütze dich, selbst wenn das heißt, dich vor dir selbst zu beschützen. Wir lassen Edward Cinderbe hier. Sollen Brianna und Cyress sich um ihn kümmern. Ich hoffe zwar ehrlich, dass sie Wolfsnacks geworden sind, aber wie ich sie kenne, haben sie die Tölen inzwischen alle abgeknallt und sind auf dem Weg hierher, und ich will dann nicht hier sein, nur um mich wieder einbuchten zu lassen.«

Wir starrten uns wütend an. Dass die anderen uns mit einer Mischung aus Entgeisterung, Sorge und Kopfschütteln beobachteten, war mir in diesem Moment egal.

»Ihr könnt ja gehen«, presste ich schließlich hervor.

»Nicht ohne dich.«

»Vermutlich seid ihr ohne mich sowieso sicherer«, platzte es aus mir heraus.

Avery kniff die Augen zusammen. »Wie meinst du das?«

Ich atmete flach. »Der Wolf hat mit mir gesprochen, als ich … du weißt schon.«

Mein Cousin sah mich an, als hätte ich den Verstand verloren. »Der Wolf hat mit dir gesprochen?«

»Ja, und er hat mir gesagt, dass der Prinz auf der Suche nach mir ist. Er hat die Wölfe nach Woodley geschickt, um *mich* zu holen. Und da draußen gibt es noch weitere Monster. Woodley ist kein Einzelfall. Der Prinz sucht nach mir, weil er die fucking Welt untergehen lassen will, und das bedeutet, dass ihr immer in Gefahr seid, wenn ihr in meiner Nähe bleibt. Ihr solltet also gehen, und ich bleibe hier. Vielleicht ist es besser, wenn mich die Cinderbes wegsperren.«

Aus dem Augenwinkel sah ich, dass die Thatch-Geschwister einen alarmierten Blick tauschten, während Adrien nur eine Augenbraue hob. Holly hingegen war blass geworden. Cole sah nur kurz zu uns, ehe er sich wieder auf den Wald konzentrierte.

Ein Windzug zerrte an meinen Haaren. Es war so verflucht kalt. Ich fröstelte.

Mein Cousin presste die Lippen zusammen. »Was du da sagst, klingt absolut irre, Rain.«

»Ich weiß. Aber alles hier ist irre.« Ich hob die blutige Scherbe in meiner Hand hoch. »Sieht du das hier? Der Wolf war nicht nur hinter mir her. Er war eine der sieben Prüfungen, Avery, wie es in dem Märchen der Schöpfung und der Prophezeiung steht.«

Unruhe kam in die Gruppe, und Adrien rückte näher.

»Was ist das?«, fragte er, und ich sah ihn warnend an.

»Der Wolf nannte es ein Insigne. Es ist der Preis für das Bestehen einer Prüfung.«

Tayo kniff die Augen zusammen. »Korrigiere mich, aber du wurdest gefressen.«

Ich straffte die Schultern. »Die Prüfung war nicht, den Wolf zu töten, sondern sich zu opfern.«

Die Thatch-Geschwister wechselten einen vielsagenden Blick.

Adrien blieb skeptisch. »Und was sollen wir mit diesem Insigne jetzt tun?«

»Kann sie etwas?«, fragte Holly gleichzeitig und lugte auf meine Hände.

Inzwischen waren alle näher getreten, nur Cole blieb zurück. Als hätte er Angst, mir zu nahe zu kommen. Er blickte nach wie vor in den Wald und wartete, und irgendwie hatte ich das Gefühl, als wäre es ihm egal, was hier gerade passierte, weil er bei mir bleiben würde. Egal, wie oder wofür ich mich entschied.

Ich schluckte und fasste zusammen, woran ich mich erinnern konnte. Die Begegnung mit Gula verblasste bereits, wie nach dem Aufwachen aus einem tiefen Traum. Wäre da nicht die Leiche, die äußerst real war, hätte ich eventuell an dem Ganzen gezweifelt.

»Ich weiß nicht, was das Insigne kann, aber der Wolf sagte, es hätte eine sehr alte Macht in sich. Insgesamt gibt es sieben Stück, und derjenige, der alle hat, wird so mächtig wie der Prinz selbst.«

Adrien neigte den Kopf. Sein roter Haarschopf stach im weißen Schnee wie ein grelles Feuer hervor. Er fuhr sich übers Gesicht. »Interessant«, sagte er nur.

Tsuki blickte mich misstrauisch an. »Du könntest lügen.«

»Warum sollte ich das?«

»Du hast gerade gesagt, wir sind in Gefahr, solange wir in deiner

Nähe bleiben. Vielleicht willst du uns auch nur loswerden, um diese Insignien für dich allein zu haben«, spann sie ihre Theorie weiter.

»Ich versuche, euch nur vor dem Prinzen zu warnen«, knurrte ich.

Tsuki schnaubte, als würde sie mir kein Wort glauben. Und so ganz unrecht hatte sie auch nicht. Denn natürlich wollte ich die Spiegelscherben. Ich brauchte diese Scherben, um meinem Schicksal zu entkommen und möglicherweise den Weltuntergang zu verhindern. Aber diese Worte blieben wie ein Kloß in meinem Hals stecken. Ich konnte sie nicht aussprechen. Zumindest nicht jetzt.

Tsuki verschränkte die Arme vor der Brust.

Mein Cousin stieß ein schnarrendes Geräusch aus, ehe er meine Hand nahm und sie leicht drückte. »Rain. Egal, wer da alles hinter dir her ist. Weder lasse ich zu, dass du allein zurückbleibst, noch, dass dich am Ende die Cinderbes wieder einsperren. Ich lasse dich nicht zurück. Wenn du nicht gehst, bleiben wir.«

Tsuki unterbrach ihn harsch. »Sprich nicht für uns alle.«

Avery funkelte sie an. »Na schön. Ich bleibe, Holly bleibt, ich bin mir sicher, Cole tut das ebenfalls, und dann könnt ihr euch ja zu dritt allein durchschlagen. Viel Glück damit.«

»Tsuki«, murmelte Tayo warnend, und seine Schwester atmete zittrig durch.

»Wenn sie eine Gefahr ist«, sagte sie, »müssen wir sie alle tragen. Darum sollten wir abstimmen.«

»Ich will gar nicht, dass ihr abstimmen müs…«, begann ich, doch Avery ignorierte mich einfach.

»Wer ist dafür, dass wir nur mit Rain von hier weggehen?«, fragte er und hob die Hand, genauso wie Holly, Cole und überraschenderweise auch Adrien.

Als er meinen Gesichtsausdruck sah, grinste er mich an. »Es wäre dumm, von dir wegzugehen. Du hast den Prinzen geweckt, darum wirst du auch immer im Zentrum des Geschehens stehen, und diese

Insignien sind doch äußerst interessant …« Etwas in seinem Blick blitzte auf.

Tayo legte den Kopf schief und murmelte: »Vielleicht können wir die Prüfungen deswegen auch nicht allein schaffen. Es ist ziemlich unwahrscheinlich, dass sich bei so vielen Nachfahren ein einziger alle Insignien holt. Es ist reiner Selbstmord. Vielleicht müssen wir zusammenarbeiten und die Scherben am Ende zusammenfügen.«

»Aber trotzdem kann am Ende nur einer gewinnen«, warf Tsuki ein, und ihr Blick blieb an der Scherbe hängen. »Die Wahrscheinlichkeit, dass alle Nachfahren zusammenarbeiten, ist bei null. Am Ende müssen wir also anderen Nachfahren die Scherben abnehmen, und die geben ihre Insignien sicher nicht freiwillig her … Oder sie versuchen, sie uns abzunehmen.«

Wir alle schwiegen beunruhigt. Das war nicht gut. Ganz und gar nicht gut.

»Wir sollten dennoch bei Rain bleiben«, wiederholte Tayo.

»Bruder!«, fuhr sie ihn an.

Doch Tayo hob nur die Schultern. »Adrien hat recht! Und denk an das, was Großmutter gesagt hat.«

Tsuki sah aus, als hätte sie in eine Zitrone gebissen.

»Dann ist das jetzt geklärt«, sagte mein Cousin und sah mich wieder streng an. »Wir werden eine Lösung finden, aber nicht hier und nicht jetzt. Darum bitte, bitte komm mit …« Es schimmerte in seinen Augen, und ich sah, wie er Tränen unterdrückte.

Mein Herz krampfte sich zusammen. »Es fühlt sich falsch an, Edward einfach hierzulassen, und ich habe solche Angst, euch alle zu verlieren«, presste ich hervor.

»Ich verstehe dich, Rain. Aber wir können Edward nicht vertrauen«, sagte er.

Damit hatte er recht, obwohl ich mir nicht sicher war, ob wir den Thatch-Geschwistern oder Adrien mehr vertrauen konnten, doch wenn ich das jetzt laut aussprach, würde es nur Unmut stiften, den wir gerade nicht gebrauchen konnten. Dennoch würde ich mit Holly, Avery und Cole noch darüber sprechen müssen.

Ich schauderte am ganzen Körper. Alles in mir schrie, dass ich gerade einen Fehler machte, aber ich war zu erschöpft, um weiter zu argumentieren. Im Augenblick konnte ich nicht einmal genau sagen, warum ich überhaupt noch auf den Beinen stand.

»Gib mir bitte deine Jacke«, sagte ich mir erstickter Stimme zu meinem Cousin.

Avery fragte nicht nach, sondern schlüpfte ohne jeden weiteren Kommentar aus seiner Jacke. Ich legte sie über Edward und steckte sie um ihn herum zusammen, ehe ich ihm leicht ins Gesicht schlug. Hinter seinen Augen zuckte es, doch er wurde nicht wach. Also gab ich ihm einen weiteren Klaps, fester diesmal.

»Rain?«, murmelte er nur.

Verdammt. Holly hatte recht gehabt, Eddy war nicht wach zu kriegen.

»Du musst mir was versprechen«, wisperte ich daher und zupfte die Jacke zurecht. »Bleib am Leben, damit ich dich weiter hassen kann.«

Gerade als ich mich aufrichten wollte, fiel mir etwas ins Auge. Etwas Schwarzes. Es steckte eingerollt in seiner Hosentasche. Stirnrunzelnd holte ich es hervor und strich mit den Fingern über die zerknickten Seiten. Es war das zerfledderte Märchenbuch. Das Buch in der alten Sprache Mi'ihen. Warum hatte er ausgerechnet das bei sich?

»Rain?«, fragte Cole sanft. Er stand hinter mir, das lange Messer hatte er behelfsmäßig unter seinen Gürtel geschoben.

»Ich komme«, sagte ich knapp und ließ das Buch zusammen mit der Spiegelscherbe in meiner Jeanstasche verschwinden.

Cole stieß einen kurzen Pfiff aus. »Remus. Platz.« Der große Hund sah treuherzig zu Cole hoch, der ihm über den Kopf strich und murmelte: »Bleib bei deinem Herrchen und pass auf es auf.« Remus winselte, doch Cole blieb hart. »Platz, Remus.«

Nur widerwillig ließ sich der Hund nieder, legte den Kopf auf Edwards Bein ab und blickte uns jaulend nach, als wir uns entfernten. Cole ballte die Fäuste.

»Sollen wir Remus nicht lieber mitnehmen?«, fragte ich leise, während wir auf den schwarzen Pick-up zugingen, der hinter einem großen Baum auf uns wartete.

Cole schüttelte den Kopf. »Er gehört nicht zu mir. So ist es besser.«

Dankbar sah ich zu ihm hoch, als mir klar wurde, dass er Remus zurückließ, damit Edward nicht ganz ungeschützt war.

Adrien war vorausgeeilt und setzte sich direkt auf den Fahrersitz. Ohne auf den Schwindel zu achten, bückte ich mich und nahm eine Handvoll Schnee, um mir grob die Hände, Gesicht und Haare abzuwischen. Um zumindest das schlimmste Blut und das sonstige Zeug von mir abzubekommen. Es war scheißkalt, und als der Schnee endlich nicht mehr komplett rot war, zitterte ich am ganzen Körper.

Als wir den Pick-up erreichten, schwang ich mich ächzend auf die offene Ladefläche. Gott sei Dank lagen dort ein paar Decken bereit, und ich wickelte mich sofort ein. Cole setzte sich neben mich, genauso wie die Thatch-Geschwister. Die Wunde an meiner Schulter brannte und juckte wie verrückt, fühlte sich geschwollen an und spannte. Scheiße, das war kein gutes Zeichen, oder?

Avery zögerte. »Macht es euch was aus, wenn ich auch nach hinten gehe?«

Ich schüttelte nur müde den Kopf. Holly biss sich auf die Unterlippe und schlüpfte wortlos auf den Beifahrersitz, als ein Bellen erklang. Alarmiert blickten wir auf. Etwas Dunkles zischte durch den

Schnee auf uns zu, und plötzlich sprang Remus mit solcher Wucht auf den Truck, dass er Cole fast umwarf.

»Remus, aus! Geh zurück!«, schimpfte Cole, doch Remus bellte erneut und wedelte wild mit dem Schwanz. »Remus, geh zurück zu deinem Herrchen.«

Remus winselte und hob den Kopf. Ich folgte seinem Blick und erstarrte. Da stand jemand an einen Baum gestützt. Blut tropfte in den Schnee.

»Edward.« Sein Name verließ meine Lippen so leise, dass nur Cole es hörte. Er sah ebenfalls auf.

Edward nickte uns zu, hob die Hand und winkte …

»Edward«, sagte ich lauter, doch er drehte sich nur um und humpelte in den Wald zurück. Weg von uns. Weg von mir. »Ed…«

Adrien gab Gas. Ich wäre beinahe umgefallen, doch ich schaffte es, mich am Truck festzuhalten. »Adrien, bleib stehen!«, rief ich, doch er gab einfach nur noch mehr Gas.

Schnee spritzte auf, und ein kalter Windzug riss an meinen Haaren. Remus bellte.

»Cole, wir müssen anhalten.«

»Nein.«

»Nein? Was nein? Remus ist …«

»… ein Geschenk«, sagte Cole leise und kraulte den Hund hinter den Ohren.

»Für dich?«, fragte ich perplex.

»Nein, für dich, Rain«, sagte Cole, und Remus legte sich prompt neben mich. Er war unfassbar schwer, aber warm.

Ich starrte in den Wald, suchte nach Edward, doch die Bäume hatten ihn komplett verschluckt. Nichts war zu sehen. Der Atem rasselte schwer in meiner Lunge, und ich sank zitternd in mich zusammen.

Er war aufgewacht. Er war aufgewacht und musste sofort gewusst haben, dass wir ihn zurückgelassen hatten. Vielleicht hatte er uns auch gehört und sich einfach nicht bewegt. Hatte nicht zu erkennen gegeben, dass er bei Bewusstsein war.

»Wieso?«, hörte ich mich selbst fragen.

»Ich denke, er wollte sich entschuldigen«, sagte Cole.

Ich schluckte. Mein Hals kratzte. Hoffentlich bekam ich nicht auch noch eine Blasenentzündung, wenn ich weiter in der Kälte hockte.

Ich schlang die Arme um mich selbst, obwohl jede Bewegung an der Wunde an meiner Schulter riss. »Wenn er bereits wach war, muss er gehört haben, was wir über den Prinzen und die Insignien gesagt haben.«

Cole nickte. Seine Schulter streifte gegen meine. Warm und solide. Ich schmiegte mich enger an ihn.

»Lass ihn seinen Weg gehen«, fuhr er fort, »vielleicht kreuzt er sich wieder mit dem unserem.«

Vielleicht.

Vielleicht auch nicht.

Irgendwie hoffte ich, Edward erst wiederzusehen, wenn das alles vorbei war.

Warum war Fühlen nur immer so eine verwirrende, schmerzhafte Angelegenheit? Warum wurde es immer dargestellt, als wären Gefühle etwas Erstrebenswertes? Etwas Eindeutiges?

Zitternd starrte ich in den Wald hinaus. Wir fuhren weg. Fort von der Leiche des Wolfs. Fort von Woodley und Edward Cinderbe und irgendwie auch einem Teil von mir selbst. Rain White war heute in Woodley gestorben, und ich verließ die Stadt mit der Ahnung, dass ich wahrscheinlich nie wieder zurückkommen würde.

Kapitel 22

»Das hat dir der Teufel gesagt,
das hat dir der Teufel gesagt.«

Aus »Rumpelstilzchen«
Gebrüder Grimm

Etwa zehn Minuten lang herrschte nur Stille. Ich fühlte mich wie halb verdaut, aber ich fürchtete mich davor, was passieren würde, wenn ich jetzt die Augen schloss. Darum ließ ich sie offen, auch wenn alles an mir schmerzte.

Cole hatte schließlich vorgeschlagen, mit einem Erste-Hilfe-Koffer meine Wunden richtig zu versorgen. Averys und Hollys behelfsmäßiger Verband war längst wieder durchblutet.

»Darf ich?«, fragte er.

Ich nickte müde.

Vorsichtig schob er den Kragen des zerfetzten Hemds herunter und löste die alten Mullbinden, und als er die Bisswunde an meiner Schulter berührte, zuckte ich zischend zusammen.

»Die Bissspuren sind nicht tief, aber lang«, stellte er besorgt fest. »Ich hoffe, sie entzünden sich nicht.«

»Muss es genäht werden?«, fragte ich.

»Ich weiß es nicht. Ich nehme an, es heilt auch so, aber angenehm wird es nicht.« Er sah etwas überfordert auf das Verbandszeug.

Avery griff ein. »Lass mal. Ich mach das schon«, sagte er, und ich biss die Zähne zusammen, als er die Wunde desinfizierte, einen neuen Verband draufmachte und dann mit einem Tape noch mal über den Verband und mein zerrissenes Hemd klebte, damit es mir nicht irgendwann komplett runterfiel, ehe er die Decke wieder um mich legte. Die Wunde pochte und brannte, wann immer ich den Kopf zu sehr bewegte.

»Hier. Es ist leider gerade alles, was wir haben«, sagte mein Cousin und reichte mir Schmerztabletten und Wasser.

Ich schüttete beides meine Kehle herunter. Wahrscheinlich nahm ich mehr, als erlaubt waren, doch im Augenblick wollte ich nur, dass der Schmerz nachließ. Anschließend wurde ich mit einem Müsliriegel belohnt, den Avery aus seiner Tasche zog. Langsam knabberte ich daran herum, während ich Avery musterte. Der Verband in seinem Gesicht war inzwischen auch ziemlich dreckig. Als ich anbot, ihn zu wechseln, schüttelte er jedoch nur den Kopf.

Seufzend lehnte ich mich zurück und ließ meinen Blick zu den Thatch-Geschwistern wandern. Sie waren eingeschlafen. Als hätte sie das Adrenalin nun doch verlassen und die Fäden durchgeschnitten, die sie noch am Laufen gehalten hatten. Unwillkürlich fragte ich mich, wie lange Adrien noch durchhalten würde, und war dankbar, dass Holly bei ihm war. Die Thatch-Geschwister klammerten sich aneinander fest und hatten die Köpfe vor Erschöpfung aneinandergelehnt. Tsuki zitterte im kalten Wind, und auch wenn sie bisher ein Miststück gewesen war, tat sie mir leid. Wahrscheinlich hätte ich in ihrer Situation nicht viel anders reagiert. Aber letztendlich saßen wir aktuell alle im selben Boot – oder in diesem Fall Auto – und froren uns den Arsch ab, während die Welt unterging.

»Du solltest sie für dich behalten«, sagte Cole, als ich die Decke von meinen Schultern nahm und sie über die beiden legte.

»Schon gut. Ich habe ja Remus«, versicherte ich ihm. Der Hund furzte als Antwort. Ganz toll.

»Ich muss dir was sagen, Avery«, gestand ich und fuhr mir durch die Haare. Das Blut darin war inzwischen getrocknet und ziepte. Iiiih.

»Was ist?«, fragte Avery.«

»Sie suchen nach dir«, sagte ich und nickte zu den Geschwistern hinüber.

Avery blickte überrascht auf. »Sie tun was?«

»Die Geschwister und Adrien suchen dich.«

»Warum das denn?«

Ich fasste das Gespräch mit Adrien und den Thatch-Geschwistern zusammen und endete mit: »Sie glauben, ein Jäger könnte ihnen bei den Prüfungen helfen.«

Avery schnaubte. »Der letzte echte Jäger war mein Dad. Und der ist wahrscheinlich tot. Oder verrückt, oder alles zusammen. Wie auch immer kann der niemandem mehr helfen. Und ich kann gar nichts.«

»Du kannst sehr viel«, hielt ich dagegen.

»Ja, gut aussehen. Das wird die Monster dort draußen bestimmt beeindrucken, und am Ende bekomme ich ein Beast zu meiner Beauty, und alles wird Happy Ever und After«, gab er sarkastisch zurück.

Ich seufzte. »Trotzdem bist du der letzte Hunter. Sollen wir es ihnen sagen? Ich habe es bisher nicht getan, weil ich nicht genau wusste, ob wir ihnen wirklich vertrauen können.«

Avery lehnte den Kopf an die Rückseite des Trucks und seufzte. Es klickte, als Avery mit dem goldenen Feuerzeug seines Vaters herumspielte. Er hatte es also noch. »Fuck. Keine Ahnung. Wie sollte ich ihnen überhaupt helfen? Ich bin wirklich absolut nutzlos.«

Ich öffnete den Mund, doch es war Cole, der antwortete: »Das bist du nicht. Wenn ich das richtig verstanden habe, fließt das Blut einer alten und mächtigen Familie in dir. Du bist nur nutzlos, weil du es sein willst.«

Überrascht blinzelten wir ihn an.

Cole zuckte mit den Schultern. »Was denn? Es ist doch so.«

Ich nickte langsam. »Du hast recht. Wenn es eine Figur in den alten Märchen gibt, die immer wieder vorkommt und alles und jeden rettet, dann ist das der Jäger. Viele Familien schulden den Hunters etwas und das nicht, weil sie nutzlos sind.«

Averys Mundwinkel zuckten. »Tja, ich habe nur leider absolut keine Ahnung vom Jagen.«

»Du könntest es lernen.«

»Und von wem?«

»Vielleicht von ihm.« Ich nickte in Richtung Adrien im Fahrerhäuschen. »Er ist ein Nachfahre aus Rotkäppchen. Er hat mir erzählt, sein Vater würde deinen vom Militär kennen. Wir sind vielleicht in diesen ganzen Mist unvorbereitet reingeschlittert, aber sie nicht. Sie wissen, was sie tun. Sie wurden auf diese Sache vorbereitet. Vielleicht sollten wir uns ein paar Tricks beibringen lassen.«

»Ich denke darüber nach«, murmelte mein Cousin.

Ich ließ ihn über die Ungerechtigkeit der Welt grübeln. Eigentlich sollte ich mich ausruhen, doch sobald ich die Augen schloss, sah ich Zähne, die sich um mich schlossen. Spürte wieder dieses Gefühl, als Cole mich aus dem Bauch geschnitten hatte.

Galle kam in mir hoch. Ich konnte jetzt nicht schlafen. Ich blinzelte heftig und holte das zerknitterte Buch aus der Tasche und schlug es auf. Neugierig linste Remus über meine Schulter. Ich schob ihn weg. Er winselte. Ich seufzte, und er legte den Kopf auf meinem Schoß ab. Er war zu groß dafür, und innerhalb kürzester Zeit spürte ich mein Bein nicht mehr. Aber er war wärmer als jede Decke, also ließ ich ihn liegen.

»Was ist das?«, fragte Cole überrascht.

»Erinnerst du dich nicht?«, fragte ich irritiert.

Cole sah mich verwirrt an. »Nein. Sollte ich?«

Ich kniff die Augen zusammen, und nicht zum ersten Mal fragte ich mich, was mit ihm los war. »Sieh mal.« Ich schlug die Seite mit Gula auf.

»Diese Sprache«, sagte er langsam. »Das ist Mi'ihen.«

»Ich weiß, du hast es mir gesagt«, erinnerte ich ihn und beobachtete genau seine Reaktion.

Cole runzelte die Stirn, seine Augen wurden erst dunkel und dann glasig. Er erinnerte sich nicht. Oder zumindest zeigte er es nicht … Sehr, sehr seltsam.

»Habe ich das?«, fragte er.

»Ja«, sagte ich sanft und tauschte einen schnellen Blick mit meinem Cousin aus, der nur die Augenbrauen hob.

»Ich habe eine Vermutung, was das Buch betrifft«, fuhr ich fort. »Ich glaube, das hier sind nicht nur irgendwelche Märchen aus der alten Zeit. Ich glaube, sie erzählen die Geschichte von den sieben Vasallen.«

»Wie kommst du darauf?«, fragte Avery überrascht, während Cole immer noch aussah, als versuchte er, aus einem tiefen Schlaf aufzuwachen.

»Es heißt doch, der schlafende Prinz hätte sieben Helfer um sich gesammelt. Seine Vasallen. Der Wolf war der Erste, und ich glaube, dass das, was die Thatch-Geschwister über Guildford erzählt haben, und das, was in London passiert, kein Zufall ist.«

»Du meinst, dort sind Vasallen«, fasste Cole meine Gedanken zusammen. Offenbar hatte er es aufgegeben, sich erinnern zu wollen.

»Wahrscheinlich. Das bedeutet jedoch, dass wir dem Ärger nicht aus dem Weg gehen können. Wenn wir die Insignien haben wollen, müssen wir mit dem Kopf voraus in die Scheiße springen.«

Cole und Avery verzogen beide das Gesicht.

Ich holte die Spiegelscherbe heraus und drehte sie in meiner Hand. Das Blut war unter den Nägeln verkrustet. Ich sah furchtbar aus, das machte mir auch der kleine Blick in den Spiegel klar. Kurz überlegte ich, ihnen auch von dem Ausweg mit dem Gott des Schicksals zu erzählen. Doch aus irgendeinem Grund tat ich es doch nicht. Vielleicht weil es so abwegig klang, das Schicksal selbst finden zu wollen, dass ich es gar nicht erst versuchen wollte. Er blieb mein Notfallplan. Mein Plan B, wenn ich es nicht schaffte, die Scherben alle einzusammeln.

Avery schien die ganze Situation erst jetzt richtig ernst zu nehmen. »*Mit dem Erwachen des Prinzen bekommen die Nachfahren sieben Chancen, ihre Magie zurückzuerhalten*«, zitierte er, nahm mir die Scherbe ab und drehte sie in seiner Hand. »Du meinst also wirklich, die Vasallen sind die Prüfung, und wenn man sie besiegt, bekommen wir eines dieser Insignien und damit die Macht, den Weltuntergang zu verhindern?«

»Das hat mir zumindest der große böse Wolf erzählt«, sagte ich ironisch.

Avery schnaubte. »Dann belassen wir es dabei. Ich habe kein Interesse, ein Held zu sein.«

»Wir müssen keine Helden sein, um das Richtige zu tun, Avery.«

»Wir müssen weder Helden sein, noch das Richtige tun.«

»Du bist ein Feigling, Avery Hunter«, hielt ich ihm vor.

»Lieber ein Feigling als voller Wolfsgedärme!«

»Avery!«

»Warum willst du diese Insignien? Um wiedergutzumachen, dass du den Prinzen aufgeweckt hast?«

»Vielleicht. Du hast mir das doch selbst vorgeworfen«, presste ich hervor.

»Seit wann hörst du auf das, was ich sage? Lass jemand anders die Welt retten, Rain. Gib diese Insignienscherbe Adrien oder den Thatch-Geschwistern.«

Ich spürte, wie Cole sich neben mir anspannte. Sein Blick huschte zwischen uns hin und her, als überlegte er, ob er sich einmischen sollte. Er tat es nicht. Er ließ uns das selbst ausfechten.

»Und dann? Stehen wir es aus?«, fragte ich aufgebracht. »Und was ist, wenn sich die Sache nicht ausstehen lässt? Was, wenn es nur schlimmer wird und tatsächlich die Welt untergeht?«

»Das ist reine Spekulation, Rain.«

»Vielleicht. Vielleicht aber auch nicht. Av, wir hatten diese Diskussion schon, und als ich in diesem Wolfsmagen war, habe ich mich entschieden. Ich werde etwas gegen den Prinzen unternehmen. Ich werde versuchen, ihn aufzuhalten. Ich wollte euch schützen und ohne mich weiterziehen lassen. Das wiederum wolltest du nicht. Aber ich renne nicht weg. Ich werde eine Lösung für das hier finden, und wenn du das nicht willst, dann …«

»Ja? Was dann?«

»Dann trennen sich unsere Wege.«

»Das reicht, wir drehen uns im Kreis, und ich hab es so satt«, knurrte Avery, knallte die Faust gegen das Fahrerhäuschen und brüllte: »Adrien, bleib stehen.«

Das Auto hielt ruckartig an, und Avery stand auf.

»Av, wo gehst du hin?« Frustriert sah ich zu ihm hoch.

»Ich frier mir hier den Arsch ab, und der Hund stinkt wie die Pest! Holly muss rutschen, ich gehe nach vorn«, murrte mein Cousin, warf mir die Spiegelscherbe zu, sprang von der Ladefläche und knallte im nächsten Moment die Beifahrertür zu.

Ich zuckte zusammen. Remus knurrte. »Was ist nur los mit ihm?«, fragte ich fassungslos.

»Dein Cousin ist voller Angst«, sagte Cole, als der Truck wieder anfuhr.

Zitternd schlang ich die Arme um mich. »Er ist ein Feigling«, knurrte ich.

»Es gibt einen Unterschied zwischen Angst und Feigheit.«

»Und der wäre?«

»Das eine macht dich mutig, das andere zum Verräter.«

Ich musterte Cole. Die markante Linie seines Kinns, die lange Nase, den sanften Ausdruck in seinen Augen. »Ich habe auch Angst«, hörte ich mich leise sagen.

Coles Wimpern senkten sich. »Vor den Vasallen? Oder vor dem Prinzen?«

»Ich habe Angst, alles nur schlimmer zu machen, und ich glaube, ich habe Angst, zu sterben«, flüsterte ich.

Cole lehnte seine Stirn gegen meine, und ich schloss die Augen. »Ich bin bei dir. Ich bleibe bei dir. Gleichgültig, was passiert«, wisperte er. Seine Stimme war wie warmes Wasser, das meine kalten Glieder aufwärmte. Sein Atem traf meine Lippen, und ich versuchte, nicht daran zu denken, wie ekelhaft ich in diesem Augenblick riechen musste. Und aussehen.

»Versprich mir nichts, was du nicht halten kannst«, wisperte ich zurück und drückte meine Stirn fester an seine.

In diesem Augenblick war er wieder so … Buh. Mein Buh. Auch wenn er sich an nichts erinnerte oder erinnern wollte oder konnte. Seine Gegenwart war mir so vertraut wie die von Avery, und allein der Gedanke, er könnte mich verlassen, versetzte mich in blinde Panik.

»Vielleicht erinnerst du dich ja wieder daran, wer du bist«, fuhr ich fort. »Oder wo du herkommst … Mein Spiegel kann es ja nicht sein.« Ich verzog das Gesicht und linste durch meine Wimpern zu ihm hoch.

Er lächelte, ehe er fragte: »Und was, wenn du meine Familie bist?«

»Ich dachte immer, du bist ein Produkt meiner Fantasie.«

»Vielleicht dachte ich das auch«, gab er zurück.

Ich seufzte. »Aber das warst du nie. Vielleicht wurdest du ja verflucht?«

»Dazu, in deinem Spiegel zu leben?«

»Das ist schon sehr schlimm. Du hast dich bestimmt zu Tode gelangweilt.«

Er lachte, und ich musste unweigerlich zurücklächeln. Doch schließlich wurde ich wieder ernst. »Vielleicht hast du Menschen, die du liebst. Menschen, die dich lieben. Du musst dich nur erinnern, und dann gehst du zu ihnen zurück.« Mir stockte bei dem Gedanken der Atem.

Er drückte meine Hand. »Ich kann mich vielleicht nicht erinnern, wer ich war oder was ich getan habe oder warum ich ausgerechnet in deinem Spiegel gewohnt habe, aber ich weiß, dass es da, wo ich herkomme, niemanden gibt, zu dem ich zurückwill.« Er schauderte, und ich sah, wie sich die kleinen Härchen an seinem Nacken aufstellten.

Jetzt war ich es, die seine Hand drückte. Ich musterte ihn. Den Schwung seiner Lippen. Seine dunklen Augen, sein helles Haar und die noch hellere Haut. Er war mir so nah, dass ich nur wenige Zentimeter überbrücken müsste, um ihn zu küssen. Der Gedanke jagte einen Schauder über meinen Rücken, und mein Magen krampfte sich zusammen. Wollte ich das? Wollte ich Cole küssen?

Sein Blick lag sanft auf mir, als würde er an exakt dasselbe denken, und seine Pupillen weiteten sich.

»Cole«, hörte ich mich flüstern.

Er neigte den Kopf, bis seine Lippen so knapp vor meinen waren, dass sie sich streiften. »Du musst dich ausruhen. Es war ein langer Tag«, flüsterte er.

Meine Brust zog sich zusammen. Er hatte recht. Das sollte ich. Doch ich bewegte mich nicht.

Cole strich mir eine Haarsträhne hinter das Ohr und fuhr mit dem Daumen andächtig und beinahe liebevoll über den Schwung meines Kiefers, ehe er sich zurückzog.

Ich schluckte und wandte den Kopf ab. Was zum Teufel tat ich denn da? Als ob die Sache mit Edward nicht schon kompliziert genug war.

Ich versuchte, mich abzulenken, und schlug wieder das schwarze Buch auf. Blätterte durch die Seiten. Da war nichts weiter. Die Seiten waren nur vergilbt und zerknittert.

»Wieso steht hier nur diese eine Geschichte?«, fragte ich mich selbst, um an etwas anderes als an Coles Lippen zu denken, und blätterte weiter. Wieder nichts. Nur leere Seiten kamen mir entgegen, bis auf einen Fleck an der Stelle, an der mein Daumen lag.

Stirnrunzelnd hob ich den Daumen an. War der Fleck schon vorhin da gewesen? Ich betrachtete den Fleck, der ... größer zu werden schien?

»Cole«, fragte ich irritiert, »siehst du das auch?«

Sein Atem kitzelte meinen Nacken, als er mir über die Schulter blickte. »Ist das Tinte?«

»Sie bewegt sich«, flüsterte ich, während sich die Tinte auf dem Papier ausbreitete, als wäre ein unsichtbares Tintenfass umgefallen. Mitten über das Buch. Mir stockte der Atem. Nach allem, was ich bisher gesehen hatte, war das hier dennoch das erste wirklich Magische. Nichts Ekelhaftes ging damit einher, nichts Schmerzvolles, es war einfach ... magisch.

Farbe füllte die Seiten, als würde ein unsichtbarer Künstler in Windeseile darauf malen. Bild um Bild, Zeile um Zeile, Buchstabe um Buchstabe. Tinte und Farbe vermischten sich auf dem alten Papier.

Cole spannte sich an.

»Siehst du das auch?«, fragte ich ihn halb in der Annahme, ich würde halluzinieren.

Er nickte nur. Dunkle Wolken trübten seine Augen.

Das Bild eines Manns prangte uns entgegen. Er trug einen Umhang, der beinahe sein ganzes Gesicht bedeckte. Die Gestalt saß vor einem alten Holztisch. Sie hatte die Hände erhoben, und in der Linken hielt sie eine schimmernde Goldmünze, in der Rechten einen blanken Totenschädel. Nur ein laszives Lächeln war unter der Kapuze zu sehen.

»Heilige Scheiße«, flüsterte ich. »Das war …«

»Magisch?«, half mir Cole aus.

»Ich wollte creepy sagen, aber ja, bleiben wir mal bei magisch.« Ein ungutes Gefühl stieg in mir hoch, als ich vorlas: »Der Fünfte. Avaris. Habgier, Habsucht und Betrug.« Ich sah auf. »Der Fünfte? War Gula nicht der Erste?«, fragte ich irritiert.

Cole runzelte die Stirn. Der Wind zog durch seine Haare. »Vielleicht wissen wir mehr, wenn wir weiterlesen?«, fragte er mich angespannt.

Ich nickte und konzentrierte mich wieder auf das Buch. Mit leiser Stimme las ich vor:

Es war einmal ein junger Mann, der von jedermann nur Goldjunge gerufen wurde. Als Sohn einfacher Fischerleute mochte er zwar keinen einzigen Gulden in der Tasche haben, doch sein Haar glänzte wie frisch gedroschener Weizen, sein Gesicht war von angenehmer Schönheit und sein Lachen so lieblich, dass er damit selbst die Vögel von den Bäumen locken konnte. Zudem war er tüchtig und scheute keine harte Arbeit. Und wenn es seiner Familie einmal am Nötigsten mangelte, zog er aus, pflückte Wildblumen vom Wegesrand und bot diese zusammen mit einem Lächeln den vorbeikommenden Damen an. Die Jahre gingen ins Land, und aus dem Goldjungen wurde ein stattlicher Mann, dem der Ruf seiner Schönheit vorauseilte. So kam es, dass die Schwester des Königs, wann immer sie mit ihrem Stall-

burschen ausritt, einen Strauß beim Goldjungen kaufte und schon bald ein Auge auf ihn warf.

Eines Morgens, als die Königsschwester erneut am Haus des Goldjungen vorbeikam, wandte sich der Stallbursche an den Fischer: »Gebt gut acht. Die Schwester des Königs ist wie eine Elster. Sie stiehlt alles, was glänzt. Euer Sohn ist mehr wert als jede Not.«

Es dauerte nicht lange, da bot die Schwester des Königs dem Fischer einen Sack Gulden für seinen Goldjungen. Der Fischer dachte an die Worte des Stallburschen und erwiderte nur: »Mag es mir an Pfand und Tand fehlen, mein Sohn ist mehr wert als jede Not.«

Erbost über die Zurückweisung ritt die Schwester des Königs zurück an den Hof und klagte ihrem Bruder, sie hätte am Hafen etwas Schlechtes gerochen und könne nie wieder Fisch auf ihrem Teller sehen. Weil der König seine Schwester nicht aufbringen wollte, verbot er bei Tisch jeden Fisch. Und weil die Höflinge den König und die Schwester des Königs nicht echauffieren wollten, so gab es bald auch auf ihren Tischen keinen Fisch mehr. Als die Kaufleute, die den Höflingen nacheiferten, ebenfalls keinen Fisch mehr auf ihre Tische stellten, wurde die Not am Hafen groß, und der Fischer musste sein Boot für einen kargen Bissen Brot verkaufen.

Sodann kehrte die Schwester des Königs zurück und bot dem Fischer zwei Sack Gulden für seinen Goldjungen. Der Fischer mochte hungern, doch er erwiderte nur: »Mag es mir an Brot und Boot mangeln, mein Sohn ist mehr wert als jede Not.«

Außer sich ritt die Schwester des Königs zurück an den Hof und klagte ihrem Bruder, sie hätte wegen des Hafens eine schlechte Sicht auf das Meer. Weil der König seine Schwester nicht betrüblich sehen wollte, ließ er daher die alten Häuser am Hafen niederreißen. Und alsbald hatte der Fischer nicht einmal mehr ein Dach über dem Kopf, und seine Familie fror bitterlich, bis schließlich die Frau des Fischers krank daniederlag.

Am nächsten Tage kehrte die Schwester des Königs zurück und bot dem Fischer drei Sack Gulden für seinen Goldjungen. Der Fischer bangte *um das Leben seiner geliebten Frau, und so klagte er sein Leid: »Mein Sohn ist mehr wert als jede Not, doch was bringt es mir, sind wir alle tot?«*

So nahm er die Gulden und schickte seinen Goldjungen in den Palast. Als dieser im Stall des Palasts ankam, traf er auf den Stalljungen, der ihm sagte: »Gebt gut acht. Die Schwester des Königs ist wie eine Katze. Sie liebt es, zu spielen, bevor sie frisst. Dein Leben ist mehr wert als jeder Tand.«

Der Goldjunge lachte nur über die Dreistigkeit der abgerissenen Gestalt, und schon bald wurde er von der Königsschwester ausstaffiert wie ein eitler Pfau. Er schlief in den weichsten Betten, aß von vollen Tellern, erfreute den Hof mit seinem Lachen und teilte des Königs Schwester Vorliebe für das Glücksspiel. Ihre Nächte waren lang, die Feste ausschweifend und die Reichtümer beim Spiel genauso schnell gewonnen wie zerronnen. Doch das Glück war nicht weniger raffiniert und bekanntlich nicht jedem hold.

So kam es, dass die Schwester des Königs eines Tages beim alltäglichen Spiel eine stattliche Summe verlor, und weil sie die Zeche nicht begleichen konnte, ließ sie drei magische Gulden aus der Schatzkammer entwenden. Zwei gab sie aus, doch bevor sie den letzten an die Schuldner vergeben konnte, bemerkte der König den Diebstahl und ließ zornig verkünden: »Durchsucht das Schloss. Für jeden Gulden, der entwendet wurde, soll dem Dieb ein Finger abgehackt werden.«

Ihrem Schicksal bang, versteckte die Königsschwester den letzten Gulden unter dem Kopfkissen des Goldjungen, und als die Soldaten ihn fanden und das Siegel des Königs auf dem Gold erkannten, brachten sie den Goldjungen zum König. Der Goldjunge war außer sich vor Angst, doch trotz seiner Beteuerung, unschuldig zu sein, hackten sie ihm drei Finger ab. Alsbald trug der Goldjunge Handschuhe, um den Makel zu verdecken.

Die Schwester des Königs spielte indessen weiter, und weil ihr das Glück erneut nicht hold sein wollte, verlor sie eine noch größere Summe. Diesmal stahl und verkaufte sie das Pferd des Königs. Als dieser das Feh-

len seines geliebten Hengstes bemerkte, ließ er verkünden: »Findet den Dieb. Für jeden verlorenen Huf soll ihm ein Knochen gebrochen werden.«

In dieser Nacht versteckte die Schwester des Königs das vergoldete Stroh aus dem Stall des Hengstes im Schuh des Goldjungen. Als die Soldaten dieses fanden, war der Goldjunge erneut außer sich vor Angst. Doch trotz seiner Beteuerung, unschuldig zu sein, brachen sie ihm seine Arme und Beine so stark, dass die Knochen nur noch krumm und verunstaltet zusammenwuchsen.

Der Goldjunge schämte sich. Um seine Missgestalt zu verstecken, hüllte er sich fortan in einen langen Mantel und zeigte nur noch sein Gesicht. Das Einzige, was noch schön anzusehen war. Die Schwester des Königs langweilte sich jedoch. Ihr Goldjunge war inzwischen nicht mehr als ein schöner Vogel, dem man die Flügel gebrochen hatte. Abgestoßen von seiner krummen Gestalt, wandte sie sich vergnüglicheren Dingen zu. Doch auch diesmal war ihr das Glück nicht hold.

Alsbald verlor sie eine noch größere Summe, und in ihrer Not stahl sie das goldene Collier der Königin. Erzürnt ließ der König verkünden: »Jeder im Palast wird mir persönlich Rede und Antwort stehen. Sobald der Dieb gefunden wird, soll er den Schweinen zum Fraß vorgeworfen werden.«

Angst und bang, was die Königsschwester ihm nun antun würde, humpelte der Goldjunge auf den Thron zu und gestand all die Taten seiner Herrin. Doch vom Goldjungen zum Prügelknaben degradiert, seiner einstigen Schönheit beraubt und als Dieb verschrien, wollte ihm niemand mehr glauben. Voller Zorn sprach der König: »Welch Diener spricht solche schändlichen Lügen über seine Herrschaft? Sprich noch ein falsches Wort, und ich lasse dich den Schweinen zum Fraß vorwerfen.«

Der Goldjunge beteuerte die Wahrheit seiner Worte, doch kaum hatte er ausgesprochen, ließ der König seine Zunge spalten und ihn wie angedroht den Schweinen zum Fraß vorwerfen. Als der Goldjunge im Schlamm und Dreck landete und das hungrige Quieken der Schweine hörte, tat er schluchzend sein letztes Gebet. Doch da öffnete sich plötzlich der Ver-

schlag, und die Schweine wurden von ihm gezerrt. Als der Goldjunge die Augen öffnete, sah er eine Hand dargeboten, die genauso schmutzig war wie die seine. Der Stallbursche, den er einst lachend als dummen Büttel abgetan hatte, stand über ihm und sagte: »Gib gut acht, Goldjunge. Flieh in die Berge und komm nicht zurück. Die Schwester des Königs mag lügen wie ein Wicht, doch sie vergisst niemals ein Gesicht. Erfährt sie deinen Namen, wird sie dich jagen, und die Schweine haben ein Fest.«

Da nahm der Goldjunge die Hand des Stallburschen und erwiderte: »Wie gut, dass die Schwester des Königs nicht weiß, dass ich Rumpelstilzchen heiß.«

Da floh der ehemalige Goldjunge mithilfe des Stallburschen in die Berge und fand Zuflucht in einer alten Mine. Er grub, bis seine Finger bluteten, und diesmal war das Glück ihm hold. Als hätte das Leben ihm die Qualen vergolten, stieß er auf Adern aus purem Gold und Diamanten. So häufte der junge Mann unsagbare Reichtümer an. Dennoch wurde er gemieden, denn ihm eilte der Ruf voraus, mit dem Teufel im Bunde zu sein. Alles, was er tat, brachte Glück, und es hieß, er könne jeden Wunsch erfüllen, jedoch zu einem hohen Preis.

Die Jahre gingen ins Land, und so kam es, dass die Schwester des Königs so viel Geld verspielte, dass sie all ihr Hab und Gut verlor. Da hörte sie von dem Mann, der auf einem Berg an Reichtümern saß, und trotz der Warnung, er stünde mit dem Teufel im Bunde, machte sie sich in ihrer Verzweiflung auf, ihn zu suchen. Als sie am Fuß des Bergs ankam, betrat sie ein Schloss aus feinstem Glas. Die Böden waren aus purem Gold und die Kronleuchter aus reinsten Diamanten, die wie Eis von der Decke hingen. Die Schwester des Königs verlangte eine Audienz, und diese wurde ihr auch gewährt. In Erwartung eines stattlichen Mannes schrak sie jedoch beim Anblick des Männleins zusammen. In ihrem Hochmut erkannte sie nicht den Goldjungen von damals wieder. Anstatt sich zu erkennen zu geben, ließ er die Bitte der Königsschwester vortragen, die ihn um die Begleichung ihrer Schulden bat.

Das Männlein sagte: »Was gibst du mir, wenn ich dir helfe, Königsschwester?«

»Ich habe nichts mehr, was ich geben könnte«, antwortete sie.

»Wohlan, so versprich mir, wenn deine Schulden beglichen und deine Sorgen vergessen sind, dein Kostbarstes«, gab das Männlein zurück.

Des Königs Schwester versprach es, und ihre Schulden wurden nicht nur beglichen, das Männlein kleidete sie auch in Seide, gesponnen aus Schmetterlingsflügeln, und behängte sie mit Juwelen aus Splittern von Sternenlicht.

Es schien, als wäre ihr das Glück endlich hold, so wie es alle erzählt hatten. Und es dauerte nicht lange, da verfiel ihr ein reicher Fürst, dessen erste Frau im Kindbett verstorben war. Das Kind, das überlebt hatte, besaß Haare wie Gold und Augen so blau wie der Himmel. Und da, als wäre es ein Wunder, fühlte die Schwester des Königs zum ersten Mal Liebe. Alsbald wurde Hochzeit gefeiert. Die Schwester des Königs konnte wie alle Unsterblichen selbst keine Kinder gebären, doch da sie so voller Liebe war, nahm sie sich des Jungen an, als wäre er ihr eigen Fleisch und Blut. Sie war so glücklich, sie dachte gar nicht länger an das Männlein. Da trat es plötzlich aus Rauch und Schatten hervor und sprach: »Nun gib mir, was du mir versprochen hast. Dein Kostbarstes, deinen Goldjungen, dein Kind. Ich werde mich seiner annehmen, so wie du dich anderer angenommen hast.«

Die Königsschwester erschrak und bot dem Männlein alle Reichtümer des Fürstentums an, doch alles, was sie ihm bot, besaß er bereits selbst. Da fing die Königin an zu weinen und zu flehen, und das Männlein sprach: »Sieh mich an. Wenn du dich erinnerst und meinen Namen weißt, lasse ich dir dein Kind.«

Des Königs Schwester blickte voller Unmut in das missgestaltete Gesicht, und als das Sonnenlicht auf sein weizengoldenes Haar fiel, erkannte sie ihn wieder. »Goldjunge!«, rief sie aus und stand mit zitternden Beinen auf. »Du bist mein Goldjunge.«

Das Männlein lächelte und erwiderte: »Ach, wie gut, dass niemand weiß, wie ich wirklich heiß. Deine Chance ist vertan, Königsschwester. Gib mir dein Kind.«

Die Schwester des Königs flehte so bitterlich um Gnade, dass das Männlein ihr drei Tage gab, um seinen Namen herauszufinden. Sie suchte im ganzen Land. Doch die Eltern des Goldjungen waren bereits vor vielen Jahren gestorben, und als Soldaten seinen Palast aus Gold und Edelsteinen stürmten, fanden sie nichts als leere Flure vor.

Alsbald war die Frist abgelaufen, und die Schwester des Königs sperrte sich in den höchsten Turm des Palasts ein, doch wieder erschien das Männlein in Rauch und Schatten und sagte: »Sieh mich an. Wenn du dich erinnerst und meinen Namen weißt, lasse ich dir dein Kind.«

Die Königin flehte, fluchte und drohte, doch das Glück war ihr nicht länger hold, und da nahm das Männlein das Kind mit sich und brachte es tief in die Berge.

Über die Jahre hinweg verschwanden aus dem gesamten Königreich weitere Kinder zusammen mit dem Männlein in der Nacht, und sosehr der König die verlorenen Kinder auch suchen ließ, so blieben diese verschwunden. Man sagte sich jedoch, aus den Bergen könne man das Schmettern von Spitzhacken auf Stein hören, die nach Gold und Edelsteinen schürften, doch das … Das ist eine andere Geschichte.

Coles und mein Atem vermischte sich, während wir auf das Märchen starrten. Eine Gänsehaut lag auf meinen Unterarmen, die nichts mit der schneidenden Kälte zu tun hatte. Remus winselte, drückte seinen Kopf sabbernd in meinen Schoß und stellte die Ohren auf.

»Rumpelstilzchen«, sagte ich leise und blickte auf. »Einer der Vasallen muss Rumpelstilzchen sein.«

Der Fahrtwind riss an meinen Haaren, und im selben Augenblick blieb der Truck so abrupt stehen, dass Tsuki davon wach wurde.

Sie setzte sich auf. »Wo sind wir?«, fragte sie, ehe sie das Buch in meinen Händen sah und die Augen verengte. »Was ist das?«

»Nur ein Buch«, sagte ich ausweichend und steckte es zurück, ehe ich mich ebenfalls umsah. Wir standen an der Digging Alley, einer dreifachen Kreuzung. Ein Straßenschild zeigte in Richtung London, eines nach Guildford und eines zur nächsten Stadt weiter hinaus Richtung Manchester.

»Warum stehen wir?«, fragte Tayo, der sich müde umsah.

Remus bellte, und auch Cole sah sich unruhig um.

»Was ist los?«, fragte ich, nicht sicher, ob ich damit Cole oder Remus meinte, die eine irritierend ähnliche Reaktion an den Tag legten.

»Wir müssen weg von der Kreuzung. An Gabelungen trifft man den Teufel«, sagte Cole leise.

Im selben Augenblick steckte Holly den Kopf zum Fenster heraus. »Wir haben ein Problem. Der Sprit ist fast alle. Wir müssen tanken, sonst bleiben wir bald liegen. Wir müssen zu Onkel Al.«

»Wer ist Onkel Al?«, fragte Tsuki.

»Er hat die einzige Tankstelle in der Gegend«, klärte ich sie auf und blickte zur Hauptstraße. »Dafür müssen wir aber in die andere Richtung.«

»Haben wir denn überhaupt eine Richtung?«, fragte Tayo spöttisch.

»Ich meinte, wir müssen zurück.«

»Adrien sagt, wir müssen uns auch auf Wölfe gefasst machen, wenn wir noch länger stehen bleiben!«, rief Holly nach hinten.

Ich seufzte. »Also zu Onkel Al?«

Alle nickten, und der Wagen fuhr wieder an. Cole beobachtete angestrengt die tief hängenden Äste, an denen schimmernde spitze Eiszapfen wuchsen. Ein Schatten in den Baumkronen ließ mich noch mehr frösteln.

»Was ist das für ein seltsames Geräusch?«, fragte ich leise. Doch keiner antwortete mir. Unsere Schultern blieben angespannt, bis wir die Kreuzung verlassen hatten und hinaus auf die Hauptstraße gefahren waren. Unsere Deckung war damit – wenn wir überhaupt jemals eine gehabt hatten – endgültig dahin.

»Warum nannte Holly diesen Al Onkel?«, erkundigte sich Cole, der sich zwar immer noch nicht entspannte, aber zumindest nicht mehr die Bäume anstarrte, als könnten sie uns jederzeit angreifen.

»Al ist der Bruder ihres Dads«, klärte ich ihn auf. »Wir waren oft bei ihm. Ich durfte bei ihm nebenbei ein wenig jobben, um mein Auto auf Vordermann zu bringen.«

»Dein Auto?«

Ein Lächeln zupfte an meinen Mundwinkeln. »Einen roten Käfer. Er war Teil unseres Plans. Schule verlassen, Tasche packen, mit unserer Band durchstarten und möglichst nie wieder zurückkommen. Ich schätze, zumindest das Letzte haben wir geschafft.« Diesen Plan auszusprechen, hatte etwas Absurdes an sich.

Cole blinzelte und sah entzückend verwirrt aus. »Du fährst einen Käfer?«

»Das ist ein Automodell.«

»Ah«, sagte er und klang noch verwirrter als zuvor.

Ich schmunzelte in mich hinein und lehnte mich gegen ihn. »Ich zeig ihn dir, falls wir nicht davor von den Wölfen überrannt werden.« Oder von etwas anderem. Die Geschichte von Rumpelstilzchen ließ mich nicht los. Warum war diese Geschichte plötzlich erschienen? Als ob das Buch entschied, was ich wissen durfte und was nicht …

Ich blickte auf, als die Tankstelle vor uns auftauchte. Irritiert stellte ich fest, dass die Fenster hell erleuchtet waren, genauso wie das blinkende Neonschild, auf dem *Al's Gas & Snacks* stand. Al hatte ein Faible für die 50er-Jahre der USA, und wann immer man an seiner Tanke vorbeikam, hatte man das Gefühl, durch die Zeit gefallen zu sein.

Die Tanksäulen hatten einen knallroten und gelben Anstrich. Darüber spannte sich ein rundes Dach, das aussah, als würde das Raumschiff Enterprise einen kurzen Boxenstopp einlegen. Alte Drehautomaten waren gefüllt mit Kaugummis und Süßkram, von dem man nie so genau wusste, wie alt er schon war. Als wir einbogen, dudelte *Stupid Cupid* von Connie Francis aus dem Lautsprecher. Von Wölfen war keine Spur zu sehen, noch nicht einmal ein Hauch von Zerstörung. Als wäre in Woodley die Welt untergegangen und Als Tankstelle hätte einfach nichts davon mitbekommen.

Remus streckte schnuppernd seine Schnauze in die Luft, als wir an einer der Zapfsäulen zum Stehen kamen. Auf dem hell erleuchteten Fenster klebte das Bild eines Skeletts, und vor der Eingangstür lagen ein paar ausgehöhlte Kürbisse herum. Jemand hatte Kerzen hineingestellt, sodass das flackernde Licht verzerrt über den Boden huschte. Vermutlich Al, denn er war auch ein Riesenfan des ganzen Halloweenkrams.

Holly sprang sofort aus dem Wagen und sah sich um. Ihre Wangen waren gerötet. Ich zog mich an der Wand der Laderampe des Trucks hoch, sprang nach draußen und trat zu meiner Freundin.

»Es sieht völlig normal aus.« Sie blickte mich hoffnungsvoll an. »Vielleicht ist Onkel Al hier. Er könnte uns helfen.«

»Vielleicht«, sagte ich und griff nach ihrer Hand, um sie davon abzuhalten, einfach loszustürmen. »Oder etwas stimmt hier ganz und gar nicht.«

Die Tür des Trucks quietschte, und Adrien stieg zusammen mit Avery aus. Beide sahen genauso misstrauisch aus, wie ich mich fühlte.

»Crazy Shit hier, Leute«, sagte Adrien. »Etwas stimmt nicht. Mein Ellenbogen juckt.«

»Dein Ellenbogen tut was?«, fragte Holly verwirrt.

»Jucken. Vor ein paar Jahren hat mich ein Elch getreten und alle

Knochen darin zertrümmert. Wann immer etwas Schlimmes passiert, juckt die Narbe.«

»Das ist … Ein Elch?« Holly starrte ihn ungläubig an.

Adrien ignorierte ihren Blick und fuhr stattdessen fort: »Wir sollten noch etwas Wasser und was zum Essen einpacken und dann so schnell wie möglich wieder verschwinden. Bleibt am besten in der Nähe.«

Mir stieß die Frage auf, seit wann er das Kommando hatte, doch anstatt nutzlos zu diskutieren, nickte ich nur, während er sich ans Tanken machte. Es rumpelte, als Cole und die Thatch-Geschwister ebenfalls ausstiegen. Remus drückte sich an Coles Bein, wirkte jedoch ruhig.

»Wo kommt die Musik her?«, erkundigte sich Tsuki.

»Von dort drinnen.« Ich deutete in den hell erleuchteten Shop, dessen Regale mit allerhand Kram befüllt waren, den man nur in den Staaten bekam. Ich schluckte und merkte erst jetzt, wie hungrig und durstig ich war. Bis auf die Musik war nichts weiter zu hören. Es juckte mich in den Fingern, in der Werkstatt nach meinem Auto zu sehen, doch uns zu trennen, war in etwa so dumm, wie als Cheerleader in einen dunklen Keller zu gehen.

»Ich suche nach Onkel Al«, sagte Holly und ging auf den Laden zu. »Ihr packt was zu essen und trinken ein, okay?«

Ich nickte, und wir folgten ihr. Eine Klingel bimmelte, als sie die Tür aufstieß. Eine angenehme Wärme schlug uns entgegen, genauso wie der Geruch von Benzin und gebrannten Mandeln. Ich kam an einem Regal mit schwarzen Hoodies vorbei. Die meisten davon waren mit einem albernen Halloweenprint bedruckt. Doch das war mir egal. Ich schnappte mir den erstbesten und zog ihn über mein zerfetztes Hemd. Meine Schulter brannte bei jeder Bewegung. Als ich mich endlich reingezwängt hatte, hörte ich ein Prusten. Avery stand ein Regal weiter und hatte einen Schokoriegel im Mund.

»Was?«, keuchte ich.

Er sah betont auf meinen Busen hinab. Ich folgte seinem Blick und seufzte auf. Ein Frosch mit Krönchen war darauf zu sehen, und darunter stand: »Küss mich! Ich bin ein Prinz!«

»Sag einfach nichts«, sagte ich.

Avery hob betont unschuldig die Hand und schlenderte weiter.

»Onkel Al?«, hörte ich Holly rufen.

Niemand antwortete ihr. Der Laden war bis auf uns leer. Während Holly nach Al suchte, ging ich durch die Reihen, stopfte mir eine Tüte Nüsse und Müsliriegel in die Tasche, schnappte mir eine Coke aus dem Kühlregal und stürzte die halbe Flasche in einem Zug herunter. Cole war vor dem Regal mit Süßigkeiten stehen geblieben und schaufelte sich eine Ladung Lollis in die Tasche.

»Hier, probier das«, sagte ich und steckte ihm eine Tafel Schokolade in die Hosentasche.

»Was ist das?«

Ich zwinkerte ihm nur zu und folgte Holly zum Tresen. Anders als sonst war niemand dahinter und verkaufte Zigaretten, doch darauf befand sich eine goldene Klingel und davor ein Schild, auf dem stand: »Bei Bedarf bitte klingeln.«

»Hast du schon im Lager nachgesehen?«, fragte ich Holly.

»Ja. Es ist niemand da.« Ihr war die Enttäuschung deutlich anzuhören.

Ich drückte ihre Schulter. »Ich bin sicher, Al geht es gut. Wenn einer auf sich aufpassen kann, dann er.«

Holly nickte nur, doch Tränen quollen ihr aus den Augen. »Ich hol mir einen Slushi«, murmelte sie und verschwand zum Automaten.

Ich sah mich um und zuckte zusammen, als Cole neben mir auftauchte. Sein Mund war braun verschmiert, während er mich mit geweiteten Pupillen anstarrte und die leere Packung hochhielt. »Was war das?«, fragte er andächtig.

Ich prustete los. Selbst Avery grinste und steckte sich eine Zigarette zwischen die Lippen, ohne sie anzuzünden. Hinter uns bimmelte die Glocke an der Tür.

»Seid ihr fertig?«, erkundigte sich Adrien.

»Sind wir«, stimmte ich zu.

»Bis dann, Al«, sagte Avery und schlug im Vorbeigehen auf die Klingel.

Der Klang hallte durch den Laden. Ein Windzug fuhr durch die Regale, und im nächsten Augenblick erklang eine Stimme: »Wie schön, Kundschaft zu sehen. Was kann ich für Sie tun, meine Herrschaften?«

Wir fuhren herum. Vor Schreck verschluckte sich Avery fast an der Zigarette, Holly spuckte einen Mundvoll Slushi aus, während Cole im Kauen innehielt. Ein Schokoriegel lugte halb aus seinem Mund.

Hinter dem Tresen stand ein junger Mann. Er konnte höchstens Mitte zwanzig sein. Blondes Haar fiel ihm in Locken um das schön geschnittene Gesicht mit lindgrünen Augen und vollen Lippen. Er trug den blauen Overall, der zur Uniform der Tankstelle gehörte. Gänsehaut kroch mir über den Rücken, die sich anfühlte, als hätten kalte Finger über meine Haut gestrichen.

»Wer bist du? Und wo ist Onkel Al?«, platzte Holly mit der Frage heraus, die uns allen auf der Zunge lag.

Der Schönling lächelte, was ein paar perfekte Zähne präsentierte. »Pardon. Die Verwirrung ist verständlich. Ich bin der neue Besitzer dieser Tankstelle, seit sich Al für seinen Ruhestand nach Hawaii zurückgezogen hat.«

Wir blinzelten ihn an.

»Was redest du da für einen Bullshit?«, fragte Holly und quetschte ihren Slushi so fest zusammen, dass die Pampe herauslief und zu Boden tropfte, während sie auf den Tresen zuging und ihm den Becher vor die Nase knallte. »Wo ist mein Onkel?«

Er zuckte mit keiner Wimper. Sein Lächeln wurde nur breiter. »Wie bereits gesagt: in Hawaii. Wenn ich mich recht entsinne, im Jahre 1973. Er wollte das Livekonzert von Elvis Presley sehen.«

»Wovon redest du? Wo ist Al?!«, brüllte Holly.

Der Schönling hob nur eine Augenbraue und wischte sich mit dem kleinen Finger, an dem ein Ring aufblitzte, einen Spritzer Spucke vom Wangenknochen. »Du musst dann wohl seine Nichte Holly sein. Er hat viel von dir gesprochen und meinte noch, ich solle dir versichern, dass er seinen Traum nun endlich verwirkliche.«

Holly starrte ihn an, und mir stellten sich alle Nackenhaare auf. »Holly, geh zurück«, sagte ich, packte ihre Hand und zog sie zurück.

Sein Blick richtete sich ruckartig auf mich.

»Ich glaube, das ist Rumpelstilzchen.«

Holly blinzelte. »Was laberst du da für einen Müll?«, fragte sie, doch der Schönling räusperte sich nur und rieb über das Namensschild an seiner Brust, auf dem plötzlich klar und deutlich sein Name zu lesen war.

»Wie ich sehe, eilt mir mein Ruf voraus. Das freut mich sehr.« Seine Wimpern warfen lange Schatten auf seine Wangenknochen, als er eine leichte Verbeugung andeutete. »Wenn ich mich vorstellen darf: Rumpelstilzchen. Der fünfte Vasall des dunklen Prinzen. Stets zu euren Diensten. Euer Wunsch ist mir Befehl. Zumindest für den entsprechenden Preis.« Das Letzte kam nur noch wie ein Schnurren hervor.

Geschlossen wich unsere Gruppe zurück.

»Das kann nicht … Das ist doch … Du sollst Rumpelstilzchen sein?«, brachte Holly schließlich hervor, und ich sah, wie es in ihr arbeitete.

»Er ist es«, bestätigte ich, ehe ich ergänzte: »Du bist der Goldjunge.«

»Was …? Wer?«, fragte Holly.

»Ich habe seine Geschichte gefunden. In dem Buch«, flüsterte ich.

Meine Freundin runzelte die Stirn. »Welches …? Oh.« Erkenntnis blitzte in ihren Augen auf. »Wie mit dem Wolf?«

Ich nickte.

Rumpelstilzchens Mundwinkel hoben sich, doch er sah nicht wirklich amüsiert aus. Sein Blick bohrte sich in meinen. Kalt, hart, berechnend und auf unheimliche Weise unmenschlich. »Goldjunge. So hat mich schon seit Langem niemand mehr genannt. Du solltest aufpassen mit den Informationen, die du bekommst, kleines Vögelchen. Es mag nicht jeder, wenn man dich singen hört.«

»Wo ist mein Onkel?«, unterbrach ihn Holly barsch.

Er hob nur eine Braue. »Wie schon gesagt: in Hawaii auf einem Elvis-Konzert. Dein Onkel war so freundlich, mir für diesen Wunsch seinen Laden zu überlassen. Ich denke, der Preis war außerordentlich fair.« In seinen grünen Augen blitzte es auf wie bei einer Katze, die soeben genüsslich eine Maus verspeist hatte.

»Mein Onkel würde uns niemals im Stich lassen«, presste Holly hervor.

Der Goldjunge zuckte mit den Schultern. »Du wärst überrascht, wozu die Menschen alles bereit sind, wenn man ihnen das gibt, was sie wollen.«

»Du lügst«, brüllte Holly, und selbst ich musste zugeben, dass der Vorstellung, dass Al einfach so verschwand, etwas Schales anhaftete. Al war ein guter Kerl. Solide und stämmig wie ein tief verwurzelter Baum. Er würde uns nicht einfach im Stich lassen.

»Ich kann gern …«, begann Rumpelstilzchen und griff unter den Tresen.

Im selben Augenblick klickte es, und Adrien richtete eine Pistole – wo hatte er die her? – auf Rumpelstilzchens Stirn. Hektik kam in unsere Gruppe.

»Was soll das?«, fragte ich scharf, während sich Cole vor mich stellte.

Avery duckte sich hinter ein Regal. Die Zwillinge zogen sich ans andere Ende des Ladens zurück, als würde von Rumpelstilzchen ein schlechter Geruch ausgehen. Nur Holly starrte Rumpelstilzchen weiterhin finster an.

»Alles klar, Rumpelstilzchen«, sagte Adrien. »Was auch immer du vorhast, lass es, oder etwas von dir klebt gleich an der Wand.«

Absolut gelassen blickte der junge Mann auf die Waffe vor seinem Gesicht. »Ich wollte ihr nur eine Nachricht übergeben«, sagte er und wandte sich dann lächelnd an Holly. »Dein Onkel meinte, ich solle sie dir geben.« Er legte eine Postkarte auf den Tresen. Sie war schwarz-weiß und zeigte ein Bild von Elvis.

Holly starrte Rumpelstilzchen misstrauisch an, ehe sie sich die Karte schnappte. Ihr Blick huschte über das Papier.

»Was steht da?«, fragte ich.

Ihre Schultern spannten sich an. »Sie ist von Onkel Al. Er schreibt, dass es ihm leidtut, dass er sich nicht von uns verabschieden konnte, aber er wollte dieses unglaubliche Angebot nicht ausschlagen. Er meint, er hätte den Laden Mr Stiltskin überschrieben, genau wie die Wohnung und die Werkstatt … Das war's.« Sie ließ die Karte sinken, ein geschockter Ausdruck lag auf ihrem Gesicht.

»Bist du sicher?«, bohrte ich nach. »Vielleicht ist es eine Fälschung?«

»Nun, zumindest ist es seine Schrift«, sagte sie und gab mir die Karte.

Ich überflog sie, und tatsächlich war Als Schrift unverkennbar. Er hatte eine gewisse Art, die S und Os zu schreiben. Beinahe kringelig. Ich gab Holly die Postkarte zurück und straffte die Schultern, ehe ich mich an Rumpelstilzchen wandte. »Was willst du von uns?«

»Ich? Ich will gar nichts von euch. Ihr habt nach mir geklingelt«, erinnerte er mich und klang dabei auch noch amüsiert.

»Wir gehen jetzt«, knurrte Adrien.

»Tut das«, sagte er unbekümmert, als würde es ihn wirklich nicht interessieren.

»Wehe, du rührst auch nur einen Finger«, drohte Adrien.

Rumpelstilzchen hob die Hände. »Das habe ich nicht vor. Früher oder später sehen wir uns ohnehin wieder, Adrien Hood. Zumindest, wenn du gewinnen willst. Oder nein, darum geht es dir nicht wirklich, oder? Ich kann dir auch zu deiner Rache verhelfen, nach der du dich so sehnst.«

Adrien erstarrte und senkte die Waffe. Nur ein Stück. »Ich habe keine Ahnung, wovon du sprichst.«

»Ach nein?«, fragte Rumpelstilzchen nur. Sein Lächeln offenbarte ein paar Grübchen, ehe er zu Holly blickte. »Dann du vielleicht? Du willst deinen Onkel sehen? Deinen Vater? Deine tote Mutter? Oder vielleicht eher wissen, wer du selbst bist? Wissen über deine Familie und deine Herkunft, das könnte noch nützlich sein, wenn du gegen deine pechdurchtränkte Cousine gewinnen willst. Bald wird es zwei Lager geben. Nachfahren, die für den Prinzen kämpfen, und Nachfahren, die gegen den Prinzen kämpfen. Deine Cousine hat ihre Chancen abgewägt und sich den Reihen des Prinzen angeschlossen. Aber du? Was wirst du tun?«

Holly sog die Luft ein, doch Rumpelstilzchen wandte sich bereits mir zu. »Rain White. Deine Lage ist interessant. Doch ich kann dir helfen. Ich habe sowohl die eine als auch die andere Information für dich, die du haben willst. Aber ich muss dir sagen, dass du nicht viel Zeit hast, dich für einen Weg zu entscheiden.«

Ich verschränkte die Arme vor der Brust. »Warum sollte ich deinen Informationen glauben?«

Er lächelte mich an.

»Ja, warum solltest du? Vielleicht weil du noch nichts davon weißt.«

»Wovon weiß?«

»Vom Blutmond«, sagte er, und ich runzelte die Stirn.

Blutmond? Wo hatte ich das schon mal gehört. Jemand hatte es erwähnt. Gula? Hatte der Wolf nicht bereits von einem blutigen Mond gesprochen?

»Was ist damit?«, fragte ich und hob das Kinn. »Bis zum nächsten Vollmond sind es noch fast zwei Wochen.«

»Ooh, nun, es geht nicht um diesen Mond. Sondern um den nächsten«, erklärte Rumpelstilzchen, und in seinen Augen blitzte Erregung auf. »Die letzten Wochen sind eingeläutet. Sobald der nächste Vollmond abnimmt, folgt ihm der Blutmond. Die Sichel wird rot am Himmel erscheinen, und danach hast du Zeit, bis der Mond rot und voll vom Blut der Götter am Himmel steht, um den Prinzen aufzuhalten. Schaffst du das nicht, wird der Prinz gekrönt. Dann wirst du ihn nicht mehr aufhalten können.«

Wir alle waren still. Starrten Rumpelstilzchen an, während ich in meinem Kopf zu rechnen begann. Es dauerte noch zwei Wochen bis Vollmond, danach kam Neumond, und wenn das gerade stimmte und dieser seltsame Blutmond auftauchte, hatten wir alles in allem etwa fünf Wochen, bevor die Welt unterging.

Ich schauderte vor Angst.

»Was willst du von mir?«, presste ich hervor.

Rumpelstilzchen hob unschuldig die Hände. »Ich? Von dir? Gar nichts. Ich würde es nicht wagen, die zukünftige Braut des Prinzen zu verärgern.«

»Braut?«, fragte Avery.

Rumpelstilzchen neigte den Kopf. »Unser Prinz ist verzweifelt auf der Suche nach seiner Braut. Sein Zorn, dass er dich nicht finden kann, amüsiert mich ungemein, genauso wie mich der Grund erstaunt, weshalb er es nicht tut.« Sein Blick huschte zu Cole, und seine Mundwinkel hoben sich.

Ich verkrampfte mich. »Ich bin keine Braut«, sagte ich.

Rumpelstilzchens Mundwinkel zuckten. »Noch nicht, aktuell bist du eher tot als eine Braut.«

»Was?«

Er deutete auf mich, auf die Wunde an meiner Schulter, als wüsste er davon.

»Dein kleiner Kampf mit Gula hat bereits die Runde gemacht. Wir Vasallen sind durchaus beeindruckt, aber dieses Intermezzo hat dir eine kleine, aber gemeine Blutvergiftung eingebracht. Wenn du sie nicht behandeln lässt, wirst du bald tot sein«, säuselte er.

Ich versteifte mich nur noch mehr. Die Schmerzmittel hatten das schlimmste Pochen betäubt, doch wenn ich ehrlich war, spürte ich, wie sehr die Wunde spannte. Heiß und rot und nässend.

Rumpelstilzchen sah mich mitleidig an. »Leider wird der Prinz sehr ungehalten sein, wenn ich ihm seine Braut tot bringe, daher sieh es als mein Hochzeitsgeschenk an.«

Ehe ich reagieren konnte, hob er die Hand und schnippte. Im nächsten Augenblick verschwand der Schmerz in meiner Schulter, als wäre er nie da gewesen. Das Gefühl der spannenden Haut, das Pochen, die Nässe, alles weg. Überrascht fuhr ich herum, zog den Kragen des Hoodies weg und versuchte, auf meine Schulter zu gucken, was jedoch nur darin endete, dass ich mich wie ein Hund im Kreis drehte.

»Was hast du getan?«, fragte Cole und stoppte mich.

Rumpelstilzchen hob eine Augenbraue. »Ich habe sie geheilt. Kein Kratzer mehr.«

»Das kann nicht sein«, flüsterte ich.

Cole stellte sich hinter mich, schob den neuen Hoodie hoch und löste vorsichtig den Verband. Er sog die Luft ein.

»Was?«, fragte ich.

»Die Wunden sind weg«, sagte Cole und riss den Rest des Verbands ab. Die blutige Gaze und das Tape fielen zu Boden, und ich tastete meine Haut im Rücken ab. Er … er hatte recht. Sie war weich, warm und makellos.

Mein Blick schoss zu Rumpelstilzchen. »Wie hast du das gemacht?«, presste ich hervor.

Er wackelte mit den Fingern. »Nur mit ein wenig Glück«, sagte er und neigte den Kopf. »Allerdings wird der nächste Gefallen, um den du mich bittest, etwas teurer werden.«

Ich blähte die Nasenflügel und wich zurück. »Ich habe dich nie um einen Gefallen gebeten.«

Rumpelstilzchen machte eine wegwerfende Handbewegung. »Gern geschehen.« Und bevor ich etwas sagen konnte, drehte sich Rumpelstilzchen zu Cole. »Und hier? Wen haben wir hier? Mr Niemand.«

Cole reckte das Kinn. »Mein Name ist Cole.«

»Ist das so? Nun denn. Ein Fingerschnippen von mir, und ich kann dir all das geben, was du verloren hast.«

Cole versteifte sich. »Nein danke. Ich gehe keinen Deal mit dem Teufel ein«, erwiderte Cole mit einer erstaunlichen Ruhe.

»Teufel? Ich?« Rumpelstilzchen warf den Kopf in den Nacken und lachte herzlich los. »Aber nein, zu viel der Komplimente. Ich bin nur ein bescheidener Vasall. Falls ihr den Teufel sucht, findet ihr ihn aktuell in Wickford. Grüßt ihn von mir, wenn ihr ihm begegnet.«

»Meinst du …?«, begann ich, doch Rumpelstilzchen visierte nun Avery an, und seine Pupillen weiteten sich.

»Avery Hunter«, schnurrte er.

Als hätte er eine Bombe platzen lassen, nahm die Spannung im Raum schlagartig zu, und die Geschwister und Adrien starrten Avery entgeistert an. Ich selbst fluchte leise.

»Du? Du bist ein Hunter?«, fragte Adrien überrascht, beinahe schon enttäuscht.

»Hast du ein Problem damit?«, gab Avery patzig zurück, während die Thatch-Geschwister einen Blick tauschten, der mir ganz und gar nicht gefiel.

»Warum hast du nicht gesagt, dass er ein Hunter ist?«, fragte Adrien mich barsch.

»Es war nicht an mir, euch das zu erzählen«, gab ich zurück.

Adrien presste die Lippen zusammen.

Rumpelstilzchen blinzelte unschuldig. »Ups. Habe ich da gerade ein Geheimnis ausgeplaudert?«

Ich funkelte ihn an.

Er zwinkerte mir zu, ehe er an Avery gewandt fortfuhr: »Wir wissen beide, was du wissen willst, wonach du so verzweifelt suchst. Ich kann es dir verraten. Hier und jetzt.«

Avery spannte den Kiefer an. Er zögerte.

»Du weißt …«

»Stopp«, unterbrach Adrien Rumpelstilzchen mit heiserer Stimme und spannte den Abzug. »Kein Wort mehr aus deinem verlogenen Mund, du Monster.«

Rumpelstilzchen lächelte und hob wieder unschuldig die Hände. »Kein Grund, ungemütlich zu werden. Wenn ihr fahren wollt, halte ich euch nicht auf. Ich rate euch, nicht auf die Thatch-Geschwister zu vertrauen. Die beiden sind Enkel einer Hexe, das geht selten gut aus, wenn ihr wisst, was ich meine.«

Die beiden waren was? Ich sah zu Tayo und Tsuki, die beide Rumpelstilzchen anstarrten, als hätte er zwei Köpfe.

»Unsere Großmutter ist keine Hexe!«, zischte Tsuki.

»Ach, ist sie nicht? Nun, dann ist es vielleicht einer von euch«, säuselte er.

»Es reicht«, sagte Adrien und nickte uns zu. »Lasst uns verschwinden. Egal, was jetzt passiert, es würde uns nur Kopf und Kragen kosten.«

Cole und ich wichen zurück. Genauso wie Holly. Nur einer blieb stehen und musterte Rumpelstilzchen mit einem seltsamen Gesichtsausdruck.

»Avery. Was machst du da?«, fragte ich drängend.

Rumpelstilzchen grinste. »Interessiert an einem Deal, Avery Hunter?«

»Ich will nichts«, gab mein Cousin zurück.

»Jeder will was.«

»Dann ist das, was ich will, unmöglich zu bekommen.«

»Ist es das?«

»Avery.« Mit wenigen Schritten war ich bei ihm und griff nach seiner Hand.

Mein Cousin beachtete mich nicht, sondern starrte nur Rumpelstilzchen in Grund und Boden. Ein Muskel an seinem Kinn zuckte. »Woher wissen wir, dass du uns nicht Bullshit erzählst?«

Rumpelstilzchen seufzte leicht genervt und senkte die dichten Wimpern. »Dieses Jahrhundert ist so skeptisch. Glaubt denn hier keiner mehr an Wunder?«

»Nein«, sagten wir beide brüsk, obwohl mein Rücken etwas anderes sagte.

»Nun denn … Ich gebe euch einen Tipp. Und weil ich heute sehr großzügig bin, sagen wir, quasi kostenlos. Wenn ihr es überprüft und es stimmt, behalte ich das Pfand. Wenn nicht, bekommst du es umgehend zurück.«

»Was willst du? Ich warne dich vor, ich habe nichts und hasse Kinder. Da wird nicht viel kommen«, sagte Avery lakonisch.

Rumpelstilzchen zwinkerte ihm zu. »Aber wo denkst du hin? Kinder als Bezahlung sind so Mittelalter. Nein, als Pfand reicht mir schon, was du in deiner linken Hosentasche mit dir herumträgst.«

Avery zögerte, griff hinein und holte das goldene Feuerzeug hervor. Das Feuerzeug von Jack Hunter. »Du willst das hier?« Er schnippte die Flamme an. Diese leckte über seinen Daumen und ließ die Augen des Vasallen schwarz aussehen.

»Du bekommst es zurück, wenn der Tipp nicht stimmt«, sagte Rumpelstilzchen mit samtweicher Stimme. Einer Stimme, bei der es keine Frage gab, ob er ehrlich war oder nicht.

Avery ließ die Kappe wieder zuschnappen. Sein Blick wanderte zu mir. Zu meinem geheilten Rücken. Er griff an die Wunde in seinem Gesicht, an die Kratzer dort, die der Wolf hinterlassen hatte und die ihn wahrscheinlich für immer kennzeichnen würden.

»Die Wunde kann ich auch heilen, wenn du willst«, säuselte Rumpelstilzchen. »Da du jedoch nicht die Verlobte meines Prinzen bist, fordere ich eine kleine Bezahlung für deine Schönheit. Natürlich zum Freundschaftspreis. Die Freunde unserer zukünftigen Königin sind auch meine Freunde. Ich würde nur ein paar deiner Lebensjahre fordern. Sagen wir neun?«

»Avery, nein!«, rief ich, und Averys Kinn zuckte. Er wandte sich wieder um und legte das Feuerzeug vor Rumpelstilzchen auf den Tresen. Es knarrte, als er sich mit den Händen abstützte und ihn anstarrte. »Ich brauche kein schönes Gesicht, wenn die Welt untergeht. Ich will die Information.«

»Avery!«, sagte ich brüsk und wollte dazwischengehen, doch Cole hielt mich zurück und drückte mich an sich.

»Was tust du?«, fauchte ich, doch er drückte mir nur fester an sich und schüttelte warnend den Kopf.

»Zu spät. Der Deal steht schon«, sagte er dumpf.

Rumpelstilzchens Schmunzeln zauberte wieder Grübchen in seine Wange. »In Guildford gibt es einen Vasallen, der der Rattenfänger genannt wird. Deine Freunde müssen so schnell wie möglich nach Guildford, wenn sie eine Chance haben wollen, den Vasallen zu töten und das Insigne zu erhalten. Bald wird sich die Krankheit, die der Rattenfänger verbreitet, über die Grenzen der Stadt hinweg ausbreiten und das ganze Land dahinsiechen lassen. Wenn du, Avery Hunter, jedoch das finden willst, was du suchst, musst du nach Wickford. Du hast ein Zeitfenster von exakt zwölf Stunden und neun Minuten, oder *es* wird für immer verschwunden sein.«

»Aber Guildford und Wickford sind in komplett unterschiedlichen Richtungen«, wandte Avery ein.

Rumpelstilzchen nahm nur das Feuerzeug und ließ es aufschnappen. Eine Flamme züngelte hervor. »Exakt«, sagte er.

»Das heißt …«, begann Avery.

»… ihr müsst euch trennen« ergänzte Rumpelstilzchen.

»Das kommt nicht infrage«, sagte ich scharf und riss mich von Cole los. Mit wenigen Schritten war ich bei Avery und griff wieder nach seiner Hand.

Er blickte mich nicht an. Rote Flecken hatten sich auf seinen Wangen ausgebreitet.

»Das werden wir nicht. Wir dürfen uns nicht trennen, hörst du? Sag mir, was du suchst, und ich helfe dir, es zu finden. Aber nicht so.« Ich deutete um uns herum.

Avery zögerte. »Du hast ihn doch gehört. Beides geht nicht.«

»Wir haben genug Zeit. Wir schaffen beides. Erst den Vasallen und dann nach Wickford«, versprach ich, ohne mir sicher zu sein, ob ich dieses Versprechen wirklich halten konnte.

»Es muss eine Lösung geben«, fügte Holly hinzu.

Rumpelstilzchen hob unschuldig die Hände. »Ein Pfand, ein Hinweis. Die Uhr tickt. Die Zeit verrinnt. Ein Dutzend Nachfahren sind bereits tot, und der dunkle Prinz wird mit jedem Nachfahren, der sich ihm anschließt, stärker. Bald wird er nicht mehr aufzuhalten sein.« Bei dem letzten Satz blickte er mich direkt an.

Mein Atem fühlte sich wie ein Klotz in der Brust an. »Was willst du von mir haben?«, fragte ich.

Rumpelstilzchen öffnete die Lippen.

»Nein«, sagte Cole und schüttelte den Kopf. »Das ist genug. Er bietet keine Lösungen an, nur verquere Antworten, und das kostet mehr als nur ein Pfand. Seht es euch doch an, schon jetzt droht es uns zu entzweien. Wenn er wirklich ein Vasall ist, ist es seine Aufgabe, uns zu schaden, nicht uns zu helfen.« Seine Stimme war wie eine kühle Brise in meinen aufgeheizten Gedanken.

Ich zwang mich, Averys Hand loszulassen. Ich hatte so fest zugedrückt, dass es uns beiden wehgetan hatte. »Du hast recht. Das reicht. Wir gehen«, stimmte ich zu.

»Wie ihr wünscht«, sagte Rumpelstilzchen süffisant und verschwand. Als hätte er sich von einer Sekunde zur nächsten in Luft aufgelöst.

»Wo ist er hin?«, fragte ich entgeistert.

Der Laden war noch immer hell erleuchtet. Die Musik spielte fröhlich vor sich hin, doch etwas war anders. Als würden uns aus den Schatten Dutzende Augen beobachten. Schaudernd wandte ich mich ab und verließ den Laden. Die anderen folgten mir. Als die kalte Luft in meine Lunge strömte, stützte ich meine Hände auf den Knien ab und atmete tief durch. Remus bellte und kam aus der Dunkelheit auf uns zugeschossen.

»Wo bist du gewesen?«, fragte ich.

Der große Hund legte die Ohren an und starrte in die Dunkelheit. Ich folgte seinem Blick. Doch es war nichts zu sehen. Nur ein kalter Wind wehte Laub und Schnee in unsere Richtung.

»Wo sind die Thatch-Geschwister hin?«, fragte Holly.

»Sie sind raus, sobald sie vom Rattenfänger gehört haben. Sie suchen in der Werkstatt nach etwas Nützlichem. Sie wollen, so schnell es geht, nach Guildford zurück«, antwortete Adrien.

»Ich hole sie«, murmelte Avery.

»Av! Was da eben passiert ist …«, begann ich, doch mein Cousin schüttelte den Kopf.

»Nicht jetzt, Rain.«

»Av!«

»Nein, Rain.« Er sah mich wütend an. »Es dreht sich nicht immer alles um dich. Es mag dir vielleicht so vorkommen, aber wir sind nicht nur Statisten in deinem Leben, wir alle haben eines.«

Ich zuckte zusammen, doch in mir brodelte es. »Das stimmt nicht. Aber im Ernst: Was suchst du, was dich so aus der Fassung bringt?«

Mein Cousin presste die Lippen zusammen und ging einfach an mir vorbei.

Ich blickte ihm nach. »Was war das denn?«, fragte ich fassungslos.

Holly sah mich müde an. »Er ist fertig mit den Nerven. Lass ihn ein wenig Abstand nehmen.«

»Ich mache mir Sorgen um ihn. Diese Sache verändert ihn immer mehr«, murmelte ich und rieb mir schaudernd den Nacken. Meine geheilte Haut. Es kam mir noch immer so surreal vor.

»Die Sache verändert uns alle«, wandte Holly ein. Sie nahm meine Hand und drückte sie. Ich drückte zurück. So standen wir eine Weile und warteten, bis wir wieder atmen konnten, ohne zu zittern.

Schließlich sprach Holly das aus, was wir alle dachten: »Die Frage ist jetzt, was wir tun. Glauben wir Rumpelstilzchen die Sache mit diesem Blutmond?«

»Wenn es stimmt, haben wir nur ein paar Wochen, um alle Insignien zu finden«, sagte ich düster.

»Und eine davon hat der Rattenfänger. Wir müssen also nach Guildford, ehe er zu stark wird und sich die Seuche ausbreitet«, schloss Holly. Ich sah, wie scharf sie nachdachte, versuchte, die losen Fäden zusammenzuführen.

»Wir sollten ihm nicht alles glauben«, warf Cole nachdenklich ein. »Ich glaube zudem nicht, dass die Thatch-Geschwister ein böses Spiel mit uns treiben.«

»Aber alles haben sie uns auch nicht verraten«, widersprach ich. »Ich glaube, sie halten etwas zurück.«

»Tun wir das nicht alle?«, gab Adrien ironisch zurück.

»So oder so, wir müssen weitermachen. Zumindest wenn wir die Prüfungen bestehen wollen, bleibt uns keine Wahl.«

Holly biss sich auf die Lippe, die vom Slushi blau war. »Klingt großartig und blutig und schmerzhaft. Definitiv etwas, was wir tun sollten.«

Adrien grinste breit. »Blutig wird unterschätzt, wenn du mich fragst.«

»Es gibt auch noch ein anderes Problem, Rain«, sagte Cole leise. »Der Prinz sucht dich.«

»Ich weiß. Das hat Gula ebenfalls erzählt«, murmelte ich schaudernd.

Cole stellte sich zu mir. »Die Vasallen zu besiegen, wird umso schwieriger, wenn es ihre Priorität ist, dich für den Prinzen einzufangen. Wo auch immer wir hingehen, wird er nachkommen. Wir müssen also schnell sein.«

Meine Brust hob sich schmerzhaft. »Tja, niemand hat gesagt, dass es einfach wird.«

Darauf sagte niemand etwas, doch es war eindeutig, dass wir nach Guildford mussten.

Wir gingen zurück zum Auto. Adrien riss die Tür auf. Im selben Augenblick knarrte es, und zwei Schatten traten aus der Werkstatt. Tsuki und Tayo trotteten auf uns zu. Beide hatten einen Kanister mit Benzin über der Schulter und einen vollgepackten Rucksack.

»Wir haben Verbandszeug gefunden«, teilte uns Tayo mit.

»Wo ist Avery?«, fragte ich, und die beiden blinzelten.

»Keine Ahnung. Wo sollte er sein?«

In mir schrillten sofort die Alarmglocken los. »Bei euch.«

»Er war nicht bei uns. Wir waren die ganze Zeit allein.«

»Scheiße. Avery!«

Ich stürmte los. Die Kälte stach in meine Wangen, meine Beinmuskeln protestierten, während ich die Tür zur Werkstatt aufriss. Das Licht war aus. Ich sah mein Auto, das mit einer Plane abgedeckt war, und daneben einen leeren Fleck, wo Al sein Motorrad abgestellt hatte.

»Avery!« Ich fuhr herum und hörte das Röhren einer Maschine. Keuchend lief ich um die Werkstatt herum und sah ein Paar Scheinwerfer im Wald verschwinden. »Tu das nicht! Komm zurück!«

Ich rannte ihm nach, meine Füße sanken tief in den Schnee ein. Ich taumelte, klammerte mich an einem Baum fest und konnte nichts anderes tun, als zuzusehen, wie die Lichter des Motorrads vollends verschwanden. Zusammen mit Avery.

Kapitel 23

Da merkte er wohl, dass er zu dem Haus einer Hexe gekommen war, doch weil es finster ward und er nicht weiterkonnte, sich auch nicht fürchtete, so trat er ein.

Aus »Das Rätsel«
Gebrüder Grimm

Wir fuhren schon seit etwa zwei Stunden auf einer Strecke, die eigentlich nicht mehr als dreißig Minuten hätte dauern sollen. Allerdings waren wir auch in einem ständigen Zickzack gefahren. Adrien behauptete, um potenzielle Verfolger abzuschütteln. Welche Verfolger er konkret meinte, blieb dabei unklar, es gab ja eine stetig wachsende Liste. Die Straßen wirkten jedoch wie ausgestorben. Auffällig war nur, dass es wärmer wurde, je näher wir Guildford kamen. Es hatte aufgehört zu schneien, und irgendwann war auch der Schnee am Boden geschmolzen. Als hätte sich nur über Woodley eine kalte Kuppel gespannt. Die Bäume tauten auf, das eisige Blau wich trotzdem nicht den normalen herbstlichen Braun- und Rottönen, sondern einem verwaschenen Grau.

»Wenn wir Avery finden und der kleine Stinker noch am Leben ist, bring ich ihn um«, schwor ich leise.

Cole lachte neben mir in sich hinein.

»Das ist nicht lustig«, fuhr ihn an.

»Nicht?«

»Nein. Er könnte sterben, bevor ich ihn töten kann. Oder noch schlimmer: Er könnte Hilfe brauchen, und ich bin nicht da. Warum hat er das getan? Warum ist er so dumm?«

Coles Augen wurden warm. »Wir werden ihn fragen.«

»Und was, wenn er bis dahin tot ist und das Letzte, was ich zu ihm gesagt habe, ist: *Gib mir mal die Kartoffelchips?*«

»Das hast du nicht gesagt.«

»Du weißt, was ich meine.«

»Wir werden ihn finden. Avery sah nicht aus wie jemand, der sterben will. Ganz im Gegenteil. Er sah aus wie jemand, der überleben will, und das unter allen Umständen.«

»Woher willst du das wissen?«

»Weil ich den Tod oft genug gesehen habe, um zu wissen, wann er jemanden mit sich nimmt.«

Ich blickte Cole an. Der Fahrtwind riss eine seiner Haarsträhnen zurück, und ein seltsamer Ausdruck lag in seinen Augen. Als würde das Schwarz in seinen Pupillen übermächtig werden. Wie ein Echo von irgendetwas. Er wirkte wie weggetreten.

»Erinnerst du dich an etwas?«

Cole bewegte sich nicht.

»Cole?« Ich schnippte mit den Fingern vor seinem Gesicht.

Er runzelte die Stirn und begann, sich die Schläfen zu massieren. »Ich habe Kopfschmerzen«, murmelte er, ehe er mich endlich wieder fixierte. »Worüber haben wir gerade gesprochen?«

»Über den Tod«, sagte ich leise.

»Ach ja?«

»Ja.«

»Heilige Scheiße«, unterbrach uns Holly, die sich diesmal neben uns gequetscht hatte, damit die Thatch-Geschwister sich im Fahrerhäuschen aufwärmen konnten, als Adrien abrupt stehen blieb.

Cole und ich sahen gleichzeitig auf. Die Bäume links und rechts neben uns waren grau und abgestorben, beinahe verbrannt. Ein beißender Geruch von Asche ging von ihnen aus. Vor uns war mitten auf der Straße, die nach Guildford hineinführte, eine Absperrung errichtet worden – und genau davor, eine Hand ausgestreckt, als hätte sie in letzter Verzweiflung versucht, aus der Stadt zu fliehen, lag eine Leiche. Verzerrt und verkrümmt, den Mund wie zu einem stummen Schrei geöffnet, während ihre Augen blicklos in den Himmel starrten.

Die Tür des Trucks knarrte, als Adrien ausstieg. Er drückte sich einen Ärmel vor das Gesicht und ging vor der Leiche in die Hocke.

»Scheiße«, murmelte ich ebenfalls und sprang vom Truck.

Holly und Cole folgten mir. Fliegen stoben von der Leiche auf. Ein süßlicher Gestank, der an Kot erinnerte, lag in der Luft. Der Gestank nach Verwesung. Instinktiv pressten wir uns ebenfalls die Hand vors Gesicht.

Die Leiche war ein Mann. Das Alter war schwer einzuschätzen, und sein Gesicht war kalkweiß, als hätte er sämtliche Farbe verloren. Überall auf seiner Haut waren lila-bläulich verfärbte Pusteln, in etwa so groß wie ein Penny. Einige waren aufgeplatzt, und eine helle Flüssigkeit sickerte daraus hervor. Er sah nicht aus, als wäre er schnell gestorben, und auch nicht, als wäre es schmerzfrei gewesen. Voller Grauen wich ich zurück und stieß mit dem Rücken gegen Cole.

»Das ist sie? Die Pest?«, fragte Holly und würgte leise.

»Zumindest nennen die Thatch-Geschwister es so. Um ehrlich zu sein, habe ich noch keine Krankheit gesehen, die so aussieht«, sagte Adrien und erhob sich, während er sich umblickte. »Es ist kein gutes Zeichen, wenn die Leichen bereits hier liegen.« Er stupste mit der Fußspitze etwas an, was neben dem Kopf der Leiche lag. Ohrstöpsel.

»Was machen wir jetzt? Wir können doch nicht einfach da reinfahren und den Rattenfänger suchen, oder?«, stellte Holly die Frage, die uns wahrscheinlich allen im Kopf herumgeisterte.

»Ihr könnt mit zu uns kommen. Vielleicht weiß Großmutter einen Rat«, schaltete sich Tayo ein, der neben uns aufgetaucht war, und blickte auf die Leiche hinab.

»Wo lebt deine Großmutter?«, fragte ich ihn.

»Im Dorfkern. Ihr gehört der Kräuter- und Andenkenladen. Ich weiß nur nicht, ob wir problemlos durchkommen. Als wir aus der Stadt geirrt sind, haben sie bereits begonnen, Straßensperren aufzustellen. Das ist nur eine davon.«

Adrien blickte nachdenklich in Richtung Dorf. »Tja, ich schätze, wir werden es versuchen müssen.« Er drehte sich wieder zu Tayo. »Ihr habt erzählt, dass die Krankheit von den Ratten ausgelöst wird?«

»Ja, durch Rattenbisse. Zumindest vermuten wir das. Aber anfassen würde ich die Leiche trotzdem nicht.«

»Ist euch eigentlich aufgefallen, dass sich die Umgebung verändert hat?«, warf ich leise ein. »Der Schnee ist weg, dafür ist hier alles tot oder krank.«

»Ja. Die Bäume hier wurden abgebrannt …«, sagte Cole nachdenklich und berührte einen verkohlten Ast. Es musste eine Trauerweide gewesen sein. Vorsichtig fuhr er mit den Fingern über die Oberfläche, zurück blieb eine Spur aus herabfallender Kohle und Asche.

»Wie auch immer, ewig können wir hier nicht rumstehen. Nicht wenn wir eine Antwort haben wollen.« Adrien straffte die Schultern. »Also los. Jemand muss mir mit der Leiche helfen.«

Cole trat von dem Baum zurück und nickte. Zusammen mit Tayo hoben sie die Leiche an und legten sie im Straßengraben ab. Holly und ich entfernten währenddessen die Absperrung so weit, dass der Truck hindurchpasste, und sprangen wieder auf die Ladefläche. Remus knurrte leise, als wir weiterfuhren.

Ich atmete so flach ich konnte, während wir der Straße nach Guildford folgten. Die Leiche des Kerls blieb leider nicht die letzte.

In regelmäßigen Abständen lagen verkrümmte Tote auf dem Weg, manche mitten auf der Straße, manche am Straßenrand. Die Bäume wurden immer schwärzer, als würde das Land selbst absterben. Fliegen und Ungeziefer surrten umher, und der Gestank von Fäulnis und Rauch hing schwer in der Luft. Jeder Atemzug kratzte unangenehm in der Kehle, und je näher wir Guildford kamen, desto größer wurden die Rauchsäulen, die in den Himmel aufstiegen, sodass bald nicht mehr Schnee, sondern Asche herabfiel.

Eine unheimliche Stille lag über allem. Noch irritierender war jedoch, dass keine Ratten in Sicht waren. Nur die Leichen. Allein und verlassen, wie Marionetten, denen man die Fäden durchgeschnitten hatte. Ich zwang mich, nicht genauer hinzusehen.

Adrien fuhr nur noch im Schneckentempo und wich allen Hindernissen großräumig aus. Wir passierten die ersten Häuser, deren Fenster und Türen allesamt zerschlagen oder zugenagelt waren. Die einst gepflegten englischen Gärten waren völlig zerstört, und mitten in einem der Vorgärten stand das ausgebrannte Wrack eines Autos. Wir kamen nicht sehr weit, ehe wir auf die nächste Absperrung stießen. Von zwei brennenden Holzstapeln stieg dichter grünlich schwarzer Rauch auf. Ich starrte in das Feuer, in dem etwas Rundes knackend entzweibrach. Ein Totenschädel. Aus seinen Augenhöhlen züngelten grüne Flammen, ehe sie den Knochen vollends verschlangen.

»Das ist ja wie in einem Albtraum«, murmelte Holly, und ich sah von dem brennenden Schädel auf.

Ihr Blick wanderte über die zerstörte Stadt, und sie sah aus, als wollte sie sich gleich übergeben. Konnte ich ihr nicht verübeln, vor allem als Adrien plötzlich eine Vollbremsung hinlegte, bei der ich trotz des geringen Tempos beinahe auf der Ladefläche herumkugelte.

»Verdammt, was soll das?«, rief ich nach vorn.

Adrien steckte den Kopf heraus und rief zurück: »Hier geht es nicht weiter. Die Einfahrt ist blockiert.«

»Gibt es keinen anderen Weg?«

»Tayo sagt: Nein. Wenn wir zu seiner Großmutter wollen, müssen wir zu Fuß weiter.«

»Haben wir keine andere Möglichkeit?«

»Doch. Umdrehen und so schnell wie möglich von hier verschwinden.«

Niemand sagte, dass er verschwinden wolle, auch wenn wir es alle wahrscheinlich dachten.

Es grauste mir, doch ich stieg aus und klopfte mit der Faust gegen die Tür des Fahrerhäuschens. Remus folgte mir und drückte sich eng an meine Beine, während die anderen ebenfalls ausstiegen. Adrien hatte nicht übertrieben. Vor uns befanden sich unzählige Autos, die sich, je weiter wir gingen, sogar übereinanderstapelten, bis wir auf so etwas Ähnliches wie einen Schutzwall stießen, der die Straße komplett abschnitt. Als hätte jemand verzweifelt versucht, die Welt auszusperren. Oder sich selbst ein. Rauchwolken stiegen vom Inneren des Schutzwalls auf. Ölig und dunkel wogten sie über den Himmel und fielen in schwarzen Flocken wieder herab.

Ich versuchte, möglichst flach zu atmen, während wir uns auf die Suche nach einer Lücke machten, durch die wir uns quetschen konnten. Wer immer die Blockade gebaut hatte, hatte gute Arbeit geleistet. Die meisten Lücken waren kaum größer als meine Hand, aber dennoch groß genug, damit eine Ratte hindurchgepasst hätte. Aber warum hatten wir bis jetzt dann immer noch keine gesehen?

»Drauf geschissen. Das wird mir zu blöd«, hörte ich Adrien schließlich sagen. Er hob eine Brechstange auf und schlug eine Autoscheibe ein. Glas klirrte und rieselte zu Boden.

Wir sahen uns alarmiert um.

»Bin ich die Einzige, die das Gefühl hat, gleich einen Zombie um die Ecke biegen zu sehen?«, fragte Holly schließlich leise.

Keiner antwortete ihr.

Adrien langte währenddessen ins Innere des alten Autos und entriegelte es. Die Tür ging knarrend auf. Adrien krabbelte hindurch, und als er am anderen Ende ankam, schwang er sich die Brechstange über die Schulter und winkte uns ungeduldig. »Na los, worauf wartet ihr? Wir haben nicht ewig Zeit.«

Holly krabbelte als Erste hindurch, danach die Thatch-Geschwister. Cole und ich bildeten das Schlusslicht. Ich fluchte, als ich mir fast den Steuerknüppel in den Bauch rammte. Ächzend kam ich wieder auf die Füße und blickte mich angespannt um. Ich kannte Guildford von einigen Besuchen der Cricketmeisterschaften, die hier stattfanden. Es war größer als Woodley, was sich darin äußerte, dass sie ein Kino, ein kleines Heimatmuseum und ein großes Cricketfeld hatten. Die Thatch-Geschwister übernahmen, ohne zu zögern, die Führung und lotsten uns durch die Gassen.

Die Straßen waren aus Pflastersteinen, die unsere Schritte an den eng stehenden Häusern widerhallen ließen. Überall flackerten kleine Feuer in Mülleimern, in denen wahrscheinlich Knochen oder auch tote Ratten brannten. Es waren die ersten, die wir sahen. Bisher war uns noch keine lebendige über den Weg gelaufen, genauso wenig wie ein Mensch.

Gerade als ich dachte, wir würden auch weiterhin niemandem begegnen, erklang ein leises Quietschen. Adrien blieb so ruckartig stehen, dass Holly in ihn hineinkrachte. Cole griff blitzschnell nach meiner Taille und bewahrte mich davor, die Gruppe wie eine Bowlingkugel umzunieten.

»Aua! Was …?«, fluchte Holly.

Blitzschnell hielt ihr Adrien den Mund zu und raunte: »Pst, da kommt wer.«

Es war bereits zu spät, um auszuweichen. Aus der dunklen Gasse tauchte eine Gestalt in einem weißen Schutzanzug auf, die eine Schubkarre vor sich herschob, in der sich tote Ratten stapelten. Eine menschliche Hand hing ebenfalls heraus, die Finger waren beinahe bis zur Unkenntlichkeit mit aufgeplatzten Pusteln übersät. Mir drehte sich der Magen um, und ich musste heftig dagegen atmen, um mich nicht zu übergeben.

Als die Person uns bemerkte, blieb sie stehen. Das Gesicht hinter dem Schutzanzug wirkte schmal, und die Stimme dahinter klang eindeutig weiblich. »Was macht ihr Kids hier draußen? Bald wird es dunkel, und die Ratten kommen zurück. Rein mit euch ins Haus!« Ächzend stellte die Frau den Karren ab und musterte uns kritisch. »Wo kommt ihr überhaupt her? Die Schüler wurden längst evakuiert.«

»Wir wollen zu unserer Großmutter«, sagte Tayo und griff seinen Rucksack fester. »Wir müssen zu Obaasan. Und zwar so schnell wie möglich.«

Irritiert runzelte die Frau die Stirn. »Die alte Irre aus der Flint Street?«

»Obaasan ist nicht irre«, fuhr Tsuki sie sofort an.

»Oh doch, das ist sie«, sagte die Frau brüsk. »Gut, das Verbrennen der Ratten und der Toten war ihre Idee, und seitdem breitet sich die Krankheit tatsächlich weniger schnell aus. Nur nachts haben wir keine Chance. Ihr kommt also von außen?«, bohrte sie nach. Als wir nickten, stellte sie die Schubkarre ab und musterte uns neugierig. »Aus London? Ist endlich Hilfe unterwegs? Wir haben schon jede Hoffnung verloren.«

Sie schlug ein Kreuz, doch Tayo unterbrach sie hart. »Wir kommen aus Woodley. Es sind überall Katastrophen ausgebrochen. Die Wahrscheinlichkeit, dass Hilfe kommt, ist daher sehr gering. Wir sind auf uns allein gestellt.«

»Die … die Krankheit ist also überall?«, fragte die Frau, und man hörte an dem Zittern in ihrer Stimme, wie müde sie war. Wie geschlagen.

Ich schüttelte den Kopf. »Nein. Aber in Woodley gibt es eine Wolfsplage, und wir glauben, dass es nicht mehr lange dauert, bis sich diese auch bis nach Guildford ausbreitet.«

Die Schultern der Frau sackten herab, und ich fragte mich, wie schlimm es für die Menschen sein musste, die keine Ahnung hatten, was hier eigentlich vor sich ging. Die nichts über Märchen oder Nachfahren oder Prophezeiungen gehört hatten. Für sie musste es sein, als wären sie über Nacht in einem Albtraum aufgewacht. Sie starben, sahen ihre Geliebten und Familien dahinsiechen, ohne wirklich zu wissen warum.

Das Mitgefühl drückte mir die Kehle ab. »Geben Sie trotzdem die Hoffnung nicht auf. Das hier wird enden.«

Sie murmelte leise: »Gnade uns Gott. Selbst wenn es endet, wird niemand übrig sein, um es mitzubekommen. Wir halten nicht mehr lange durch.« Ihre Stimme brach ab, und sie hob ruckartig den Kopf, als wäre sie sich erst jetzt wieder bewusst geworden, dass sie mit einem Haufen unbekannter Teenager sprach. Sie räusperte sich. »Wenn ihr Hilfe braucht: Im Rathaus wurde ein Notfalllazarett errichtet. Ich rate euch, euch etwas in die Ohren zu stopfen und nicht hinzuhören, wenn die Musik anfängt. Die meisten, die ihr folgen, sind nicht zurückgekommen. Nur der gute alte Joe, aber der ist stumm und konnte nichts erzählen. Und die Katzen-Sue, aber die ist blind und hat sich verlaufen. Und Bill, aber der war taub wie ein Esel, und am Ende haben ihn die Ratten dann doch erwischt. Dreht um, Kinder, solange ihr noch könnt. Wenn keine Hilfe kommt, werden wir die Stadt aufgeben müssen.«

»Danke für die Warnung«, sagte Tayo und neigte den Kopf.

Sie nickte uns zu. »Viel Glück«, sagte sie nur und verschwand wieder in den Gassen, die sich wie Adern durch die Stadt zogen.

»Hier lang, wir sind bald da«, sagte Tsuki und übernahm wieder die Führung.

Schweigend folgten wir ihr, und mit jedem Schritt, den wir taten, schienen die Schatten länger und länger zu werden. Auch wenn die Sonne nie wirklich so viel geschienen hatte, um es als hell zu bezeichnen, wurde es nun dennoch eindeutig noch dunkler. Ein Schweißtropfen rann mir den Rücken hinab, während wir den brennenden Scheiterhaufen auswichen und auf ein krummes altes Häuschen zusteuerten. Selbst der Schornstein schien schief und krumm zu sein. Über der rot gestrichenen Tür war ein Schild angebracht, auf dem *Obaasans Pfand und Tand* stand.

Angespannt blieben wir stehen, und Tsuki klopfte an die Tür. Nichts rührte sich. Eine Sekunde verging. Noch eine, aber niemand öffnete. Noch ein Schweißtropfen rann mir über den Rücken. Es fühlte sich an, als würde uns im wachsenden Schatten etwas anstarren. Und dazu …

»Hört ihr das auch?« Nervös sah ich mich um, konnte aber nichts entdecken.

»Nein. Was denn?«, fragte Holly.

»Hinter uns«, raunte ich und schloss die Augen, um das Geräusch besser herausfiltern zu können. Ich spitzte die Ohren, und da war es wieder. »Musik«, stellte ich fest, auch wenn die Klänge kaum zu hören waren. »Musik«, flüsterte ich erneut, legte den Kopf schräg und lauschte.

Ich hörte meinen Herzschlag, der in den Ohren dröhnte. Ich fühlte den Wind, der durch die Gassen zog und die kleinen Härchen an meinen Unterarmen aufstellte. Ich spürte den Stein unter meinen Füßen und roch Rauch und Asche. Tod und Krankheit. Das Spiel einer Geige schwang in der Musik und in mir wie etwas Süßes, Verbotenes. Langsam und träge und irgendwie falsch und richtig zugleich. Als würde ich den Tod plötzlich als schön empfinden.

»Ich höre nichts, aber habt ihr das gesehen? Da bewegt sich etwas in der Gasse.«

Hollys Stimme drang wie unter Wasser zu mir durch. Ich runzelte die Stirn und trat einen Schritt zurück, um die Musik besser hören zu können. Wo kam sie nur her? Wo kam sie …?

»Rain?«

Eine Hand schloss sich um meinen Oberarm und zog mich ruckartig zurück in die Realität. Ich riss die Augen auf und stellte erschrocken fest, dass ich ein ganzes Stück die Gasse hinuntergegangen war. Eine Straßenlaterne warf einen grünlich gelben Lichtkegel auf mich. Ein Falter flatterte um das Licht herum. Und hinter mir stand Cole. Ein Windhauch zerzauste sein Haar, und das grüne Licht schnitt sein Gesicht in zwei harte Kanten.

Er trat vor mich und nahm mein Gesicht in die Hände. »Rain? Was ist mit dir? Sieh mich bitte an. Rain? Alles in Ordnung? Was ist mit dir?«

»Ich bin … nur der Musik gefolgt.«

»Versuch, nicht hinzuhören, okay? Wir sind gleich da.« Sein Blick zuckte unruhig die Gasse hinunter. »Wir sollten zurück zu den anderen gehen.«

Ich nickte, und wir liefen los, doch plötzlich stellten sich mir die Nackenhaare auf. Ich sah gehetzt hinter mich. Da war doch ein Schatten, der sich aus meinem löste, oder? Einer. Zwei. Drei. Vier. Zu unseren Schritten mischte sich etwas anderes, so etwas wie ein Scharren und Kratzen.

»Cole, hörst du das jetzt auch?«, fragte ich angespannt.

Seine Nackenmuskeln zuckten. »Ratten«, stellte er fest.

Etwas klirrte, ein Schatten rückte näher, und auf einmal stand etwas vor uns. Erst dachte ich, es wäre eine Katze, doch es war keine. Struppiges, dunkles Fell spannte sich über einen knochigen Schädel. Grüne Augen starrten uns entgegen. Eine Ratte. Der lange Schwanz ringelte sich am Boden. Ich atmete aus, Cole spannte sich an. Die Ratte riss den Mund auf, kreischte wie am Spieß und sprang auf uns zu.

»Vorsicht!«, brüllte Cole und stieß mich zur Seite.

Die Ratte krallte sich an seiner Schulter fest, doch er packte sie sofort mit bloßer Hand und schleuderte sie gegen die Wand. Der Körper prallte ab, klatschte auf den Boden und blieb regungslos liegen. Keuchend sahen wir uns an.

»Geht es dir gut?«, fragte ich.

Er öffnete den Mund, doch im selben Augenblick erklang hinter uns ein weiteres Quietschen. Wir fuhren herum, und was ich sah, trieb mir den Panikschweiß aus den Poren. Die ganze Gasse schien sich zu bewegen. Die Dunkelheit schien zu krabbeln, und in der nächsten Sekunde schälte sich daraus ein Rattenschwarm hervor, der sich auf uns stürzte.

Wir rannten gleichzeitig los.

»Wir müssen weg hier«, brüllte ich den Thatch-Geschwistern zu, die inzwischen so fest gegen die Tür hämmerten, dass das alte Holz zitterte.

»Obaasan! Wir sind's. Mach bitte auf!«, schrie Tsuki, während der Rattenschwarm aufholte.

Cole und ich bogen in eine Nebenstraße, doch die Viecher folgten uns. Sie quollen in die Gasse wie eine dunkle, haarige Welle.

»Obaasan! Bitte!«, schrie Tsuki verzweifelt.

»Wir müssen weg!«, brüllte ich und zog an ihrer Hand.

»Fass mich nicht an«, fauchte sie, doch dann griff ihr Bruder nach ihr und zerrte sie weg.

»Los, los, los!«, schrie Adrien, der mit seiner Brechstange ausholte und ein paar Ratten zur Seite fegte.

Wir rannten weiter. Die Straßen hinab. Ich stolperte, und da hörte ich es wieder. Diese Musik. Ruckartig blieb ich stehen und wandte den Kopf. Wo kam sie her?

Es war, als würde sie in mir nachhallen.

Wie ein Echo.

Langsam und schnell zugleich.

Laut und dennoch leise und irgendwie, als würde die Musik direkt aus meinem Inneren kommen. Jeder Herzschlag übertönte das Chaos um mich herum, verlangsamte sich in einem Atemzug, während meine Sicht sich verdichtete. In mir sträubte sich alles. Ich musste weiter weglaufen. Ich musste …

Mein Blick fiel auf eine kleine Nebengasse. Es war, als würde mich die Musik direkt dorthin ziehen, wie an einer Marionette. Die Gedanken in mir zerstoben. Ich wusste nicht mehr, was ich wollte, was ich gerade getan hatte. Nur dass ich auf der Straße stand und dieser Musik lauschte. Ich machte einen Schritt und lief wieder los. Ich rannte in die Nebengasse, als sich erneut eine Hand um meinen Arm schloss.

»Rain? Wo gehst du hin?« Jemand sprach mit mir. Ich hörte es wie tief unter Wasser.

»Musik«, flüsterte ich, riss mich los und rannte, so schnell ich konnte.

»Rain! Nein!«

Cole? War das Cole?

Remus bellte. Ich lief schneller. Das Echo der Musik zerrte an mir, als würden sämtliche meiner Zellen vibrieren.

»Rain! Hör nicht hin!«

Starke Arme schlossen sich um mich und drückten mich gegen eine Wand. In mir sträubte sich alles. Panik kroch in mir hoch, ließ mich aufschreien. Ich bog den Rücken durch, doch die Arme hielten mich so fest, dass meine Rippen schmerzten. Sie raubten mir die Luft zum Atmen und verhinderten, dass ich der Musik folgte.

»Lass mich los!« Brüllend bäumte ich mich auf.

»Nein!«

Ich bleckte die Zähne, biss auf das Nächstbeste ein, was ich erreichte, und hörte einen unterdrückten Schmerzensschrei. Doch der Griff lockerte sich nicht.

»Du … du musst weghören, Rain. Achte nicht auf die Musik. Hör mir zu. Hör auf meine Stimme. Ich bin's, Cole. Bitte hör mir zu.«

Mein Herz raste, als würde ich noch immer rennen. Mir stand der Schweiß auf der Stirn, und ich spürte, wie mir Tränen aus den Augen liefen. Ich biss fester zu, doch Cole sprach einfach weiter.

»Du hörst den Tod spielen, Rain. Du willst nicht bei ihm sein. Du willst bei Holly und bei deinem Cousin sein. Du willst sie beschützen. Du willst sie retten. Du willst die Vasallen besiegen und die Prophezeiung erfüllen. Weißt du das noch? Wenn du dieser Musik folgst, wirst du sterben.«

Ich schluchzte auf. Die Musik zerrte so an mir, dass es wehtat. Etwas stülpte sich über meine Ohren und blendete die Welt aus. Hände. Cole hatte seine Hände um mein Gesicht gelegt und hob es an. Seine Lippen bewegten sich. Er redete auf mich ein, während er mir mit dem Daumen über meine Schläfen und die Stirn strich. Nur gedämpft verstand ich, was er sagte.

»So ist es gut. Sieh mich an. Hör nicht hin. Alles wird gut. Du willst überleben, schon vergessen?«

Ich hatte das Gefühl, jede Sekunde aus meiner eigenen Haut zu kriechen. Nur Coles Berührung hielt mich in diesem Augenblick zusammen.

»Sieh mich an. Bitte sieh mich an.«

Ich zwang mich, den Blick zu heben, und hielt inne. In Coles Augen standen Schmerz und Angst. Und noch etwas … Ein Glimmen von Farbe, die zuvor nicht da gewesen war. Sie breitete sich aus, verästelte sich wie ein Herzschlag. Als würden kleine Blitze durch einen Nachthimmel brechen. Das Pulsieren darin hielt mich fest.

»So ist es gut. Konzentriere dich auf mich, ich bin da. Sieh mich an. Lass mich nicht allein.«

Er lehnte seine Stirn gegen meine. Sein Atem traf meine Lippen.

Bebend schloss ich die Augen. Atmete ein und aus. Die Musik wurde leiser, auch wenn sie nicht endgültig verschwand. Doch es reichte aus. Der Nebel in meinem Kopf verschwand so weit, dass ich meinen Widerstand aufgab. Ich sackte in mich zusammen.

»Cole?«, fragte ich mit rauer Stimme. Ein salziger Geschmack lag auf meiner Zunge.

Cole stand mit schmerzverzerrtem Gesicht vor mir und lächelte mich trotz allem an. So erleichtert, dass mir erneut Tränen in die Augen stiegen. Remus war an seiner Seite und knurrte.

»Es tut mir leid, Rain, aber wir müssen verschwinden. Jetzt«, flüsterte er und ließ mich zögerlich los.

Ich stolperte, stützte die Hände an den Knien ab. Doch ich sah sofort, was er meinte. Ratten. Überall. Sie kreisten uns ein wie eine hungrige Horde. Dutzende lagen tot am Boden. Remus' Maul blutete. Coles Hemd hing in Fetzen. Krallenspuren zeichneten sich deutlich auf seiner Haut ab.

»Was machen wir?«, brachte ich hervor. Zurück in die Gasse war unmöglich.

Cole ging in die Knie. »Rauf aufs Dach«, kommandierte er.

Es blieb keine Zeit, um darüber zu diskutieren. Also ließ ich mir von ihm hochhelfen. Im selben Moment griffen die ersten Ratten an, doch Remus hielt sie von uns fern. Eins der Viecher schaffte es allerdings vorbei und krabbelte an Cole hoch. Fluchend trat er das Ungeziefer weg, während ich mir die Regenrinne schnappte. Ich ächzte, als ich mich hochzog und mit den Füßen Halt suchte.

»Cole, ich kann nicht hoch«, rief ich verzweifelt, blickte nach unten und sah voller Grauen, dass sich inzwischen immer mehr Ratten auf Cole stürzten.

Er riss sie von sich, während Remus die meisten Viecher einfach zerfleischte. Cole wirbelte herum, sprang auf eine Mülltonne, packte meinen Po und drückte mich hoch. Erschrocken klammerte ich mich am Dach fest und hievte mich nach oben. In der nächsten Sekunde wurde Remus hochgewuchtet.

»Nimm meine Hand!«, rief ich und drehte mich auf dem Dach um, dessen Schindeln in meine Haut schnitten.

Cole griff nach meiner Hand, spannte sich an und zog sich zu mir hoch. »Weiter!«, rief er und zog mich auf die Beine. »Wir müssen es zu den anderen zurückschaffen.«

Meine Knie zitterten, und mein Magen krampfte sich zusammen. Wir waren verdammt hoch oben. Unter uns breiteten sich die Straßen und ein Meer von Ratten aus, die alles verschlangen, was ihnen in die Quere kam. Ich zwang mich, loszugehen. Über das Dach. Hielt mich kurz fest, um das Gleichgewicht nicht zu verlieren, und sprang dann über den schmalen Spalt, der das eine Dach mit dem nächsten verband. Cole folgte mir, wobei er mich von hinten stützte. Der Schweiß rann mir über den Nacken. Ich ächzte, als wir uns auf ein weiteres Dach schwangen. Die Musik verfolgte uns wie ein Echo. Rief mich zu sich, und es brauchte jeden Funken an Disziplin, um nicht hinzuhören. Wo waren wir? Ich hatte absolut die Orientierung verloren. Im nächsten Augenblick brüllte Cole plötzlich auf. Erschrocken fuhr ich herum und sah, wie er über das spitze Dach schlitterte.

»Cole!«

Ohne nachzudenken, ließ ich mich fallen und griff nach seiner Hand, während er die Füße in der Regenrille verkeilte. Ein Ruck ging durch uns beide, und unser Stöhnen hallte laut über die Dächer. Fluchend packte Cole eine Ratte an seinem Bein und schleuderte sie von sich. Doch in seiner Wade klaffte ein blutiger Biss.

»Verfluchter Mist.«

Entsetzt blickte ich ihn an. »Was sollen wir jetzt machen?«

»Überleben.«

Leichter gesagt als getan. Remus knurrte, und als ich den Kopf hob, kletterten bereits die ersten Ratten über das Dach. Hastig robbten wir zurück. Einige der Ziegel brachen ab und fielen klirrend zu Boden. Remus hielt uns, so gut es ging, die Ratten vom Hals. Sein Jaulen mischte sich mit ihrem Quieken. Doch es half nicht viel, sie kamen von überall her, und schon bald waren wir eingekesselt. Mit glühenden Augen starrten sie uns an, rissen das Maul auf und stürzten sich auf uns. Schützend warf ich mich über Cole, barg ihn in meinen Armen, genauso wie er seine Arme um mich schlang, als es plötzlich knirschte.

»Was …?«, begann ich verdutzt, als das Dach unter uns nachgab.

Es knallte. Holz splitterte, und ich war mir nicht sicher, wer verblüffter dreinblickte, als ein Teil des Dachs einstürzte: Cole, Remus, ich oder die Ratten.

Das Nächste, was ich mitbekam, war der Fall, als wir mitsamt Holz, Ziegeln und Ratten nach unten krachten. Die Luft wurde mir aus der Lunge gequetscht. Mein Kopf schlug hart gegen Coles, und mir wurde kurz schwarz vor Augen, ehe ein stechender Schmerz meinen Schädel spaltete. Staub stob nach allen Seiten auf. Ich hustete. Meine Augen tränten, und in meinen Ohren pfiff es, als ich versuchte, mich zu orientieren. Wir mussten auf einem Dachboden gelandet sein. Cole stöhnte unter mir und trat nach einer Ratte.

»Da seid ihr ja. Hierher!«, rief uns jemand zu.

Vor uns tauchte ein Lichtschein auf. Eine Tür, die ein Stück geöffnet war. Remus bellte und biss einer Ratte, die sich an mir festkrallte, den Kopf ab. Cole und ich krabbelten los. Schweiß rann mir von der Stirn zwischen die Brüste hinab. Der stechende Schmerz in meinem Kopf machte es schier unmöglich, den Blick zu fokussieren. Cole zog mich auf die Beine, trieb mich an. Zusammen stolperten wir durch die Tür, Remus knapp hinter uns, ehe die Tür zuknallte und Dutzende Ratten mit einem Quietschen gegen die Tür krachten.

Keuchend ließen Cole und ich uns auf den Boden fallen und schnappten nach Luft. Um uns herum brannte gedämpftes Licht, und in der Luft lag ein schwerer Geruch, dessen Herkunft ich nicht zuordnen konnte.

»So, das war ja ganz schön knapp. Ich dachte schon, ihr schafft es nicht mehr.«

Zitternd sah ich auf und blickte in ein fremdes Gesicht, das vom Alter gezeichnet war. Dunkles Haar, das von weißen Strähnen durchzogen war, fiel der Frau mit asiatischen Gesichtszügen in einem langen Zopf über die Schulter.

»Wer sind Sie?«, fragte ich krächzend.

Die alte Frau brummte, sog an einer Pfeife, die ihr aus dem Mundwinkel hing, und paffte eine feine Wolke in die Luft, die intensiv nach Kräutern roch. »Sieht wohl so aus, als seid ihr nicht der Jäger, den ich wollte.« Sie sagte das, als wäre sie enttäuscht.

»Obaasan? Sind Sie die Großmutter der Thatch-Geschwister?«, hakte ich nach.

»Das bin ich wohl«, stimmte sie zu. »Und du bist Rain White. Ich kannte deine Großmutter. Eine hervorragende Schachspielerin.«

Ich war mir nicht sicher, ob sie darauf eine Antwort erwartete. Offensichtlich nicht, denn sie schnalzte mit der Zunge und ging zu einer weiteren Tür.

»Dann kommt mal mit runter. Ihr blutet mir sonst noch den guten Boden voll.«

Cole und ich rappelten uns mühsam auf und folgten ihr. Jeder Schritt schmerzte in meinem Kopf. Cole verzog ebenfalls das Gesicht.

»Ihre Enkel, Tayo und Tsuki, und unsere Freunde, sind sie hier?«, erkundigte ich mich, während wir eine alte knarrende Treppe nach unten humpelten.

Obaasan hielt paffend inne. »Nein. Sind sie nicht. Sollten sie?«

»Wir haben an Ihre Tür geklopft. Haben Sie uns nicht gehört?«

Sie zuckte mit den Schultern. »Ich bin alt. Meine Ohren sind nicht mehr die besten. Wie gut, dass ihr euch selbst hereingelassen habt. Normalerweise dulde ich jedoch keine Haustiere.« Sie warf Remus einen angewiderten Blick zu.

Der knurrte sie heftig an, bis Cole ihn scharf zurückpfiff. Sein Nackenfell blieb dennoch gesträubt.

Ich schwankte leicht und hielt mich schnell am Geländer fest. »Wir müssen Tayo und die anderen suchen. Sie haben wahrscheinlich versucht, woanders Unterschlupf zu finden.«

»Keine Sorge. Es geht ihnen gut. Zumindest noch«, winkte Obaasan ab.

»Woher wollen Sie das wissen?«, fragte ich nach.

»Ich fühle es.«

»Sie fühlen es?«

Obaasan schnalzte mit der Zunge. »Ich bin eine Seherin. Ich fühle die Fäden des Schicksals. Wenn ein Mitglied meiner Familie sterben würde, wüsste ich es.«

»Und unsere Freunde?«, fragte Cole leise.

Der Rücken der Alten versteifte sich beim Klang seiner Stimme. Sie musterte Cole ausgiebig von oben bis unten. »Wenn sie bei meinen Enkeln sind, wird es ihnen gut gehen.« Mit ihren Worten blies sie Rauch aus.

»Was sehen Sie alles?«, fragte Cole.

»Das kommt darauf an, was mir das Schicksal zu sehen gibt. Bedauerlicherweise ist das immer weniger. So wie dich. Dich sehe ich gar nicht. Als wärst du nicht mehr als ein Schatten, ein Echo. Ein Nachhall. Was bist du?«

Was. Nicht wer.

Cole stützte sich schwer an dem Geländer ab. Seine Beine zitterten. »Ich bin aktuell niemand.« Ich wusste nicht, ob er es als Scherz sagte oder ernst meinte.

»Hm …«, murmelte Obaasan skeptisch und blies den Rauch

durch die Nase aus, ehe sie sich schwungvoll umdrehte und eine Tür aufstieß.

Ein schwerer Geruch nach Kräutern und Weihrauch stieg mir in die Nase. Cole und ich folgten ihr humpelnd in einen Laden, der so überfüllt war, dass die Regalfächer aussahen, als würden sie gleich einstürzen. Von der Decke hingen klimpernde Windspiele und schimmernde Kristalle. Gläser mit bunten Flüssigkeiten, in denen äußerst fragwürdige Inhalte waren, füllten eine ganze Regalwand. Dazu kamen Tees, Kannen, Schädel, Knochen, Fell, Hühnerbeine, aber auch ein Ständer mit Postkarten und Magneten für den Kühlschrank sowie einige Bücherstapel. In einem gläsernen Tresen lagen silberne Messer und Schmuck sowie angelaufene Silberkrüge. Der gesamte Laden war ein einziges Sammelsurium aus wunderlichen Dingen, die ohne jede Ordnung einfach in freie Ecken gestopft worden waren.

»Setzt euch, setzt euch«, brummte Obaasan.

Da wir uns nicht sicher waren, wohin, setzten wir uns einfach auf einen Stapel Bücher. Remus postierte sich neben uns und beobachtete die Alte mit Argusaugen, während sie wild herumkramte und Töpfe, Tiegel und Verbandszeug neben uns auf ein Tischchen stellte.

»Da haben meine Enkel ganze Arbeit geleistet«, sagte sie und musterte uns kritisch. »Anstatt des Jägers bringen sie mir die Braut des Prinzen.«

»Sie wissen es also?«, fragte ich dumpf.

»Bedauerlicherweise ja. Das ist nicht gut. Gar nicht gut. Nichts gegen dich, Schätzchen, aber es gibt Variablen, und diese gefällt mir nicht. Du sitzt hier, also wird es in Blut und Chaos enden. Sehr viel Dunkelheit und noch mehr Blut.« Sie hob mein Kinn an und untersuchte meine Wunde. »Nicht schlimm«, beschied sie und klatschte mir ein Pflaster auf die Stirn, ehe sie sich Cole zuwandte. »Und jetzt zu dir. Lass mich dein Bein sehen.«

Mit schmerzverzerrtem Gesicht zog er die Jeans hoch.

Obaasan verengte die Augen. »Hm … Tut mir leid. Ich kann im Augenblick nichts für dich tun.«

»Was?«, fragten Cole und ich gleichzeitig.

Remus legte die Ohren an.

»Nun, er wurde gebissen«, sprach sie erneut das Offensichtliche aus.

»Und?«

»Der Biss der Ratten ist giftig. Er wird sterben. Meiner Einschätzung nach hat er noch zwölf Stunden. Länger halten auch die Zähsten nicht aus.«

Stille breitete sich zwischen uns aus, ehe ich bestimmt sagte: »Er wird nicht sterben. Er kann nicht sterben.«

»Natürlich kann er das, Mädchen. Alle müssen einmal sterben. Selbst die Götter.«

»Nein. Nicht so. Nicht jetzt und vor allem nicht einfach so. Wir haben gerade erst angefangen«, presste ich hervor.

»Rain«, unterbrach mich Cole sanft und legte mir eine Hand auf die Schulter. »Ist schon gut.«

»Gut? Nichts ist gut! Hast du sie nicht gehört?«, fragte ich Cole und wandte mich wieder der Alten zu. »Wir müssen doch etwas tun können!«, fuhr ich Obaasan heftiger an, als ich wollte.

»Und was?«

»Keine Ahnung! Machen Sie Ihren Hexenkram, legen Sie Gänsefüße auf und tanzen um den Feuerkessel oder so. Egal was, nur tun Sie es.« Spucke flog von meinen Lippen.

Obaasan wischte sich einen Tropfen von der Wange und blieb ungerührt. »Ich bin Seherin und keine Hexe.«

Ich deutete um uns herum. »Und was ist dann das alles hier? Für irgendetwas muss das doch gut sein.«

»Das? Ach, das ist nur Show. Die Leute zahlen mehr, wenn sie die Umgebung authentisch finden. Das meiste habe ich in einem alten

Trödelladen in London gekauft, den Rest von einem bankrotten Zirkus.«

»Sagen Sie das, weil es die Wahrheit ist oder weil Sie uns glauben lassen wollen, dass es die Wahrheit ist?«, fragte Cole.

Die Alte blickte ihn mit glänzenden Augen an. Ein wenig Rauch floss aus ihrer Nase. »Das überlasse ich ganz euch.«

Ich schnaubte, ehe ich mit steifen Fingern das Verbandszeug vom Tischchen nahm, Coles Hosenbein hochzog und begann, die Wunde mit so viel Desinfektionsmittel wie möglich zu säubern. Noch sah die Wunde nicht schlimm aus, doch sie blieb rot und geschwollen. Als ich den Verband um sein Bein legte, zitterten meine Finger so sehr, dass Cole eingriff.

»Ich mach das schon«, sagte er sanft.

Ich schluckte und blickte die alte Dame an. »Was sollen wir jetzt tun? Wir sind hierhergekommen, weil Tayo und Tsuki sagten, Sie könnten uns helfen.«

Obaasan musterte uns skeptisch. Als wären wir ein Puzzle, das sie nicht ganz zusammensetzen konnte. »Meine Enkel sollten den Jäger suchen. Keiner von euch ist ein Nachfahre der Jäger.«

»Nein«, gab ich zu und amtete durch, »aber er war bei uns. Mein Cousin ist der letzte Nachfahre der Jäger. Leider ist er unterwegs in eine andere Stadt.«

»Hm …«, brummte die Alte und verengte die Augen. »Und was soll ich eurer Meinung nach jetzt für euch tun? Ich bin eine alte Frau, deren Leben bald verwirkt sein wird. Der Himmel ist dunkel, genauso wie die Götter. Nur noch die Schatten ihrer selbst wandeln auf Erden, und sobald der Prinz hat, was er will, wird die Welt untergehen.«

Cole neben mir versteifte sich und fasste meine Hand fester, als hätte er Angst, mich zu verlieren.

»Bitte«, flüsterte ich.

»Obaasan«, warf Cole ein und neigte den Kopf. Eine demütige Geste. Das Haar fiel ihm dabei ins Gesicht, und seine Muskeln zitterten vor Anstrengung, sich aufrecht zu halten. »Die Dunkelheit ist auf dem Vormarsch und beginnt, die Welt zu verschlingen. Noch ist der Mond weiß, doch sobald er sich rot färbt, sind wir in großen Schwierigkeiten. Wir brauchen jemanden, der uns hilft, klar zu sehen. Wir wissen nicht genau, in welche Richtung wir gehen sollen, was wahr ist und was falsch, wir erhoffen uns von Ihnen nur ein paar Antworten auf die vielen bisher unbeantworteten Fragen.«

Obaasan blies einen weiteren Schwall Rauch durch ihre geweiteten Nasenlöcher, ehe sie dem Hund einen strengen Blick zuwarf, die Pfeife ablegte und sich seufzend auf einem Hocker niederließ. Über ihr klimperten Windspiele aus kleinen vergilbten Knochen. Ein paar schimmernde Kristalle hingen daran wie Blutstropfen. Als sie ein Kartendeck aus einem Samtsäckchen holte und es durchzumischen begann, blitzten auch an ihren Fingern Dutzende schwer aussehende Ringe auf.

»Versteht mich nicht falsch, Kinder«, sagte sie. »Ich würde euch gern die Antworten geben, die ihr haben wollt, doch seit meiner Vision über den jungen Jäger ist alles, was ich sehe, wirr und schwer zu deuten. Als hätte sich eine Decke über mir ausgebreitet, und sie riecht nach Moder und Tod. Ich versuche, etwas zu erkennen, aber was ich höre und sehe, ist entweder nicht für mich bestimmt oder zu komplex, um sich mir zu erschließen. Alles, was ich bisher tun konnte, war, meine Enkel loszuschicken, um den jungen Jäger zu suchen.« Nachdenklich sah sie uns an. »Aber wer weiß … Vielleicht sollten sie ihn suchen, um euch zu finden. Das Schicksal hat viele Fäden in der Hand, von denen nur es selbst weiß, welche es ziehen wird.«

»Bitte«, sagte ich erneut, während die Windspiele von einem Windzug klimperten, der durch die Ritzen des alten Hauses zu schleichen schien. Es fühlte sich an, als würde das Haus auf eine unangenehme Art und Weise atmen.

Obaasan sah mich eine Weile an, ehe sie eine Karte aufgedeckt vor mir ablegte. Ein Rad, das an eine Uhr erinnerte, jedoch mit Zeichen, die ich nicht kannte. Das Rad war von Wolken umgeben, und in jeder der vier Ecken waren geflügelte Kreaturen abgebildet. Ein Engel, ein Stier, ein Vogel und eine Sphinx.

»Der Rat des Schicksals«, sagte die alte Dame. »Diese Karte steht für deine Vergangenheit. Was auch immer passiert ist, war vorherbestimmt. Du hättest es nicht aufhalten können.«

Ein Kloß steckte in meinem Hals fest.

Cole drückte meine Hand.

»Für deine Gegenwart«, sagte die Seherin, und ihre Augen sahen verklärt aus, als würden dunkle Schwaden darin den Glanz der Iriden trüben. Der Geruch von Salbei wehte mir in die Nase, und das Haus ächzte und knackte, als sie mir eine neue Karte vor die Nase legte. Ihre langen Nägel kratzen über die vergilbten Ecken.

Coles Finger zuckten in meiner Hand. Ein Engel prangte in der Mitte. Er hatte beide Hände weit ausgebreitet, und unter ihm standen ein Mann und eine Frau. Beide nackt. Sie blickten sich sehnsüchtig an, berührten sich jedoch nicht.

»Die Liebenden«, sagte die alte Dame krächzend. »Liebst du gerade jemanden?«

»Ich … nein … nein … Ich glaube nicht«, sagte ich und dachte an Edward. Edward, den ich zwar geküsst hatte, aber nicht liebte, oder? Und Cole, der neben mir saß und bei dem allein der Gedanke, er könnte sterben und nicht mehr bei mir sein, mich in Angst und Schrecken versetzte. Aber war das Liebe? Ich hatte noch keine Zeit gehabt, darüber nachzudenken. Ich hatte nicht darüber nachdenken wollen! Ich ließ Coles Hand los. Seine Wangen waren rot angelaufen, während er auf die Karte starrte.

Die Seherin musterte mich mit verhangenem Blick und neigte den Kopf. »Liebe glaubt man auch nicht, man fühlt sie, mein Kind. Doch ich muss dich warnen. Die Liebenden ist eine Karte, die mit viel Schmerz und harten Prüfungen verbunden ist. Vor allem Liebe, die vom Schicksal geleitet wird, ist selten einfach und kann genauso gefährlich werden wie Hass. Überlege dir daher gut, wem du dein Herz schenken willst, und achte noch mehr darauf, wer dir seines anbietet. Ein dunkles Herz kann weder durch Liebe noch durch ein Wunder geheilt werden, egal, was Märchen uns gern weismachen wollen.«

In meinem Magen rumorte es, und ich traute mich nicht, wieder Coles Hand zu nehmen. Ich Feigling.

»Und nun deine Zukunft«, fuhr die Seherin fort.

Ich hielt die Luft an, als sie die Karte vor mir ablegte. Ein Ritter auf einem weißen Pferd. Nur dass der Ritter ein Skelett war und eine Sense über die Schulter schwang.

Ein Schauder rann mir über den Rücken. »Der Tod«, sagte ich leise.

»Der Tod«, stimmte die Seherin zu.

»Was bedeutet das? Wird Rain sterben?«, fragte Cole, und an der Art, wie er die Schultern straffte, bemerkte ich, wie sehr er sich bemühte, nicht die Fassung zu verlieren. Seine Augen jedoch sahen aus wie schwarze Löcher.

Seltsamerweise beunruhigte mich die Karte weit weniger als die der Liebenden. Mit dem Tod hatte ich gerechnet. Es fühlte sich inzwischen schon fast so an, als würde er mich verfolgen wie Remus.

Die alte Dame schob die Karten zusammen. »Das kann ich nicht sagen. Ihre Entscheidungen in der Gegenwart nehmen Einfluss drauf, was geschehen wird.«

»Ich dachte, das Schicksal bestimmt bereits meinen Weg«, warf ich ein.

Sie nickte. »Aber dennoch hält das Schicksal verschiedene Fäden in der Hand. Du könntest sterben oder andere sterben lassen. Alles in allem jedoch bedeutet diese Karte ein Ende und einen Neubeginn. Bald wird nichts mehr so sein, wie es einmal war. Die Person, die du heute bist, wird irgendwann aufhören zu existieren.«

Die kleinen Härchen in meinem Nacken stellten sich auf, und ich sagte leise: »Ich bin der Anfang. Er ist das Ende.«

Die Seherin warf mir einen wissenden Blick zu. »Ein vom Schicksal gegebener Weg, aber es liegt durchaus an dir, wie du ihn gehst.«

»Und wie soll uns das jetzt weiterhelfen?«, fragte Cole aufgebracht. Seine Hand schnellte so unerwartet nach vorn und klatschte auf die Tarotkarten, dass ich zusammenzuckte. »Das alles hilft uns nicht.«

»Wie gesagt, ich kann euch nicht wirklich helfen. Ihr wolltet Antworten, und ich gebe euch das, was ich sehe.«

»Versuchen Sie, mehr zu sehen«, presste Cole hervor und starrte die alte Dame wütend an.

»Hey, komm runter«, sagte ich und zerrte an ihm, bis er sich zurück in seinen Bücherstapel fallen ließ.

Die Seherin sah uns streng an. »Mehr kann ich nicht tun.«

»Sie können, Sie wollen es nur nicht«, sagte Cole mit einer solch gefährlichen Stimme, dass es mir kalt den Rücken hinabrieselte.

»Was soll das?«, raunte ich ihm zu, doch er schien mich gar nicht mehr zu hören. Die Anspannung im Raum war so dick, dass es mir schwerfiel, zu atmen. Das ganze Haus ächzte und knarrte.

»Ich kann nur Antworten auf jene Fragen geben, die ihr mir auch stellt, junger Mann. Wenn du etwas anderes wissen willst, musst du mir auch die Frage stellen.«

Coles Kiefer verspannte sich, und zum ersten Mal, seit ich ihn kannte, verschwand alles Ruhige und Sanfte aus seinem Gesicht; was übrig blieb, war hart, kantig und kalt. »Was muss ich tun, um den Tod aufzuhalten?«

»Das kann ich nicht sagen, aber du kannst mir eine Frage stellen, deren Antwort Ja oder Nein lautet.«

»Gut, tun Sie es«, stieß Cole hervor.

Die Alte hob das Kinn, kramte in einer Schublade neben sich und zog eine kleine Samttasche hervor. Im nächsten Augenblick fielen kleine schwarze Steinchen in ihre faltige Hand. Auf jedem einzelnen waren fremdartige Runen abgebildet. Sie zitterten vor meinem Auge, ehe sie sich verschoben, als würden die Buchstaben darin versuchen fortzukriechen. Hinter meiner Stirn pochte es, und ich wusste nicht woher, aber ich erkannte die Runen als Teil der alten Sprache von Mi'ihen. Die Seherin benutze die alte Sprache der Götter.

»Stell deine Frage erneut, und ich frage die Steine für euch«, forderte sie ihn auf.

»Kann ich Rain vor dem Tod retten?«

Die Seherin warf die Steine. Sie flogen in einem wilden Wirbel nach oben, ehe sie klackernd auf dem Tisch aufkamen. Sie betrachtete die Steine skeptisch, ehe sie sagte: »Nein.«

Cole verspannte sich noch mehr. »Kann sie sich selbst vor dem Tod retten?«, fragte er mit Grabesstimme.

Wir hielten beide den Atem an, als Obaasan die Steine erneut warf und diese in Zeitlupe auf dem Tisch landeten.

»Nein«, sagte sie schließlich. »Der Tod wird an ihrer Seite sein, egal, was passiert.«

Cole stand so ruckartig auf, dass ein paar Steine zu Boden fielen und klackernd verschwanden.

»Cole!«, sagte ich, doch er riss sich von mir los und stürmte aus dem Laden. Die Dunkelheit im Flur schien ihn zu verschlucken.

»Cole!«, rief ich lauter und wollte ihm folgen, doch die Alte hielt mich zurück.

»Lass ihn. Er wird zurückkommen.«

»Aber er …«

»Stell mir deine Frage, Kind, falls du noch eine hast. Unsere Zeit ist knapp bemessen.« Sie sah mich wissend an.

In meinem Kopf wirbelten sofort Dutzende Fragen durcheinander, doch eine war wirrer und chaotischer als die andere. Schließlich klammerte ich mich an eine, die mir am nächsten schien. Langsam ließ ich mich wieder auf den Bücherstapel sinken. »Wie kann ich den Rattenfänger besiegen?«

Obaasan nickte, griff erneut nach den Karten und begann zu mischen. Warum nahm sie die Karten und nicht die Steine? Ihre Nägel klackerten rhythmisch bei jeder Bewegung. Die oberste Karte schabte über das Deck, als sie sie anhob, drehte und vor sich hielt. Ein junger Mann mit ausgestreckten Händen. In einer Hand hielt er ein Reisebündel, in der anderen eine Rose.

»Der Narr«, sagte sie. »Seine Vergangenheit hat ihn viel durchleiden lassen und zu dem gemacht, der er jetzt ist. Vielleicht ist es ratsam, mehr darüber herauszufinden.«

Die Karte landete vor mir, bevor sie eine neue Karte zog. Diesmal einen Ritter auf einem weißen Ross. Sein Gesicht war zu einem wütenden Schrei verzogen, und er hatte ein Schwert hoch erhoben.

»Der Ritter mit dem Schwert für seine Gegenwart«, sagte die alte Dame krächzend. »Der Rattenfänger steht jemandem zu Diensten und verdingt sich mit seinem Leben und seiner Ehre. Ein Ritter kann jedoch auch im Kampf geschlagen werden.«

Die letzte Karte fiel ihr einfach aus dem Stapel. Sie flatterte, trudelte und landete genau zwischen uns. Obaasan hob eine Augenbraue, als ich sie aufhob. Ein Mann war darauf zu sehen. Er hing mit einem Bein an einem Mast und starrte mich so intensiv an, dass ich die Karte schnell zurücklegte.

»Was ist das?«, fragte ich angespannt.

Die Seherin beugte sich über die Karte und murmelte: »Der Gehenkte.«

»Das heißt?«

»Es kann eine Warnung sein, dass die Situation eine völlig andere ist, als es scheint. Ihr könnt es aber auch wörtlich nehmen und den Rattenfänger aufknüpfen.« Allein bei dem Gedanken, einem Menschen tatsächlich so etwas anzutun, rann es mir kalt den Rücken hinab.

»Und die Trauerweiden singen ihr Trauerlied«, sagte Cole leise.

Ich fuhr herum. Er stand direkt hinter mir und sah noch blasser aus als sonst. Seine Wangenknochen traten so scharf hervor, dass man sich daran schneiden könnte, und sein Blick war so schwarz wie die Schatten um uns herum. Die Erleichterung, dass er nicht weggerannt war und mich hier allein zurückgelassen hatte, wechselte sich mit Gereiztheit ab, dass er überhaupt so die Fassung verloren hatte.

»Was meinst du damit? Welche Trauerweiden?«, fragte ich.

Er verschränkte die Arme vor der Brust. »Kannst du dich an die abgebrannten Bäume erinnern? Einige waren verkohlt. Es waren allesamt Trauerweiden, und ich glaube, sie wurden absichtlich abgebrannt.«

»Aber warum sollte das jemand tun?«, fragte ich irritiert.

Die Alte fasste Coles Gedanken auf, als hätte sie ihn einfach aus der Luft geschnappt. »Es gibt ein sehr altes Märchen, demzufolge Menschen, die an Trauerweiden aufgeknüpft wurden, dazu verdammt sind, ewig dort zu hängen. Ihre Seele kann aus dem toten Fleisch nicht mehr entweichen. Sie sind also verdammt, bis in alle Ewigkeiten dort zu hängen, ohne Möglichkeit, wiedergeboren zu werden. Alte Seelen wie jene der Vasallen sind schwer zu töten, daher wäre es vielleicht ratsam sie einzusperren, selbst wenn es in ihrem eigenen Körper ist.«

»Der Rattenfänger hatte also Angst, dass wir ihn aufknüpfen könnten, und hat alle Trauerweiden in der Gegend verbrannt?«, riet ich und sah stirnrunzelnd zu Cole.

Cole hob die Schultern. »Möglich.«

Frustriert blies ich die Backen auf, während sich die Karten in meinen Gedanken drehten und wendeten. Ich war nicht sicher, was mir mehr Sorgen machen sollte: meine persönlichen Karten oder die des Rattenfängers.

»Nun …« Obaasan stand auf und ließ die Karten und Steine zurück in den Beutel fallen. »Ich mache dann mal Tee. Alles ist besser mit heißem Wasser, selbst der Weltuntergang.« Damit ging sie aus dem Laden und ließ uns allein.

Zitternd schloss ich die Augen und presste die Hände dagegen. »Fuck! Fuck! Fuck!«

»Rain.« Cole nahm meine Hände in seine.

Ich öffnete die Augen wieder. »Was machen wir denn jetzt?«, nuschelte ich.

»Den Rattenfänger besiegen«, sagte Cole ernst.

Wir blickten uns an, während über uns die klimpernden Windspiele ihre eigene Art von Magie verströmten.

»Wie machst du das nur?«, fragte ich leise.

»Was denn?«, gab er genauso leise zurück.

»Die Angst einfach so abzuschalten.«

Sein Gesicht wurde hart wie perfekter Marmor. »Sie hilft mir im Moment nicht. Ich werde Angst haben, wenn es so weit ist.«

»Und jetzt ist es noch nicht so weit?«

»Nein.«

»Okay.« Tief atmete ich durch.

Im selben Augenblick ging die Tür wieder auf. Obaasan brachte Tee in feinem englischem Porzellan. Sie stellte es einfach mitten im Gewühl ab und reichte uns je eine Tasse. »Trinkt, bevor er kalt wird.«

Ich murmelte ein Danke, blickte in die Tasse und zögerte plötzlich. Das letzte Mal, dass ich auf diese Art betäubt wurde, lag noch nicht so lange zurück.

Als hätte sie meine Gedanken gelesen, warf sie mir einen scharfen Blick zu. »Trink, Kind, wenn ich dich betäuben wollte, hätte ich es längst getan.«

Ich murmelte eine Entschuldigung, ehe ich an meinem Tee nippte und mir alle Mühe gab, nicht das Gesicht zu verziehen, als der bittere Geschmack meine Zunge reizte. »Sehr …«, ich hustete, »… würzig. Danke.«

Remus stellte die Ohren auf, und Cole ließ ihn großzügig seine Tasse leer schlabbern.

Obaasan sah aus, als bereute sie es, uns Tee gemacht zu haben. »Nun denn«, murrte sie. »Ich habe noch etwas zu tun. Fühlt euch frei zu gehen, wann immer ihr wollt.« Ächzend verließ sie den Laden wieder.

Ich sackte in mich zusammen und schloss die brennenden Augen. Allein der Gedanke, jetzt wieder rauszugehen, war genug, um mir den Panikschweiß auf die Stirn zu treiben.

Kapitel 24

»Entchen, Entchen,
Da steht Gretel und Hänsel.
Kein Steg und keine Brücke,
Nimm uns auf deinen weißen Rücken.«

Aus »Hänsel und Gretel«
Gebrüder Grimm

Sobald die Tür hinter Obaasan ins Schloss gefallen war, stellte ich den grauenhaften Tee ab, holte seufzend das Buch aus meiner Tasche und blätterte es durch. Mehr aus Ratlosigkeit denn aus der echten Hoffnung, etwas zu finden. Sobald ich jedoch den bösen Wolf übersprungen hatte, setzte ich mich ruckartig auf.

»Cole.«

Er blickte auf, und seine Pupillen weiteten sich. »Was ist das?«, fragte er.

»Ich glaube, wir bekommen gerade eine Antwort«, gab ich zurück und beobachtete, wie sich Tinte auf dem Papier ausbreitete. Als würde sie ein Geist dort hinterlassen, ehe sie sich zu Buchstaben und einer Zeichnung verdichtete. Ein schlanker Mann mit dunklen Haaren. Er hatte den Kopf zurückgeworfen, die Augen andächtig geschlossen und hielt eine vergoldete Violine in der Hand. Er sah aus, als wäre er komplett in seiner eigenen Musik gefangen, während sich zu seinen Füßen Frauen und Männer in Ballroben zu einer nicht hörbaren Musik drehten. Darunter stand: »Der Zweite. Superbia. Stolz, Eitelkeit, Übermut.«

Cole runzelte die Stirn. Er strich sich über die Schläfen. »Diese Sprache …«, murmelte er.

Ich lehnte mich gegen ihn. »Ich weiß, es ist Mi'ihen. Soll ich es vorlesen?«

Er nickte nur, und ich begann, mit leiser Stimme zu lesen:

Es war einmal vor sehr langer Zeit die Frau eines reichen Goldschmiedes, der aufgrund seiner kunstvollen Fertigkeiten Ansehen und Reichtum im ganzen Land genoss. Die Frau selbst war mit einer wunderschönen Stimme gesegnet, und weil sich der Schmied an dem Gesang seiner Frau so sehr erfreute, schmiedete er ihr eines Tages eine Harfe aus reinstem Gold. Tag und Nacht saß die Frau im Garten und spielte. Sie spielte und sang so schön, dass die Königin der Nacht sie in den Palast einlud, um ihre Künste zu genießen.

Auf dem Weg zum Palast begegnete die Frau jedoch einem verletzten weißen Hirsch, der seine Wunde an einer Quelle zu säubern versuchte. Ein vergoldeter Pfeil steckte in einem Hinterbein und ließ ihn lahmen.

Die Frau, deren Herz gütig und rein war, lief auf das Tier zu und rief aus: »Oh, du armes Geschöpf, was hat man dir nur getan?«

Der Hirsch blähte die Nüstern und entgegnete zum Erstaunen des Goldschmieds Frau: »Des Königs Pfeil steckt in meinem Bein. Bitte, holde Maid, erlöse mich von meiner Pein.«

Das weiche Herz der Frau erlaubte es nicht, das Tier seinem Schicksal zu überlassen, und so zog sie den Pfeil aus der Wunde. Die Wunde schloss sich sogleich wie von Zauberhand.

Der Hirsch senkte den Kopf und sprach: »Deine Güte soll vergolten werden. Schon bald wirst du einen Sohn bekommen, gesegnet mit einer

Stimme schöner als Gold und klarer als Glas.« Und damit verschwand er in den Wald.

Es dauerte nicht lange, da brachte die Maid einen Sohn zur Welt, mit einer Stimme schöner als Gold und klarer als Glas, sodass er von allen nur Goldkehlchen genannt wurde. Der Goldschmied war voller Stolz und Liebe für seinen Sohn und schmiedete ihm eine Violine aus purem Gold, passend zu der Harfe seiner Frau. Wenn Goldkehlchen und seine Mutter zusammen musizierten, schien ihnen die gesamte Welt zu lauschen, und kaum war der Junge zu einem Mann gereift, lud die Königin ihn zu sich ins Schloss ein.

Goldkehlchen spielte für die Königin, bis seine Finger bluteten und seine Stimme nachzugeben drohte. Die Tage und Nächte im Palast waren stets erfüllt mit Gelächter, Musik und dem Applaus der Höflinge. Bis eines Tages die Königin der Nacht spurlos verschwand. Mit jedem Tag, an dem sie verschwunden blieb, wurden die Nächte länger und dunkler. Das Gelächter am Hof verstummte, und schon bald ließ der König voller Trauer und Zorn auf alles, was ihn an die Königin erinnern könnte, jede Art von Gesang und Musik am Hof verbieten.

Der einst warme Palast wurde kalt und abweisend, zu hören waren nur noch die schnellen Schritte der Höflinge, die es nicht wagten, lauter als hinter vorgehaltener Hand zu tuscheln. Dem Goldkehlchen blieb nichts anderes übrig, als in Stille zu verharren. Es war ihm verboten, den Palast zu verlassen, und so blieben seine Tage eintönig und seine Musik ungehört. Er hoffte, die Königin möge eines Tages zurückkommen und das Leben in den Palast zurückbringen.

Es sollte jedoch ganz anders kommen, denn statt der Königin tauchte ein Säugling auf der Schwelle der Palasttore auf mit Haaren so dunkel wie die Nacht und Augen, die jenen der Königin glichen. Der König war erzürnt ob des Bastards auf seiner Türschwelle. Das erste und einzige Kind einer unsterblichen Göttin. Ein Wunder und doch in den Augen des Hofs ein Fluch. Der Sonnenkönig kleidete den Jungen nicht in Samt und Seide, *wie es seiner Abstammung gebührte, sondern ließ den Säugling in den Stall bringen und ihn dort schmachten, bis sich seine Schreie in wehmütigem Klagen verloren.*

Goldkehlchen, der das sanfte Gemüt seiner Mutter in sich trug, brach es das Herz, das Kind so bitterlich weinen zu hören. Da nahm es seine goldene Geige und spielte für den Jungen, bis dessen Geschrei verstummte. Das erste Mal seit langer Zeit erklang wieder Musik im Palast und ließ die Magie erblühen wie frischer Regen, der die Rosen bedeckte. Goldkehlchen sang für den Knaben, und sein Herz quoll über vor Liebe für das verstoßene Kind der Königin.

Die Jahre vergingen, und wann immer es dem jungen Prinzen möglich war, schlich er sich zusammen mit dem Goldkehlchen aus dem Schloss. Sie setzten sich unter eine Trauerweide und lauschten der Musik, bis ihnen die Augen zufielen.

Eines Tages jedoch hörte der König die Musik und folgte den Klängen bis zu der Trauerweide, wo er den Prinzen und den Musiker antraf, die zusammen ein Lied anstimmten. Außer sich vor Zorn griff der König nach einem Strick und ließ das Goldkehlchen vor den Augen des Jungen aufknüpfen.

»Nie wieder soll mich etwas an meine Frau erinnern. Nie wieder soll im Land eine singende Stimme erklingen.«

Doch das Goldkehlchen starb nicht, denn von seinem wunderschönen Gesang war seine Kehle zu Gold geworden.

»Mir einerlei, ob du lebst oder stirbst. Sollst du als Warnung hängen, bis sich die Ratten an dir gütlich tun«, ordnete der König an. Er ließ die goldene Violine in kleine Teile zerschlagen und verbot jedem, sich dem Musiker zu nähern oder ihm gar eine helfende Hand zu reichen.

So hing das Goldkehlchen am Ast, nicht fähig zu singen, nicht fähig zu sprechen, während die Kälte des schleichenden Tods in seine Knochen kroch. Voller Zorn verfluchte der Musiker sein Schicksal und den König. Eine nie da gewesene Dunkelheit begann sein Herz zu umhüllen, während er tagein, tagaus am Baum hing und schutzlos den Jahreszeiten ausgesetzt war.

Als er glaubte, es sei bereits um ihn geschehen, ging ein Ruck durch die Äste, die leise wisperten: »Dieses Knuspern, dieses Ziehen, ich spür die Ratten an meinen Wurzeln knien. Hilf mir, Junge, hilf geschwind, bevor der Tod sein letztes Liedchen singt.«

Mit der letzten Kraft, die der Aufgeknüpfte aufbringen konnte, griff er nach den Ratten, die am Stamme nagten, erschlug ein Tier und verspeiste es bis auf die feinen Knochen. So verging die Zeit, und mit jeder Ratte, die er aß, kehrte ein Stück Leben in seine müden Knochen zurück. Wann immer der König nach dem Gehenkten Ausschau hielt, war der noch am Leben, als trotzte er dem Tode selbst.

Ein ganzes Jahr verging, und als der Mond erneut rund und voll am Himmel aufstieg, kam ein Wind auf, der so heftig peitschte, dass die Äste der Trauerweide brachen.

»Oh Schreck, oh Graus, jetzt ist es aus«, hörte der Gehenkte die Trauerweide weinen, und als der Baum in sich zusammenbrach, war er endlich frei.

Benommen kroch der Gehenkte fort. Tief in den Wald zog er sich zurück und fertigte aus den Rattenknochen, die er angesammelt hatte, ein neues Instrument an. Wo die goldene Violine jedoch Freude, Liebe und Lachen gebracht hatte, so formte sich unter seinen Händen nun ein Instrument, das aus Knochen, Tod und Dunkelheit geboren war. Als der Gehängte zu spielen begann, beugte sich das dunkle Ungeziefer zitternd unter den Klängen des Tods, die er dem Instrument entlockte.

Und so wacht der Rattenfänger bis heute aus dem Schatten heraus über den verstoßenen Prinzen. Es heißt, nachts könne man die Musik noch heute hören. Doch wer auch immer ihre schaurigen, schönen Klänge bisher vernommen hatte, starb einen qualvollen Tod.

»Das ist …«, begann Cole.

»… verstörend?«, half ich aus.

»Ich wollte aufschlussreich sagen.«

»Ach ja?«

»Durchaus. Wir wissen, dass die Macht des Rattenfängers in seiner Musik liegt. Wenn wir seine Geige zerschlagen, könnten wir ihn aufhalten.«

»Sofern wir alles, was in diesem Buch steht, wörtlich nehmen können.«

»Das können wir.«

»Und warum? Es ist ein Märchen. Wer weiß, wie viel davon wirklich stimmt.«

»Es ist in Mi'ihen geschrieben. In der Sprache der Götter, und die Sprache der Götter lügt nicht.« Er runzelte die Stirn und rieb sich darüber. »Ich meine … Was habe ich gesagt?«

»Oh, Cole«, flüsterte ich. »Was ist nur mit dir und diesem Buch los?«

»Ich … ich weiß es nicht«, stammelte er, und im nächsten Augenblick brüllte er los.

Erschrocken drehte ich mich zu ihm um und hielt ihn fest. »Cole? Cole, was ist los?«

»Es brennt. Mein Kopf brennt«, brachte Cole nur noch erstickt hervor, und mit Grauen sah ich, wie Blut aus seiner Nase quoll, seine Zähne rot färbte und auf den Boden tropfte.

»Atme, Cole. Atme. Alles ist gut. Dein Kopf brennt nicht, beruhig dich.« In meiner Panik zog ich ihn in meine Arme und hielt ihn fest, während er sein Gesicht an meine Schulter drückte und sich die Seele aus dem Leib schrie. Das Nasenbluten benetzte meinen Hoodie.

»Cole? Cole?«, fragte ich, als er sich nicht mehr bewegte. Nur ein leises Stöhnen entwich ihm. »Cole?« Erschrocken schob ich ihn etwas von mir und gab ihm einen Klaps auf die Wange. »Wach auf!«

Cole stöhnte leise. Ein Schweißtropfen rann ihm über die Stirn.

»Was ist mit dir?« Ich legte meine Hand auf seine Stirn. Sie war nicht nur heiß, sie brannte.

Coles Augen zuckten hinter den Lidern, die beinahe transparent aussahen. Mit einer bösen Vorahnung riss ich sein Hosenbein nach oben und sog scharf die Luft ein. Das ganze Bein war voller Beulen und Pusteln, die bereits nässten. Seine Wade war so geschwollen, dass er unmöglich noch gehen konnte. Mit zitternden Fingern hob ich sein Hemd an und stöhnte auf. Die Pusteln hatten sich bis über seine Brust ausgebreitet. Seine Venen traten pulsierend hervor, als versuchten sie, das Gift wegzupumpen, nur um es aber tatsächlich noch näher an sein Herz zu bringen.

»Cole, wach auf, du kannst jetzt nicht schlappmachen«, fuhr ich ihn an und gab ihm einen weiteren Klaps auf die Wange.

Er stöhnte nur. Seine Wimpern zuckten, als versuchte er, sie mit bloßer Willenskraft aufzustemmen. Seine Lippen bewegten sich. »Lauf«, wisperte er.

»Das werden wir. Und zwar zusammen. Wir bringen dich wieder auf die Beine. Wag es ja nicht, jetzt aufzugeben.«

Ich lehnte Cole vorsichtig gegen ein Regal, damit er nicht vom Bücherstapel kippte, dann rappelte ich mich auf. Wasser. Ich brauchte kaltes Wasser, um das Fieber zu senken und die Wunden zu säubern. Ich stolperte auf die Tür zu, als Remus den Kopf von der Vorderpfote hob und mich fragend ansah.

»Pass auf ihn auf«, wies ich ihn knapp an, bevor ich die Tür des Ladens aufriss und in den dunklen Flur rief: »Hallo? Obaasan?«

Niemand antwortete. Stattdessen war ein Poltern über mir zu hören.

»Obaasan! Cole braucht Hilfe.«

Ich stürmte nach oben, wobei ich zwei knarrende Stufen auf einmal nahm. Plötzlich hörte ich ein seltsames Geräusch. Wie ein Krachen, nur dumpfer.

»Obaa…«, setzte ich erneut an, als ich in etwas trat. Irritiert blieb ich stehen und hob den Fuß. »Was ist das?«

Ich strich mit den Fingern darüber und roch … Teer? Ein ersticktes Geräusch ließ mich abrupt aufsehen. Vor mir stand eine Tür offen. Nur einen Spaltbreit. Licht drang heraus. Ich wischte den Finger an meinem Hoodie ab und stieß die Tür auf.

Dahinter lag ein Schlafzimmer. Ein großes altes Himmelbett dominierte den Raum. Der Duft nach Räucherstäbchen lag schwer in der Luft. Das Fenster war geöffnet, und mitten im Raum stand eine Gestalt. Beziehungsweise zwei Gestalten, nur dass die eine die alte Dame sprichwörtlich am Genick gepackt hatte, sodass deren Füße in den Pantoffeln in der Luft schwebten.

Obaasan gab ein gurgelndes Geräusch von sich. »Ich habe getan, was ihr wolltet. Sie sind unten. Sie wissen von nichts. Jetzt lasst meine Enkel gehen. Sie werden ihr Erbe als Hexen sicher für den dunklen Prinzen einsetzen. Wir müssen sie nur noch überzeugen.«

»Danke, Alte, der Prinz weiß deine Unterstützung durchaus zu schätzen, und ich bin sicher, mit dem perfekten Druckmittel werden auch deine Enkel endlich nachgeben. Und letztendlich brauchen wir auch nur einen von ihnen.«

»Wir hatten eine Abmach…«, begann Obaasan.

Die Gestalt kicherte nur und drückte zu.

Knochen zerbrachen, und das Knacken ließ mir jede Farbe aus dem Gesicht weichen. Die Beine der Alten zitterten, ehe sie erschlaffte.

Sie hatte ihr das Genick gebrochen!

Mir wurde heiß und kalt zugleich, und ich stolperte zurück.

Ich musste dabei ein Geräusch gemacht haben, denn die Gestalt fuhr herum und visierte mich an. Wilde Haare und scharfe Gesichtszüge. Nur die Augen waren schwarz wie Pech.

Willow grinste. »Rain. Wie schön, dich zu sehen.« Achtlos ließ sie Obaasan fallen, die auf den Boden knallte und mit verdrehtem Genick liegen blieb.

»Du …«, stieß ich hervor, doch Willow lachte nur gackernd.

»Klopf, klopf. Tut mir leid, dass ich stören muss. Aber der Rattenfänger will dich sehen, und ich wurde zum Laufburschen degradiert.«

»Du hast sie umgebracht«, presste ich hervor und wich zurück.

»Wen?« Willow sah sich verwirrt um, ehe sie eine Augenbraue hob. »Ach, die Alte? Sei's drum. Sie hat euch verraten, um ihre Enkel zu schützen. Ich habe dir einen Gefallen getan. Glaub mir.« Sie grinste. Schwarzer Teer floss zwischen ihren Zähnen hervor und tropfte über ihre Lippen.

»Halt dich fern von mir«, fauchte ich sie an und stieß mit den Schultern gegen die Wand.

»Sonst was?«, feixte Willow.

»Remus! Hilfe!«, brüllte ich.

Willow hob eine Augenbraue. »Neuer Freund?«, fragte sie.

»Neuer Hund«, präzisierte ich, als Remus auch schon die Treppe raufschnellte. »Fass«, befahl ich mit rasendem Herzen, und der Hund verbiss sich umgehend in Willows Bein.

Diese schrie auf, und ich nutzte den Moment, um herumzuwirbeln und nach unten zu rennen.

»Cole«, rief ich und packte seine Hand. »Steh auf. Wir müssen weg.« Doch er rührte sich nicht, und erst jetzt bemerkte ich, dass etwas nicht stimmte.

In den Rohren über mir war ein Knacken zu hören. Ein Scharren und Quieken. Angespannt legte ich den Kopf zurück und blinzelte, als etwas von der Decke rieselte. Ein Loch tat sich auf und herausquollen …

Ich stieß einen Fluch aus. Im selben Augenblick platzte die Wand auf, und Ratten fluteten den Raum.

»Hilfe!«, brüllte ich, obwohl ich nicht einmal wusste, wen ich um Hilfe bat. Ich hörte ein Bellen und Knurren. Es krachte, und schon schoss Remus durch die Tür. Sein Fell war verklebt und schwarz von Pech. Er sprang auf die ersten Ratten zu. Zerfetzte die Körper, während ich selbst ein dickes Buch nahm und damit um mich schlug. Körper klatschten dagegen. Blut spritzte, und das Kreischen von sterbendem Kleintier erfüllte den Raum. Ich schirmte Cole, so gut es ging, ab. Zum Glück schien er langsam wieder zu Bewusstsein zu kommen, denn er versuchte stöhnend, die Ratten von sich zu schieben. Doch es war kein Ende in Sicht. Das Getier flutete weiter den Raum, und als ich es krachen hörte, war mir sofort klar, dass sie sich auch durch die Tür gefressen haben mussten.

Verzweifelt schlug ich weiter um mich, und Schweiß verschleierte meine Sicht. Ich wusste, dass wir verloren hatten. Ich wusste es, und dennoch blieb ich auf den Beinen. Trat und schlug nach allem, was sich bewegte. Ich riss Ratten von Cole herunter, und dann … dann waren es zu viele.

Die Ratten kletterten auf mich. Ihre spitzen Krallen bohrten sich in meine Haut. Ihr raues Fell kratzte an mir, ihre nackten Schwänze zuckten wie Würmer. Sie krabbelten über mich. Auf mich. Es waren so viele. Mein Schrei wurde erstickt. Das Gewicht der Ratten riss mich mit sich und zu Boden. Zappelnd schlug ich um mich, doch es war, als würde ich mich gegen eine Flutwelle stemmen wollen. Irgendwie schaffte ich es, den Kopf aus der Masse an Ratten freizubekommen und nach Luft zu schnappen. Voller Grauen konnte ich nur zusehen, wie mich der Schwarm an Ratten mit sich zerrte. Mich wie eine Beute davontrug.

»Cole!«, schrie ich und streckte die Hände aus. Krallte mich am Boden fest. Meine Nägel hinterließen Furchen im Holz. Brachen ab.

Für eine Sekunde trafen sich unsere Blicke. Seine Augen waren vor Entsetzten weit aufgerissen, und einen Moment später bedeckten ihn die Ratten vollends. Ich schrie. Remus' Bellen mischte sich mit dem Quieken der Ratten. Der Schwarm unter mir zog an, und ich wurde einfach aus dem Zimmer geschleift. Ich schrammte über den Boden, wurde zur Tür hinaus getragen. Bis ich von starken Armen hochgezogen wurde.

Willow. Teer lief ihr den Körper hinab.

»Ich würde ja gern mehr spielen, aber leider haben wir keine Zeit«, raunte sie mir zu und hielt mir den Mund zu, als ich losbrüllen wollte. Ein See aus Teer breitete sich vor uns aus. »Luft anhalten«, wies sie mich an und zerrte mich in die Lache.

Die schwarzen Schlieren kamen in Bewegung und zogen uns nach unten wie Treibsand. Ich kämpfte gegen Willows Griff an, biss in ihre Finger, bis sie fluchend losließ. Ich schaffte es gerade noch, einen gellenden Schrei auszustoßen, ehe sich der Teer über meinem Kopf schloss. Ich schluckte schwarze Masse, die nach verbrannten Autoreifen schmeckte. Hustend suchte ich nach Luft, fand aber keine. Es fühlte sich an, als würde ich durch dickflüssige Dunkelheit gezogen werden.

Mein Hirn setzte aus. Meine Umwelt kam nur noch in verzerrten Schnipseln bei mir an, und sie alle zeigten dunkle Leiber, die sich vor mir wanden. Ich schaffte es irgendwann nicht einmal mehr, zu brüllen. Die Bewusstlosigkeit zog an mir, bis ich kaum noch einen klaren Gedanken fassen konnte. Keine Ahnung, wie lange Willow mich mit sich schleifte. Es schien einfach nicht enden zu wollen. Doch plötzlich hörte ich eine Stimme. Sie klang verzerrt. Wie ein Echo drang sie durch den Schwarm zu mir durch.

»Welch hohen Besuch darf ich denn in meinen bescheidenen Hallen begrüßen? Macht Platz, meine Lieben, sie soll sich doch nicht zu Tode ängstigen.«

Unter mir gab etwas nach, und schließlich brach mein Kopf wie aus Wasser hervor. Würgend schnappte ich nach Luft, hustete, krabbelte auf den rettenden Boden und versuchte, mehr als nur schwarze Schlieren zu sehen, die von mir herabtropften. Ein saurer Geschmack lag mir auf der Zunge, und ich tastete mich panisch ab.

»Keine Sorge. Du wurdest nicht gebissen«, erklang erneut die gedämpfte Stimme. »Ich entschuldige mich für die Unannehmlichkeiten. Meine Gehilfen können mitunter etwas überschwänglich sein.«

Eine Hand wurde mir entgegengestreckt. Sie war von Leder bedeckt. Schwarzem Leder. Einem Handschuh. Als ich mich nicht rührte, wurde ich einfach auf die Beine gezogen. Ich wankte und stieß gegen etwas, was sich wie ein Tisch aus kaltem Stein anfühlte. Ich blickte nach oben und sah hohe Buntglasfenster, durch die heller Mondschein fiel. Eine Kirche. Ich war in einer Kirche.

Zitternd sah ich zu der hochgewachsenen Gestalt vor mir und keuchte auf. Ein Mann. Er war mager, beinahe dürr und in einen langen dunklen Mantel gehüllt, sein Gesicht hinter einer Maske verborgen. Sie verdeckte sein gesamtes Gesicht. Selbst die Augen bestanden aus zwei dicken, runden Gläsern, in denen nichts weiter als grüner Rauch wirbelte, und die Nase bog sich zu einem langen spitzen Schnabel zusammen. Eine Pestmaske. Er trug eine verfluchte Pestmaske wie aus dem Mittelalter.

Ich schauderte.

Der Mann lachte. Es drang nur gedämpft hinter der Maske hervor. »Willkommen, Rain White«, sagte er. »Wenn ich mich vorstellen darf: Ich bin der Rattenfänger, der zweite Vasall des Prinzen. Es freut mich, dass du deinen Weg zu mir gefunden hast. Ein Vögelchen hat mir gezwitschert, dass du in der Stadt bist, und ich konnte es mir nicht nehmen lassen, dich persönlich kennenzulernen.«

Shit.

KAPITEL 25

»Ich bin der Tod, der alle gleichmacht.«

Aus »Der Gevatter Tod«
Gebrüder Grimm

»Du brauchst keine Angst zu haben. Ich werde der Braut des Prinzen kein Haar krümmen. Er wird übrigens hocherfreut sein, zu hören, dass ich dich gefunden habe.« Die Stimme des Rattenfängers drang wie durch einen Nebel zu mir durch, während ich versuchte, mir so gut es ging das Pech aus dem Gesicht zu wischen.

»Ich danke dir, Pechmarie. Das war ausgezeichnete Arbeit«, fuhr er an Willow gewandt fort.

Ich starrte Hollys Cousine an. Sie grinste, und Schlieren liefen ihr dabei aus den Augen wie dunkle Tränen.

»Kein Ding. Ich bin glücklich, wenn der Prinz es ist.« Sie schnalzte mit der Zunge und fügte spöttisch hinzu: »Der Gute ist wirklich außer sich, dass er dich bis jetzt nicht finden konnte, Rain.«

»Wie kannst du nur für dieses Scheusal arbeiten?«

Willow grinste noch breiter. »Korrigiere mich, aber hast du nicht ›dieses Scheusal‹, wie du ihn nennst, aufgeweckt? Und wie es aussieht, wirst du es auch heiraten«, gab sie zurück.

»Ich werde nicht …«, brauste ich auf, doch der Rattenfänger unterbrach mich.

»Ich danke dir für deine Assistenz, Pechmarie. Sei so gut und gib dem Prinzen Bescheid. Ich werde alles für seine Ankunft vorbereiten.«

»Natürlich. Liebe Grüße an Holly«, säuselte Willow, drehte sich um und verschwand in einer Pfütze aus Pech, mit der sie einfach zu verschmelzen schien.

Erst als Willow verschwunden war, wurde ich mir der bedrückenden Stille bewusst, die um uns herum herrschte, und das, obwohl die Kirche voller Menschen war. Doch keiner von ihren rührte sich. Sie saßen zusammengesunken auf den Bänken oder lagen am Boden, während die Krankheit sie zerfraß. Schaudernd wich ich zurück, stieß jedoch nur wieder gegen den Tisch, der – wie mir jetzt auffiel – eigentlich ein Altar war.

»Ich habe etwas für dich«, fuhr der Rattenfänger fort. Er schnippte mit den Fingern, und Ratten strömten herbei. Wie eine Welle kamen sie herbei, und als sie sich zurückzogen, lag etwas Langes, Bauschiges vor mir. Ein Kleid. Weiß und schimmernd, von Perlen bedeckt. Ein Brautkleid.

Er hatte mir ein Brautkleid gebracht.

Ich wich instinktiv zurück.

»Ein Geschenk von mir. Ich hoffe, es trifft deinen Geschmack.«

»Ich will es nicht«, entgegnete ich mit dünner Stimme.

»Meine Liebe. Deine Klamotten sind völlig verdreckt und liegen in Fetzen. Es ist einer zukünftigen Königin mehr als nur unwürdig, und der Prinz würde mir zürnen, wenn ich nicht auf dich achtgeben würde. Zieh es an. Schon allein der Würde zuliebe.«

Ich blickte an mir herab. Er hatte nicht unrecht. Meine Sachen waren völlig blut- und pechverschmiert, und ein großer Schnitt zog sich durch meinen Hoodie, sodass der BH herauslugte. »Danke. Aber ich bleibe so«, sagte ich kalt.

»Wie du wünschst. Doch du siehst blass um die Nase aus. Setz dich doch«, bot er galant an.

»Ich …«, begann ich, doch da knallte bereits ein Stuhl in meine Kniekehlen und brachte mich aus dem Gleichgewicht.

Der Stuhl hatte sich jedoch nicht von Zauberhand bewegt, sondern war von Ratten herangeschoben worden. Als agierten sie wie ein riesiger Schwarm mit nur einem einzigen Gehirn. Unzählige Nager wichen zurück und brachten direkt auch noch einen zweiten Stuhl, auf den sich der Rattenfänger setzte. Er deutete auf den Altar, und ein weiterer Schwarm Ratten kroch darüber und legte einen Korb ab, der prall gefüllt war mit allerhand Essen. Der würzige Geruch von Pastete stieg mir in die Nase.

»Ich darf doch?«, fragte der Rattenfänger, ohne meine Antwort abzuwarten, entkorkte er eine Flasche Wein und füllte zwei Gläser mit der perlend roten Flüssigkeit. Er reichte mir ein Glas, ehe er Platten mit Weintrauben, Käse, Wurst, Lachs, Brot und kleinen Pasteten aus dem Korb holte und vor uns ausbreitete. »Mehr konnte ich auf die Schnelle leider nicht auftreiben. Aber sag mir deine Wünsche, und ich versuche, sie umgehend zu erfüllen.«

»Warum solltest du das tun?«, fragte ich misstrauisch, und ich glaubte, den grünen Rauch hinter den Augengläsern schneller herumwirbeln zu sehen.

»Du bist unsere zukünftige Königin. Ich werde alles in meiner Macht stehende tun, um dir zu dienen.«

Sie sahen mich also tatsächlich als Königin an. Als *seine* Braut.

Ich blickte wieder auf das Kleid, das etwas abseits lag. Mein Herzschlag beschleunigte sich, und mir rann ein einziger Schweißtropfen über den Rücken.

Ich presste die Lippen zusammen. »Ich wünsche zu gehen«, brachte ich schließlich hervor.

Der lange Schnabel der Pestmaske neigte sich in meine Richtung. »Ich befürchte, das ist das Einzige, was ich dir nicht geben kann.«

Ich leckte mir über die Lippen. »Ein Freund war bei mir. Er wurde von den Ratten gebissen und liegt im Sterben.«

Der Rattenfänger nickte. »Und du wünschst?«

»Heile ihn.«

»Ich befürchte, das ist mir nicht möglich.«

»Weil du nicht willst oder weil du nicht kannst?«

»Ich befürchte Letzteres, meine zukünftige Königin.«

»Nenn mich nicht so!«

Er neigte demütig den Kopf. »Wie du wünschst«, wiederholte er und hob die Hand. »Ich verfüge nur leider nicht über die Gabe des Heilens.«

»Was kannst du dann, außer töten?«, fragte ich kalt.

»Ich kann ihn holen lassen, wenn dir das die Situation erleichtert«, bot er an.

»Ja«, quetschte ich hervor.

»So sei es.« Er schnippte mit den Fingern, und ein paar Ratten drehten sich um und strömten aus der Kirche.

Ich hob das Kinn und musterte mein Gegenüber. »Du bist also der Rattenfänger«, stellte ich schließlich fest.

»Immer zu Diensten, meine Majestät.«

Wie ich das inzwischen hasste. Geräuschvoll biss ich die Zähne zusammen und presste hervor: »Das bin ich nicht.«

»Ach nein?«

»Nein. Ich bin Rain White. Eine Nachfahrin von Schneewittchen. Nicht mehr und nicht weniger.«

»Na gut, Rain White, Nachfahrin von Schneewittchen. Ist mir eine Frage gestattet?«

Misstrauisch kniff ich die Augen zusammen. Ich sollte den Mund halten. Ich sollte kein Wort mit dem Rattenfänger wechseln. Er mochte kein Wolf sein, doch er war genauso ein Monster wie Gula. Die Leichen, die hier vermoderten, sprachen für sich selbst.

Dennoch hörte ich mich selbst sagen: »Frag!«

Der Rattenfänger legte elegant die Fingerspitzen aneinander. Der Schnabel seiner Maske bog sich über seine Hände, als er mich aus den ausdruckslosen gläsernen Augen anstarrte. »Sag mir, warum fliehst du vor deinem Schicksal? Wieso läufst du davon?«

»Sag mir, worüber soll ich als Königin denn herrschen? Über Asche und Tod?«, antwortete ich mit einer Gegenfrage, während ich versuchte, nicht die Fassung zu verlieren.

»Das ist eine sehr menschliche Sichtweise«, sagte der Rattenfänger, der das Glas anhob und den roten Inhalt schwenkte. Ich fragte mich, wie er mit dem Schnabel im Gesicht trinken wollte. Vielleicht genoss er auch nur einfach das Gefühl des Glases in seiner Hand.

»Ich *bin* ein Mensch.«

»Das bist du«, stimmte er zu und stellte das Glas wieder ab, ohne davon getrunken zu haben. »Gehe ich recht in der Annahme, dass du Widerstand leistest, weil du uns und den Tod verurteilst?«

Ein schnarrendes Lachen entkam mir. »Sieh dich doch mal um.« Ich breitete die Arme aus. »Wie könnt ihr so etwas wollen? Und warum, glaubt ihr, sollte ich das ebenfalls wollen?«

Der Rattenfänger neigte den Kopf. »Ich weiß, der Tod stellt für die Menschen ein Gräuel dar, doch das muss es nicht. Es war nicht immer so. Du magst den Untergang in alldem sehen, doch versuche, es auch als Chance zu sehen, neues Leben zu erschaffen.«

Mir stellten sich die Nackenhaare auf. »Ich habe kein Interesse, neues Leben zu erschaffen.«

»Bist du dir sicher? Als Schwester Zeit starb, verdammte sie die Welt zu Tod und Vergänglichkeit. Die Götter waren damals unsterblich, dennoch konnten sie keine Kinder hervorbringen. Unser Prinz ist der letzte Gott mit noch unsterblichem Blut in den Adern. Doch er ist ein Wunder. Anders als die Götter wurde er nicht erschaffen.

Er wurde geboren. Das ist ein wichtiges Erbe. Ein Erbe, das er weitergeben kann. Er ist der Einzige, der es vermag, unsterbliches Leben weiterzugeben, indem er Kinder zeugt und damit eine gänzlich neue Ära in der Welt einläutet.«

Ich leckte mir über die trockenen Lippen und spürte erneut, wie mir ein Schweißtropfen über den Rücken rann. »Wenn ich das richtig verstehe, willst du mir damit sagen, dass ihr mich braucht, um was? Unsterbliche Kinder mit dem Prinzen zu zeugen?«

Der Rattenfänger nickte beschwingt. »Exakt! Durch eine Verbindung zwischen dir und ihm, durch ein gemeinsames Kind, wird es möglich sein, neue Götter auf die Welt zu bringen. Diese Welt liegt bereits in ihren letzten Atemzügen. Wenn du weiterhin Widerstand leistest, wirst du das Leiden nur verlängern, nicht aufhalten. Als Königin hättest du jedoch genug Macht, um neues Leben zu erschaffen. Ganz von vorn. Eine gesunde Welt. Ein Paradies, wenn du es so willst.«

»Darum geht es also? Ihr braucht mich gar nicht, um den Weltuntergang einzuleiten, sondern um neue Kinder zu gebären?«, fragte ich sichtlich fassungslos. »Es tut mir leid, aber mit mir habt ihr wahrscheinlich die absolut beschissenste Person der Welt für diesen Job ausgesucht!«

Wieder legte der Rattenfänger die Finger aneinander und musterte mich. Ich fühlte es. »Nun, wir haben diese Wahl nicht getroffen. Letztendlich hast du ihn aufgeweckt, das bedeutet, er hat genauso dich ausgesucht wie du ihn.«

»Ich habe ihn mir sicher nicht ausgesucht!«, zischte ich, doch der Rattenfänger hörte mir gar nicht zu.

»Du hättest ihn nicht aufwecken können, wenn es nicht deine Bestimmung gewesen wäre. Seine Seele hat dich in all den Jahrhunderten gesucht, aber am Ende hast du ihn gefunden. Der Prinz kann nur mit dir an seiner Seite komplett sein. Und nur an seiner Seite wirst du – nach der Krönung und nach der Hochzeit – so wie er den Tod überdauern können. Bevor du nicht an der Seite des Prinzen bist, wird er es niemals wagen, den Untergang einzuleiten. Würdest du dabei sterben, wäre er das letzte göttliche Wesen auf dieser Welt. Das Ende. Nur mit dir ist er auch der Anfang. Der Prinz braucht dich, weil er ohne dich nicht komplett sein kann.«

»Du sagst also, wenn die Welt untergeht, werden nur er und ich übrig bleiben? Wie ein schräger Adam-und-Eva-Verschnitt?«

Der Rattenfänger zuckte mit den Schultern. »Adam und Eva. Yin und Yang. Licht und Dunkelheit. Alles und Nichts. Sonnenkönig und Königin der Nacht. Alles Namen für dieselben Personen. Alles hat einen Anfang. Alles hat ein Ende. Du bist der Anfang und er das Ende, und zusammen seid ihr der Anfang vom Ende und das Ende vom Anfang. Verstehst du nicht? Die Welt braucht neue Götter. Aber um göttlich zu werden, musst du deine Menschlichkeit hinter dir lassen, und das kannst du nur mit dem Prinzen. Sobald der Mond in wenigen Wochen beginnt, sich rot zu färben, wird eine neue Zeit anbrechen. Ich verstehe deine Furcht vor dem Tod, aber lass dich nicht von ihr lenken. Angst ist ein schlechter Nährboden. Am Ende könntest du in dem Wunsch, die Welt zu retten, sie erst recht zum Untergang verdammen. Was sind die wenigen Jahre, die du gewinnen könntest, gegen die neue Unendlichkeit?«

Ich starrte ihn an und löste meine Zunge vom Gaumen. »Auf der Welt leben acht Milliarden Menschen. Frauen, Männer, Kinder, Babys, alte Menschen. Sie alle haben ein Recht darauf, zu leben. Du sprichst von ihnen, als wären sie belanglos.«

»Letzten Endes sind sie das auch«, antwortete der Rattenfänger, und ich konnte beinahe so etwas wie Mitleid heraushören.

»Nun, für mich nicht«, sagte ich entschlossen. »Ich kann und werde nicht für den Tod von acht Milliarden Menschen verantwortlich sein.«

»Sie sind Menschen. Sie werden ohnehin alle sterben.«

»Mag sein, aber nicht durch mich.«

»Ich verstehe, und ich entschuldige mich. Du siehst betrübt aus. Das war nicht meine Absicht. Erlaube mir, ein Lied für dich zu spielen.« Der Rattenfänger stand geschmeidig auf, umrundete den Altar, den wir als schnöden Tisch missbrauchten, und holte etwas hervor. Einen Geigenkoffer.

Ich hielt die Luft an, als er die Schnallen öffnete und ein Instrument hervorholte. Die Violine sah bleich aus. Nicht wie aus einem Stück geschnitzt, stattdessen griffen Dutzende kleine Knochensplitter ineinander und ergaben den Hohlkörper. Der gewundene Kopf der Violine war ein Rattenschädel, und darin eingearbeitet glänzte etwas. Eine Spiegelscherbe. Das zweite Insigne.

Andächtig nahm der Rattenfänger den Bogen hoch und drehte ihn in den behandschuhten Fingern. »Sag mir, hältst du uns für Monster, Rain White?«

Ich starrte ihn mit all der Verachtung an, die ich in mir hatte. »Du etwa nicht?«

»Vielleicht«, stimmte er zu, neigte den Kopf und klemmte sich die Violine zwischen Kinn und Schulter. »Doch ich war nicht immer so, weißt du? Wenn ich Musik spiele, erinnere ich mich an jemanden, der wohl ähnlich wie du geantwortet hätte. Es ist eine schöne Erinnerung.«

Oh nein! Ich durfte die Musik nicht hören.

Hektisch sprang ich auf und presste die Hände an die Ohren. Doch es war zu spät. Er war schneller.

Er spielte einen Ton an. Nur einen, doch er hallte durch die gesamte Kirche, wurde von den Wänden zurückgeworfen und verklang wie ein Herzschlag. Mir stockte der Atem, und jede Kraft schien mich zu verlassen. Ich ließ mich zurück auf den Stuhl fallen. Die Hände rutschten von meinen Ohren, als der Rattenfänger die Augen schloss und zu singen begann, so schön, dass ich mir sicher war, noch nie etwas Vergleichbares gehört zu haben.

»Es war einmal ein Prinz im Sarg,
der ihn im tiefen Schlaf verbarg.
All Magie seitdem verschwand
überall im ganzen Land.«

Er entlockte der Violine Töne, die ein gewöhnliches Instrument niemals zustande bringen konnte. Ich konnte gar nicht anders, als den Rattenfänger anzustarren.

»Erweckt nur durch des Mädchens Kuss,
doch das Richtige es wagen muss.
Sieben Gegner zu bezwingen,
kann nur den Tapfersten gelingen.«

Die Musik wurde dumpfer, eindringlicher. Die Ratten begannen, sich zu bewegen, strömten um den Rattenfänger herum, kreisten ihn ein und folgten der Musik, als würde jeder Strich über die Saiten ihre Knochen zum Schwingen bringen. Ein Nebel legte sich über meine Augen.

»Drum hör gut zu und sei geschwind,
bevor der Tod die Zeit gewinnt.
Dein Schicksal liegt in tiefster Nacht,
bis der Königssohn erwacht.«

Ich sah nur noch den Rattenfänger. Wie elegant er die Violine hielt. Die Schönheit, die er dem Instrument entlockte. Die Ratten, die ihren Tanz aufführten. Nur für mich. Die Klänge wurden trauriger, wütender, sprachen von Schmerz und Verrat. Jeder Ton schnitt direkt in mein Herz, und ich merkte erst, dass ich zu weinen begonnen hatte, als die Tropfen auf dem Steinboden auftrafen. Meine Beine bewegten sich. Langsam stand ich auf und strebte auf die Musik zu, während in mir ein Gedanke aufflackerte, dass ich mir die Hände auf die Ohren pressen sollte. Nicht hinhören, nicht hinhören, nicht hinhören … Wer hatte mir das gesagt? Jemand, der mir wichtig war. Aber ich konnte nicht aufhören, mich auf die Musik zuzubewegen. Auf den Rattenfänger. Der Kreis der Ratten öffnete sich für mich, und schon stand ich in ihrer Mitte. Ich blickte zum Rattenfänger auf, der wiederum auf mich herabblickte, während er mir mit den Tönen seiner Violine das Herz brach. Stück für Stück. Er brach es auf, bis nichts mehr übrig war außer ihm und der Musik.

Das Lied verhallte auf seinen Lippen, und ich hatte das Gefühl, zu sterben, wenn er nicht weitersang.

»Meine Königin«, sagte er und neigte sich zu mir herab. »Bitte lass uns nicht im Stich. Wir brauchen dich. *Ich* brauche dich. Wir haben dich so lange gesucht, haben uns so lange nach dir gesehnt.«

Ich nickte. In diesem Moment hätte ich ihm alles versprochen, hätte ihm alles gegeben, worum er mich gebeten hätte. Nur um dieses Lied noch einmal hören zu dürfen.

»Ich will …«, begann er, doch was auch immer der Rattenfänger wollte, würde ich nicht mehr erfahren, denn im selben Augenblick war ein lautes Gebrüll zu hören, das wie Donner durch die Kirche hallte.

Ruckartig hob der Rattenfänger den Kopf, als ein großer Körper auf uns zuschoss. Schwarzes Fell, glühende Augen und scharfe Zähne, die sich um die Bogenhand des Rattenfängers schlossen und zubissen, sodass er vor Schmerz aufschrie.

Ich taumelte zurück, wankte, fiel auf den Boden und schnappte nach Luft. Es war, als würde ich aus tiefem Wasser auftauchen. Das Gebrüll wurde lauter.

»R… Remus?«, stammelte ich, während der große Hund weiter an der Hand des Rattenfängers zerrte.

Die Ratten drehten durch, verbissen sich in das Fell des Hunds und versuchten, ihn unter sich zu begraben. Das große Tier schüttelte sich jedoch wild, sodass die Ratten in alle Richtungen klatschten.

»Rain?«

Wie in Trance hob ich den Kopf und sah einen Schemen vor mir. Groß, schlank und blass. Mit Augen, die mich so sanft anblickten, dass mir die Tränen kamen.

»Cole?«, fragte ich und registrierte gleichzeitig, in was für einer schlechten Verfassung er war. Sein Gesicht war mit Pusteln übersät, einige davon waren bereits aufgeplatzt und bluteten.

»Es ist alles gut«, sagte er. »Bleib einfach unten, und halte dir die Ohren zu.«

»Was?«

»Ohren zu«, kommandierte er, packte etwas, was er auf den Rücken geschnallt hatte, und zog es mit grimmigem Gesichtsausdruck hervor. Das lange Messer, mit dem er bereits Gula den Bauch aufgeschnitten hatte, um mich herauszuholen. Wo … wo hatte er das her?

Remus jaulte. Sein großer Körper brach unter der Flut an Ratten zusammen, während der Rattenfänger stöhnend seine Hand umklammerte, aus der Blut quoll.

Der Rattenfänger wirbelte zu uns herum. »Ihr?«, fragte er ungläubig. »Wie kann das sein?«

»Kennen wir uns?«, entgegnete Cole, holte aus und schlug mit einem gezielten Schlag nach dem Kopf des Rattenfängers.

Der Rattenfänger wich geschmeidig aus. »Wie kann das sein?«, wiederholte er und klang dabei tatsächlich ein wenig ungläubig.

»Keine Ahnung, was du meinst«, gab Cole zurück und schlug erneut zu.

Der Rattenfänger wich wieder aus, doch diesmal nicht schnell genug. Der Schlag traf die Pestmaske, die in hohem Bogen durch die Luft flog und scheppernd in einer Ecke zum Liegen kam. Langes graues Haar fiel herab. Ich wusste nicht, wie ich mir den Rattenfänger vorgestellt hatte, doch unter der Maske steckte ein jung aussehender Mann, vielleicht Anfang dreißig. Seine Wangenknochen waren so hoch, dass sie scharf hervorstanden. Genauso wie seine lange Nase, die ihm ein aristokratisches Aussehen verlieh. Nur seine Augen, in seinen Augen wohnte der Wahnsinn. Grüne Schlieren drehten sich darin, als würde pures Gift aus dem Inneren herauspulsieren. Auf seiner Wange zeichnete sich ein langer roter Schnitt ab, aus dem ein einzelner Blutstropfen hervorquoll. Mit einer eleganten Bewegung hob er die Hand und wischte sich den Tropfen weg.

Er bedachte Cole mit einem seltsamen Blick. »Ich weiß nicht, wer oder was du bist, aber du solltest nicht hier sein. Wenn der Prinz von dir erfährt, wird er außer sich sein.«

Cole fletschte die Zähne. »Tja, Pech für den Prinzen.«

Er holte aus. Seine Muskeln bewegten sich trotz der Schmerzen, die er haben musste, flüssig. Der Rattenfänger wich erneut aus und sprang über den Altar, während die Ratten verwirrt kreuz und quer liefen.

Mühsam zog ich mich an einer der Bänke nach oben und hielt die Luft an. Der Gestank von Tod war inzwischen so intensiv, dass man sie kaum noch atmen konnte.

Cole schlug erneut aus, sodass sich der Rattenfänger nur noch mit einem gekonnten Sprung in Sicherheit bringen konnte.

»Dieser Tanz ist ja wirklich interessant, aber ich denke, wir sollten das Ganze zu einem Ende bringen, bevor es ungemütlich wird.« Blitzschnell hob er den Bogen vom Boden auf und klemmte sich die Violine unter das Kinn.

Schnell hielt ich mir wieder die Ohren zu, obwohl es das Geräusch nur dämpfen würde. Der Rattenfänger begann zu spielen, und die Ratten sammelten sich unter ihm wie eine Welle, türmten sich auf. Der Rattenfänger kratzte immer hektischer über die Saiten, und es klang, als würde jemand elendig sterben. Das graue Haar peitschte ihm um das Gesicht, und gleichzeitig stürzte die Welle an Ratten auf Cole herunter.

Cole stolperte zurück, barg mich in seinen Armen und brüllte: »Jetzt!«

Jetzt?

Jetzt was?

Die Türen zur Kirche flogen krachend auf, und herein schoss ein Flammenstrahl. Echte Flammen. Als würde ein Drache Feuer speien. Irritiert hielt der Rattenfänger inne, als zwei Gestalten auftauchten, die etwas in der Hand hielten, was wie ein Flammenwerfer aussah. Vor Schreck vergaß ich beinahe, mir die Ohren zuzuhalten.

»Holly? Adrien?«, stammelte ich.

Die beiden stürmten in die Kirche, und schlagartig wurde mir klar, dass es nicht nur aussah wie Flammenwerfer. Es waren auch welche. Der Gestank von Gas füllte die Luft. Es zischte, und der erste Feuerstrahl war so heiß, dass ich den Kopf wegdrehen musste, während sich Holly und Adrien kreuz und quer durch die Ratten brannten. Das Kreischen der sterbenden Tiere hallte in der gesamten Kirche wider, und der Gestank von verbranntem Fleisch ersetzte den von Gas. Der Rattenfänger fletschte die Zähne und spielte schneller. Die Ratten wanden sich, und obwohl sie brannten, kamen sie wieder zurück auf die Beine und stürzten sich auf meine Freunde.

In dem Moment stürmten die Thatch-Geschwister mit erhobenen Schusswaffen in die Kirche. Sie zielten und schossen dem Rattenfänger direkt in die Brust. Dieser wurde hart zurückgeschleudert, und sein Körper krachte gegen ein Buntglasfenster, das klirrend in Tausende Splitter zerbarst. Ohne stehen zu bleiben, hechteten die

Thatch-Geschwister über die brennenden Ratten und auf den Rattenfänger zu.

»Das ist genug«, brüllte er, und obwohl er von mindestens drei Einschusslöchern durchbohrt war, richtete er sich auf, packte seine Violine fester und spielte.

Die Thatch-Geschwister hielten mitten in der Bewegung inne. Ihre Hände zitterten, ehe sie sich innerhalb eines Wimpernschlags zueinander drehten.

»Nei…!« Der Schrei blieb mir in der Kehle stecken, als die Geschwister auch schon abdrückten und sich gegenseitig erschossen.

Mir blieb das Herz stehen. Die Sekunden schienen wie in Zeitlupe zu vergehen. Blut spritzte zu Boden. Die beiden krümmten sich, ehe sie auf die Erde knallten. Der Rattenfänger grinste, der Wahnsinn drehte sich in seinen Augen.

»Plan B«, brüllte Cole so nah an meinen Ohren, dass ich es hörte.

Sie hatten einen Plan B? Für das hier?

Adrien hörte auf, gegen die Flut an Ratten anzukämpfen, holte etwas aus seiner Jacke, was wie eine Kugel aussah, zog den Stift darin mit den Zähnen ab und warf es in den Raum. Eine Sekunde, zwei, drei passierte gar nichts. Dann explodierte eine Wolke aus Rauch.

»Augen zu«, befahl mir Cole, der mich fester in seine Arme zog und durch die Kirche bugsierte.

»Was … was tun wir?«

»Wir verschwinden«, sagte er grimmig, und ich bekam von all dem Rauch kaum noch Luft.

»Ihr dummen Kinder. Was glaubt ihr, was ihr da tut?«, schallte die Stimme des Rattenfängers durch den dichten Rauch, durch den wir stolperten. Die wilden Töne der Violine hallten nach, und obwohl ich weitergehen wollte, blieben meine Füße wie eingefroren stehen.

»Rain, wir müssen weiter!«, rief mir Cole zu.

»Ich … ich kann nicht«, wandte ich ein, ehe mir die Musik das Wort in der Kehle abschnitt. Anstatt weiter auf den Ausgang zuzugehen, riss ich mich von Cole los, drehte mich um und ging tiefer in den Rauch hinein.

»Rain!« Cole schnappte nach meiner Hand und zerrte mich zurück, bis ein stechender Schmerz in meinen Arm schoss.

Ich schrie auf, konnte aber nicht aufhören, auf die Musik zuzugehen. Genauso wenig wie Holly und Adrien, deren Körper ich nur schemenhaft im Rauch erkannte, während sie unter Ratten begraben wurden.

»Ich weiß nicht, warum du auf meine Musik nicht reagierst, Junge, aber lass sie los, oder du brichst ihr den Arm. Und selbst dann wird sie weitergehen, bis du irgendwann doch loslässt oder sie sich den Arm ausreißt.« Die Stimme des Rattenfängers drang durch den Nebel.

Ich brüllte vor Schmerz, weil mein Kopf gegen meinen Körper rebellierte. Es war grauenvoll. Als würde meine Seele, mein Sein mir zuschreien, stehen zu bleiben. Aber mein Körper tat es nicht, er tat es einfach nicht. Meine Beine bewegten sich, und ich konnte nichts dagegen tun. Cole sah mich verzweifelt an, und als er schließlich losließ, stolperte ich. Fiel auf den Boden und kroch einfach weiter auf die Musik zu, während ich Hilfe suchend zu Cole zurücksah. Die Musik schien tatsächlich keinerlei Effekt auf ihn zu haben. Dafür stoben jedoch die Ratten auf ihn zu. Sie umkreisten ihn, sprangen ihn an, und ihre schiere Anzahl drückte ihn zu Boden, egal, wie sehr er sich wehrte.

»So ist es gut«, schnurrte der Rattenfänger. Seine Stimme klang wie ein unheimliches Echo. Der Rauch teilte sich, und hervor trat der Rattenfänger auf einer Woge aus Ratten. Die grünen Augen funkelten unter der Pechmaske, die er wieder aufgesetzt hatte. »Noch eine falsche Bewegung, und ihre Schreie werden in deiner Seele widerhallen und dich wünschen lassen, du wärst an ihrer Stelle«, drohte der Rattenfänger Cole.

Cole blickte auf. In seinen Augen brannte ein Feuer, wie ich es noch nie gesehen hatte. »Lass. Uns. Gehen. Oder wir töten dich«, keuchte er.

»Ach ja? Nun, leider werden wir das verschieben müssen. Der Prinz wird bald eintreffen, und bis dahin ist noch viel zu tun.« Er hatte dabei nicht auch nur einmal in seinem Violinspiel innegehalten. Jetzt richtete er seinen Blick wieder auf mich, und seine Stimme erfüllte mich ganz und gar. »Zieh das Kleid an und warte auf weitere Anweisungen.«

Ich konnte nicht anders. Ich nickte.

»Rain, hör nicht hin. Hör nicht ...« Coles Schrei verstummte schlagartig, als ihm eine Ratte in den Mund kroch.

Wie eine Marionette stand ich auf, drehte mich um, trat tiefer in den Rauch hinein und fand das Gewand in einem Bündel am Boden. Mechanisch zog ich mich aus und schlüpfte in das Kleid. Es besaß einen Zipper an der Seite, sodass ich jede Schicht selbst zubekam. Nach nur wenigen Augenblicken bauschte sich das weiße Hochzeitskleid am Boden, und ich zog es nach wie eine Schleppe. Als ich wieder aus dem Nebel heraustrat, der sich langsam lichtete, lagen meine Freunde am Boden. Beine und Arme wurden von Dutzenden Ratten fixiert, nur den Kopf konnten sie noch anheben. Coles Pupillen weiteten sich, als er mich sah.

Das Violinspiel wurde bittersüß, während der Rattenfänger auf mich zuging und raunte: »Ah, was für ein Anblick. Nimm doch Platz, meine zukünftige Königin.«

Ein Muskel an meinem Kinn zuckte, doch ich konnte nichts tun. Die Musik riss mich mit sich, höhlte mich aus, bis ich nur noch die Stimme des Rattenfängers hörte. Die Ratten kamen in Bewegung, türmten sich vor mir auf, und ihre Leiber bildeten so etwas wie einen lebendigen, atmenden Thron. Meine Knie zitterten, als ich darauf zuging. Das Kleid bauschte sich um mich herum, als ich auf dem Sitz aus lebendigen Ratten Platz nahm und auf die Kirche hinabblickte. All die Toten, das Blut, die Asche und meine Freunde, die sich am Boden wanden. Die leichenblass waren und entsetzt zu mir hochstarrten. Ich wollte etwas sagen, doch meine Lippen blieben genauso reglos wie der Rest von mir.

»Siehst du es?« Die Stimme des Rattenfängers schlich sich in meine Ohren. »Fühlst du es? Die Macht? Das, wofür du geboren wurdest? Alles wird dir gehören. Jeder wird sein Haupt vor dir neigen. Du musst nur aufhören, dein Schicksal zu verleugnen, und es dir stattdessen aufsetzten wie eine Krone.«

Eine einzelne Träne lief mir die Wange hinab, als ich aus dem Augenwinkel etwas wahrnahm. Wankend und schleppend. Tayo. Der Junge richtete sich auf. Aus seinen Ohren rann Blut, genauso wie aus seiner Schulter. Er fixierte den Rattenfänger, während ihm immer mehr Blut aus den Ohren quoll. Waren seine Trommelfelle geplatzt, als er auf Tsuki geschossen hatte? Konnte er nichts mehr hören?

Mein Herz flatterte, doch ich zwang mich, wieder nach vorn zu blicken.

Der Rattenkönig nahm meine Hand. »Du musst keine Angst haben. Wir Vasallen werden an deiner Seite stehen. Bis zum bitteren Ende und zum süßen Anfang.«

»Belassen wir es beim bitteren Ende«, sagte Tayo plötzlich hinter uns.

Überrascht fuhr der Rattenfänger herum, als Tayo die Hand hob und in einer lauten Salve Schüsse abgab. Der Rattenfänger wurde getroffen und taumelte zurück. Blut floss aus den Löchern hervor und tropfte auf den Boden. Die Musik riss ab. Die Violine fiel zu Boden, und ich konnte mich endlich wieder bewegen.

Keuchend schnappte ich nach Luft, während Tayo das Magazin

leerte. Ich rutschte vom Thron und stolperte weg. Die Ratten warfen sich indessen hektisch zwischen ihren Meister und die Schüsse und bildeten einen Wall, der den Rattenfänger vor den schlimmsten Treffern bewahrte.

Der Rattenfänger richtete sich auf und lachte irre. »Du kannst mich nicht töten. Nicht so, du kleiner Hexer. Es ist ein Jammer, dass du gegen dein Erbe ankämpfst. Du würdest einen guten Vasallen abgeben.«

Tayo brüllte. Spucke flog von seinen Lippen. Es klickte nur noch. Das Magazin war leer. Der Rattenfänger grinste. Die Ratten wichen zurück, als er auf Tayo zuging, ausholte und ihm einen Schlag in den Magen versetzte, der ihn keuchend in die Knie gehen ließ.

»Das war mutig, aber sehr dumm«, sagte er, packte Tayo an den Haaren und zog ihn hoch. »Und jetzt wirst du sterben wie deine Schwester.«

Tayo griff ächzend nach den Händen, die ihn nach oben zerrten.

Ich hatte indessen die wenigen Sekunden, in denen der Rattenfänger abgelenkt war, genutzt und die Violine samt Bogen aufgehoben. Beides lag nun kalt in meiner Hand, als ich einen lauten Pfiff ausstieß. »Goldkehlchen. Weißt du, was kaum jemand über mich weiß?«

Der Rattenfänger blickte auf. Von dem gekrümmten Schnabel seiner Maske tropfte Blut. »Meine Königin, was tust du da?«, fragte er barsch.

Ich legte das Instrument an und hob die Hand mit dem Bogen. »Dir verraten, dass mich meine Großmutter vier Jahre lang zum Geigenunterricht gezwungen hat.«

Ich spielte den ersten Ton, und ein Ruck ging durch meinen Körper. Es fühlte sich an wie ein elektrischer Schlag. Vor Schreck hätte ich die Violine beinahe fallen gelassen, doch stattdessen biss ich die Zähne zusammen und spielte die nächste Tonfolge. Es war einige

Jahre her, seit ich das letzte Mal gespielt hatte, doch wenn ich irgendetwas war, dann Musikerin, und die Töne flossen noch immer. Und selbst wenn der Bogen nur quietschend über die Saiten schabte, erzielte es seine Wirkung. Die Ratten hoben den Kopf und lauschten.

»Meine Königin, gib mir die Violine«, sagte der Rattenfänger, der Tayo losließ und mit wenigen Schritten auf mich zuging.

Ich hob den Blick und starrte ihn direkt an. »Bis zum bitteren Ende«, erinnerte ich ihn und spielte. Schnell und wütend.

Die Ratten kamen sofort in Bewegung, als ich von Tod, Zorn, Blut und Zerstörung spielte. Der Bogen kratzte und schabte. Es kam weniger Musik als vielmehr ein Wehklagen hervor. Und all das richtete sich gegen den Rattenfänger. Die Ratten verstanden. Sie drehten sich um und stürzten sich auf ihren Herrn.

Der Rattenfänger wich zurück, trat nach den ersten Ratten und brüllte: »Was tut ihr da? Zurück! Zurück, hab ich gesagt!«

Ich spielte schneller, entlockte der Violine einen wehklagenden Ton nach dem anderen, während immer mehr und mehr Ratten der Musik folgten und sich auf den Rattenfänger stürzten.

»Nein! Meine Königin, bitte«, flehte er und strecke eine Hand nach mir aus.

Ich ignorierte sie und legte stattdessen eine neue Nuance in die Musik. Hunger. Hunger nach Rache, Hunger nach Vergeltung. Die Ratten begannen, zu beißen und zu fressen. Der Rattenfänger stöhnte auf und fiel zu Boden, während ihm das Ungeziefer die Haut von den Knochen riss.

»Rain«, stammelte er ein letztes Mal, ehe ihn die Ratten vollends unter sich begruben.

Es waren so viele, dass sie sich zu einem Berg türmten und sich gegenseitig zu fressen begannen. Sich bissen und kratzten. Die Schreie hallten von den Wänden der Kirche wider. Es dauerte eine halbe Ewigkeit, vielleicht aber auch nur wenige Minuten. Als ich zu spielen aufhörte, lag nur noch ein blank gefressenes Skelett des Rattenfängers am Boden, dessen Hand weiter flehentlich in meine Richtung ausgestreckt war. Nur die Maske saß noch auf seinem Gesicht und starrte mich an.

Ich schwankte. Die Stille drückte hart und laut in meinen Ohren.

»R... Rain?«

Ich hob den Kopf und sah Holly, die sich aus den Bergen an Rattenleichen zu mir durchkämpfte. Sie sah müde und zerkratzt aus, doch alles in allem noch ganz.

»Gott sei Dank«, stieß ich hervor, ließ die Violine fallen und warf mich in die Arme meiner Freundin. Sie fing mich auf. Drückte mich an sich. Ihr vertrauter Duft stieg mir in die Nase, und ich schluchzte auf. »Ich dachte schon, ich hätte euch verloren.«

Sie drückte mich fester. »Als die Ratten kamen, haben wir uns in einem Schutzbunker versteckt. Da war all das krasse Zeug wie die Flammenwerfer. Sobald die Luft wieder rein war, sind wir sofort zu Obaasan zurück und haben sie tot im Haus gefunden. Die Geschwister waren völlig fertig. Cole kam gerade wieder zu Bewusstsein und hat uns angetrieben, dir zu folgen. Remus hat deine Witterung aufgenommen, aber ... Oh Gott, Rain, das hier ist die Hölle.« Sie zitterte nun ebenfalls, und ich drückte sie noch fester an mich.

»Wo ist Cole?«, fragte ich und ließ panisch den Blick durch die Kirche wandern, als wir ein unterdrücktes Schluchzen hörten.

»Tsuki. Tsuki. Nein.«

Gleichzeitig sahen wir zu Tayo. Er kniete am Boden und hatte die Arme um seine Schwester geschlungen, die sich nicht bewegte. Stumm starrte sie ins Nichts. Tayos ganzer Körper wurde von Schluchzern erschüttert, während er sie in seinen Armen wiegte.

»Es tut mir leid. Es tut mir so leid. Bitte wach auf. Bitte wach auf«, flehte er und barg sein Gesicht an ihrer Schulter.

»Tayo.« Ich löste mich von Holly, stieg über die Ratten hinweg und ging neben ihm in die Hocke. »Tayo, ist sie …?«

»Lass sie!« Hart stieß er mich zur Seite.

»Tay!«, rief Adrien harsch. Er war in wenigen Schritten da und packte den dunkelhaarigen Jungen fest an den Schultern. »Komm zu dir!«

»Lasst mich. Ich muss ihr helfen.« Spucke spritzte von seinen Lippen, während sich seine Stimme überschlug.

»Sie ist tot, Tayo«, presste Adrien hervor.

Tayo warf ihm einen solch hasserfüllten Blick zu, dass Adrien prompt zurückschreckte.

»Tay. Es tut mir so leid«, sagte Adrien sanft.

»Nein, nein, nein. Ich muss ihr helfen«, wiederholte Tayo, hob die Leiche seiner Schwester hoch und stand schwankend auf. Es war ein Wunder, dass er sich mit der Schusswunde überhaupt noch bewegen konnte, und ich war mir sicher, dass er nicht hörte, was wir sagten.

»Tayo.« Ich griff nach ihm, doch er riss sich von mir los und starrte mich an.

Die Äderchen in seinen Augen waren geplatzt, und etwas stimmte mit seinen Pupillen nicht. Sie wirkten unstet und zitterten. Unwillkürlich musste ich an das Gespräch zwischen Willow und Obaasan denken, das ich mit angehört hatte, und daran, was der Rattenfänger gesagt hatte.

Die Alarmglocken in mir schrillten los. »Tayo. Deine Großmutter war eine Seherin, aber du und Tsuki, ist seid mehr, nicht wahr?« Die Worte verließen meinen Mund, und ich wusste, dass sie stimmten. Tayo zitterte am ganzen Körper, und erneut streckte ich die Hand nach ihm aus. »Ihr habt das Potenzial, Hexen zu werden, aber ihr seid dem Ruf des Prinzen nicht gefolgt, oder? Du musst dich beruhigen. Sonst war der ganze Widerstand, den ihr bisher geleistet habt, umsonst.«

Tayo wich zurück. »Fass mich nicht an, oder ich bring dich um.«

Ich ließ die Hand sinken. Mein Herz zog sich zusammen.

»Ich muss sie retten«, presste Tayo hervor und stolperte in Richtung Tür.

Entsetzt blickten wir ihm nach. Holly bekam sich schließlich als Erste so weit in den Griff, dass sie Adrien einen scharfen Blick zuwarf. »Tu was.«

»Was denn?«

»Ihn zurückholen. Er ist völlig neben sich.«

Adrien presste die Lippen zusammen, nickte jedoch und folgte Tayo. Es knallte, als die Tür der Kirche zufiel.

Ein Winseln ließ mich aufsehen. Remus. Der große schwarze Hund stand ein Stück abseits und stupste etwas an. Er bellte, und mir wich jede Farbe aus dem Gesicht.

»Cole!« Ich stürzte auf den Hund und die reglose Gestalt am Boden zu. Scharf sog ich die Luft ein, als ich mich mit aufbauschendem Kleid neben Cole fallen ließ und seinen Kopf auf meinen Schoß zog. »Wach auf«, flehte ich.

Er rührte sich nicht. Remus fiepte und leckte über Coles Gesicht, das völlig von Pusteln entstellt war.

»Atmet er noch?« Holly tauchte neben mir auf.

»Ich weiß es nicht«, japste ich und spürte, wie eine Panikattacke über mich hereinzubrechen drohte. »Cole, tu das nicht. Du hast bis jetzt durchgehalten. Gib nicht auf.«

Ich schüttelte ihn. Coles Kopf sackte zur Seite, und Holly presste ihr Ohr an seine Brust.

»Und?«, fragte ich panisch.

»Pst. Wie soll ich bei deinem Geschrei etwas hören?«, fuhr sie mich an.

Ich zwang mich zur Ruhe. Suchte nach der pochenden Ader an

seinem Hals. Und da war sie und pulsierte, aber schwach. Viel zu schwach.

»Er lebt noch. Aber ich glaube, nicht mehr lange«, bestätigte Holly meine Vermutung.

»Was sollen wir nur tun?«, presste ich hervor.

»Rain …«, begann sie sanft, doch ich unterbrach sie barsch.

»Nein«, sagte ich und war selbst überrascht, wie hart und entschlossen ich klang. Eine Unbeugsamkeit, die ich nicht an mir kannte.

»Was meinst du mit Nein?«

»Ich lasse Cole nicht sterben. Nicht so.«

»Und was willst du dagegen tun?«

»Alles«, sagte ich brüsk, holte tief Luft und rief mit harter Stimme: »Rumpelstilzchen! Rumpelstilzchen! Schwing deinen Arsch hier rüber. Sofort!«

Holly schnappte nach Luft. »Nein. Rain, hör auf.«

»Rumpelstilzchen!«, rief ich, ohne auf sie zu hören, und klammerte mich an Cole fest. »Ich weiß, dass du mich hörst. Komm her. Sofort! Ich habe einen Wunsch!«

Holly sah mich völlig entsetzt an, als ein Lüftchen aufkam. Etwas raschelte, und in der nächsten Sekunde stand der Goldjunge vor uns. Er trug einen schicken Smoking, als hätte er sich gerade fertig gemacht, um auf einen Ball zu gehen. Als er uns sah, hob er die Augenbrauen so weit, dass sie in seinem Haaransatz verschwanden.

»Was ist denn hier passiert?« Er klang belustigt. Sein Blick blieb an den Knochen des Rattenfängers hängen. »Heilige Scheiße. Nett, etwas eklig, aber unser Rattenfänger wird nicht so bleiben, außer ihr hängt ihn an einer Trauerweide auf …«

»Ich habe einen Wunsch«, unterbrach ich ihn.

»Selbstverständlich. Was kann ich für Ihre Majestät tun?«, fragte er spöttisch und verbeugte sich vor mir.

Ich deutete auf Cole, der immer noch in meinen Armen lag. »Er stirbt.«

»Das sehe ich. Ekelhafte Art zu sterben. Ich hörte, man fühlt alles bis zum Schluss, während einen die Krankheit von innen heraus verfaulen lässt.«

»Heile ihn«, befahl ich.

Rumpelstilzchen schnalzte mit der Zunge. »Wie kann ich meiner zukünftigen Königin einen Wunsch verwehren, der ihr so am Herzen liegt? Ich heile ihn. Selbstverständlich gegen entsprechende Bezahlung.«

Ich zuckte mit keiner Wimper. »Was willst du?«

Seine Mundwinkel hoben sich. Seine Augen blitzten auf. »Für deinen ersten Wunsch? Nur eine Kleinigkeit. Eine Seite meiner Wahl aus deinem Buch.«

»Welches …? Oh, *das* Buch?«, fragte Holly misstrauisch.

»Ganz genau. Das Buch der Prophezeiung. Das einzige Exemplar, das sich rein zufällig im Besitz von Rain White befindet«, stellte Rumpelstilzchen klar, obwohl mir durchaus bewusst gewesen war, welches Buch er meinte.

»Ich kenne deine Geschichte bereits«, sagte ich leise.

»Die du von Herzen gern behalten kannst. Ich bin an einer ganz anderen Seite interessiert.«

Wenn ich ihm die Seite gab, würde sie mir wahrscheinlich im entscheidenden Moment fehlen. Aber Cole lag im Sterben. Und das konnte ich nicht zulassen.

»Sind wir uns einig?«, fragte Rumpelstilzchen und streckte seine Hand aus.

»Nein«, sagte Holly.

»Ja«, sagte ich und schlug ein.

Rumpelstilzchens Lächeln wurde breiter. »Wundervoll.« Er schnippte, und das Buch erschien in seiner Hand. Einfach so. Ich wusste nicht einmal, wo ich es verloren hatte. »Aaaah.« Andächtig strich er über den Einband. »Wie lang ist es her, dass ich ein Buch in Mi'ihen gesehen habe? Ein wahres Prachtstück.«

Er blätterte bis zum Schluss und riss eine Seite heraus. Das ratschende Geräusch tat beinahe körperlich weh.

»So, schon vorbei.« Rumpelstilzchen gab mir das Buch zurück und nickte mir zu. »Wenn es sonst nichts mehr gibt, melde ich mich jetzt ab. Ich habe noch ein paar Deals abzuschließen und darf eine Feier nicht verpassen.«

Meine Hand schnellte nach vorn, und ich hielt ihn zurück. »Zuerst musst du Cole heilen.«

Rumpelstilzchens Mundwinkel hoben sich. »Natürlich.« Er tätschelte meine Hand und lehnte sich zu mir herab. »Aber überlassen wir das doch dir. Wenn du mich fragst, gibt es nichts, was ein guter Kuss nicht wieder hinbiegen könnte. Findest du nicht auch?«

»Ein Kuss?«, wiederholte ich krächzend, und er grinste mich an.

»Keine Angst, es muss auch nicht der Kuss der wahren Liebe sein, aber streng dich gern ein bisschen an.«

Er richtete sich auf, doch ich hielt ihn mit einem scharfen, gebieterischen Ton zurück, der mich selbst überraschte: »Warte, Rumpelstilzchen!«

Er kam ins Stocken. »Kann ich noch etwas tun?«

»Nimm ihn mit.« Mit dem Kinn deutete ich auf das abgebissene Skelett des Rattenfängers. »Er hat in Guildford schon für genug Ärger gesorgt.«

»Nun, ihr müsst ihn nur aufhängen und …«

»Es gibt keine Trauerweiden mehr in Guildford«, wandte ich ein und sah ihn eisig an. »Nimm ihn mit!«

»Ist das ein Wunsch?«

»Nein, ein Befehl«, knurrte ich.

Ein Muskel an seinem Kinn zuckte. Ich wusste, dass er nicht tun musste, was ich sagte, und er wusste, dass ich wusste, dass er nicht folgen musste, und dennoch … Langsam, beinahe spöttisch, senkte er den Kopf. »Wie meine Königin befiehlt. Packen wir den Rattenfänger mal auf Eis.«

Er ging weiter, schnalzte mit der Zunge, als er das Skelett anstieß, und seufzte. »Der Arme ist immer so überschwänglich. Na, dann wollen wir mal.«

Er bückte sich, hob das Gerippe hoch und warf es sich über die Schulter.

Ein Luftzug kam auf, und Rumpelstilzchen verschwand zusammen mit dem Rattenfänger. Ich sackte in mich zusammen und presste Luft in meine Lunge, ehe ich mich an meine Aufgabe erinnerte.

Ein Kuss. Ich sollte Cole küssen.

Der Gedanke löste ein seltsames Rumoren in mir aus. Mein Magen zog sich zusammen, und ich fühlte mich so überfordert, wie seit meinem ersten Kuss nicht mehr. Mein Puls schoss in die Höhe, und das Herz schlug mir bis zum Hals.

Holly blickte mich aus großen Augen an und drückte meine Schulter. »Tief durchatmen. Er will dich nur aus der Fassung bringen.«

»Tja, das ist ihm gelungen«, murmelte ich.

»Da ist nicht dein erster Kuss. Schrecklicher als *der* Kuss kann es ohnehin nicht mehr werden.«

Da hatte sie nicht ganz unrecht.

Ich blickte auf Cole hinab.

Er sah aus wie ein gefallener Engel. Das Haar fiel ihm in die Stirn. Seine hellen Wimpern zeichneten lange Schatten auf seine Wangen. Seine Lippen waren blutig und zerschlagen. Mit zitternden Fingern wischte ich über sein Gesicht. Über die lange gerade Nase, die geschwungenen Augenbrauen, die Wangenknochen und über seine Lippen, bis sie sauber waren. Sie waren warm. Aber es war offensichtlich, dass mit jeder Sekunde das Leben aus ihm floss wie Sand zwischen den Fingern hindurch.

Ich versuchte, meine Umgebung auszublenden, den Gestank von Blut und Tod. Die Schmerzen in meinem Körper, die wirren Gedanken, die mir einzureden versuchten, dass ich Cole nicht küssen konnte, weil … ja, weil? Warum konnte ich ihn nicht küssen? Möglicherweise, weil die letzten beiden Male, die ich jemanden geküsst hatte, in einer Katastrophe geendet hatten. Was, wenn meine Küsse verflucht waren? Was, wenn ich Unglück brachte?

Ich konnte doch nicht … Nein! Abrupt stoppte ich meine Gedanken und atmete tief durch.

Das brachte mich gerade nicht weiter.

Ich musste Cole helfen, und wenn das hier der einzige Weg war, würde ich es tun.

Langsam ließ ich Cole wieder auf den Boden sinken, beugte mich über ihn und strich ihm behutsam die Haare aus der Stirn.

»Cole«, flüsterte ich, und mein Blick landete auf seinen Lippen. Voll und weich, rot wie Blut und die Haut weiß wie Schnee. »Hat dir schon mal jemand gesagt, dass du ein viel besseres Schneewittchen bist als ich?«, versuchte ich, die Situation aufzulockern.

Ich drückte meine Stirn gegen seine und schloss die Augen, fühlte seine Haut an meiner Haut.

»Es tut mir leid, dass ich das jetzt tun muss, ohne deine Erlaubnis, aber ich kann nicht zulassen, dass du stirbst. Bitte verlass mich nicht … Ich weiß nicht, was ich ohne dich tun soll.« Die Worte verließen nur in einem leisen Hauch meinen Mund. Hinter meinen Lidern prickelte es, und eine Träne löste sich aus meinem Augenwinkel. Rann mir die Wange hinab, hing eine Sekunde zitternd an meiner Nasenspitze, ehe sie sich löste und auf seine Lippen fiel.

»Bitte wach auf«, wisperte ich und legte meine Lippen auf seine. Ein salziger Geschmack breitete sich in meinem Mund aus. Dieser

Kuss schmeckte nach Blut und Tränen, nach Angst und Verzweiflung. Er hatte rein gar nichts mit einem romantischen Kuss zu tun, über den in Märchen erzählt wird.

Zitternd nahm ich sein Gesicht in meine Hände und küsste ihn erneut. Hauchzart. Flüchtig. Nicht länger als einen Herzschlag. Eine weitere Träne rollte mir die Wange hinab und benetzte unsere Lippen. Meine Lippen wurden warm, genauso wie seine Haut unter meinen Fingern. Ich fühlte weiches Haar und glatte Haut. Ich roch Schnee, Salz und Rauch.

Ich küsste Cole. Es war, als hätte ich nie etwas so Falsches und gleichzeitig so Richtiges getan. Cole zu küssen, war so vertraut und dennoch völlig anders als alles, was ich jemals getan hatte.

Meine Lippen strichen über seine, und der salzige Geschmack wurde süßer. Mein Herz flatterte, und auf einmal ging ein Ruck durch seinen Körper, und er atmete tief ein. Ich küsste ihn weiter, aus Angst er würde aufhören zu atmen, wenn ich aufhörte, ihn zu küssen.

»Wach auf, Cole«, bat ich und hauchte einen Kuss auf seine Mundwinkel. Erst auf den einen, dann auf den anderen.

Seine Haut wurde immer wärmer, und auch das Pochen unter meinen Fingern wurde stärker. Sein Körper spannte sich an, und dann schlug Cole die Augen auf. Es war wie der Schlag eines Schmetterlingflügels. Ich spürte das Zittern an meiner Wange und öffnete langsam die Augen. Sein Atem stockte, genauso wie meiner. Ein grauer Schleier zog sich aus seinem Blick zurück, und als er sich auf mich fokussierte, wurden seine Pupillen so klein wie Stecknadelköpfe.

Gott sei Dank, es hatte tatsächlich funktioniert.

Erleichtert wich ich zurück. Nur einen Zentimeter. Nur einen Hauch.

»Rain?«, flüsterte er.

»Cole«, antwortete ich und lächelte, während ich mir die Tränen wegwischte. »Du bist wieder da.«

Vorsichtig strich er mir eine Haarsträhne zurück und ließ seine Finger auf meiner Haut liegen, als wollte er sich vergewissern, dass ich real war. Er lächelte, und in seinen Augen lag … so viel.

»Danke«, sagte Cole.

Ich erwiderte seinen Blick, und mein Herz begann, so schnell zu pochen, dass es beinahe wehtat. Meine Wimpern flatterten, und im nächsten Moment sackte ich in mich zusammen.

Kapitel 26

»Wer an ihn will, der hüte sich,
der hat es mit mir zu tun.«

Aus »Der wunderliche Spielmann«
Gebrüder Grimm

»Rain!«

Keuchend riss ich die Augen auf und setzte mich auf. Luft! Ich brauchte Luft. Ächzend beugte ich mich vornüber und sog Sauerstoff in meine Lunge.

»Den Göttern sei Dank. Ich dachte schon, du wachst gar nicht mehr auf.«

Jemand legte von hinten die Arme um mich. Panisch schlug ich aus. Es klatschte, als ich etwas Hartes traf.

»Aua, Rain!«

Immer noch keuchend stieß ich die Arme von mir, krabbelte nach vorn und hatte plötzlich nichts mehr als Luft unter mir. Es krachte, als ich hart auf einem Dielenboden aufprallte.

»Rain?«

Ich stöhnte. Die Schatten in meinen Gedanken verzogen sich endlich so weit, dass ich meine Umgebung richtig wahrnahm. Ich lag auf einem kalten Boden. Vor mir war ein Bett, aus dem ich wohl gerade gefallen war. Cole kniete darauf und blickte zu mir herab. Sein helles Haar stand in alle Richtungen ab. Seine Haut war blass wie eh und je. Keine Anzeichen der Blessuren waren mehr zu sehen, und sein Brustkorb bewegte sich eindeutig unter seinen Atemzügen.

»Du bist wach«, stieß ich hervor. Abrupt setzte ich mich auf und stieß dabei hart mit dem Kopf gegen seinen.

»Aua!« Wir zuckten beide zurück.

»Du bist wach«, wiederholte ich. »Du bist wach.« Fassungslos schlang ich meine Arme um ihn, wie um mich zu vergewissern, dass er wirklich echt war. Dass er noch da war. Bei mir. Nicht tot. Noch da!

»Ich bin hier«, sagte er und hielt mich seinerseits fest. Seine Arme waren warm, weich, und einen Moment lang versank ich in seiner Nähe, in seinem Atem, seinem Geruch. Die Erleichterung ließ mich schwindelig werden, ehe ich mich zwang, ein Stück zurückzuweichen und ihn anzusehen.

»Du lebst noch«, brachte ich hervor, während mir heiße Tränen in die Augen schossen. »Einen Augenblick dachte ich, es wäre aus. Ich dachte, ich hätte dich verloren. Ich dachte, du …«

Ich kam nicht dazu, den Satz zu beenden, denn Cole beugte sich auf einmal vor, schloss die Hände um mein Gesicht und küsste mich. Vor Schreck erstarrte ich. Seine Lippen lagen auf meinen. Weich und zart. Sie schmeckten süß. Irgendwie nach Erdnussbutter.

Cole. Küsste. Mich.

Er zog sich zurück. Nicht viel. Nur einen Hauch.

»Cole, was machst du da?«, flüsterte ich. Seine Lippen waren meinen immer noch so nah, dass sie einander beim Sprechen streiften.

»Ich mache das, was ich schon tun wollte, seit ich auf der Straße aufgewacht bin und in deine Augen geblickt habe.« Seine Stimme zitterte leicht, während er die Finger in meinen Haaren vergrub. »Darf ich dich noch einmal küssen, Rain?«

Ich zögerte. Nur eine Sekunde, in der mir verdammt viele Gründe durch den Kopf gingen, warum ich Nein sagen sollte. Unter anderem weil die Welt gerade dabei war, unterzugehen, und wir alle mit ziemlicher Wahrscheinlichkeit draufgehen würden bei dem Versuch, die Konsequenzen eines Kusses von mir aufzuhalten. Alles gute und stichhaltige Argumente, doch stattdessen sagte ich atemlos: »Ja.«

Ein erleichtertes Lächeln huschte über seine Lippen, ehe er seinen Mund wieder auf meinen legte.

Ich wusste nicht wirklich, was ich in diesem Augenblick fühlte. Mein Magen zog sich vor Aufregung zusammen, und mein Herz polterte los. Bebend schloss ich die Augen und ließ das Gefühl von seinen Lippen auf meinen auf mich wirken. Seine Oberlippe war ein wenig voller als die untere. Scheu, beinahe zögerlich begann er, seine Lippen zu bewegen. Öffnete sie sanft und drückte sie stärker gegen meine. Ich erwiderte den Kuss, griff nach seinen Fingern in meinen Haaren, schob sie jedoch nicht zurück, sondern verschränkte meine Finger mit seinen, während ich ihm entgegenkam. Cole keuchte, und ich nutzte die Gelegenheit, um meine Zunge über seine Unterlippe gleiten zu lassen.

Cole zuckte zurück. Seine Pupillen waren riesig. Sein Brustkorb hob und senkte sich hektisch. »Mehr«, flüsterte er, bat er, flehte er, beugte sich herab und küsste mich wieder. Ließ die Zunge flüchtig über meine Unterlippe streichen.

Ich öffnete meine Lippen und ließ ihn ein. Cole stöhnte auf, als ich meine Zunge gegen seine stieß. Sein Geschmack flutete meine Sinne. Bisher hatte ich das Küssen immer als etwas ganz Nettes angesehen, doch auch Küssen wollte gelernt sein, und die meisten Versuche waren eher enttäuschend als wirklich erregend gewesen. Doch das hier, das hier war etwas anderes. Vielleicht weil Cole etwas anderes war. Oder wir zusammen. Möglicherweise gab es dafür auch einfach keine Erklärung, aber Cole zu küssen, fühlte sich an, als würden sämtliche meiner Zellen erzittern. Hitze breitete sich in meinem Kopf aus, ließ mich schwindeln, während ich den Kuss intensivierte, seine Finger aus meinem Haar löste, ihn am T-Shirt packte und ihn auf das fremde Bett stieß. Es quietschte und wackelte, als er auf der zerwühlten Decke landete. Mit glänzenden Augen und bebender Brust sah er zu mir hoch, als ich mich rittlings auf ihm niederließ. Am Rande bemerkte ich, dass ich nur ein fremdes T-Shirt trug, dass nur meine Unterwäsche uns voneinander trennte.

Cole stützte sich mit den Ellenbogen ab. Seine Armmuskeln spannten sich an, als er mir entgegenkam. Die Kinnlinie beschrieb einen perfekten Bogen. Jetzt war ich diejenige, die ihre Finger in seinem Haar vergrub. Genüsslich ließ ich das helle Weiß durch die Finger rieseln, ehe ich es fester packte, sodass sein Kopf nach hinten gebogen wurde. Cole schnappte nach Luft, starrte zu mir auf. Seine Lippen glänzten.

»Rain.« Mein Name entwich ihm in einem Wispern. Wie ein Gebet.

Träge küsste ich ihn, ohne dabei die Hand aus seinen Haaren zu nehmen. »C… Cole?«, japste ich, nicht sicher, was ich sagen wollte.

Cole antwortete jedoch nicht.

Verwirrt schlug ich die Augen auf und blickte … in ein verschwommenes Gesicht. Ich versteifte mich und zuckte zurück, doch nein … Nein, es war Cole, der unter mir lag, oder? Aber dann wieder nicht, denn sein Haar war pechschwarz. In seinen Augen fehlte jede Spur von Farbe und Wärme. Eigentlich war es, als würde alles fehlen. Als würde ich in ein schwarzes Loch blicken. Ohne Licht, ohne Sterne, ohne Seele. Auf seinen Lippen lag ein befriedigter Ausdruck. Eine Gänsehaut überzog meinen Körper, ehe ich realisierte, dass etwas nicht stimmte. Die Person flackerte vor mir, als würde ihr jegliche Substanz entgleiten.

»Rain«, sagte er, und seine Stimme hallte wie ein Echo nach. Eine Stimme, die so völlig anders klang als die, die ich von ihm kannte. Als würde jede Seele darin fehlen.

Hektisch krabbelte ich zurück. Seine Hand schnellte nach vorn. Er versuchte, mich zu packen, doch seine Hand glitt einfach durch mich hindurch, als wäre sie nicht mehr als … ein Traum?

»Endlich habe ich dich gefunden. Bitte hör auf, vor mir davonzulaufen, meine Vasallen suchen dich überall. Hör auf, gegen mich anzukämpfen. Komm zu mir. Alles in dir sehnt sich nach mir. Spürst du es nicht?«

Der Atem stockte mir in der Lunge, mein Herz hörte auf zu pumpen, meine Welt hörte auf, sich zu drehen, als ich den Jungen vor mir anstarrte.

»Du bist nicht Cole.«

Er lächelte nur, und es sah aus, als würde die Dunkelheit selbst mich anstarren.

»Du bist der Prinz«, stellte ich fest und schreckte so heftig zusammen, dass ich vom Bett fiel. Nur, dass ich nicht aufkam, sondern schlagartig aufwachte.

Keuchend riss ich die Augen auf. Über mir waren die Fresken einer Kirche zu sehen. Alles war verschwommen, und ich blinzelte hektisch, während ich mich zu erinnern versuchte, wo ich war, wer ich war und was soeben passiert war.

»Rain, bist du wach?« Eine Stimme drang durch das Rauschen in meinen Ohren zu mir durch. Eine vertraute Stimme. Ein Bellen mischte sich darunter, ehe ein blasses Gesicht mit rotbraunem Haar vor mir erschien.

»Holly?« Ich zuckte beim Klang meiner eigenen Stimme zusammen.

»Gott sei Dank.« Sie sackte in sich zusammen. »Ich hätte nicht gewusst, was ich tun sollte, wenn ihr nicht wieder aufwacht.«

Aufwachen? Es war also ein Traum gewesen? Die Küsse, die Gefühle, das alles …

Oh Gott, der Prinz!

»Der Prinz hat mich gefunden!« Ruckartig setzte ich mich auf und wurde im nächsten Augenblick überschwänglich von einer Zunge abgeleckt. Prustend drehte ich das Gesicht weg.

»Remus, aus!«, befahl Holly, was den Hund winseln ließ.

Ich drückte ihn von mir. Mein Rücken knackte dabei.

»Was meinst du damit, Rain?«, fragte Holly, während ich nach Atem rang.

»Der Prinz hat mich gefunden!«, wiederholte ich und begann, am ganzen Leib zu zittern.

»Wie kommst du darauf? Du hast nur Cole geküsst und bist dann ohnmächtig geworden.«

»Ohnmächtig?«, echote ich und schloss für ein paar Sekunden die Augen. Mir war so scheißschwindelig. »Es hat sich so real angefühlt.«

»Was denn, Rain?«

»Ich …« Zögernd hielt ich inne. Konnte ich das erzählen? Nein. Zumindest nicht jetzt und nicht so.

Ich schüttelte den Kopf und verzog das Gesicht, als ich bemerkte, dass ich noch immer das bauschige Brautkleid trug. Die Luft war erfüllt von dem Gestank nach Rauch und Tod. Remus peitschte mit seinem Schwanz hin und her und fegte dabei ein paar tote Ratten weg. Ich wandte mich ab, und mein Blick fiel auf die Gestalt, die neben mir auf dem Boden lag.

»Cole!« Ich beugte mich vor und nahm sein Gesicht in meine Hände. »Cole?«

Seine Wunden waren nicht perfekt verheilt. Nicht so wie in meinem Traum. Seine Haut war verschorft. Doch er sah zumindest nicht mehr aus wie eine wandelnde Leiche. Die Ähnlichkeit mit dem Prinzen in meinem Traum ließ mich zusammenzucken. Aber Cole war nicht der Prinz. Er konnte nicht der Prinz sein.

»Was ist mit ihm?«, fragte ich und sah völlig fertig zu Holly auf.

»Ich weiß es nicht. Du hast ihn geküsst, er ist aufgewacht, und dann seid ihr beide einfach umgekippt.«

»Wie … wie lang war ich ohnmächtig?«

»Vielleicht zehn Minuten? Ich wusste nicht, was ich tun soll.«

»Wir sollten von hier verschwinden. So schnell wie möglich.«

»Warum?«

»Weil mich der Prinz gefunden hat«, presste ich erneut hervor und schauderte. Der Traum hallte noch immer in einem befremdlichen Wirrwarr aus Erregung und Todesangst in mir nach.

Holly sah mich skeptisch an. »Bist du dir sicher? Hier war niemand. Außer … nun, außer den Leichen.«

»Ich … ich habe von ihm geträumt«, räumte ich stotternd ein und riss mich zusammen. »Aber wir sollten es nicht drauf ankommen lassen. Ist Adrien schon wieder aufgetaucht?«

»Nein. Aber das sollte er bald.« Ihr Blick huschte zur Tür, und sie schob nach: »Hoffentlich.«

Remus bellte, und im selben Augenblick ging eine der Türen quietschend auf. Holly und ich spannten uns unwillkürlich an.

»Mädels, alles gut bei euch?«

Adrien. Wir sackten in uns zusammen, und Holly stand auf. »Hast du Tayo gefunden?«, fragte sie, während er auf uns zukam. Seine Boots knallten auf dem Boden.

Adrien schüttelte den Kopf. »Nichts. Keine Spur von ihm. Als wäre er vom Erdboden verschluckt worden. Ich wollte aber auch nicht zu lange wegbleiben. Wie geht es euch?« Er blieb vor uns stehen, nahm seinen Rucksack ab und warf mir eine Wasserflasche zu. »Hier, trink das. Du siehst scheiße aus.«

Zitternd nahm ich einen großen Schluck.

»Wie geht es ihm?«, fuhr Adrien fort und nickte in Richtung Cole. »Hoffentlich besser, als er aussieht.«

»Keine Ahnung.« Ich wischte mir den Mund mit dem Handrücken ab. »Ich hoffe, er wird wieder.«

Cole stöhnte leise, und mein Blick blieb einen Moment an seinen Lippen hängen. Ich schaute schnell wieder weg. Nur ein Traum. Es war nur ein Traum gewesen. Dennoch schnürte mir die Panik den Hals ab.

»Wie auch immer, Leute. Wir sollten zusammenbleiben und Tayo gemeinsam suchen«, sagte Adrien.

Holly schüttelte so heftig den Kopf, dass ihre Haare hin und her peitschten. »Nein. Wir verschwinden von hier«, sagte sie, ohne zu zögern.

Adrien verschränkte die Arme vor der Brust. »Und lassen ihn im Stich? Er hat gerade seine Schwester verloren.«

»Er ist einfach abgehauen«, rief Holly und deutete um uns herum. »Hierzubleiben, wäre der reinste Selbstmord.«

Adrien hob eine Augenbraue und knurrte. »Bist du immer so selbstsüchtig?«

»Nein, ich bin einfach nur nicht dumm.«

»Loyal zu sein, ist keine Dummheit.«

»Nein, aber loyale Menschen sterben früher, und ich bin nicht bereit zu sterben. Nicht jetzt! Aber tu dir keinen Zwang an. Geh nur und such ihn. Wir kommen gut allein zurecht.«

»Ach, tut ihr das?«

»Ja, das tun wir. Ich brauche dich nicht. Hau ab!« Holly brüllte regelrecht. Die beiden waren sich inzwischen so nah, dass sie sich praktisch ins Gesicht fauchten.

Adriens Piercings klimperten, so heftig gestikulierte er. »Vielleicht sollte ich das tun. Mit euch hat man eindeutig mehr Probleme.«

»Dann tu es!«

»Mach ich!«

»Gut!«

»Gut!« Adrien fluchte, drehte sich um und stampfte nach draußen. Die Tür knallte hinter ihm zu.

Ich zuckte zusammen und linste zu Holly auf. »Ähm, was war das denn?«

»Ein Arschloch! Das war es!«

»Okay …?«

Mit vor Wut funkelnden Augen wirbelte sie zu Cole herum und griff unter seinen Arm. »Komm, lass uns gehen.«

»Bist du sicher, dass wir …?« Ihr Gesichtsausdruck ließ mich schnell unter Coles anderen Arm greifen. Gemeinsam zogen wir ihn auf die Füße. Leider war der Kerl schwerer, als er aussah. Wir taumelten, als die Tür plötzlich aufging und Adrien wieder hereinkam.

»Scheiße, nein, ich gehe nicht!«, brüllte er uns zu.

Holly ließ Cole ruckartig wieder los, und ich stolperte quiekend zur Seite. Meine Freundin pustete sich eine Haarsträhne aus dem Gesicht und stoppte Adrien, indem sie ihm einen Zeigefinger gegen die Brust stieß. »Hau ab, Rotkäppchen, solange du noch kannst.«

»Tja, wie es aussieht, kann ich nicht.«

»Ach, und warum nicht?«

Er schnaubte und kam ihr mit dem Gesicht ziemlich nah. »Weil ich offensichtlich ein Idiot bin und anscheinend keine guten Entscheidungen treffe.«

Holly schien mir da ein paar Informationen voraus zu sein, denn sie gab murrend zurück: »Ach, lässt du jetzt wieder den Underdog raushängen, nur weil du weißt, wie man einen Big Mac klaut?«

»Nein, ich lasse den Underdog raushängen, weil ich schon einmal jemanden im Stich gelassen habe, der mir etwas bedeutet hat. Und was danach passiert ist, verfolgt mich bis heute in meinen Albträumen. Ich komme mit euch.«

Okay …?

Die beiden schnauften sich an. »Und was ist mit Tayo?«, fragte Holly schließlich.

»Der Kerl ist zum Glück nicht ganz so unfähig, wie er aussieht. Ein paar Tage wird er hoffentlich auch ohne mich überstehen, was man von euch ja nicht gerade behaupten kann«, sagte Adrien und nahm mir Cole ab.

»Ich will keinen Beschützer«, widersprach Holly.

»Tja, mir egal, was du willst.«

Holly starrte Adrien wütend an.

Wollte ich wissen, was zwischen den beiden los war? Nein, lieber nicht. Wir mussten weiter. Weg. Aber davor mussten wir noch etwas erledigen … Etwas Wichtiges. Mein Kopf pochte, ehe mir einfiel, was ich beinahe vergessen hätte. Die Scherbe! Ich musste die Scherbe suchen. Der Rattenfänger hatte ebenfalls eine in seiner Violine gehabt …

»Eine Sekunde noch«, bat ich die beiden und durchsuchte die Überreste des Massakers, das wir in der Kirche hinterlassen hatten.

»Rain, was tust du da?«, fragte Holly, als ich anfing, mich durch einen Haufen toter Ratten zu wühlen.

»Es muss hier … da!« Mit zitternden Fingern hob ich die Scherbe auf. Das zweite Insigne. Es lag unter den Trümmern der Violine. Ich steckte es ein, ehe ich zurück zu Holly und Adrien eilte und ihnen half, den ohnmächtigen Cole zu stützen.

Draußen war der Gestank von Asche noch immer allgegenwärtig. Ein wenig Sonnenlicht hatte es zumindest geschafft, sich durch die Wolken zu schieben, jedoch mit einem kränklichen Grünstich dazwischen. Sonnenaufgang.

Die Stadt war immer noch wie ausgestorben, während wir durch die Gassen liefen. Cole war vielleicht kein Muskelprotz, doch sein Gewicht zerrte schwer an uns. Schon bald lief mir der Schweiß über die Stirn und hinterließ einen klebrigen Film auf der Haut.

»Der Rattenfänger ist tot. Warum fühlt sich dann die Stadt weiterhin so krank an?«, fragte Holly, die Cole an den Füßen trug.

»Rumpelstilzchen sagte, wir müssen ihn an einer Trauerweide aufhängen, um seine dunkle Seele in Schach zu halten, aber es gibt hier keine mehr …«, murmelte ich düster und merkte, wie sich mir die kleinen Nackenhaare aufstellten. Meine Haut juckte, und der Drang zu rennen war beinahe übermächtig.

Als wir zu der Barrikade kamen, mussten wir feststellen, dass sie durchbrochen worden war. Die meisten Autos sahen aus, als wäre einfach etwas mit Wucht darübergefahren. Wir quetschten uns durch das Chaos, und ich brach vor Erleichterung beinahe zusammen, als unser Truck in Sicht kam. Noch genau dort, wo wir ihn abgestellt hatten.

Wir wuchteten Cole, der immer noch nicht aufgewacht war, auf die Ladefläche, und Remus sprang sofort neben ihn.

»Wohin sollen wir fahren?«, fragte mich Adrien.

»Egal. Hauptsache, erst mal weg. Vielleicht finden wir auch etwas mit Dusche, frischen Klamotten und Fast Food«, sagte ich, kletterte – so gut es in diesem verfluchten Kleid ging – auf die Ladefläche und zog Coles Kopf auf meinen Schoß.

Man musste Adrien zugutehalten, dass er nicht nachbohrte. Er stieg einfach ein.

Holly folgte ihm nach kurzem Zögern, und zu meiner grenzenlosen Erleichterung sprang der Motor sofort ohne Probleme an. Wir fuhren die Straße zurück, auf der wir hergekommen waren. Die ganze Zeit über ließ ich Cole nicht aus den Augen. Er war immer noch nicht aufgewacht, stöhnte jedoch ab und zu.

»Alles wird gut«, versprach ich ihm leise und strich über sein Haar. Er zitterte.

Adrien raste regelrecht über die verlassene Straße, sodass mein Kleid im Fahrtwind flatterte, und ich atmete erleichtert auf, als wir Guildford verließen und Adrien scharf abbog. Weg von der Hauptstraße und auf eine Landstraße.

Die Fahrt war nicht gerade angenehm. Es rumpelte heftig. Ich sank in mich zusammen, um eine annähernd bequeme Position zu finden, und schlang die Arme um Cole, um uns beide warm zu halten. Ein wenig Licht drang durch das Blätterdach zu uns herab und zeichnete kleine Prismen auf unsere Haut. Remus schnaufte. Kleine Wölkchen wichen aus seinem Maul, während er den Kopf auf den Vorderpfoten ablegte und treuherzig zu uns aufsah. Obwohl die Fahrt mordsunbequem war, merkte ich, wie mich die Erschöpfung mit sich nach unten zog, dennoch hielt ich mich eisern wach. Ich spürte die kalte Fläche des Trucks und ließ die schrecklichen Geschehnisse der letzten Tage wie in einer Dauerschleife in mir abspielen, um nicht einzuschlafen. Ich wollte nicht träumen. Zumindest nicht von ihm. Dem dunklen Prinzen.

Ein Krächzen ließ mich aufsehen. Auf einem Ast saß ein großer schwarzer Rabe. Seine dunklen Augen blickten auf uns herab, während wir immer tiefer in den Wald hineinfuhren. Ein Flattern erklang, und kurz darauf verschwand die scharfe Linie des Vogels am Himmel.

Ich rückte näher an Cole heran, als Adrien plötzlich stehen blieb. Ich setzte mich auf und sah nach vorn zu einer Kreuzung. Ein Straßenschild wies in zwei Richtungen: Die eine führte nach Wickford, in der es, soweit ich wusste, einige Motels gab, die andere tiefer in den Wald hinein nach Surrey Hills, einem verlassenen kleinen Dorf. Früher hatte Surrey Hills von der Forstwirtschaft gelebt, doch die meisten Bewohner waren nach London gezogen. In dem Dorf gab es daher nichts mehr außer ein paar baufälligen leeren Häusern aus den Achtzigern.

Adrien bog schließlich in Richtung Wickford ab. Nun, ich nahm an, Motels waren aktuell besser als nichts. Doch etwas ziepte an meinen Erinnerungen. Wer oder was hatte Wickford schon einmal erwähnt? Ich spürte Unruhe in mir, konnte sie aber im Augenblick nicht einordnen. Es rumpelte heftig, als wir über den bereits zugewucherten Waldweg fuhren. Die Bäume standen so dicht, dass sich einer der Äste in meinen Haaren verfing. Ich drückte mich wieder dichter an Cole und lauschte dem Gezwitscher der Vögel. Es war beinahe unwirklich, sie zu hören. Es kam mir vor, als hätte ich schon seit langer Zeit keine *normalen* Geräusche mehr gehört. Es war fast zu normal, um wirklich beruhigend zu sein. Als würde uns der Wald nur etwas vorgaukeln.

Wie um mein mieses Bauchgefühl zu bestätigen, blieben wir plötzlich erneut stehen. Waren wir schon da? Ich blickte auf. Kam es mir nur so vor, oder standen wir erneut an derselben Kreuzung wie zuvor?

Das Autofenster surrte nach unten, und Adrien steckte den Kopf nach draußen.

»Adrien? Wo genau willst du hin?«, rief ich ihm zu.

»Eigentlich nach Wickford, da gibt es Motels«, bestätigte er meine Vermutung.

»Und? Haben wir uns verfahren?«

»Scheint so. Ich weiß nur nicht wie. Die Straße ging schnurgeradeaus.«

»Vielleicht hast du eine Abzweigung verpasst?«

»Vielleicht. Ich fahre mal weiter.«

»Tu das.«

Diesmal blieb ich sitzen, als Adrien losfuhr, und behielt den Wald genauer im Blick. Es waren hauptsächlich dichte Nadelbäume, die Stämme waren dunkel und rissig. Dickes Moos wucherte über den Boden. Die Sonne schien heller als die letzten Tage, und alles wirkte friedlich. Der Weg zog sich in leichten Schlangenlinien dahin. Es gab keine Gelegenheit zum Abbiegen.

Nach etwa zehn Minuten näherten wir uns wieder einer Kreuzung mit Straßenschild. Adrien blieb stehen, und ich stieß einen Fluch aus. Wir standen an exakt derselben Kreuzung wie vorhin.

»Wie ist das möglich?«, rief ich nach vorn.

»Keine Ahnung«, brüllte Adrien nach hinten. »Wir sollten längst da sein. Ich fahre mal zurück. Vielleicht haben wir dort eine Abzweigung verpasst.«

Er wendete und fuhr denselben Weg zurück, den wir gekommen waren. Ich blieb angespannt sitzen und atmete auf, als ich eine große Steinformation ausmachte, die mir bekannt vorkam. Wir waren also tatsächlich auf dem Weg zurück. Vielleicht …

Adrien hielt an. Eine Kreuzung. Dieselbe. Und das war eindeutig unmöglich, was hieß, dass etwas Magisches passierte. Ich schauderte und betrachtete das Straßenschild. Es wirkte beinahe, als wollte uns etwas von Wickford fernhalten.

Adrien stellte fluchend den Motor aus. Die Tür quietschte, als er sie mit einem Fuß auftrat und nach draußen sprang. Holly folgte ihm. Beide sahen angespannt aus, als sie zur Ladefläche kamen.

»Wir fahren im Kreis, und uns geht schon wieder das Benzin aus«, sagte Adrien. »Wir haben gerade getankt, wie kann das sein?«

»Wie weit kommen wir noch?«, fragte ich.

»Noch etwa fünf Kilometer. Wenn wir jetzt noch mal in die falsche Richtung fahren, bleiben wir einfach im Wald liegen. Der Sprit könnte gerade noch so reichen, um nach Surrey Hills zu kommen. Aber mehr auch nicht.«

»Wir könnten zu Fuß weitergehen«, schlug Holly vor. Ein Geräusch im Wald ließ sie nervös zusammenzucken. »Ich bin mir nur nicht sicher, ob wir das überleben würden.«

Wir sahen uns um, doch bis auf das leise Rauschen in den Bäumen war nichts Ungewöhnliches zu hören oder zu sehen. Da war nur Wald, der sich gefühlt ins Endlose erstreckte.

»Versuchen wir es querfeldein«, schlug ich schließlich vor.

»Und wenn das auch nichts bringt?«, fragte Adrien ernst.

»Dann laufen wir zu Fuß weiter. Aber ich zwinge euch zu nichts. Wir können auch versuchen, unterschiedliche Richtungen einzuschlagen …«

»Wir trennen uns nicht«, schnitt mir Holly sofort das Wort ab und funkelte mich an. »Denk nicht mal daran, Rain White.«

Ich schloss den Mund.

Adrien zögerte. Sein Blick huschte zurück zum Wald. »Wir können nicht ewig hier stehen bleiben. Versuchen wir es noch mal.«

Er stieg wieder ins Auto, während Holly sich diesmal zu mir gesellte. Es ruckelte, als der Wagen wieder anfuhr. Adrien verließ den Weg und brach sich einen Pfad durch den Wald.

»Ist er schon aufgewacht?«, fragte mich Holly und nickte zu Cole.

Ich schüttelte den Kopf und fühlte seine Stirn. Kein Fieber. Immerhin. Dennoch …

»Warum wacht er nicht auf?«, sprach Holly meinen Gedanken aus.

Ich zuckte mit den Schultern. »Vielleicht war mein Kuss schrottig.«

Meine Freundin schnaufte. »Weißt du noch, fünfte Klasse, Flaschendrehen auf der Sportwoche?«

»Vage.«

Sie grinste. »Deine Küsse sind nicht schlecht. Ich weiß es.«

Wir grinsten uns an, doch das ungute Gefühl in mir blieb. »Vielleicht hat das mit dem Küssen doch nicht gereicht, um Cole zu retten«, murmelte ich.

»Möglich. Vielleicht hat Rumpelstilzchen dich Cole nur küssen lassen, um dich zu verwirren. Was meiner Meinung nach sehr gut funktioniert hat.«

»Meinst du? Aber er ist aufgewacht. Wenn auch nur kurz.«

Holly zögerte und zog die Knie an. »Rain … Darf ich dich was fragen?«

»Schieß los.«

»Was genau empfindest du für Edward? Ehrlicherweise habe ich das Gefühl, du magst Cole, aber in Woodley, als wir Eddy zurückgelassen haben, wirktest du sehr … verzweifelt. Denkst du noch an ihn?«

Ich schluckte und blickte in den Wald hinein. »Kommt drauf an.«

»Worauf?«

Ja, worauf? Ihre Frage ließ mich einige Minuten lang schweigen, ehe ich beschloss, eine Gegenfrage zu stellen. »Denkst du an Adrien?«

Sofort funkelte sie mich an. »Lenk nicht ab, Rain.«

»Tue ich nicht, aber du!«

»Nein! Was hat Rotkäppchen damit zu tun, dass du mit deinen Gefühlen nicht klarkommst? Irgendetwas empfindest du ganz klar für Edward, andererseits kann jeder Blinde sehen, was zwischen Cole und dir ist!«

»Zwischen Cole und mir ist aktuell nur viel Verwirrung.«

»Ihr habt nur nicht darüber gesprochen.«

»Wann sollten wir auch?«

»Aber …«

»Holly, bitte lass es, okay? Nicht jetzt.«

Doch Holly ließ nicht locker. »Ich kenne dich jetzt schon ewig, Rain, und wenn ich eins weiß, dann, wenn du jemanden wirklich magst.«

»Nein.«

»Was nein?«

»Nein zu allem.«

Wir blickten uns an, und auf einmal rumpelte es heftig. Es gab einen Knall, und der Geruch von Benzin stieg von dem Truck auf, der ins Schlingern kam. Mein Magen drehte sich fröhlich einmal um sich selbst, während ich Cole an mich drückte und mich am Rand der Ladefläche festhielt. Holly kreischte. Es rumste, und wir knallten mit der Schnauze des Trucks in einen kleinen Bachlauf.

»Fuck!«, drang Adriens Stimme dumpf aus dem Fahrerhäuschen hervor.

»Was ist los?«, fragte Holly, die sich sofort von der Ladefläche schwang.

Die Tür wurde aufgerissen, und Adrien stieg aus. »Die Mistkarre ist einfach abgesoffen. Die Anzeigen haben geblinkt, als hätte auf einmal alles den Geist aufgegeben!« Wütend trat er gegen den Reifen, der ein pfeifendes Geräusch von sich gab. Als würde Luft entweichen.

»Wo sind wir jetzt?«, fragte Holly.

Schnaubend fuhr sich Adrien durch die roten Haare. »Ich bin mir nicht ganz sicher. Ich dachte, wir hätten es schon fast bis nach Wickford geschafft, doch den Bach haben wir schon mal passiert. Ich glaube, wir sind wieder im Kreis gefahren.«

Ich blickte mich um. Auf einem Baum direkt über uns entdeckte ich einen schwarzen Schatten, der uns zu beobachten schien. Ein Rabe. In diesem Moment starrte er mich direkt an und stieß ein heiseres Krächzen aus. Ich presste die Lippen zusammen, legte Cole sanft ab und krabbelte vom Truck, hob einen Zapfen auf und warf ihn nach dem Vieh. Der Rabe flatterte auf.

»Verschwinde, du Federvieh«, pöbelte ich ihn an und merkte erst jetzt, dass Holly und Adrien mich anstarrten, als wäre ich spontan gaga geworden. »Der Vogel sah verdächtig aus«, erklärte ich mit so viel Würde, wie ich aufbringen konnte.

»Jaaa … alles klar«, sagte Adrien gedehnt und kratzte sich am Kopf. »Macht Cole noch immer seinen Schönheitsschlaf?«

»Ja.«

»Gut, dann sollte einer bei ihm bleiben. Ich erkunde die Gegend. Wenn wir auch jetzt wieder im Kreis gefahren sind, können wir nicht weit weg von der Kreuzung sein.«

»Berühmte letzte Cheerleaderworte, bevor der Axtmörder auftaucht. Aber klar, trennen wir uns. Schon wieder. Hat bisher ja großartig funktioniert.« Holly schnaubte.

»Hast du eine bessere Idee? Brotkrumen streuen?«, fragte Adrien angepisst.

»Ähm ... Leute?«, warf ich zaghaft ein, während ich den Wald im Blick behielt. Doch die beiden schienen mich nicht gehört zu haben.

»Wozu? Wenn der Mörder mit dir fertig ist, können wir eine Spur mit deinen Eingeweiden legen«, giftete Holly.

»Was ist plötzlich dein Problem? Ich versuche nur, Lösungen zu finden. Ich könnte euch auch einfach stehen lassen und allein weitergehen. Ohne euch werde ich eindeutig länger überleben.«

»Vielleicht, aber dann sind die zwei Spiegelscherben futsch, auf die du es abgesehen hast.«

Adrien biss wütend die Zähne zusammen. »Unterstellst du mir gerade, dass ich nur bei euch bin, weil ich scharf auf die Insignien bin?«

»Ist es denn nicht so?«, fragte Holly zuckersüß.

Adrien öffnete den Mund, aber ich ging dazwischen: »Leute!«

»Was denn?«, blafften sie mich gleichzeitig an.

»Da vorn kommt was«, sagte ich angespannt.

Ein Rattern war zu hören, begleitet von einem Schnauben. Sofort schob sich Adrien vor Holly und zückte eine kleine Axt, die er von wer weiß woher hatte. Holly stieß ihn zur Seite, stellte sich breitbeinig neben ihn und verschränkte die Arme. Es war ohnehin zu spät, sich zu ducken und Busch zu spielen. Das Klappern kam näher, und aus den Schatten des Walds formten sich endlich klare Konturen.

»Ist das eine Kutsche?«, fragte Holly irritiert.

War es. Pechschwarz mit vier großen gleichfarbigen Pferden. Auf dem Bock saß ein Kutscher, von dem eigentlich nur ein Umhang zu sehen war, der herabfiel. Das ganze Gespann wirkte, als wäre es aus der Zeit gefallen. Die Pferde schnaubten und blieben direkt vor uns stehen. Auf der Kutsche prangte ein Wappen. Eine Mondsichel, die über einem gezackten Berg aufstieg.

Der Kutscher wandte sich uns zu und fragte mit rasselnder Stimme: »Miss White, Miss Marygold und Mr Hood?«

Adrien verspannte sich. »Wer will das wissen?« Seine Stimme klang nicht gerade freundlich.

Der Kutscher gab sich unbeeindruckt. Keines der Pferde schnaubte oder gab einen Ton von sich. Sie zuckten noch nicht einmal mit den Ohren. Sie standen einfach da und starrten in den Wald.

»Derzeit ist es nicht möglich, Wickford mit dem Auto zu erreichen. Mein Herr bittet, die Unannehmlichkeiten zu entschuldigen. Er hat mich geschickt, um Sie abzuholen. Sie alle stehen auf der Gästeliste und werden bereits sehnlichst erwartet«, fuhr der Kutscher schleppend fort.

»Und wer genau ist Ihr Herr?«, fragte ich nach, obwohl ich bereits eine Ahnung hatte.

»Ich stehe in den Diensten von Lord Pentragon, dem dritten Vasallen des dunklen Prinzen«, kam die überraschend ehrliche Antwort.

Ich sog zischend die Luft ein, als mir wieder einfiel, in welchen Kontext ich Wickford schon gehört hatte. Rumpelstilzchen hatte von diesem Ort gesprochen. Und Avery war in Wickford, ebenso wie … Es hatte damals mehr wie ein Scherz geklungen, doch jetzt war ich mir ziemlich sicher, dass dem nicht so war.

»Der Teufel ist in Wickford, und Avery muss ebenfalls dort sein«, sagte ich.

»Was?«, Holly warf mir einen beunruhigten Blick zu.

»Rumpelstilzchen meinte, er wäre nicht der Teufel, aber dieser befinde sich derzeit in Wickford, und Avery kam hierher, um etwas zu suchen.« Was auch immer das war.

Holly sah aus, als wäre ihr schlecht. »Aber so was wie den echten Teufel gibt es nicht, oder?«

»In Märchen schon«, hauchte ich.

Wir alle wurden blass.

Adrien verengte die Augen und schnarrte: »Wenn dem so ist, warum sollten wir so dämlich sein, einem Vasallen direkt in die Arme zu laufen?«

Der Kutscher neigte den Kopf. »Sie sind mitnichten gezwungen mitzukommen, junger Herr. Sollten sie zögern, Wickford betreten zu wollen, sei Ihnen versichert, dass Sie unter seinem Schutz stehen und keinerlei Schaden zu befürchten haben, lässt mein Herr ausrichten. Die Festivitäten sind in vollem Gange. Alles, was Rang und Namen hat, ist bereits eingetroffen. Es wäre ihm eine Ehre, Sie als seine Ehrengäste begrüßen zu dürfen. Vor allem Sie, Miss White. Natürlich steht es Ihnen jederzeit frei, Wickford wieder zu verlassen, wenn Sie es wünschen.«

Ich verengte die Augen. »Festivitäten? Was für Festivitäten?«

Wenn er jetzt von meiner Hochzeit sprach, würde ich auf den Fersen umdrehen und davonlaufen, so schnell ich konnte.

Stattdessen sagte er jedoch: »Der Carneval de Masquerade. Ein rauschendes Fest, das seit jeher von Lord Pentragon ausgerichtet wird. Dieses Jahr zu Ehren des Prinzen und Ihnen, Miss White.«

Holly, Adrien und ich wechselten einen Blick.

»Rumpelstilzchen hat etwas von einer Feier gefaselt, die er sich nicht entgehen lassen will«, sagte ich leise.

Adriens Schultern spannten sich an, als er sich wieder dem Kutscher zuwandte. »Sind andere Vasallen ebenfalls in Wickford?«

»Diese Auskunft kann ich leider nicht geben«, erwiderte der Kutscher. »Aber mein Herr wartet auf Sie. Alles ist bereit. Wenn Sie es wünschen, werde ich Sie mitnehmen.«

»Ich bin mir sicher, Rumpelstilzchen ist dort, und er hat den Rattenfänger mitgenommen, der sich erholen wird, solange wir ihn nicht aufknüpfen. Wenn wir da einmarschieren, haben wir es also nicht nur mit einem, sondern drei Vasallen zu tun«, sagte ich und fügte hinzu: »Und ich nehme an, der Prinz wird auch herkommen. Wenn die Vasallen wissen, dass wir hier sind, wird er es ebenfalls tun. Wir können also nur noch versuchen, uns zu verstecken.«

Adrien schauderte. »Wir müssen so weit weg wie möglich. Wickford ist die Höhle des Löwen.«

Holly pustete sich eine Haarsträhne aus dem Gesicht. »Oder es ist eine einmalige Gelegenheit, sie alle auf einmal zu erwischen.«

Ich warf ihr einen irritierten Blick zu, und auch Adrien meinte: »Das ist reiner Selbstmord, und wir können kaum noch stehen!«

»So wie ich das verstanden habe, wurde uns gerade Sicherheit garantiert, oder etwa nicht?« Holly sah den Kutscher abwartend an.

Dieser nickte. »Jede Art von Gewalt ist in Wickford untersagt. Sie betreten neutralen Boden. Niemand wird Ihnen etwas antun, das kann ich Ihnen versichern.«

»Das bedeutet aber, uns sind dort auch die Hände gebunden? Sie tun uns nichts, und wir tun ihnen nichts?«, hakte ich nach.

»Korrekt. Sämtliche Waffen werden Ihnen beim Betreten der Stadt abgenommen. Selbstverständlich erhalten Sie sie sofort zurück, sobald Sie die Stadt wieder verlassen. Kost und Logis werden Ihnen kostenlos zur Verfügung gestellt. Ach, und ich soll Ihnen das hier geben.« Er griff in seinen Umhang und hielt mir einen Umschlag entgegen.

Zögerlich nahm ich ihn an und öffnete ihn. Darin war schlichtes weißes Briefpapier. Ich faltete es auf und erstarrte, als ich die vertraute Schrift sah.

»Was ist?« Holly lugte über meine Schultern.

»Er ist von Avery«, presste ich hervor, und meine Finger begannen zu zittern. Er lebte! Zumindest hatte er es noch, als er den Brief geschrieben hatte. Doch allein dieser Lebensfunke genügte, um mir bewusst zu machen, wie angespannt ich mich gefühlt hatte. Wie sehr ich ihn vermisste und wie viel Angst ich um meinen Cousin gehabt hatte. Dieser Fetzten Papier machte mich so unfassbar glücklich und wütend zugleich.

»Was schreibt er?«, bohrte Holly nach, und ich las stockend vor:

Rain,
es tut mir leid, dass ich einfach verschwunden bin.
Ich musste es tun. Rumpelstilzchen hatte recht. Ich
habe etwas gefunden. Komm zu mir nach Wickford,
sobald du kannst. Ich warte dort auf dich.
Avery

»Was hat er gefunden?«, fragte Holly.

»Das steht hier nicht.« Ich ließ den Brief sinken und blickte zum Kutscher hoch. »Woher weiß ich, dass das wirklich von meinem Cousin ist?«

»Er gab mir den Brief persönlich und meinte, ich solle Sie, falls Sie misstrauisch sind, an Mr Bean und die Erdnussflips erinnern.«

Ich biss die Zähne zusammen. »Dieser Scherzkeks.«

»Erdnussflips?«, wiederholte Holly.

»Wer ist Mr Bean?«, schob Adrien hinterher.

Ich seufzte. »Unser Hamster. Das einzige Haustier, das uns Grandma jemals erlaubt hat. Und auch das Letzte, weil sie meinte, wir könnten uns nicht einmal darum kümmern.«

»Wieso?«

»Er war ein ziemlich verfressener Hamster, und … na ja, wir haben ihn etwa einen Monat lang mit Erdnussflips gefüttert. Er starb Kopf voraus in einer Chipstüte an einem Herzinfarkt. Wir waren so in Panik, dass wir seine Leiche an die Katze der Cinderbes verfüttert haben. Das Mistvieh hat aber den Kopf nicht mitgefressen, und Grandma stieg am nächsten Tag direkt darauf. Sie bekam einen totalen Anfall.« Ich biss mir auf die Lippe. »Das ist eine Sache, die wissen nur Avery und ich.«

Holly starrte mich an.

»Wir waren nicht sehr stolz darauf«, fügte ich hinzu und hob die Schultern.

»Das ist eine furchtbare Geschichte«, stimmte Adrien zu.

Wieder hob ich verschämt die Schultern und starrte auf den Brief. Ich strich über die Buchstaben. »Das hier ist seine Schrift«, murmelte ich und blickte erneut zum Kutscher auf. »Woher weiß ich, dass ihr ihn nicht gezwungen habt, diese Nachricht zu schreiben, um an mich ranzukommen?«

»Ich kann Ihnen nur mein Wort geben. Miss, dass Ihnen nichts passieren wird. Sie sind Gäste. Ich werde Sie nicht zwingen einzusteigen, wenn Sie wollen, können Sie einfach wieder gehen.«

»Und dabei weiter ewig im Kreis laufen?«, fragte Holly.

Der Kutscher schwieg daraufhin und wartete geduldig.

»Ich gehe nicht nach Wickford«, sagte Adrien schließlich. »Zumindest nicht so. Wir können doch nicht den Vasallen einfach in die Arme laufen.«

»Das Ganze ist definitiv eine Falle«, stimmte ich ihm zu und knüllte den Zettel zusammen. Ich schluckte gegen den Kloß in meinem Hals an. »Aber wenn mein Cousin dort ist, muss ich ihn suchen. Ihr solltet …«

»Nein.«

»Holly …«

»Nein.«

»Doch!« Ich drückte ihre Hand, so fest ich konnte, ohne ihr wehzutun. »Ich gehe allein.«

»Rain, haben sie dir ins Hirn geschissen oder was?«, fuhr sie mich an.

»Denk doch mal nach! Wenn es eine Falle ist, brauche ich jemanden, der mich rettet. Und das funktioniert nur, wenn wir nicht alle da reinmarschieren. Ich brauche euch draußen, um mir im Notfall zu helfen, wieder rauszukommen. Ich versuche, Avery zu finden, und dann verschwinden wir aus Wickford. Wenn es stimmt, was der Kutscher sagt, dürfen wir das Dorf verlassen. Wenn nicht, brauche ich euch. Geht nach Surrey Hills und wartet dort auf uns. Wenn wir in zwei Tagen nicht dort sind, könnt ihr uns retten kommen.«

Holly warf die Arme in die Luft. »Das ist neben der Dauerwelle, die du dir mit vierzehn hast machen lassen, die schlimmste Idee, die du jemals hattest.«

»Möglich, aber ich sehe gerade keinen anderen Weg.«

Holly blieb stur. »Du wirst dort nicht allein hingehen. Wir teilen uns nicht auf.«

»Ich will das auch nicht. Aber noch dümmer, als sich zu trennen, ist es, zusammen in eine Falle zu laufen.«

»Das sehe ich anders.«

Zittrig atmete ich durch, während ich in Gedanken nach einer besseren Lösung suchte, doch ich fand keine. Zumindest nicht hier und nicht jetzt.

Ich öffnete gerade den Mund, als ich auch schon wieder unterbrochen wurde.

»Ich begleite dich.«

Wir blickten auf. Cole hatte sich aufgesetzt. Er sah blass und zerschlagen aus, doch sein Blick wirkte klar.

»Du musst nicht allein hingehen. Ich begleite dich«, wiederholte er.

»Cole«, sagte ich erleichtert und lief zu ihm. Meine Hand rutschte beinahe automatisch in seine. »Wie geht es dir? Wie fühlst du dich?«

»Als hätte mich ein Katapult getroffen.«

Meine Mundwinkel zuckten, und ich entspannte mich das erste Mal, seit er in Guildford umgekippt war. Unsere Finger verschränkten sich, und ich war mir nicht sicher, ob er sich an mir festhielt oder ich mich an ihm. Mein Puls beruhigte sich.

Er lächelte. »Rain?«, sagte er sanft.

»Ja?«

»Danke.« In dem Wort schwang mehr mit, als ich in diesem Augenblick verstehen wollte.

»Jederzeit« sagte ich daher nur, ehe ich hinzufügte: »Und sosehr ich dein Angebot zu schätzen weiß, du solltest hierbleiben. Nimm es mir nicht übel, aber du siehst aus wie ein zerrupftes Hühnchen.«

Empört warf er sich in die Brust und kippte dabei beinahe um. »Das stimmt nicht!«

Ich tätschelte ihm die Hand. »Nichts für ungut, aber du hast die letzte Stunde ohnmächtig im Truck gelegen. Ich stelle jetzt einfach mal deine Fähigkeiten als Ritter in strahlender Rüstung infrage.«

»Das musst du nicht«, gab Cole zurück und kletterte vom Truck. Er kam etwas unstet, aber immerhin auf zwei Beinen auf und klopfte sich den Staub von der Hose, die komplett zerrissen, blutig und staubig war. Um Himmels willen, wir alle brauchten eine Dusche und neue Sachen zum Anziehen. Dringend. Remus drückte sich an seine Seite.

»Adrien, sag was!«, rief Holly.

Dieser verschränkte die Arme vor der Brust und hob eine gepiercte Augenbraue. »Ich stimme ihnen zu.«

»Genau, der Plan ist völlig … Was?« Sie funkelte ihn an. »Wie kannst du das sagen? Oder bist du ein Feigling, Adrien Hood.«

Adrien funkelte zurück. Was war in Guildford bloß zwischen den beiden passiert, was ich nicht mitbekommen hatte?

»Ich stimme dem hier nicht wegen mir zu«, sagte Adrien und ging mit großen Schritten auf Holly zu.

Meine Freundin legte den Kopf in den Nacken. »Sondern?«, hakte sie nach.

»Weil ich dich beschützen will. Bitte verzeih mir«, sagte er ernst, holte aus und donnerte ihr den Griff seiner Axt so schnell auf den Kopf, dass ich Holly nur noch fallen sah.

Cole zuckte ebenfalls zusammen, ehe wir gleichzeitig losrannten.

»Was tust du denn da? Bist du völlig übergeschnappt?«, blaffte ich Adrien an, der Holly bereits in einer einzigen geschmeidigen Bewegung aufgefangen und hochgehoben hatte. Ein dunkler Schatten lag in seinen Augen, als er zu mir sah. »Tut mir leid. Sie hätte sonst darauf bestanden, mitzukommen.«

Ich starrte fassungslos auf die Beule, die an ihrer Stirn wuchs.

»Du hättest sie ernsthaft verletzen können!«

»Es ist nur eine Beule. Ich weiß, was ich tue.«

»Ach ja? Und was tust du? Holly entführen?«

»Rain! Wir wissen beide, dass sie dort drinnen sterben wird!«

Tief atmete ich durch und schüttelte den Kopf. »Das war eine absolut miese Idee. Wenn sie aufwacht, wird sie dir den Kopf von den Schultern reißen und damit Cricket spielen.«

»Ich weiß«, sagte er ruhig und neigte den Kopf. »Aber es ist wichtiger, sie in Sicherheit zu wissen. Ich werde das Risiko nicht eingehen, dass sie dir folgt. Wenn ihr da reinwollt, halte ich euch nicht auf, aber ich beschütze Holly vor sich selbst.«

Eine seltsame Stille breitete sich zwischen uns aus, und ein Ausdruck, den ich nicht deuten konnte, huschte über Adriens Gesicht, als er auf Holly hinabblickte.

»Bitte versteh mich nicht falsch, Rain«, fuhr er fort, »aber für sie … für uns … ist es fürs Erste sicherer, uns von dir fernzuhalten. Davon abgesehen, brauchen wir einen Plan.«

»Sicherer?«, wiederholte ich fassungslos. »Holly soll bei dir sicherer sein? Du hast sie einfach niedergeschlagen! Gib mir einen Grund, warum ich sie nach der Aktion mit dir allein lassen sollte.«

Er erwiderte meinen Blick, ohne mit der Wimper zu zucken. »Weil sie bei mir länger überleben wird als bei dir. Das hast du selber gesagt. Das hier hat nicht mehr nur was mit den Prüfungen zu tun. Ich will dich nicht im Stich lassen, Rain, und Holly will es schon gar nicht, aber es ist gefährlich, in deiner Nähe zu sein, und es ist aktuell noch gefährlicher, deine Freundin zu sein.«

Ich schluckte, denn er hatte recht. Noch vor ein paar Minuten hatte ich selbst vorgeschlagen, dass wir uns trennen. Aber da hatte ich noch gehofft, dass Cole bei ihnen blieb und auf Holly aufpasste. Plötzlich spürte ich eine Hand auf meiner Schulter.

Cole war hinter mich getreten. »Du solltest sie gehen lassen.«

»Vertraust du ihm?«

»Ich vertraue niemandem mehr, aber er hat uns bisher keinen Grund gegeben, ihm nicht zu vertrauen. Und es hat tatsächlich keinen Sinn, sie in unnötige Gefahr zu bringen. Und das willst du auch nicht.«

»Nein. Will ich nicht«, stimmte ich zu und drehte mich weg, während ich leise zu Adrien sagte: »Okay. Geht nach Surrey Hills. Ich versuche, euch zu kontaktieren, sobald ich kann.«

Adrien nickte. Ein verschwommener Schemen in meinem Augenwinkel.

Ich schnalzte mit der Zunge, und Remus hob den Kopf, als wüsste er, was jetzt kam. »Geh mit ihnen, Remus.«

Er legte die Ohren an.

Ich blickte ihn streng an. »Geh mit ihnen. Wenn uns etwas passiert, kannst du unsere Fährte aufnehmen.«

Er winselte, und Cole bückte sich. Strich ihm über die Ohren und murmelte ihm etwas zu. Was auch immer er sagte, es brachte Remus dazu, ihm über das Gesicht zu lecken, bis Cole prustend die Schnauze wegschob. Remus bellte und gesellte sich zu Adrien, der dankbar nickte und Holly in seinen Armen zurechtrückte.

»Viel Glück«, sagte er nur und wandte sich um.

»Pass gut auf sie auf.«

»Mach ich«, sagte er, ehe er mit Holly auf den Armen tiefer in den Wald hineinging. Es raschelte, und schon nach wenigen Augenblicken waren seine Gestalt und die von Remus zwischen den Bäumen verschwunden.

Cole und ich blieben bei der Kutsche zurück. Schulter an Schulter. Gerade so nahe, dass sich unsere Handrücken bei jedem Atemzug streiften, als wäre es Zufall. Ich unterdrückte den Drang, mich an ihm festzuhalten, stattdessen atmete ich tief durch, packte all die Angst, die Wut, die Panik in mir und stopfte sie in den letzten Winkel meines Verstands, bis ich mich ruhig genug fühlte, um mich zur Kutsche umzudrehen.

Ich nickte dem Kutscher zu. »Wir kommen mit«, sagte ich.

Er antwortete nicht, sondern nickte nur. Zusammen mit Cole holte ich ein paar der dürftigen Vorräte aus dem Truck. Einen Rucksack, in den ich eine Flasche Wasser stopfte, die Spiegelscherben, eine Decke und das schwarze Buch. Dann stiegen wir in die Kutsche.

Mit steifem Rücken ließ ich mich auf die weichen Kissen nieder. Über uns hing eine Lampe, die einen leicht grünlichen Schimmer von sich gab. Das Innere sah aus, als würden Dutzende Glühwürmchen darin tanzen … oder sterben. Mein dummes Brautkleid breitete sich raschelnd auf den Samtsitzen aus. Cole setzte sich mir gegenüber und wollte gerade die Tür zuziehen, als sie von selbst zuknallte. Ein Schnalzen war zu hören, und im nächsten Moment zog das Pferdegespann an. Es rumpelte heftig. Schnell hielt ich mich an der Tür fest, öffnete die Vorhänge vor dem schmalen Fenster und blickte in den Wald hinaus. Der Truck war bereits außer Sichtweite verschwunden.

»Wie geht es dir?«, fragte ich Cole, um mich selbst von dem Gefühl abzulenken, zu meiner eigenen Beerdigung zu fahren.

Cole lächelte müde. »Noch immer etwas zerschlagen«, gab er zu. »Aber das wird schon wieder.«

»Hm ... du bist staubig« Ich streckte eine Hand aus und fuhr ihm durch die Haare. »Und blutig, zerbissen und zerkratzt.«

Er blickte beinahe erstaunt an sich herab. Auf seine zerrissene Hose, das Hemd, die Kratzer, Bisse und Prellungen überall. »Ich glaube, ich stinke auch«, sagte er schließlich.

»Das tust du«, stimmte ich zu und verzog das Gesicht. »Aber ich mehr. Wer hätte auch gedacht, dass der Weltuntergang so unhygienisch ist?«

Schmunzelnd hob er den Kopf, und dabei fiel ihm eine störrische Haarsträhne zurück in die Stirn.

Reflexartig griff ich danach und strich sie zur Seite. Cole beobachtete genau jede meiner Bewegungen, während ich seine Haare durch meine Finger gleiten ließ. Sie waren weich, aber auch ... Etwas war anders damit. Ich runzelte die Stirn und zog fester, sodass Cole nach vorn ruckte.

»Aua, Rain! Was soll das?«

»Ich glaube, deine Haare werden grau«, stellte ich fest.

»Ach ja?« Verdutzt schielte er nach oben.

»Ja, hier.« Ich zog an einer längeren Strähne. »Es ist mir vorher schon aufgefallen. Du wirst immer dunkler. Als wir uns getroffen haben, war dein Haar noch so weiß wie Schnee.«

»Oh!« Er zögerte. »Gefällt es dir nicht?«

»Was?«, fragte ich verdutzt.

Röte schoss in seine Wangen. Verlegen lehnte er sich zurück und entzog sich damit meiner Berührung. »Sehe ich damit hässlich aus?«, fragte er und wurde noch röter.

»Ich … nein, natürlich nicht. Du könntest gar nicht hässlich aussehen«, versicherte ich ihm, ehe ich mir auf die Lippe biss.

Verschämt strich er sich über den Nacken. »Okay«, murmelte er. Mehr nicht.

Ein seltsames Schweigen breitete sich zwischen uns aus. Und in diesem Schweigen traf so viel aufeinander. Ein ganzer Berg an unausgesprochenen Worten, von denen ich nicht wusste, wie ich sie formulieren sollte, ohne am Ende völligen Sprechdurchfall zu haben. Mein Blick fiel auf seine Lippen, während sein Blick meine Lippen streifte. Und da wusste ich es. Ich wusste, er erinnerte sich. An den Kuss. Da war es plötzlich, dieses Etwas zwischen uns, und erzeugte eine Spannung, die in mir den Wunsch weckte, das Fenster herunterzukurbeln und frische Luft hereinzulassen. Nur leider war das hier eine Kutsche, und Kurbeln war da eher weniger drin.

»Willst du über den Kuss reden?«, platzte es ohne Vorwarnung aus mir raus. Ach, du Mist!

Coles Augen weiteten sich, und er sah aus, als wollte er sich lieber aus dem kleinen Fenster stürzen, als diese Unterhaltung zu führen. »Ja … Ich meine nein … ich meine … Ähm … ich wollte mich nur bedanken.«

»Bedanken?«, echote ich.

»Ja, für deine Überwindung!«

»Überwindung?«, fragte ich völlig verwirrt.

»Ja, es muss dich große Überwindung gekostet haben, mich zu küssen«, sagte er unter einem scharfen Atemzug.

Ich starrte ihn an. »Ist das dein Ernst?«

Cole wurde noch röter. »Mir ist durchaus bewusst, was du für Cinderbe empfindest und wie schmerzhaft es für dich gewesen ist, ihn zurückzulassen. Dass du mich dennoch geküsst hast, um mich zu retten, ist eine Geste des Mitleids, die ich gar nicht verdient habe. Ich schäme mich, dass du mich retten musstest. Erneut. Es tut mir so leid, Rain.«

Einen Augenblick fehlten mir die Worte. Cole dachte, ich hatte mich überwinden müssen? Hatte ich so widersprüchliche Signale gesendet? Zum Glück hatte Rumpelstilzchen keinen Kuss der wahren Liebe oder sonstigen Kitsch verlangt. Doch wenn es so gewesen wäre, wäre ich dann dennoch imstande gewesen, Cole aufzuwecken? Oder waren meine Gefühle für Edward stärker? Echter?

»Glaubst du das wirklich?«, fragte ich schließlich.

Er blinzelte mich an. »Ist es denn nicht so?«

»Cole.« Behutsam nahm ich seine Hand zwischen meine. »Ich will eines klarstellen: Völlig gleichgültig, was zwischen Edward und mir passiert ist, ich habe dich nicht und werde dich nie nur aus Mitleid küssen.«

Coles Pupillen weiteten sich ruckartig. Ich sah es nur, weil wir uns so nahe waren. Der Rest blieb regungslos wie eine Statue, kühl und schön.

»Nicht?« Das Wort verließ seine Lippen nur als ein Flüstern.

»Nein, Cole. Ich weiß ganz genau, wen ich küsse und warum ich diesen Menschen küsse. Und ja, ich wollte dich retten. Aber nicht aus Mitleid. Ich habe dich geküsst, weil ich es wollte.« Sobald ich die Worte aussprach, wusste ich, dass sie wahr waren. »Ich wollte dich schon sehr lange Zeit küssen, Cole, nur schien das Ganze ein Ding der Unmöglichkeit, wenn man bedenkt, dass du die letzten Jahrzehnte in meinem Spiegel warst.«

Cole erwiderte meinen Blick. Und da war er wieder, dieser Ausdruck in seinen Augen. Als würde etwas zerbrechen und unter der

Dunkelheit, die wie Eisschollen auseinanderbrach, helles Mondlicht hervorkommen. »Du hättest dennoch keinen Deal mit Rumpelstilzchen eingehen sollen.«

Er hatte also auch das mitbekommen. Ich seufzte. »Um dich zu retten, wäre ich auch ein Dutzend Deals mit Rumpelstilzchen eingegangen.«

Cole presste die Lippen zusammen. »Was hat er verlangt?«

»Nicht viel. Eine Seite aus dem Buch.«

Er runzelte die Stirn. »Welches Buch?«

»Hast du es schon wieder vergessen?«

»Was vergessen?«

Frustriert schnaufte ich. »Wie ist das nur möglich? Es scheint, als würdest du das Buch vergessen, sobald es aus deinem Sichtfeld verschwindet.«

Kopfschüttelnd griff ich in den Rucksack und holte das zerfledderte Büchlein hervor. Ich blätterte vor, bis ich zu der Stelle kam, an der der Riss deutlich zu sehen war. Ob absichtlich oder nicht, ein Stück davon war übrig geblieben. Und darauf begannen sich nun plötzlich Buchstaben auszubreiten.

»Oh nein«, murmelte ich, während ich auf die Schrift starrte: Der Dritte. Luxuria/Teufel. Wollust, Ausschweifung, Genusssucht, Begehren, Unkeuschheit.

»Diese Sprache«, murmelte Cole.

»Ich weiß«, gab ich zurück und schloss die Augen. Sie brannten. Sie brannten so höllisch. »Rumpelstilzchen hat diese Seite herausgerissen.«

»Das heißt?«

»Das heißt, wir wissen rein gar nichts über den dritten Vasallen.«

Coles Stirnrunzeln vertiefte sich. Er öffnete den Mund, doch als sein Blick zum Fenster schweifte, stutzte er. »Wo sind wir?«

»Wir müssten eigentlich bald in Wickford sein«, antwortete ich und folgte seinem Blick. Mir stockte der Atem. Dichter Nebel hatte sich vor das Fenster gelegt. So weiß und undurchdringlich, dass man die Straße und den Wald nur noch als vage Schemen wahrnahm. »Was ist da los?«

Ich rückte näher an die Scheibe, nur um im nächsten Augenblick zurückzuzucken. Da war etwas. Eine Kutsche. Es rumpelte heftig, und ich glaubte, eine weitere Person wahrzunehmen, doch der Nebel verschluckte jegliche Details, und ich sah nicht mehr als verschwommene Umrisse.

Cole zog die Vorhänge auf seiner Seite des Fensters weg und hob eine Augenbraue. »Hier sind überall Kutschen«, stellte er fest.

»Hast du etwas gehört?«, fragte ich.

Er schüttelte den Kopf.

Ich schlug das Buch zu und verstaute es wieder im Rucksack. Dann klopfte ich gegen das Dach und rief: »Kutscher? Wo kommen die auf einmal alle her?«

Ich war mir nicht sicher, ob er mich hören würde, doch er rief sofort zurück: »Von den Wegkreuzungen, Miss White.«

»Von welchen?«

»Von allen.«

Ich schauderte, und Cole murmelte leise: »Der Teufel lauert an den Kreuzungen. Haben wir länger auf einer verweilt?«

»Tja, wir haben versucht, auszuweichen.«

Coles Blick verdunkelte sich.

Eine ganze Weile schwiegen wir, während die Schatten von anderen Kutschen an uns vorbeizogen. Der Nebel wogte an uns vorbei, als würde er atmen. Er wurde mal dichter, mal wieder durchlässiger. Er schien seine Finger ins Innere der Kutsche auszustrecken, über unsere Arme und Beine zu streichen. Meinem Gefühl nach hätten wir schon längst in Wickford ankommen müssen.

»Hörst du das auch?«, fragte Cole schließlich.

»Ja. Das klingt wie Musik.«

Beschwingte, fröhliche Musik drang verzerrt durch den Nebel. Sie war eher simpel und erinnerte mich an eine Drehorgel. Darunter mischten sich nun auch andere Geräusche, die ich nicht zuordnen konnte.

Ich schnupperte. »Das riecht nach Popcorn und Zuckerwatte.«

Cole schnupperte ebenfalls. In seinen Augen blitzte es auf. »Es riecht lecker.«

Unsere Kutsche ruckelte, und als hätten wir eine Grenze übertreten, lichtete sich der Nebel. Es war schwer zu sagen, wie lange wir gefahren waren. Es konnte unmöglich bereits Nacht sein. Dennoch war es dunkel. Vor uns blinkte ein Meer aus Lichtern.

Dort, wo eigentlich Wickford sein sollte, war ein Jahrmarkt zu sehen. Ein riesiges weißes Zelt spannte sich in die Höhe. So groß, dass es wirkte, als würde es in den Himmel eintauchen. Davor standen in einem Halbkreis kleinere Zelte, dazwischen Dutzende, wenn nicht Hunderte Buden. Ich sah ein hell erleuchtetes Riesenrad und eine Achterbahn, die sich um einen Park herumschlängelte. Etwas abseits schien sich so etwas wie ein Heckenlabyrinth in die Höhe zu stemmen. Zwischen den Häuserzeilen, Buden und Zelten zogen sich Flussarme hindurch, die davor eindeutig nicht in Wickford gewesen waren. Schmal und schimmernd flossen sie dahin. Unzählige Brücken führten von einem Zelt zum nächsten, und auf dem Wasser fuhren Gondeln. Alles war in warmes Licht getaucht, und es wirkte, als hätte der Jahrmarkt kein Ende. Obwohl das hier mehr als nur ein Markt war, das hier war ein ganzes Dorf.

»Wie ist das möglich?«, hörte ich mich selbst fragen.

Cole blickte wie gebannt auf die Szenerie vor uns. Ein Muskel an seinem Kinn zuckte. »Magie«, sagt er.

Unsere Kutsche hielt an. »Wir sind da, Miss White.«

Ich wusste nicht, ob der Kutscher Coles Namen nicht kannte oder ihn schlichtweg ignorierte. Er reichte jedenfalls nur mir die Hand, als ich ausstieg. Vor uns ragte ein riesiges Tor auf, das mit Efeu und Rosen umwuchert war. Dutzende Lichterketten zogen sich hindurch, und darüber prangte ein blinkendes Schild.

»Willkommen im Carneval de Masquerade«, sprach unser Kutscher aus, was sich in einer geschwungenen Schrift über den Torbogen schlängelte.

Neben uns standen Dutzende weitere Kutschen. Gelächter war zu hören. Menschen stiegen aus. Manche in festlichen Kleidern und mit aufwendigen Frisuren, manche nur in Jeans und T-Shirt. Sie alle trugen jedoch ausnahmslos Masken und strömten dem Eingang entgegen.

»Die einzige Bedingung, um den Carneval zu betreten, ist das Tragen einer Maske«, erklärte unser Kutscher und hielt plötzlich zwei Stück parat.

Die eine war weiß wie Schnee, die andere schwarz wie Ebenholz. Beide waren schlicht. Nicht mehr als eine Halbmaske, mit Einkerbungen für die Augen, die bis knapp über den Nasenrücken reichten. Zögerlich nahm ich die weiße Maske. Cole die schwarze. Ich band sie mir um, und die Welt verschwand kurz, während ich das samtene Band am Hinterkopf zusammenknotete.

»Lord Pentragon erwartet Sie im großen Festzelt. Es ist nicht zu verfehlen, folgen Sie einfach dem Strom. Er wird Sie früher oder später hinbringen«, sagte der Kutscher.

Die Maske prickelte auf meiner Haut. Warm. Nicht unangenehm. Cole ruckelte an seiner herum und sah alles andere als zufrieden damit aus.

»Das gefällt mir nicht«, murmelte er.

»Das Design? Zu schlicht? Ich bin auch etwas enttäuscht«, zog ich ihn auf, um mich selbst zu beruhigen.

»Nein. Das alles hier.«

»Sollen wir zurückgehen? Wenn, dann haben wir jetzt noch die Chance dazu«, sagte ich ernst.

Cole zögerte. Er sah aus, als wollte er mich am liebsten tatsächlich zurück in die Kutsche werfen und davonfahren. Doch schließlich schüttelte er den Kopf.

Ich blickte unsicher zum Tor. Gelächter drang zu uns heraus. Musik erfüllte die Luft. Es war eine sternenklare Nacht. Dennoch …

Aus dem Augenwinkel sah ich, dass eine Kutsche neben uns hielt. Die Tür ging auf, und zwei Gestalten sprangen heraus. Zwei junge Männer. Ihr Lachen hallte über das gesamte Gelände, und etwas daran kam mir eigenartig vertraut vor. Ich kniff die Augen zusammen und musterte sie neugierig.

»Rain?«, fragte Cole, der meinem Blick gefolgt war.

»Die beiden da«, sagte ich und deutete auf die zwei jungen Männer, die sich gerade ihre Masken umbanden. Die eine rot, die andere weiß wie meine. »Ich kenne sie. Das sind Harbor und Quinn, die Nachfahren von Schneeweißchen und Rosenrot.«

Die beiden grinsten sich an und verschwanden zusammen durch das Tor des Carnevals. Mein Magen zog sich zusammen, ohne dass ich genau wusste warum. Die beiden zu sehen, fühlte sich seltsam an. Wie ein Relikt aus einer anderen Zeit. Aber sie lebten noch. Die Erleichterung, die mich bei diesem Gedanken erfasste, überraschte mich selbst. Ich sah zur nächsten Kutsche, und auch dort stieg jemand aus, der mir unheimlich bekannt vorkam.

»Remy Beauviex«, sagte ich.

Der Nachfahre von Dornröschen hatte eine unbekannte Frau an seiner Seite. Sie trug ein blutrotes Kleid, das sich zu ihren Füßen bauschte. Remy lächelte. Er war noch immer so attraktiv, wie ich ihn in Erinnerung hatte. Er neigte den Kopf und setzte sich eine Maske aus schimmerndem Gold auf, ehe auch er mit seiner Begleitung durch das Tor verschwand.

»Sie bringen Nachfahren hierher … wie uns«, stellte ich fest. »Weiß nicht, ob ich gerade beleidigt sein soll, dass wir doch nicht so die speziellen Gäste sind, wie der Kutscher behauptet hat.« Ich blickte nach oben auf das schimmernde Tor vor uns. »Wir wissen nicht, was uns da drin erwartet.«

»Mir gefällt es immer noch nicht, aber wenn du hineingehen willst, bin ich bei dir«, sagte Cole.

Ich atmete tief durch und reichte ihm meine Hand. Ich musste da rein. Nicht nur für mich. Für Avery. »Lass mich nicht los«, bat ich.

»Niemals«, versprach er.

Wir machten einen Schritt nach vorn, noch einen, und dann betraten wir zusammen den Carneval de Masquerade.

Kapitel 27

»Als der Abend einbrach, kam der Teufel nach Haus.«

Aus »Der Teufel mit den drei goldenen Haaren«
Gebrüder Grimm

Es fühlte sich an, als würden wir eine vollkommen andere Welt betreten. Oder als würde sich die bisherige kopfüber stellen und alles, was sonst in den Köpfen und Träumen der Menschen passierte, nach außen stülpen. Ein Schritt – und wir standen auf altem Pflasterstein. Neben uns ragten bunte Buden in die Höhe, von denen ein herrlicher Duft nach süßem Honig und warmem Fett aufstieg, daneben lockte der Geruch von gebratenem Fleisch, reifem Obst und nussigem Popcorn.

Nur einige Schritte nach dem Eingang befand sich ein Springbrunnen, in dem die Skulptur einer jungen Frau zu sehen war. Sie beugte sich herab, und aus ihrem steinernen Krug floss eine sprudelnde Flüssigkeit. Menschen standen darum herum und füllten ihre Gläser. Ein süßer, blumiger Geruch stieg von dem Brunnen auf.

»Ein Glas für Sie, Miss? Sie können so viel Ambrosia trinken, wie Sie möchten«, erklang eine Stimme.

Cole und ich fuhren herum. Eine junge Frau stand vor uns. Sie trug einen schicken Smoking und hatte die Haare aus dem Gesicht gebunden, sodass der Blick zuerst auf ihre weiße Halbmaske gelenkt wurde. Die Augen dahinter waren schwer zu erkennen. Sie hielt ein Tablett in der Hand, auf dem funkelnde Sektflöten standen.

»Nein danke.« Ich wich kopfschüttelnd zurück.

»Für den Herrn?« Sie hielt Cole das Tablett entgegen.

»Nein danke«, sagte er ebenfalls.

Ich ließ den Blick schweifen, doch weder sah ich Quinn und Harbor noch Remy. Da wir nicht noch länger hier rumstehen wollten, gingen wir weiter und kamen an einem Stand vorbei, an dem soeben Früchte in flüssige Schokolade getunkt wurden. Ein Verkäufer mit Fuchsmaske bepinselte anschließend alles mit Blattgold, und allein bei dem Geruch lief mir das Wasser im Mund zusammen. Wie lange war es eigentlich her, dass wir etwas Warmes gegessen hatten? Leise hallten die Klänge einer Violine zu uns herüber. Ein süßes, beschwingtes Lied, das ein Mann mit Schlangenmaske nicht weit von uns entfernt spielte. Er wirkte so in seine Musik versunken, dass es mir schwerfiel, mich von ihm abzuwenden.

»Wo sollen wir hin?«, fragte mich Cole.

»Wir sehen uns einfach mal um. Vielleicht finden wir Avery, auch wenn ich nicht weiß, wie oder wo.«

Ich sah mich erneut um, als mir plötzlich ein zuckriger roter Apfel unter die Nase gehalten wurde.

»Na, sieh mal einer an, wer mir da über den Weg läuft. Apfel gefällig, Schneewittchen?«

»Remy Beauviex«, sagte ich und versuchte, mich von dem Schreck zu erholen.

Seine goldene Maske funkelte im Schein einer Lichterkette. Er sah chic aus. Ein Smoking schmiegte sich an seinen Körper, eine rote Fliege um den Hals. Die Frau an seinem Arm schlürfte aus einer Sektflöte und musterte mich wie eine Spinne, die überlegte, ob ich ihr in die Falle gehen würde oder nicht. Ihr blondes Haar war beinahe wie bei einer alten Perücke nach oben getürmt.

Remys Lächeln zeigte seine weißen Zähne. »Der einzig Wahre. Ich bin überrascht, dich hier zu sehen. Gerüchten zufolge wurde Woodley von Wölfen überrannt. Das klingt stressig.«

»Das war es auch«, stimmte ich zu. »Aber wie du siehst, haben wir es überstanden. Leider nicht alle …« Am Ende brach meine Stimme, und die Emotionen, die ich so mühsam unter Verschluss zu halten versuchte, kamen wie ein Echo in mir hoch. Zitternd presste ich die Nägel in meine Handfläche, bis die Schreie und die Bilder von Blut und Grauen wieder verblassten.

»Ich sehe schon.« Remy nickte nachdenklich, wobei er die Lippen schürzte. »Nimm es mir nicht übel, aber hätte ich wetten müssen, wäre mein Tipp, wer aus der Sache rauskommt, eher auf die Cinderbes gefallen.«

Mir krampfte sich das Herz zusammen, während Remy den Blick von mir zu Cole wandern ließ. Ein Lächeln umspielte seine Lippen. »Aber du hast ja bereits einen ansehnlichen Ersatz für unseren Edward gefunden.«

Ich funkelte ihn an und war selbst erstaunt, wie heftig die Wut in mir hochkochte.

Als könnte Cole sie fühlen, drückte er eindringlich meine Hand, ehe er sich vor mich stellte und höflich lächelte. Inzwischen kannte ich ihn jedoch gut genug, um zu sehen, dass es nicht seine Augen erreichte. »Ich bin Cole«, stellte er sich vor.

»Cole.« Remy ließ sich den Namen wie Schokolade auf der Zunge zergehen.

»Willst du mich nicht auch vorstellen?«, näselte das Mädchen an seiner Seite.

Remy blinzelte, als würde er nur langsam aus seinen Gedanken auftauchen. »Aber natürlich, meine Schöne. Rain, darf ich vorstellen: Elizabeth van Beard. Die jüngste Nachfahrin von König Drosselbart. Elzy, das ist Rain White. Die Nachfahrin von Schneewittchen.«

»Hallo«, gab ich knapp zurück und musterte sie von oben bis unten. »Entschuldige, ich kann mich nicht erinnern. Haben wir uns an meinem Geburtstag gesehen?«

Elzy lächelte schmal. »Ich war an diesem Tag leider verhindert. Meine Schwester und mein Bruder waren jedoch dort. Ich war danach ungemein neugierig, wer es geschafft haben soll, den schlafenden Prinzen zu wecken. Ich kannte deine Schwester Fiona. Ich dachte immer, sie würde es schaffen.«

»Wie so ziemlich jeder«, murmelte ich.

»Ein Jammer, dass sie heute nicht hier sein kann«, sagte Elzy und deutete um sich herum. »Wir kommen schon seit Tagen hierher, und jedes Mal ist es ein einziges rauschendes Fest. Sie hätte es genossen, da bin ich mir sicher.«

Ich biss die Zähne zusammen. »Ja. Ein Jammer, dass es sich tot so schlecht feiern lässt.«

Remy zuckte ein wenig zusammen und tätschelte die Hand seiner Begleitung. »Und wir sind auch nicht nur zu unserem Vergnügen hier. Wir sind hier, um die Prüfung zu schaffen.«

»Das eine muss das andere nicht ausschließen«, gab sie zuckersüß zurück.

»Natürlich nicht«, stimmte Remy ihr zu, auch wenn er mir und vor allem Cole einen schnellen Blick zuwarf.

»Ihr kommt also schon länger hierher?«, hakte Cole nach.

»Jede Nacht, seit der Prinz erwacht ist«, antwortete Remy, der den warnenden Blick seiner Freundin ignorierte. »Ich hatte Glück, bei dem Erdbeben in London an eine Kreuzung zu kommen, und ein Kutscher nahm mich mit. Wie lang genau das her ist, ist jedoch schwer zu sagen. Man verliert hier schnell jegliches Zeitgefühl.«

»Ihr wisst also noch nicht, was die Prüfung ist?«, fragte ich.

Remy schüttelte den Kopf. »Bedauere, nein. Aber ich vermute, es hat etwas mit dem Gönner dieser Party zu tun.«

»Lord Pentragon«, sagte Cole.

Wieder warf Remy ihm einen abschätzigen Blick zu. »In der Tat. Nur leider hat ihn noch niemand gesehen. Es ist auch schwierig, hier den Überblick zu behalten. Der Carneval bietet viele Zerstreuungen, und es passiert schnell, dass man sich hier drin verliert. Du solltest gut auf dich aufpassen.« Er zwinkerte mir zu und hielt mir erneut den Apfel hin. »Ein Willkommensgeschenk.«

»Danke.« Skeptisch nahm ich ihm den Apfel ab, der von einer roten, harten Glasur überzogen war. Ich sah mich selbst darin spiegeln.

Er trat einen Schritt zurück. »Gehen wir, Elzy. Ich glaube, ich habe dir eine Gondelfahrt versprochen.«

»Das hast du«, stimmte sie ihm zu.

»Viel Glück und bis später, Rain und Rains neuer geheimnisvoller Freund«, sagte Remy, und zusammen verschwanden sie im Gewühl.

Ich sah ihnen nach, bis die Menge sie verschluckt hatte. »Nun, zumindest sieht es aus, als würden wir hier tatsächlich rein- und wieder rauskommen«, stellte ich fest.

»Noch«, sagte Cole verhalten.

Ich betrachtete erneut den roten Apfel in meiner Hand und widerstand dem Drang, meine Zähne darin zu versenken. Stattdessen legte ich ihn auf einer Parkbank ab und wischte mir die Finger an dem Kleid ab. »Wollen wir weitergehen?«

Cole nickte, und wir bahnten uns einen Weg durch die Verkaufsstände, die hauptsächlich Essen anzubieten hatten, bis wir zu einem Flusslauf kamen, über den sich eine Steinbrücke spannte, die von großen Laternen beleuchtet wurde. Ein paar Gondeln fuhren darunter hindurch. In einer von ihnen saßen auch Remy und Elzy. Das Lachen der beiden mischte sich mit den Gesprächen der anderen Besucher, die über die Brücke strömten.

Wir überquerten sie ebenfalls, und ich ließ meine Finger über den

Stein gleiten. Das große weiße Zelt schien weit weg und doch irgendwie nah zu sein. Es ragte wie ein großes Schloss über allem auf. Etwas zog mich dahin, doch ich musste Avery finden. Das war schließlich der Grund, warum wir hier waren. Ich wollte Avery finden. Nur, wo konnte er sein? Die Möglichkeiten schienen endlos. Avery hier zu finden, könnte länger dauern, als ich befürchtet hatte.

Auf der anderen Seite der Brücke führte der Weg Cole und mich zu einem Platz, der lauschige Parkbänke zu bieten hatte. Der schwere Geruch von Blumen hing in der Luft, und an Holzbuden wurden die wahrscheinlich schönsten Rosen angeboten, die ich jemals gesehen hatte. Dicke Blütenköpfe, so rot wie Blut, mit langen grünen Stielen und gelben Dornen.

Viele der Frauen und Männer trugen Haarkränze, deren betörender Duft mich ganz schummrig werden ließ. Dazu gab es Stände mit süßem Wein, Trauben, Schokolade und kandierten Blüten. Auch hier waren Flötenspieler. Am anderen Ende des Platzes war sogar eine kleine Bühne aufgebaut, und davor drehten und wendeten sich tanzende Paare. Ihr Lachen hallte über den ganzen Platz. Die Musik brachte meine Füße zum Zucken und Ziepen, und ehe ich bemerkte, was ich tat, summte ich die Melodie bereits mit.

Cole grinste mich verhalten an. »Lust zu tanzen?«, fragte er mich mit einer Stimme, die meine Beine ganz weich werden ließ.

Ich biss mir auf die Innenseite der Wange, bis es wehtat. »Ich … nein … besser nicht«, wiegelte ich ab.

Er blinzelte. »Natürlich. Es tut mir leid.« Er trat einen Schritt zurück.

»Nein, so ist es nicht. Ich meine, wir sollten uns lieber auf die Suche nach Avery konzentrieren.«

»Natürlich«, stimmte er mir zu, doch der dumpfe Ausdruck in seinen Augen blieb.

Ich wandte mich ab, als mir plötzlich ein junges Mädchen lächelnd einen weißen Blumenkranz auf den Kopf legte. »Hier, Miss. Ein Geschenk.«

Ich zuckte zurück, als der süße Duft des Kranzes mir in die Nase stieg. »Noch ein Geschenk?« Ich blickte mich um, doch weder sah jemand in unsere Richtung noch stach mir jemand ins Auge. »Von wem?«

Das Mädchen lächelte nur und gab auch Cole einen Kranz. »Bitte. Genießen Sie den Abend«, sagte sie fröhlich und verschwand zusammen mit ihrem Korb in der Menge.

»Oh, das ist alles so seltsam hier«, murmelte ich und wollte den Kranz vom Kopf ziehen, doch Cole hielt mich davon ab.

»Nicht. Du siehst schön damit aus«, sagte er.

»Ach ja?« Meine Mundwinkel zuckten. »Sieh dich mal an. Sehr chic.« Ich kicherte, als ihm ein Blütenblatt auf die Nase segelte. Der Duft war angenehm, und die Musik zupfte erneut an meinen Füßen. »Weißt du, was? Lass uns doch tanzen«, sagte ich und zog Cole mit mir.

»Was? Bist du sicher?«, fragte er verdutzt und folgte mir bis zu der Bühne, vor der sich die Paare drehten.

»Ein Tanz nur, dann gehen wir.«

Ich drückte mich an ihn und blickte zu ihm hoch. Coles Gesicht war so weich, so perfekt, so schmerzhaft schön. Es war kein Scherz gewesen. Seine Augen funkelten in einem warmen Silber, und ich fühlte überdeutlich, wie er seine Finger an meine Taille legte, ehe wir uns zu drehen begannen. Der Takt der Musik ging direkt in die Knochen. Cole tanzte mit mir. Ein Windhauch, der nach Blumen duftete, wehte mir um die Nase. Ich lachte, als ich über meine Füße stolperte. Cole stimmte in das Lachen mit ein. Doch nach dem ersten stümperhaften Herumgetrampel drehten wir uns schon bald inmitten der Tanzenden. Es war, als würde schlagartig jede Anspannung von uns abfallen. Der Rausch des Adrenalins vertrieb jeden Schmerz aus den

Knochen. Ich hatte vergessen, dass etwas so Simples wie Tanzen so viel Spaß machen konnte.

Cole hielt mich fest an sich gedrückt. Sein Gesicht war entspannt und sein Lachen noch schöner als die Musik. Wir drehten uns schneller und immer schneller im Kreis. Um uns selbst. Um die anderen herum. Die Paare zogen wie Schatten an uns vorbei. Hier und da streifte ich mal einen Ellenbogen oder Rücken. Der Duft von Blumen wurde immer dichter, und irgendwann schloss ich die Augen und ließ mich treiben. Von dem Gefühl, das die Musik in mir auslöste. Und von dem Gefühl von Coles Fingern auf meinem Rücken.

Die Musik schien nie abzureißen. Ein Lied ging nahtlos in das nächste über. Oder war es einfach ein sehr langes? Ich wartete darauf, dass mir die Puste ausging, doch es gab nichts Einfacheres, als mit Cole zu tanzen. Er schien mich praktisch über die Tanzfläche zu tragen. Ich lachte. Er lachte. Wir lachten. Wir drehten uns. Wiegten uns. Da waren nur er und ich und das Pochen in meiner Brust. Mein Blick landete auf seinen Lippen. Sein Blick landete auf meinen Lippen, und da war sie wieder. Die Sehnsucht. Oder war es Aufregung? Angst? Von allem ein wenig? Cole und ich kamen uns näher. Sein Atem und der Duft von Blumen trafen meine Nase, und dann … Dann stieß mich etwas hart von hinten an.

Ich kam ins Stolpern, riss die Augen auf und prallte hart gegen Cole, der instinktiv die Arme um mich schlang. Der Blumenkranz fiel von meinem Kopf. Er landete auf dem Boden und wurde sofort von Dutzenden Füßen niedergetrampelt. Ich kam aus dem Takt und keuchte zum ersten Mal.

»Cole, warte!« Der Satz blieb mir im Hals stecken.

Meine Brust brannte wie Feuer, als hätte ich seit Ewigkeiten keine Luft mehr bekommen. Schweiß lief mir über das Gesicht, tränkte mein Kleid und sammelte sich unter den Achseln. Doch was mich wirklich entsetzte, waren die Tanzenden um uns herum. Sie sahen aus wie halb tot. Einige humpelten nur noch. Der Fuß einer Tänzerin war eindeutig gebrochen. Der Knöchel stand schief ab, die Haut war zerrissen und blutete, und dennoch tanzte sie mit einem verklärten Lächeln im Gesicht weiter. Andere sahen aus, als wären sie kurz vor dem Verdursten. Ihre Lippen waren spröde und angeschwollen, während ihnen die Zunge aus dem Mund hing, und die Augen knallrot von geplatzten Äderchen. Einige andere wiederum lagen am Boden. Zertrampelt und gebrochen. Nur noch ihre Extremitäten zuckten, als versuchten sie, noch immer zu tanzen. Die Musik war weiterhin fröhlich und beschwingt, doch das Lachen in der Luft klang nun mehr wie ein Wehklagen, wie ein Todesschrei.

»Cole? Wie lange haben wir getanzt?«, stieß ich keuchend hervor und versuchte, mich von ihm zu lösen.

Doch Cole lachte nur und drehte mich weiter, über die zuckenden Menschen am Boden hinweg. Der Schweiß rann auch ihm über das Gesicht. Sein Blick war nebelverhangen. Er sah völlig fertig aus.

»Cole. Hör auf!«, rief ich und wollte mich losreißen, doch er ließ nicht locker. Er umklammerte mich wie ein Schraubstock. »Cole, das tut mir wirklich leid«, murmelte ich und trat ihm auf den Fuß. Fest.

Es brachte ihn ruckartig zum Stolpern. Er riss die Augen auf, und als er versuchte, sich wieder zu fangen, zerrte ich ihm den Kranz vom Kopf. Er war völlig verwelkt. Cole hielt inne und wurde prompt von einem tanzenden Paar so hart gerammt, dass er zu Boden stürzte.

»Cole!« Ich bückte mich zu ihm hinunter, schnappte mir seine Hand und wollte ihn hochziehen, als mich selbst ein harter Tritt traf. Ich prallte auf die Tanzfläche. Ein stechender Schmerz bohrte sich in meinen Rücken. Ich versuchte, wieder hochzukommen, nur um einen weiteren Tritt abzubekommen, der mir beinahe die Hand zertrümmerte. Ich brüllte auf und hörte, wie Cole meinen Namen rief.

Wir krochen auf den Rand der Tanzfläche zu, versuchten aufzustehen, doch wann immer wir uns aufrichteten, stieß uns jemand wieder zu Boden. Also krabbelten wir weiter. Auf allen vieren, was einen stechenden Schmerz durch mein Handgelenk sandte. Wir krochen um unser Leben, und ich bekam einen heftigen Tritt in den Magen, der mich würgen ließ. Sterne tanzten vor meinen Augen, als ich mich endlich von der Tanzfläche zog und keuchend auf dem Boden zusammensackte. Alles in meinem Kopf drehte sich. Ich starrte in den Himmel, der noch immer dunkel war. So lange konnten wir also nicht getanzt haben, oder?

»Wie geht es dir?« Cole lag neben mir.

Ich hob meine Hand und bewegte die Finger. »Nichts gebrochen«, stellte ich erleichtert fest.

Cole seufzte und richtete sich auf. Seine Maske saß noch immer auf seinem Gesicht. Genau wie meine. Als ich sie abzustreifen versuchte, tat sich jedoch rein gar nichts.

»Cole, hilf mir bitte, die Maske aufzumachen«, bat ich.

Er fummelte an dem Band in meinem Haar herum und riss mir dabei ein Büschel Haare aus.

»Aua! Pass doch auf.«

»Entschuldigung«, murmelte er und fummelte weiter herum.

»Aua!«

»Entschuldigung, aber es geht nicht, Rain.«

»Was geht nicht?«

»Ich bekomme die Maske nicht ab. Der Knoten ist zu fest.«

»Das ist doch nur eine Schleife«, wandte ich ein und zerrte an dem Band, bis ich mir selbst die Haare ausriss. Entsetzt hielt ich inne und versuchte, die Maske über das Gesicht zu schieben, doch sie blieb an Ort und Stelle. Als hätte sie jemand mit Superkleber befestigt. Ein Schauder rann mir über den Rücken. »Sie geht nicht ab.«

Cole biss die Zähne zusammen. »Bei mir auch nicht.«

»Was heißt das?«, fragte ich.

»Nichts Gutes.«

Ich ließ den Blick schweifen. Auf der Tanzfläche schien alles wie zuvor. Das fröhliche Gelächter der Tanzenden verwob sich mit der Musik, doch die Erinnerung an die halb toten Tänzer blieb. Schaudernd wich ich zurück. »Komm, lass uns gehen«, bat ich. Der Schweiß ließ mich frösteln.

Cole stemmte sich auf die Beine und hielt mir die Hand hin. Die hatte ich auch bitter nötig, denn als ich aufstand, fühlten sich meine Beine an wie Gummi. Ich biss die Zähne zusammen, stieß ein Ächzen aus und blickte auf meine Schuhe hinunter. Genauer gesagt, Coles Schuhe, die ich immer noch trug. Ich schob einen Fuß heraus und stöhnte auf. Meine Füße waren blutig. Voller Blasen und Schürfwunden.

»Meine sehen auch so aus«, sagte Cole. »Zumindest fühlt es sich so an. Lass uns etwas zum Verbinden suchen.«

»In Ordnung«, sagte ich und schlüpfte zurück in den Schuh. Es war eklig feucht darin, und meine Knöchel waren so geschwollen, dass sie kaum hineinpassten. Gemeinsam humpelten wir weg von dem Blumenplatz, tiefer hinein in den Carneval. Diesmal zweigten jedoch zwei Brücken in verschiedene Richtungen ab, aus denen jeweils andere Geräusche zu uns herüberhallten.

»Da unten ist ein Steg. Dort können wir die Füße zumindest kühlen«, schlug Cole vor.

Ich nickte und humpelte die Treppe herunter. Der hölzerne Steg knarrte. Eine einzelne Straßenlaterne spendete Licht, und der Kegel tanzte über die Wellen, die an dem Steg leckten. Erleichtert, keinen weiteren Schritt mehr tun zu müssen, sackte ich in mich zusammen, zerrte mir die Stiefel von den Füßen und steckte sie in das kühle Nass. Seufzend schloss ich die Augen, als die Kälte über meine geschundene Haut floss.

Cole tat es mir nach. Ihm entwich ebenfalls ein leises Seufzen. »Den Göttern sei Dank.« Er legte den Kopf in den Nacken und schloss die Augen. In dem Licht trat sein markantes Kinn noch stärker hervor.

Ich musste mich zwingen wegzusehen und wackelte mit den Füßen. »Wir haben uns dort oben fast zu Tode getanzt«, sagte ich und krallte die Finger in das Kleid.

»Es tut mir leid«, brachte er hervor.

Ich funkelte ihn an. »Das war kein Vorwurf. Aber wir müssen aufpassen, was wir als Nächstes tun. Wir essen und trinken nichts. Und wenn einer von uns in Versuchung gerät, müssen wir uns gegenseitig aufhalten. Okay?«

»Okay«, stimmte Cole zu und senkte den Blick. Seine Wimpern hoben sich von der Maske ab. Plötzlich ruckte sein Kopf nach oben. »Da kommt jemand.«

Ich spannte mich an, noch bevor ich etwas durch die Nacht pflügen sah. Ein Boot. Ein Gondoliere mit gestreiftem blauem Pullover und Strohhut stand darauf und zog eine Stange durch das dunkle Wasser.

»Hallo, ihr beiden. Soll ich euch mitnehmen?«, bot er an, während Cole und ich uns aufrappelten.

Es widerstrebte mir, die Füße zurück in die Schuhe zu stecken, doch ich tat es, auch wenn mich der Schmerz ein wenig schwindeln ließ. »Nein danke. Wir gehen«, presste ich hervor.

»Sicher? Ihr seht erschöpft aus. Ich kann euch hinbringen, wohin auch immer ihr wollt«, bot der Gondoliere an.

Ich zögerte. »Kennen Sie sich hier aus?«

Er lächelte mich an und stützte die Hände und das Kinn auf dem Stab ab. »Natürlich.«

Ich leckte mir über die trockenen Lippen. Ich hatte unfassbaren Durst. Nichts zu trinken, würde hart werden. »Wir sind auf der Suche nach jemandem. Avery Hunter. Wissen Sie zufällig, wie ich ihn hier finden könnte?«

»Hm …«, murmelte der Gondoliere und schürzte die Lippen. »Nun, ein Hunter ist mir noch nicht begegnet, aber ich kann euch zum großen Spiegel bringen. Er kann euch bestimmt sagen, wo ihr ihn findet.«

»Der große Spiegel?«, echote ich.

Er warf mir einen langen und betonten Blick zu. »Er könnte euch interessieren. Man sagt, er sei ein uraltes Relikt. Der Spiegel der bösen Königin selbst, die damals versuchte, Schneewittchen das Herz aus der Brust zu schneiden.«

Das war unmöglich!

Scharf sog ich die Luft ein. Dieses Relikt hätte meiner Großmutter alles bedeutet. Wenn sie einem nachgetrauert hatte, dann, dass der Spiegel verloren gegangen war. Der gläserne Sarg war das einzige Relikt aus alter Zeit, das meiner Familie erhalten geblieben war, und dieser befand sich derzeit im British Museum of Fairytales. Ein Relikt, das vor dem Erwachen des Prinzen täglich von Hunderten Touristen angegafft worden war. Ich persönlich hatte ihn nur ein einziges Mal von Nahem gesehen und berührt. Als Kind. Meine Schwester Fiona war zeremoniell darin aufgebahrt gewesen, bevor man sie verbrannt hatte. Dieses Relikt hatte meiner Familie viel bedeutet. Es war das Zeugnis, dass wir mehr waren als nur Menschen, selbst wenn es mittlerweile nicht mehr als ein lebloser Gegenstand war.

»Der Spiegel der Königin ist vor langer Zeit verschwunden«, sagte ich.

»Nun, wenn er verschwunden ist, dann ist es sehr gut möglich, dass er jetzt hier ist. Viele Dinge finden ihren Weg hierher zu uns.«

»Können Sie uns hinbringen?«, fragte Cole, bevor ich es tun konnte.

»Aber ja. Ihr findet ihn im Spiegelkabinett. Ich kann euch hinbringen, wenn ihr wollt. Nur finden müsst ihr ihn danach selbst.« Er zwinkerte mir zu.

»Dieser Spiegel ...« Ich beugte mich gespannt zu ihm. »Was kann er alles sehen?«

»Tja ...« Der Gondoliere kratzte sich am Hinterkopf. »Man sagt sich, der Spiegel sehe alles und merke sich auch alles. Wenn also einer etwas weiß, dann er. Ich muss euch nur warnen: Der Spiegel ist nicht nur nett. Er spielt mit eurem Geist, euren Wünschen und Gedanken, je nach Lust und Laune. Es sind schon einige dort drinnen verrückt geworden.«

»Meine Großmutter hat mir auch davon erzählt«, stimmte ich zu und erinnerte mich an all die sonnenlosen Stunden an Märchengeschichte, die ich qualvoll hinter mich gebracht hatte. Ich hätte besser hinhören sollen. Trotzdem war dieser Spiegel eine einmalige Chance, die sich gerade vor uns auftat. Das hier konnte kein Zufall sein, denn langsam hörte ich tatsächlich auf, noch an Zufälle zu glauben.

»Dann bringen Sie uns bitte zu dem Kabinett«, bat ich.

»Gern, Miss.«

Der Gondoliere reichte mir seine Hand, und ich ließ mir auf das schwankende Boot helfen. Cole stieg, ohne zu zögern, hinterher, und der Gondoliere stieß sich mit einem geübten Schwung seines Stabs vom Ufer ab. Wasser plätscherte an den Bug der Gondel. Eine Laterne baumelte vor uns und erleuchtete die Plätze, an denen wir vorbeifuhren.

»Wie groß ist der Carneval eigentlich?«, fragte ich den Gondoliere, während er uns gemächlich durch den Kanal führte.

»Mal größer, mal kleiner. Er verändert sich täglich. Je nach Stimmung, Lust und Laune. Ihr habt Glück. Gestern war das Spiegelkabinett nicht da. Ich habe es eben nur durch Zufall wiederentdeckt. Aber heute herrscht allgemein große Aufregung. Die Feste sind immer rauschend, aber heute ist es noch ausschweifender. Vor allem im großen Festzelt. Großer Besuch wird erwartet.«

»Ach ja? Wer denn?«, hakte ich vorsichtig nach.

»Sind nur Gerüchte. Man munkelt nur, aber man munkelt laut, der dunkle Prinz werde sich heute persönlich die Ehre geben und den ersten Tanz mit seiner zukünftigen Königin wagen. Alle sind ganz aus dem Häuschen.«

Mir stockte der Atem, und auch Cole spannte die Schultern an, jedoch ohne eine Miene zu verziehen.

»Ist das so?«, fragte ich. »Hat man den Prinzen denn schon gesehen?«

Der Gondoliere schüttelte den Kopf. »Bisher nicht, Miss.«

Ich atmete kaum merklich auf. Demnach mussten wir Avery gefunden haben und von hier verschwunden sein, bevor der Prinz auftauchte. Uns lief die Zeit davon. Die Angst vor dem Prinzen verfolgte mich nun so konsequent, dass es sich beinahe schon vertraut anfühlte. Wie ein Rausch, der durch meine Adern pumpte und mich in wenigen Wimpernschlägen hellwach werden ließ.

»Ist Lord Pentragon ebenfalls hier?«, erkundigte sich Cole bei dem Gondoliere.

»Der Lord? Natürlich, natürlich. Er ist der Erste, der kommt, und der Letzte, der geht. Er ist wie der Herzschlag des Carnevals, wenn man so will.« Er gluckste in sich hinein. »Mylord ist allseits beliebt, alle sind bei ihm willkommen, alle sind gleich. Bei ihm hat das Schicksal keinen Wert, denn man nimmt es selbst in die Hand. Wer unten ist, kann steigen, wer oben ist, kann fallen. Hier hat man es selbst in der Hand.« Er lächelte und begann, ein Lied zu pfeifen. Der Rhythmus kam mir bekannt vor, auch wenn ich mir nicht sicher war woher.

»Was sagt man sich denn so über den Lord?«, bohrte ich nach und wischte mir die schweißfeuchten Hände an meinem Kleid ab.

»Pardon, Miss? Was sollte man sich sagen?«

»Nun, Gerüchte. Dinge über sein Leben, seine Art. Er muss ein Vertrauter des Prinzen sein, also muss er schon sehr lange existieren, nicht wahr?«

»Oh ja. Der Prinz und der Lord sind alte Freunde, alte Vertraute. Der Lord wandelte einst selbst in den heiligen Hallen der Götter. Man munkelt – ja, man munkelt auch hier viel –, aber man sagt zumindest, er sei einst selbst ein Gott gewesen. Unsterblich, aber der König nahm ihm seine Macht und verbannte ihn zu den Menschen. Vielleicht sind deshalb bei ihm alle gleich, weil er selbst ganz oben und dann ganz unten gewesen ist.«

Ich wechselte einen Blick mit Cole. »Der Lord war einst ein Gott?«

»Nun ja, man munkelt, man munkelt. Niemand weiß es genau, bis auf den Prinzen selbst.«

»Und was munkelt man?«

Der Gondoliere sah mich direkt an, und zum ersten Mal bemerkte ich sein Gesicht. Kantig, beinahe verwegen, mit Augen, die in einem interessanten Goldbraun aufleuchteten. »Dem Munkeln sollte man nicht so viel Beachtung schenken, Miss. Es ist nicht mehr als Geschwätz, nicht mehr als Atem, der den Mund verlässt und wie ein Echo von einem Mund zum nächsten springt.«

»Und was sagt dieses Echo?«, bohrte ich dennoch weiter nach.

Seine Mundwinkel hoben sich. »Das Echo? Nun, wo entkommt man seinem Schicksal außer in seinen Träumen, in denen alles möglich scheint?« Er deutete um sich herum, und ich legte den Kopf schief.

»Soll das heißen, der Lord war einst der Gott der Träume? Davon habe ich noch nie gehört.«

Seine Augen funkelten amüsiert. »Darum sollte man auch keinem Echo lauschen, Miss.« Der Gondoliere legte an einem Steg an, der von zwei Straßenlaternen beleuchtet wurde, deren Licht sich auf dem Wasser widerspiegelte. »Wir sind da. Das Kabinett liegt genau vor euch. Ihr könnt es nicht verfehlen. Verlauft euch dennoch nicht. Spiegel spielen gern Schabernack, und mehr als nur einer hat sich bereits darin verloren.«

»Danke«, sagte ich leise und stieg aus.

Cole folgte mir, und der Gondoliere stieß sich wieder ab. Er fuhr davon, immer noch ein Lied pfeifend, und erst als er hinter der nächsten Biegung verschwunden war, erkannte ich es. Es war das, was mir der Rattenfänger vorgespielt hatte. Es war, als hörte ich seine Stimme tatsächlich wie ein Echo über das Wasser hallen:

»Es war einmal ein Prinz im Sarg,
der ihn im tiefen Schlaf verbarg.
All Magie seitdem verschwand
überall im ganzen Land.«

Kapitel 28

»Spieglein, Spieglein an der Wand,
wer ist die Schönste im ganzen Land?«

Aus »Schneewittchen«
Gebrüder Grimm

Ich strich mir die Gänsehaut von den Armen und blickte mich um. Das Kabinett befand sich auf einer kleinen, privat anmutenden Insel. Um uns herum waren andere Stege zu sehen, Menschen, die über Brücken liefen. Leise hallten ein paar Gesprächsfetzen zu uns herüber, doch bei uns war es ruhig, beinahe still.

Unzählige Straßenlaternen, die in einem Kreis angeordnet waren, beleuchteten das Kabinett, das von außen nicht sehr groß und irgendwie alt aussah. Ein paar Bretter hingen schief, und die ehemals blaue Farbe blätterte stellenweise ab. Ein samtig roter Vorhang war vor dem schmalen Eingang drapiert. Die goldenen Kordeln und Bordüren waren zerrissen, der Vorhang selbst stellenweise von Motten zerfressen. Darüber war eine Krone aus Plastik angebracht worden, und auf einem Schild stand: »Spieglein, Spieglein an der Wand …« Aus der Öffnung im Inneren drang eine unheimliche Stille hervor.

»Yeah, das sieht …«, begann ich.

»… ganz furchtbar grauenhaft aus?«, ergänzte Cole.

Ich schürzte die Lippen. »Ich wollte ultimativ Schmerz versprechend sagen. Aber machen wir gern ganz ultimativ furchtbar grauenhaft Schmerz versprechend daraus.«

Cole grinste. »Bin ich froh, dass wir uns in den wichtigen Dingen des Lebens so einig sind.«

»Jupp.« Ich schob den Vorhang zur Seite und lugte in das Kabinett hinein, dabei sah ich mich selbst in einem Spiegel. Verzerrt und krumm. »Hallo?«, rief ich hinein.

»Hallohallohallo…«, schallte es prompt zurück.

Wir schauderten beide. Unsere Hände fanden sich, ehe wir gleichzeitig das Kabinett betraten. Ich sah mich selbst. Dutzende, nein, Hunderte Male in allen Richtungen und Winkeln. Mein Kleid trotzte allen Bedingungen und funkelte noch immer wie frischer Schnee. Doch es war etwas anderes, was mir den Atem stocken ließ. Eine Gänsehaut kroch mir den Rücken hinauf.

»Cole?«

»Ja?«

»Warum kann ich dich nicht im Spiegel sehen?« Ich linste zu ihm hinüber, nur um sicherzugehen, dass er wirklich neben mir stand. Das tat er. »Cole, warum hast du kein Spiegelbild?«, wiederholte ich gepresst.

Cole war blass geworden. Sichtlich unwohl blickte er sich um. Seine Pupillen waren so riesig, dass sie das Weiß darin zu verschlingen drohten.

»Cole? Was ist mit dir?«

»N… nichts«, brachte er hervor, obwohl ihm deutlich der Schweiß auf der Stirn stand. »Es ist nur … mir ist etwas schwindlig …« Er schwankte und sackte im nächsten Augenblick ich sich zusammen.

»Cole!« Erschrocken ließ ich mich neben ihn fallen. Die Röcke des Kleids breiteten sich um mich herum aus, während ich seine Stirn betastete. Sie war eiskalt, und er zitterte am ganzen Körper. »Cole? Was ist los?«

»Ich … ich habe Kopfschmerzen«, presste er hervor.

»Okay, okay, kein Problem. Das kriegen wir hin. Mach die Augen zu und atme«, redete ich auf ihn ein und rieb über seinen Rücken, während Cole zittrig die Luft einsog. »Ja, genau so. Wird es besser?«

Er nickte und öffnete die Augen, nur um sofort wieder umzukippen.

»Scheiße! Mach die Augen zu!« Schnell hielt ich ihm die Hand vor das Gesicht. »Beruhige dich. Für das alles gibt es bestimmt eine gute Erklärung. Sie fällt mir zwar gerade nicht ein, aber es gibt sie, und jetzt gehen wir erst mal zurück. Kannst du aufstehen? Lass die Augen geschlossen, ich lotse dich.«

»Okay«, ächzte Cole, nahm meine Hand und kam wackelig auf die Beine. Er hielt die Augen weiter geschlossen und klammerte sich an mir fest.

»Jetzt müssen wir nur raus«, sagte ich, machte einen Schritt und … knallte mit dem Kopf gegen einen Spiegel. »Aua!«

»Auaauaaua…«, hallte das Echo zurück.

»Was ist passiert?«

»Nichts. Falsche Richtung. Wir müssen da lang«, murmelte ich und lotste ihn nach links, nur um wieder mit einem Spiegel zu kollidieren.

Fluchend ging ich nach rechts und … spürte den nächsten Spiegel vor mir. Panik stieg in mir auf. Ich blieb stehen und sah mich um, suchte mit den Augen nach dem Ausgang. Er konnte nicht weit weg sein. Wir waren doch nur wenige Schritte reingegangen.

»Rain? Was ist los?«

»Ich … ich finde den Ausgang nicht mehr.«

»Was?«

»Ich finde den Ausgang nicht mehr«, wiederholte ich. Zittrig atmete ich aus.

Cole atmete im selben Augenblick ein und klammerte sich noch fester an mich. Seine Finger krallten sich regelrecht in meine Haut. »Was tun wir jetzt?«

»Weitersuchen, ich weiß es nicht. Lass die Augen geschlossen. Ich halte dich fest, keine Sorge«, sagte ich und hoffte, ich klang nicht so panisch, wie ich mich fühlte.

Coles Finger wurden immer kälter, während ich nach einem Ausweg suchte und doch nur wieder nichts fand außer weiteren Spiegeln.

»Weißt du, wie dieser große Spiegel aussieht?«, fragte Cole.

»Wenn man das Märchen wörtlich nehmen will, ist der Spiegel groß und oval und kann Fragen beantworten, wenn man ›Spieglein, Spieglein an der Wand‹ sagt«, erklärte ich und machte zögerlich ein paar Schritte. Erleichtert atmete ich auf, als ich nicht sofort wieder gegen einen Spiegel krachte. »Aber was davon wirklich wahr ist, kann ich nicht sagen.«

»Also müssen wir jetzt jeden Spiegel hier drinnen ansprechen und auf eine Antwort hoffen?«

»So in etwa«, murmelte ich und machte noch einen Schritt.

Prompt stieß Cole gegen einen Spiegel und drückte sich die Nase platt. »Aua!« Bei ihm gab es kein Echo. Rein gar nichts. »Was siehst du?«, fragte er, während er sich die Nase rieb.

»Mich. Tausende Male«, flüsterte ich und schluckte trocken. Das Einzige, was meine flatternden Nerven beruhigte, war der Gedanke, dass das Kabinett von außen nicht sehr groß ausgesehen hatte. Wenige Schritte in alle Richtungen, wir konnten uns also nicht verirren. Eigentlich …

Ich tastete mich mit den Fingern voran und fühlte mich nach einer Weile beinahe wie blind, obwohl ich prinzipiell alles sehen konnte. Doch ich stieß nur auf Widerstand. Egal, in welche Richtung ich mich wandte, überall war ein Spiegel im Weg. Meine wunden Füße begannen schon bald, schmerzhaft zu pochen. Jeder Schritt wurde zur Qual, als würde ich auf Scherben laufen. Mein Atem ging immer schneller, das Echo hallte immer lauter. Irgendwann musste ich stehen bleiben und selbst die Augen schließen, um gegen den Schwindel anzukämpfen.

»Cole? Ich glaube, wir haben uns verlaufen.«

Als ich die Augen wieder aufschlug, überkam mich ein surreales Gefühl von Realitätsverlust. Als wäre ich nicht mehr ich selbst, sondern nur noch eine Spiegelung. Wo war ich? Und wo war …?

»Cole?«

Neben mir stand niemand mehr. Meine Hand, die eben noch seine gehalten hatte, fühlte sich kalt und leer an.

»Cole?«

Meine Stimme hallte ins Endlose nach. »Colecolecolecolecole…«

»Cole, wo bist du?«

»Bistdubistdubistdu…«

»Rain?«

Ich wirbelte herum und prallte prompt wieder gegen einen Spiegel. »Cole? Wo bist du?«

»Bistdubistdubistdu…«

»Ich bin hier!«

»Wo ist hier?«, brüllte ich.

»Hierhierhier…«

Das Echo hallte zurück, und ich sah nur mich selbst. Von allen Seiten. Viel zu nah. Viel zu viel. Ich sah einfach alles. Meine geweiteten Pupillen, die zerrissenen Lippen, den Dreck unter meinen Fingernägeln, meine zerzausten Haare, den Riss im Kleid, den Riss in mir, den Riss in meiner Seele. Ich hatte das Gefühl, in einem Kaleidoskop zu versinken.

Ich stolperte nach vorn, stieß hart gegen einen Spiegel und rannte weiter. Meinc Füße schmerzten so sehr, dass ich keuchend die Stiefel auszog, sie in eine Ecke warf und barfuß weiterhumpelte. Bei jedem

Schritt hinterließ ich blutige Fußabdrücke. Dutzende, Hunderte, die in alle Richtungen führten. Links, rechts, vorn, hinten, oben, unten.

»Cole?«

»Colecolecolecole…«

Mein Schrei hallte an den Wänden wider, während mein Atem nur noch gepresst hervorkam.

»Rain, komm zurück!«

Ich rannte los, und prallte direkt wieder gegen einen Spiegel. Ich starrte mich selbst an, Hunderte Male von allen Seiten. Es war, als würde ich jeglichen Sinn für Realität verlieren. In diesem Augenblick war ich mir nicht einmal mehr sicher, ob ich noch stand oder lag. Ich hätte auch einfach im Nichts schweben können. Es quietschte, als ich mich an einem Spiegel herabgleiten ließ und mich zusammenkauerte.

Bebend schlang ich die Arme um meine Knie. Um mich selbst zu fühlen. Um mich selbst davon zu überzeugen, dass ich noch ich war. Meine Augen brannten, doch ich verbot mir zu weinen. Ich hielt still. Konzentrierte mich auf meine Atmung. Das waren nur Spiegelungen. Nur Echos. Sie waren nicht real. Ich durfte mich davon nicht verwirren lassen. Und ich durfte schlichtweg keine Angst mehr haben hinzusehen. Mein Puls flatterte allein bei dem Gedanken, doch ich zwang mich, auszuatmen und aufzusehen. Mein Spiegelbild hob ebenfalls den Kopf. Dutzendfach. Absolut synchron.

Entschlossen stand ich auf. Der Saum meines Kleids war inzwischen blutverschmiert, doch das war mir im Moment egal. Ich atmete noch einmal tief durch, blickte in den Spiegel, meinem Spiegelbild in die Augen, und ging darauf zu, anstatt zurückzuweichen.

»Spieglein, Spieglein an der Wand …«, sagte ich, als ich direkt davorstand, und hielt die Luft an. Ich wagte es nicht, zu blinzeln.

Dafür blinzelte mein Spiegelbild. Die weit aufgerissenen blauen Augen färbten sich schwarz, als würden sie sich mit Tinte füllen, bis jedes Weiß und jede Farbe verschwunden war. Mein Spiegelbild lächelte, ehe es mit klarer Stimme aus Tausenden Kehlen sprach: »Meine zukünftige Königin, was kann ich für Euch tun?«

Ich schluckte. Das war es also. Ich musste gar nicht den großen Spiegel finden. Dadurch, dass sich alle Spiegel zusammen ins Endlose spiegelten, arbeiteten sie wie ein Verstärker. Das gesamte Kabinett war der Zauberspiegel.

»Ich habe meinen Freund Cole verloren. Führe mich zu ihm«, bat ich den Spiegel atemlos.

Mein Spiegelbild verzog keine Miene, als es antwortete: »Ich bedaure, meine Königin, aber Ihr seid der einzige Mensch hier.«

»Wovon redest du? Er war eben noch hier.«

Mein Spiegelbild neigte den Kopf und wiederholte: »Ich bedaure, meine Königin, aber Ihr seid der einzige Mensch hier.«

Ich unterdrückte einen Fluch, wirbelte um die eigene Achse und rief: »Cole?«

»Colecolecole…«, hallte es zurück.

Niemand antwortete mir. Nur mein Spiegelbild starrte mich hundertfach aus unheimlich schwarzen Augen an, die alles und doch auch nichts zu sehen schienen.

»Cole, wo bist du?«, rief ich, doch wieder kam keine Antwort. Abgesehen von einem endlosen »Bistdubistdubistdu…«.

Mit wild pochendem Herzen wandte ich mich wieder meinem Spiegelbild zu. »Zeig mir Cole!«, blaffte ich es an.

Die Augen im Spiegel schimmerten. Glänzend und blank wie Murmeln. »Ich bedaure, meine Königin, aber ich kann Euch nur ein Wesen zeigen, das auch existiert.«

»Wovon zum Teufel redest du? Ich habe dieses Kabinett mit einem jungen Mann betreten.«

Das Spiegelbild schüttelte nur den Kopf. »Ich bedaure, meine Königin, aber Ihr seid der einzige Mensch hier.«

»Das ist doch …« Ich schluckte die Verwirrung und die Wut herunter, die in mir aufstiegen, und ballte die Hände zu Fäusten. Wo war Cole? Hatte er sich wie ich im Kabinett verlaufen? Oder hatte er es gar verlassen? Oder war ich schlichtweg gerade dabei, verrückt zu werden? Nun gut, zumindest das ließe sich überprüfen.

»Nun gut. Spieglein, Spieglein an der Wand, zeig mir Avery Hunter, wo auch immer er sich befindet im ganzen Land«, presste ich sarkastisch hervor.

Durch die dunklen Augen meines Spiegelbilds ging ein Ruck. Das Glas wurde trüb, als würde es von innen beschlagen oder von dichtem Rauch umnebelt werden. Im nächsten Augenblick klarte der Spiegel wieder auf und zeigte einen Ballsaal. Menschen tanzten und wirbelten umeinander. Kleider bauschten sich, als sich die Paare in einem stummen Walzer drehten. An den Wänden standen lange Tische, die dicht beladen waren mit Äpfeln, Kuchen und Gebäck. Es sah aus, als bestünden sie aus purem Gold. Die Mitte des Saals wurde von einem Springbrunnen dominiert, aus dem Ambrosia hervorsprudelte. Von der Decke hingen unzählige Kronleuchter aus schimmerndem Kristall, deren Tropfen so dick wie eine Faust waren. Und dazwischen baumelten goldene Käfige, doch anstatt exotischer Vögel sah ich darin Menschen. Mir stockte der Atem, als ich einen der Käfige näher betrachtete. Ich erkannte die Person darin sofort. Avery. Avery lag zusammengerollt in einem Käfig! Er trug einen Smoking. Seine Lippen waren von Gold verschmiert, und in seiner Hand lag ein angebissener Apfel. Er hatte die Augen geschlossen, und sie zuckten, als würde er träumen.

»Avery!«, rief ich, doch im selben Augenblick verschwand der Ballsaal, und ich blickte wieder meinem Spiegelbild ins Gesicht. Ich trat so nah an den Spiegel heran, dass ich beinahe mit der Nase dagegenstieß.

»Was haben sie mit ihm gemacht?«, fuhr ich den Spiegel an.

Mein Spiegelbild blickte nur ungerührt zurück. »Er hat von den goldenen Früchten des Gartens gegessen. Avery Hunter ist hier jedoch mitnichten ein Gefangener.«

»Willst du etwa behaupten, er ist freiwillig dort oben eingesperrt?«

»Avery Hunter war auf der Suche nach einem Traum. Ein Bissen von der goldenen Frucht lässt ihn seine Träume leben, anstatt sein Leben nur zu träumen. Mit jedem weiteren Bissen wählt er, länger darin zu verweilen. Niemand zwingt ihn, zu bleiben. Doch nur noch wenige Bissen, und er wird wohl nie wieder in das wahre Leben zurückfinden. Noch ein wenig, und er wird Teil der Märchenwelt sein.«

Der Märchenwelt.

Eine Gänsehaut breitete sich auf meinen Unterarmen aus. Ich runzelte die Stirn, während ich das Gehörte zu verarbeiten versuchte. »Soll das heißen, mein Cousin verliert sich in seinen eigenen Träumen?«, fasste ich zusammen.

Mein Spiegelbild neigte nur den Kopf, was ich als Zustimmung auffasste.

»Ich muss ihn zurückholen. Wo finde ich meinen Cousin?«

»Avery Hunter befindet sich im achten Käfig im großen Festzelt. Dir ist noch erlaubt, eine Frage zu stellen, Rain White. Nicht mehr und nicht weniger.«

Fluchend biss ich die Zähne zusammen. Musste er ausgerechnet dort sein? Doch wenn das alles stimmte, blieb Avery nicht mehr viel Zeit. Und ich würde meinen Cousin nicht im Stich lassen. Nicht schon wieder. Selbst wenn er derjenige war, der verschwunden war, ich hatte ihn gehen lassen. Und das würde ich jetzt wiedergutmachen. Die Versuchung, nach Cole zu fragen, war übermächtig, doch wenn ich jetzt nach ihm fragte, würde ich nicht herausfinden, wie ich zu Avery kam.

»Spieglein, zeig mir den Weg nach draußen zum Festzelt«, befahl ich mit flacher Stimme.

Wieder ging ein Ruck durch die dunklen Augen meines Spiegelbilds. Die Wände erzitterten leicht. Ein Luftzug streifte meine Wange, ehe sich ein Spiegel neben mir zur Seite bewegte. Wie eine Falltür öffnete sich der Boden und offenbarte Treppenstufen, die nach unten führten.

»Folgt einfach dem Weg, meine Königin, und Ihr werdet das große Festzelt erreichen«, sagte mein Spiegelbild.

Ich schluckte trocken. »Danke«, brachte ich hervor.

»Stets zu Diensten, meine Königin.« Mein Spiegelbild blinzelte, und in der nächsten Sekunde blickten mir wieder meine eigenen Augen entgegen.

Ich schauderte und schrak heftig zusammen, als ich eine Berührung an der Schulter spürte. »Rain?«

»Heilige Scheiße!« Ich fuhr herum. »Cole?«, krächzte ich, und Erleichterung flutete meinen gesamten Körper, während ich den Gedanken zur Seite schob, dass ich ihn für Avery einfach zurückgelassen hätte.

Cole hatte noch immer die Augen geschlossen. »Rain? Warum hast du nicht geantwortet?«

»Ich habe nicht geantwortet? Scheiße, ich dachte, du wärst verschwunden.« Zitternd fiel ich ihm um den Hals und drückte ihn an mich.

Cole schlang ebenfalls die Arme um mich und vergrub sein Gesicht an meinem Nacken. »Alles in Ordnung?«, fragte er mich.

Ich zögerte.

Ich bedaure, meine Königin, aber Ihr seid der einzige Mensch hier.

Unauffällig tastete ich Cole ab. Doch ich fühlte Haut. Ich spürte seine Wärme und hörte seinen Herzschlag an meinem Ohr. Er war eindeutig real. Der Spiegel musste sich geirrt haben.

»Ja.« Ich zwang mich, einen Schritt zurückzuweichen. »Ich habe den Spiegel gefunden, und er hat mir gesagt, wo Avery ist.«

»Und wo ist er?«

»Da ist ein Tunnel. Wir sollen ihm bis zum großen Festzelt folgen. Komm mit …« Ich nahm seine Hand und führte ihn zu der Luke im Boden, ehe ich zögernd stehen blieb. »Es wird nur unheimlicher, oder?«

Cole seufzte nur. Ich atmete durch und führte ihn die knarrenden Stufen nach unten. Es schabte leise, als der Spiegel hinter uns zurückglitt. Cole öffnete blinzelnd die Augen und blickte sich in dem schmalen Steingang um. Ich wusste nicht, woher das Licht kam, doch es war hell genug, um zu sehen. Nun, zumindest das, was es zu sehen gab. Einen leeren Tunnel aus Stein.

»Wo sind wir?«, fragte Cole.

»Ich habe keine Ahnung«, gab ich zu und drückte seine Hand fester. »Verschwinde nie wieder einfach so«, bat ich ihn mit zitternder Stimme.

Cole betrachtete unsere ineinander verschränkten Hände. »Ich war nie weg, Rain.«

»Doch, das warst du«, brachte ich hervor.

Cole zögerte. »Es tut mir leid«, sagte er schließlich. »Ich werde nie mehr verschwinden. Das verspreche ich.«

»Okay.« Ich zwang mich, mich von ihm zu lösen, und sah in den Gang hinein. »Sollen wir?«

Cole nickte, und gleichzeitig setzten wir uns in Bewegung. Meine nackten Füße patschten auf dem kalten Flur. Zum Glück mussten wir nicht sehr lange gehen, bis wir wieder auf einen Spiegel stießen. Dieser war in etwa so groß wie Cole, oval und in einen verzierten goldenen Rahmen eingefasst. Wieder war nur ich darin zu sehen. Cole wandte schnell den Blick ab.

»Eine Sackgasse«, sagte ich und trat näher. Der Spiegel war leicht verzerrt. Ich legte den Kopf schief und spitzte die Ohren. »Hörst du das auch?«

»Musik, ja.«

Ich presste das Ohr an den Spiegel. »Die Musik kommt von dahinter.« Ich wich zurück und begann, mit den Fingern über den vergoldeten Rahmen zu fahren. »Vielleicht gibt es hier … aha.« Ich fühlte es. Eine kleine Erhebung. Ich drückte sie hinein. Es klickte leise, und der Spiegel schwang auf.

Vor uns lag ein großer Ballsaal. Derselbe Saal, den ich im Spiegel gesehen hatte. Tanzpaare drehten sich zu einer beschwingten Walzermusik, und ihr Gelächter hallte durch den ganzen Raum. Die Kronleuchter zauberten ein funkelndes, warmes Wechselspiel aus Licht und Schatten über die Gesellschaft, während der Duft von Blumen und Schokolade in der Luft hing.

Kapitel 29

Morgen früh, wenn der Förster auf die Jagd ist,
da koche ich das Wasser, und wenns im Kessel siedet,
werfe ich den Fundevogel nein, und will ihn darin kochen.

Aus »Fundevogel«
Gebrüder Grimm

Cole und ich nahmen uns wieder an den Händen, als wir durch die Spiegeltür traten. Ein kalter Luftzug folgte uns. Kaum hatten wir den Tanzsaal betreten, hielt plötzlich alles inne. Die Tänzer, die Musiker, ja, selbst die Luft schien einen Augenblick stillzustehen. Der gesamte Raum starrte uns an.

»Ach, Scheiße«, murmelte ich.

Cole drückte sich prompt noch enger an mich, als eine Stimme zu uns hallte. »Meine Damen und Herren, Lords und Ladys, meine Freunde, meine Familie. Ich wagte diesen Tag kaum herbeizuträumen, doch unser Ehrengast ist soeben eingetroffen. Bitte neigt euer Haupt vor Rain White, unserer zukünftigen Königin.«

Es raschelte, als Röcke gerafft wurden. Und als hätten sie es einstudiert, verbeugten sich sämtliche Anwesenden vollkommen synchron. Die Frauen sanken in einer eleganten Reverenz herab, während die Männer den Kopf neigten. Nur einer stand in ihrer Mitte und wurde vom Licht eines Kronleuchters beschienen. Auffallend rotes Haar fiel ihm auf die breiten Schultern, die in einem grünen Anzug steckten, der mit ausschweifenden bunten Blumen bestickt war. Gelb leuchtende Augen blickten mir entgegen. Der Fremde trat auf uns zu, und ich musste nicht lange raten, um zu wissen, wen wir da vor uns hatten.

Lord Pentragon.

Der Teufel.

Etwas irritierte mich jedoch. Sein Schatten wirkte seltsam in die Länge gezogen, und erst als ich genauer hinsah, erkannte ich, dass sich der Schatten an seinem Rücken zu einem Paar Flügel erweiterte. Ich blickte auf seinen echten Rücken, doch dort war nichts zu sehen.

Lord Pentragon lächelte mich an, blieb knapp vor mir stehen und legte den Kopf schief. Bei seinem Schatten sprossen daraufhin lange, gebogene Auswüchse. Wie Hörner. »Willkommen, meine Königin. Es ist mir eine Ehre, Euch hier begrüßen zu dürfen. Ihr ahnt nicht, wie viel es uns bedeutet, dass Ihr heute hier seid. Und Ihr …« Er drehte sich schwungvoll um und breitete die Arme aus. »Meine Freunde. Tanzt weiter. Ehrt diesen Tag mit Ausgelassenheit. Spielt, trinkt, esst und tanzt!«

Die Menge erhob sich wieder. Gemurmel setzte ein, ebenso die Musik. Die Gäste begannen zu tanzen, doch ihre Blicke blieben eindeutig auf mir liegen. Ich versuchte, den Drang zur Flucht zu ignorieren, als sich der Teufel erneut mir zuwandte.

»Bitte erlaubt mir, mich vorzustellen. Ich bin …«

»Lord Pentragon. Dritter Vasall des dunklen Prinzen«, fiel ich ihm ins Wort. Meine Stimme hallte unangenehm laut durch den Saal.

Der Teufel lächelte, und in seinen Augen blitzte es auf. »Wie ich sehe, eilt mir mein Ruf voraus.«

»Nicht nur der, oder?«, fragte ich. »Sie haben uns doch schon längst gefunden.«

Das Lächeln des Lords wurde breiter. Er blinzelte, und statt ihm stand nun der schicke Gondoliere vor uns. »In der Tat, Ihr habt einen scharfen Blick, meine Königin. Ich bitte, meine Neugier zu entschuldigen. Ich war so erpicht darauf, Euch endlich persönlich kennenzulernen.«

»Und dabei zu versuchen, uns in die Irre zu führen?«

Der Gondoliere blinzelte, und nun stand das Blumenmädchen vor uns. »Mitnichten. Ich wollte nur Euren Tag versüßen, meine Königin.«

»Ich bin keine Königin«, widersprach ich.

»Noch nicht ...« Das Blumenmädchen blinzelte, und vor uns stand auf einmal niemand anders als Eliza van Beard. Remy Beauviex' Begleitung fächelte sich mit einem Fächer Luft zu und lächelte verschmitzt. »Ich liebe es einfach, mich unter das Volk zu mischen. Ich verstehe, dass Ihr Eure Königswürde nicht allzu offen zur Schau stellen wollt.«

»Das hat damit nichts zu tun. Ich bin keine Königin und werde auch keine werden.« Ich straffte mich. »Wir sind hier, um meinen Cousin abzuholen.«

»Euren Cousin?«, fragte Eliza gespielt unschuldig.

»Avery Hunter. Ich weiß, dass er hier ist«, sagte ich und hoffte, ich klang so bestimmend, wie ich sein wollte.

In Elizas Augen blitzte etwas auf. »Ah, natürlich. Der junge Hunter. Er hat uns einige Tage Gesellschaft geleistet. Ich habe persönlich für sein Wohlergehen gesorgt.«

»Da bin ich mir sicher«, sagte ich brüsk. »Ich hätte ihn nur gern zurück.«

»Natürlich.« Eliza nickte, ließ den Fächer zuschnappen, blinzelte, und im nächsten Augenblick stand wieder der Lord mit den dunkelroten Haaren und den goldenen Augen vor mir. »Folgt mir bitte«, forderte er mich auf und bahnte sich einen Weg zwischen den Tanzenden hindurch.

Diese wichen wie Wellen vor uns zurück. Der Lord blieb unter einem der Käfige stehen und schnippte. Der Käfig senkte sich knarrend, und als er am Boden aufkam, deutete der Lord mit der Hand auf meinen Cousin: »Avery Hunter, Mylady.«

»Avery!« Ich wollte auf ihn zustürmen, doch Cole hielt mich zurück.

»Rain, nicht. Es könnte eine Falle sein. Lass mich ihn holen. Nur zur Sicherheit.« Er schob sich vor mich und hob Avery in einer geschmeidigen Bewegung hoch. Als er ihn vor mir auf den Boden legte, kippte der Kopf meines Cousins zur Seite. Goldstaub klebte an seinen Lippen. Der angebissene Apfel rollte aus seinen Fingern, die ebenfalls voller Gold waren. Wie viele davon hatte er gegessen?

Ich ließ mich neben ihn sinken. »Avery. Avery, wach auf! Ich bin's!« Ich gab ihm einen Klaps auf die Wange, doch er rührte sich nicht. »Warum wacht er nicht auf?«, fuhr ich den Lord an.

Der nahm gelassen den angebissenen Apfel, polierte ihn an seinem Revers und biss auf der anderen Seite hinein. Gold besprenkelte seine Lippen. »Nun, es wird wohl einige Stunden dauern, bis er wieder bei uns ist.«

»Stunden?«

»Vielleicht auch Tage. Kommt darauf an, wie tief er bereits abgedriftet ist. Und der junge Hunter, das muss ich schon sagen, ist nicht nur eingetaucht, er hat sich praktisch selbst ertränkt. Wenn ich es nicht besser wüsste, würde ich behaupten, er versucht äußerst verzweifelt, vor sich selbst zu fliehen.«

»Er kam hierher, um etwas zu finden«, erwiderte ich.

Lord Pentragon hob die Augenbrauen. »Nun, ich hoffe, er hat es gefunden, bevor er sich weggeschossen hat.« Er warf den Apfel hinter sich und schnippte wieder. »Keine Sorge. Meine Leute werden sich um ihn kümmern. Sobald er aufwacht, ist er wieder wie neu.«

Aus der Masse schälten sich zwei Diener mit Katzenmasken.

Schützend stellte ich mich vor meinen Cousin und schürzte die Lippen. »Danke, aber wir ziehen es vor, gleich zu gehen.«

Die Augenbrauen des Lords schnellten wieder nach oben. »Ihr wollt schon gehen?«

»Das wollen wir«, presste ich hervor.

»Natürlich. Es steht Euch frei, zu tun und zu lassen, was Ihr wollt, meine Königin.« Er ignorierte meinen bösen Blick und fuhr ungerührt fort: »Jedoch sehe ich es als meine Pflicht, Euch mitzuteilen, dass es wahrscheinlich einen großen Schaden auf ihn haben wird, wenn er in der normalen Welt erwacht.«

»Wie meinen Sie das?«

»Nun. Es ist, als würde ein Tiefseetaucher zu schnell wieder auftauchen. Tut er es langsam und gemächlich, kann er ohne Probleme wieder an die Oberfläche gelangen. Tut er es zu schnell, kann das böse Folgen haben.«

Ich biss die Zähne zusammen und wechselte einen Blick mit Cole.

Lord Pentragon hob die Hände. »Betrachtet Euch bis dahin als meine Gäste. Nehmt ein Bad, erfrischt Euch. Ich habe neue Kleider bereitlegen lassen. Ich versichere Euch, hier wird Euch nichts passieren.«

»Mein Cousin liegt quasi im Dornröschenschlaf. Ich würde das nicht als *nichts* bezeichnen«, sagte ich.

Lord Pentragon schüttelte amüsiert den Kopf. »Ich versichere Euch, es geht ihm ausgezeichnet, und das wird es Euch ebenfalls. Aber natürlich werde ich Euch nicht aufhalten, wenn ihr zu gehen wünscht.«

Ich presste die Lippen aufeinander und überlegte. »Ich wünsche einen eigenen Raum, zusammen mit meiner Begleitung und meinem Cousin. Und bis er aufwacht, wünsche ich, nicht gestört zu werden.«

»Natürlich.« Der Lord klatschte, und diesmal ließ ich zu, dass einer der Diener meinen Cousin aufhob. »Sie bringen ihn in die Suite.

Ich habe auch eine Überraschung für Euch. Ich bin sicher, sie wird Euch gefallen.«

Etwas an seinem Ton gefiel mir nicht. Ich fühlte mich wie ein Lamm in der Höhle der Löwen.

»Bitte erlaubt mir, sie Euch persönlich zu geben«, sagte der Lord nur und streckte mir elegant seinen Ellenbogen entgegen.

Widerwillig hakte ich mich bei ihm ein und ließ mich von ihm aus dem Festsaal führen. Cole blieb direkt hinter uns und ließ uns nicht aus den Augen. Irgendwie schien es mir, als würde Lord Pentragon Cole keinerlei Aufmerksamkeit schenken. Als wäre er nichts weiter als eine Fliege, die um uns herumsurrte. Und vielleicht war es genau das, was mich kurz stocken ließ, als wir den großen Saal verließen und in einen Gang kamen, der mit rotem Samtteppich ausgelegt war. Doch ich schüttelte den Gedanken ab, während ich mich umsah. Immer wieder zweigten Seitengänge ab, die sich weiter im Inneren des großen Zelts verloren. Die Decke war so hoch, dass ich das obere Ende gar nicht sehen konnte. Es wirkte, als würden die Kronleuchter überall im Nichts schweben, auch wenn das nicht sein konnte. Oder?

Lord Pentragon blieb schließlich an einer Tür aus dunklem Holz mit ausgefallenen Schnitzereien stehen und lächelte auf mich herab. »Wir sind da. Ich hoffe, Ihr werdet Euch freuen.« Er öffnete die Tür, die nach innen schwang.

Misstrauisch trat ich ein. Meine Schritte wurden von einem schweren Teppich gedämpft. Wir befanden uns in einem gemütlichen Raum. Ein Himmelbett aus dunklem Holz stand auf einer Seite. Auf der anderen war eine Sitzgruppe aus Kanapees um einen Tisch angeordnet worden, auf dem goldene Äpfel, Weintrauben und Konfekt angerichtet waren. Das Herzstück des Raums war ein großer Kamin, in dem jedoch kein rotes, sondern ein blaues Feuer brannte. Davor stand eine hochgewachsene Gestalt und blickte in die Flammen, die Arme hinter dem Rücken verschränkt.

Zuerst dachte ich, ein Bediensteter wäre im Zimmer, doch da ging Lord Pentragon neben mir in die Knie und senkte den Kopf. »Mein Prinz. Es freut mich, Euch Eure zukünftige Königin bringen zu dürfen.«

Alles in mir erstarrte. Ich wagte es nicht einmal zu blinzeln, als sich die Person vor dem Kamin umdrehte. Rabenschwarzes Haar fiel ihm bis auf die Schultern. Ebenso dunkle Augen blickten mir aus einem schmerzlich schönen Gesicht entgegen. So schockierend vertraut.

»Hallo, Rain«, sagte er mit weicher, melodischer Stimme.

Ich öffnete den Mund, starrte in das Gesicht des hellhaarigen Jungen hinter mir und dann wieder in das Gesicht des dunkelhaarigen. Ich hatte immer gedacht, Cole wäre Buh. Er sah so aus, er benahm sich wie Buh, er sprach wie Buh, wären da nicht seine Erinnerungslücken gewesen. Seine Verwirrtheit. Die hellen Haare. Doch der Mann, der jetzt vor mir stand und lächelte, sah genauso aus. Nur wie eine dunklere Version. Eine Version, die mir von Kopf bis Fuß vertraut war – wie der Junge im Spiegel, mit dem ich aufgewachsen war. In meinem Kopf brach absolutes Chaos aus.

»Buh?«, krächzte ich.

Kapitel 30

»… und sie lebten vergnügt bis an ihr seliges Ende.«

Aus »Das Mädchen ohne Hände«
Gebrüder Grimm

Der junge Mann hob eine Augenbraue. »Buh?«

»Cole?«, fragte ich.

»Pardon?« Er lächelte. »Ich glaube, dieser Name ist mir nicht bekannt.«

»Aber ich … Wie ist das möglich?« Ich drehte mich um und sah wieder … Buh … ich meine Cole. Meinen Cole. Oder? »Cole?«, wiederholte ich leise.

Doch der weißhaarige Cole starrte sein Pendant nur stumm an. Er war sogar noch blasser geworden, so blass, dass er weiß wie ein Laken wirkte.

»Ah, ich sehe. Das erklärt wohl so einiges«, sagte der dunkelhaarige Cole. Der Prinz.

Aber was erklärte das hier?

Ich blickte zwischen den beiden hin und her. Sie sahen sich nicht nur ähnlich, sie sahen absolut identisch aus. Waren sie Brüder? Zwillinge?

»Cole«, wiederholte ich. »Was ist hier los?«

Cole sagte nichts, sondern stellte sich schützend vor mich.

Diese Geste ließ den Prinzen verblüfft fragen: »Was tust du da? Es war deine Aufgabe, sie im Auge zu behalten und zum richtigen Zeitpunkt zu mir zu bringen, nicht sie vor mir zu verstecken!«

Ich … Moment, was?

Cole hob das Kinn und antwortete mit brüchiger Stimme: »Ich habe sie beschützt. Vor dir. Du willst sie? Dann musst du mich erst töten.«

Die Lippen des dunklen Prinzen kräuselten sich, und er drehte sich endgültig zu uns um. Das blaue Feuer knisterte und schlug um ihn herum aus. »Was redest du für einen Unsinn? Ich habe mir bereits Sorgen gemacht, als du nicht wieder aufgetaucht bist und alle meine Rufe ignoriert hast. Vergiss nicht, was du bist. Du bist nicht mehr als ein Teil meiner Seele, ein Splitter, ein Spiegelbild. *Mein* Spiegelbild. Ich habe dich damals losgeschickt, um sie im Auge zu behalten, nicht um gegen mich zu rebellieren. Also mach dich nicht lächerlich, und gib sie mir.«

Wovon redete er da? Ich war so geschockt, dass ich überhaupt nichts sagen konnte. Geschweige denn mich bewegen.

Ich sah die Vene an Coles Hals pochen. Schnell. Voller Angst. Real. Cole war real. Er war kein Spiegelbild. Oder?

»Halt dich fern von ihr«, sagte Cole so entschieden, dass ich mich versteifte.

Der dunkle Prinz runzelte die Stirn. »Hör auf, so ein Theater zu machen. Geh weg von ihr, und komm endlich zurück, wie es sich für ein Spiegelbild gehört. Deine Aufgabe ist erfüllt.«

Lord Pentragon hatte sich zurückgezogen und beobachtete uns interessiert.

»Wovon redet ihr da? Cole? Was geht hier vor sich?«, fragte ich schließlich doch, während sich meine Gedanken überschlugen. War Cole wirklich nur ein Spiegelbild? Oh Gott. Wenn ich so darüber nachdachte, ergab es durchaus Sinn. Buh war schließlich nie mehr als ein Spiegelbild gewesen. Und offenbar ein Spiegelbild des Prinzen. Ich hatte kurz darüber spekuliert, den Gedanken aber doch wieder verworfen, zu viel hatte nicht gepasst. Alle Vasallen waren zwar verwirrt gewesen, als sie Cole gesehen hatten, aber niemand hatte ihn als den Prinzen angesprochen.

Aber natürlich, wenn der Prinz nur einen Teil von sich losgeschickt hatte, nur den Teil, der nicht die dunkle Aura verströmte, den Teil, der unschuldig war und keinen Verdacht erregte …

Nein, das war viel zu abwegig. Der Prinz war laut den alten Geschichten durch und durch böse. Und Cole war das nicht. Er war gut. Und aus Fleisch und Blut. Wahrscheinlich war das alles nur eine Lüge des Prinzen. Um mich zu verunsichern.

»Was geht hier vor sich, Cole?«, wiederholte ich.

Cole zögerte. »Ich … ich weiß es nicht«, sagte er ausweichend.

»Du weißt es nicht?«, echote der dunkle Prinz spöttisch. »Sei zumindest ehrlich zu ihr, nachdem du so lange gelogen hast.«

»Ich habe nicht gelogen!«, erwiderte Cole.

»Ach nein?« Der dunkle Prinz hob eine Augenbraue. »Du hast also nicht so getan, als wärst du eine reale Person. Du hast dir sogar einen Namen geben lassen. Wie hat sie dich genannt? Buh? Cole? All die Jahre, die ich in der Dunkelheit geschmort habe, hatte ich immer das Gefühl, als würdest du mir etwas verschweigen und versuchen, dich von mir zu trennen.« Er atmete ein und sah Cole scharf an. »Aber deine Rebellion ist lächerlich. Du bist ich. Ein Teil von mir!«

Cole funkelte zurück. »Jemand musste sie im Auge behalten und sie beschützen. Ich beschütze sie vor allem und jedem, selbst wenn es vor mir selbst ist.«

Er spuckte aus, und meine Verwirrung wandelte sich langsam in Schock, als die Wahrheit, die ich vorher nicht wahrhaben wollte, zu mir durchsickerte.

»Du tust ohne meine Anweisungen rein gar nichts!«, brüllte der dunkle Prinz. »Du bist nur ein Schatten, eine Spiegelung, eine Erinnerung von mir, die ich mit etwas Magie abgetrennt habe. Du bist nichts weiter als eine Puppe, deren Fäden ich ziehe!«

Cole, der sonst immer die Ruhe in Person war, brüllte zurück: »Ich bin keine Puppe! Kein Spiegelbild. Nicht mehr. Ich bin ein Individuum. Ich habe einen Namen. Ich bin Cole! Ich stehe nicht länger unter deiner Kontrolle. In dem Moment, in dem du mich von dir abgespalten und aus dem Spiegel geschickt hast, hast du endgültig die Kontrolle über mich verloren, und ich werde meinen Auftrag erfüllen und Rain vor jeder Gefahr schützen, allem voran vor dir.«

In meinen Ohren rauschte es, als die Worte in mir nachhallten. Cole. Mein Buh. Er war also tatsächlich nicht mehr als ein Spiegelbild … nicht mehr als eine Art abgespaltete Persönlichkeit des dunklen Prinzen …

Aber das bedeutete vor allem, dass Cole mich angelogen hatte. Mein ganzes Leben lang. Zuerst als er mich als Buh besucht, sich mein Vertrauen und meine Freundschaft erschlichen hatte, um jeden meiner Schritte beobachten zu können, und später, als der Prinz erwacht und ihn zu mir geschickt hatte, da hatte er so getan, als wüsste er nichts über sich oder seine Vergangenheit. Um sich erneut mein Vertrauen zu erschleichen – und diesmal auch etwas mehr als nur Freundschaft. Lügen … Es waren alles Lügen gewesen.

In meiner Brust flammte ein unerwarteter, heftiger Schmerz auf. Mein Magen drehte sich um, und in meinen Augen brannte es. Es brannte so verflucht ekelhaft. »Ist das wahr?«, brachte ich erstickt hervor.

Cole drehte sich langsam zu mir um. Tränen schimmerten in seinen Augen. »Rain …« Er berührte sanft meine Wange. Meine Lippen. Er nahm mein Gesicht in seine Hände und drückte seine Stirn an meine. »Bitte verzeih mir, Rain. Ich wollte das alles nicht. Nicht so. Ich …«

»Das reicht. Geh endlich zurück«, befahl der dunkle Prinz, und die blauen Flammen im Kamin schlugen knisternd aus.

Cole zuckte zusammen, als hätte man ihn geschlagen, und etwas … veränderte sich. Seine Haare. Seine Haare wurden dunkel. Das Weiß verschwand endgültig, die Haare wurden wieder länger und schwarz wie Kohle.

»Cole?«, fragte ich panisch.

Ihm rannen nun ebenfalls Tränen über das Gesicht. Seine Stimme war rau und zitterte vor Angst. »Rain, hör mir zu. Bitte. Ich mag nur ein Spiegelbild gewesen sein. Aber eins weiß ich: Du bist mein Leben. Ich liebe dich, Rain White, seit dem ersten Tag, als ich dich weinen hörte. Du hast nach mir gerufen, damals als Kind, und ich bin gefolgt. Der Prinz mag voller Hass, Zerstörung und Dunkelheit sein, aber ich bin der Teil von ihm, der dich immer lieben wird, egal, was passiert.«

»GEH ZURÜCK!«, brüllte der dunkle Prinz so laut, dass Cole aufschrie.

Er bäumte sich auf, und etwas zerrte an ihm. Ich spürte es deutlich.

»Cole!« Ich krallte mich an ihm fest, während mir die Tränen immer heftiger über die Wangen liefen. In diesem Moment wurde mir klar, dass es mir egal war, dass er mich angelogen hatte. Weil ich ihn liebte. »Du hast versprochen, bei mir zu bleiben.«

Ein schmerzlicher Ausdruck huschte über sein Gesicht. »Lauf weg, Rain. Bring dich in Sicherheit. Ich liebe dich, aber du musst dich von ihm fernhalten. Von … von mir. Versprich mir das.«

»Cole …« Sein Name ging in einem Schluchzen unter, als er mich an sich presste und küsste. Er küsste mich mit einer Innigkeit, die mein Herz endgültig zum Bersten brachte. Er hielt sich an mir fest, legte alles, was er sagen wollte, aber nicht mehr konnte, in diese eine Berührung. Ich zerfiel in seinen Händen zu kleinen Einzelteilen, und dann … Dann unterbrach uns eine milde Stimme.

»Es reicht.«

Cole keuchte an meine Lippen und krümmte sich zusammen. »Rain«, formte er noch mit den Lippen, ehe er zu zittern begann. Seine Haut bekam Risse, als wäre sie aus Marmor. Er verdrehte die Augen, bis sie in den Höhlen verschwanden, riss den Mund auf und stieß einen Schrei aus, der mir tief in den Ohren schmerzte. Ich wich zurück. Cole zitterte immer heftiger und zersprang schließlich in Tausende Teile. In Spiegelscherben, die auf den Boden prasselten.

»Neeeeein! Neeein! Cole! Nein.« Ich ließ mich auf den Boden fallen und griff mit beiden Händen in die Splitter, die mir die Haut zerschnitten. Aber da war nichts mehr. Nur noch Staub und Scherben. »Nein. Nein.« Ich krümmte mich zusammen und weinte. Vor Wut und Schmerz und Fassungslosigkeit. Ich krümmte mich zusammen, während ich zu begreifen versuchte, was hier gerade passierte. Was war nur passiert?

»Rain?«

Eine Stimme. Sanft und so vertraut, dass mir Tränen die Sicht verschleierten, als ich aufblickte. Auch das Gesicht war vertraut und dann wieder nicht. Der Prinz kniete neben mir und strich mir eine Haarsträhne aus dem Gesicht.

»Weine nicht.«

»Du … du hast ihn getötet«, brachte ich erstickt hervor.

Der Prinz lächelte, und seine Augen waren so schwarz, dass sie bodenlos schienen. »Man kann nichts töten, was nie wirklich existiert hat. Ich habe ihn zurück in die Spiegelwelt geschickt. Wo er hingehört. Ich freue mich, dass du so große Gefühle für ihn hegst, für ihn solch bittere Tränen vergießt. Immerhin ist er der Teil von mir, der dich gesucht und beschützt hat. Wenn auch vor mir. Ich denke, dafür werde ich ihm noch danken müssen.«

»Du … du bist … nicht er«, stammelte ich.

Der Prinz nahm mein Kinn zwischen seine Finger und hob es an.

»Ganz genau«, flüsterte er. »Ich bin nicht er. Ich bin real. Ich bin echt. Ich bin alles. Und das dank dir. Ohne dich wäre ich nicht hier. Dein Kuss hat mich geweckt. Dein Kuss war mächtiger als die Dunkelheit selbst. Und jetzt sind wir zusammen, Rain White. Der Anfang und das Ende. Der Anfang vom Ende und das Ende vom Anfang.«

Er strich mir mit dem Daumen über die Unterlippe, und noch während ich ihm in die seelenlosen Augen blickte, spürte ich, wie eine Abneigung in mir aufkam. Wie konnte ich ein Gesicht gleichzeitig so sehr lieben und so sehr hassen?

»Was willst du von mir, Prinz?«

Er neigte den Kopf und kam mir so nah, dass seine Lippen meine streiften. »Wir zwei, Rain White, werden jetzt unserem Schicksal folgen und die Welt untergehen lassen.« Er lächelte. »Du kannst mich übrigens Black nennen.«

Danksagung

Ich muss zugeben, während ich diese Danksagung schreibe, schaue ich die dritte Staffel *The Witcher*, ich versuche jedoch, mich nicht ablenken zu lassen ... und holla, die Waldfee! Geralts Muskeln!

Ich bin großer Fan des Plots *räusper*.

Wie auch immer, zurück zu dieser Danksagung. Die Grundidee zu diesem Buch hieß eigentlich *Snowwhite & Coalblack* und gehörte zu einer der allerersten Ideen, die ich hatte. Damals bestand sie aus zwei Dingen, von denen ich wusste, dass ich sie schreiben will:

1. Nachfahren der Märchenfiguren, allerdings habe ich damals noch an die Kinder der ursprünglichen Figuren gedacht.
2. Einem jungen Mann im Schnee.

Genau diese zwei Dinge hatte ich im Manuskript stehen, jedoch wollte dieses Buch lange Zeit niemand haben. Das Grundkonzept lag beinahe zehn Jahre in einer Schublade, bis ich es wieder herausgekramt habe. Wie das mit Ideen so ist, die man eine Zeitlang im Hinterstübchen Gestalt annehmen lässt, werden sie entweder gammelig oder reif, und wenn ihr diese Danksagung lest, können wir davon ausgehen, dass die Idee zumindest nicht geschimmelt hat.

Aus den Kindern der Märchenfiguren wurden mit der Zeit die Nachfahren in unserer Zeit in einem Setting, das unserer heutigen Welt ähnelt – mit dem kleinen, aber feinen Unterschied, dass die Menschen von den Nachfahren der Märchenfiguren wissen.

Es gibt ja so Bücher, die schreiben sich quasi von selbst, Bücher, die genau wissen, was sie wollen und wohin sie wollen … *Ever & After* ist nichts davon. Außerdem habe ich dieses Buch mit dem Vorsatz geschrieben: »Diesmal wird es aber mal ein kurzes Buch!«

Knapp 570 Seiten später frage ich mich, ob ich es aufgeben sollte, mir Vorsätze zu machen. Jetzt haben wir ein Buch, das wirklich nicht geschrieben werden wollte, aber dann doch 570 Seiten dick wurde. Aus meinem Märchen wurde ein Weltuntergang, und irgendwie habe ich das Gefühl, einen Witz nicht erzählt zu haben, den ich aber ganz dringend erzählen wollte! Falls er mir wieder einfällt, findet ihr ihn in Band 2.

Als kleine Erklärung sollte vielleicht hinzugefügt werden, dass ich mich bei *Ever & After* rein an den Märchen der Gebrüder Grimm orientiert habe, weshalb Märchen wie *Die Schöne und das Biest* nicht vorkommen. Auch wenn ich ihnen gerne eine Rolle gegeben hätte (zumindest gibt es ein paar Witze darüber).

Zur Recherche habe ich mir vier Schuber Märchenbücher gekauft, sie einmal durchgewälzt, und muss sagen: Auch wenn ich wusste, dass Märchen sehr düster sind, lest bitte niemals das Märchen *Von dem Tode des Hühnchens*. Ey, war das traurig. Ich kann kein Hühnchen mehr ansehen, ohne zu weinen. Ich glaube, in Band 2 muss ich ein Hühnchen einbauen … ein sehr glückliches untotes Hühnchen.

Ich habe mich im Laufe des Buches zwar an den Klassikern orientiert, habe mir aber durchaus erlaubt, Dinge ein wenig zu mixen oder neu zu definieren. Vor allem, was die Hintergrundgeschichten der »bösen« Märchenfiguren betrifft, habe ich mich ausgetobt. Das meiste ist frei erfunden, und ich hatte sehr viel Spaß dabei. Ich bitte euch also, diese Abweichungen nicht als Logikfehler, sondern als künstlerische Freiheit zu betrachten.

Wie immer hat es mir jedoch sehr viel Spaß gemacht, die Protagonist*innen zu designen und ihnen allen einen etwas überdrehten Touch zu geben; überzeichnete Wesenszüge sind in diesem Fall absolut absichtlich gemacht worden, um dem Ganzen eine Extraportion Märchen zu verleihen. Ich hoffe, ihr hattet bisher viel Spaß mit der Crew, und ich bin jetzt doch gespannt, ob ich wegen des Cliffhangers am Ende einen wütenden Mob vor meiner Haustür finde. Ich würde ja sagen, ich habe es nicht absichtlich getan, aber ich soll nicht lügen …

Ich glaube, der Cliffhanger von *Ever & After* gehört durchaus zu einem meiner liebsten.

Wie immer waren auch bei diesem Buch eine Menge Menschen involviert, damit es überhaupt erscheinen konnte.

Mein Mann Leander, den ich wahrscheinlich nur geheiratet habe, damit er mit mir *Zelda: Tears of the Kingdom* spielt.

Meine Töchter Aurora und Ophelia, die in diesem Jahr so viel Geduld mit mir hatten und mir diese lange Lesereise ermöglichten.

Meine Mama, die endlich dort ist, wo sie sein soll, und hoffentlich so glücklich ist, wie sie es verdient hat.

Meine Schwester, die in Japan mit diesen geilen frittierten Teilen auf mich wartet.

Meine Lektorinnen, die unermüdlich daran schuften, aus dem Haufen, den ich produziere, ein Buch zu machen.

Meine Testleser*innen, die mir geholfen haben, Fehler zu finden und meine Nerven zu beruhigen.

Alle Leser*innen, die mich in den letzten Monaten besucht haben, mit mir gesprochen und sich Bücher signieren haben lassen und dabei oft stundenlang warten mussten.

Alle, die dieses Buch gekauft haben.

Der Verlag, der nach all den Jahren noch immer so viele tolle Bücher mit mir machen will.

Meine Kolleg*innen, die mir immer mit Rat und Tat zur Seite stehen … und zu guter Letzt – mein Sofa. Weil ohne mein supergroßartiges Sofa kein Buch entstehen könnte. Ich liebe es, hier zu schreiben. Schreibtische sind überbewertet, nehmt ein Sofa!

Wir lesen uns dann in Band 2.

In Liebe,
eure Stella

Wahre MÄRCHEN
enden nicht mit
»… *so leben sie noch heute*«,
sondern mit dem TOD.

ISBN: 978-3-473-58614-1